KB036883

유학과 동아시아

유학과 동아시아

―다른 근대의 길

나종석 · 조경란 · 신주백 · 강경현 엮음

도서출판 b

차 례

제1부 동아시아, 전통, 근대성

제3부 유학 전통과 중국의 근대성

책머리에

이 연구서는 연세대학교 국학연구원 HK사업단에서 펴내는 '사회인문학' 총서의 하나로, 그 스물아홉 번째 책이다. 본 연구원은 인문학의 위기라는 진단 아래 대안적 방향을 모색하는 일환으로 '사회인문학'을 제시했고, 그 이론과 학문적 실천의 방향을 정립하기 위해 한국연구재단의 '인문한국 (HK)사업'을 수행하고 있다. 사회인문학이란 사회과학과 인문학의 융합을 추구하는 기존의 학제적 연구를 반복하자는 것이 아니라, 문명전환 속에 있는 현시대의 상황에 적극적으로 대처할 수 있는 인문학 본연의 비판적 정신을 되살리고, 이를 바탕으로 한 통합학문으로서의 인문학을 새롭게 자리매김하려는 것이다.

이런 활동을 구체화하기 위해 본 사업단은 여러 '리서치워킹그룹'을 운영하고 있다. 그중 '사상리서치워킹그룹'(사상 팀)은 전통적인 동아시아 인문정신의 성찰을 기반으로, 한국에서 근대성이 작동해온 방식에 대한 연구를 비롯해 동아시아 근대에 대한 연구 및 서구 중심적인 사유 패러다임을 비판적으로 검토하는 연구를 수행하고 있다. 전통과 근대의 이분법을 강제하는 서구중심주의를 상대화하면서 한국 및 동아시아의 근대에서 전통이 작용해온 양상을 탐색하는 작업은 삶에 대한 총체적인 앎을 지향하는 인문정신을 되살리면서 한국학을 재구성하는 작업이기도 하다. 그동안 사상 팀은 동아시아에서의 공공성에 대한 연구를 통해 유교전통의 역사적 영향 및 그 현재성을 조명한 『유교적 공공성과 타자』(혜안, 2014)와 『유학이 오늘의 문제에 답을 줄 수 있는가』(혜안, 2014)를 발간한 바 있다.

이 책 『유학과 동아시아 ─ 다른 근대의 길』은 사상 팀이 지난 4년간 수행해 온 연구를 총괄하는 것으로 유학과 동아시아 근대성이라는 문제를 다루고 있다. 유학의 전통이 오늘날 동아시아의 근대성 형성에 어떤 방식으로 작용했는지, 유학의 영향 속에서 전개된 동아시아 근대성의 특질은 무엇인지, 그리고 과연 동아시아 근대가 걸어온 길이 서구적 근대와 어떻게 또 어떤 점에서 다른지를 성찰하려 한 데 이 연구서가 갖는 의의가 있다.

이 책은 유학을 전공한 중국학자를 비롯하여 사회과학, 역사학 그리고 동양 및 서양철학 전공의 여러 학자들이 동아시아 근대의 성격을 다각도로 해명하려고 노력한 성과이다. 여러 해 동안 연구를 이끈 나종석 교수와 연구에 참여한 국내외 연구자들의 노고에 감사를 드린다. 아울러 출판을 맡은 도서출판 b 관계자 여러분들에게도 사의를 표한다.

2018년 3월
연세대학교 국학연구원장 겸 인문한국사업단장
신형기

동아시아 전통과의 대화와 다른 근대의 길

이 공동 연구는 연세대학교 국학연구원 인문한국(HK) 사업단이 추진하는 '21세기 실학으로서의 사회인문학' 프로젝트를 구체화하려는 작업의 산물이다. 본 사업단의 마무리 단계(2014년 9월-2018년 8월)를 구체화하기 위해 나종석, 조경란, 신주백 그리고 강경현은 '사상' 리서치워킹그룹(사상 팀)을 만들어 지난 4년간 여러 공동 연구를 수행했는데, 이 책 역시 공동 연구의 결과물이다. 물론 공동 연구에는 팀 외 여러 선생님들도 함께 참여했다.

이 공저를 접하는 독자의 이해를 돕기 위해 사상 팀이 어떤 문제의식을 공유하면서 활동했는지를 간단하게 설명하고자 한다. 사상 팀은 사업단의 2단계 연구 모임인 '민주적 공공성, 실학 그리고 동아시아'를 바탕으로 형성된 연구 모임이다. 사상 팀은 '민주적 공공성, 실학 그리고 동아시아' 리서치워킹그룹과 마찬가지로 21세기를 문명전환의 시대로 보고 커다란 불확실성과 위기를 동반할 수밖에 없는 문명의 전환기를 슬기롭게 극복할 수 있는 방안을 모색하고자 한다. 이 모색의 출발점이 된 것은 동아시아 전통 일반, 특히 유교적 전통과의 새로운 대화를 시도하는 것이 매우 중요하다는 데 대한 사상 팀 구성원들의 공유된 인식이었다. '민주적 공공성, 실학 그리고 동아시아' 리서치워킹그룹은 한국의 실학을 포함하여 동아시아의 유학 전통을 주요 연구대상으로 삼아 유교적 공공성의 역사적 경험 및 그 현재적 의미를 연구하여, 동아시아 및 한국사회의 공공성 연구의 새로운 장을 제시하고자 했다. 그래서 유교적 공공성의 역사적 경험과 그 현재적 의미를 인권, 민주주의, 타자 그리고 생태적 위기 등과 연관하여 비판적으로 성찰하는 연구를 수행하여 동아시아 및 한국사회의 정치적 공공성의 작동 원리와 그 확충의 방향성을 고민하는 연구 결과를 산출한 바 있다. 그 공동 연구의 결과는 이미 『유교적 공공성과 타자』(혜안, 2014)와 『유학이 오늘의 문제에 답을 줄 수 있는가』(혜안, 2014)로 발간되었다.

2단계에서의 공동 연구 경험을 바탕으로 사상 팀은 유교전통의 영향사라는 맥락에서 한국의 근대성의 고유한 논리를 해명하는 작업에 초점을 맞추어 동아시아 사상문화 전통과의 대화의 중요성을 다각도로 검토하는 작업을 수행했다. 특히 한국 근대성의 고유한 특질을 그것이 맺고 있는 조선의 유교전통과의 긍정적 및 부정적 상호 연관성의 맥락에서 해명하고자 하는 문제의식은 중국 및 일본의 근대성과의 비교 연구가 없이는 충분하게 실현될 수 없다는 생각으로 한국 근대성을 동아시아 차원에서 이해해보려는 접근방식을 견지하고자 노력했다.

이 저서에는 지난 4년간 공동으로 수행한 연구 중에서 대략 다음 세 가지 문제의식을 공유하는 글들이 수록되어 있다. 우선 한국의 근대성 이론과 동아시아 인문정신, 특히 유교적 정치문화와의 상관성을 성찰하려는 문제의식을 들 수 있을 것이다. 이는 전통과 서구 근대의 이원론적 대립을 기저로 삼는 서구중심주의적 사유 패러다임의 한계를 넘어서 한국의 근대성을 새롭게 이해해보려는 시도와 연관되어 있다. 이를테면 한국의 정치적 근대성의 표현인 민주주의의 정신사적 고찰을 유교적 사상문화 전통의 지속적 전개와 그 현대적 변형 속에서 탐구하는 작업을 수행하려는 시도가 바로 그것이다. 이 저서를 관통하는 또 다른 문제의식은 동아시아 인문정신의 전통이 지니는 현재성을 탐색하려는 것이다. 이는 서구중심주의라는 사유 패러다임에 의해 전근대적 사유 방식으로 배제된, 달리 말하자면 타자화되고 식민화된 동아시아 전통과의 새로운 대화를 시도하는 작업이기도 하다. 동아시아 전통과의 새로운 대화를 수행할 방법으로서 제안된 것이 바로 전통(과거)의 탈식민화인데, 이는 서구중심주의의 상대화를 통한 다른 근대의 길의 가능성을 탐색하는 데에서 필수적인 사상의 과제일 것이다. 따라서 이 저서를 관통하는 세 번째의 학문적 이해관심은 서구중심주의적 사유방식에 대한 비판적 성찰을 수행하는 것이다. 그리고 서구중심주의의 상대화 작업은 유교전통의 탈식민화의 작업과 동전의 양면처럼 결합되어 있다. 특히 사상 팀은 동아시아 인문정신과의 새로운 대화를 통해 서구중심주의의 상대화를 수행하는 작업을 동아시아의 유교전통이 서구 근대화의 장애물에 불과하다고 바라보는 전통과 근대의 이분법을 넘어 유교적 인문 정신이 한중일 3국의 근대성의 형성에 어떤 방식으로 개입하고 있는지를 탐구하는 작업과 연동시키려고 노력했다.

한국사회를 포함하여 오늘날에 이르는 동아시아에 유교전통의 영향사가 지속되고 있다면, 그리고 그런 영향사적 지평 속에서 형성·전개되어온 동아시아의 근현대사의 전모가 서구 근대를 근대의 모델로 설정하는 서구중심주의적 사유 패러다임에 의해서는 충분하게 이해되지 못한다고 한다면, 한국 및 동아시아의 근대가 서구적 근대와는 다를 근대의 길을 걷고 있는 것은 아닌지를 탐구할 필요가 있다. 그리고 다른 근대의 길을 향한 역사적 경험 속에는 서구중심주의에 의해 망각되거나 제대로 평가되지 못한 세계 및 사회에 대한 새로운 상상이 꿈틀거리고 있을지도 모를 일이다. 그러므로 우리는 가능한 모든 수단을 통해 서구 근대와 다른 길의 가능성을 보여주는 동아시아 역사와의 새로운 대화를 촉진해야 할 것이다. 그리고 그런 새로운 대화는 현재 우리 시대가 마주하고 있는 신자유주의적 세계화보다 더 나은 세계에 대한 대안을 모색하는 데에서 요청되는 확장된 정신의 눈을 형성하는 데 기여할 것이다. 그래서 저서의 명칭이 『유학과 동아시아──다른 근대의 길』로 정해지게 되었다.

이 책은 모두 5부로 구성되어 있다. 제1부 '동아시아, 전통, 근대성'에서는 4편의 글이 실려 있다. 나종석의 「헤겔의 유럽중심주의적 동양관 비판과 근대성의 물음」에서는 헤겔의 정신철학이 유럽중심주의적 사유 방식에 의해 동양을 비롯한 비서구 사회를 어떻게 타자화시키고 있는지를 분석해보는 것이다. 헤겔의 서구중심주의 철학은 이후 서구중심주의적 사유 패러다임의 전형을 구성하고 있다는 점에서 그것을 비판적으로 다루는 것은 중요하다. 특히 이 글은 서구중심주의에 의해 침윤되어 있는 헤겔 정신철학의 한계를 식민주의적 폭력성의 문제를 통해 다룬다. 달리 말하자면 헤겔의 정신철학이 인류역사에서 등장하는 엄청난 악이나 고통 그리고 폭력의 문제를 세계사의 궁극 목적인 자유의식의 실현 과정에 수반되는 것으로 정당화하는 작업이 설득력이 없다는 것을 식민지배 및 그것이 초래하는 폭력성에 대한 문제에 초점을 두고 검토하고 있다.

김상준의 「동아시아 근대의 고유한 위상과 유형」은 동아시아 근대의 고유한 위상과 성격을 추출하고 유형화하여 동아시아 근대에 대한 체계적인 역사사회학적 인식 틀을 구축하고자 한다. 김상준은 동아시아 근대의 원형(原型)과 그 변형 과정, 이를 통해 형성된 동아시아 근대 체제의 특징, 그리고 그 내부의 (국가 또는 세력 단위의) 하위 유형(sub-types)들을 포착하고 분석하여 체계적으로 범주화함으로써 이제 더 이상 서구 모델과의 근사(近似) 정도로 판정할 수 없게 된 '동아시아의 부상(浮上)'의 동력학을 제대로 파악하려고 시도한다. 그가 보기에 그 부상을 이해하는 관건은 이제 동아시아가 서구형에 아직 못 미치는 점을 색출하고 격차를 계량하는 것이 아니라, 서구 근대를 그토록 압축적으로 수용할 수 있었던 그 수용체 (receptor)의 특이한 형질, 즉 체형(體形)과 체질(體質)이 무엇인가를 규명하는 데 있다. 이런 시도의 배경에는 동아시아인으로서의 자부심을 확인하려는 것이 아니라 오히려 동아시아 근대가 직면해 있는 곤경을 이해하고 그로부터의 출구를 모색하려는 문제의식이 놓여 있다. 김상준에 의하면 오늘날 '동아시아의 부상'은 '서구 근대의 위기'와 긴밀하게 맞물려 있다(근대지속 가능성의 위기). 그런데 동아시아 근대가 단지 서구형 근대의 성공적 수용일 뿐이라면, 그 역시 위기에 처한 서구 근대의 한계를 더욱 압축적인 형태로 내장한 채, 압축된 만큼 더욱 빠른 속도로 침몰할 운명일 수도 있다. 따라서 김상준은 동아시아 근대의 고유 형질(形質)에 대한 정확한 이해가 동아시아 압축 근대가 처한 이러한 딜레마의 성격과 연원, 그리고 그 곤경으로부터의 출구(지속가능한 근대)를 모색하는 데에서 관건적인 관심사라고 본다. 그는 동아시아 근대의 원형, 그리고 그 원형의 변형 과정을 동태적 유형학(typology)과 위상학(topology)으로 체계화하여 '동아시아 근대의 독특한 형질'을 포착하려고 하면서, 동아시아 부상(浮上)이 의미하는 바의 전모와 현재의 상황이 내포한 딜레마의 정체도 밝힐 수 있다고 제안한다.

조경란의 「20세기 동아시아의 역사경험을 어떻게 볼 것인가」라는 글은 동아시아 전통과 근대의 문제를 중국을 중심으로 서술하고 있다. 필자에 따르면 지난 20세기 전반에 반제국주의 해방 투쟁을 통해 사회주의를 건설하고 문화대혁명 이후에 개혁개방의 길로 들어선 이래 다시 부강한 나라가 된 중국은 거의 모든 문제를 유학의 눈으로 다시 보기 시작했다. 민간은 물론이고 정부 차원에서도 유학의 의미를 긍정적으로 재검토하는 움직임이 활발하게 일어나고 있다는 것이다. 게다가 이 글에 따르면 20세기를 거치면서 부강한 국민국가 건설이라는 '부강의 꿈(富强夢)'을 달성한 중국은 이제 새로운 중화제국을 재건하려는 '중국의 꿈(中國夢)'을 제안하고 있다. '부강몽'에서 '중국몽'으로 패러다임을 전환한 중국의 현재 상황에서 이 글은 중국의 20세기를 어떻게 볼 것인가를 묻는다. 전통・근대・혁명은 무엇이었나를 반성적으로 고찰해야 '다른 근대'가 가능해질 것이라고 보기 때문이다.

제1부의 마지막 글인 「하나의 근대와 미조구치 중국학의 개혁개방」에서 혼마 쓰기히코(本間次彦)는 미조구치의 비교적 짧고 또 논쟁적인 성격이 강한 논고의 선집인 『방법으로서의 중국』(1989)과 『중국의 충격』(2004)을 주된 검토 대상으로 삼아 미조구치가 독자적으로 만들어내고자 했던 중국상(中國像)과 이를 가능하게 한 그의 방법론이 갖는 특징을 비판적으로 고찰해 보고자 한다. 이 작업은 또한 21세기의 일본에서 중국을 말한다는 것의 의미를 다시금 고찰하는 것으로도 당연히 연속된다.

제2부 '유학 전통과 한국의 근대성'에는 한국의 근대성에 대한 3편의 글과 조선시대 유학에 관련된 1편의 글이 실려 있다. 나종석의 「전통과 근대 ― 한국의 유교적 근대성 논의를 중심으로」는 오늘날 한국사회와 조선사회의 유교전통이 어떤 관계 속에 있는가라는 물음을 초점에 두고 한국 근대성(modernity)에 대한 새로운 해석의 가능성을 제안하고자 한다. 그러므로 이 글은 유교적 전통과 한국사회의 근대성 사이의 관계를 실마리로 삼아 한국사회 발전 경로의 고유성이 무엇인지를 해명하는 작업이기도 하다. 특히 이 글에서 나종석은 오늘날 한국사회의 근대성을 해명하는 작업에서 주목할 만한 이론인 장은주의 유교적 근대성 이론을 비판적으로 검토한다. 나종석은 장은주의 유교적 근대성 이론을 비판적으로 검토하면서 유교전통과 한국의 근대사회와의 만남에서 그 부정적 측면에 주목하는 시도와 별개로 한국사회의 정치적 근대성인 민주주의와 유교전통 사이의 긍정적 상관성이 존재하는 측면에도 관심을 기울여야 할 필요가 있음을 강조한다.

강경현의 「조선시대 『명유학안』 독해 양상과 그 성격」은 조선시대 『명유학안』독해 양상의 여러 흐름을 분류하고 그 성격을 해명하고자 한다. 그는 조선시대 『명유학안』독해 양상을 크게 세 흐름으로 볼 수 있다고 제안한다. 하나는 명대 인물과 사상을 이해하기 위한 문헌으로 『명유학안』을 활용하는 것이다. 또 다른 하나는 주자학 옹호의 시선 위에서 비판 대상으로서의 양명학에 관한 사상 자료가 담긴 책으로 『명유학안』을 바라보는 것이다. 마지막으로 『명유학안』은 왕수인의 생애와 학술을 재구성하거나 양명학을 재해석하는 데 활용됨으로써, 조선 양명학사를 체계화하고 그에 기반을 두어 당대의 시대적 문제에 대한 해결 방안을 제시하기 위해서 독해되었다. 특히 이 글은 『명유학안』이라는 양명학에 입각한 동아시아 사상사 문헌이 조선에 수용된 면모를 살펴봄으로써, "근대"와 조우하던 시기 조선에 흐르고 있던 유학에 대한 재해석적 지평이 무엇인지를 해명할 수 있는 실마리를 제공한다는 점에서 의미가 있다.

신주백의 「한국적 근대 정치이념으로서 민주공화주의의 형성」은 1910년 한국이 일본의 식민지가 된 시기를 전후로 정치제도에 대한 인식이 어떻게 바뀌었는지를 추적하고 있다. 그 초점은 매우 독특한 한국만의 사례인 민주공화제가 정착하게 된 내적 과정에 맞추었다. 그래서 그는 공화, 대동, 민주에 대한 사회적 인식의 변화에 주목하고 있다. 이 글에 따르면 1910년 이전까지만 해도 정부형태로서의 공화와 평균적 평등으로서의 대동(大同)이 군주제를 부인하지 못하고 병립(竝立)하였다. 그런데 조선이 일본의 식민지가 된 이후는 대동(大同)이 국민주권, 곧 민주를 매개로 여러 사람의 권력인 공화와 접목하고, 평등으로서 대동과 만나며 민주공화제로 제도화하였다. 그래서 신주백은 1919년에 정립된 민주공화주의는 근대적 대동주의이자, 유교적 민본주의를 극복한 한국적 민주주의의 이념이자 정체라고 말할 수 있다고 본다.

이혜경의 「박은식의 사상전변 — 생존과 자존 모색의 도정」은 박은식(朴殷植, 1859-1925)이 한국의 생존과 자존을 위한 돌파구를 찾기 위해 어떠한 사상전변을 겪었는가를 추적하고 있다. 그는 이 글에서 계몽운동 초기의 유럽근대문명 수입, 양명학에 의지한 근대문명 비판, 유학과 중화주의 비판, 민족주의의 고취, 보편정신의 탐색 등을 중심으로 박은식 사상의 궤적을 추적한다. 이 글에 따르면 중화주의와 근대 유럽문명이라는 거대문명이 충돌한 한반도에서 박은식은 문명에도 유학에도 나아가 민족주의에도 그대로 머물 수 없었을 뿐만 아니라, 생존경쟁과 동행한 문명의 비도덕성을 비판하고, 유학의 중국중심주의와 비실용성을 비판하면서 박은식은 민족주의를 고취하지만, 민족주의를 유일한 이념으로 삼을 수도 없었다. 이혜경은 문명에도 유학에도 거리를 둔 박은식은 민족주의를 이야기함과 동시에 민족을 넘어선 보편의 가치를 찾고, 생존을 위해서가 아니라 인류의 자격을 갖추기 위해 민족이 나아갈 길을 제시하고자 함을 잘 보여준다.

제3부 '유학 전통과 중국의 근대성'에는 3편의 글이 실려 있다. 깐춘송(干春松)의 「유가의 시각으로 본 '국가'와 '신캉유웨이주의' 사조」는 중국에서 유학의 부흥이 실제 일어나고 있는지는 논쟁거리지만 캉유웨이(康有爲)에 관한 연구를 대륙 유학에서 가장 주목할 만한 것이라고 말한다. 깐춘송은 이 현상을 분석하면서 천하주의와 민족주의의 일체양면(一體兩面)성과 관련하여 중국이 국제 질서를 구축하는 데 있어 천하주의가 어떤 의미를 가지는지를 봐야 할 뿐만 아니라, 주변국의 중국중심주의에 대한 경계심도 주목해야 함을 역설한다. 이 글에 따르면 중국대륙에서 역사의 쓰레기더미 속에 버려진 것처럼 보였던 유학의 전통이 다시 새로운 생기를 얻게 된 이유는 중국정부의 추진, 지식계층의 주목과 민간의 지지로 정리될 수 있다. 특히 깐춘송은 중국대륙에서 유학의 부흥에 민간의 힘이 크게 기여한 점에 주목해야 한다고 강조한다. 심지어 민간 영역에서 자발적으로 일어난 유학 부흥의 힘이 정부와 지식인들이 유학의 가치를 새로 중요하게 바라보게 된 참다운 기반이라는 것이다.

조경란의 「중국공산당 통치의 정당성과 '유교중국'의 재구축」은 중국공산당의 주도 아래 기획되고 있는 '유교중국'의 재구축 과정에 대해 비판적으로 서술하고 있다. 그는 중국에서 유교가 화려하게 부활한 배경을 분석한다. 이 글에 따르면 중국의 근현대 100년은 자기부정의 역사였으며, 그 속에서 중국공산당은 유교를 부정하면서 계급정당으로 출발한 당이었지만, 2000년대에 진입하면서 중국공산당은 자기 문명과의 관계 설정을 적극적으로 고민하고 설명해야 하는 상황에 처하게 되었다. 유교가 부활하게 된 배경에 대한 분석을 토대로 이 글은 유교적 지식인의 책임과 역할에 대한 새로운 모색이 필요해지고 있음을 논증한다. 이런 논증의 과정에서 조경란은 유교의 통치이념화의 조건으로 20세기의 역사 경험을 어떻게 수용하고 해석할 것인지, 그리고 20세기가 만들어놓은 문화적 배경인 평등주의와 개인화, 다원화 경향을 유교의 재해석에 어떻게 활용할 것인지를 진지하게 다루지 않으면 안 된다는 점을 보여준다. 이 글에 의하면 이러한 두 가지 핵심적 질문에 대한 설득력 있는 성찰을 함축한 유학이어야 중국대륙에서 '비판담론으로서의 개혁적 유학', 즉 '지속가능한 유학'이 거듭나게 될 가능성이 존재한다.

류칭(刘擎)의 「중국 사상계의 서양중심주의에 대한 비판」은 최근 20여 년간 중국 지식인들 사이에서 점차 커다란 논쟁 대상으로 부상한 서양중심주의에 대한 비판적 담론의 상황을 다각도로 검토한다. 이 글에서 류칭은 오늘날 서양중심주의에 대한 중국 사상계의 인식과 논쟁을 세 가지 측면에서 논의하고 있다. 그는 우선 중국 지식인들이 서양중심주의 개념에 대해 어떻게 이해하고 있는지 그리고 서양중심주의가 안고 있는 폐단을 무엇이라고 보고 있는지를 설명하고 있다. 그리고 그는 중국 지식인들 사이에 존재하는 서양중심주의에 대한 서로 다른 입장과 서양중심주의를 극복하기 위해 제시된 다양한 대안들이 무엇인지를 분석한다. 이런 분석을 토대로 류칭은 서양중심주의에 대한 더 적절하면서도 효과적이라고 여겨지는 대안을 제시하려 시도한다. 그는 그런 대안을 문화의 다원성을 긍정하는 기초

위에서 이루어지는 횡단 문화의 보편적 원칙이라고 명명한다. 류칭은 횡단 문화적 보편주의를 통해 서구중심주의의 편협함뿐만 아니라, 중국의 자민족 중심주의에 기반하고 있는 헤게모니 추구의 위험성도 경계하면서 공정하고 평화로운 '포스트 헤게모니 세계 질서'를 만들어갈 수 있는 규범적 기초를 제공할 수 있다고 본다.

제4부 '유학 전통과 일본의 근대성'에는 2편의 글이 실려 있다. 조경란의 「냉전시기(1950-60년대) 일본 지식인의 중국 인식 — 竹內好의 『현대중국론분석』과 좌파-오리엔탈리즘」 글은 다케우치 요시미(竹內好)의 『현대중국론』(現代中國論)을 통해 그의 중국인식을 '좌파-오리엔탈리즘'으로 보고 그것을 비판적으로 검토한다. 조경란은 이런 비판적 검토를 통해 성역화되다시피 한 다케우치 사상을 전복적으로 사유할 계기를 마련하고자 한다. 이 글에 따르면 루쉰으로 상징되는 저항과 마오로 상징되는 혁명은 다케우치의 중국관을 형성하는 양대 기둥이다. 조경란은 다케우치의 중국관을 형성하는 두 기둥 안에 아시아가 내포되어 있다고 보면서, 그의 중국관에서의 변화의 양상을 추적한다. 이 글에서 조경란은 1950년대로 오면 다케우치의 중국관에서 명시적으로 루쉰보다는 마오쩌둥에 중점이 두어진다는 점을 보여주려고 한다. 그는 다케우치 내부에서 중국의 상징이 루쉰에서 마오로 이동함으로써 그의 중국인식에서 점차 긴장이 사라지게 되어 '좌파-오리엔탈리즘'이 강화되었다는 자신의 주된 논제를 입증하고 있다.

나종석의 「황도유학과 일본의 국가주의적 심성의 계보학적 탐색」 글은 일본화한 유교적 전통이 일본의 근대 국민국가 체제인 천황제와 어떤 관련을 맺고 있는지를 해명하고 있다. 이 글에서 나종석은 특히 에도시대에 이루어진 일본의 독특한 유학사상의 전통이 천황제의 정신사적 조건으로서 어떻게 작동하고 있는지를 설명하고 있다. 이 글에 따르면 근대 일본의 천황제 국가 형성을 가능하게 한 문화적 조건의 하나는 에도시대에 축적된 일본 특유의 유학적 전통의 영향사다. 이 글에서 나종석은 천황제 국가를 채택하도록 한 일본의 사상사 및 정신사적 조건을 일본에 고유한 유교전통을 중심으로 해명함으로써 일본 근대화의 특이성을 이해해보려고 한다. 이 글은 유학사상의 전통이 근대 천황제 국가 형성에 준 영향사에 주목함으로써 유교를 근대화의 장애물로 여기는 통념을 비판적으로 재검토할 수 있음을 보여주고 있다. 이는 일본 근대사 이해의 주류적 인식 틀인 서구중심주의적 사유 패러다임과 다르게 일본 근대성을 이해할 수 있는 가능성을 시사한다. 이 밖에도 이 글은 유교전통과 천황제 국가체제와의 연관성을 탐구하는 일은 동아시아 유교전통을 매개로 하여 한중일 동아시아 3국이 보여준 근대성의 상이한 경로가 어떤 맥락에서 형성되어 오늘날에 이어지고 있는지에 대한 비교 연구의 실마리를 확보하는 데에서도 유용한 단서를 제공하고 있다.

제5부 '동아시아 유학 전통과의 새로운 대화'에는 3편의 글이 실려 있다. 고희탁의 「두 갈래의 '유교'」는 유학 전통을 '근대'적 가치와의 친화성이나 '탈근대'의 대안으로 높이 평가하는 입장은 물론이고 그것을 청산해야 할 부정적 '봉건'=전근대성의 상징으로 비판하는 종래의 유교에 대한 시각과는 다르게 유교전통의 현재성을 발견할 새로운 독해 가능성을 제안한다. 이 글에서 고희탁은 유럽 계몽주의에 친화적인 유교와 비친화적인 유교라는 두 갈래의 유교론을 전개한 크릴(H. G. Creel)의 관점에 착안하여, 민본주의에 대한 귀족주의적 노선과 민주주의적 노선의 사례를 구분함으로써 유교를 한 덩어리로 취급하는 인식론적 오류에서 기인한 종래의 유교론에 대한 근원적 재검토를 촉구하고 있다.

천샤오밍(陳少明)의 「가까운 사람, 아는 사람 그리고 낯선 사람」은 유가윤리의 현대적 의미에 대한 새로운 담론의 틀을 제시하고 있다. 이 글에서 천샤오밍은 자신이 인성론을 기반으로 유가윤리의 형이상학적 가치를 다시 서술하려는 것도 그리고 유가적 도덕 인격이 오늘날의 생활 속에서 가져야 할 매력을 다시 보여주려는 것도 아님을 강조한다. 이 글의 주된 문제의식은 유가전통의 사상자원을 활용하여 인륜관계와 가치 취향(趣向) 및 사회조직 구조와 관련된 모습을 새롭게 그려보는 데 있다. 특히 이 글에서 필자는 오늘날 유가전통이 '낯선 사람'에 대한 관계를 사유하는 데 한계가 있다는 비판을 진지한 탐구 과제로 삼으면서 그런 비판으로부터 어떻게 유가윤리를 옹호할 수 있는지에 대한 대안을 제시하고자 한다. 달리 말하자면 이 글은 효친(孝親)을 핵심으로 하는 유가윤리가 가까운 사람, 더 나아가 아는 사람과의 관계는 처리할 수 있겠지만 낯선 사람과의 관계에 대한 계획이 없는 한 이는 비전이 없는 사상 학설에 불과하다고 보는 비판에 대해서 유가윤리의 새로운 해석의 가능성을 도모하고 있다. 이 글에서 필자는 유가윤리가 우리에게 필요할 뿐만 아니라, 현대생활에 대응할 수 있는 원칙을 확장할 잠재력이 있음을 보여주고 있다.

천리성(陳立胜)의 「누구의 생각(思)인가? 어떤 자리(位)인가?」는 유가사상에서 "위(位)"의 여러 의미를 체계적이고 사상사적으로 연구하고 있다. 특히 유교에서 일종의 정치 철학 원칙으로서 제시된 "사불출기위(思不出其位=일을 생각하고 처리함에 있어 한계를 지켜 함부로 자기 분한 외에까지 침범하지 않음)"라는 명제가 유가 사상사에서 어떤 의미를 지니고 있었는지를 상세하게 분석하고 나름의 해석 방향을 제시하고 있다. 이 글에 따르면 "사불출기위(思不出其位)"는 보통 "덕위일치(德位一致)", "덕필칭위(德必稱位=덕이 반드시 위에 걸맞아야 한다)"라는 관념과 연결되며 그 의미는 결국 "자리에 만족하고 분수를 지키며, 직권을 넘어 관을 침범하지 않는 것(安位自守, 而不越職侵官)"으로 이해되고 있다. 그러나 이 글에서 필자는 송명이학(宋明理學), 특히 심학(心學) 일파에 와서 "어떤 자리인가"에 대한 이해가 내적으로 이동하여 "심성의 자리 (心性之位)"로 바뀌어 간다. 그리하여 "사불출위(思不出位)"는 심신을 수련하는 방법이 되었고 다스림(治)에 대한 중점이 더 이상 정치적인 월권이 아니라 도덕 안착의 경계를 넘는 월계(越界)가 되었다고 필자는 해석한다. 간단하게 말하자면 마음이 본연의 위치에 만족하지 못하고 끊임없이 동요하는 것을 다스리는 수련 방식으로서 주변을 통제하고 현재에 집중하는 것이 사불출기위의 기본 내용이 되었다는 것이다. 그리고 필자는 유가의 "사불출기위" 사상과 관련된 "어떤 자리", "누구의 생각"에 대한 탐구를 통해 "심성의 품위"와 "정치의 품위"가 본래 동위(同位)였음을 입증하고자 한다. 따라서 이 글에서 필자는 심성이 없는 정치는 패정(霸政)이고 뿌리가 없는 정치이며, 정치가 없는 심성은 공심(空心)이고 냉담한 심성임을 강조한다.

끝으로 이 책을 출판하는 과정에서 도움을 주신 분들에게 감사를 표하고 싶다. 사상 팀 선생님들을 포함하여 옥고를 주신 국내외의 여러 필자들에게 감사하는 마음을 표한다. 그리고 중국학자들의 글 4편 모두를 번역해주신 태정희 선생님, 일본어 글을 번역해주신 김도훈 교원대 연구교수님께 깊이 감사드린다. 또한 중국어 번역본과 일본어 번역본을 검토해주신 조경란 및 강경현 선생님께도 감사의 마음을 표한다. 특히 한국 학계에 새로운 방향을 제시하고자 하는 사회인문학의 정신과 취지에 동의하여 사상 팀의 연구 성과를 출판해주신 도서출판 b 조기조 대표님과 편집진 여러분께 감사드린다.

2018년 1월
'사상' 리서치워킹그룹을 대표하여 나종석

제1부

동아시아, 전통, 근대성

제1장
헤겔의 유럽중심주의적 동양관 비판과 근대성의 물음[1]

나종석

1. 들어가는 말

오리엔탈리즘은 오리엔트, 즉 동양에 대한 유럽인의 특정한 사유 방식을 일컫는다. 달리 말하자면 그것은 동양을 서구 근대문명의 타자로 설정하고 그런 야만적 문명과 대조되는 유럽 근대의 문명적 우월의식을 구성하는 데 필수적 요소로 작동한다. 그리고 유럽중심주의적 정체성을 구성하여 비서구 사회에 대한 서구 유럽의 식민지배 혹은 제국주의적 지배의 정당성을 확보하는 학문적 언설로서의 오리엔탈리즘은 에드워드 사이드(E. Said)의 『오리엔탈리즘』(Orientalism) 이후 광범위한 논쟁을 불러일으켰다.[2]

그러나 오리엔탈리즘은 오늘날 여전히 영향력이 있다. 예를 들어 요즈음

---

1. 이 글은 「헤겔과 동아시아 ── 유럽 근대성의 정체성 형성과 동아시아의 타자화의 문제를 중심으로」(『헤겔연구』 40, 2016)를 수정한 것이다.
2. 에드워드 사이드, 『오리엔탈리즘』, 박홍규 옮김, 교보문고, 2015.

29

새로 많은 사람들의 관심을 끌고 있는 한나 아렌트(Hannah Arendt) 역시 유럽중심주의에서 자유롭지 못했다. 그는 아이히만 재판이 열리던 1961년 칼 야스퍼스(Karl Jaspers)에게 보낸 편지에서 아랍인이나 비유럽계 유태인도 "합리적인 사람들"이 아니라고 규정하면서 아이히만과 아랍 유대인을 상부의 명령에 맹목적으로 순응하고 복종하는 무사유의 사람들로 함께 언급한다. 그러나 유태인을 인종청소하고 학살한 집단이 아렌트가 이른바 '합리적인 사람들'이라고 규정한 독일인이었음은 물론이고 그런 인종학살의 명령에 맹목적으로 따른 아이히만 역시 독일인이었다.[3]

또 다른 예는 에마뉘엘 레비나스(Emmanuel Lévinas)이다. 타자의 고통에 대한 무한한 응답으로서의 책임 윤리를 강조하는 레비나스도 한 인터뷰에서 '팔레스타인 사람들은 얼굴이 없기' 때문에 그들의 인간적 취약성은 살인하지 말라는 의무를 불러일으키지 않는다고 말한다. 또한 그에 의하면 "아시아 유목민 무리"는 유대-기독교 문화의 윤리적 토대를 위협한다.[4] 아렌트와 레비나스의 예는 유럽인을 인류의 대변자로 설정하고 비유럽인을 정상적인 인간의 범주에 미치지 못하는 미개한 존재로 타자화하는 서구중심주의적 사유 패러다임이 얼마나 폭넓게 자리 잡고 있는가를 보여주기에 손색이 없다.

이 글에서는 서구중심주의적 사유 패러다임의 전형을 보여주는 헤겔의 동양관의 문제점을 그의 근대성 이론의 한계와 관련하여 다루고자 한다. 뒤에서 살펴보는 것처럼 그의 유럽중심주의는 기독교 문화와 자유의식의

---

3. 주디스 버틀러, 『지상에서 함께 산다는 것 : 이스라엘 팔레스타인 분쟁, 유대성과 시온주의 비판』, 양효실 옮김, 시대의창, 2016, 259-262쪽 참조.
4. 같은 책, 51쪽 및 431쪽에 나오는 각주 24 및 25번 참조. 레비나스의 팔레스타인에 대한 태도와 그의 책임윤리가 안고 있는 문제점들에 대해서는 테리 이글턴, 『낯선 사람들과의 불화 : 윤리학 연구』, 김준환 옮김, 길, 2018, 372-386쪽 참조. 아렌트 및 레비나스 이외에도 오늘날 서구에서 여전히 강력한 오리엔탈리즘에 대해서는 나종석, 「유럽중심주의의 귀환」, 『철학연구』 138, 2016, 85-112쪽 참조.

보편성 사이의 내적 상관성에 토대를 두고 있는데, 이런 사유 방식이야말로 오늘날에도 다양한 방식으로 변형되어 오늘날에 이르기까지 큰 영향력을 발휘하고 있기 때문이다. 그리고 헤겔의 오리엔탈리즘을 매개로 해 서구 근대성에 대한 그의 철학적 성찰이 지니는 한계를 비판하려는 시도는 국내외 헤겔 연구와 관련해서도 중요하다. 독일의 헤겔 연구에서 그의 오리엔탈리즘적 사유 방식에 대한 성찰이 충분하게 진행되고 있다고 보기 힘들다.[5] 한국의 헤겔 연구자들 사이에서도 이 문제는 비중 있게 다루어지고 있지 않다.[6]

이 글은 다음 세 가지 영역을 주로 탐구할 것이다. 하나는 헤겔철학, 특히 그의 정신철학이 유럽중심주의적 사유 방식에 의해 동양을 비롯한 비서구 사회를 어떻게 타자화시키고 있는지를 분석해보는 것이다.[7] 이때 주로 다루어지는 것은 그의 동양, 특히 중국에 대한 인식의 문제이다. 두 번째는 동양에 대한 이해가 안고 있는 문제를 중심으로 헤겔의 비서구 사회에 대한 오해가 유럽 근대성의 철학적 인식의 정식화를 겨냥하는 그의 정신철학의 체계적 전개와 밀접하게 연결되어 있음을 밝히는 것이다. 마지막으로 이 글은 유럽중심주의에 의해 침윤되어 있는 헤겔 정신철학의

---

5. 독일 헤겔 연구에서 유럽중심주의에 대한 비판적 문제의식의 부족에 대해서는 나종석 (Na, Jongseok), "Ambivalente Moderne: Wie Hegels Parteinahme für den Westen seine Fehleinschätzung Ostasiens erklärt", in: *Allgemeine Zeitschrift für Philosophie*, 2015(40. 1), pp. 29-30 참조.

6. 필자는 여러 글을 통해 헤겔철학의 유럽중심주의의 문제를 학문적 쟁점으로 제기했다. 이에 대한 필자의 선행 논문은 다음과 같다. 나종석, 『헤겔 정치철학의 통찰과 맹목: 서구 근대성과 복수의 근대성 사이』, 에코리브르, 2012, 제3장 '헤겔의 오리엔탈리즘과 서구중심주의'; 「헤겔과 아시아—— 동아시아 근대와 서구 근대성에 대한 비판적 성찰」, 『헤겔연구』 32, 2012, 115-139쪽; 나종석(Na, Jongseok), "Ambivalente Moderne: Wie Hegels Parteinahme für den Westen seine Fehleinschätzung Ostasiens erklärt", 같은 글, pp. 29-61 참조.

7. 앞으로 'eurocentrism'을 유럽중심주의 혹은 서구중심주의란 두 용어로 번역할 것이다. 필자는 두 역어가 호환되어 사용되어도 큰 문제가 되지 않는다고 본다.

한계를 식민주의적 폭력성의 문제와 관련해 다루어 볼 것이다. 달리 말하자면 헤겔의 정신철학이 인류역사에서 나타나는 엄청난 악이나 고통 그리고 폭력의 문제를 세계사의 궁극 목적으로 설정된 자유의식의 실현 과정에 수반되는 것으로 정당화하는 데, 이런 시도가 과연 설득력이 있는지를 식민지배 및 그것이 초래하는 폭력성의 문제에 초점을 두고 살펴볼 것이다. 이 문제는 타자의 문제와 관련이 없는 것처럼 보이지만 그렇지 않다. 폭력성이나 악의 문제는 정신의 타자 상태에서 자신으로 귀환하는 과정(세계사의 과정)에서 일어나는 필연적인 것이라 할 수 있는데, 그런 현상을 헤겔의 정신철학이 어떻게 다루는지를 고찰하는 것은 그가 이해하는 정신철학 및 자유의 이론의 한계를 고찰할 때 빼놓을 수 없는 문제 중 하나일 것이다.

2. 기독교, 서구 근대의 자생성 신화 그리고 유럽중심주의의 철학적 정당화

헤겔에 의하면 세계는 이성 혹은 누스(Nous)에 의해서 통치된다. 이런 주장은 세계가 이성의 실현을 궁극 목적으로 삼는다는 것을 의미한다.[8] 그런데 이성 혹은 이념은 구체적 내용을 지닌 것으로 구현될 때 비로소 자신의 목적이 실현되었다고 할 수 있다. 따라서 세계의 궁극 목적인 이성의 자기실현에서 문제가 되는 것은 이성의 규정에 관한 것이다. 즉 이성이 세계의 궁극 목적이라고 할 때 그 궁극 목적이 무엇인가라는 것이 중요하다. 헤겔에 의하면 세계를 지배하는 이성의 근본 규정은 자유이기에 세계사의 궁극 목적은 이성의 본질인 자유의 실현이다. 그리고 그런 자유의 실현은

---

8. Hegel, G. W. F., *Hegel Werke in zwanzig Bänden*, hg. v. E. Moldenhauer und K. M. Michel, Frankfurt 1969-1971, 12, 21 참조. 헤겔 저작들은 이 전집에 따라서 인용됨. 이때 권수와 쪽수가 함께 기입됨. (예를 들어 전집 2권 25쪽은 2, 25로 표기함) 번역본을 인용하거나 이 전집에 의거하지 않은 헤겔 저작들은 따로 명기됨.

이성적 존재인 인간이 역사의 목적인 이성을 실현하여 모든 인간이 자유롭다는 의식을 제도적으로 실현하는 과정 전체를 통해 가능하다. 그러므로 헤겔은 "세계사를 자유의식에서의 진보"라고 규정한다. 또 그는 "세계사는 자유의 개념의 전개 외에 다름 아니다"라고 말한다.[9] 역사가 자유의 실현 과정에 다름 아닌 것과 마찬가지로 이런 세계사의 진행 과정에 대한 체계적인 인식을 지향하는 역사철학의 과제는 자유 의식의 실현 과정을 "필연성 속에서" 인식하는 데 있다.[10]

역사 속의 이성은 정신의 이념이기도 한데, 그 정신의 이념은 다양한 형태를 띠고 전개되는 민족정신 및 국가에서 실현된다. 이렇게 본다면 정신은 이성의 원리를 공동체 속에서 여러 사람들과 함께 공유하는 것으로 이해될 수 있다. 그리고 법과 도덕 그리고 국가는 물론이고 예술 및 종교 등과 같은 상호주관적인 삶의 방식 속에서 구현되는 이성의 원리란 역사적으로 전개되는 것이기에, 자유는 역사 속에서 실현된다. 이렇게 하여 헤겔은 그의 역사철학에서 법률이나 도덕의 다양성을 그것들이 발생하는 사회적이고 역사적 맥락에서 이해할 뿐만 아니라, 이성의 보편적 원리를 통해 문화적 상대주의를 넘어서고자 했다.

그런데 헤겔의 역사철학에서 가장 결정적 의미를 지니는 것이 기독교이다. 헤겔에 의하면 이성은 전 우주(자연 세계, 인간의 내적 심리 세계 그리고 인간의 역사적 세계를 통틀어서)의 궁극적 원리 내지 목적인데, 이런 원리에 대한 가장 완전한 표현은 기독교에 의해 주어졌다. 그러므로 그는 본래적인 철학의 과제를 기독교에 대한 사변적 인식에서 구한다. 『엔치클로페디』에서 그가 주장하듯이 철학과 종교는 "신이 진리이며 신만이 진리라는 최고의 의미에서 진리를 대상으로 삼는다"는 점에서 차이가

....

9.   12, 539 이하.
10.   12, 32.

없다.(8, 41) 그리고 그는 신에 대한 여러 믿음 중에서 기독교를 최고의 종교로 본다. 기독교는 "신의 인간화" 및 "신앙 공동체 안에서의 성령의 현존"에 대한 교리를 통해서 "정신을 그 절대적 무한성에서 개념적으로 인식"할 수 있게 했다.[11] 이런 맥락에서 헤겔에게 기독교는 "완성된 종교" 다.[12] 그는 기독교의 원리를 세계사에 결정적인 전환을 가져온 사건으로 해석하는데 그치지 않고 기독교에 의해 천명된 신과 정신의 동일성에 대한 사유를 자신의 전체 철학 및 역사철학의 근본 원리로 받아들인다. 물론 헤겔은 기독교의 원리를 철학적인 의미로 재해석하고 있다. 그는 "신"을 "철학의 유일무이한 대상"으로 이해하면서 신에 대한 참다운 탐구를 "예배"로 규정한다.[13] 그래서 헤겔에게 기독교에서 계시된 정신으로서의 신의 내용을 참답게 이해하는 것이 "철학의 과제"[14]로 설정되는 것이다.

헤겔이 역사철학에서 이성적인 국가의 형성 과정에 커다란 중요성을 부여하는 것은 널리 알려져 있다. 인류사의 궁극 목적인 자유의 실현은 "인륜적 전체"(12, 55)로서의 국가에서 이루어진다고 그는 생각하기 때문이다. 그래서 그는 "세계사에서 국가를 형성한 민족들에 대해서만 언급될 수 있을 뿐"(12, 56)이라고 강조한다. 그렇다고 그의 역사철학에서 국가만이 중요한 주제로 다루어진다고 생각하면 틀린 것이다. 자유의 이념을 국가를 통해 실현하는 것을 가능하게 하는 것은 특정한 민족정신의 내용과 형식을 형성하는 데 제일 중요한 역할을 담당하는 종교이기 때문이다.[15] 헤겔에

....

11. 10, 10.

12. Hegel, G. W. F., *Vorlesungen über die Philosophie der Religion: Die vollendete Religion*, neu hg. von Walter Jaeschke, Hamburg 1995, p. 1.

13. 헤겔, 『종교철학』, 최신한 옮김, 지식산업사, 1999, 12쪽.

14. 헤겔, 『정신철학』, 박병기·박구용 옮김, 울산대학교출판부, 2000, 37쪽.

15. 헤겔에 의하면 특정한 민족정신은 특정한 형태의 철학 및 예술과도 궤를 같이한다. 헤겔, 『철학사 1』, 임석진 옮김, 지식산업사, 1996, 85쪽. 객관정신 철학의 한 부분인 역사철학에서 핵심적 역할을 수행하는 민족정신이 절대정신의 영역에 속하는 철학,

의하면 종교는 "인륜성과 국가의 토대", 즉 "인륜성 자체와 국가의 실체성" 이기 때문에 국가와 종교는 서로 분리될 수 없는 상관관계를 이루고 있다.[16] 그러므로 역사에서 드러나는 여러 국가를 이해할 때 그 국가의 정신적 기초를 구성해주는 종교가 어떤지를 인식하지 않으면 안 된다. 역사 발전의 단계를 대변하는 다양한 민족정신들에서 그 민족정신의 구체성을 구현하는 것은 특정 민족이 공유하는 종교이다. 그러므로 이성적인 국가를 통해 자유의 객관적 실현을 보장하기 위한 조건으로 이런 이성적 국가가 지향하는 인간의 보편적인 자유의식을 지지하고 육성할 수 있는 종교의 발전이 요구된다. 헤겔에 따르면 "참된 인륜적인 것이 종교의 귀결이기 위해서는 종교가 참다운 내용을 가져야 하며, 다시 말하면 종교에 있어서 의식된 신의 이념이 참다운 이념이어야 한다는 것이 요구된다."[17]

헤겔에 의하면 기독교, 특히 프로테스탄티즘만이 참다운 인륜적 국가를 가능하게 해주는 종교이다.[18] 헤겔이 강조하고 있듯이 기독교를 통해 "신의 절대적 이념의 진리가 인식되기에 이르렀기"에 인간이 무한한 가치를 지니는 존재라는 "인간의 참다운 본성"도 인식되게 되었다.(12, 403-404) 그럼에도 기독교의 등장과 더불어 이루어진 인간의 자유로움에 대한 자각, 즉 "절대적 자유의 원칙"(12, 404)은 아직 추상적이어서 "구체적 현실 속에서" 실현된 것은 아니다.(12, 402) 그래서 기독교 등장 이후의 인류의 역사는 기독교가 천명한 자유 원리의 실현 과정에 다름 아니라고 헤겔은 생각한다.(12, 402) 이처럼 기독교가 정신의 근본 규정을 최고의 방식으로 계시한

....

종교 그리고 예술과 상호 연관 속에서 탄생하고 작동하는 유기체라고 한다면 객관정신 과 절대정신의 헤겔적인 구분은 재고되어야 할 것이다.

16. 헤겔, 『정신철학』, 앞의 책, 448-449쪽.
17. 같은 책, 448쪽.
18. 가톨릭이 자유로운 정부의 실현을 방해하는 종교라는 헤겔의 주장에 대해서는 같은 책, 450-455쪽 참조. 프로테스탄티즘과 근대의 자유로운 국가 사이의 내적 연관성에 대해서는 같은 책, 458-459쪽 참조.

완성된 종교이지만 그 원리를 이 세상에 구현하는 데에는 일정한 시간이 필요하다. 그리고 이런 기독교적 정신의 원리를 국가 속에서 "세속적 자유(weltliche Freiheit)"로서 실현시키는 역사적 과제를 담당하게 된 민족은 게르만 민족이다.(12, 405) 이에 대한 헤겔의 주장을 들어보자. "게르만 정신은 새로운 세계의 정신인데, 그 목적은 자유의 무한한 자기규정으로서의 절대적 진리의 실현이다. 그리고 이 자유는 자유의 절대적 형식 자체를 내용으로 삼는 자유이다. 게르만 민족의 사명은 기독교 원리의 담당자의 역할을 맡는 것이다."(12, 413)

헤겔에 의하면 게르만 세계의 세계사적 사명은 서구 근대의 시민사회와 이성적인 국민국가를 형성하여 인간의 보편적 자유의식의 객관적 실현을 완성하는 것이다. 달리 말하자면 게르만 민족은 오직 한 사람, 즉 군주인 통치자만이 자유로운 이른바 동양의 시기나 몇몇 시민들만이 자유로운 그리스시기를 거쳐 모든 인류가 자유로움을 향유하도록 하는 시대를 주도하는 문명이다. 그런데 이런 사명을 완성시키는 과정에서 게르만 세계는 자체 내의 역사 전개에서 그 이전의 세계사적 발전 단계를 담당했던 민족정신들과 다른 특이한 성격을 보여준다. 역사 전개에서 게르만 민족들이 보여주는 독특성은 대략 세 가지로 요약된다. 첫째로, 게르만 세계의 역사에서 외부 세계와의 접촉은 게르만 민족들이 그들에게 부여된 세계사적 사명을 실현해 나가는 과정에서 본질적인 의미를 지니지 않는다. 고대 그리스는 그 이전의 세계사적 발전 단계에 속하는 페르시아와의 접촉이나 그리스의 쇠퇴와 몰락을 재촉하고 그 문명이 몰락한 이후에 세계사적 발전 단계를 대변하는 로마라는 문명과 접촉을 했다. 그리고 이런 접촉은 그리스 역사의 시대 구분에서 결정적인 의미를 지닌다. 이에 반해 게르만 세계가 진행되는 시대 구분에서 외부 세계와의 관계는 아무런 의미도 지니지 않는다.(12, 413)[19] 따라서 헤겔은 십자군 전쟁이나 대서양을 건너 인도에 이르는 새 항로(인도항로)의 발견이라든가 아메리카 정복 등과 같은 외부 세계와의 관계는 게르만 세계의 내적인 역사 발전의 전개 과정에서 아무런 "본질적 변화"를 초래하지 않은 부가적 현상에 지나지 않는다고 말한다.(12, 413-414)

둘째로, 게르만 민족에게 외부와의 접촉과 만남은 아무런 본질적 의미를 지니지 않는 것과 마찬가지로 게르만 세계의 역사는 "내향적임과 자기 자신에 대한 관계(ein Insichgehen und Beziehen auf sich selbst)"의 역사(12, 413)일 뿐이다. 게르만 세계의 세계사적 사명은 기독교 원리의 실현이라는 과제에 관련된 것인데, "기독교 세계는 완성의 세계이기" 때문이다(12, 413). 달리 말하자면 기독교 원리를 통해 이미 추상적이긴 하지만 인류 역사의 궁극 목적, 즉 인간의 자유의 보편성에 대한 자각이 완성되었기 때문이다. "이념은 기독교에서 그 어떤 불만족스러운 것을 더 이상 발견할 수 없다." 이제 필요한 것은 외부세계와의 접촉을 통한 새로운 세계사적 원리의 발견에 있는 것이 아니라, 이미 기독교에 의해 천명된 원리 자체를 성숙시켜 그것을 이 세상에 온전하게 실현하는 것일 뿐이다. 그러므로 헤겔에 의하면 게르만 세계, 즉 기독교적 세계는 "어떤 절대적 외부(absolutes Außen)"를 지니지 않는다. 달리 말하자면 "근대 세계의 시대와 관련하여 대외 관계는 더 이상 규정적인 것이 아니"라는 것이다.(12, 414)

마지막으로 게르만 세계의 역사적 특성의 하나는 그것이 동양문명이나 고대 그리스 및 로마문명과 달리 쇠퇴와 몰락의 역사적 경험을 겪지 않고 자체적인 원리의 성숙 과정에 의한 완성에 이르는 문명으로 이해된다는 점이다. 게르만 세계는 그리스도교의 원리, 즉 "자유로운 정신의 원리"를 실현시킨다.(12, 417) 주지하듯이 헤겔은 『역사철학강의』에서 게르만 세계의 마지막 시대를 "근대(die neue Zeit)"로 규정하고 이런 근대를 구성하는

....

19. 고대 그리스 역사 내부의 시대구분과 세계사적 민족과의 대외 관계의 연관성에 대해서는 12, 276 참조.

데 기여한 핵심적 사건으로 종교개혁, 계몽주의 그리고 프랑스 혁명을 거론한다.(12, 492-520 참조) 그리스도교의 원리를 구현한 게르만 세계는 보다 정확하게 말해 프랑스와 이탈리아 남쪽에 위치한 남유럽이나 아시아와 관계를 맺고 있는 러시아 및 폴란드가 아니라 개신교 지역의 국가들이다. 헤겔은 "가톨릭과 더불어 그 어떠한 이성적인 헌법도 가능하지 않다"(12, 531)고 강조한다. 또한 그에 의하면 "독일, 프랑스, 덴마크, 스칸디나비아 국가는 유럽의 심장이다."[20] 따라서 그는 역사철학을 게르만 세계에 의해서 이성적인 근대 국민국가를 매개로 해 이루어진 기독교 정신의 구체적 실현에서 "정신과 세계사 및 현실" 사이의 "화해"가 이루어졌음을 선언하는 것으로 끝맺는다.(12, 540)

앞에서 본 것처럼 헤겔은 유럽 근대 세계의 형성을 게르만 세계가 기독교 정신을 실현하는 내적 전개 과정의 맥락에서 이해하면서 대외적 관계를 유럽 근대 세계의 형성에 아무런 본질적 의미를 지니지 않는 것으로 본다. 그리고 유럽 근대 세계의 자생적이고 내재적인 전개 과정에 대한 헤겔의 역사철학적 인식에서 결정적인 의미를 지니는 것은 완성된 종교로 이해되는 기독교의 중요성이다. 기독교가 보편적 세계사의 궁극 목적인 자유의 원리를 가장 완전한 방식으로 계시한 종교라는 점에서 계시된 기독교 원리의 전개를 역사적 사명으로 삼고 있는 게르만 민족은 스스로 근대 세계를 이룩한 것으로 이해된다.

3. 유럽 근대의 자생성의 이면: 동서양문명의 이원론과 동양의 타자화

....

20. Hegel, G. W. F., *Die Vernunft in der Geschichte*, hg. von Johannes Hoffmeister, Hamburg 1994, 6. Auflage, p. 240. 헤겔은 "프랑스, 독일, 그리고 영국"을 유럽의 중요국가로 분류하기도 한다. 12, 133.

그러나 유럽 근대의 자생성에 대한 헤겔의 철학적 정당화는 신화에 불과하다. 유럽 근대성의 자생성이라는 신화는 근대는 유럽 근대이기에 근대의 기원은 서유럽이라는 점을 강조하는 데 그치지 않는다. 그것은 비서구 사회의 근대는 오로지 서구사회와의 접촉과 충격에 대한 반응이라는 틀에서만 형성될 수 있을 것이라는 가정을 자명한 것으로 설정하는 사유 방식에 다름 아니다. 그러나 "근대성이 순전히 유럽의 발명품이라는 생각에는 정신병적인 무언가가 있다."[21] 비서구 사회와의 접촉과 다른 문화의 영향이 없는 유럽 근대의 탄생은 상상할 수 없기 때문이다.[22]

물론 게르만 세계에 대한 서술과 달리 고대 그리스에 대한 서술에서 헤겔은 그리스가 아시아, 특히 페르시아 제국 및 이집트 등 여러 나라들과의 접촉을 통해 발전했음을 강조한다.(12, 277-295 참조) 그럼에도 불구하고 여기에서도 외부 문명과의 접촉은 철저하게 고대 그리스 문명의 발전이라는 맥락에서 이해되고 서술된다. 그리스가 종교 및 교양 등 그리스 문화의 실질적인 여러 요소들을 시리아 및 이집트 등에서 받아들였지만 그런 이질적인 것을 변형시켜 자신의 고유한 문명을 만든 것은 그리스의 업적이라는 것이다. 달리 말하자면 타자에게서 온 것은 단지 "소재"이고 "자극제"일 뿐이고 본래적으로 그리스 정신의 특유성과 관련이 없다고 헤겔은 주장한다. 요약해보자면 그리스 특유의 정신은 "자유와 아름다움의 정신"이었다고 한다.[23] 그러므로 오리엔트, 즉 동양의 역사적 의미는 유럽문명과의 관계에서만 이해되어야 한다. 헤겔에 의하면 "모든 종교 및 국가 원리의

<hr />

21. 안토니오 네그리 · 마이클 하트, 『공통체』, 정남영 · 운영광 옮김, 사월의 책, 2014, 116쪽.
22. 이 문제에 대해서는 다음 저서를 참조. 안드레 군더 프랑크, 『리오리엔트』, 이희재 옮김, 이산, 2003; 엔리케 두셀, 『1492년 타자의 은폐: '근대성의 신화'의 기원을 찾아서』, 박병규 옮김, 2011.
23. 헤겔, 『철학사 1』, 앞의 책, 198-199쪽.

시작"은 아시아에서 이루어지지만, "그런 것들의 발전은 비로소 유럽에서 이루어진다."(12, 132)

고대 그리스 문명이 아시아 문명과 맺은 접촉의 의미를 이해하는 헤겔의 입장은 결코 진정한 의미의 문명 상호 간의 교류에 대한 인식이라고 할 수 없다.[24] 헤겔식의 문명 접촉에 대한 서술은 문명 사이의 대등한 상호 교류에 대한 긍정과는 너무나 거리가 멀다. 그것은 문명 상호 간의 쌍방향 교류가 아니라 일방적인 유럽 중심인 문명관의 우월성을 확인하는 것에 지나지 않는다. 헤겔이 생각하듯이 고대 그리스 정신의 특유성이 이미 확정되어 있고 타자와의 만남 및 접촉이 그런 고유성의 형성에서 아무런 실질적 역할을 하지 않는다면, 타자와의 만남이 지니는 본질적 가치와 의미는 상실된다. 여기에서도 헤겔철학 특유의 유럽중심주의가 유감없이 발휘되고 있다. 비유럽문명과의 접촉이 고대 그리스 문명에 대해서는 물론이고 서구 근대 세계 형성의 주체인 게르만 세계에 대해 아무런 본질적 가치를 지니지 않고 기껏해야 자극제 정도의 역할로 한정되고 있다는 데에서만 그런 시각이 드러나는 것은 아니다. 아시아 문명의 의미가 오로지 유럽문명과의 관계, 즉 유럽문명의 자기 전개의 맥락에서만 이해되어야 한다는 주장이야말로 유럽중심주의적 사유 방식의 완고함과 오만함을 드러내주고 있다. 여기에서 우리는 헤겔의 정신철학이 비서구 사회의 문명과 역사를 온통 서구화에 동화시키는 동일성의 폭력을 자행하고 있음을 볼 수 있다. '타자 속에서 자신을 이룬다고 규정되는 자유' 개념도 여기에서는 소용이 없다. 타자의 이질성 및 타자성의 제거를 통한 서구화, 즉 서구적 문명의 수용이 없는 자유의 실현이란 비서구 사회에는 존재하지 않기 때문이다.

....

24. 고대 그리스 문명과 근동 지역의 관계에 대한 새로운 관점 그리고 고대 그리스 민주주의조차도 그 기원이 아시아에 있었다는 최근의 연구 성과에 대해서는 나종석, 「유럽중심주의의 귀환」, 앞의 글, 90-92쪽 참조.

헤겔의 역사철학에서 세계사를 구성하는 다양한 문명들 사이의 교류를 개념적으로 파악할 수 있는 가능성은 거의 존재하지 않는다. 그런데 인류의 대부분 문명이 홀로 존재하지 않았으며 늘 다른 문명과 교류하고 상호 영향을 주고받았다는 점을 염두에 둘 때 이런 문제는 심각하다. 문명 교류의 현상을 다룰 수 있기 위해서는 문명들 사이의 위계 서열을 설정하고 그 문명들 사이의 발전을 단선적-직선적인 전개 과정으로 서술하는 방식은 포기되어야 하기 때문이다. 문명과 문명 사이의 대화와 교류를 통해 상호접촉하면서 성장했던 것은 그리스 문명도 예외는 아니었다. 그럼에도 불구하고 헤겔은 다음과 같이 말한다. "유럽 일반이 오래된 세계의 중심이자 목적이고 절대적으로(absolut) 서양이듯이, 아시아는 절대적으로 동방이다."[25] 이 구절은 헤겔 역사철학이 얼마나 철저하게 유럽중심주의적 사유 방식을 철학적으로 정당화하고 있는지 압축적으로 보여준다. 서양은 "절대적으로" 서양인 것처럼 동양도 "절대적으로" 동양이라는 말은 동서 문명 사이의 상호 교류의 의미를 논리적으로 부정하는 것이다.

게다가 헤겔이 반복해서 강조하는 것처럼 세계사의 궁극 목적인 이성적 자유의 실현이라는 관점에서 볼 때 동양은 기껏해야 세계사의 시초라는 지위를 부여받고 있다. 그래서 동양에서는 사람이 자유로운 존재라는 자각이 없는 야만적인 정신문화의 단계에 있으며 그 사회에 어울리는 정치체제는 황제 한 사람의 자의적인 권력만이 난무하는 전제정이다. 헤겔은 다음과 같이 말한다. "동양에서도 정신이 출현한 것은 사실이지만, 그러나 그렇게 빚어진 상태란 여전히 주체가 인격으로서 존재하는 것이 아니라 객관적 실체에 휩말려서 부정당하거나 몰락해가는 것뿐이다."[26] 이처럼 헤겔은 동양의 정치질서를 전제적인 정치체제로 보고 그런 미성숙한 정치질서에

....

25. Hegel, G. W. F., *Die Vernunft in der Geschichte*, 앞의 책, p. 235.
26. 헤겔, 『철학사 1』, 앞의 책, 138.

상응하는 정신으로서 주체성의 자각에 대한 불철저함을 동양적 사유와 문화의 근본 성격으로 이해한다. 그런데 그에 의하면 철학은 자유로운 정치체제의 형성과 함께한다. 따라서 그는 "동양적인 것"을 "철학사에서 배제"할 것을 역설한다.[27]

헤겔은 동양을 주체성에 대한 자각을 결여하고 있는 야만의 세계로 설정함과 동시에 서양의 문명을 정신의 본래적인 고향으로 간주한다. 이런 식의 동양문명과 서양문명의 이원론적 대립은 도처에서 등장한다. 앞서 강조했듯이 이는 동양의 전제정과 서양의 자유로운 정치체제를 대립시키는 관점에서도 드러난다. 헤겔은 1821년의 『종교철학강의』에서 기독교 정신을 인간의 내면적 가치의 무한성을 강조하는 것으로 본다. 그에 의하면 기독교 정신은 "동양적 사유(Orientalismus)와 절대적으로 맞서며 동양적 특성(Orientalität)을 적대시한다."[28] 이와 같이 헤겔은 기독교를 서구 정신의 핵심적인 요소이자 본질적 특성으로 간주하고 그것을 동양의 정신에게는 본질적으로 낯설고 적대적인 것으로 이해한다. 앞에서 본 것처럼 서구 근대문명, 더 나아가 전체 유럽문명의 우월성에 대한 믿음에서 기독교가 차지하는 의미는 결정적이다. 따라서 동양을 문명의 타자로 설정하고 심지어 그것을 정신사의 서술에서 배제하는 것은 기독교의 원리에 대한 사변적 이해를 토대로 하는 헤겔 정신철학의 체계 논리와 깊게 연관되어 있다고 보아야 할 것이다.

동서양문명의 이원론, 달리 말하자면 서구문명의 본래적 우월성과 동양 문명을 문명의 타자로서 규정하는 헤겔 역사철학의 모습을 좀 더 살펴보자. 역사철학을 서술하면서 중국과 인도를 세계사의 시초로 설정하면서도 헤겔은 이들 나라는 사실상 세계사의 참다운 시초도 아니라고 본다. 유럽문

....

27. 같은 책, 135쪽 및 139쪽.
28. 헤겔, 『종교철학』, 앞의 책, 325쪽.

명의 탄생지이자 고향인 고대 그리스와의 연관이 없었기 때문이다. 헤겔은 중국과 인도와 같은 아시아 제국이 아니라 서양과의 교류를 통해 [유럽 중심적인 의미에서 이해된] 세계사와 관계 맺었던 "페르시아의 역사가 세계사의 진정한 시작"이라고 강조한다.(12, 216) 서구와의 접촉이 없이 존재한 중국과 인도 문명은 세계사에 편입되지 못한 채 늘 "정체된 상태로 머물러 있고 자연적이고 식물적인 현존재 상태를 현재에 이르기까지 유지해 오고 있다."(12, 215) 비서구 사회의 역사의 의미는 철두철미 유럽사와의 관계에 의해서만 부여될 수 있다는 것이 헤겔 역사철학의 근본 주장이다. 이런 입장을 달리 말하면 다음과 같다. 서세동점의 시기라 일컬어지는 19세기 중반에 이르러서야 중국을 비롯한 동아시아는 서구와 접촉하게 되었고 이로 인해 비로소 진정한 의미의 세계사와 연동되기에 이르렀다. 그러니 그때까지 동아시아는 세계사 이전의 상태에서 정체되고 후진적인 사회로 남아 있었을 뿐이다. 따라서 헤겔은 다음과 같이 말한다. "중국과 인도는 오직 즉자적으로만 역사의 연관 속에 들어올 수 있을 뿐이고 우리[유럽인들-나종석]로 인하여 역사의 맥락 속에 들어올 수 있다."[29]

앞에서 살펴본 것처럼 다른 문명과의 만남에서 주도적인 의미를 지니는 것은 늘 유럽문명이다. 헤겔에 의하면 유럽문명의 탄생지인 고대 그리스 문명은 아시아 문명과 접촉해도 자신의 고유한 정신을 상실하지 않을 뿐만 아니라, 그런 접촉을 단순히 발전의 기회로 삼을 뿐이다. 게다가 게르만 세계는 기독교 문명에 의해 이미 인류사의 진보를 완성할 힘을 지녔기에 다른 문명과의 접촉이 본래 필요 없는 세계이다. 이에 반해 아시아 문명의 고유한 세계사적 의미는 존재하지 않고, 그 문명은 기껏해야 서구와의 연관 속에서만 비로소 세계사적 의미를 부여받을 수 있을 뿐이다. 이런

....

29. Hegel, G. W. F., *Vorlesungen über die Philosophie der Weltgeschichte: Zweite Hälfte*, Hamburg 1988, 415쪽. 12, 215.

유럽 중심적인 세계사의 철학은 서구 근대 세계의 제국주의적인 팽창조차도 이성의 실현 과정에서 필연적으로 겪어야 할 불가피한 것, 심지어 필연적인 것이라는 인식으로 나간다. 여기에서 다시 유럽문명이 타자와 맺는 관계의 일방성과 그 동화주의적인 폭력성이 명백하게 드러난다.

이처럼 서구 근대문명이 비서구 사회와 맺는 관계는 매우 폭력적이다. 물론 그것은 기본적으로 문명화의 사명을 완수하는 고귀한 과업의 얼굴로 등장한다. 근대 서구문명에 의해 역사 발전의 궁극 목적인 자유의 자기의식의 실현이 이루어졌기에 이제 필요한 것은 그것을 아직 달성하지 못한 이외의 지역에 전파하는 것만이 남아 있다. 세계사에서 유일한 철학적 판단의 기준은 세계사의 목표이기에 그런 목표를 실현하는지 여부 자체가 바로 "최고의 법이자 절대적인 법"으로 간주되어야만 한다.[30]

지금까지 살펴본 것처럼 헤겔의 세계사의 철학은 유럽근대문명이 다른 문명, 즉 타자와 맺는 교류의 내재적 가치를 인정하지 않고, 또 다른 문명으로부터 긍정적 영향을 받았다는 사실을 진지하게 다루지도 않는다. 헤겔의 유일한 관심은 유럽근대문명이 동양 및 다른 문화의 영향이 없이 자생적으로 홀로 발전하였다는 관점을 철학적으로 정당화하는 것이다. 그리고 그러는 과정에서 그는 늘 유럽문명의 자생성 및 진보성과 대비하여 비서구 사회의 후진성과 야만성을 강조할 따름이다. 이 두 측면은 서로 내적으로 공속하고 있는 것이어서 다른 한 측면이 없이는 어느 하나가 존립할 수 없다. 헤겔적인 용어로 보자면 유럽문명의 본래적인 진보성 및 우월성과 동양사회의 타자화는 '사변적인 동일성'의 관계에 있다고 할 것이다. 비서구 사회, 즉 동양의 타자화 없는 헤겔적인 서구 근대의 자기의식은 존립할 수 없다.

우주와 역사를 지배하는 원리로서 이성, 즉 로고스가 서구문명에 본래적

....
30.   헤겔, 『정신철학』, 앞의 책, 445쪽.

으로 친화적인 데 비해 비서구 사회는 자연성의 영역에 여전히 사로잡혀 있는 문명이라고 보는 것은 유럽의 로고스 문명을 자연적인 것으로 실체화하는 것에 불과하다. 유럽만이 세계의 지배 원리인 로고스가 완성될 수 있는 본래적인 곳이라고 단언하는 헤겔의 정신철학보다 그가 옹호하고자 하는 정신의 역사성을 배반하는 지점도 없을 것이다. 그러므로 헤겔의 역사철학은 서구 근대문명의 본래적인 우월의식을 로고스 철학을 통해 합리화한다는 비판에서 자유롭지 못하다. 달리 말하자면 그것은 근대 유럽에서 완성되는 서구 역사를 우월적인 문명으로 자리매김하고 그 외의 모든 문명을 비이성적이고 미숙한 것으로 타자화하여 서구 근대인의 우월적 자기 정체성을 철학적으로 가공하는 역할을 수행한다. 페리 앤더슨에 의하면 "헤겔 이후로 아시아 사회에 대해 동일한 기본 관념들이 계속 유지되어 왔으며, 그 관념들의 지적인 역할은 항상 유럽사회와 다른 대륙의 운명을 날카롭게 대비시키는 것"에 지나지 않았다.[31]

앞에서 본 것처럼 헤겔의 역사철학은 기독교 정신의 실현을 세계사 서술의 중심으로 놓고 비서구 사회의 역사를 미성숙한 상태에 매몰되어 있는 것으로 타자화시키는 데 그치지 않는다. 그것은 유럽의 근대성 형성에 대한 서술을 기독교 원리의 점진적인 실현의 과정으로 서술함으로써 유럽 근대성 형성에 구성적 역할을 수행한 비서구 사회의 영향력을 배제하는 오류를 범한다. 특히 우리의 관심을 끄는 것은 서구 근대성 형성에 중국의 충격이 주었던 영향을 배제하는 문제이다. 중국의 충격과 서구 근대성 형성 사이의 관계에 대한 문제는 외부 세계와의 관계가 유럽 근대성 형성에 끼친 긍정적 역할을 전적으로 배제하면서 유럽 근대의 자생성의 신화를 구축하는 헤겔의 유럽 근대성에 대한 철학적 이해를 비판적으로 검토해 볼 수 있는 중요한 실마리이다.

....

31.   페리 앤더슨, 『절대주의 국가의 계보』, 김현일, 옮김, 현실문화, 2014, 594쪽.

4. 중국의 충격과 헤겔의 근대성에 대한 철학적 성찰의 발생사적 맥락

헤겔의 동양관은 유럽 근대성의 자생성과 우월성을 확인하는 작업의
결과이었다. 그것의 참다운 의미는 서구 근대 초기에서부터 헤겔의 당대에
이르기까지 커다란 영향력을 발휘했던 유럽의 중국에 대한 동경과 찬탄
그리고 이를 둘러싸고 전 유럽에서 치열하게 전개되었던 장기간의 지적
논쟁의 맥락을 염두에 두지 않으면 충분하게 해명되지 않는다. 이질성과
다양성을 배제하는 동일성 철학의 폭력에로 회수되고 마는 헤겔 역사철학의
비밀을 해결할 수 있는 실마리는 지성사에서 거의 망각된 근대 유럽에
가한 중국의 충격을 환기하는 것이다. 사실 헤겔조차도 유럽사회에서 중국
이 유럽의 "모델"이자 "이상"으로 간주되고 있다고 인정하지 않을 수 없었
다.[32] 이런 주장과 중국문화와 정치질서 전반에 대한 혹독한 헤겔의 비판
및 폄하 사이의 극단적인 대조는 매우 흥미롭다.

이미 언급한 것처럼 서구 근대 시기에 중국에 대한 부정적 시각이 처음부
터 우세했던 것은 아니다. 헤겔도 강조하는 것처럼 계몽주의는 서구 근대를
형성하는 데 결정적 역할을 수행했다. 그런데 계몽주의 운동에서 중국의
충격은 대단했다.[33] 그럼에도 서구 계몽주의의 역사에서 중국이 기여한
긍정적 역할은 거의 망각된 사실이다. 그리고 이런 망각은 자연스럽게
이루어진 것이 아니라 역사적으로 구성된 사건임을 명심해야 한다. 18세기

....

32. 12, 157.
33. 서구 근대 계몽주의시기에 중국에 대한 서구인들의 반응에 대해서는 J. Israel,
     Enlightenment Contested: Philosophy, Modernity, and the Emancipation of Man 1670-1752,
     Oxford: Oxford University Press, 2006, 제25장, J. Israel, *Democratic Enlightenment:
     Philosophy, revolution, and human rights 1750-1790*, New York: Oxford University
     Press, 2011, 제20장; 크릴(H. G. Creel), 『공자: 인간과 신화』, 이성규 옮김, 지식산업사,
     1998; D. Mungello, *The great encounter of China and the West, 1500-1800*, Lanham,
     MD: Rowman &Littlefield Publishers, 2009 참조.

서구사회에서 동양, 특히 중국에 대한 열광적인 태도, 그러니까 서구사회가 억압적이고 전제적인 사회에서 보다 더 나은 인간적인 사회를 향한 투쟁에서 본받아야 할 문명의 모델로까지 숭앙받았던 중국관이 극적인 전환을 겪게 되는 역사적 과정에 대한 탐구를 진행하지 않는다면 우리는 헤겔의 중국 비판의 역사적 맥락과 그 의미를 제대로 이해할 수 없다.

우리는 헤겔에 의해 완성된 중국관의 극적 전환에 압도되어 그것을 부동의 진실로 받아들이는 태도를 벗어나야 한다. 이를 위해 우선 그의 부정적인 동양관을 포함하여 헤겔 역사철학(궁극적으로는 그의 철학 전체)을 역사적 맥락에서 재구성해야 한다. 중국 역사의 본질을 동양적 전제주의(Oriental despotism)로 보는 헤겔의 입장은 근대 유럽의 긍정적 중국관을 비판하면서 동양에게 세계사의 출발점이라는 체계적 지위 부여를 통해 유럽 근대가 자생적이며 문명의 보편적 대변자임을 합리화하는 유럽적 근대성의 철학적 정당화의 형성사에서 핵심적 역할을 수행한다. 달리 말하자면 유럽근대문명에게 인류사의 보편적 가치, 즉 문명 자체의 우월적 지위를 부여하는 작업은 이런 문명과 대비되는 비서구 사회의 타자화 및 배제의 논리를 수반한다. 그런데 이렇게 타자화된 비서구 사회는 유럽 근대의 자기 정체성 형성에 구성적인 역할을 수행하면서도 유럽이 대변하는 문명에서 배제되고 있다는 점에서 '구성적 타자'의 역할에 머문다. 이처럼 오늘날 전 세계로 확산된 유럽 근대성에 대한 헤겔적 이해는 유럽 근대성의 중층적 모습을 삭제하면서 등장한 것이다. 그러므로 헤겔의 유럽 근대성 이론은 유럽중심주의적 시각의 전형이자 타자 이해에서의 실패의 전형이기도 하다. 헤겔의 역사철학이 대변하고 있듯이 '타자'를 이해하려는 서구 계몽주의의 노력은 역설적이게도 자민족중심주의로 귀결된다.[34]

....

34. 이런 평가는 헤겔에게만 한정된 것이 아니라 적어도 서구 근대 지성의 일반적인 맹목성과 관련된 것이다. 타자를 이해하려는 서구 근대의 시도가 서구중심주의적 우월성의 확인으로 귀결된다고 보는 입장으로는 J. Israel, *Enlightenment Contested*,

오늘날에 이르기까지 서구에서는 물론이고 한국을 포함하여 서구 근대의 영향을 받고 있는 세계 여러 지역에서 동아시아에 대한 시각, 즉 동양사회는 개인의 자율성에 대한 자각을 결여하고 있으며 억압적인 전제주의가 지배한 사회였고 수천 년 동안 스스로의 힘으로 진정한 진보와 발전을 일구어내지 못한 정체된 사회라는 시각이 주류를 형성한다. 그리고 이런 시각은 헤겔에 의하여 정식화된 역사 이해의 영향사 속에 사로잡혀 있는 셈이다.

그러나 우리는 헤겔 역사철학에 의해 타자화된 비서구 사회의 모습이 결코 자명한 진리가 아님을 인식할 필요가 있다. 헤겔 역사철학이 내세우는 진리 주장의 한계는 자신의 가능성의 조건으로 비서구 사회를 문명의 타자로 규정하면서도 동시에 그런 구성적 타자로 강등된 비서구 사회의 존재에 의해 각인된 유럽 근대성의 진면목을 체계적으로 은폐하고 있는 데에서 분명해진다. 이런 의미에서 필자는 서구 계몽주의의 역사에서 중국이 기여한 긍정적 역할은 망각된 사실이지만, 이런 망각의 역사가 바로 유럽중심주의적 사유 방식이 특권적 지위를 확보하는 과정이며 동시에 그 과정과 내적으로 결합되어 있던 비서구 사회의 타자화의 결과라는 주장을 펴고 있다.[35] 오늘날 비서구 사회가 유럽 근대의 형성에 매우 긍정적 역할을 수행했음에도 불구하고, 그런 경험을 사람들이 제대로 인식하지 못하도록 방해하는 것은 헤겔에 의해 탁월한 방식으로 정식화된 유럽 근대성에 대한 철학적 이해가 지니는 또 다른 어두운 면이다.

오늘날 세계사에 기여한 비서구 사회의 역할을 주변적인 것으로 만들거나 세계사의 외부, 즉 문명의 타자로 만들어 버리는 유럽중심주의적 사유 방식을 비판적으로 성찰하는 과제는 점점 더 많은 관심을 받고 있다. 유럽

....

같은 책, p. 640 참조.

35. 나종석, 「칸트의 자율성 도덕론과 동아시아」, 『칸트연구』 37, 2016, 54-55쪽 참조. 나종석(Na, Jongseok), "Ambivalente Moderne: Wie Hegels Parteinahme für den Westen seine Fehleinschätzung Ostasiens erklärt", 앞의 글, pp. 32-36 참조.

중심적인 근대성 이론은 사실 유럽 근대성의 형성 자체에 대한 왜곡된 인식을 지니고 있기 때문에 유럽인들의 정체성 형성에도 부정적 결과를 초래해왔다. 유럽중심주의에 의해 유럽인들 역시 오늘날 유럽을 가능하게 해준 역사적 조건들을 망각하여 자신과 타자에 대한 잘못된 인식에 사로잡혀 있기 때문이다. 유럽인들은 유럽중심주의적 사유 방식의 내면화를 통해 비서구 사회의 타자성을 과장하고, 심지어 그것을 자연적인 것으로 실체화하게 된다. 이런 식의 유럽중심주의는 당연히 서구의 지배와 침략을 문명화의 이름으로 정당화하는 데 기여한다. 그리고 이런 유럽의 근대성의 역사가 보여준 폭력성의 문제는 오늘날에도 해결되어 있지 않다. 유럽 역사의 어두운 면으로 인해 고통을 겪는 것은 유럽인들이라고 예외가 아닐 것이다. 유럽중심주의에 대한 성찰이 비서구 사회에만 국한된 문제가 아니라는 말이다. 그러므로 유럽중심주의에 의해 망각된 과거의 역사를 새롭게 발굴하고 그 의미를 재규정하려는 행위는 유럽중심주의에 의해 변질되고 오용된 자유의 보편적 이념을 수정하고 그에 대한 확장된 인식을 획득하려는 시도의 첫걸음이기도 하다.

자유롭고 문명화된 서구 근대 사회 대 야만적이고 자유롭지 못한 비서구 전근대 사회를 분할하는 헤겔식의 유럽중심주의적 역사철학의 한계가 분명해지면서 서구 근대철학조차도 동아시아의 충격 혹은 동아시아 사유에 의해 강력하게 규정되고 있다는 사실이 새롭게 조명 받고 있다. 네덜란드 학자 웨스트슈타인(Thijs Weststeijn)에 의하면 유럽 "철학은 17세기에 아마 서양이 동양에서 들여온 가장 중요한 문화적 수입이었을 것이고 상당히 오랫동안 그러했다."[36]

물론 서구 근대 형성에 중국이 지대한 영향을 주었다는 사실은 완전히

....

36. Thijs Weststeijn "Spinoza sinicus: An Asian Paragraph in the History of the Radical Enlightenment", *Journal of the History of Ideas*, Vol.68 No.4, 2007, p. 538.

삭제된 과거는 아니었다. 예를 들어 크릴(H. G. Creel, 1905-1994)은 1949년에 출간된 저서인 『공자: 인간과 신화(Confucius: The Man and the Myth)』에서 중국이 서구민주주의 형성에 매우 커다란 공헌을 했음을 설득력 있게 보여준다. 그의 연구에 의하면 18세기 유럽 계몽주의의 수호신은 공자였다. 그리하여 "계몽주의는 공자의 중국 밖에는 알지 못하였다"고 한 아돌프 라이히바인(Adolf Reichwein)의 연구 성과는 물론이고 계몽주의에 대한 서구중심주의적 편견과 달리 계몽주의 및 민주주의와 공자 학설 사이의 상호 연관성을 다루고 있다.[37] 또한 18세기 "유럽의 공자"[38]로 불리면서 중농학파 및 근대 경제학의 창시자로 손꼽히는 프랑스와 케네(François Quesnay)[39]는 1767년에 소크라테스로 대변되는 고대 그리스철학보다 공자로 대변되는 중국의 철학과 문화가 더 우월하다고 주장했다.[40] 유럽인에게 고대 그리스가 고향과 같이 아늑한 느낌을 준다고 강조하는 헤겔과는 사뭇 대조적인 시각이다.

중국에 대한 서구인들의 열광에는 중국의 독특한 정치제도와 유교 사이의 연관성에 대한 긍정성이 큰 역할을 했다. 특히 17세기 중후반 이후 유럽의 급진적 계몽주의(radical Enlightenment)의 흐름에 속하는 사상가들 사이에서 중국에 대한 열광은 대단했다. 중국에는 실력에 의해 선발되는 관료제도가 운영되고 있었기에 원칙상 일반 시민들도 최고의 관직에 진출할 수 있다는 점, 혈통에 의해 규정된 신분계층상의 엄격한 구분이 존재하지 않는 사회라는 점, 상층으로의 이동이 자유로운 유동적 사회라는 점, 그리고

37. 크릴(H. G. Creel), 『공자: 인간과 신화』, 앞의 책, 313쪽.
38. 김종록·황태연, 『공자, 잠든 유럽을 깨우다: 유럽 근대의 뿌리가 된 공자와 동양사상』, 김영사, 2015, 202쪽.
39. 아담 스미스는 자신의 주저인 『국부론』을 케네에게 헌정하려고 했을 정도로 그를 깊이 흠모했다. 같은 책, 231쪽.
40. 주겸지, 『중국이 만든 유럽의 근대: 근대 유럽의 중국문화 열풍』, 전홍석 옮김, 청계, 2010, 212쪽 및 354쪽 이하 참조

기독교와 같은 종교가 없이도 발전된 문명을 성취하고 있었다는 점 등은 유럽 계몽주의 지식인들을 열광케 했다.[41] 그러므로 헤겔도 중국이 유럽의 모범으로 간주되는 이유를 과거제도에 의해 관료들이 실력의 원칙에 따라 선발된다는 사실에서 구한다. "중국에는 황제를 빼놓고 원래 어떠한 특권계층이나 귀족은 존재하지 않는다. 단지 황자들과 대신의 자식 등이 약간의 특권을 가질 뿐인데, 그마저도 출생에 의한 특권이라기보다는 오히려 지위에 의한 것이다. 그 밖에는 모두 평등이며, 행정에 재능이 있는 사람들만이 행정에 참여한다. 따라서 고위직은 학문적 교양이 있는 자들이 차지하게 된다. 그러므로 중국이란 국가는 흔히 심지어 우리가 모범으로 삼을 만한 하나의 이상으로 추천된다."[42]

그러나 중국에 대한 긍정적 태도는 18세기 중반 이후 변하기 시작했다. 중국을 유럽사회가 본받아야 할 모델로 생각하는 시도에 대한 반론은 논쟁의 처음부터 존재했지만 중국에 대한 비판에서 큰 영향력을 행사한 사람은 몽테스키외와 디드로 등이었다.[43] 특히 동양사회를 전제주의 사회로 규정한 몽테스키외의 이론은 커다란 반향을 불러일으켰다. 몽테스키외는 오스만 국가의 특성을 표현하기 위해 사용된 정치적 관념을 중국 및 그 너머 지역까지 확장시킨 인물이다. 그는 비유럽적 통치형태를 유럽의 그것과 극적으로 대비시키면서 비유럽 정부의 전반적 구조를 전제주의로 규정하였다. 이렇게 몽테스키외는 "동양적 전제주의"라는 개념을 동양 전체로 확대 적용했다.[44] 페리 앤더슨에 의하면 "식민지 탐사와 정복 이후 이제

---

41. 크릴(H. G. Creel), 『공자: 인간과 신화』, 앞의 책, 제15장 참조. J. Israel, *Enlightenment Contested*, 앞의 책, 제25장 참조.
42. 12, 157.
43. 물론 디드로도 한때 중국에 매우 호의적이었다. 그러나 그는 나중에 중국을 매우 비판적으로 보게 된다. 이에 대해서는 J. Israel, *Democratic Enlightenment*, 앞의 책, pp. 558-560 참조.
44. 페리 앤더슨, 『절대주의 국가의 계보』, 앞의 책, 593-594쪽.

정신적으로 전 지구를 포괄하게 된 계몽주의"는 진보적이고 자유로운 유럽사회에 대비되는 동양의 전체 지역을 전제주의가 지배하는 곳으로 대비시키는 작업을 체계적으로 수행했다. 개인의 사유재산을 보장하지 않고 법이 아니라 권력자 개인의 자의와 변덕에 의해 통치되는 전제주의를 아시아 지역에 자연스러운 정치체제로 치부하는 몽테스키외의 입장은 서구에서 일반적으로 받아들여지게 되었다.[45] 이렇게 동양 문화는 자연화되고 실체화되어 초역사적인 것으로 이해되기에 이르렀다.

몽테스키외의 비판을 이어받아 헤겔은 중국을 자유가 없는 전제정의 사회로 규정한다. "중국에는 평등이 있다고 할지라도 자유는 없기 때문에 거기에 마땅히 생기는 통치형태는 전제정치이다."[46] 헤겔의 이 구절에는 서구 근대 계몽주의 흐름에서 강력하게 존재했던 중국에 대한 환호와 긍정적 태도를 비판하는 핵심 주장이 담겨 있다.[47]

5. 헤겔 정신철학과 식민주의

헤겔은 서구 근대의 우월성을 그것에 보편적 자유의 이념을 실현할 수 있는 세계사적 사명을 부여함으로써 철학적으로 정당화하고자 했다. 동시에 그는 사변적인 역사철학을 통해 서구 근대와의 접촉에 의해 새로운

....

45. 같은 책, 672-675쪽.
46. 12, 152.
47. 페리 앤더슨에 의하면 전제주의 사회로 동양사회를 규정하는 헤겔의 동양관은 몽테스키외의 개념들을 대부분 반복하는 것에 불과하다. 페리 앤더슨, 『절대주의 국가의 계보』, 앞의 책, 677쪽. 그러나 헤겔의 동양관은 몽테스키외와 달리 기독교적인 형이상학에 대한 철학적 이해를 토대로 하여 자유의 보편적 실현 과정을 세계사의 궁극 목적으로 보는 체계적 역사철학의 일부를 구성한다. 인류역사에 대한 헤겔식의 체계적인 이해에 상응하는 것을 몽테스키외에서 발견할 수 없다.

변화의 계기를 맞이하기 이전까지 동아시아는 늘 세계사의 초기 단계에 머무르는 미성숙한 사회의 대명사로 규정했다. 이런 인식으로 인해 헤겔은 불가피하게 유럽 근대에 의한 동아시아 사회의 식민지배도 정당한 것으로 간주하게 되었다. 헤겔의 당대에 서구 근대는 이미 식민지를 광범위하게 운영하고 있었고, 그에 따라 그 역시 식민지 문제를 중요한 주제로 다루었다. 헤겔은 근대 자본주의 경제체제가 내적인 요구에 의해 식민지를 구할 수밖에 없다는 점을 강조했다.(7, 391) 유럽 자본주의 체제의 내적 모순을 해결하기 위해선 식민지의 개척이 필연적이라는 헤겔의 인식을 어떻게 이해해야 할 것인가는 매우 논쟁적 주제이다.[48]

헤겔의 역사철학이 어떤 방식으로 식민주의를 정당화하고 있는지를 좀 더 살펴보자. 앞에서 본 것처럼 헤겔은 동양을 자유의식을 결여한 지역으로 규정한다. 더구나 미성숙에서 성숙에 이르는 길, 즉 스스로의 힘으로 자유로운 존재로 성숙해 가는 길은 아프리카, 라틴 아메리카 그리고 동양에게는 외부로부터 오는 것이다. 달리 말하자면 다른 선진 문명의 세례를 받지 않으면 비서구 사회의 문명화는 불가능하다는 생각을 헤겔은 하고 있다. 동양문명의 정체성과 후진성은 외부, 즉 유럽의 충격이 아니라면 자체적으로 해결될 수 없다는 결론은 그의 역사철학의 필연적 귀결이다.[49]

....

48. 이 주제에 대한 상이한 해석에 대해서는 나종석, 『차이와 연대』, 앞의 책, 365-368쪽; S. Avineri, *Hegel's Theory of the Modern State*, Cambridge: Cambridge University Press, 1972, p. 154; 수전 벅모스, 『헤겔, 아이티, 보편사』, 김성호 옮김, 문학동네, 2012, 21쪽 참조.

49. 스페인에 프랑스 혁명의 이념을 수출하려는 나폴레옹의 시도에 대한 비판적 언급(7, 440 참조)은 헤겔이 서구사회와 다른 문화적 배경을 갖고 있는 나라에 대한 팽창주의를 비판적으로 볼 수 있는 가능성을 보여주는 부분이다. 그러나 이런 인식의 가능성은 문명들 사이의 위계 서열적 이해 그리고 유럽근대문명을 인류사의 최고 정점으로 놓는 사유 방식에 의해 질식되고 있다. 회슬레가 강조하듯이 "모든 문화가 똑같이 가치 있다고 생각"하는 입장과 헤겔은 전혀 관련이 없다. 비토리오 회슬레, 『독일철학사: 독일정신은 존재하는가』, 이신철 옮김, 에코리브르, 2015, 207쪽. 그러나 필자는

앞에서도 언급한 적이 있는 헤겔의 다음 주장은 식민주의와 관련해서도 매우 중요하다. "중국과 인도는 오직 즉자적으로만 역사의 연관 속에 들어올 수 있을 뿐이고 우리[유럽인들 – 나종석]로 인하여 역사의 맥락 속에 들어올 수 있다."[50] 또 헤겔에 의하면 "영국인들은 전 세계에서 문명(*Zivilisation*)의 전도사라는 위대한 사명을 떠맡았다."[51] 스스로의 힘으로 역사 발전을 수행할 수 없는 민족이나 지역은 선진적인 발전 단계에 있는 문명과 국가의 지도를 받지 않으면 안 되는 것이다. 그런데 문명화 사명의 관철은 때로는 무자비하고 폭력적인 현상을 동반하는데 그런 불행과 희생은 역사의 목적 실현을 위한 수단이라고 간주된다. "세계정신의 발전 단계"의 현재적 단계의 사명을 인수 받은 민족의 권리 앞에 다른 민족은 아무런 "권리도 없는 것"(rechtlos)이다.[52] 이런 헤겔의 주장을 아르헨티나 출신의 철학자 엔리케 두셀(Enrique Dussel)은 "유럽중심주의에 대한 최상의 정의일 뿐만 아니라 남쪽, 주변부, 과거의 식민지, 종속적 세계에 대한 북쪽의 제국주의 권력, 즉 중심의 권력을 신성화하는 것"이라고 비판한다.[53]

이제 우리는 중국과 인도는 유럽인들인 "우리로 인하여 역사의 맥락 속에 들어올 수 있다"는 명제가 무엇을 의미하는가를 분명하게 이해할 수 있다. 그것은 아시아의 역사는 세계사의 과정에서 자각적인 자유의식의 실현의 과정에 스스로의 힘으로는 도달하지 못하는 역사, 즉 잠재적으로만

....

문명 및 종교 사이의 대화의 전제조건으로 문명들 사이의 위계 설정은 거부되어야 한다고 본다. 어느 한 문명이 다른 문명에 비해 전체적으로 우월하다는 관점에 동의하기 힘들기에 그렇다. 그뿐만 아니라 회슬레가 걱정하는 것과 달리 문명들 사이의 우월관계를 부정하고 여러 문화의 차이를 긍정하는 것이 꼭 문화 상대주의로 귀결된다고 보지는 않는다.

50. Hegel, G. W. F., *Vorlesungen über die Philosophie der Weltgeschichte*, 앞의 책, p. 415. 12, 215.
51. 12, 538. 강조는 헤겔의 것임.
52. 7, 506.
53. 엔리크 두셀, 『1492년, 타자의 은폐: '근대성의 신화'를 찾아서』, 앞의 책, 26쪽.

역사 세계일 뿐인 몰역사적인 역사 세계라는 것을 의미한다. 달리 말하자면 중국과 인도의 역사는 인류사의 유년기로서 성숙된 역사의 시대를 창출하는 내재적 힘을 지니지 못한 세계다. 그러므로 아시아의 역사는 시간이 없는, 즉 자연적인 공간의 역사 상태에 매몰되어 있는 후진적인 문명을 상징하는 '역사 없는 역사'인 것이다. 그러므로 아시아는 헤겔이 '우리'라고 표현한 유럽인들에 의해서만 세계사 속에 편입될 수 있다. 이는 아시아를 비롯한 비서구문명이 서구 유럽과의 접촉을 통해 비로소 문명화될 수 있다고 헤겔이 이해하고 있음을 보여준다. 그리고 이런 접촉에서 폭력적인 방식으로 수행되는 식민화의 과정 역시 유럽의 문명국가가 비서구 지역을 문명화하기 위해서 지불되어야 하는 불가피한 것이라는 점을 의미한다.(7, 507 이하). 그래서 헤겔은 아시아 국가들이 유럽의 식민지로 되는 것이 "필연적 운명"이었듯이 중국도 이 운명에서 벗어날 수 없다고 주장한다.[54]

그러나 식민성과 유럽 근대성의 밀접한 상관성에 대한 헤겔의 통찰의 부족은 유럽 근대의 역사와 정체성에 대한 비판적 성찰에 방해가 된다. 또한 그것은 역설적이게도 자신이 옹호하는 보편적인 자유라는 이념의 실현을 위한 필수적 전제 조건인 문명들 사이의 대등한 대화도 제한한다. 비서구문명은 야만이고 유럽문명이 문명 자체라는 이원적 논리 구조는 문명 사이의 참다운 대화 자체를 원칙적으로 배제하기 때문이다. 이런 식의 헤겔 해석에 대해 다음과 같은 반론이 예상된다. 즉, 식민지의 해방이 식민지 모국에 대해 이롭다는 헤겔의 주장과 필자의 해석이 충돌한다고 반론할지도 모른다. 실제로 헤겔은 노예의 해방이 주인에게 가장 커다란 이익을 가져다주듯이 식민지의 해방은 식민지 모국에 커다란 이익을 준다고 주장한다.(7, 393) 그러나 이런 주장과 상반되는 헤겔의 주장도 우리는 염두에 두어야 한다.

....

54. 12, 179.

앞에서 강조했듯이 헤겔은 비서구 사회의 식민지로의 전락을 필연적이며 정당하다고 본다. 게다가 그는 아프리카 흑인 노예의 즉각적인 철폐를 반대한다. 그가 보기에 흑인들은 자유로운 존재로 인정받기에는 아직 충분한 교양을 갖추고 있지 않다. 흑인의 정신이 성숙하기 위해 그들은 유럽에 의해 노예로 되어야 한다. 물론 아프리카에서도 노예제도가 존재한다. 아니 헤겔에 의하면 '본래적인' 흑인이 거주하는 아프리카 대륙은 "절대적인 노예제도"에 어울리는 땅이다. 심지어 흑인이 인육을 먹는 것도 "아프리카의 원리와 연관되어 있다"고 헤겔은 역설한다.(12, 124-125) 그러므로 헤겔에 의하면 유럽인의 노예가 되어 아메리카로 팔려가지만 아프리카 본토에서의 그들의 운명이 유럽인에 의해 노예상태로 되는 것보다 "훨씬 더 비참하다."[55] 아프리카에서 흑인은 '자연 상태'에서의 노예제도에 의해 모든 인간성을 경멸하는 상황에 있는 데 반해, 유럽인에 의해 이성적으로 조직화된 국가에서 살아가면서 흑인들은 노예 상태 속에서도 단순한 자연적인 감각에 휩싸여 살아가는 것을 넘어서 일정 정도 정신적 교육을 받아 더 높은 인륜적 삶에 참여할 수 있는 계기를 마련할 수 있다는 것이다. 이처럼 헤겔은 노예제도를 한편으로는 "즉자 대자적으로 부당한" 제도이기에 그 제도는 존재해서는 안 된다고 하면서, 다른 한편으로 노예제도가 폐지되기 위해서는 일정 정도 노예의 인간적 성숙이 전제되어야 한다고 강조한다. 그래서 "노예제도의 급격한 폐지보다 그것을 점진적으로 폐지하는 것이 더 적절하고 올바른 것"이라고 그는 결론짓는다.[56]

이제 헤겔의 노예제도 및 식민주의에 대한 태도가 어떤 것인지가 분명해졌다. 헤겔의 역사철학적 입장에서 보면 비서구 사회의 식민지로의 전락이나 유럽국가에 의한 비서구 사회의 식민지적 정복은 정당화된다. 달리

....

55. Hegel, G. W. F., *Die Vernunft in der Geschichte*, 앞의 책, p. 225.
56. 같은 책, p. 226.

말해 헤겔의 이론에 의하면 식민지배는 비서구 지역의 문명이 미성숙한 탓으로 생긴 필연적인 것일 뿐만 아니라, 이런 식민지적 지배/피지배 관계에 의해 미성숙한 단계에 있는 비서구 사회는 문명화의 길로 나갈 수 있는 도야 및 발전의 기회를 획득할 수 있다. 그리고 이런 유럽중심주의적 인식론에 의하면 비서구 사회의 문명화의 길은 서구화에 다름 아닐 것이다.

이처럼 비서구 사회라는 서구 근대의 타자와의 관계를 유럽 근대성에로의 동화적 입장에서 이해하려는 헤겔의 역사철학은 정신 형이상학의 동일성 폭력의 어두운 면을 극명하게 보여준다. 유럽과 비서구 사회의 관계에서 관철되는 동일성의 폭력과 그 문제점은 다음과 같다. 보편적 자유의 이념을 배타적인 방식으로 전유하고 있는 유럽근대문명의 세례를 받지 않고서는 비서구 사회의 해방과 자유의식으로의 도야가 불가능하다면, 비서구 사회는 유럽적인 자유의 이해를 그저 무비판적으로 수용하지 않을 수 없다. 그러나 이런 식의 역사 이해는 비서구 사회의 유럽문명에로의 동화만을 정당화할 뿐이다. 그런데 유럽문명으로의 동화는 필연적으로 비서구 사회의 과거와 전통, 즉 비서구 사회의 역사에 대한 부정과 멸시를 동반한다. 그리하여 유럽문명으로의 동화, 즉 인류의 보편적 이념을 배타적으로 전유하고 있다고 선언하는 유럽적 세계 인식과 역사 인식을 자신의 것으로 내면화할 때 비서구 사회의 사람들은 스스로에 대한 모욕을 가하지 않을 수 없다. 그렇게 되면 비서구 사회가 유럽사회로 동화되는 순간은 영원히 도래할 수 없게 된다. 자신의 전통을 온통 야만으로 기각하는 순간 비서구 사회가 능동적인 방식으로 서구 문명의 보편적 의미를 해석하고 이를 자신의 상황에 어울리게 변형시킬 수 있는 가능성 자체가 사라져버리게 되기에 그렇다. 지역적 전통에 닻을 내리지 못하는 그 어떤 보편적 이념도 아무런 정치적 영향력을 지닐 수 없다. 이처럼 유럽문명으로의 전면적인 전환의 시도가 원래 불가능한 과제인 것과 마찬가지로 유럽문명에의 동일화를 통해 비서구 사회가 성숙될 수 있으리라는 헤겔적인 가정은 실현될 수 없는 환상에 불과하다.

더 나아가 비서구 사회의 구성원들이 자유로운 정신적 주체로 성장하기 위해 노예상태라는 비참하고 고통스러운 경험을 지불해야 한다고 보는 헤겔의 유럽중심주의적 정신철학이 참이라고 한다면, 비서구 사회의 유럽화 과정은 노예상태를 정당화하는 이론을 비서구 사회 구성원들이 내면화하지 않으면 안 된다. 이처럼 헤겔의 정신철학과 역사철학은 자유 이념의 보편성에 대한 양가적 태도, 즉 유럽인들의 자유와 비유럽인들의 노예화의 상호 의존성이 필연적인 사태임을 보여준다. 그러므로 노예로 전락한 비서구 사회의 구성원들에게는 유럽사회에 의해 노예로 전락해서 유럽 정신을 자신의 것으로 내면화한다고 해도 유럽의 근대문명의 양가성에 대한 비판적 성찰이 없이는 결코 노예적 상황에서 벗어날 도리가 없게 된다. 간단하게 말해 헤겔이 주장하는 것과 달리 유럽근대문명의 세례를 아무리 받는다 해도 그 문명이 자체적으로 노예에 대한 이중 잣대를 내면화하고 있는 한, 노예가 어떻게 노예이기를 종식시킬 수 있는지를 인식할 수 없다. 그것은 유럽근대문명의 내적 파괴와 초월이 없이는 불가능할 것이기 때문이다. 즉, 노예와 식민지는 유럽근대문명의 한계를 내파시킬 수 있는 타자임에도 불구하고 헤겔의 정신철학과 역사철학은 이 타자 문제를 은폐시키고 있을 뿐이다.

이제 헤겔의 중국문명에 대한 종합적인 요약을 인용해보자. "이 민족의 특징은 그들에게 무릇 정신에 속하는 모든 것, 즉 자유로운 인륜이라든가 도덕이라든가 심정이라든가 내적인 종교라든가 학문이라든가 또 본래적인 예술 등이 결여되어 있는 점에 있다. 황제는 항상 존엄과 아버지 같은 자애와 온정으로 인민을 대하지만, 인민은 자기 자신에 대해서는 극히 비굴한 감정만을 가질 뿐이고, 자신은 단지 황제 폐하의 권력의 수레를 끌기 위해서 탄생했다고 믿고 있다. 그들을 땅에 닿을 정도로 밀어붙이는 무거운 짐도 그들에게는 어떻게 할 수 없는 운명으로 생각되어 자기를 노예로 팔고 예속의 쓰디쓴 맛을 보는 것도 그들에게는 별로 무서운 일이 아니다. 복수의 수단으로서의 자살, 일상다반사로서 벌어지는 자식들을 버리는 행위 등도 자기 자신과 인간에 대해서 존경의 마음을 가지지 않는 증거이다."[57]

헤겔이 주장하듯이 동아시아 사람이 인간의 존엄성에 대한 자각이라곤 전혀 지니지 않고 있는 문명, 노예적 굴종과 비굴한 감정만을 양산하는 문명, 정신의 본성인 자유로운 인간성에 대한 인식을 결여하고 있는 문명 속에서 살아가는 사람이라고 한다면, 그들이 스스로 자율적 주체로 성장할 방법은 존재하지 않는다. 동아시아에 대한 부정 일변도의 인식 자체가 진리의 이름으로 등장할 때 그것은 동아시아 사람들로 하여금 스스로 주체적 삶을 살아갈 역량을 박탈하는 인식론적 폭력 행위의 효과를 지니게 된다. 그런 인식을 내면화한 동아시아인들은 야만으로 낙인찍힌 자신의 과거를 근대에 어울리지 않는 억압적인 것으로 보고 이를 전면적으로 파괴하지만, 그러면 그럴수록 그들은 자신들이 선망하는 서구문명에 종속 되면서 역설적으로 자율적 주체를 형성할 수 있는 문화적 전제 조건을 부정하기 때문이다. 또한 자연스러운 것으로 받아들여진 유럽적 보편주의 는 유럽의 지배적인 권력구조와 그 불평등한 질서를 은폐할 뿐만 아니라, 그런 부당한 현실의 원인을 비서구 사회의 문화에 기인한 것으로 바라보게 함으로써 현실적으로 불평등한 권력관계의 지속적인 유지를 가능하게 하기 때문이다.

6. 나가는 말: 새로운 보편성을 향한 출발점으로서의 과거의 탈식민성

----

57. 12. 174.

과거가 없는 존재는 온전한 인간일 수 없으며 자신이 어떤 존재인지에 대한 정체성을 형성할 수 없다. 그것은 한 개인의 차원을 넘어서 공동체에게도 해당된다. 개인이든 공동체든 과거에서 현재에 이르는 다양한 사건들에 일정한 의미를 부여하고 통일성을 제공할 수 있는 이야기를 형성하여 '너는 누구인가'에 대한 물음에 직면하여 이런 이야기를 통해 답하고 그것을 타인과 공유할 수 있을 때에만 정체성을 확보하여 행위 주체로서의 삶을 영위할 수 있기 때문이다.[58] 그러므로 유럽적 보편주의가 비서구 사회의 과거를 지배함에 의해서 자신을 관철시킬 수 있다는 프란츠 파농(Franz Fanon)의 다음과 같은 지적은 여전히 식민지적 경험으로 인해 분열되어 있는 우리 사회와 무관하지 않다. "식민주의는 원주민을 장악하고 원주민의 두뇌에서 온갖 형식과 내용을 제거하는 데만 만족하지 않는다. 일종의 왜곡된 논리에 의해 식민주의는 피억압 민중의 과거를 왜곡하고 훼손하고 파괴한다. 이렇게 식민지 이전의 역사를 평가절하 하는 것은 오늘날 논리적 중요성을 지닌다."[59]

프란츠 파농이 주장하듯이 피식민지 사람들이 스스로를 자유롭고 독립적인 존재로 인정받기 위해서는 자신이 속한 문화를 문명에 어울리지 않는 비정상적인 것이자 야만적인 것으로 바라보는 시각 자체를 극복해야 한다. 자신의 과거를 온통 야만적인 것으로 경멸하고 무시하는 입장을 진리로 전유하는 한 자유로운 삶을 가능하게 해주는 전제 조건인 자신에 대한 존중감을 획득할 길은 없기 때문이다. 더 나아가 지역적 전통과의 대화의 가능성을 차단하는 식민지적 사유 방식은 유럽적 보편주의의 폭력성을 성찰하면서 유럽 근대의 역사적 성취에 대해서는 개방적임과 아울러 지역적

---

58. 이때 사용되는 정체성의 의미는 폴 리쾨르가 주장하는 서사적(서술적) 정체성에 가깝다. 서사적(서술적) 정체성에 대한 설명으로는 폴 리쾨르, 『시간과 이야기 3: 이야기된 시간』, 김한식 옮김, 문학과지성사, 2004, 471쪽 참조.
59. 프란츠 파농, 『대지의 저주받은 사람들』, 남경태 옮김, 그린비, 2007, 239쪽.

전통에 닻을 내릴 수 있는 참다운 보편적 이념의 가능성을 새롭게 상상할 수 있는 길을 봉쇄하는 것임이 명백하다. 그러므로 '역사 속의 이성'의 유일무이하고 참다운 대변인으로 설정된 유럽의 역사에 대한 헤겔의 강조로 인해 세계사로부터 배제되어 버린, 즉 식민화된 비서구 사회의 과거 및 전통을 유럽중심주의적 인식 틀로부터 탈식민화하는 작업은 인류의 보편적 자유의 이념이라는 약속에 새로운 도약의 힘을 부여할 것이다.

제2장

동아시아 근대의 고유한 위상과 유형[1]

김상준

1. 들어가는 말: 이 글의 목표와 연구 방법

이 글은 동아시아 근대의 고유한 위상과 성격을 추출하고 유형화하여 동아시아 근대에 대한 체계적인 인식 틀을 세우려 한다.[2] 이를 통해 동아시아 근대사는 다른 여러 근대문명들의 역사와 함께 동등한 위치에 서게 된다. 단지 동아시아 근대사의 고유성이 분명해질 뿐 아니라, 근대 세계사 전체 역시 제 위치를 잡게 된다.

이 작업은 동아시아 근대의 원형(原型, prototype)과 그 변형과정, 이를

---

1.   본 논문은 『사회와이론』 26호(2015)에 실렸다.
2.   광의의 동아시아는 한중일과 동남아시아, 몽골과 극동 러시아를 포괄한다. 그러나 본 저서에서는 유교권 동아시아, 특히 중심이 되는 한중일 3국에 집중하고(+베트남), 그 밖의 광의의 동아시아 국가와 지역들은 맥락상 필요한 경우 부가적으로 언급할 것이다. 물론 동아시아 근대사에서 주요 행위자로 등장하는 서구 국가들도 서술의 맥락 속에서 당연히 등장한다.

통해 형성된 동아시아 근대체제의 특징, 그리고 그 내부의 (국가 또는 세력 단위의) 하위유형(sub-types)들을 포착하고 분석하여 체계적으로 범주화하는 것을 포함한다. 동아시아 근대는 물론 지구적 근대사의 흐름 안에 있고, 동아시아 근대의 독특한 위상은 지구적 근대사에서 점하는 독특한 위치에 기인한다. 동아시아 근대의 유형학(typology)은 동아시아 근대의 위상학(topology)과 같이 서야 서로 제 위치를 잡을 수 있을 것이다.

이러한 작업의 동기에는 우선 학문방법론적 필요성이 있다. 한국인으로서 한국과 동아시아에 관해 연구하고 쓰면서 왕왕 언어·개념과 대상이 어딘지 겉돌고 있다는 느낌을 갖게 된 게 결코 필자만의 유별난 감상은 아닐 것이다. 정도와 지속의 차이가 있을 뿐, 아마도 한국의 대부분의 인문·사회과학자들이 그런 종류의 느낌을 최소한 한번쯤은 가져보았으리라 생각한다. 학계의 기존 언어와 개념들이 동아시아와 한국사회를 외부화하는 시각에서 구성되어 있다는 느낌, 그러한 언어와 개념을 가지고 동아시아와 한국사회를 분석해야 한다는 데서 생기는 방법론적 겉돎=이격감(離隔感)이다.

왜 그렇게 되는지 그 이유가 그다지 복잡하지는 않을 듯하다. 그 언어와 개념 체계 자체가 동아시아와 한국을 서구 중심 역사의 파생 현상, 외부 현상으로 보는 세계관·역사관의 산물이기 때문이다. 물론 동아시아는 세계 속에 있다. 그러나 그 세계 경험은 우선 동아시아가 체험한 세계가 인식론적으로 우선일 수밖에 없다. 우선 이러한 내부 경험에 기반한 언어와 개념이여야 그 현실의 형질(形質)과 체형(體形)을 잘 표현해 줄 수 있을 것이다. 그러한 연후에 외부의 여러 시각을 흡수하고 비교하고 종합하는 과정이 따르는 것이 순서겠다. 그럴 때 동아시아 인식은 보다 사실적이고 균형 잡힌 것이 될 것이다. 그런데 지금까지는 외부에서 동아시아를 보는 언어와 개념은 너무나 많았고, 동아시아 자체의 세계경험을 스스로 언어화 개념화하는 작업은 너무나 부족하지 않았나 싶다. 현저한 불균형이 있었다.

이 글은 이러한 불균형을 다소나마 좁혀 보려는 뜻에서 비롯한 하나의 작은 시론(試論)이다. 물론 그러한 작업이 동아시아에 관한 기존의 학문적 언어와 개념 전체를 온통 부정하고, 無로부터 온통 다시 새롭게 창조해내야 하는 것은 아닐 것이다.[3] 동아시아의 세계경험, 근대경로를 동아시아 내부의 시각에서 차분하게 다시금 추찰(推察)하면서 기존 학문의 언어, 개념과 그 안에 담긴 함의를 필요에 따라 첨삭하고 변경도 하고, 때로는 새로운 개념도 만들어 가면서 그 전체상을 조금씩 재구성해 가는 길이 보다 현실적이지 않겠나 생각해 본다.

　이러한 문제의식이라면 한국인으로서, 우선 한국(Korea)으로 초점을 좁혀, 한국의 시각에서 시작하는 것이 맞지 않겠는가, 왜 한국이 아니라 굳이 동아시아라는 단위에서 보아야 하느냐고 문제를 제기하는 독자가 아마도 있을 것인데, 여기에 대한 답은 이 글의 내용 전체가 될 듯하다. 미리 밝혀두자면, 인식론적 단위는 체험의 단위이기도 한데, 한국 근대의 인식과 체험은 동아시아의 그것과 '떼려야 뗄 수 없을' 정도로 깊게 연관되어 있다는 것이다. 또한 동아시아라는 단위에서 보았을 때, 한국과 세계와의 연관성 역시 더욱 분명하게 포착된다. 따라서 '한국 근대', '한국 근대성'을 제대로 이해하기 위해서는 우선 그 원형(原型)이 형성된 동아시아 초기근대를 우선 이해해야 하고 그 동아시아 초기근대가 서구 근대와 대면·충돌하는 과정을 통해 형성된 변형들, 그 변형들의 불가분리적인 상호연관성을 보아야 한다. 동아시아 내부의 근대체험에도 분명 차별성들이 있지만, 이들은 이렇듯 깊게 서로 맞물려 이루어졌던 공통된 인식 단위, 체험 단위의 하위범주(sub-types)였음을 확인하는 것이 그보다 중요하다. 방법적으로

3.　논리적으로 그러한 유형의 작업이 존재할 수 있음을 부정하지 않겠다. 순수철학, 아마도 특히 동양철학에서는 그러한 방식의 또 다른 체계 구축도 생각해 볼 수 있을 것이다. 그러나 그러한 작업도 더 넓게 나가면 결국 대화적인 종합이 되지 않을 수 없겠다.

동아시아라는 단위를 통해서 비로소 한국도 그리고 세계도 보다 정확하게 인식할 수 있게 된다는 것, 이러한 의미에서 이 글의 취지를 '방법으로서의 동아시아'라는 문제의식에 관한 인문사회과학적 이론 기반을 마련해 보는 것이라고 해도 무방하겠다.[4]

그러나 이 글을 구상한 동기에는 이상과 같은 순수 학문방법론적 필요성, 문제의식만 있었던 것은 아니다. 그와 함께 아주 긴박한 세계현실의 변화, 즉 현재 진행 중인 '동아시아의 부상'과 '서구중심 문명의 재편'이라고 하는 세계사적 전환기의 역사적 의미를 숙고해 보려는 동기가 또한 배경에 있다. 이 전환은 공교롭게도 20세기에서 21세기로의 세기전환기에 이루어지고 있다. 그러한 세기 전환을 2000년의 −, +15년 정도로 본다면 한국사회의 경우 대략 1987년에서 2016년까지의 30년을 세기전환기라 구획해 볼 수 있겠다.

이 거대한 전환은 동시에 근대의 지속가능성에 대한 전 지구적 위기의식의 점증과 교차하고 있다. 따라서 '동아시아 근대에 대한 학적 인식체계의 정립'은 다만 그 자체를 목적으로 삼는데 그칠 수 없다. 동아시아 근대의 고유한 특징이 과연 근대의 지속가능성의 위기에 어떤 출구와 활로를 제시할 수 있는가, 다시 말해 '지속가능한 근대성(sustainable modernity)'의 모색에 어떤 기여를 할 수 있는가라는 문제의식과도 깊게 연관되어 있다. 앞서 말한 바와 같이 '동아시아 근대의 고유한 특징'은 근대 세계역사에서 동아시아가 차지하는 특이한 위치에서 비롯한다. 이 특이성은 최근 국제 담론에서 '동아시아의 부상(浮上)'이 거의 항상 '동아시아의 회귀(回歸)'와 함께 거론되고 있음에서도 드러난다. 많은 기존 담론들이 동아시아의 부상

....
4. '방법으로서의 동아시아'라 했을 때는 1961년 일본의 루쉰 연구자인 다케우치 요시미의 논문인 「방법으로서의 아시아」를 염두에 두고 있다(다케우치, 2004). 그 역시 아시아라는 단위를 매개로 근대 세계와 일본을 다시 생각하려 했다. 그러나 그 착상은 직관적인 것으로서 매우 날카로우나 아직 이론적으로 체계화된 것은 아니었다.

과 회귀를 무의식적으로 동일시하고 있지만, 그 양자의 의미는 분명 다르다. 부상은 단순한 양적 성장·확장의 기준으로 쉽게 이해할 수 있지만, 회귀는 그보다 복합적인 의미구조를 가지고 있다. 지체된 것, 억눌린 무엇이 전제되어 있다. 부상과 회귀를 중첩시키면, 그 지체되고 억눌린 것은 애초에 부상(浮上)된 상태였고, 그것이 눌렸다 다시 부상하였다는 뜻이 된다. 이때의 부상은 단순한 양적 확장 이상의 뜻을 함축한다.

이 두 담론의 병립은 동아시아 근대가 두 겹, 또는 쌍엽(雙葉)구조(double structure)를 이루고 있음을 말해준다. 먼저 부상(浮上) 담론은 서구주도 근대의 확산과 연속의 측면을 가리키고 있다. 반면 회귀 담론은 서구주도 근대 이전 단계에서의 근대의 또 다른 가능성들이 이제 후기근대의 상황에서 새로운 형태로 펼쳐질 수 있음을 암시한다. 따라서 부상과 회귀(回歸)는 하나인 듯 보이지만, 엄밀히 살펴보면 실은 서로 구분되는 단계와 지향을 표현한다. 이제 이 두 담론이 중첩돼 혼성음을 내고 있다. 이 혼성음의 내적 구조가 분석돼야 한다. 양자는 모순적인가? 화성(和聲)적인가?

이 쌍엽구조는 동아시아 근대의 복합성과 중층성의 표현이다. 그 복합성과 중층성은 동아시아 근대 형성사의 아래 세 가지 특성에서 유래하는데, 이는 ① 동아시아 근대가 평화기(17세기 중반-19세기 중반)와 전쟁-냉전기(19세기 중반-20세기 후반)라고 하는 상이한 국면을 경과해 오면서 이중구조로 형성되었다는 점, ② 동아시아의 부상과 회귀(回歸)란 역사가 홉스봄(Hosbawm)이 전후 '황금기(Golden Age, 1945-1973)'라 불렀던 서구 근대 절정기의 한 파생현상이었고, 이는 세계냉전체제의 의도하지 않았던 결과(unintended consequence)이기도 하였다는 역설, ③ 그럼에도 동아시아의 부상과 회귀는 오히려 서구 근대가 상대적 침체 또는 하강 국면에 접어든 21세기에 들어 완연히 두드러진 현상이 되었고, 이에 따라 침체와 위기에 처한 근대의 지속가능성에 동아시아가 새로운 활력을 줄 수 있는지에 관한 문제가 새롭게 제기되고 있다는 사실로 집약할 수 있다.

이러한 상황을 고려해 볼 때, 이제는 동아시아인들이 동아시아 담론에 대해 막연한 자기만족이나 도취가 아니라 오히려 막중한 책임의식을 가져야 할 때라고 할 수 있다. '동아시아의 회귀' 담론이 한편으로 동아시아 초기근대의 번영과 공존을 상기(remind)시키지만, 그것은 결코 과거로의 단순한 되돌아감이 될 수 없고, 오히려 곤경에 처한 인류문명의 지속가능성 여부에 답할 수 있는 전 지구적 문제의식으로 승화되어야 할 것으로 보인다. 그럴 때 동아시아의 부상도 회귀도 보편적 의미를 갖게 된다. 동아시아 근대의 위상학과 유형학은 이상의 과제, 즉 동아시아 근대의 복합성과 중층성을 개념적으로 명확히 범주화, 체계화하는 작업이며, 동시에 이를 통해 그 안에 내포된 인류문명의 미래 지속가능성의 자원과 지향성을 포착해 내는 작업이기도 하다. 이는 이론적 문제이자 긴박한 현실적 문제이기도 한데, 이를 한마디로 하면 '21세기 동아시아 평화정착의 가능성의 문제'가 된다. 동아시아의 부상은 세계문명 판도의 재편이라는 거대한 전환과 맞물려 있다. 여기서 '동아시아 평화체제'의 정착은 거대한 문명전환의 평화로운 완수와 불가분리적으로 맞물려 있다. 따라서 이 글의 과제는 이론적이며 동시에 실천적인 의지와 지혜를 모으는 작업과 연관되지 않을 수 없다.

이러한 작업은 ① 문제의 지형 전체를 조망해 볼 수 있는 시대구획 프레임(위상적 개념 틀, topological frame)과, ② 그렇듯 구획된 시대국면 내의 문제영역들을 효과적으로 추적·분석·비교할 수 있게 하는 유형적 분류기준(유형적 개념 틀, typological frame)을 체계화하는 방식을 통해 이루어진다. 먼저 위상학적 개념 틀은 근대 역사 단계의 연속과 순환을 포착하기 위해 필수적이다. 우선 이 글은 근대세계사의 세 단계에 대한 개념 틀을 설정한다. 오늘날의 시대상황을 정확하게 포착하기 위해서는, 주로 글로벌 히스토리 분야의 연구에서 제시한 초기근대-서구주도근대의 2단계 근대론(김상준, 2007; Parker, 2010; 요나하 준, 2013)의 시각만으로는, 이제 이미 불충분해졌기 때문이다. 근대세계사의 흐름은 이제 3단계 국면인

'후기근대(the late modern age)'[5]로 접어들었다. 그 징후는 중국, 인도, 라틴아메리카를 중심으로 한 광대한 비서구진영의 급속한 성장과 산업주의 무한성장노선의 한계 노정, 서구중심국가들의 주도력의 상대적 저하로 나타나고 있다(김상준, 2014b). 이로써 근대 세계사는 ① 초기근대 ② 서구주도근대 ③ 후기근대의 세 단계로 전개되는 것으로 된다. 후기근대의 문명 상황은 여러 문명이 비교적 동등한 관계로 병존하고 있다는 점에서 초기근대의 그것에 가깝고 이는 근대세계사가 하나의 순환주기를 그리고 있음을 보여준다. 그러나 그 회귀는 같은 것의 반복이 아니다. 근대적 발전노선의 최후단계이며 동시에 새로운 문명노선을 예비하는 되돌아감, 되감기(hysteresis)다 (김상준, 2014a; 2017).

이러한 사이클은 동아시아 근대에도 그대로 적용되는 것이지만, 동아시아 근대 과정의 고유성을 포착하기 위한 추가적 개념 틀을 개발할 것이 요청된다. 이는 동아시아 근대 역사진행의 특징과 구체성을 잘 반영하는 것이어야 하는데, 이 글은 그것을 '형-유-세1-세2-형'(形-流-勢1-勢2-形')'라는 다섯 단계의 순환으로 개념화하려 한다. 형-유-세(形-流-勢)란 동아시아 근대의 역사적 형국과 그 변화과정의 특색을 표현하기 위해 동아시아 고전들의 맥락 안에서 추출한 고유 용어다. 그 첫 단계인 형(形)은 17세기 중반에 형성되어 19세기 중반까지 이어진 '동아시아 200년 평화'시기에 형성되었던 동아시아 근대의 원형(原型)을 말한다. 그 변형 과정은 ① 아편전쟁 이후 서세가 외부에서 가한 거대한 압박에 대응하는 과정(流), ② 탈아입구한 일본이 내부에서 일으킨 확장 공세에 대응하는 과정(勢1), 이어 ③ 2차 대전 이후 동아시아 냉전공간에서 이루어진 변화(勢2), 그리고

....
5. 최근 이 개념에 대한 학술적 논의가 급속히 증가하고 있다. 일례로, 글로벌 학술 검색엔진인 ProQuest-Serials Solutions에서 후기근대를 뜻하는 'the late modern period'를 검색하면 2,103,297개, 'the late modern age'는 2,103,946개, 'the late modern times'는 2,601,558개라는 엄청난 결과가 뜬다(검색일, 2016년 10월 27일).

최종적으로 ④ 20세기 후반부터의 '동아시아 부상'과 '회귀'를 통해 그 외형이 시작점과 유사해져 가는 과정(形')이 된다. 그러나 앞서 언급한 대로 시작과 마지막 단계(形과 形')는 그 형태가 형태상 유사하지만(위상동형, topological equivalent), 그 내용과 지향에는 많은 차이가 존재한다.

더하여 필요한 것은 각 문명권 근대의 특성을 포착할 유형론적 개념틀이다. 먼저 동아시아 근대 유형과 서구 근대 유형의 구분이 필요하다(유형학은 방법론적 비교[methodological comparison]의 산물이다). 특히 서세(西勢)에 의한 커다란 변형 이전, 초기근대기 동아시아 근대의 원형의 유형적 특징과 서구형의 차이 인식이 중요하다. 이 글은 이를 동아시아 내장(內張)형 체제와 서구 팽창형 체제로 구분할 것이다. 이어 서구주도근대 시기, 또는 유(流)와 세(勢)의 단계에 지배적이었던 전쟁체제-냉전체제의 유형학적 구분이 중요하다. 먼저 서구 전쟁체제에 비해 동아시아 전쟁체제-냉전체제가 지녔던 조기(早期)성과 장기성, 내향(內向)성과 불균등성의 분석이 중요하다.

끝으로 근대, 근대성에 대한 분석적 개념 틀이다. 최근의 근대 논의는 '근대의 위기' 담론과 깊게 맞물려 있다. 환경·자원뿐 아니라 공정·안전·평화의 총체적 위협(dangers and risks)이 널리 운급된다. 근대의 생태적·사회정치적 지속가능성이 모두 의문에 붙여지고 있다. 본고는 이 문제에 대한 동아시아 발(發) 응답을 포함한다. 이 문제의식을 일관되게 견지해 가기 위해 근대의 두 가지 가능성 또는 경로에 대한 분석적 개념 틀을 설정할 필요가 있다. 이 글은 이를 '위태로운 근대(the precarious modernity)'와 '지속가능한 근대(the sustainable modernity)'의 개념 쌍으로 제시한다. 위태로운 근대란 팽창형 근대의 한계를 표현하는 것이기도 하다. 이 유형은 인적자원(노동력), 자연자원(영토, 자원, 대기 등)의 무제한적 가용성을 전제하고 있었다. 엔트로피(열역학 제2법칙)와 외부효과(생산비용의 외부 전가)에 대한 고려가 배제되어 있었던 셈이다. 요즘 운위되는

'근대의 위기'란 그 배제가 이제 복수(revenge)의 날로 되돌아오고 있는 현상을 말하는 것이기도 하다. 근래 생태적·사회정치적 지속가능성이 모두 의문에 붙여지고 있는 상황은 팽창형 근대의 이러한 전제·속성과 무관하지 않다. 이러한 속성은 필연적으로 팽창 주체들 간의 경쟁과 갈등의 격화를 낳는다. 그 필연적인 결과가 반복적인 대규모 전쟁의 발발이었다. 그것이 팽창근대의 역사였다.

이러한 문제들에 대한 대안적 대응양식, 즉 지속가능한 근대의 실현가능한(feasible) 유형을 이 글은 내장형 근대의 글로벌한 확대에서 찾고자 한다. 허공에서 따오는 것이 아니라, 실재했던 토착 경험에 근거한다. 그러한 바탕과 경험이 오늘날의 문제에 대응할 몸체의 형(形)과 질(質)이 된다. 그것은 동아시아 초기근대 200년의 경험이다. 이 시기 동아시아의 내장형 초기근대(17세기 중반-19세기 중반)는 전쟁 없는 공존과 지속가능한 생활양식·경제양식의 형태를 역사적으로 실증해 주었다. 우선 경제적으로 필자가 '동아시아 유교소농체제'라 명명한 바 있는 초기근대 경제유형은 전형적으로 내장(內張, involution)형이었다. 저(低)에너지 소모, (Schumacher 가 강조한) '중간기술(intermediate technology)'의 광범한 활용, 높은 고용유발 등의 특징이 결합한 경제양식인 것이다. 20세기 후반 동아시아 경제의 급속한 성장은 이러한 고유 유형이 슘페터형 발전모델과 적절히 결합했던 것과 결코 무관하지 않다(김상준, 2011a, 9장; 2011b, 5장과 5장 보론). 지속가능성이 위기에 처한 오늘날 동아시아 초기근대의 원형은 오히려 적극적으로 재발굴, 재활성화할 필요가 있다. 더하여 자연을 무한착취의 대상으로 삼지 않았던 고유의 공존적 자연관, 발전관도 소중하다. 정치적으로는, 서구 팽창형 근대가 특정 타자를 예외화하여 바깥의 적(위협)으로 외재화하는 반면, 내장형 동아시아 초기근대는 '외부가 없는 공(公)'=공존의 정치론, 천하관을 통해 전쟁과 같은 극한적 갈등을 예방하였다. 특히 21세기 세계상황에서 이러한 공존의 세계관·정치론은 중요한 의미를 갖는다(김상준, 2016). 평화 없이는 지속가능한 근대도 불가능하기 때문이다. 초기근대와 후기근대, 형(形)과 형'(形')의 회귀 패턴, 그리고 위상동형적 특성에 특별한 관심을 갖는 이유가 여기에 있다.

이하에서는 이상의 이론적 구도를 동아시아 근대의 실제 역사 과정 속에서 실증적으로 추출하고 확인할 것이다. 그 순서는 먼저 앞서 말한 동아시아 근대의 다섯 단계(형-류-세1-세2-형')의 큰 흐름을 거시적으로 개괄하고(2절), 이 다섯 단계의 핵심적 특징을 이어지는 매 절, 한 단계씩 순서대로 집약할 것이다(3-7절).

2. 역사의 새가 본 동아시아 근대[6]

시간의 대지(大地) 위를 높이 나는 역사의 새가 있다고 하자. 그의 시각을 우선 사로잡는 것은 무엇일까? 어떤 일정한 형태를 갖추고 있다가 풀어지고, 풀어졌다 또 다른 형태로 모양을 이루는 거대한 형체의 스펙터클한 변환 과정, 파노라마일 것이다. 일단 그의 눈에 들어온 하나의 큰 형태[形]는 비행의 상당 시간 제 모습을 유지하고 있을 것이다. 그러다 어느 순간 새로운 흐름[流]들이 하나둘 눈에 띄면서 이 흐름들이 거대한 형태를 조금씩 변형해가기 시작함을 본다. 이 흐름들은 하나둘 합쳐져 어느 순간 거대한 세[勢]를 이루어 큰 형상의 중심까지를 침식해 들어간다. 몇 갈래로 형성된 이 거대한 세는 또 어느 순간 기존의 거대한 형태 자체를 바꾸어 놓고야 만다. 그 결과 새로운 형태[形']가 생겨난다. 이 새로운 형태[形']가 이루어지고 나면, 거세던 세는 잠잠해지고 새로운 형태는 또 상당한 기간 제 모습을

....
6. 이 절은 2013년 이론사회학회 하계학술대회 자료집에 「동아시아 역사적 근대의 조감, 서(序): 역사의 새」라는 제목으로 발표된 바 있다. 그곳에는 중층근대론과의 연관성과 글 전체의 목차 등이 포함되어 있으나 여기서는 이를 뺐다.

유지한다. 요약하면, …… -형-유-세-형'(形=새로운 形)-……로 연속되어 이어지는 광대한 파노라마다. 하나의 균형에서, 그 균형이 흔들리고 해체되는 여러 과정을 경유하여, 또 다른 새로운 균형에 이르는 과정이다.

그 역사의 새의 시각 체험을 이제 동아시아 근대사에 적용하면 어떻게 될까? 우선 이 조감(鳥瞰, bird eyes' view)에서 우선 가장 두드러진 것은 '형(形)의 복귀' 현상일 것이다. 21세기 들어 형성되고 있는 동아시아사의 큰 형국이 19세기 초와 매우 흡사한 모양으로 되돌아가고 있다는 인상. 크게 보면, 1) 세계사 전체 속에서 동아시아가 차지하는 비중, 2) 그 안의 동아 3국의 영토 획정과 각국 문화와 자국의식의 통합 정도 3) 동아 3국의 비중과 역관계에서 그렇다.

그렇다면 그러한 큰 형국[形]이 형성된 시점은 어느 즈음인가? 17세기 명청 교체기 청-조선-도쿠가와 막부의 정립 시기이다. 이 시기 동아 3국의 국가 결집도, 문명과 생활수준은 같은 시기 영국, 프랑스, 스페인, 네덜란드 등 유럽의 당시 선두 국가들과 대등한 상태였다. 이때 형성된 동아 3국, 동아시아사의 큰 형국이 19세기 초엽까지 큰 변화 없이 지속된다. 이 시기는 동아시아의 '200년 평화'의 시대였기도 하다.

그러다 19세기 중엽부터 동아시아에서 이러한 큰 형국[形]을 크게 변형·교란시키는 다양한 흐름[流]들이 생기기 시작한다. 아편전쟁이 시작이었다. 이러한 흐름들은 우선 형(形)의 변경을 허물어 가다 19세기 후반이 되면 거대한 기세[勢]로 변하여 형(形)의 기틀과 중심을 무너뜨리기 시작한다. 그중 압도적으로 강하고 거셌던 것은 물론 이 지역에 새롭게 출현한 구미열강의 서세였다. 이어 탈아입구를 표방하여 스스로를 내부에서 외부로 존재 이전한 일본이 가세함으로써, 동아시아 형국의 균열은 격심해지고 복합골절의 중상으로 심화된다.

그러나 동아시아에서 새로운 세가 기존의 형의 기본을 그 핵심까지 거세게 흔들어 놓았던 것은 20세기였다. 먼저 일본이 서세를 대체하여 동아시아, 더 나아가 아시아 전체의 패자(覇者)가 되려 했다. 우선 청일전쟁과 러일전쟁을 통해 대만과 조선을 차례로 강점하고, 이어 1, 2차 대전으로 내분에 빠진 구미열강이 중국과 동남아시아에 남겨 둔 빈자리를 일본이 차지하려 함으로써였다. 그러나 일제(日帝) 대동아주의의 맹렬했던 세는 태평양전쟁의 패전으로 순식간에 물거품이 된다. 동아시아 근대의 원형을 완전히 뒤바꿔놓으려 했던, 그러나 실패로 끝난 첫 번째 세(勢)의 흐름을 세(勢)의 제1단계라 부른다.

이어 20세기 후반기에는 냉전체제의 초강대국 미국이 동아시아에서 지배적인 위치를 점하게 된다. 한때 거대한 위협이 되었던 냉전의 또 다른 축은 예기치 못한 소-중 갈등으로 크게 약화되고 급기야 미중 화해에 이어 동구권과 소련의 붕괴로 이어졌다. 이 붕괴 이후 미국은 타 지역에서와 마찬가지로 동아시아에서도 유일 패권자로 군림하는 듯했다. 그렇지만 이러한 상황은 10여 년을 넘지 못했다. 결국 세의 두 번째 단계(勢2) 역시 동아시아 근대의 원형을 완전히 해체하지도 대체하지도 못한 것이다.

이렇듯 거대한 세의 연속된 파고는 17세기에 형성된 동아시아의 기본 형국을 크게, 그리고 반복적으로 흔들어 놓았다. 그러나 그럼에도 결코 완전한 해체, 변형, 대체에 이르지 못했다. 이를 상징하는 것이 20세기 마지막 20년 중국의 급속한 부상이다. 21세기에 이 추세는 더욱 가속화되고 있다. 물론 동아시아의 약진은 1950년대 중반 이래 일본의 회복과 그를 이은 소위 '동아시아 네 소룡(小龍)'의 급속한 성장으로 이미 예비되고 있었다. 다만 여기에 더해 중국의 급부상이 더해지고 그 선두가 일본에서 중국으로 바뀜으로써 '동아시아의 약진'은 그 이전과 크게 다른 의미를 갖게 되었다. 동아시아의 기본 형국——세계 속 동아시아의 상대적 비중, 동아 3국의 정립 상태와 힘 관계——이 19세기 초의 모습으로 되돌아가고 있음이 불현듯 선명해진 것이다(形′).

그렇지만 이 현상을 단순한 되돌아감이라 부르기 어렵다. 큰 형국에 있어 유사하나 그 내용에서 이미 큰 변동을 수반했기 때문이다. 가장 대표적인 것은 동아 각국 정체(政體)의 현저한 변화다. 동아시아의 오랜 정치체제는 유교 왕조체제였다. 한중일 그리고 베트남이 그러했다. 그러나 이제 이 네 나라 모두 공화국이다. 특히 세계사상 가장 오래되고 강력한 유교 관료 왕조체제의 역사를 가진 중국이 혁명을 통해 왕조체제를 뿌리 뽑았다는 것은 매우 중요한 사건이다. 아울러 유교전통이 강했던 동아시아에서 20세기 내내 공화주의, 민주주의, 사회주의 지향이 매우 강했다는 사실은 일견 역설로 보인다. 그러나 역사적으로 유교의 이념과 행동 내부에 시종 군권(君權)을 내파(內破)하는 경향이 있었음을 고려하면(김상준, 2011a), 역설이되, 어쩌면 필연적인 역설이라 할 것이다.

물론 상징적이기는 하나 아직도 일본에 천황제가 의연히 남아 있고, 북한은 사회주의 국가로서 최고 권력자 3대 세습을 감행하는 기형을 보이고 있다. 그러나 불완전한 민주주의란 일본과 북한만의 것이 아니고, 상대적 차이가 있을 뿐, 동아시아 전체의 문제이며, 또한 동아시아만의 현상이 아니라 전 지구적인 문제이기도 하다. 이러한 현상이야말로 역사적 근대가 전 지구적 차원에서 아직 지속 중임을 보여주는 표징이다. 역사적 근대의 지구적 전개 과정은 비대칭적이고 불균등했다. 특히 식민-피식민 근대라고 하는 중간항이 그러했고, 이 과정은 소위 '서구-비서구' 사이에 깊은 차별선과 불균등 발전의 상처를 남겼다. 식민주의는 피식민국만이 아니라 식민본국에도 동일한 깊이의 왜곡과 상처를 남겼다. 그 결과 서구-비서구가 당면한 문제들의 현상은 조금씩 달라 보이지만 문제의 뿌리는 하나로 연관되어 있다.

이 시간비행에서 역사의 새가 목격하였던 '형(形)의 복귀'가 갖는 의미는 무엇일까? 19세기 중반 이래 동아시아에 깊게 파여 온 식민-피식민, 서구-비서구의 차별과 불균등의 상흔을 거꾸로 지워가는 흐름으로 보인다. 동아시아만이 아니었다. 인도와 이슬람권, 그리고 남미에서도 유사한 흐름이 진행되고 있다. 이 흐름에는 경제적 성장과 함께 민주주의의 확장이 동반되고 있다. 이 글로벌한 복류(復流, feedback)가 만들어 낼 미래를 미리 알 수는 없다. 다만 이 복류는 마치 필름을 거꾸로 돌리는 것처럼 시간을 되감는 것이 아니라는 것, 그것은 불가능할 뿐 아니라, 바람직하지도 않다는 것을 안다. 그러나 그 과정의 음미를 통해 우리가 처한 형국을 보다 깊이 이해하고, 이를 통해 우리가 택해야 할 방향에 관한 교훈을 얻을 수 있을 것이다. 이제 아래에서는 본 절에서 요약한 동아시아 근대 형-류-세1-세2-형'의 다섯 단계와 그 각 단계에서 형성된 위상적, 유형적 특징을 가장 핵심적이라 생각되는 점들로 제한하여 순서대로 제시해 볼 것이다.

3. 제1단계(形): 동아시아 근대의 원형(原型)과 그 하위유형들

이 시기 유럽인이 보았던 동아시아에 대한 당대의 진술로부터 시작해 보자. 1685년, 당시 유럽의 패권국이었던 네덜란드의 한 저술가는 다음과 같이 썼다. "이곳은 철학자들만이 통치하는 플라톤적 국가다. …… 여기에는 세습귀족이 없고 학자들만이 귀하다. …… 그들의 왕이 죄를 범하면, 이들 철학자들은 왕을 비판할 자유가 있다. 그 비판은 일찍이 이스라엘의 예언자들이 왕을 비판했던 것보다 더욱 엄중하다."[7] 네덜란드와 유럽 정치 체제에 비판적이었던 이 화란인은 '이곳'을 정치선진국으로 보고 있었다. 그 '이곳'이란 당시 화란인들이 'Sinas'라고 불렀던 극동 지역으로 중국과 조선(Corea), 때론 일본까지 포함해 부르던 곳이다. 1662년 네덜란드 해군은 대만에서 일개 반청(反淸) 저항세력이던 정성공(鄭成功)에게 참패하여 물러

----

7. Isaac Vossius, 1685, *Variarum Observationum Liber*, pp.58-59, Weststeijn (2007: 549)에서 재인용.

나면서 중국의 거대한 부와 힘을 실감했고, 1653-1666년 조선에 표류해 머물렀던 화란 선원 하멜은 이 나라에서 "기독교인이 오히려 무색할 정도로 이교도들로부터 후한 대접을 받게 되었다"라고 쓰기도 했다(하멜, 2014: 34). 이러한 기록들이 말해주듯, 이 당시 유럽인들의 눈에 비친 Sinas=동아시아는 경제적으로나, 정치군사적으로나, 문화적으로나 결코 유럽보다 낙후하지 않은, 최소한 동등하고, 어떤 측면에서는 오히려 앞서 있는 선진지역이었다.

이러한 서술은 20여 년 전, 아니 10여 년 전만 하더라도, 서구 중심적 시각에 익숙해진 대부분의 사람들에게 매우 낯설고 따라서 쉽게 받아들이기 어려웠을 것이다. 아니, 오히려 강하게 부정하고 싶었을 것이다. 자신들이 경험해 온 (또는 그렇다고 배워온) 과거와 너무나 다르다고 생각했기 때문일 것이다. 그러나 이제 더 이상은 그렇지 않다. 위 서양인들의 진술이 오늘날 동아시아의 현실과 전혀 또는 그다지 동떨어진 모습으로 보이지 않기 때문이다. 그만큼 현실이 크게 변했다. 이제 구(舊)Sinas(현재의 동아시아)만으로도 유럽 전체와 무게감이 비슷하게 되었다. 동시에 부상하고 있는 인도와 동남아시아 역시 세계 속에서 만만치 않은 비중을 점하게 되었다. 이러한 상황 변화가 앞서 언급한 17세기 화란인들의 경험, 진술이 전혀 낯설게 느껴지지 않게 한다. 그리하여 과거에는 무시되고 묻혀 있던 이러한 진술들과 명백한 사실들이 이제 급증하는 새로운 연구들에서 새롭게 조명되고 있다. 잃어버렸고 지워졌던 과거가 현실로 다시 떠오르고 있는 것이다.

이 글이 제시하는 '초기근대-서구주도근대-후기근대의 3단계론'은 이러한 회귀적 상황을 이해하는 데 적절하다. 초기근대와 후기근대가 짝을 이루고, 형-유-세-형'(形-流-勢-形')의 흐름에서 첫 번째 단계의 형(形)과 마지막 단계의 형'(形')가 짝을 이룬다. 초기근대는 이미 학계에서 널리 인정되고 있는 시대구분이다. 그러나 이제 한 발 더 나아가 초기근대와 짝을 이루는(위상동형, topological equivalent) 시대로 '후기근대'를 설정하고, 그 중간 단계를 서구주도근대로 볼 때 근대역사의 전(全) 국면이 포착될 수 있다. 그럴 때 지구근대사의 오늘날에 이르는 전체 궤적, 사이클이 하나의 흐름으로 펼쳐져 간명하게 이해할 수 있게 되기 때문이다.

이 시기 분석의 핵심은 동아시아 초기근대 체제의 특징을 석출(析出)해내는 데 있고 그 방법의 요체는 비교다. 특히 당시 역사적 상황에서 서구체제와의 비교가 중요하다. 동아시아는 내장(involuting)형, 유럽은 팽창(expanding)형으로 유형화할 수 있을 것이다. 당시 동아시아 내장형 체제는 집약노동과 내부 분업의 강화를 통해 생산력을 높여 가지만, 서구 팽창형 체제는 식민지를 통한 시장확장과 인적·물적 자원약탈이 주요 성장 메커니즘이 되었다. 틸리(Tilly, 1992)는 유럽 근대사를 폭력(coercion)과 자본(capital)의 상호증폭 운동으로 집약한 바 있다. 유럽 내부의 격렬한 군비경쟁은 일찍이 14세기부터 시작되었고, 그 특징은 상업과 전쟁이 결합('상업화된 전쟁', '軍商 복합체'의 형성)되었다는 데 있었다(McNeill, 1982). 그 결과 유럽 내부에서는 17세기부터 역사가들이 '군사혁명(military revolution)'이라 부르는 변화가 연쇄적·경쟁적으로 이루어졌다(Parker, 1996; Roberts, 1956). 이후 유럽을 본격근대로 진입하게 한 18세기 말-19세기 초 산업혁명, 정치혁명의 배경에 이러한 경쟁적 군사혁명이 존재했음을 주의해 볼 필요가 있다. 동시에 산업혁명의 신기술, 에너지가 군사적으로 이용됨으로써(석탄, 증기기관, 강철의 군사화) 19세기 초중반 이후 서구의 우위가 분명해진 것이기도 하였다.

초기근대 유럽의 '군상복합체' 체제가 바로 중상주의 체제였고, 그 주역은 유럽대륙 주변의 해양세력들이었다. 이들이 소위 '대항해'를 통해 유럽 내부 전국(戰國)체제의 전 지구적 확장의 첨병이 되었다. 이렇듯 형성된 서구 확장형 체제의 주역이 중상주의적 경제정치 부르주아였다면, 동아시아 내장형 체제의 주역은 내치지향의 유교적 국가정치 부르주아였다고 할 수 있다(김상준, 2014c, 2장).[8] 중상주의는 본국에서도 공유지 약탈,

빈민 탄압 등 폭력적인 자원집중·계급정치를 추구했지만, 내장형 체제는 상평창, 환곡 등의 재분배 경제를 통한 소농항산·소민보호에 치중하는 뚜렷한 정책적 차이를 보인다. 서방 경로의 역사적 승리가 명백한 이상 이러한 차이에 대한 관심은 더 이상 무의미하다고 묵살해버리는 것은 이제 오히려 반(反)미래적이다.

당시 동아시아가 세계 GDP상 점하는 비율은 1600년 39.3%, 1700년 34.1%, 1820년 41.1%로 매우 높았다(Maddison, 2007: 381).[9] 생산의 가장 중요한 기반은 당시 동아시아에 정착한 수도작(水稻作) 소농생산체제였다. 이는 좁은 농지에 가족노동을 투여하여 토지의 한계생산성을 극한까지 끌어올리는 노동집약적 생산양식이고, 베짜기, 양잠, 유채 등 다양한 부업을 통해 인근의 활발했던 상업적 수공업망에 연계되었다. 동아 3국의 국가는 품종개량, 저수지와 관개수로 건설을 주도하여 농업생산력 증대에 능동적 역할을 하였고, 상공업 활동에 대해서도 우호적이었다. 이 시기 동아시아의 농업 생산력 수준이 고른 수준에 도달했다는 것은, 그만큼 동아시아 광역교역권이 그 이전 시대부터 활발하게 작동되어 왔음을 보여준다. 그 결과 정치제도나 문화문물뿐 아니라 농법과 기술도 널리 전파·공유된 것이다. 이러한 생산체제의 특징이 생태공존, 저에너지소비, 고용유발, 중간기술의

---

8. '부르주아'라는 용어가 유럽 초기근대에 출현했기 때문에, 동아시아 초기근대에 그 용어를 적용하는 것은 적절치 않다는 의견이 있을지 모르겠지만, 필자는 역사적 개념이 동서와 고금의 축으로 확장 적용될 때 얻게 되는 이점이 분명히 존재한다고 본다. 비교의 축을 얻고 이해의 평면을 넓힐 수 있다. 예를 들어 막스 베버는 고대 로마를 논하면서 (정치적) 자본주의니 부르주아니 하는 표현들을 쓴다. 반대로 유럽의 교양상인층을 브라만이나 만다린과 비교하기도 한다. 기표니 기의니 하는 이론적 논의까지 들어가지 않더라도, 세계문명에 대한 이해의 폭이 넓어진 오늘날, 개념의 비교축을 확장해 가는 것은 자연스러운 요청이지 않겠나 생각한다. 이를 통해 우리의 이해가 확장되면 그걸로 족하고, 동시에 글의 논지를 이해하는 독자의 층이 넓어지는 효과도 있을 것이다 (상동: 78).
9. 이 통계에서 동아시아는 동남아시아를 포함한다.

활성화, 로칼 연결의 강조 등으로 요약되는 오늘날의 지속가능한 발전 모델에 어떤 함의를 주는지 연구할 필요가 있다(김상준, 2011a, 9장; 2011b, 5장과 5장 보론).[10]

이 절이 포괄하는 시기는 중국에서 명청(明淸)교체, 일본에서 전국(戰國) 종료와 에도막부 성립, 그리고 조선에서 양난의 여파가 갈무리되는 17세기 중엽부터 19세기 아편전쟁 이전까지의 200여 년이다. 이 시기 유럽세는 남아시아, 동남아시아 몇 곳에 거점을 마련하고 세력을 점차 확장해 갔다. '지구근대사 최초의 근대적 따라잡기(modern catch-up)'라 불리는 이 과정에 서의 동서교류의 역할 역시 주목하고, 이 catch-up이 동서의 소위 '거대한 분기(great divergence)'로 귀결하게 된 근거에 대해, 과거의 서구중심적 편견을 깨트린 좋은 실증 연구들이 다수 제출되어 있다(Frank, 1998; Wong, 1999; Pomeranz, 2000; Arrighi, 2007).

이 시기 조선과 중국은 문인 과거(科擧) 관료제, 일본은 무인 봉건 관료제 국가였다. 3국 모두 지방 귀족이 분할통치를 하는 중세봉건형 분권 단계를 넘어선 초기근대형 중앙집권 국가였다. 작위와 영토를 세습하는 귀족 신분 제의 해체는 초기근대의 주요 징표다. 중국에서 귀족 신분제는 이미 당송교 체기부터 크게 약화되어 이후 송원명을 거치면서 소멸했다. 남아있는 세습 귀족은 황족뿐이었다. 한반도에서는 고려-조선 교체 과정에서 지방 귀족세 력이 결정적 타격을 입고, 조선 중기가 되면 중세적 세습 귀족은 사라진다.

---

10. 물론 당시 동아시아 수도작 소농체제란 전(前) 산업적 한계 안에 있었다. 그러한 명백한 한계 내에서 노동력과 토지사용, 그리고 교환의 전 산업적 효율 극대화에 접근해 있었다. 이러한 한계 내의 상황을 이상화하자는 식의 이야기는 결코 아니다. 이제 오늘날 산업적, 후기산업적 기술과 시스템의 이점을 전 산업기 시스템 운용의 이점과 효율적·선택적으로 결합시킬 방안을 생각해 보자는 것이다. 전 산업기 아시아 생산체제의 놀라운 성취와 그 전 산업적 한계, 그리고 그와 유사한 상황에 접근해가고 있던 영국이 (식민지와 산업혁명을 통해) 그 곤경을 빠져나간 역사적 우연성에 대한 종합적 서술(최근 연구 성과를 종합·요약한 교과서적 서술)은 마르크스(Marks, 2014: 4장) 참조.

국가는 과거에 의해 선발된 문인관료에 의해 운영되었다. 시험으로 선발하는 관료제는 이미 근대적이다. 그러나 이러한 체제가 봉건적인 세습 왕조를 위해 가동되었다는 점에서, 조선과 중국의 국가체제는 근대적 요소와 봉건적 요소가 섞인 상태였다.

양 요소가 혼합되어 있다는 점에서 일본도 마찬가지였다. 260여 번(藩)은 다이묘가 세습통치하는 봉건 영지였지만, 모든 다이묘는 조세, 군사, 상업, 심지어 거주와 혼인까지 에도 막부의 강한 중앙 통제 아래 있었다. 오랜 전란을 종식시킨 일본 막부체제는 잠재적 위험 세력인 무사층을 농촌에서 분리하여 중앙통제 아래 귀속시켰다(병농분리). 이로써 일본의 무인은 도시에 거주하면서 오직 영주의 녹봉에 의지하여 살아가는 소비계층이 되었다. 그 결과 그들의 사회 기반은 토지에 여전히 결합해 있던 조선과 중국의 문인층에 비해 불안정했다. 일본 무사층의 이러한 불안정성은 후일 외적 변화에 대해 조선·중국의 문인층보다 민감하고 모험적인 방식으로 대응하였던 경향과 무관하지 않다. 당시 동아3국은 유교의 영향을 크게 받았지만, 그 양상은 각기 달랐다. 이러한 차이들이 이후 서세동점 이후 각국의 대응양상의 차이와 어떻게 연관되는지도 주목할 지점이다.

4. 제2단계(流): 서세동점과 동아시아의 대응유형들

신대륙의 발견 또는 장악에 힘입어 유라시아 외곽의 후발주자였던 유럽은 초기근대 수 세기 동안 점차 세력을 확장해갔다. 세계의 중심을 자처하던 중국이 영국 동인도회사의 함포 앞에 무력하게 굴복한 것(아편전쟁, 1840-42)은 드디어 서구세력이 지구적 근대의 패자(覇者)로 최종적으로 올라섰음을 상징하는 사건이었다.

유럽은 신대륙 진출 직후부터 '무주지(無主地) 점유권'이라는 특이한

법(권리)개념을 발전시켰다. 그 효시는 대서양 서쪽의 발견지[無主地]는 스페인에게, 동쪽의 발견지는 포르투갈에게 점유권이 있다고 하는 1494년의 양국의 합의였고, 이를 교황이 추인했다. 그 분할선을 당시 유럽인들은 '대양의 분할선(particion del mar océano)'이라 했다. 이후 유럽 밖에서 경쟁하던 유럽국가들은 여러 차례 이러한 자의적인 분할선(Raya)을 세계 곳곳에 긋는다. 물론 아메리카를 포함 어디에도 '주인 없는 땅[無主地]'은 없었다. 이후 무주지 점유권이라는 개념은 점차 '육지취득(Landnahmen)', '해양취득(Seenahmen)'이라는, 보다 적극적이고 공격적인 개념으로 변형되었다. '분할선'이 그어지는 '취득 공간'은 유럽 밖의 모든 땅과 바다다. 어느 곳이든 '분할'하고 '취득'할 수 있는 유럽의 권리(법)는 '문명'이라는 이름으로 합리화되었다. 유럽(=문명)과 비유럽(=비문명)이라는 개념적 대립과 분할이 창출되고 그 권리(=법)의 체계는 '유럽공법(Jus Publicum Europaeum)'의 이름으로 성문화된다. 유럽공법의 성립사에서 중요한 이름으로는 그로티우스, 푸펜도르프, 젠틸리스, 바텔, 그리고 휘튼 등이 있다(슈미트, 1995). 그 국제법 질서의 특징은 "실정법주의, 유럽중심주의, 팽창주의에 입각한 폭력의 규범"이었다(김용구, 2014: 41). 서구세력이 그 "폭력의 규범"을 행사한 마지막 장소가 동아시아였다. 지리적 거리 때문만은 아니었다. 초기근대 세계에서 가장 중심적인 곳, 가장 번성하던 곳이었기 때문이다.

아편전쟁의 패배에 대해 청 황실과 사대부층은 놀랍도록 무감각했다. 패배라는 의식조차 가지고 있지 않았다. 아편전쟁에 대한 청의 공식기록은 이를 '정무(征撫)'라 표현했다. 천하의 남쪽 한 귀퉁이에서 벌어진 '소동을 누르고 다독거렸다'는 뜻이다. 사나운 오랑캐의 소동 때문에 남쪽 영토의 몇 점(點)을 내주었으나, 그것은 천하의 극히 일부에 불과하고, 결국 이들을 달래 황제의 위엄을 지켰으니 큰 문제가 아니라는 의식이었다. 주로 북경을 통해 정보를 수취하고 있었던 조선이 청과 유사한 태도를 보인 반면, 일본은 중국의 패배에 커다란 충격과 위기의식을 느꼈다.

3국의 이러한 차이는 어디서 비롯된 것일까? 서양정보, 지정학적 위치에 따른 안보 위기의 체감 정도, 내부체제의 안정성 정도, 문화적 관행 등 몇 가지 주요 차이점의 복합적 결과다. 특히 주목할 점은 당시 서구의 "팽창주의에 입각한 폭력의 규범"에 대한 수용성 정도다. 막부 일본은 여기서 아주 민감했다. 나가사키를 통해 네덜란드와 지속적으로 접촉해 온 터라 세계판도와 서구 세력의 힘에 대해 상당히 현실적인 인식을 가지고 있었고, 북으로부터 남하에 오는 러시아에 대한 경계심도 싹트고 있었다. 과거와 달리 해양이 열린 상황은 섬 국가인 일본에게 위기의식을 불러일으켰다. 이러던 차 아편전쟁의 전황(戰況)이 네덜란드인들을 통해 사실적으로 전해지면서 위기의식이 확산됐다. 막부 무사층은 여전히 전국(戰國)적 세계관의 소지자였다. 특히 병농분리로 경제근거가 취약해진 하급무사층의 동요는 컸다. 역설적으로 바로 이 불안정과 위기의식이 체제개혁을 가능케 했다. 반면 청과 조선의 지배체제는 안정적이었고, 그만큼 접근해 오는 서구세력에 대한 위기의식도 무뎠다. 같은 동아시아 내장(內張)체제였으나, 그 체제의 안정성 여부, 체제에 대한 위기의식, 그리고 새로운 국제관계에서 폭력의 규범에 대한 수용성·민감도에서 3국 간에 드러나는 차이에 대한 인식이 중요하다.

최근 연구에서 흥미로운 점은 막부 말기 일본의 급속한 유교화(士化), 그리고 이렇듯 유교화한 하급무사들이 막부타도에서 행한 주도적 역할에 대한 강조다. 과연 막부타도파가 내세운 '존왕양이(尊王攘夷)'는 매우 유교적인 슬로건으로 보인다. 불만을 품은 하급무사층이 서양의 위협을 빌미로 왕이 중심이 되는 유교적 중앙집권체제를 내세웠다는 것이다(박훈, 2014). 최근 일본에서 주목받은 '중국화하는 일본'이라는 역사관(요나하 준, 2013)의 또 하나의 버전이다. 그러나 이 천황제 유교란 일종의 돌연변이였다. '무인유자(武人儒者)'라고 하는 존재의 모순적 에토스는 '폭력의 규범'에 친화적·수용적이었고, 그만큼 내장체제에서 팽창체제로의 변화에 신속히 적응했다. 폭력과 군주독재에 대한 결연한 반대, 윤리적 비판을 핵심에토스로 하는 유교가 이 양자에 거꾸로 오히려 아주 친화적인 형태로 뒤집힌 셈이다. 이렇듯 극에서 극으로 탈바꿈한 돌연변이 유교가 다음 절에서 살펴볼 '전쟁체제'로의 전환의 소프트웨어가 되었다는 역설이 생겨났다. 1868-1869년 반(反)막부 세력이 막부군을 무력으로 격파하고 권력을 장악했을 때, 이미 이들의 양이(攘夷) 구호는 이미 개국(開國)으로 바뀌어 있었다. 스스로 서구형 팽창체제로 변모하려 한 것이다. 명치유신 이후 급속히 이루어진 징병제(1873), 대만출병(1874), 강화도조약(1876), 류큐합병(1879) 등의 군사화·팽창화 노선은 그 귀결이었다.

당시 동아 3국의 내부 거버넌스의 차이를 잘 보여주는 또 하나의 지표로 각국 조세 수취율의 차이를 들 수 있다. 조선과 청의 조세율은 총생산량의 5% 내외, 일본은 16% 정도였다(이헌창, 2010: 27-28). 이러한 차이는 동아 3국이 유교소농체제였다는 점에서 같지만, 거버넌스 양식에 있어서는 상당한 차이가 있었음을 말해준다. 조선과 중국에서의 징세는 지주이자 면세 혜택을 받는 향촌의 민간 사족의 협조에 의해 이루어진 반면, 일본에서는 지방관인 다이칸(代官)이 농민들에게 직접 수취했다. 조선과 중국의 국가는 향촌 사족과의 협치 체제였고, 일본은 일단 중앙 수취를 거쳐 그 일부로 무인관료에게 녹봉을 지급하는 방식이었다. 통치 구조상 통치 파트너가 되는 계층의 위상에 차이가 있었다. 일본의 무인은 토지와의 관계가 끊겼지만, 조선과 중국의 사족은 향촌에서 땅의 근거가 여전히 강했다. 그 결과 일본은 중앙권력의 위기가 바로 중간층(특히 하급 무사층)에게 바로 파급되지만, 조선과 중국의 향촌 사족은 근거지에서 그런대로 안정을 유지할 수 있었다(유용태 외, 2010: 63-65). 조선-중국과 일본의 10% 내외의 조세율 차이는 결국 조선-중국의 사족층이 면세나 중간 수취의 방식을 통해 점유한 비율로 설명할 수 있을 것이다. 19세기 초중반에 이르면 동아 3국의 생산력이 공히 정체되는 현상을 보이는데, 이러한 상황은 서세동점의 외환(外患)과 겹쳐 위기적 징후로 나타나게 된다. 그러나 그 위기에 대한 체감도와 긴박성에서 조선-중국과 일본의 체제관리층 간에 차이가 발생했던 것이다. 최고 통치층의 태도 역시 달랐다. 조선과 중국의 유교체제가 끝까지 사족층에 의존하였고, 사족층 역시 최후까지 기존 체제에 안주하려 했던 반면, 일본의 막부 체제는 위기 이후 불만 무사층과 대립하다 결국 이들에 의해 타도된다.

5. 제3단계(勢1): 일본의 팽창과 동아시아 전쟁체제의 성립, 그리고 그 하위유형들

이 시기 동아시아는 형(形)의 전환이 완료된 것은 아니었지만, 그 형에 중대한 변화가 발생했다. 일본만이 아닌 동아시아 전체가 전쟁체제가 되었다. 전쟁체제란 민간의 모든 힘을 국가가 호출하여 빨아들이는 무제한적 국가동원체제다. 전쟁국가는 민간의 일체의 권리와 향유를 정지하고 입수하며, 적으로 규정된 모든 것을 무제약적으로 제거할 수 있는 무한권력을 쥐게 된다. 전선(戰線)과 적대의 편만성과 모호성, 그리고 그러한 상태에서 언제, 어느 곳에서든 적을 규정하고 색출하여 처분할 수 있는 힘이 전쟁국가 절대권의 근거이자 본질이다. 권력의 이러한 무제한적 성격은 제국주의 침략 진영에만 아니라 여기에 맞서는 반제 진영에도 형성되기도 했다. '총력 전시체제'라 불리는 이러한 극한의 전쟁체제는 1차 세계대전 때 출현하여 2차 대전 때 완성되었다. 그 전까지 이러한 유형의 무제한적 국가동원체제는 동서 어느 곳에서도 존재하지 않았다. 중일전쟁 이후 동아시아 전역, 2차 대전 중 유럽 전역이 이러한 상태가 되었다. 영토 내에서 전면적 교전이 벌어지지 않았던 영국과 미국에서도 그 강도는 낮았지만 범주상 역시 같은 체제가 작동되었다.

이렇듯 1, 2차 세계대전을 통해 형성된 전쟁체제에는 동서를 관통하는 보편성이 있다. 그러나 이 시기 동아시아 전쟁체제의 고유한 특징도 존재한다. 먼저 장기성과 조기성이다. 이 체제의 정점이자 축은 일본 제국주의였다. 일제의 침략에 맞서면서 동아시아 전역이 점차 전쟁체제로 전환되기 시작했다. 일본의 전쟁체제화는 매우 빨랐고(조기성), 오래 지속되었다(장기성). 메이지 시대 전쟁체제로 전환한 일본이 최초로 인접국가에 군대를 보내 전투를 시작한 것은 1874년의 대만출병이다. 그 이후 2차 대전에서 패전까지 일본은 쉬지 않고 침략 전쟁을 벌였다.

물론 17세기 이래 성립된 동아시아 평화체제를 흔들어 놓기 시작한 것은 일본이 아닌 서구제국주의다. 그러나 청일전쟁, 러일전쟁, 만주사변, 중일전쟁을 연이어 일으켜 동아시아의 전화(戰禍)를 확장·장기화시킨 것은 일본이었다. 일본의 연이은 침략에 따라 동아시아 전역이 전쟁지대로 변했다. 유럽의 상황은 달랐다. 역사가들은 1815년에서 1914년까지를 '유럽의 100년 평화시대'라고 부른다(Carr, 1946). 1차 대전 전까지 유럽은 해외에서 전쟁을 벌이고 식민지를 경영하되, 내부에서는 전면적 전쟁체제로 돌입하지 않고 있었다. 19세기는 유럽 도약의 절정기다. 높은 수준의 문화예술과 과학기술, 민주주의와 사회운동의 착실한 진보가 이 시기에 이루어졌다. 피억압국의 많은 지식인·혁명가들이 이 시대 유럽의 진보 사상에 영감을 받았다. 반면 이 시기에 이미 동아시아는 장기 전쟁터가 되어 있었다. 아무리 탈아를 외쳐도 결국 지리적으로 아시아에 속했고, 서구 열강에 뒤처진 후발 제국주의 국가였던 일본은 일찍부터 서구열강들보다 훨씬 강한 압박을 받고 있었고, 그 결과 스스로 내부에서부터 총체적 전쟁체제로, 유럽보다 훨씬 강압적이고 여유 없는 방식으로, 변모시켜야만 했다. 그런 의미에서 총체적 전쟁체제의 세계적 선구는 1873년 징병제 도입, 1874년 대만출병, 1894년 조선출병 전후 흐름 속의 일본이었다 할 것이다.

일본이 메이지유신을 통해 신속하게 전쟁체제로 돌입할 수 있었던 것은 일본 막부체제의 무인적·전국(戰國)적 성격과 무관하지 않다. 중국과 조선에서는 일찍이 무인귀족층이 사라지고 이를 문인관료층이 대체했지만 일본에서 무인지배의 기본골격은 1945년 종전까지 유지되었다. 17세기 초 성립한 도쿠가와 체제란 그 이전 150여 년의 전국적 폭력 상황을 봉합했던 것이었지만, 그 법체계인 각종 핫도[法度]는 무인의 군법 원리에 기초해 있었다. 일본의 전국체제에서 문치체제-평화체제로의 전환은, 적극적으로 평가한다 하더라도, 아직 반보의 진행에 머무르고 있었다. 이후 군함을 앞세운 서구 제국주의가 동아시아를 침탈하였을 때, 이러한 상태가 오히려 이점으로 작용했다. 문치의 중국과 조선은 무기력했던 반면 무치의 일본은 신속하게 적응하여 그 세를 크게 확장할 수 있었다.

　동아시아 내장형 체제는 유교 이념과 수도작 소농주의에 기반하고 있었 다. 반면 메이지 이후 일본이 택한 확장형 체제는 유교적 내장체제의 반대명 제에 가깝다. 그럼에도 메이지 일본은 '교육칙어' 등으로 표현된 유교적 이념을 내세웠다. 유교적 수사를 쓰고 있지만 그 내용은 천황에 대한 절대적 충성을 강조하는 것으로써 조선, 중국의 유교와는 달랐다. 메이지의 이념체 계란 무인적 군법원리의 연장으로서 문치적 유교이념을 거꾸로 뒤집어 놓은 것이었다. 이는 1882년 반포된 '군인 칙유(勅諭)'에서 보다 선명히 드러난 바, 충과 의라는 유교적 가치를 천황에 대한 절대적 복종과 군사적 헌신의 논리로 뒤집어 놓았다. 애초에 무인지배체제를 정당화하는 논리로 형성되었던 도쿠가와 시대의 무인형 유교가 메이지 이래 전쟁국가의 유교이 념으로 다시금 쇼군에서 천황으로 머리만 바꾸어 연장된 것이다.

　이 시기 동아시아 전쟁체제의 또 다른 특징은 내향(內向)성과 불균등성이 다. 이 역시 유럽과의 비교에서 분명해진다. 1, 2차 대전에서 유럽은 유럽 밖 식민지 지배권을 놓고 싸웠고, 상쟁하는 유럽 내 블록들 간의 산업생산력, 군사력 상태는 대등했다(1차 대전은 미국, 2차 대전은 미·소의 뒤늦은 참전으로 연합국이 간신히 승리할 수 있었다). 반면 일본의 팽창은 동아시아 안으로 국한되었고, 침략국 일본과 피침략국들의 군사력·경제력에는 큰 격차가 존재했다. 그런데 일본의 팽창은 서구의 동아시아 침탈에 대한 대항이라는 명분을 썼다. 침략하면서 그것을 서구에 맞서는 아시아 연대라고 말했다. '동문동종(同文同種)', 즉 같은 문명이요, 같은 인종이라는 미명이 동원되었다. 동양평화론을 외친 안중근의 이토 히로부미 저격은 침략을 연대와 동의어로 만드는 바로 그 기만을 쏘았던 것이다. 진정한 동양평화론, 아시아연대론이라면 무엇보다 우선 아시아국가 상호 간의 침략이 없어야 마땅하다. 일본의 아시아 침략이 노골화되기 전까지는 조선과 중국 등 여타 아시아 국가들에서도 일본을 대상으로 한 선의의 아시아 연대론이 존재했다. 그 환상은 곧 깨지고 말았다. 일본은 철저한 힘의 논리에 따라 대만, 조선, 만주를 차례로 점령하고 중국과 동남아시아까지 마저 차지하려 했다. 최종 단계에서 태평양전쟁을 일으킨 것도 동아시아 장악을 완결하기 위한 것이었다(자원확보). 일본은 자중지란에 빠진 서구를 대신해, 그리고 일시적으로 형성된 우월적 지위를 이용해 아시아의 지배자가 되려 했던 것인데, 그 지배와 침탈 방식은 서구 열강보다 오히려 가혹하고 전면적이었다. 우선 장기 전쟁터가 된 중국의 피해가 가장 컸고, 가혹한 전시동원 체제 하에서 인명과 물자 공급지 역할을 해야 했던 식민지 조선과 대만의 피해도 막심했다. 무한 동원되어야 했던 일본 민중의 고통도 결코 적지 않았다.

이렇듯 형성된 동아시아 전쟁체제의 특징은 이 시기 동아시아 모든 국가와 사회를 예외 없이 깊이 규정하고 있었다. 그러나 그 내부의 하위유형들에 대한 변별적 이해 역시 필요하다. 이때 형성된 동아시아 전쟁체제의 규정력이 오늘날까지도 아직 완전히 해소되었다고 볼 수 없기 때문에 더욱 그러하다. 우선 전쟁체제란 적의 설정, 전선에서 피아의 구분에 의해 성립한다. 그러나 앞서 말한 동아시아 전쟁체제의 특징은 그 전개양상을 대등한 군사적 힘 간의 충돌이 아니라, 현저히 불균등한 힘들 간의 침략(확장)과 저항(항전)이라는 비대칭적 형태로 만들었다. 그 비대칭성의 일면은 우선 침략의 축이 된 일본이 대등한 적과의 투쟁이라는 인식과 개념 대신 늘 문명화, 아시아연대, 팔굉일우(八紘一宇), 오족협화(五族協和) 등의 위선적·시혜적 이념을 앞세워 침략을 정당화하는 양상으로 표출되었다. 그 반대편에서 맞서는 측에서는 물론 이러한 시혜적 이념을 철저히 부정하면서 저항과 항전을 지고의 가치로 삼았다. 그러나 그 중간에 제3의 회색지대 역시 성립했다. 우선 식민지화한 조선과 대만이 그러했고, 중국(그리고 태평양 전쟁 시 동남아)에서도 우월한 힘을 가진 일본과의 협력 또는 합작을 추구하거나 또는 강요받게 되는 세력이 늘 존재했다. 이러한 상황이 동아시아 전쟁체제를 침략-항전과 함께 내부의 내전을 동반하는 복잡한 양상으로 만들었고, 전쟁체제의 긴장과 압력을 더욱 상승시키는 결과를 낳았다. 왜냐하면 침략-항전과 내전이라는 두 개의 전쟁이 깊이 그리고 장기간 서로 맞물렸기 때문이다. 이로써 전쟁체제의 규정력은 두 개의 전선에 걸쳐 넓게, 외부만이 아닌 내부, 의식만이 아닌 무의식 깊이 뿌리박게 되었다.

우선 크게 중국 내부에 펼쳐진 침략과 저항의 전선 양방을 향해 앞서 말한 '적으로 규정된 모든 것을 무제약적으로 말살하는' 전장(戰場)의 논리가 작용하고, 각 전선의 안쪽으로는 넓게 펼쳐진 내부의 회색지대에 대한 무제한적 전쟁의 논리가 동시에 작동하여 맞물려 전쟁체제의 압박을 극도로 강하게 만들었다. 그리하여 공개전선만이 아닌 내부전선에서도 무수한 사상자가 나왔다. 이들에게는 일제 스파이, 국민당 스파이, 공산당 스파이, 소련 스파이라는 오명이 씌워졌다. 그렇듯 형성된 동아시아 전쟁체제의 강력한 규정력은 극과 극으로 대립하는 세력들의 존재양식과 권력구조, 의식구조까지를 역설적이게도 매우 흡사하게 만들었다.

6. 제4단계(勢2): 동아시아 열전-냉전체제, 형성에서 종식까지

일본 패전과 함께 동아시아 전쟁체제도 종식되었는가? 불행히도 그렇지 못했다. 미소 냉전 시대가 이어졌고 동아시아에는 새로운 전쟁체제가 들어섰다. 냉전의 제1선에 남북한과 중국-대만이 섰고, 일본은 제2선으로 물러났다. 과거 세(勢)1의 시대 전쟁체제의 축은 일본이었지만, 이제 세(勢)2의 시대 열전의 현장은 한반도와 대만해협이 되었다. 그 결과 전쟁체제가 필연적으로 유발하는 사회적 긴장과 비상상태의 독재현상도 제2선 일본을 떠나 제1선 한반도와 중국-대만으로 전이되었다.

동아시아 전쟁체제는 전후 새로운 양상으로 재정립되었다. 그것은 한편으로 미국을 축으로 일본-한국-대만이 도열하고 다른 한편으로 소련을 중심으로 중국-북한이 여기에 대치·대립하고 있는, 자본주의 대 사회주의의 냉전체제였다. 가장 치열한 접면은 한반도의 전쟁 그리고 정전체제 하 남북한을 가로지르는 비무장지대(DMZ)였고, 그 다음은 중국과 대만 사이의 대만해협, 그리고 이어 베트남의 북위 17도선으로 되었다. 이 구도 속에서 전쟁체제는 또 다른 모습으로 존속했다. 과거 동아시아 전쟁체제가 일본의 침략과 그에 맞선 항전의 전쟁체제였다면, 한국전쟁 이후의 그것은 동서 냉전의 전쟁체제였다. 냉전이 가하는 압력이 강한 나라일수록 전쟁체제의 성격이 강했다. 그 압력은 냉전접면과의 거리가 가까울수록 강하고, 멀수록 약했다. 또한 대립관계에서 상대적 힘 관계에서 약한 쪽일수록 그 압력이 컸다. 그 결과 남북한과 대만, 남북베트남이 가장 선명한 전쟁체제가 되었고, 중국이 그 뒤를 매우 유사한 형태로 바짝 이었고, 일본은 냉전접면에서 상대적으로 가장 떨어진 지역이 되었다. 아울러 일본의 전후 냉전체제는 자국의 무장을 포기하는 대신 자국 내 미군의 주둔에 대한 전면적 보장과 협조의 형태로 이루어졌다는 점에서도 차이가 있었다.

'동아시아 냉전의 전쟁체제'란 냉전과 열전의 혼합인데, 흔히 이를 묶어

냉전체제로 부른다. 냉전체제의 특징은 대립하는 초강대국 미소 양국 사이의 직접 교전은 없지만, 그 사이 접면 국가들 사이에 전쟁이 발발한다는 점이었다. 냉전의 긴장이 유럽보다 아시아에서 더욱 높았던 것은 전후 이 지역에서 미-소의 역사적 기득권이 약했고 그만큼 상호 세력판도가 안정되어 있지 않아 양국이 느끼는 전략적 불확실성이 그만큼 컸기 때문이다. 중국내전과 한국전쟁이 그러한 불안정한 상태에서 전개되었고, 이 두 전쟁은 이후 동아시아 냉전체제의 기본 프레임을 형성했다. 동아시아 냉전체제는 미소 대립을 축으로 하고 있지만, 그 내용에서는 과거 침략과 항전의 동아시아 전쟁체제의 연속선상에 있다. 그러나 과거 침략-항전 시기, 동아시아 전쟁체제의 축이자 발원지였던 일본은 이제 냉전체제에서 제2선으로 물러섰고, 대신 한반도와 대만-중국이 냉전체제의 제1선이 되었다. 냉전 제1선과 제2선의 상황은 판이했다. 냉전 1선이 동아시아 전쟁체제의 연속이었다면, 냉전 2선은 무장과 전쟁포기(일본 헌법 9조)를 오히려 고도성장의 발판으로 삼았다.

이렇게 형성된 구도의 변형은 예기치 못한 데서 시작되었다. 먼저 중소 간 심각한 갈등이 발생했다. 그리고 미국이 베트남전에서 수렁에 빠졌다. 중국과 미국 모두 위기를 느꼈다. 중국은 소련으로부터의 안전판, 미국은 베트남전 이후 새로운 아시아 전략과 소련 고립화가 필요했다. 여기서 세계인을 놀라게 했던 미중 데탕트가 시작됐다. 1970년부터 물밑교섭이 이루어지고, 1971년 중국은 UN에 가입하여 안전보장이사회 상임이사국이 되었다. 반면 전임 상임이사국 대만은 중국의 정부 대표권을 상실해 UN에서 탈퇴했다. 1972년 2월 미국 대통령 닉슨이 중국을 방문해 마오쩌둥을 만났다. 이로써 미국의 중국봉쇄정책이 풀리고 양국은 데탕트(긴장이완, 압력감소) 시대에 진입했다.

미중 데탕트에 대한 동아시아 각국의 대응은 불균등했다. 남북한은 이를 오히려 불확실성이 커진 위기 상황으로 간주하고 체제를 경직시켰다.

반면 일본은 신속히 대응하여 1972년 중국과 수교하고 대만과 단교했다. 중국은 원조와 투자를 얻고 일본은 시장을 얻었다. 일본을 앞세워 중국과 간접 교역하던 미국은 1978년 중국과 정식 수교하여 직접 교역 관계로 들어갔다. 최대 피해자가 된 대만은 일시적으로 계엄 상태를 강화했으나 장제스 사망(1975년) 이후 서서히 계엄 상태를 완화시켜 갔다.

경제적으로는 또 다른 상황이 전개되었다. 미중 간 긴장이 완화되었던 1970-80년대에는 한국, 대만, 싱가포르, 홍콩이 일본에 이어 고도성장을 이루었다. 싱가포르, 홍콩은 금융과 중계 무역으로, 한국과 대만은 수출지향 제조업으로 미국을 중심으로 한 자본주의 국제경제 분업질서에 각각 한 자리를 잡았다. 이미 경제대국으로 성장한 일본과 이들 '동아시아 4룡'의 경제발전은 중국과 베트남을 크게 자극하였고, 양국은 개혁개방 정책으로 과감하게 전환하였다. 중국은 1980년대에 농업생산력이 획기적으로 높아졌고, 이를 기초로 1990년대는 외자유치-수출정책을 펴 2000년대에는 '세계의 공장'이 되었다.

이 시기에는 동아시아 냉전체제가 강고하게 형성되었다가 뜻밖의 요인들로 인해 균열·이완되어간 메커니즘에 대한 정밀한 분석이 필요하다. 한편으로 각국의 민주화운동이 냉전체제의 압박에 정면으로 맞서 싸우면서 그 벽을 허물어갔고, 다른 한편 의외의 국제적 상황 변화와 사건들의 의도되지 않은 결과가 냉전체제의 분열선에 균열과 이완을 야기했다. 그런 '의외의 사건들'을 다시 묶어보면, 중소분쟁과 베트남 전쟁, 그리고 일본 및 '동아시아 4룡', 여기에 더하여 1980년대 이후 중국의 고도성장이었다. 이어 1989-1991년 사이 동구권이 붕괴하고 소련이 해체되면서 냉전의 큰 틀이 무너졌다. 아울러 100년 넘게 지속해 오던 동아시아 전쟁체제도 서서히 약화되기 시작했다. 이렇듯 냉전시대 내부에서부터 냉전의 대립선을 빠져 나오는 흐름들이 있었고, 이 흐름들이 이후 주목할 만한 성장세를 보였다는 사실이 흥미롭다. 이러한 흐름들이야말로 '후기근대'의 주요한 징후들이었던 것으로 보이기 때문이다.

7. 제5단계(形'): 후기근대 동아시아

냉전 종식 이후 동아시아, 동남아시아, 남아시아(인도권)는 크게 부상했다. 라틴아메리카도 특히 2000년대 이후 그 존재감이 커졌다. 반면 유럽은 정체하고 미국도 이라크 전쟁의 교착 이후 정체상태다. 서구중심 문명판도가 중요한 변곡점에 이르고 있다는 인식이 넓게 확산되고 있다. 최근 관심이 커지고 있는 '후기근대' 담론은 이러한 현상과 깊게 연관되어 있다(김상준, 2014a; 2017). 아울러 이 시기가 근대의 위기, 최종 단계인 것인지, 아니면 기존의 발전노선을 재검토하여 '지속가능한 근대'의 가능성을 진정 심각하게 현실화해야 하는지에 대한 논의도 증가하고 있다(Duara, 2015; 가라타니, 2012 등).

다른 비서구 지역에 비해 보더라도 21세기 동아시아의 상황은 떠오르는 힘이 강하다. 급속한 고도성장으로 인한 압축근대의 병폐가 도처에서 돌출하지만, 그 병폐에 대한 자각도와 민감성 역시 빠르게 증대하고 있다. 아편전쟁 이후 대략 1980년대까지와 그 이후 오늘날까지의 동아시아의 상태를 놓고 비교해 보면 실로 금석지감을 느끼게 하는 현저한 변화라 하겠다. 먼저 150여 년 지속돼 왔던 동아시아 내의 구조적인 전시적 긴장이 크게 완화되었다. 그리고 동아 3국의 국력격차가 크게 해소되었고 중국이 동아시아 경제권의 중심으로 부상하고 있다. 이러한 상황의 형국은, 17-18세기 동아시아 200년 평화 상태와 비슷하다. 여기엔 옛 것과 새 것, 전통과 도입과 창조가 섞여 있다. '형-류-세1-세2-형''의 순환의 양 끝, 즉 '형과 형''의 큰 모습은 유사해 보이나 그 사이 겪어온 과정의 충적(沖積)은 그 내용을 크게 변화시켰다. 그 충적의 층위는 크게 셋, 즉 ① 200년 평화기의 유교체제, ② 아편전쟁에서 태평양전쟁 종전까지의 식민-피식민 체제, ③ 해방 후 오늘날까지의 냉전체제로 이루어져 있다. 그 연속과 불연속, 그리고 이 세 층위가 중첩하여 형성되고 있는 동아시아 중층(重層)근대의 독특한 양상에 대해 숙고할 필요가 있다(김상준, 2007).

중요한 것은 근대의 생태적·정치적 위기와 위험에 대한 인식, 그리고 이러한 문제를 극복해 갈 지속가능한 근대의 범형을 현실 속에서 꾸준히 추적하고 발굴하는 작업이다. 후기근대에 성장과 약동의 가능성이 가장 큰 곳이 다름 아닌 동아시아다. 이곳에서 글로벌 자본주의의 해체적 유동화 작용이 진행되는 한편, 동시에 새로운 사회 시스템과 지역질서를 구축하려는 구성적 창조력이 함께 왕성하게 작동하고 있음을 주목하고 분석할 필요가 있다.

그러나 이상의 분석을 통해 무엇보다 주목해야 할 점은 동아시아 근대가 평화(200년)와 전쟁(150년)이라는 큰 사이클로 전개되어 왔다는 사실이다. 길게 보면 아편전쟁에서부터 냉전 종식까지 동아시아에서 지속된 150여 년의 전쟁체제는 동아시아인 다수에게 커다란 고통과 시련의 시간이었다. 이제 150여 년 만에 동아시아에 새로운 평화의 가능성이 열리고 있다[形]. 이 점이 소중하다. '동아시아 전쟁체제를 대체하는 동아시아 평화체제'라는 발상은 이 지역에서 역사적 전례가 없는 가공물을 억지로 창조하자는 것이 아니다. 그 이전 시기 동아시아 초기근대 200년이 평화로운 공존의 시기였다는 점[形], 그리고 그러한 역사적 기억과 문화적·물질적 구조가 오늘날 동아시아 근대의 바탕에도 여전히 존재하며, 이를 새로운 상황에서 발전적으로 재구성해보자는 것이다. 이러한 발상은 관념적 공상이 아닌 역사적 현실에 기반하고 있다. 더하자면, 동아시아의 평화와 공존 없이는 세계의 평화와 공존도 난망해 보인다.

본론에서 대략 1980-90년대 이후부터 동아시아 전쟁체제가 서서히 약화되기 시작했다고 썼다. 그러나 아직 동아시아 평화체제가 이를 대체하여 안정적으로 성립되어 있는 것도 아니다. 현재는 한 체제의 종식과 새로운 체제의 성립의 중간쯤의 어디에 있는 것으로 보인다. 이러한 전환이 돌이킬 수 없는 필연적 사실로 확고하게 담보되어 있는 것도 결코 아니다. 인간의 역사에 그런 것은 없다. 과거 전시적 대립상황을 다시 재현해 보려는 세력은 여전히 강하다. 냉전적 전시체제의 기득권이 그만큼 뿌리 깊게 형성되어 있기 때문이다. 값싸게 대량 매득할 수 있는 정치적・경제적 자본(이득)을 결코 그냥 쉽게 포기할 리 없다. 그렇기에 긴장이 완화되어 가는 큰 추세는 분명하지만, 여기에 올바른 방향으로 추구되는 의식적이고 부단한 노력이 합쳐지지 않는다면 그 귀추는 결코 낙관할 수 없다. 단순히 상황에 대한 인식만이 아니라 건강한 실천적 지향이 필요한 것이다. 그래서 이 글의 목적은 한편으로 동아시아 근대의 고유한 위상과 성격에 대한 이론적 인식 틀을 세우는 것이자, 동시에 동아시아 부상과 서구중심세계사의 재편 이라는 거대한 전환이 맞물리고 있는 상황의 실천적 함의를 숙고해 보는 데 있다 하였다. 이제 결론부에서 이 실천적 함의에 대해 약간 부가해 보려고 한다.

실천적 함의가 부각되는 상황의 특징은 격렬하게 움직이고 있는 사태의 향방이 미리 결정되어 있지 않다는 데 있다. 현재의 동아시아가 바로 그러하다. 이러한 미묘한 상황을 생각할 때 필자에게 떠오르는 것은 2차 대전 직후 미국무부의 정책 결정에서 중요한 역할을 했던 조지 케넌(George Kennan: 1904-2005)이라는 인물과 그가 남긴 글들이다. 그 이름은 '냉전의 설계자'로 널리 알려졌지만, 아이러니컬하게도 그야말로 냉전의 실제 창조 자들에 대한 최초의 내부 반대자, 비판자에 속한다.

그가 2차 대전 직후인 1946년 미국무성 외교관 신분으로 모스크바에서 워싱턴으로 보낸 '긴 전문(long telegram)'을 통해 소련에 대한 '봉쇄 (containment)' 전략을 최초로 제시한 것은 널리 알려진 사실이다. 이 비밀 전문은 다음 해 *Foreign Affairs*에 실려 대중적으로 공개되기도 했다. 그로 인해 (그가 아주 싫어했던) '냉전의 설계자'라는 이름을 얻게 된다. 그러나 1948년경부터 케넌은 미국 정부와 군부 내에서 급속히 커져가는 군사적 대결론에 심각한 경각심을 느끼기 시작한다. 소련은 서방국가를 공격할 의도나 능력이 없으며, 자신의 봉쇄론은 소련 체제가 내적 약점을 지니고 있기 때문에 평화적으로 대치하면서 체제 경쟁을 하면 소련은 스스로 붕괴하거나 변화할 수밖에 없을 것임을 지적한 것이라 하였다. 그가 주장했던 것은 정치적 봉쇄였지, 군사적 봉쇄나 대결이 아니었다고 반발한 것이다. 그러나 1949년에 이르면 펜타곤, 백악관, 국무부까지 강경한 군사적 대결론자가 절대다수를 이루게 되고 주변으로 밀려난 그는 결국 50년대 초 국무부를 떠나 학자의 길을 택하게 된다. 그로부터 30여 년 후인 1984년, 케넌은 강연을 통해 당시를 회고하면서 다음과 같이 말했다.

미국에는 언제나 외부에서 단일한 악의 중심을 찾아서 우리가 직면한 모든 문제의 책임을 여기에 돌리려는 흥미로운 경향이 있는 것 같습니다. …… [이로 인해] 우리의 사고뿐만 아니라 삶까지도 극단적으로 군사화하는 결과가 생겨났으며, 이런 점이야말로 전후 시대의 두드러진 특징이 되었습니다. …… [군사화로 인해] 우리는 매년 국민소득의 막대한 부분을 무기 생산과 수출에 지출하고 거대한 규모의 군대를 유지하는 데 익숙해져야만 했습니다. …… 이런 게 습관이 되다 보니 제가 감히 진정한 국가적 중독이라고 부를 만한 현상으로까지 치닫고 있습니다. …… 수백만 명이 군복을 입고 있을 뿐만 아니라 다른 수백만 명이 군산복합체에 생계를 의존하는 데 익숙해져 있습니다. 수천 개의 기업이 군사복합체에 의존하게 되었고, 노동조합과 지역사회는 말할 것도 없습니다. …… 무기를 만들어 판매하는 이들과 무기를 구입하는 워싱턴의 당국자들 사이에 전혀 건전하지 않은 정교한 유대가 형성되고 있습니다. …… 냉전의 기득권 세력이 생겨난 겁니다. …… 이른바 사악한 적국인

소련이 없었더라면, 다른 적을 만들어 냈어야 할 거라고 말해도 틀린 말은 아닙니다. (케넌, 2012: 340-355)

온건한 자유주의자·현실주의자고, 외교관 출신답게 평소 늘 부드럽고 우회적인 언어와 문필을 구사하는 그가 이 정도로 강한 어조를 풀어놓았다는 것이 놀랍다. 그는 자신이 이렇게 말하는 이유가 "우리 마음속에 각인된 냉전관의 거대한 군사화가 우리나라에 대한 외부적 위험일 뿐만 아니라 내부적 위험이기도 하다는 주장을 하기 위해서"라고 고백한다. 그리고 이렇게 된 근원이 (전후 초기부터) 소련의 정책과 의도를 과장하여 대응한 것과 핵무기를 비롯한 대량살상 무기에 우월한 지위를 부여하여 군비를 증강한 데 있다고 하였다(상동: 357). 물론 케넌이 이러한 결과에 대한 모든 책임으로부터 자유로운 것은 아니다. 정치적인 것으로 한정된다고 후일 반발했지만, '봉쇄'라는 초기 전략구상 자체가 군사적 대결로 치달을 가능성의 첫 단추를 꿴 것임을 부정할 수는 없을 것이기 때문이다.[11]

어쨌거나 케넌이 비판했던 "냉전관의 거대한 군사화"의 최대의 직접적 피해자는 물론 세 개의 군사적 분단선 ── 남북한, 중국과 대만, 남북베트남 ── 이라는 깊은 상처를 안고 있던 동아시아였다. 그 결과 동아시아에는

....

11. 당연한 말이겠지만, 케넌은 세계사를 철저히 서구 중심·미국 중심으로 보고 있었다. 그 근본적 한계를 우선 분명히 인식해 둘 필요가 있다. 더 정확히 말하면 미-영 중심으로 본다. 이는 오랜 뿌리를 가지고 있지만 주로 19세기 영국의 세계패권시대에 정립된 '해양세력과 대륙세력의 투쟁사'의 관점(서구 중심적 미-영 중심적 세계지정학, geopolitics)을 그대로 계승한 것이다. 그의 봉쇄론은 결국 미-영 중심 해양패권에 도전할 가능성이 있는 여하한 대륙패권에 대한 예방적 봉쇄론이다. 그의 동아시아관에서 나타나는 뚜렷한 편향, 즉 패전 전 일본의 팽창에 대한 (매우 편향된) 긍정적 인식도 여기서 비롯된다. 그는 다만 이러한 대륙봉쇄의 방법에서 보다 온건한 태도를 취했던 셈이고, 생애 후기로 갈수록 이러한 태도를 강화시켜 갔다고 볼 수 있다. 영-미 중심 세계지정학 관점의 고전적(?) 저술의 하나로, 영국의 지정학자인 Mackinder(1919) 참조.

냉전과 열전이 교차하고, 전시가 아니더라도 실제 전쟁상태를 방불케 하는 비상상태가 오랫동안 지속되었다(비상상태의 상시화). 앞서 6절에서 살펴보았지만, 이러한 고통스러운 상태, 새로 형성된 동아시아 전쟁체제에 조금씩 균열이 가기 시작하여 오늘의 상황에 이르게 된 것은 실로 누구도 예측할 수 없었던 놀라운 변화였다.

케넌의 기록들이 흥미로운 것은 전쟁이냐 평화냐의 선택이 (결코 미리 결정되어 있지 않고) 매우 유동적으로 움직이고 있는 상황에 대한 생생한 보고라는 점, 그리고 종전 직후 동아시아에 대한 미국 권부(權府)의 정책결정 과정의 속내를 투명하게 보여주고 있다는 점 때문이다(특히 중국내전과 한반도 분단, 전쟁, 그리고 일본의 역할에 대한 흥미로운 서술들). 이러한 유동성들은 바로 오늘의 동아시아의 상황과 상당 부분 중첩되는 바 있다. 현재에도 여전히 미국은 동아시아에서 가장 강력한 행위자이고, 동아시아는 여전히 평화냐 전쟁이냐의 기로에 서 있다. 물론 현재의 동아시아와 외부 세계, 특히 미국과의 경제적·정치적 연관은 전후 미소 간의 관계와는 전혀 비교할 수 없을 정도로 깊게 맞물려 있다. 그러나 'G2'라고까지 불리는 중국의 급속한 성장은 미국 강경파의 경계심과 일본의 재무장 가능성을 높이고 있다. 케넌이 유명세를 타게 만들었던 불운한 용어인 '봉쇄'가 이번엔 중국을 대상으로 다시 출현하고 있다. 과연 동아시아는, 그리고 세계는 케넌이 강력하게 비판했던 "냉전관의 거대한 군사화" 상태로 다시 회귀할 것인가?

일각에서는 강대국 간의 비정한 팽창과 억제의 논리는 결국 군사적 충돌로 갈 수밖에 없다는 필연론을 펴기도 한다. 현 시점에서 그 충돌은 결국 미중 간의 전쟁일 수밖에 없다(Mearsheimer, 2006, 2001). 또 혹자는 이 시기 동아시아를 청일전쟁의 또 다른 전야(前夜)로 보기도 한다(가라타니, 2014: 281-283). 이러한 필연론은 결국 다른 어떤 지역보다 동아시아에서 다시금 대형 전쟁의 참화가 발생할 가능성이 크다고 보고 있는 셈이다.

이러한 예측들은 서구식 군사적 팽창근대의 특징이 미래의 동아시아에서 똑 같은 방식으로 되풀이될 것임을 당연한 전제로 두고 있다.

이 글은 다른 가능성을 보았다. 앞서 개진한 형(形)', 즉 아편전쟁 이후 오늘날까지 150년의 동아시아 전쟁상태로부터 그 이전 동아시아 200년 평화로의 회귀다. 동아시아를 넘어 더 넓게 보면 서구주도근대 이전으로의 회귀다. 21세기의 형국이 그와 같이 가고 있다. 초기근대의 세계상황과 유사한 것이다. 유럽권의 힘이 다른 문명권을 압도하기 이전의 세계상태다. 현 시대는 이제 '서구의 부상(the Rise of the West)'이 아닌, '비서구의 부상(the Rise of the Rest)'의 시대라 불리고 있고, 여기서 동아시아의 부상은 그중에서 가장 두드러진 현상이다. 앞서 말한 전쟁 필연론은 서구식 군사적 팽창근대 파국적 양상이 21세기에도 똑같이 반복될 것임을 전제하고 있다. 그러나 이 전제에는 많은 문제가 있다. 과거의 서구식 팽창근대의 핵심에는 서구-비서구 사이 군사적 힘의 압도적이고 현저한 불균형 상태라는 조건이 있었다. 이러한 현저한 불균형이 군사적 침략과 식민화를 '문명화'로 호도하는 것을 가능케 하기도 하였다. 이러한 조건과 가능성은 이제 존재하지 않는다. 이라크에서 수렁에 빠진 미국은 유일 초대(超大) 군사력에 의한 약소국의 손쉬운 제압조차 불가능하게 되었음을 보여준다. 또 거대 군사강국 간의 군사적 대결은 이미 미소 냉전기에 사실상 포기된 것이다. 핵무기 등 대량살상무기(WMD)에 대한 공포 때문이다. 침공을 '문명화'로 호도하는 것도, 식민지로 만드는 것도 거대해지고 다극화된 국제여론의 비난과 압력 때문에 불가능하다.

다극화 추세가 분명해지는 만큼, 또 그것이 기존 시스템에 질적 변형을 가져오는 만큼, 그에 대한 견제와 거부, 반발이 커지는 것은 충분히 예상할 수 있는 현상이다. 그리하여 소위 'G2'(=미중) 간 신냉전 시나리오가 주로 지배적 미디어를 통해 되풀이되지만, 이런 주장들 자체가 기존 세계체제의 기득권 유지 의지와 결코 무관하지 않다. 그러나 실제 세계의 움직임은 그러한 기득권 수호 '의지'와는 다르게 움직이고 있다. 우선 소위 'G2 대결' 조장의 흐름이 현재 세계동향의 주류라 보기 어렵다. 오히려 공존의 접면을 넓혀서 공영을 추구하는 실리적 흐름이 주조를 이루고 있다. 서방 내에서도 유럽은 중국과의 대결이 아닌 접면 확장에 훨씬 큰 관심을 보이고 있다. 이들은 EU와 '중국을 포함한 동아시아권'과의 교류 확대를 통해 새로운 활력의 기회를 모색한다. 러시아 역시 이러한 접면 확장에 커다란 관심을 갖고 있다. 더 나아가 라틴아메리카, 이슬람권, 인도권, 동남아시아 등 비서구권 전반 역시 대결보다는 권역 간 문명 간 공존과 접면 확장에 훨씬 큰 관심을 갖고 있다. 심지어 미국 내부에서도 중국과의 공존이 아닌 대결주의가 지배적이라고 말하기 어렵다. 이렇듯 대결이 아닌 공존에서 미래를 찾으려는 세계적 흐름이야말로 후기근대의 기본추세라고 하겠다 (김상준, 2017: 21-22).

그렇다고 세계 도처의 국지전이 종식된 것은 물론 아니다. 전쟁은 여전히 발발하고 있다. 중동과 아프리카의 여러 곳에서 내전 상태가 지속되고 있고, 한반도야말로 군사적 긴장이 가장 높은 곳 중의 하나다.[12] 군비경쟁도 진행형이다. 그러나 초강국 간의 전면 전쟁, 또는 세계전쟁과 같은 대형 참화의 발발을 억제하는 내적 기제 역시 분명히 작동하고 있다. 이러한 유동적 상황에서 전쟁을 막고 평화를 정착시키고자 하는 실천적 의지와 지혜는 더욱 중요해진다. 동아시아, 특히 남북갈등을 내장하고 있는 한국사 회에서는 더욱 그렇다. 여기서 동아시아 200년 평화를 가능하게 하였던 근거를 한 단계 깊게 이해할 필요가 있다.

앞서 케넌은 "언제나 외부에서 단일한 악의 중심을 찾아서 우리가 직면한

---

12. 이러한 상황에서 가장 취약한 고리가 국지 분쟁의 국제화다. 내부 분열과 적대의 심화, 군사적 긴장의 증폭, 그리고 이를 빌미로 한 국제 분쟁화다. 현재 중동과 아프리카 가 그 직접적 피해자가 되고 있고, 그 다음으로 가능성이 큰 곳이 한반도다. 최소한 중국-대만과 같이 장기 공존을 상호 허용하는 길이 현명해 보인다.

모든 문제의 책임을 여기에 돌리려는 흥미로운 경향'이 미국에 존재한다고 지적했다. 그러나 이러한 경향은 미국만의 것이 아니라 서구 근대 주권론의 핵심에 보편적으로 존재하는 것이었다. 주권의 핵심이 '예외를 결정하는 것'에 있다는 칼 슈미트의 예리한 논변은 서구 근대 주권론의 숨겨진 역사적 비밀을 (결코 의도하지 않았던 것이겠지만) 날카롭게 노출시킨다(Schmitt, 1985). 슈미트가 '주권이란 예외를 결정하는 자'라고 했을 때 그것이 의미하는 바는 케넌이 말한 '외부에서 단일한 악의 중심을 찾아서(= 결정해서) 우리가 직면한 모든 문제의 책임을 여기에 돌리는 경향'과 완전히 일치한다. 즉 '예외의 결정'이란 바깥을 설정(결정)하는 것이고, 그 바깥을 악이라 호명하는 것이다.

슈미트식의 주권 개념과 주권 행사 관행이 존재하지 않았다는 사실이야말로 과거 동아시아 200년 평화가 가능했던 중요한 비결 중의 하나다. 당시 동아시아 평화는 천하관에 입각해 있었고, 천하관의 핵심은 바깥이 없다(天下無外)는 데 있다. 천하라는 개념에는 예외를 설정하고 이를 악이라 호명할 바깥이 존재하지 않는다. 그렇다면 바깥이 없는 천하의 공존(=평화)은 어떻게 가능한가? 공(公)의 실현을 통해서다. 그래서 천하 사상과 공 사상은 원래가 하나였다. 그 고전적 표현이 '천하위공(天下爲公)'이다(『예기』, 「大同」). 공(公)이란 요즘 용어로 하면 정의(公正)와 호혜 속의 공존이다. 천하란 공의 실현 공간이고, 공이란 천하를 지탱하는 기둥이자 뼈대다.[13] 이 점이 서구 주권론의 배경을 이루는 분할적 세계관, 배타적-침략적 생활권(Lebensraum) 지정학 논리와 근본적으로 다르다(김상준, 2016). 이 천하관의 틀 안에서 몽골, 티베트, 동남아시아, 유구, 조선, 일본, 그리고 중국이 200년간 그런대로 큰 갈등 없이 공존했다. 그러한 천하적 공존

----

13. 이상 서술한 것은 유교적 천하관이다. 유교적 천하관은 선진(先秦)시대 패권적·戰國 적 천하관을 근본적으로 비판하면서 체계화되었다. 선진시대 패권적 천하관은 오늘날 표준 국제관계론(IR)이 전제하는 무정부적 힘의 투쟁 논리와 유사한 것이었다.

공간에서 18세기까지 주로 동남아[14]와 남중국을 거점으로 동(남)아시아,
인도, 이슬람, 유럽 상인들이 활발하게 교역했다.

21세기의 세계는 천하의 세계관이 업데이트된 형태로 재가동될 수 있는
가능성이 열린 최초의 시공간이 아닌가 생각해본다.[15] 슈미트적 그리고
서구적 예외주권의 시대는 이제 식민지 쟁탈 전쟁, 1, 2차 대전과 냉전이라는
혹독했던 경로를 이제 거의 완주한 것으로 보인다. 그 역시 역사였다면,
참혹했던 대로 그 나름 (헤겔적 의미에서) 역사적 소임을 다 한 것이리라.
사실 유럽내전의 연장이라 할 1, 2차 대전의 산물이었던 냉전이 종식되었다
는 것은, 일찍이 소위 '대항해'의 시대에 시작되었던 유럽의 군사적 팽창근
대가 그 역사적 한 사이클을 다 한 것으로 읽혀진다. 이제 서구로서도
더 이상의 무력에 기초한 팽창=식민화가 아니라(그것은 이제 불가능하다),
현명한 수성(守城)이 현실적인 선택지일 것이고, 그렇다면 이제 전 지구의
여러 문명권, 지역권역들은 과거 동아시아의 천하관이 표방했던 바깥이
없는 공존의 세계를 일단 이념형적으로라도 그려볼 수 있게 된 것 아닌가.

'G2'라는 표현 역시 매우 한계적이다. 21세기 미국과 중국의 위상은
과거 냉전 시대 미국·소련과 결코 비교할 수 없다. 미·중의 상호이해관계
가 이미 매우 깊게 얽혀있고, 양국의 국제적 지위도 결코 과거 미·소처럼

----

14. 동남아 고유의 주권관을 병립하는 동심원들의 파문적 교차로 보고 이를 힌두-불교
전통에 고유한 만달라식 주권관의 발현으로 해석하는 학자들이 있다(Tambia, 1976;
Lieberman, 2003). 만달라적 주권관과 동아시아의 천하관은 상통하는바 많고, 역사적
으로 상호 영향을 주고받기도 하였다. 냉전 종식 이후 아세안(ASEAN)이 보여주고
있는 유연하고 느슨하면서도 활발한 동심원적 협력망은 그러한 역사적 배경 속에서
이해할 수 있다. 이러한 모습은 국민국가 간의 구획이 분명한 경직된 국제질서 너머의
미래의 새로운 지역체제의 상(像), 지역주권의 초기형태를 엿보게 해준다.
15. 역사적 실체로서 과거 중화주의체제의 천하란 실은 전 지구적 문명판도에서 보면
국지적인 것이었다. 그렇다면 전 지구를 포괄하는 본격적이고 전면적인 천하관이,
바로 그러했던 국지적 (중화)천하의식이 붕괴되었던 역사적 경로를 통해 비로소
오늘날 그 가능성을 펼쳐 보이고 있는 셈이다.

압도적이지 않다. 예를 들어 미국이 냉전기처럼 남미를 철저히 구속할 수 없고, 중국 역시 아시아에서 과거 중화제국·조공시대와 같은 압도적 지위를 점할 수 없다. 서유럽과 미국의 중동, 이슬람권에 대한 패권 역시 마찬가지다. 미주(美洲) 내에서도, 아시아에서도, 과거와는 다른, 보다 대칭 적인 힘 관계가 형성되고 있는 것이다. 여기에 미중이 서로 견제하고, EU와 러시아의 비중 역시 매우 크다. 그리고 이 모든 행위자들이 경제적·정 치적으로 서로 깊게 연관되어 있다. 이것은 소망이 아니라 현실이고 객관적 상황이다. 이러한 상황에서 과거 식민지 시대의 야만, 1, 2차 세계대전의 참화, 냉전의 광기가 다시 반복될 것이라는 예측이 천하 민심=세계인의 공감을 얻을 가능성은 그다지 크지 않아 보인다.

팽창근대에서 군사적 공격성은 경제적 공격성과 짝을 이루어 왔다. 그러나 이 영역에서도 한계가 드러나고 있다. 요즘 널리 예견되고 있는 '장기 저성장시대'의 도래가 그러하다. 저성장시대란 과거 서구의 세계 식민지화와 같은 비정상적인 역사적 사태가 재현될 가능성이 희박한 오늘날 의 세계상황에서 오히려 자연스러운 성장패턴이라 할 수 있다. 인적 자원도 물적 자원도 무제한적 취득의 (정치경제적·생태적) 임계점에 이르고 있기 때문이다. 이러한 점에서 초기근대의 국제관계(공존)만이 아니라 경제패턴 (균형)에서도 배울 점이 있다. 전(前) 산업사회였지만 그 상태에서 어쨌거나 생태와 인구가 나름의 균형을 이루며 삶을 꾸려갔던 초기근대 세계의 시스템적 지혜에 대해 오히려 새롭게 관심을 기울일 필요가 있게 된 것이다. 이런 문제의식에서 그동안 이룬 산업기술적 성취와 최근 부각되는 사물인터 넷(IoT) 등 IT 기술의 (저가)효용성이 시스템적 재구성을 통해 보다 적정하고 균형 있는 삶에 기여하는 쪽으로 전환될 수 있는 가능성을 타진해 보는 시각들도 존재한다(리프킨, 2014). 최근 여러 나라에서 간디경제(인도), 삼농16경제(중국) 등으로 표방되듯, 다수 대중의 실제적 삶의 개선에 기여하 는 생태경제, 중간기술, 중간경제(사회적 경제), 고용유발 나눔경제에 대한 정책적 관심이 점차 높아지고 있는 것도 이러한 경향과 무관하지 않다. 이러한 접근은 전 지구적으로 심화·확산되고 있는 양극화, 실업 문제에 대한 적극적 대안의 성격을 가지고 있다(김상준, 2017). 이후 저성장경제의 안정적 정착과 21세기 세계의 평화 유지라는 두 개의 담론은 상호 긴밀하게 맞물리지 않을 수 없을 것이다.

이제 마무리할 때다. 이 글은 동아시아 근대를 동아시아의 경험적 시각에서 다시 돌아보면서, 동아시아 평화체제와 전쟁체제의 사이클 순환을 발견하였고, 이 속에서 형(形, 초기근대 평화체제)에서 형'(形', 21세기 평화체제)로의 상승적 회귀(浮上과 회귀의 중복)의 가능성이 높아지고 있음을 보았다. 그러나 물론 그 가능성의 현실화는 이 시기 이곳을 살아갈 모든 이들의 몫으로 남아있다. 거대한 세계사적 변형에는 새로운 거대한 가능성과 함께 새로운 거대한 위험이 함께 제기되는 만큼 실천적 지향이 더욱 중요해진다.

---

16. 농촌, 농업, 농민을 말한다. 중국정부는 이 셋을 묶어 '三農문제'라 부르며 2004년부터 이 문제의 해결을 정부의 최우선 정책 과제로 삼아왔다. 서구의 대도시위주, 식민지팽창에 근거한 정책을 중국에 그대로 적용하면 안 된다는 문제의식이 배경에 있다. 주요 문제 제기자 중의 한 사람인 원톄쥔(2013)의 생생한 보고서와 제언들 참조.

제3장
20세기 동아시아의 역사경험을 어떻게 볼 것인가
── 중국의 전통과 근대를 중심으로

조경란

1. 들어가는 말: 20세기 혁명과 21세기 중국몽 사이에서

글을 쓰는 사람이 중국을 공부했으니 동아시아에서도 중국을 중심으로 서술하는 것이 마땅할 것이다. 중국의 전통과 근대의 문제를 가지고 이야기하자면 최근의 유학부흥 현상에 주목해야 한다.[1] 중국에서 2004년 정도를 기준으로 형성된 소위 대륙신유학자들은 이제 거의 모든 문제를 유학의 눈으로 다시보기를 시작했다고 해도 과언이 아니다. 즉 오늘날 문제가 무엇인지, 무엇이어야 하는지를 유학의 재정위(再定位)를 통해 고민하고 있다.[2] 이 '당위적' 근거는 중국의 경우 학문적인 데에 있다기보다는 "역사와 문화의 중단 없는 계승이라는 역사적, 문화적 사실이 논리를 이겨낼 수

----

1. 조경란, 「현대 중국의 '유학부흥' 현상」, 『시대와철학』 2017년 여름호(6월).
2. 조경란, 「중국 지식의 '윤리적' 재구성의 가능성 ── 유학 '부흥'과 '비판'의 정치학에서 아비투스의 문제」, 『중국근현대사연구』 2014년 3월, 159쪽.

있다는 중국인의 확신"에서 나온다고 할 수 있다. 그러나 중국이 하드파워의 문제를 넘어 제국의 소프트파워라는 자발적 동의 체계를 고민하는 단계에 오면 학문적 시스템의 구축은 매우 중요한 과제가 될 수밖에 없을 것이다. 이 과제 앞에서 가장 가까운 역사인 중국의 20세기, 전통·근대·혁명은 무엇이었나를 반드시 고찰해야만 한다. 이에 대한 깊이 있는 논의 없이는 21세기 중국 학문의 포괄적인 시스템 구축은 불가능하다.

중국의 20세기는 이데올로기적 잣대를 들이대지 않고 건조하게 보면 결과적으로 '부강의 꿈(富强夢)'이 이루어진 세기이다. 이 글의 키워드인 전통과 근대 그리고 혁명이라는 담론과 실천은 결과적으로 부강몽에 회수돼 버린다. 이는 19세기 말 서세동점의 위기 상황에서 중국이 '유교문명'과 '국민국가' 중 후자를 선택했던 데서 비롯된 것이다. '문명-국가'가 아닌 '민족-국가' 패러다임이다. 100-150년 동안의 격랑 끝에 중국은 부강한 국민국가라는 꿈을 실현했다. 물론 이런 성과를 이룬 원인을 두고는 의견이 분분하지만 어찌되었던 이를 바탕으로 이제 다시 새로운 중화제국을 재건하려는 '중국의 꿈(中國夢)'이 제시되었다. 중국의 대륙신유가들은 이것을 다시 '국가'가 아닌 '유교'가 선택된 것이라 해석한다. 따라서 중국 지식계의 최대 화두는 '부강몽'에서 '중국몽'으로의 패러다임 전환에 모아지고 있다. '부강몽'이 아니라 이것과 차별화한 '중국몽'이 중국지식인들에게 새로운 공리(新公理)가 된 셈이다. 이제 '서양 따라잡기'는 끝났으며 근대화의 다른 방식을 보여주겠다는 것이다.

중국은 20세기의 '부강몽'의 실현을 바탕으로 자기만의 꿈인 '중국몽'을 제시하게 됨에 따라 이제 진짜 실험은 시작되었다고 할 수 있다. 사실 100년 전부터 중국의 지식인들에게는 중국이 강국 반열에 올라선 후 인정(仁政)을 펼친다는 것이 장기적 근대 구상이었다.[3] '중국몽'의 핵심이 과연

---

3. 당시 어떤 소설에는 전쟁을 없애자는 모임인 세계미병회(世界弭兵會)에 의해 군대가

무엇인지 아직 확실치 않다. 하지만 인정이야말로 태곳적부터 유학의 최고 목표가 아니던가. 문제는 부강몽을 실현한 지금, 이를 바탕으로 어떤 정치를 펴고 어떤 사회를 만드는 것을 '인정'이라 할 수 있는가이다.

중국의 20세기는 19세기뿐 아니라 수천 년 역사의 결과물이다. 21세기 중국의 위상과 내용은 이 두 가지가 응축되어 결정될 것이다. 하지만 지금으로부터 가장 가까운 20세기의 경험과 그 반성이 21세기 중국을 결정하는 가장 큰 요소가 되어야 한다. 따라서 20세기에 대한 포괄적, 역사적 해석은 21세기를 합리적으로 상상하는 데 관건이라 할 것이다. 중국의 100-150년을 거시적으로 해석할 때 세계사의 지정학적 요인과 세계 자본주의 경제의 구조적 흐름이라는 틀의 제한을 받을 수밖에 없다. 동시에 그러한 구조 안에서 변화를 끌어내는 것은 다중의 의지와 행위이다.

예컨대 중국 최초의 마르크스주의자 리다자오(李大釗)는 1920년대에 앞으로 중국 민족이 부활하여 세계문명에 두 번째로 대공헌을 할 수 있을 것이라 굳게 믿었다. 그의 예언은 결과적으로 적중했다. 사실 세계사에서 과거에 제국이었던 나라가 부활한 사례는 현재까지 없었다. 중국이 유일하다. 리다자오뿐만 아니라 당시 지식인들의 여러 글 속에서 표현되듯이 그들의 인간과 역사에 대한 낙관적이고 주체적 의지가 지정학과 상호작용하는 가운데 중국의 부활에 중요하게 작용했다고 봐야 하지 않겠는가. 중국 근대의 사상가와 그들의 주장, 예컨대 옌푸(嚴復)의 천연론, 량치차오(梁啓超)의 신민설, 쑨원(孫文)의 민족주의, 마오쩌둥(毛澤東)의 혁명론, 덩샤오핑(鄧小平)의 생산력중심론 등도 모두 이런 의지의 표현이라는 데서는 대동소이하다.

해산되고 그 후에 법률이 통일되고 문자가 통일되는 것이 묘사되어 있다. 다만 문제는 미병회의 회장은 중국 황제여야 하고 중국어로 세계 문자가 통일되어야 한다는 전제를 둔다는 점이다. 王曉明・應紅, 「中國における現代化(近代化)想像」, 『思想』 2000年 8月, 89쪽.

하지만 중국공산당이 정치권력을 장악한 이후 70년이 가까워오는 지금, 우리 앞에 버티고 서 있는 그들의 모습은 우리의 기대와는 조금 다른 것 같다. 모리스 마이스너의 다음 지적은 매우 적나라하다. "중국공산당은 아직도 의례적으로 프롤레타리아트를 대표한다고 주장하고 있지만, 프롤레타리아트가 공산당 정권의 가장 큰 위협으로 변해버린 것은 결코 이상한 일이 아니다. (중략) 중국의 경우 참가자나 관찰자 모두가 대면할 수밖에 없었던 역설은 중국에서의 어떤 사회주의운동도 반(反)공산주의적인 동시에 반(反)자본주의적일 수밖에 없다는 것이다. 이런 명백한 부조화는 중국 자본주의가 대체로 공산주의 국가의 창작품일 뿐 아니라 공산당 지도자와 관료들이 중국의 '사회주의 시장경제'를 움직이는 핵심이고, 그들 중 대다수가 큰 이득을 보고 있는 자본주의 제도를 보호하기 위해 공산주의 국가의 권력에 의존하고 있다는 사실에서 기인한다."[4]

중국의 20세기는 이처럼 혁명의 장밋빛 꿈과 실패의 악몽이 교차했던 세기였다. 21세기 중국이 20세기 중국과 구조적으로 밀접한 관계를 맺어 앞으로 나아간다면 20세기에 취했던 부강의 방법을 보는 시각이 매우 중요해진다. 필자가 '전통', '근대', '혁명'이라는 세 가지 키워드를 가지고 이 문제를 생각해본 이유이다.

2. 중국에서 근대는 무엇인가

그렇다면 왜 20세기 중국의 '부강몽'을 전통, 근대, 혁명이라는 시각을 통해 보아야 할까. '부강몽' 패러다임은 이 삼자 관계의 어떤 상호작용

---

4.   모리스 마이스너, 『마오의 중국과 그 이후』 2, 김수영 옮김, 이산, 2004(2쇄, 2006), 741쪽.

속에서 만들어졌을까. 도식화하면 20세기 중국의 지식인은 전통은 부정의 대상으로, 근대는 달성할 목표로 그리고 혁명은 근대를 달성하는 방법과 수단으로 생각했다. 전통이 문제화될수록 근대와 혁명은 반사적으로 강조되었고 심지어는 신성시되었다.

그러면 전통이 문제화되기 시작한 것은 언제였을까. 각자 다른 길을 가고 있던 서로 다른 동서문명이 조우하면서부터이다. 19세기 중후반 서구 문명과 동아시아 문명의 충돌은 영국이 마지막 남은 극동아시아를 포함시켜 세계 자본주의체제를 구축하는 것으로 결판이 났다. 이 문명의 충돌은 제국주의의 자기 확장의 성격을 띤다. 이때, 서구의 자기 확장은 동아시아와 중국에는 멸망이냐 생존이냐의 갈림길에 서게 만들었다. 왜냐하면 하나의 느슨한 문명체와 고도로 조직화된 국민국가 시스템의 만남이었기 때문이다. 서양의 국민국가는 정치체제에서도 매우 강하고 힘 있는 현대적 주권 정치와 통치 방식을 갖추고 있었다. 이러한 비대칭적 상황에서 강자와 약자가 만났을 때 약자가 살아남기 위해 취할 수 있는 선택지는 많지 않았다. 서구의 방식을 받아들여 서구에 대응한다는 방법을 취할 수밖에 없었다. 이 방법을 선택한 이상, 중국은 천하가 아닌 국민국가의 방식으로 자신들의 문명을 재조직해야 했다. 이 과정에서 '중국'과 이민족으로 구성된 '비중국'의 요소가 함께 어우러져 구성되었던 정치 방식은 더 이상 유효하지 않게 되었다.[5] 어떤 면에서는 공자가 이상적인 사회로 꼽았던 화이부동(和而 不同)이라는 공존의 형태는 서양과 중국의 충돌 이후에는 그 모습을 유지하기 어렵게 되었다.

중국과 동아시아의 근대는 서양의 방법을 취해 서양에 응대한다는 전략에서 방향성이 이미 정해졌다고 할 수 있다. '문명 중국'이라는 전통의

·····················

5. 「對話: 從民族到國家」 '刘擎의 발언', 『何謂現代, 誰之中國 —— 現代中國的再闡釋』, 許紀霖・刘擎 主編, 『知識分子論叢』 第12輯, 2014年, 19쪽 참조.

비판과 국민국가라는 근대의 지향이 바로 그것이다. 여기서 근대 국민국가는 다른 식으로 말하면 자본주의 체제를 의미했다. 국민국가를 단위로 했을 때만이 세계 자본주의 체제에 효과적으로 올라탈 수 있었다. 하지만 중국에서 근대 국민국가로 나아가는 길은 평탄하지 못했다. 이는 혁명이라는 단어가 자주 등장한 점을 통해서도 알 수 있다. 혁명은 서구 열강의 연이는 침략과 압박 속에서 나라 안팎의 산적한 문제를 근본적으로 해결하는 최종 수단이었다. 바로 이런 이유로 1919년 5·4운동을 거쳐 1920년대에 중국의 여러 당파가 개혁과 혁명 중에 혁명을 근대 실현의 방식으로 채택한 것이다.

쑨원은 1905년 한 연설에서 중국이 '인위적 진보'를 통해 후발자의 이점을 살리면 "일본이 30년에 걸쳐 이룩한 것을 20년 또는 15년 만에 달성할 수 있다"고 하였다. 또 "혁명으로 공화국을 건설하여 정치혁명과 사회혁명을 단번에 이룩하여 서양을 앞지를 수 있다"[6]고도 했다. 어떤 의미에서 강국의 꿈은 마오쩌둥 시대에도 계속되었다. 문화대혁명이 진행되는 과정에서도 베이징은 세계 혁명의 중심지로 여겨졌다. 4대 현대화를 실현하여 "영국을 추월하고 미국을 따라잡자", 그다음에는 혁명을 수출하여 "인류를 해방하자"는 목표를 설정했을 정도였다. 혁명이라는 단어가 중국 근현대를 통틀어 이처럼 빈출했던 것은 근대를 일거에 성취할 수 있다는 강한 원망(願望)의 표출이었다. 동시에 그만큼 역사와 현실에 뿌리박은 전통에 압도당하는 정도가 심하다는 점을 반증하는 것이다. 전통과 혁명은 이처럼 매우 복잡한 함수관계를 형성하고 있었다.

실천의 층위에서나 이론의 층위에서나 혁명은 전통과 대립하는 개념이자 사회 변혁 수단이었다. 이론에서는 바로 사회주의가 전통을 부정하고 서구 열강의 침략에 저항하는 수단으로 채택되었다. 그렇기 때문에 중국에서

6.　孫文,「民報發刊辭」,『民報』第1號.

또는 동아시아에서 사회주의와 혁명은 애초부터 전통과 서구 근대의 극복이라는 명분을 띠고 출발했으며, 이로써 서양의 근대는 추구해야 하는 목표이자 극복해야 하는 걸림돌이라는 이중의 성격을 띤다. 이 때문에 지식인 혁명가들의 사상 양태는 서구와는 다른 모습을 보여준다. 서구의 기준으로 보면 서로 충돌하는 사상이 기묘하게 결합돼 있다. 국제주의를 지향하는 마르크스주의가 민족주의와 만난다든지 민족주의가 반전통주의와 결합하는 식이다. 하지만 비서구 사회에서 사회주의를 받아들여 성공한 경우는 바로 마르크스주의가 민족주의와 결합하고 그 민족주의가 다시 자기 전통을 부정한다는 궤적을 거친 때였다. 자기 전통이 봉건 권력과 유착관계에 있었던 상황에서 이는 불가피한 선택이었다. 이러한 측면이 근대 이행기 국면에서 비서구 사회의 인텔리겐치아가 공통적으로 처한 아이러니한 조건이었다. 중국 공산주의자들 대부분이 공산주의를 받아들이기 전에 반전통의 신문화운동에 공명했고 사회주의자와 더불어 동시에 민족주의자가 되었던 이유는 바로 여기에 있다.

이렇게 복잡한 이론 지형 속에 있었던 전통, 근대, 혁명은 넓은 의미에서 중국의 근대를 구성하는 핵심 담론이었다. 하지만 현실에서는 중국과 서양, 새로운 것과 오래된 것, 급진과 보수, 혁명과 반혁명 등 이항대립의 논쟁 형태로 단순화되어 나타났다.

3. 중국에서 전통은 무엇인가

중국의 문제는 역시 전통의 문제라는 말이 있다. 지금이나 100년 전이나 그것은 동일하다. 역사의 기점마다 전통 해석의 문제가 그 중심에 있었다. 강유위의 공자교 운동이나 5·4 신문화운동, 마오의 비림비공(批林批孔) 문제도 정치적이든 비정치적이든 간에 모두 전통 해석의 문제와 관련된다.

중국에서 전통은 결코 쉬운 문제가 아니다. 오죽하면 마오쩌둥이 죽기 전에 자신이 죽으면 유교가 다시 살아날 것이라 예언했겠는가.

그런 점에서 다케우치 요시미는 중국의 전통을 과소평가하고 중국의 혁명을 과대평가한 측면이 있다. 그가 보기에 전통을 가장 격하게 부정한 자가 전통을 가장 충실하게 담지한 자이다. 그리고 중국공산당은 가장 철저한 전통의 부정자라는 점에서 민족의 가장 높은 모럴의 체현자이다.[7] 다케우치는 전통의 부정 속에서 중국의 근대와 혁명의 특질을 포착하려 한다. 전통의 '성공적인' 부정을 통해 중국의 근대가 제대로 창출되었다고 가정한다. 하지만 이는 혁명에 지나친 기대를 한 나머지 중국의 전통이라는 리얼리티를 너무 가볍게 보았거나, 중국의 혁명에 일본의 구원이라는 자신의 욕망을 너무 지나치게 투사한 결과와 무관하지 않다.[8]

한나 아렌트도 「전통과 근대」라는 글에서 마르크스, 키르케고르, 니체의 전통 비판을 문제 삼으면서 전통에 맞선 반란이 성공한 예가 별로 없었음을 피력한 적이 있다. 전통에 대한 반란 자체가 보통은 전통의 틀 내에서 이루어지기 때문이다. 물론 전통 비판의 심급 자체가 동서양이 같을 수는 없겠지만 기존의 위계나 가치를 재평가하여 어떤 전환을 시도한다는 점에서는 상통하는 측면이 있다. 아렌트는 전통이 활력을 잃어가고 기원에 대한 기억이 희미해져감에 따라 낡아빠진 개념과 범주의 영향력이 점점 전제화되어 간다고 했다.[9] 중국의 경우에도 2000년 역사를 자랑하는 유교의 체제 이데올로기는 청말에 와서는 애초의 출발점에서 가지고 있던 원칙을 이미

---

7.   다케우치 요시미, 「일본인의 중국」, 마루카와 데쓰시·스즈키 마사히사 엮음, 『내재하는 아시아: 다케우치 요시미 선집 2』, 윤여일 옮김, 휴머니스트, 2011, 180-181쪽.
8.   모리스 마이스너는 이에 반해 청년 마오쩌둥이 첫 번째 문화운동인 신문화운동의 지적 산물이었다면 노년의 마오는 두 번째 문화운동인 문화대혁명의 정치적 추동자였다고 말한다. 혁명의 배반이라는 측면을 말하고자 한 것이다.
9.   한나 아렌트, 「전통과 근대」, 『과거와 미래 사이』, 서유경 옮김, 푸른숲, 2009(2쇄), 41쪽.

상실한 지 오래였다. 리다자오와 루쉰은 신문화운동의 국면에서 바로 그것을 문제 삼았던 것이다. 유교가 사람을 잡아먹는다는 루쉰의 말도 인간의 존엄성은 사라지고 유학의 껍데기만 남아 있다는 표현이었다. 거기에다 근대의 허무주의가 겹쳐져 생명의 존엄성을 훼손하고 있다는 것이었다. 물론 중국의 경우에도 전통에 대한 집단적 비판은 다시 전통이라는 범주의 틀 속에 구속되고 말았지만 그렇다고 해서 그때의 의의가 사라지는 것은 아니다. 아렌트는 출발점과 원칙을 상실한 전통에 대항하여 일어난 의식적 반란이 모두 자기 패배로 끝나야 했던 사실이 오히려 이런 작업의 위대성이라고 일갈한다.[10] 전통에 대한 반란은 결과적으로 전통의 틀 안에 머물고 말았다는 것은 문혁의 역설이기도 했다. 사상사의 입장에서 보면 문제의 극복이 아닌 단순한 전통 뒤집기에 지나지 않았다고 볼 수 있기 때문이다.

중국에서 국민국가의 요구는 전통의 비판과 부정을 강화했다. 그러나 전통은 부정한다고 해서 부정되는 것이 아니었다. 그것은 마치 자본주의를 임노동과 자본의 관계로 단순화시켜서 본 것과 같은 이치이다. 임노동만 철폐되면 자본주의의 문제가 사라질 것이라는 식의 착각을 신문화운동 시기 유교비판에 가담했던 지식인들은 똑같이 했다. 중국의 전통은 경전체제(經典體制)로서 세계관이기도 하고 제도이기도 하다. 그리고 사유양식이기도 하다. 청말까지 건재했던 이러한 경전체제는 과거제가 폐지되면서 사라질 것 같았지만 그렇지 않았다.

전통을 비판해도 그 틀에서 벗어나기 쉽지 않다는 것은 역시 유학과 공자는 중국에서 이성만으로 극복할 수 있는 대상이 아니라는 냉엄한 현실이 말해준다. 근대 국민국가 성립의 기초를 다지기 위해서건, 중화제국의 재구축을 위해서건 중국은 공자에서 떠날 수가 없다. 이 말이 유학이 탈역사적으로 존재할 수 있다는 의미는 결코 아니다. 유교 자체보다는

....

10. 같은 책, 47쪽.

'도덕화된 제도' '제도화된 도덕'으로서 구조화되고 신체화된 유교, 즉 아비투스로서의 유교를 사유해야 한다는 의미이다.[11]

4. 다른 근대는 가능한가

전통의 무게가 남다르다고 하여 우리가 새로운 중국을 구상함에 있어서 근대 역사를 삭제한 전통으로의 무매개적인 복귀를 아무 조건 없이 수용해야 하는가. 그렇지 않다. 그럴수록 중국 근대의 경험을 어떻게 해석할 것인가, 중국근대란 무엇인가를 끈질기게 물어야 한다. 이때 동아시아 근대를 포획했던 다양한 이데올로기는 거의 모두가 서양으로부터 동아시아에 들어와 변용 과정을 거치는 과정에서 본래 의미를 탈각하고 새롭게 동아시아적 의미를 획득해가는 과정을 겪었다는 데 주목해야 한다. 물론 이러한 지식의 유통 과정은 초기에는 서양의 문화적 헤게모니 밑에서 이루어진 단순한 전이 과정에 불과한 것처럼 보이기도 한다. 하지만 이러한 유통과 전이 과정이 수동적으로만 이루어진 것은 아니다. 사회진화론, 자유주의, 사회주의 등 거의 모든 외래 사상이 중국적 의미를 획득해가는 과정은 매우 창조적이며 주체적이기도 했다. 이 과정 자체가 중국의 근대인 것이다.

하지만 중국의 근대에는 위의 범주에서 벗어난 경우도 존재한다. 예컨대 량수밍은 중국 사회가 개혁되어야 한다는 면에서는 신문화운동 집단과 의견 일치를 보지만 그들과 달리 '윤리 본위'의 사회를 구상했다. 사실 량수밍은 1915년 신문화운동이 일어났을 때 신청년 그룹의 주장에 대해 반대하지 않았다. 다만 량수밍은 신문화운동 집단의 문제의식에서 한 걸음

....
11. 물론 여기서 모든 전통이 '유학'으로'만' 수렴될 수 있는가도 문제가 될 수 있다.

더 나아갔다. 동서의 힘의 비대칭적 상황에서 다수의 지식인들이 제시하는 동서 문화의 절충론과 조화론에 대해 근본적인 차원에서 문제를 제기한다. 동서 문화는 근본적으로 이질적이라는 것이다. 량수밍은 동서 문화는 근본적으로 이질적인데 서양이 우월하다고 하여 중국이나 동양을 버리고 저들을 좇을 수 있는지 물어야 하며 먼저 자신을 면밀히 검토해야 한다고 보았다. 바깥 사상과 문화를 받아들이기 위해서는 먼저 자신이 누구인지를 알아야 한다는 것이다. 이런 문제의식 아래 량수밍은 중국근대 최초로 학문적 차원에서 타자성을 의식한 인물이라 할 수 있다. 이러한 량수밍의 문제의식은 신문화운동을 매개로 성립한 것이지만 민주와 과학에 근거한 신문화운동에 대립한 '또 하나의 5·4'로 인식되기도 한다. 필자는 량수밍에 이르러 신학문에 대한 즉자적 반발이나 봉건 정치권력에 의해 이용되는 국학이 아닌 이른바 '성찰적 국학'이 개시되었다고 본다. 량수밍은 루쉰과 계통은 다르지만 '나, 중국이란 무엇인가'에 대해 '남, 즉 서양'에 의존하지 않고 자신의 눈으로 자기를 판단했다. 량수밍은 서양인이 1차 대전 이후 자신의 문화에 대한 반감을 갖고 동양 문화에 대한 흠모 차원에서 동양 문화를 예찬하는 것에 찬동하지 않았다. 특히 듀이와 러셀과 같은 사람들이 중국을 방문하여 동서 문화의 조화를 말한 것에 대해서도 매우 무책임한 행위로 보았다. 때로는 자기가 판단한 자기가 정확할 때가 있다. 이들은 나를 직시하고 자기 자신에 대해 비판적 성찰을 했다는 점에서 진정 근대성을 획득한 지성이라 할 수 있다.

　동아시아의 전통과 서양 근대의 만남을 통해 형성된 동아시아의 근대, 그리고 동아시아 역내에서 이루어졌던 지식의 유통 양상, 그리고 일국 내에서의 지식인의 언설과 행위는 단순히 서양에 대한 거부와 수용이라는 차원을 넘어서 복합적으로 접근할 필요가 있다. 그리고 중국근대의 21세기적 재해석의 가능성은 그 전 과정에 대한 여러 각도에서의 연구가 있을 때 열린다.

5. 새로운 근대를 위해 혁명을 성찰하자

앞에서 말한 것처럼 근대 성취를 위한 수단으로 혁명이 운위되었고 그럼으로써 혁명 담론 또한 중국근대의 구성요소에서 가장 중요한 부분 중 하나가 되었다. 최근 중국에서 새롭게 사회경제사의 시각을 가지고 일상생활, 지방 사회 등의 각도에서 20세기 중국 혁명의 복잡성, 풍부성, 연속성을 드러내려는 시도가 일고 있다. 이는 기존의 관행적인 혁명사 연구와는 차별화된다.[12] 이러한 새로운 시도들은 베이징대학의 왕치성(王奇生)이라는 교수의 문제적 저서 『혁명과 반혁명』에 힘입은 바 있다고 연구자들이 직접 밝히고 있듯이, 최근 혁명사 연구에서 중국 내의 패러다임이 변화하고 있다는 것을 감지할 수 있다. 기존의 노동자, 농민 등 기층민중의 당성에만 의존한, 즉 혁명과 반혁명으로 단순화되었던 역사 서술이 그동안 누락되었던 경제적, 인간적 관점으로 확대되고 있는 것이다.[13] 왕치성은 이 책에 관한 인터뷰에서 량치차오의 말을 소개한다. "한 국가가 혁명을 안 하면 그뿐이지만, 일단 혁명이 한 번 일어나면 두 번 세 번 끊임없이 반복적으로 일어난다. 결국 혁명은 다시 혁명을 낳는다(革命復産革命), 이것은 역사의 보편법칙이다." 왕치성은 여기에 근거하여 계속혁명은 왕왕 혁명을 변질시킨다고 말한다. 하지만 중국인은 수십 년 동안의 혁명 경험으로 인해 혁명의 가치에 대해 이성적으로 인식하게 되어 이제는 혁명의 '탈신성화' 단계에 들어섰다는 것이다.[14]

혁명이든 사회주의든 그것으로 이루어진 체제를 20세기의 특징 중 하나라 할 수 있다면 그것에 대해 이제 세계사적 차원에서 유기적으로 접근해야

---

12. 그리고 이런 연구들이 집단 차원에서 대규모 토론회의 형태로 진행되고 이 결과가 지상 중계되기도 한다. 社會經濟史視野下的中國革命, 『開放時代』, 2015年 2月.

13. 王奇生, 『革命與反革命 : 社會文化視野下的民國政治』, 香港中和出版, 2011.

14. 王奇生, 「爲什麼是革命與反革命?── 王奇生敎授答」, 『南方都市報』, 2010. 4. 7.

한다. 그런 의미에서 지금 우리가 주목해야 하는 사상가는 한나 아렌트이다. 왜냐하면 이제 근대를 근원에서부터 사유해야 하기 때문이며 아렌트는 그것을 전체주의로부터 문제 삼는다. 하지만 공산주의 자체를 비판하거나 부정하기 위한 것이 아니었으며, 19세기에서 20세기에 걸친 세계사의 진행과 근대성 자체의 구조적 측면에서 전체주의를 문제 삼았다. 그녀는 전체주의를 서구 근대가 내포한 모순의 응축 현상으로 본다.[15] 다시 말하면 근대적 국민국가의 형성과 제국주의가 전체주의의 생성과 밀접한 관련이 있다고 보는 것이다. 아렌트가 20세기 전체주의를 문제 삼을 때는 나치즘과 스탈린주의를 주로 염두에 둔 것이지만[16] 그녀의 문제의식은 중국으로도 확장이 가능하다. 아렌트는 20세기 후반기의 미국의 질서 구축을 꿈임과 동시에 악몽으로 보고 있다.[17] 마찬가지로 사회주의 체제 또한 꿈임과 동시에 악몽이었다.

아렌트는 나치스와 스탈린주의가 단적으로 드러내는 진부한 악의 본질은 숱한 사람을 죽였다는 사실 자체보다 자기들과 생각이 다른 이질적인 것을 말살하여 언어적 '행위'의 여지를 없애고 '복수성'을 소멸시킨 데 있다고 본다.[18] 사실 전체주의적 근대의 구조가 아이히만과 같은 무사유적 인격을 만들어 아무 생각 없이 거대한 악을 실행할 수 있는 인간을 탄생시키는 구조라면 문제는 심각하다.

이런 견지에서 보면 문혁 시기의 소위 '대민주'로 불렸던 대명(大鳴), 대방(大放), 대자보(大字報), 대변론(大辯論)은 비판적으로 재론해야 할 지점들이 적지 않다. 마오쩌둥이 대자보의 역할을 긍정적으로 여기자 문혁

....

15. 나카마사 마사키, 『왜 지금 한나 아렌트를 읽어야 하는가』, 김경원 옮김, 갈라파고스, 2015, 43쪽.
16. 川崎修, 『アレント : 公共性の復権』, 講談社, 2005, 41쪽.
17. 같은 책, 14-15쪽.
18. 나카마사 마사키, 『왜 지금 한나 아렌트를 읽어야 하는가』, 앞의 책, 96-97쪽.

과정에서 대자보는 하늘을 가리고 땅을 덮을 만큼 중국 대륙 구석구석에 보급되었다. 당시에는 대자보를 얼마나 썼느냐를 가지고 한 사람과 한 조직의 '혁명성'의 정도를 측정하는 표준으로 삼았다.[19] 중국의 문학가 첸리췬(錢理群)은 '4대'의 핵심인 대자보는 대민주라는 차원에서 해석되기 보다는 언어 독재의 측면으로 해석되어야 한다고 주장한 바 있다.

이러한 문제들에 비하면 중국에서의 담론이 유통되는 현실은 아쉬운 감이 없지 않다. 경제 발전에 도취되어 20세기에 대한 반성적 사유는 주류 지식인들에서 찾아보기 힘들다. 전통은 무매개적인 복귀처가 된 듯하고, 근대와 혁명은 그 안에 들어 있던 해방의 측면과 이상주의는 거세된 채, '부강'으로만 수렴된 듯하다. 부강한 중국, 이제 이를 바탕으로 '중국몽'으로 매진하기 전에 한숨 돌리고 자신의 과거를 살펴야 한다. 어떤 새로움도 평지돌출로 갑자기 우뚝 서는 것이 아닐 터, 오히려 필자는 대안을 말하기 위해서는 그 조건으로서 20세기에 대한 학문적 분석이 먼저라고 생각한다. 21세기 '중국몽'으로서의 인정(仁政)은 20세기 지식에 대한 반성에 기초해 수립되어야 한다. 20세기 중국에서 지식이 어떻게 탄생했고 어떻게 악몽이 되었는가에 대해 깊고 새로이 자문해야 한다. 근대에 대해 이처럼 집요하게 질문을 던질 때만이 근대를 넘어서는 21세기를 상상할 수 있다.

....

19. 진춘밍 · 시위옌, 『문화대혁명사』, 이정남 · 하도형 · 주장환 옮김, 나무와 숲, 2000, 451쪽.

제4장
'또 하나의 근대'와 미조구치 중국학의 개혁개방[1]

혼마 쓰기히코(本間次彦)

1. 들어가는 말

중국사상사가인 미조구치 유조(溝口雄三, 1932-2010)는 중국근현대사를 이해하기 위해서는, 그리고 개혁개방 이후 급속하게 변모하는 중국의 동향을 이해하기 위해서는, 현재에 선행하는 수백 년 단위의 역사적 전개를 계통적으로 소급해가야 한다고 주장했다. 그리고 이러한 역사적 전개의 연장선 위에 근현대사와 현재를 제대로 위치 지우고자 하는 관점을 가져야만 한다고 1980년대 이래 계속해서 호소했다. 그는 지금 일본의 중국학은 중국의 현재를 중국사의 특이한 전개의 도달점으로서 완전하게 전망하고자 하는 관점에 대해 무지하고, 그 같은 관점이 반드시 필요하다는 사실조차도 자각하지 못하고 있다고 보았다. 그러나 이런 관점이 무엇인지에 대해서는

....
1. 김도훈(교원대 연구교수) 옮김.

미조구치 자신도 처음부터 명확한 이미지로 가지고 있지는 못했다. 그렇지만 이러한 관점은 국내외 기존의 역사관과는 분명히 선을 그으면서, 중국의 현재를 지금까지와는 다르게 말할 수 있도록 하려는 것이었다. 요컨대 이런 관점은 일본 바깥의 중국학에서도 발견되지 않는다. 이 때문에 미조구치는 스스로의 문제의식을 보다 명확하게 하기 위해서 지속적으로 국내외에서 적극적으로 발언하고 대화했다. 이러한 미조구치의 활약상은 비교적 짧고, 강한 논쟁적 성격의 논문들을 모은, 그의 선집『방법으로서의 중국』(1989)과『중국의 충격』(2004)에 기록되어 있다.

본고는 이 두 책을 주된 검토 대상으로 삼아 미조구치가 독자적으로 추구했던 중국상(中國像)과 이를 가능토록 하는 그의 방법론의 특징을 비판적으로 고찰하는 것이다. 이 작업은 또한 21세기의 일본에서 중국을 말한다는 것의 의미를 다시금 고찰하는 것으로도 당연히 이어진다.

2. 쓰다 지나학(津田 支那學)과 그로부터의 중국학[2]

『방법으로서의 중국』에 수록되어 있는「쓰다 지나학과 이로부터의 중국학」에 대해서 먼저 주목해보자.『쓰다 소키치(津田左右吉) 전집』제2판의 월보(月報)에 실린 이 글은 그 내용이 상당히 파격적이다. 이 글에서 미조구치는 먼저 '쓰다 지나학' 평가에서 전향 선언을 하고, 곧바로 '쓰다 지나학'을 순화함으로써 '이로부터의 중국학'의 방향성을 분명히 하는 데까지 나아갔다. '쓰다 지나학'에 대한 가치평가의 전도가 왜 '이로부터의 중국학'과 결합되는 것인가. 미조구치의 입론을 검증해보도록 하자.

....

2.   (역자 주) 이 글의 필자는 쓰다 소키치와 관련되었을 경우에 한하여 중국·중국학을 지나·지나학으로 쓰고 있다. 원문대로 번역하였다.

일본문화와 지나문화는 과거 역사 동안 계속 이질적이었다는 점을 강조하고, 쓰다 당시의 현대에 있어서도 '현대문화'(=서양에서 유래한 '세계문화')의 일원인 일본과 아직 그렇게 될 수 없는 지나와의 차이를 강조한 것. 전후에 와서도 이러한 두 나라의 이질성, 차이성을 견지하여 중국혁명의 이해에 투영하고자 했던 것. 쓰다 지나학을 구성하는 이러한 논점이 중국연구자 사이에서 (그에 대한— 역자 주) 평가를 전후에 저하시키는 요인으로 되었다는 것을 미조구치도 인정한다. 그러나 미조구치는 지금이야말로 쓰다 지나학에 대한 평가를 반전시킬 시점이 도래했다고 한다. 그 이유는 무엇보다도 시대의 변화이다. 이와 같이 시대의 변화에 대응하여 구성되는 '이로부터의 중국학'은 대체로 쓰다 지나학에 친근한 성격을 가진다고 할 것이다.

미조구치에 의한 쓰다 지나학의 재평가는 지극히 착종된 논리를 구사하면서 진행된다. 그러나 제3절에 가면 시대의 변화와 '이로부터의 중국학'이 결합된다. 우선 시대의 변화가 무엇을 가져왔는지에 대해서 이렇게 쓰고 있다. "지금이라고 하는 시대는 중국에 대한 추수는 물론 옹호조차도 이미 일중국교회복의 시점에서부터 쓸데없이 되었고, 쓰다 지나학을 비판해야만 하는 우리들의 시대의 '요구'는 더욱이나 해소되어버렸다."(148쪽) 그리고 이러한 시대의 변화는 "우리들이 쓰다 지나학을 비판해야만 하는 우리들 시대의 '요구'를 '해소'"시키는 것만은 아니다. 그것과 동시에 "여기까지의 쓰다 지나학에 대해 시대가 '요구'하는 비판은 그것이 너무나 시대적이었기 때문에 오히려 지금은 시대적 의미를 상실했다."(148쪽) 이제 쓰다 지나학에 대한 비판은 무용할 뿐이 아니라 이미 무효이기조차 하다. 이를 확인한 다음 미조구치는 '이로부터의 중국학'을 말하기 시작한다. "이로부터의 중국학은 이러한 어떤 시대적 제약을 벗어나서 원리 그 자체, 원리의 보편적인 모양으로 되돌아오는 것부터 시작하는 것이 타당하고, 이런 다음 새롭게 쓰다 지나학을 다시 읽어보면"(148쪽) 쓰다의 "방법론의 이러저런 것들이

겸허하게 계승, 발전시킬 만한 것으로 새롭게 나타난다.'(148-149쪽) '쓰다 지나학'은 이렇게 시대의 변화에 개재되어 있음으로써 '이로부터의 중국학'에 접속하는 것이 된다.

계속하여 마지막 제4절에서 미조구치는 쓰다 지나학의 '방법론의 이러저런 것들'이 '이로부터의 중국학'으로 접속하는 방식을 논하고 있다. 다만 '이로부터의 중국학'이 계승할 만한 쓰다 지나학의 방법론적 자산 중에 실제적으로 거론되는 것은 '이별화(異別化)'라는 단 한가지뿐이다. 미조구치는 그 이유를 이렇게 쓰고 있다.

> 왜냐면 異別化야말로 (1) 중국을 하나의 독자적인 세계로서 일본으로부터, 또한 세계로부터 상대화하기 위한 (2) 반대로 다시 일본이라고 하는 그 자체도 하나의 독자적인 세계로서 —— 일본인인 내가 왜 중국을 연구의 대상으로 하는가라는 자문을 통해서 —— 객관화하고 중국, 나아가서는 세계로부터 상대화하기 위한 (3) 더욱이 이러한 각각의 상대화를 통해 다원적인 세계관 그리고 그 위에 쓰다의 소위 '진정한 보편성'을 수립하기 위한 —— 중국학, 외국학의 표식으로 생각되기 때문이다.(149쪽)

쓰다 지나학의 방법론적 자산을 '이별화(異別化)'라는 한가지로 수렴시킴으로써 미조구치는 '이별화'라는 방법 자체를 보다 광범위하게 전개한다. 그것은 중국과 일본 양쪽 각각이 상대적으로 독자적인 세계를 가지고 있다는 사실을 분명히 한다. 나아가 그것은 중국과 일본을 포함한 이 세계의 다원성에 대한 인식을 발생시킨다. '이로부터의 중국학', 이로부터의 외국학 일반이 수행해야 할 책무는 이와 같은 '다원적 세계관'을 형성하고, 또한 그에 앞서 새로운 보편이론('진정한 보편성')을 수립하는 것에 있다. 미조구치의 지적은 도발적이다. 그러나 미조구치에 따르면 이런 지적은

"쓰다 지나학의 의도 속에 포함되어 있는 것"(149쪽)에 불과하다.

여기에서 의구심이 생긴다. 위의 (1)과 (2)가 "쓰다 지나학의 의도 속에 포함되어 있는 것"은 의심할 바 아니다. 그러나 (1)과 (2)를 기초로 하고 방법론적으로 크게 비약하는 (3)에 대해서까지 "쓰다 지나학의 의도 속에 (있다고– 역자)"라고 보아도 과연 좋을 것인가. 쓰다 지나학은 미조구치가 의미하는 '다원적 세계관'과 '진정한 보편성'을 정말로 지향하고 있는 것인가. 어쨌든 "쓰다 지나학의 의도 속에 포함되어 있다"는 미조구치의 말은 쓰다 지나학이 의도했으나 충분히 드러내지 못했던 것을 대변하고 있는 것이다. 미조구치의 대변이 갖는 정당성을 검증하기 위해서는 쓰다 지나학이 실제로 어디까지 말했는가를 확정해야만 한다.

3. '다원적 세계관'과 '진정한 보편성'

쓰다 소키치의 『지나 사상과 일본』(1938년 초판 간행)에서 '세계문화'와 일본의 관계를 논한 다음과 같은 일절을 참조해보자.[3]

> 지금의 일본이 모든 점에서 소위 서양에 근원을 가지고 있고, 과학문화
> 라고 불리울 정도로 특색 있는 현대문화를 이해하고 있고 그에 따라
> 민족생활의 전체를 영위하고 있다는 것은 말할 필요도 없다. 옛날의
> 일본인이 책 속의 지식이나 몇몇 공예에서 지나문물을 배울 뿐, 일본인의
> 생활이 지나화하지 않았던 것과는 다르다. 지금에서는 생활 그 자체가,
> 그것의 기반인 경제조직과 사회조직 모두 일반적으로 현대화되어 있다.
> 옛 일본인이 지나에서 문물을 가져다 배웠다 하더라도 지나문화 자체

....

3.   『지나사상과 일본』에서의 인용은 상용한자와 현대가나 표기법을 사용한다.

속으로 들어간 것은 아니었기 때문에, 지금에 와서 서양에서 발원한 현대의 세계문화 속에서 우리들이 생활하고 있는 것이다(이 차이는 일본 현대문화의 성질에 대한 이해에서 극히 중요한데도 세간에서는 자주 이를 간과한다). 따라서 지금의 일본문화는 이러한 일본의 현대문화, 세계문화 안에서 드러난다. 여기에는 일본의 풍토나 역사에 따른 전통적 정신에 의해 특수화가 발생한다거나, 현대화가 비교적 단기간에 이루어짐으로써 과거의 인습과 기이한 결합이 일어난다거나 민족생활의 심부를 관철하지 못한다는 등등의 결함이 존재한다. 그렇지만 현재에 이르러서는 현대문화, 세계문화 즉, 서양문화는 일본의 문화와 대립하는 것은 아니고, 거기에 내재하고 있는 일본의 문화 그 자체인 것은 의심할 나위 없다. 이런 의미에서 일본과 소위 서양은 문화적으로 하나의 세계를 형성하고 있는 것이고, 일본인의 문화적 활동은 세계문화 속에서의 활동인 것이다. 이렇다고 해서 일본인이 생활하는 방식이나 생활감정이 유럽인과 같게 되었다거나 일본인 생활 속의 특수성이 사라졌다고는 물론, 말할 수 없다. 그러나 한편으로는 그 특수성이 현대문화의 일본에서 특수화를 이끌어가고 또 동시에 다른 한편으로는 현대문화의 힘에 의해 그 특수성이 지금까지와는 다른 형태로 심화되어갈 터이다. 여기서 이 둘 사이의 관계는 결코 배타적인 것이 아니다. 어쨌든 지금의 일본인이 현대문화의 속에서 생활하고 있다는 것은 전혀 의심할 필요 없는 명백한 사실이다.(암파신서판, 178-180쪽)

인용이 길었지만 그 취지는 명확하다. 위에서 말했던 대로, "일본인의 생활이 지나화하지 않았던 것과는 다르다. 지금에서는 생활 그 자체가, 그것의 기반인 경제조직과 사회조직 모두 일반적으로 현대화되어 있다"는 것. 따라서 "현재에 이르러서는 현대문화, 세계문화 즉, 서양문화는 일본의 문화와 대립하는 것은 아니고, 거기에 내재하고 있는 일본의 문화 그 자체인 것"이다. 그러나 이것은 일본의 특수성의 상실을 의미하며 그뿐만 아니라 "한편으로는 그 특수성이 현대문화의 일본에서 특수화를 이끌어가고 또 동시에 다른 한편으로는 현대문화의 힘에 의해 그 특수성이 지금까지와는 다른 형태로 심화되어 갈 터"인 것이다. 즉 여기에서 묘사되어 있는 것은 '세계문화'라는 것은 "그것의 기반인 경제조직과 사회조직 모두 일반적으로 현대화되어 있는" 지역(여기에서는 일본과 유럽을 가리킴)에서 공유된 문화적 기반이고, 그 기반 위에서 각 지역은 여러 가지 특수성을 개화하게 된다는 도식이다.

이와 같은 도식에서 중국은 어떤 위치를 부여받고 있는가. 『지나사상과 일본』에 따르면, 중국은 현대화가 아직 일반화되어 있지 않으므로 "현대문화가 나아가고자 하는 방향에 따라 일반의 민족생활을 개조해 가야만 한다. 실제로 많은 곤란이 있다고 해도, 지나민족이 세계의 문화민족으로서 존립하고자 하는 한, 또한 존립할 수 있어야만 하는 한, 이것은 실행되어야만 한다. 그렇지 못하면 지나민족은 문화적으로 쇠망할 수밖에 없다. 그것이 성취된 후에야말로 역사가 있어온 이래 처음으로 일본과 지나가 같은 문화를 갖게 되는 것이다."(위의 책, 182-183쪽) 여기서 중국에게 제시된 선택지는 거의 문명에로의 전진이 미개에게 물러가라는 식의 결단을 강박하는 성격을 가진다. 다만 현대화에 성공하게 되면 "역사가 있어온 이래 처음으로 일본과 지나가 같은 문화를 갖게 되는 것"이고 "이 경우 세계문화가 일본에서 나타내는 일본적 특색처럼 지나에서는 지나적 특색이 반드시 존재"(위의 책, 183쪽)하는 것이다.

쓰다가 제시한 이러한 '세계문화' 도식은 전반적으로 '다원적 세계관'이라고 해도 무방할 것인가. 애초 이 '세계문화'는 이중의 의미로 한정되어 있었다. '세계문화'는 동시에 '현대문화'이기도 하기 때문에 '현대' 이전으로 소급되는 것은 아니다. 또한 '현대'라고 해도 "경제조직과 사회조직 모두 일반적으로 현대화되어" 있지 못하면 '세계문화'로부터는 배제되어

버린다. 이러한 이중의 한정을 벗어날 때에만 일원적인 기반 위에서 다양한 특수성의 개화를 인식할 수 있다. 이 도식은 적어도 미조구치가 지적한 것과 같은 '다원적인 세계관'이라고 할 수는 없다.

여기에서 '다원적인 세계관'을 통합할 '진정한 보편성'이란 무엇인가. 미조구치는 앞의 문장 제2절에서 쓰다의 '진정한 보편성' 지향을 거론하는데, 이때 의거한 것이 쓰다의 논문 「일본에서의 지나학의 사명」(1939년)이다. 미조구치가 주목한 부분을 열거해보자.[4] "현대의 문화·과학은 모든 방면에서 서양에서 일단 만들어진 것이기 때문에 거기에는 서양의 특수한 사회나 문화에 기초한 생각이 많이 포함되어 있고, 또 서양 바깥의 문화민족의 생활이나 사상들을 그 문화·과학의 자료로서 사용하지는 않은 경우가 많다. 따라서 그 학설에는 상당히 편파적인 부분이 있다." "여기에서 그 결함을 보완하고, 이런저런 문화·과학에 진정한 보편성을 갖도록 하는 것이 우리 일본 학도들의 임무이다. 이것은 물론 지나에게만 해당되는 것은 아니지만 지나의 경우도 그와 하나가 될 것이다. 일본의 지나학이 발달함으로써 일본의 지나문화 연구가 훌륭하게 이루어진다면, 그것만으로도 문화과학에서 세계적인 의의를 갖는 새로운 성과가 될 것이고, 일본인의 사색에 의해 유럽인의 생각을 수정하는 것이 될 터이다. 학술은 세계성을 견지해야만 하는 것이다."(암파문고판, 204-205쪽) 미조구치는 쓰다의 이와 같은 기술들 속에서 "불충분함에도 불구하고 다원 지향적인 세계관"(146쪽)을 읽어내고자 했다. 그런데 그래도 되는 것일까. 아마도 (쓰다의 이론적-역자) 구도는 여기에 기술되어 있는 것과 같이, '세계문화'의 일단을 구성하는 제 과학에 대하여 '세계문화'의 기반 위에서 대단히 다양한 특수성이 상호비판적으로 관계 맺고 있음으로써 '진정한 보편성, 세계성'이 실현되어 간다는 것일 게다. '세계문화'는 다원화해 간다기보다는 진화해 가는 것이

----

4.   이하 인용은 암파문고 『律田左右吉歷史論集』의 텍스트에 따른다.

다. 미조구치가 기대한 바와 같은 '다원적 세계관'을 통합해갈 '진정한 보편성'이 언급되어 있지는 않다.

미조구치는 왜 "쓰다 지나학의 의도 속에 포함되어 있는 것"으로서의 '다원적인 세계관'과 '진정한 보편성'을 집요하게 말하고자 하는가. 그 답은 간단히 말하고자 하면 간단하다. 그가 지향한 '이로부터의 중국학'에서 그것들이 없으면 안 되기 때문이다. 사실상 미조구치가 말한 "시대의 '요구'"가 선구자인 '쓰다 지나학의 의도'를 그로 하여금 환시(幻視)하게끔 만든 것은 아닐까.

4. '방법으로서의 중국'

논문 「방법으로서의 중국」에서 미조구치 자신이 부여한 중요성은 그것을 논문집의 제목으로 삼고 있는 것에서도 나타난다. 논문의 제3절에서 미조구치는 그가 생각한 '이로부터의 중국학'의 성격을 이렇게 정리하고 있다.

> 진정으로 자유로운 중국학은 어떤 양태이든, 목적을 중국이나 자기의
> 내부에 두지 않는, 즉 목적이 중국이나 자기의 내부에 해소되지 않는,
> 역으로 목적이 중국을 넘어서는 중국학이어야만 한다.

이런 다음에, 미조구치는 마지막 제4절에서 "중국을 방법으로 삼는다"는 것의 의미를 다루기 시작한다. "중국을 방법으로 삼는다는 말은 세계를 목적으로 한다는 것이다."(137쪽) 미조구치에 따르면 '이로부터의 중국학'='진정으로 자유로운 중국학'은 중국을 방법으로 삼아 "세계를 목적으로 하는" 중국학이어야만 한다. 왜 그러한가. 종래의 "세계를 방법으

삼아 중국을 본다"고 하는 "중국 '목적'적인 중국학"의 방법론 속에는 고유한 한계가 존재하기 때문이다.

중국은 세계를 기준으로 해서 보아지고, 그 때문에 그 세계는 기준으로서 관념된 '세계', 旣定된 방법으로서의 '세계'일 뿐이다. 예를 들면 그것은 '세계'사적 보편법칙과 같은 것들인데, 이러한 '세계'는 결국 유럽인 것이고, 때문에 중국혁명의 '세계'사적 독자성도 결국은 마르크스 형태의 '세계'로 귀결될 수밖에 없다. 세계가 중국에게 방법인 것은, 세계가 유럽일 수밖에 없다는 사실에서, 역으로 말하면, 따라서 세계는 중국에게 방법일 수 있다.

중국을 방법으로 한 세계는 그런 세계이어서는 안 될 것이다.

중국을 방법으로 하는 세계는 중국을 구성요소의 하나로 하는, 바꿔 말하면, 유럽도 그 구성요소의 하나로 하는 다원적인 세계이다.(137-138쪽)

종래 '세계'라고 말해온 것은 실질적으로는 "유럽 외에는 아니었다." 이러한 '세계' 개념을 발본적으로 다시 만들기 위해서, 미조구치는 '세계'를 방법에서 목적으로 전환 배치하자는 것이다. '세계'의 전환 배치는 중국의 위치도 방법에로 전환시킨다. 예전부터 '세계'와 같은 뜻이었던 유럽도 중국과 병행하는 것으로 위치가 바뀌게 될 것이다. 이것이 "중국을 방법으로 하는 세계"가 제시하는 '다원적인 세계'의 모습이다.[5] 앞에서 미조구치는

---

5. 陳光興은 미조구치의 방법론적 의도를 이렇게 읽고 있다. "내가 이해한대로 말한다면, 미조구치의 의도는 내재적으로 중국을 이해하는 것에 멈추는 것이 아니라, 바로 그것을 위해서 내재적으로 그것을 초월하고 나아가 서로 상대화를 통해 또 객체화를 매개적 프로세스로 해서 '중국'과 '일본'에 대해서 지금까지와 다른 이해에 도달하는 것(강조는 필자— 역자)이다. 즉 나르시스틱한(ナルシシック한) Being이 아니라 상호 전화에도 개방된 Becoming이다."(『脫 帝國』, 203쪽)

"중국을 방법으로 삼는다는 것은 세계를 목적으로 한다는 것이다"라고 서술했다. 미조구치는 이에 대해 다시 한 번 부연하고 있다. "우리의 중국학이 중국을 방법으로 삼는다는 것은" "중국을 상대화하고 그 중국에 의해 다른 세계로의 다원적 인식을 충실하게 한다는 것이다. 또한 세계를 목적으로 한다는 것은 상대화된 다원적인 원리 위에서 더 한층, 고차원의 세계상을 창출하려고 하는 것이다."(139쪽) '우리의 중국학'에서는 결국 '다원적인 세계관'과 '진정한 보편성'이 필수불가결한 것이다.

이에 이어서 미조구치는 "세계로의 다원적 인식을 충실히 하고" "상대화된 다원적 원리 위에서" "고차원의 세계상을 창출'하는 '우리의 중국학'의 방향성을 보여주는 구체적인 예를 들고 있다. "보다 고차원의 세계질서"(139쪽)를 목표로 하는, 국제법이나 국가주권에 대해 유럽과 중국이 행하는 대화가 그것이다. 여기에서 다시 의문이 하나 생길 수 있다. 쓰다 소키치는 「일본에서의 지나학의 사명」에서 이렇게 서술하고 있다. "학술은 세계성을 가져야만 한다." 쓰다가 말한 '세계성'이 가리키는 것과 같이, 가능적으로는, '세계문화'의 기반 위에서 대단히 다양한 지역의 다양한 특수성이 상호비판적으로 관계 맺고 있음으로써 '진정한 보편성, 세계성'이 실현되어 간다는 것이다. 미조구치가 여기에서 거론하고 있는 정도의 예들은 쓰다가 말한 '세계성'의 사례들로 그대로 바뀔 수 있을 것인가. 결국 '우리의 중국학'의 선구자는 쓰다 소키치가 될지 모르겠다.

그러나 이렇게 말해버리는 것은 성급한 일이겠다. 미조구치는 논문의 끝부분에 가서 이렇게 쓰고 있다. "종래의 제 원리의 재검토나 재점검은 새로운 원리의 모색과 창조로 이어져야만 한다." "중국을 방법으로 한다는 것은 세계의 창조 그 자체에도 존재하는 바, 원리의 창조를 지향하고자 하는 것이다."(140쪽) 미조구치는 이 지점에서 거의 예언자적이기조차 하다.[6] "새로운 원리의 모색과 창조"는 "세계의 창조 그 자체"까지에는 단번에 도달하지 못할 것이다. 여기에 앞서서 중국연구자들은 "상대화된

다원적인 원리"의 하나인 '방법으로서의 중국'을 원리화하는 방면을 향하여, 그런 의미에서의, 중국원리의 '모색과 창조'를 향하여 노력을 기울이게 될 것이다. 이 부분에 대한 미조구치의 사고 궤적을 이제 추적해보자.

5. 중국원리의 굴절과 전개

먼저 『방법으로서의 중국』에서 중국원리에 관한 미조구치의 기술을 몇 개 뽑아서 보아보자. 다만 중국원리라고 해도, 미조구치는 특별히 중국사 속에서 불변의 영역을 찾으려는 것은 아니며, 중국사의 전개에서 고유한 패턴을 탐색하려는 것도 아니다. 그의 목표는 보다 한정적이다. 미조구치의 주된 관심은 현재까지 여파를 미치는 중국근대의 독자성에 대한 해명에 있기 때문이다. 따라서 이 같은 중국원리는 중국근대의 독자성을 말할 수 있게 하고, 그 연장선상에서 중국 현재의 특징에 대한 논의를 가능하게 한다. 이와 관련하여 미조구치는 이렇게 쓰고 있다.

> 원래 중국의 근대는 유럽을 초월하는 것도 아니고, 특별히 지리멸렬한 것도, 뒤떨어진 것도 아니다. 중국의 근대는 유럽과도 일본과도 다른 역사적으로 독자의 길을 최초부터 모색해 왔고 지금도 그러하다.(「'중국의 근대'를 보는 시점」, 12쪽)

····················

6. 잡지 『사상』 1994년 9월호의 「사상의 말들(言葉)」에서도 미조구치는 이렇게 기술하고 있다. "어쩌면 21세기의 중국학은 '대(對)' 유럽이라는 대항의 구조로부터 해방되어 인류적, 지구적 시야의 확대 속에서 학문으로서의 아이덴티티를 재확립하게 될 것이다." "이러한 원리상의 재검토는 유럽학, 이슬람학, 중국학과 같은 틀들을 초월하여 인류보편의 입장에서 함께 전진해갈 것이다." "이때, 세계는 확실히 더욱더 하나의 인류적 원리의 창출로 나아가게 된다."(『중국사상의 엣센스 II』, 98쪽)

그렇다면 중국근대가 "유럽과도 일본과도 다른 역사적으로 독자의 길을 최초부터 모색해 온" 것은 왜인가. 미조구치의 답은 명쾌하다. "중국의 근대는 바로 자신의 전근대를 사전에 모태로 하고 있고, 따라서 중국 전근대의 역사적 독자성을 자기 내부에서 계승한 것"(같은 책, 15쪽)이기 때문이다. 중국근대의 독자성은 기본적으로는 그에 선행한 '중국 전근대의 역사적 독자성'에 기반하고 있다(이때 '기본적으로는'이라고 한 것은 미조구치도 외부로부터의 영향을 무시할 수는 없었기 때문이다). 지금에서 보면 소박하게 보이기조차 하는 사고방식이다. 단지 종래의 통설이 중국근대의 독자성을 전근대로부터의 단절면을 가지고 논란하던 시기였던 점은 고려해야 한다. 미조구치의 사고방식은 실제로 과격하기도 했고 반동적이기도 했다. 어찌 되었든 중국원리의 독자성은 '중국 전근대의 역사적 독자성'이 더욱더 중국근대의 독자성을 연쇄적으로 발생시킨다고 하는 도식으로 발전해갔다.

이 도식은 논문 「근대중국상(近代中國像)의 재검토」에서는 '기체전개론(基體展開論)', 논문 「중국에서의 '봉건'과 근대」에서는 '중국기체론(中國氣體論)'이라는 용어로 바꿔 불리기도 했다.[7] 어떤 명칭이 됐든 미조구치의 사고방식은 일관적이다. 한편으로는 도식의 내부에 충실한 각론을 장비하기 위한 노력을 정력적으로 기울였다. 이런 작업의 이른바 중간보고가 『중국의 충격』에 실려 있는 「결론을 대신해서」라는 글이다. 미조구치는 여기에서 다음과 같이 자기에게 주어진 과제를 밝히고 있다. "르네상스도 없고 종교혁명도 시민혁명도 더구나 산업혁명도 없는 채로 어떤 '또 하나의 근대'라는 구도를 그려낼 수 있을 것인가."(247쪽) 이런 자문에는 즉석에서

....

7.　陳光興은 미조구치의 氣體論의 가능성을 이렇게 논하고 있다. "이러한 기체론은 실증주의 앞에서는 기능할 수 없고, 우리들은 어쩌면 영원히 그 基體의 전체 logic을 정확하게 파악할 수 없을 것이다. 다만 하나의 단면에서부터 서서히 그 조각조각 나뉘어 있는 점, 선, 면을 이어서 어떻게 묘사할 수 있는가를 말할 수 있을 뿐이다."(『脫帝國』, 203쪽) 많은 시사점이 있는 지적이다.

답이 주어졌다. "16, 17세기에서부터 20세기에까지 이르는 '또 하나의 근대'를 만들어내는"(251쪽) 것은 중국의 역사를 "'민간공간'이 전개하는 말들로서 쌓아올리는'(251쪽) 것이 될 수밖에 없다. 미조구치의 이런 구상은 곧이어 논문 「신해혁명의 역사적 개성」에서 구체화 된다.

「신해혁명의 역사적 개성」은 『사상』 2006년 9월호에 실렸고, 나중에 『중국사상의 엣센스 II』에 수록되었다.[8] 「결론에 대신해서」에서 언급했던 '민간공간'을 '향리(鄕里)공간'이라고 용어를 바꾸면서 미조구치는 이렇게 '또 하나의 근대'를 설명한다. "그렇다면 신해혁명의 역사적 개성이란 무엇인가. 그것은 개개 성(省)들의 독립이라는 혁명형태를 도달점으로 하는, 즉 성의 독립을 실현해내는 '성(省)의 힘'이라는 것을 가설적으로 상정할 때의, 그런 '성의 힘'의 성숙과정, 성숙태로서 보여지는 것이다."(37쪽) 그리고 "그런 '성의 힘'의 성숙과정, 성숙태"는 "우리들이 말하는 소위 '향리공간'이 명나라 말기의 현(縣) 범위에서부터 청 말기의 성(省) 범위에 이르기까지 확대, 성숙해가는 과정으로 파악되는 것이다."(37쪽) 이러한 '향리공간'은 '자치'의 공간이기도 했다. "중국에서는 '관치'와 '민치'는 그 위에 향신층의 '신치(紳治)'가 더해져서 착종되면서, 혹은 상호 보완하거나, 서로 의존하거나 또는 상호 간에 반발하면서 관·신·민(官·紳·民) 합동으로 '자치'를 형성하고 있는 것이 진짜 모습인 것이다."(48쪽) 관료생활을 경험한 재지(在地)의 유력자들인 향신은 때로는 '관(官)'적이고 때로는 '민(民)'적이다. 따라서 그들의 '자치'가 "관의 청부형인가, 관과 민의 보완형인가 또는 민의 자치영역형인가를 논하는 것은, 중국에서는 의미를 갖지

----

8. 이 논문에 쏟아 부은 미조구치의 노력과 자부심에 대해서는 『중국사상의 엣센스 II』의 「해설」에 伊東貴之 씨가 상세하게 소개하고 있다.(240-244쪽) 그중에는 용어법의 일부 변경에 관한 미조구치의 속뜻도 소개되어 있다. 하지만 본고에서는 논문이 처음 발표된 때의 표현을 검토 대상으로 했다. 하지만 이 논문에서 인용한 곳은 『중국사상의 엣센스 II』의 쪽수로 표시한다.

못한다. 강하게 말하자면 이런 세 경우가 연쇄되어 있는 연쇄형이라고
밖에는 말할 수 없는 것이다."(49-50쪽) 게다가 '향리공간'은 네트워크공간
이었다. 한 성(省)의 '향리공간'이라는 것은 성의 하부 단위인 "향(郷),
진(鎭), 현(縣), 부(府)를 관통하면서 동일 평면상을 동심원적 또는 방사선상
으로 종횡하는 네트워크 흐름"(58쪽)이다. 즉 "도시나 시진(市鎭)을 발신지
또는 중계지로 해서 서로 연결된 관·신·민의 네트워크 공간의 동적인
양태야말로 '향리공간'의 실제 모습이다."(58쪽)

이러한 '향리공간'이 발전하는 연장선상에서 신해혁명은 발생했다. 그러
나 여기에서 새로운 문제가 생긴다. 미조구치에 따르면 이러하다.

신해혁명에서 성(省)의 독립을 '향리공간'의 성숙이라는 각도에서
살펴볼 때, 일어나는 문제는 '향리공간'의 성숙이 고작 성(省) 수준임에
따라 왕조국가를 대신하는 새로운 국가구상이 오히려 미성숙했다는
점이다.(64쪽)

그렇다면 신해혁명 이후 중국이 나아간 바에 대해서 어떻게 말해야
하는가. 이에 대해서는 「신해혁명의 역사적 개성」의 성과가 반영되어
있는, 다음해인 2007년에 간행된 『중국사상사』(池田知久·小島毅와 공저)
를 참조하는 것이 좋겠다. 미조구치가 담당한 부분에서 관련된 기술을
살펴보자.

"명말청초 시기의 현(縣)규모의 향리공간부터 청말의 성(省)규모의 향리
공간까지의 성숙이나 그 결과로서의 성의 독립이라는 역사의 추이"에서
본다면 "연방공화국 구상이 가장 현실적인 구상이라고 생각되지만, 각성
내부에 존재하는 군대의 군벌 할거화와 군벌과 결탁한 외국세력의 분할지배
에 대한 공포가 안이한 연방 구상 ── 중앙이 없는, 또는 중앙이 약체인
연방 구상을 현실화시킬 수 없었다."(216쪽) "결국 서구열강과 신흥 일본의

식민지적 간섭이나 군사적 침략이라는 엄정한 국제환경 속에서 중앙집권적인 '국민국가'의 건설이라는 코스가 선택되었다."(217쪽) 이 흐름은 현재의 중화인민공화국에까지도 이어진다. 그런데 이런 중화인민공화국에 대해서 미조구치는 아래의 수수께끼 같은 말을 남기고 있다.

현재의 중화인민공화국은 소위 국민국가를 지향하여 건국되었다고 말해도 좋은가. 중국이 '국민국가'를 표방하는 것이 아시아의 주변국들에게 바람직한 것인지 아닌지는 21세기의 아시아에 적지 않은 문제가 될 것이다.

미조구치는 무엇을 말하고자 한 것인가. 『중국사상사』에서 돌연히 출현한 이 지적은 전후의 문맥으로부터 고립되어 있다. 그러나 한편 대단히 의미심장하다. 모두 다 지금 단계에는 이해가 불가능하다. 이 지적에 대해서는 다른 문맥과 재차 관련지어 보면서 고찰을 더 진전시켜 보자.

6. "중국의 충격"

논문집 『중국의 충격』의 제목은 책의 서문 「"중국의 충격"」에서 따온 것이다. 서문은 중국을 둘러싼 국제적 경제관계의 변화를 "어떠한 역사의 눈으로 보면 좋을 것인가"(12쪽)라고 물으면서 다음과 같은 사고방식을 제시한다. "지금까지의 자본주의 근대 과정을 유일한 기준으로 삼아온 '탈아(脫亞)'적 역사관, 달리 말해서 명치유신을 '탈아입구(脫亞入歐)'의 근대의 시작으로 보는 일본 중심적, 일본 일국사적 근대사관을 수정하여, type을 달리하는 여러 나라가 잡거하는 중화문명권의 관계 구조를 갖는 아시아의 근대를, 16세기 이래의 장기적인 변태 과정으로서 부감(俯瞰)하는 역사관을 가지고, 다원적・다극적으로 보고자 하는 것이다."(13쪽) 이것은 "16, 17세기에서부터 20세기에까지 이르는 '또 하나의 근대'를 만들어내는" 시도를 중국만을 대상으로 하는 것이 아니라, 그 주변지역에까지 확대하고자 하는 제안이다. 이 제안은 "중국을 가지고 다른 세계로 향하는 다원적 인식을 충실하게 만든다"는 '방법으로서의 중국'의 시도와도 직결된다. 미조구치의 사고방식은 일관된다. 미조구치는 나아가 '중화문명권'을 대신하는 '환중국권(環中國圈)'이라는 용어(중국과 그 주변지역의 多極的인 경제관계의 발전에 주목하는)를 도입함으로써 다시금 중국을 둘러싼 상황의 변화를 "어떠한 역사의 눈으로 보면 좋을" 것인가를 말하고 있다.

> 그중의 하나로서, 반복해 말하지만, 지금까지의 근대 과정을 선진・후진의 도식으로 보아온 서양중심주의적 역사관을 재검토할 필요가 있다. 다음으로 이미 구시대의 유물로 생각해온 중화문명권이라는 관계 구조가 실제로 어떤 면에서는 지속되어 왔을 뿐만 아니라, 환중국권이라는 경제관계 구조가 재편되면서 주변 제국을 다시 주변화하기 시작하고 있다는 가설적 사실에 유의해야 할 것이다.(16쪽)

'서양중심주의적 역사관'은 좀 전에 말한 "'탈아'적 역사관" 바로 그것이다. 이런 역사관을 넘어선 다음에, '방법으로서의 중국'이라는 시도를 실천한 다음에 펼쳐진 광경은 "중화문명권이라는 관계 구조가 실제로 어떤 면에서는 지속되어 왔을 뿐만 아니라, 환중국권이라는 경제관계 구조가 재편되면서 주변 제국을 다시 주변화하기 시작하고 있"을지도 모른다는 것이다. 이런 광경은 지금은 '가설적 사실'이다. 그러나 단순한 가상현실은 아니다. 가설이라고는 하지만, 현실에 대한 하나의 해석이다. 미조구치의 '중국의 충격'이라는 말은 이러한 의미를 지닌 '가설적 사실'이다. 미조구치는 '중국의 충격'에 대해 이렇게 서술하고 있다.

일찍이 "서양의 충격"에 의해 일본의 돌출적인 대두를 재촉하고, 중화
문명권을 무대에서 퇴장시켰다고 생각해온 역사가 "중국의 충격"── 복
부 타격처럼 둔각적으로, 지각하기 어려운, 도식화하기 어렵지만, 느긋한
강렬한 충격 ── 에 의해 반전되기 시작한다. "중국의 충격"은 우열의
역사관에 대해 우리를 자각시키고, 다원적인 역사관을 우리에게 필수적으
로 만들어서, 금후 관계가 심화되면 될수록 오히려 격화될 터인 양국
간의 모순이나 충돌 속에 '공동'이라는 씨앗을 심어나가게 해야만 한다.
우리는 대국주의적인 중국의 출현을 결코 불러와서는 안 된다.(16-17쪽)

미조구치의 말은『중국의 충격』이 간행된 2004년 이래의 일중관계의
전개를 예언한 것처럼 보인다. 한편으로 "중국의 충격"은 새로운 희망을
만들어내는 동인으로도 위치지어진다. 여기에서도 관건인 것은 다원성이
고, 그리고 바로 그 '방법으로서의 중국'이다. "중국을 방법으로 삼는"
'우리의 중국학'이 목표로 하는 것은 '다원적인 세계관'과 '진정한 보편성'이
었다. "중국의 충격"으로 촉발된 '다원적인 역사관'의 발생이 곧바로 '다원
적인 세계관'으로 나아가고, 그 다음에, '진정한 보편성'이 전개되어 갔다고
한다면, 그것이야말로 일중 간에 "'공동'이라는 씨앗"을 키우는 과정이
될 것이다.

여기에서 왜 "우리는 대국주의적인 중국의 출현을 결코 불러와서는
안 된다'고 하는가. 이것도 어쩌면 '우리의 중국학'이 목표한 '다원적 세계
관'과 '진정한 보편성'에 그것이 저촉되고 억압적으로 작용하기 때문이다.
『중국사상사』에 기술된 "중국이 '국민국가'를 표방하는 것이 아시아의
주변국들에게 바람직한 것인지 아닌지"라는 문제제기도 똑같이 "우리의
중국학"의 원칙에 입각한 것으로 보인다.

미조구치 유조는 앞으로 도래해야 할 중국학에 스스로 일보를 내딛는
것에 사명감을 가지고 있었다. 이것이 그를 때로는 예언자처럼 행하게

했고, 또는 과격하게도, 반시대적으로도 만들기도 했다. 미조구치 유조는 무엇보다도 중국학 원리주의자였던 것이다.[9]

....

9.　子安宣邦은 "미조구치가 전개한 중국의 역사인식론은 그대로 현대중국의 정당성을 증명하는 변증론(아폴로지)이 된다"(『일본인은 중국을 어떻게 말했는가』, 304쪽)고 했다. 그러나 미조구치가 '증명'하려고 한 것은 '현대중국의 정당성' 그 자체라기보다는 '우리의 중국학'이 제시하는 '현대 중국像'의 정당성'이었다고 생각된다. 다만 그것도 어디까지나 '가설적 사실'로서이다.

제2부

유학 전통과 한국의 근대성

제5장

전통과 근대
— 한국의 유교적 근대성 논의를 중심으로[1]

나종석

1. 들어가는 말: 유교전통, 동아시아 그리고 한국 근대성

오늘날 한국사회와 조선사회의 유교전통은 어떤 관계 속에 있는가? 이 글은 이 물음을 한국 근대성(modernity)[2]에 대한 새로운 해석의 가능성과

---

1. 이 글은 「전통과 근대: 한국의 유교적 근대성 논의를 중심으로」(『사회와철학』 30, 2015)를 수정한 것이다.

2. 근대란 modern age의 번역어인데 modern이란 용어는 과거 시대와 다른 새로운 시대라는 시대 구분의 의식을 담고 있다. 또한 modern이란 용어는 오늘날과 연결된 시대로 이해될 수 있다. 근대성 혹은 현대성으로 번역되는 modernity는 근대라는 시대가 지니는 근본적인 성격을 지칭하는 개념으로 혹은 근대라는 시대가 지향해야 하는 규범적인 이상을 나타내기도 한다. 유럽에서 modern의 라틴어에 해당되는 modernus는 5세기 말, 즉 고대 로마에서 기독교 세계로의 이행기에 처음 등장했다고 한다. 이 용어에는 새로운 기독교적 세기의 도래에 대한 의식이 포함되어 있다. modo에서 파생된 형용사인 modernus는 '새로운'(neu)이라는 뜻과 아울러 '당시의'(derzeitig)의 뜻을 지니고 있었다. H. R. 야우스, 『도전으로서의 문학사』, 장영태 옮김, 문학과지성사,

관련하여 다루어보고자 한다. 우리의 전통, 특히 유교적 전통과 한국사회의 근대성 사이의 관계에 대한 물음은 한국사회 발전 경로의 고유성이 무엇인지를 해명하는 작업이기도 하다. 이는 서구중심주의적인 사유 방식을 상대화하면서 우리 사회의 모습을 제대로 이해해 보려는 노력의 일환이다. 오늘날 한국사회의 근대성을 이론화하려는 작업에서 서구의 역사 발전모델을 한국을 비롯한 동아시아 지역에 적용하는 것에 대해 비판적인 태도를 취하는 것은 한국 지식인 사회에서도 낯설지 않다.

서구중심주의적인 역사인식의 패러다임을 비판하는 작업은 한국사회의 근대성을 서구 근대성의 단순한 수입이나 이식이라는 관점으로 보려는 시도와의 결별을 의미한다. 이는 서구중심주의적 시각으로는 한국을 비롯한 동아시아의 독자적인 역사상을 제대로 이해할 수 없다는 자각의 표현이다. 더 나아가 이런 시도의 배경 뒤에는 한국의 급속한 경제성장 및 민주주의의 성취에 대한 경험이 자리하고 있다. 그럼에도 이런 발전이 어떻게 가능했던 것인지 그리고 그런 발전의 고유한 동력학을 형성하는 데 전통이 어떤 방식으로 영향을 주었는가라는 핵심적인 문제는 여전히 충분히 해명되었다고 보기 힘들다.

그러므로 요즈음 여러 학자들이 우리의 유교적 전통과 관련해서 한국 근대성의 고유한 논리를 탐색하려는 것은 고무적이다. 그중 몇몇을 열거하면 다음과 같다. 김덕영, 『환원근대』(2014), 김상준, 『맹자의 땀 성왕의 피』(2011),[3] 미야지마 히로시(宮嶋博史), 『나의 한국사 공부』(2013), 송호근,

----

1998, 21-2쪽. 영국에서의 modern의 용법의 역사를 보면 셰익스피어(1564-1616) 시대까지만 해도 "비속한, 용렬한, 범속한"(vulgar, mean, common) 등의 의미를 지니고 있었으나 18세기 중엽에는 "근래의, 최근의, 옛것이 아닌, 고풍이 아닌"(late, recent, not ancient, not antique)의 뜻으로 사용된다. 물론 오늘날에도 modern은 시대 개념으로 쓰이지만 '오늘날의, 요즘의, 최근의' 뜻으로 사용되기도 한다. 이에 대해서는 김홍규, 『근대의 특권화를 넘어서: 식민지 근대성론과 내재적 발전론에 대한 이중비판』, 창비, 2013, 202쪽.

『인민의 탄생: 공론장의 구조변동』(2011), 장경섭, 『가족 생애 정치경제: 압축적 근대성의 미시적 기초』(2009), 장은주, 『유교적 근대성의 미래: 한국 근대성의 정당성 위기와 인간적 이상으로서의 민주주의』(2014) 등이 바로 그것이다.

유교전통과 한국 근대성과의 관계에 대한 물음이 새로 주목을 받는 것과 마찬가지로 일본 및 중국의 근대성의 길을 해명하는 작업에서도 유교전통의 중요성을 재평가하려는 의미 있는 시도들이 존재한다. 예를 들어 일본에서 에도시대에 오규 소라이(荻生徂徠, 1666-1728)의 학문에 의해 주자학이 해체되어 일본이 근대로의 자생적인 길을 준비하고 있었던 데 반해, 조선과 중국은 일본과 달리 소위 전근대적인 사유 방식인 주자학적인 유교의 영향력에 지나치게 포섭되어 있었기 때문에 서구적 근대로의 길을 제대로 준비할 수 없었다는 식의 종래의 통설적 이해[4]는 많은 비판을 받고 있다. 이런 통념은 물론 유교는 근대화의 장애물이라는 시각을 자명한 것으로 전제한다. 그러나 유교가 근대화의 장애물이었다는 통념과 달리 유교적인 정치문화가 일본의 근대화에 긍정적인 영향을 주었음을 보여주는 박훈의 저서 『메이지유신은 어떻게 가능했는가』(2014)나 한국과 일본의 근대성의 경로의 차이점을 유교국가 모델의 수용 방식의 차이에서 해명하고 있는 미야지마 히로시의 저서 『일본의 역사관을 비판한다』(2013)는 한국 및 일본의 근대성에 대한 새로운 시도로서 눈에 띈다.

중국의 근대성의 경로를 새롭게 규명하는 연구 중에서 필자가 높이 사는 연구 결과는 미야지마 히로시의 유교적 근대론과 더불어 미조구치

---

3. 물론 김상준의 저서는 20세기 한국 근대성을 대상으로 삼고 있지는 않다. 그러나 그의 저서는 유교전통과 한국 근대성에 대한 새로운 시각을 제공하는 많은 통찰들을 포함하고 있다.
4. 이런 입장을 대변하는 이론가는 마루야마 마사오(丸山眞男, 1914-1996)이다. 그의 이론에 대해서는 마루야마 마사오, 『일본정치사상사연구』, 김석근 옮김, 통나무, 1998, 참조.

유조(溝口雄三, 1932-2010)의 여러 저서들이다. 그는 『중국의 충격』(2009), 『중국의 공과 사』(2004), 그리고 『중국의 예치시스템』(2001) 등에서 서구중심주의적 근대관을 넘어 중국의 독자적인 근대로의 길을 유교전통의 변형 속에서 보여준다. 중국을 대표하는 신좌파 지식인으로 유명한 왕후이(汪暉)도 유교적인 전통사회의 의미를 새롭게 성찰하면서 중국의 근대성의 문제를 고민하는 학자로 알려져 있다.(『아시아는 세계다』, 2011)

이 글에서 필자는 오늘날 한국사회의 근대성을 해명하는 작업에서 매우 중요한 성과로 평가될 수 있는 장은주의 유교적 근대성 이론을 비판적으로 검토한다. 필자는 한국사회 고유의 근대성의 논리를 해명하기 위해서는 유교적 전통이 한국 근대성의 형성에 끼치는 영향의 성격을 이해해야 한다는 그의 문제의식에 적극적으로 동의한다. 그러나 필자는 그가 서술하는 한국 근대성의 동력학과 성격에 대해서는 비판적이다.[5] 그래서 필자는 장은주의 유교적 근대성 이론을 비판적으로 검토하면서 유교전통과 한국 근대사회와의 만남에서 그 부정적 측면에 주목하는 장은주와는 달리 둘 사이의 접합에서 출현하는 긍정적 계기에도 응당 관심을 기울여야 할 필요가 있음을 보여주고자 한다.

아울러 유교전통의 한국적 특성 그리고 그런 한국고유의 유교적 전통문화의 영향사의 맥락에서 한국 근대성의 고유한 동력학과 그 병리적 현상의 정신사적 조건을 해명하기 위해서는 반드시 조선사회에서부터 누적되어 온 우리 사회의 유교전통을 유교문명권에 속하는 중국 및 일본의 유교전통

....

5. 필자는 유교전통이 오늘날의 한국사회, 더 나아가 한국의 근대성의 논리를 해명하는 실마리라는 입장에서 한국 민주주의와 유교적 정치문화 사이의 긍정적인 상관성에 대한 글을 발표한 바 있다. 나종석, 「한국 민주주의와 유교문화: 한국민주주의론을 위한 예비적 고찰」, 나종석·박영도·조경란 엮음, 『유학이 오늘의 문제에 답을 줄 수 있는가』, 혜안, 2014, 242-270쪽 참조. 한국 민주주의론에 대한 필자의 최근의 성과로는 『대동민주 유학과 21세기 실학: 한국 민주주의론의 재정립』, 도서출판 b, 2017, 참조.

과 비교하는 연구가 필요함을 입증하고자 한다. 특히 일본 유교전통과 조선 유교전통의 유사성과 차이점을 염두에 두지 않고서는 한국 근대성의 고유성을 형성하는 데 작동하는 유교전통의 존재 방식을 해명하는 작업에서 도 불가피하게 여러 심각한 오류를 초래하지 않을 수 없다는 점을 보여줄 것이다.

2. 유교전통과 한국 근대성: 장은주의 '유교적 근대성' 이론을 중심으로

한국사회의 근대성을 다루는 연구에서 왜 많은 학자들이 새삼스럽게 유교전통에 주목하는가? 그 이유를 우리는 사회학자 송호근의 문제의식에 서 찾아볼 수 있다. 한국의 사회과학(넓게는 인문학 전체라고 보아도 무방할 것이다)은 서구이론을 갖고 한국사회를 분석하려고 애를 써보아도 늘 한계를 느낄 수밖에 없었다고 송호근은 회고한다. "서양 인식론으로 재단하 다간 본질을 왜곡"하는 오류를 범하기 때문이라는 것이다. 그리고 그런 오류의 배후에는 한국사회의 심층에서 늘 한국사회의 전반적인 영역을 규정하는 한국인의 "유교적 습속"에 대한 부정적 평가가 놓여 있다고 그는 생각한다. 왜냐하면 서구 중심적 근대화 이론에 익숙한 사회과학은 한국과 같은 비서구 사회를 늘 후진국이나 전근대국가라는 시각을 통해 이해하고자 하면서 전근대적인 전통과 서구적인 근대 사이의 단절만을 강조하는 이분법에 익숙해 있었기 때문이다. 그런 시각을 통해 한국사회에 대한 "표층"은 어느 정도 이해하는 듯하지만, "심층의 깊이는 가늠할 수 없는 암흑 상자"로 내버려두는 것에 불과했다고 송호근은 말한다.[6]

그래서 오늘날 한국사회의 다양한 모습을 제대로 이해하기 위해서는

....

6.　　송호근, 『인민의 탄생』, 민음사, 2011, 9-15쪽.

한국사회의 심층을 형성하고 있는 유교적 습속을 이해해야 하고, 이를 위해서는 당연히 그런 유교적 습속을 형성했던 '세계최고의 유교 국가'인 조선사회를 알아야 한다고 송호근은 강조한다. 이처럼 현재의 한국사회의 기원을 조선사회에서 형성된 유교적 생활양식 및 사고방식의 지속적 영향사의 맥락에서 이해하려는 접근 방식을 그는 "전기, 중세, 근대를 하나의 연장선에서 파악"하려는 연구 방법이라고 말한다. 그는 이런 연속론적 입장을 근대를 "중세, 또는 조선 초기와 단절적으로 규정하는" 한국 역사학계의 "단절론적 관점"과 대비시킨다.[7]

송호근의 저서를 포함하여 앞에서 한국 근대성과 유교전통 사이의 밀접한 연관성에 주목하는 최근의 저서들을 언급했는데, 물론 이들 사이에 많은 의견 차이가 존재한다. 간단하게 말해 유교적 전통과 한국 근대성사이의 내적 연관성을 강조한다는 점에서는 공통되지만 그 평가에 대해서는 상당히 다르다. 예를 들어 김상준과 미야지마 히로시는 오늘날의 한국사회를 형성하는 데 유교전통이 미치고 있는 부정적 현상보다는 그 긍정적 현상에 주목한다. 특히 이들은 국가주도의 경제성장에 유교적인 에토스가 긍정적 영향을 주었다는 점을 강조하는 아시아적 가치론이나 유교자본주의론을 주장하는 사람들과 달리, 한국사회가 민주주의로 이행하는 과정에서 유교적 정치문화가 준 긍정적 의미에 주목하거나 한국 시민사회의 역동성및 한국 민족주의의 평화지향에 유교적 전통이 지속적으로 영향력을 행사하고 있다는 점을 강조한다.

김덕영이나 장은주도 한국 근대사회의 형성과 발전과정의 문화적 기원을 유교적 전통문화 속에서 찾고자 한다. 그러나 그들의 문제의식은 한국

....

7.　같은 책, 28쪽 참조. 물론 송호근이 '조선사회의 심층에 대한 이해'라는 문제의식을 설득력 있게 실현했는지는 회의적이다. 그 역시 도처에서 서구 중심적 분석 틀에 사로잡혀 있기 때문이다. 송호근의 한계에 대해서는 배항섭, 「서구중심주의와 근대중심주의, 역사인식의 천망(天網)인가」, 『개념과 소통』 14, 2014, 참조.

근대성의 기원과 궤적을 유교적인 문화적 습속과 연관해서 해명하면서도 한국사회의 병리적 현상의 뿌리를 진단하고 그에 대한 비판적 대안을 모색하는 데 있다. 장은주에 의하면 근대성을 향한 한국사회의 노력은 성공과 함께 심각한 모순들을 산출하고 있다는 점에서 한국의 근대성은 '성공의 역설'을 보여준다.[8] 그러므로 그는 한국사회의 위기를 한국 근대성의 내적 동학에서 구하고자 한다. 이런 점에서 그는 탈근대주의적 접근방식과 자신의 접근방법을 차별화한다. 그는 서구적 근대성 자체가 지니는 내적 한계 같은 것을 한국사회의 근대성에서 구하는 시도를 하지 않는다. 그 대신 그는 우리 사회의 "문화적 차원"에서 한국 근대성의 위기를 찾아야 한다고 강조한다.[9] 예를 들어 대형교회에서의 목사직 세습 현상, 한국사회 재벌의 세습적 지배구조, 한국사회 구성원들의 일상생활을 지배하는 연고주의나 서열주의와 같은 사회현상을 볼 때 근대 외부로의 탈주나 근대의 초극은 아무런 의미를 지니지 않는다는 것이다.[10] 그래서 그는 우리 사회에서 유행했던 다양한 포스트-모더니즘 사조들이 지적으로 아무런 생산성을 보여주지 못하고 우리 사회의 지적 식민주의의 문제점만을 보여주었다고 비판한다.[11]

그렇다고 장은주가 서구중심주의적 근대성 이론을 한국사회의 근대성을 분석하는 기준으로 삼는 것도 아니다. 서구적 맥락에서 형성된 근대성 이론은 서구와 다른 역사적-문화적 맥락을 지녀 온 한국사회를 이해하는 데 불충분하다. 그는 앞에서 거론된 한국사회의 병리적 현상들을 아직 근대화가 제대로 되지 않아서 생긴 현상이라고 보지 않는다. 우리 사회는

---

8. 장은주, 『유교적 근대성의 미래: 한국 근대성의 정당성 위기와 인간적 이상으로서의 민주주의』, 한국학술정보, 2014, 16쪽.
9. 같은 책, 17쪽.
10. 같은 책, 17-8쪽 및 40쪽.
11. 같은 책, 40쪽.

제5장 전통과 근대 _ 145

아직 진정한 의미의 근대화를 달성하지 못했기에 여러 병리적 현상과 위기를 겪고 있다고 보는 시각은 서구 중심적일 뿐만 아니라, 그가 볼 때 한국사회의 근대성의 성취는 눈부시다. 따라서 한국사회의 문제들을 봉건적이라고 규정하거나 아직 충분하게 근대화가 되지 않은 사회여서 비롯된 것으로 보는 것은 무리라고 그는 강조한다. 그런 생각들은 한국을 비롯한 비서구 사회가 서구와 동일한 역사 발전의 궤도를 겪을 것이라는 전제가 참일 경우에만 의미를 지닐 것이다. 그렇지만 우리의 역사는 서구의 근대성과 다른 길을 걷고 있다. 간단하게 말해 장은주가 보기에 한국사회는 "너무도 뚜렷하고 성공적인 근대사회이긴 하되, 무언가 조금 다른 종류의 근대사회"이다.[12] 그리고 그런 다른 길은 서구적 근대성에 비해 지체되어 있거나 저발전 되어 있거나 그것도 아니라면 기형적인 특수한 사회이기 때문에 형성된 것도 아니다.[13]

그래서 장은주가 시도하고자 하는 것은 서구중심주의적 사유 방식을 상대화하면서 한국사회의 근대성이 보여주는 다른 종류의 성격과 그 근원에 대한 분석이다. 그는 한국의 근대성을 "유교적 근대성"으로 명명한다. 그리고 이 유교적 근대성을 "서구적 근대성과 우리 고유의 문화적 전통의 상호 적응적 결합의 산물 속에서 성립한 하나의 '혼종 근대성'(hybrid modernity)"이라고 좀 더 상세하게 규정한다. 한국사회가 서구 근대성과 다른 종류의 근대성의 모습을 보이게 된 까닭은 무엇인가? 장은주는 그 이유를 유교문화 전통이 서구 근대성과 만나 변형되면서 한국적 근대성을 특별한 방식으로 규정했다는 점에서 구한다. 그리고 그는 한국 근대성의 고유성을 규정하는 유교적 삶의 문법에 그 기원을 두는 두 가지 문화적 특질을 다음과 같이 설명한다. "하나는 집단과 공동체의 가치를 강조하는 '개인의

....

12.　같은 책, 18쪽.
13.　같은 책, 54쪽.

부재'라는 특징이고 다른 하나는 서구에서보다 더 강한 물신숭배 같은 것을 낳는 '현세적 물질주의'라는 경향이다."[14]

앞에서 보았듯이 장은주는 서구 근대성과는 다른 한국 근대성의 고유한 발전 동학을 해명하기 위해서는 유교전통의 역할에 주목해야 한다고 믿는다. 그에 의하면 우리의 전통적인 삶의 문법이자 양식이었던 유교적 생활방식은 우리 사회의 근대성의 방향을 제약하면서 동시에 근대화 과정에서 자신도 변형을 겪은 결과 유교적 근대성이라는 한국 고유의 근대성이 형성되었다. 그래서 그는 한국의 근대성이 "서구적 근대성의 압도적 영향" 아래 이루어진 것임을 인정하면서도 한국의 고유한 문화적 전통에 의해 매개되어 형성된 독자적인 근대성이라고 생각한다. 그러므로 그는 유럽적인 근대성을 근대성의 기본 모델로 설정하지 않는다. 그것은 단지 하나의 모델에 지나지 않는다. 서구적 유래를 지닌 근대성은 그런 근대성을 창조적으로 변형시키는 비서구 사회의 전통에 의해 매개됨으로서 다양한 형태를 지니는 것으로 이해되어야 한다. 그래서 그는 "근대성"을 기본적으로 "다중 근대성"(multiple modernities)으로 이해한다.[15] 이런 다중 근대성의 입장에서 볼 때 한국의 근대성은 "전통과 서구적 근대성이 독특한 방식으로 접합"되었다는 점에서 혼종적인 근대성이며[16] 그 혼종 근대성이 유교적 특색을 보이고 있다는 점에서 유교적 근대성이라고 할 수 있다고 장은주는 주장한다.

장은주에 의하면 유교적 문화전통이 외부로부터 주어진 서구적 근대성에 적응하면서 한국 근대성의 논리와 문법을 규정했다. 그가 보기에 한국 근대성 형성에 주된 역할을 한 유교는 유교적 사상전통이나 양반들의 유교가 아니라 일반 사람들의 일상생활에 내면화된 윤리로서의 유교적

....

14. 같은 책, 29-30쪽.
15. 같은 책, 28-29쪽.
16. 같은 책, 8-85쪽 참조.

전통이다.[17] 따라서 한국 근대성의 고유한 동학을 규정했던 유교전통의 의미를 제대로 이해하기 위해서는 그것을 인간의 "사회적 실천" 내지 "문화적 실천"이라는 맥락에서 파악해야 한다.[18] 그에 의하면 유교적인 전통문화는 자체적으로는 근대성을 산출하진 못했지만 서구적인 근대성의 충격을 매개로 근대성을 추진시켜 나갈 다양한 요소들을 풍부하게 갖고 있었다. 그는 말한다. "세계긍정과 현실적응을 향한 유교적인 윤리적 지향은 전근대적인 사회관계 안에서는 개인들에게 위계적 사회질서에 대한 절대적 순응과 전통과 관습에 대한 무조건적인 긍정에 대한 도덕적 강제로 작용했을 것임에 틀림없다. 그리고 그런 차원에서, 베버의 지적처럼 유교사회들은 자신의 힘으로는 자본주의적 근대사회를 '창조'(schaffen)해 낼 수 없었을지도 모른다. 그러나 다른 한편으로 우리는 그런 윤리적 지향이 적어도 강제된 자본주의적 근대화의 압력 속에서라면 그 근대화 과정을 촉진시킬 수 있는 모든 근본적인 문화적 요소를 함축하고 있음을 어렵지 않게 확인할 수 있다. 베버가 이 세계 그 어느 곳에서도 발견할 수 없었다고 평가한 유교사회의 경제적 복리에 대한 매우 적극적인 가치평가가 그것이고, 나아가 물질적 재화에 대한 매우 강렬한 공리주의적, 실용주의적 태도가 그러하며, 유교적 사회성원 일반의 물질주의적 윤리적 지향이 그렇다."[19]

장은주는 한국사회의 유교의 근대적 성격을 다루면서 강력한 현세적 물질주의나 입신출세주의가 유교적인 전통에서 곧바로 도출된 것이 아니라, 서구적 근대성의 도전에 응전하면서 변형된 방식으로 등장한 역사적 산물임을 강조한다. 그렇다고 이런 변형이 속류 유교적인 삶의 방식이나 유교적인 전통문화의 문법과 완전히 다른 것이라고 보아서는 안 된다. 유교적인 삶의 방식은 현실적인 인간관계 속에서의 성공이나 출세를 "인간

....

17. 같은 책, 88쪽.
18. 같은 책, 79쪽.
19. 같은 책, 104쪽.

의 도덕적인 완성"과 매우 밀접하게 연결시켜 바라보고 있었기 때문에 일반 사람들에게서 유교적인 삶의 방식은 "입신출세주의로 자연스럽게 변잘'될 수 있었다는 것이다. 달리 말하자면 서구적인 근대화의 압력 속에서 전통적인 유교 국가체제나 사회질서가 해체되면서 "유교적 문화논리의 공리주의적-물질주의적 발전은 상당히 자연스러워 보인다"는 것이다.[20]

서구적 근대성의 도전에 응전하고 그에 창조적으로 적응하면서 유교적 전통문화 속에 내장되어 있었던 '현세지향적-윤리적 지향'이라는 근대적 본성은 우리 사회의 구성원들에게 현실에서의 세속적 성공이나 물질적 행복의 추구를 통해서 개인의 자아실현의 전망을 갖게 해주었다. 그리고 그런 유교적 문법의 세속화로 인해 한국인들은 세속적 성공을 통한 사회적 인정 추구를 통해 그들의 삶의 의미를 확보할 수 있다고 믿게 되었다. 그 결과 유교적 전통문화에 익숙한 사람들에게는 현실 세계에서의 성공은 거의 "종교적 구원의 차원'어울리는 최상의 가치를 지니게 되었다고 장은주 는 진단한다.[21]

그러므로 장은주에 의하면 유교적 근대성으로 규정되는 한국의 근대성은 자체 내에 엄청난 사회 병리적 현상과 문제점들을 초래할 한계를 갖고 있다. 한국의 고유한 근대성을 가능하게 한 유교적인 도덕적 문법과 그것을 내면화한 유교적인 삶의 양식, 즉 유교적인 도덕적-문화적 지평은 한국인들 로 하여금 세속적이고 물질적인 성공을 사회적 인정 투쟁의 궁극적 목적으 로 설정하도록 해 인권이나 개인존중 및 민주주의적 사회를 구성하는 문화적 조건들의 성공적 발현을 불가능하게 만들기 때문이다. 그래서 그는 다음과 같이 말한다. 한국의 "유교적 근대성은 개인 없는 근대성이며 이러한 근대성에서 근대적 정체성의 내적 지평은 원천적으로 낯설다. 유교적인

....
20. 같은 책, 105-6쪽.
21. 같은 책, 108쪽.

근대적 정체성을 가진 사람들은 개인의 성공적이고 좋은 삶을 위한 개인적이고 내면적인 지평을 알지 못한다. 그들의 근대적 정체성의 지평은 외적인 가족과 집단을 향해 있다. 그들에게는 가족의 집단적 번영과 풍요, 그리고 그 틀에서 인정받는 개인의 성공이 어떤 유사 종교적인 최고선이다. 그런 정체성이 만들어 내는 모듬살이의 양식에 대한 사회적 상상에서 우리가 서구를 통해 알고 있는 인권, 개인의 도덕적 자율의 존중, 관용, 민주주의적 평등, 연대와 같은 민주적 가치들은 제대로 된 도덕적 위상을 가지기 힘들다. 우리 유교적 근대성의 불편한 진실이다."[22]

장은주는 한국의 유교적 근대성을 분석하면서 민주주의 및 자율성의 이념을 유교적 근대성에 낯선 원리로 이해한다. 이매뉴얼 월러스틴의 용어를 사용하자면 기술적 근대성과 더불어 서구 근대의 또 다른 모습을 보여주는 해방적 근대성[23]이라 불리는 개인의 자율성 및 민주주의와 같은 공적 자치의 이념 그리고 그와 결부된 생활방식은 동아시아의 유교적 사유 방식 및 유교적 삶의 방식에서 구하기 힘들다는 것이다. 간단하게 말하자면 개인의 자율성 및 민주주의와 유교적 삶의 양식 및 그 도덕적 문법 사이에는 친화성이 거의 없다고 장은주는 생각한다. 즉 "한마디로 민주주의적 가치와 이념은 우리의 유교적 근대성에 온전하게 내재적인 것은 아니다."[24] 그래서 그는 한국의 근대성에서 구현된 민주주의를 "타락한 민주주의의 형식으로서의 '주리스토크라시'(Juristocracy)"[25]로 규정한다.

장은주에 의하면 한국에서 작동하는 사법지배체제는 유교적인 정치적 근대성의 표현이다. 그리고 이 체제는 민주주의와 법치의 외피 속에서 법을 수단으로 삼아 우리 사회의 지배세력이 자신의 권력을 재생산하는

....

22.   같은 책, 139쪽.
23.   이매뉴얼 월러스틴, 『자유주의 이후』, 강문구 옮김, 당대, 1996, 179쪽.
24.   장은주, 『유교적 근대성의 미래』, 앞의 책, 133쪽.
25.   같은 책, 138쪽.

억압적 지배체제이다. 그리고 그는 이런 '타락한' 형식의 민주주의를 탄생시키는 문화적 배경으로 성취원리, 즉 능력주의 사회의 원리를 최상의 가치로 삼은 유교적인 관료지배체제 전통에 주목한다. 달리 말하자면 오늘날 우리 사회의 일그러진 정치적 근대성의 배후를 일제에 의한 식민지적 근대화나 박정희 정권기의 파시즘적 근대화 과정의 폭력성에서만 구하는 것은 온전하지 못한 것인데, 이는 한국의 정치적 근대성 형성에 결정적인 영향을 행사한 전통적인 유교적 삶의 문법의 중요성을 간과하고 있기 때문이다. 그래서 장은주는 '사법지배체제'를 유교적 전통문화의 배경 위에서 탄생된 한국의 "정치적 근대성의 본질적인 한 양상"이라고 말한다.[26]

3. 유교적 근대성 이론의 문제점

서구 근대성을 창조적 방식으로 모방하면서 형성된 한국의 유교적 혹은 혼종적 근대성의 고유성을 규정했던 유교적인 '도덕적-문화적 지평'에 주목하는 것은 부인될 수 없는 장은주 이론의 긍정적 측면이다. 이런 그의 시도는 서구적 근대성을 유일한 근대성의 모델로 설정하면서 비서구 사회가 서구적 근대성으로 수렴될 것이라고 보는 서구중심주의적 시각의 한계를 넘어서는 중요한 통찰들을 제공하고 있다. 동시에 장은주는 한국의 독자적인 근대성의 논리를 해명하기 위해 유교전통의 역할에 주목하면서 한국 근대성의 잠재성은 물론이고 그것이 어떤 모순들을 동반하고 있는지에 대한 종합적인 인식을 추구한다. 그래서 그의 유교적 근대성 이론은 산업화 및 민주화에서 거둔 일정한 역사적 성취에도 불구하고 불충분한 민주주의나 가족주의 및 지역주의 그리고 족벌사학 및 재벌들의 경영권 세습 등 우리

....

26. 같은 책, 139쪽.

사회가 안고 있는 여러 사회적 문제와 병리현상을 우리 사회 특유의 '도덕적
-문화적 지평'의 작용 연관 속에서 진단하고 그에 대한 대안을 제시하려
한다. 이처럼 장은주는 유교적 근대성 혹은 혼종 근대성 이론을 통해 서구
근대성을 근대성 자체의 모델로 설정하는 부당한 일반화의 오류를 넘어서
한국사회의 고유한 근대성의 작동 논리를 해명할 수 있는 새로운 근대성
이론과 개념을 제공한다. 그가 제시한 유교적 근대성 이론의 세부적인
측면이나 유교전통에 대한 그의 이해에 대해서는 의견을 달리하는 사람들도
그의 유교적 근대성 이론의 중요성을 부인하지 않을 것이다.

그러나 장은주의 유교적 근대성은 여러 문제점을 안고 있다. 서구적
근대성과 구별되는 독자적 발전 경로를 보여주는 한국 근대성은 유교전통과
관련되어 이해되어야 한다는 점에 대해서는 필자도 그와 입장을 같이한다.
그러나 한국사회의 근대성을 규정하는 유교적인 습속과 전통의 작용방식
및 영향사에 대한 해석과 접근방식에 대해서는 의견을 달리한다. 유교적
전통이 한국의 근대성 형성에 작용하는 방식에 대한 그의 이론이 지니는
문제점을 언급하면 크게 세 가지이다.

첫째로 장은주의 유교적 근대성 이론은 전통적인 유교사회에서 축적된
유교적 습속에 내재해 있는 해방적 요소를 과소평가한다. 그는 한국의
근대성을 유교적 근대성으로 규정하고 그 기본적 성향을 물질적 현세주의나
입신양명주의에 대한 종교적 숭배 현상으로 이해한다. 그래서 장은주는
"유교에는 개인형성적 작용이 없다"고 진단하고 유교에서의 개인은 늘
가족의 일원으로 효를 다하고 국가에 충성을 다하여 "사회질서와 조화해야
하는 처음부터 끝까지 사회적 개안"이라고 평가한다. 특히 그는 예치시스템
의 영향력에 주목한다. 인간관계를 예를 통해 규제하려는 유교적 전통에서
인간의 인격적 완성은 예적 규범을 철저하게 내면화하여 그것을 성실하게
이행하는 행동 속에서 이루어질 수 있다고 본다고 그는 이해한다. 그래서
동아시아 유교사회에서 사람은 "어떤 내면적이며 고유한 도덕적 세계의

지평"을 확보하는 데보다는 오히려 "외적으로 검증받고 평가될 수 있는 행동 규범의 완수"만을 보다 고차적인 가치 규범으로 받아들이게 된다.[27]

그러나 전통적인 동아시아, 특히 중국과 조선의 유교사회가 과연 개인의 자발성에 대한 자각을 결여한 몰개인주의적 사회였는지는 의문이다. 유교 문화에는 개인의 자발성을 존중하는 기나긴 전통이 존재했다.[28] 여기에서는 상세하게 논할 자리는 아니지만 그가 예(禮)를 통한 인간관계를 규율하려는 유교적 전통에 주목하면서 인(仁)에 대해 언급하지 않는 것도 문제다. 물론 인과 예의 관계는 간단하지 않다. 그러나 예(禮)가 없는 인간의 행동이 가져 올 위험성을 경계하는 것과 마찬가지로 인(仁)이 뒷받침되지 않는 채로 예에 어울리게 행동하는 것 역시 인간의 도덕적 완성을 저해하는 폐단에 지나지 않는다는 것은 유학의 전통에서 늘 강조된 것이다. 유학의 전통을 창시한 공자가 바라 본 개인은 "진실로 사회적 존재이며 철저하게 행동 지향적"임에는 분명하지만, "이러한 사회적 본성과 행동 지향성이 개인의 일관된 내면적 삶과 결코 양립할 수 없다"고 생각하는 것은 설득력이 없다. 벤자민 슈워츠에 의하면 공자에게 중요한 것은 "단순한 구체적 행위가 아니라 인격체로서의 살아 있는 인간과 결부되는 특징, 능력, 내면적인 정신 성향"이기에 그렇다. 그래서 슈워츠는 공자의 핵심적이고 혁신적인 사상인 인(仁)을 "자아 인식과 반성을 포함하는 인간 개체 내면의 도덕적 삶을 가리키는 것으로 정의"할 수 있다고 주장한다.[29]

유학 전통 속에 들어 있는 개인의 자발성과 개인의 도덕적 완성에 대한

....

27. 같은 책, 92-93쪽.
28. 이에 대해서는 나종석. 「인권에 대한 유교적 정당화의 가능성에 대한 연구」, 나종석·박영도·조경란 엮음, 『유학이 오늘의 문제에 답을 줄 수 있는가』, 앞의 책, 2014, 47-57쪽 참조.
29. 벤자민 슈워츠(Benjamin Schwartz), 『중국 고대 사상의 세계』, 나성 옮김, 살림, 2004, 113-118쪽.

긍정적인 평가를 과소평가함으로써 장은주는 그의 유교적 근대성 이론에서 전통적인 유교사회에서 실현된 능력주의 사회의 성격을 제대로 포착하지 못한다. 예를 들어 그는 다음과 같이 말한다. "세계긍정과 현실적응을 향한 유교적인 윤리적 지향은 전근대적인 사회관계 안에서는 개인들에게 위계적 사회질서에 대한 절대적 순응과 전통과 관습에 대한 무조건적인 긍정에 대한 도덕적 강제로 작용했을 것임에 틀림없다."[30]

그러나 장은주는 개인주의의 결여를 유교적 전통문화의 근본 성격으로 규정하면서도 "유교적 메리토크라시"(meritocracy)를 유교문화의 핵심적 요소로 강조한다. 그에 의하면 유교적 메리토크라시는 유교문화가 창출한 "서구적 근대성보다 더 근대적이며 심지어 서구적 근대성의 발전에서 어떤 모범이 되기까지 했다고 할 수 있는 문화적 요소"이다.[31] 그가 강조하듯이 메리토크라시는 타고난 혈통이나 신분 및 계급에 의해 재산이나 권력이나 명예가 정해지는 것을 부인하고 개인의 능력에 따라 사람들의 사회적 지위나 권력을 배분하는 이념을 의미한다. 그리고 조선이나 명·청 시대의 중국에서 실시된 과거제도는 능력에 따라 관료를 선발하는 제도였다. 여기에서 장은주는 이론적인 모호함을 보여준다. 과거제도는 능력에 의한 인재 선발의 방식으로 개인의 능력이나 노력에 의해 그 사회에서의 지위가 결정되는 이념을 전제로 한다. 그렇다면 동아시아의 전통적인 유교사회는 이미 개인의 자발성을 이념으로만 긍정한 데 그치지 않고 그런 이념을 정치사회의 구성 원리로 보고 이를 실현하기 위해 합리적인 관료선발제도를 채택한 개방적 사회의 성격을 지니고 있다고 볼 수 있다.[32]

....

30. 장은주, 『유교적 근대성의 미래』, 앞의 책, 104쪽.

31. 같은 책, 122쪽.

32. 일본은 한국 및 중국과 달리 과거제도를 실시하지 않았으며 에도시대는 사무라이의 세습 신분제 사회였다. 영국이 관리 임용에 시험을 채택한 것은 1870년 이후이고, 미국에서는 1883년에 이르러서이다. 그런데 이런 "관리 등용 시험제도의 시작은

그럼에도 장은주는 유교적인 전통에서 실현된 메리토크라시적인 인재선발 방식에서 개인의 자발성에 대한 긍정적 태도를 독해해내려고 하지 않는다. 오히려 그는 유교적인 메리토크라시적 전통이 지니는 의미를 그것이 한국사회의 구성원들로 하여금 오로지 입신출세주의나 현실세계 내에서 과도하게 물질적 행복만을 추구하도록 고무하는 측면에서만 해석하고자 한다. 그래서 한국의 유교적 근대성에서 메리토크라시 이념은 "심각한 사회적 위계와 불평등을 정당화하는 문화논리"로 작동하고 있기 때문에 그것이야말로 우리 사회가 개인의 평등한 존엄성에 대한 사회적 인정의 실현이나 민주주의의 진정한 발전을 저해하는 "문화적-도덕적 원천"이라고 장은주는 강조한다.[33] 물론 그런 해석이 전적으로 틀린 것은 아닐 것이다. 유교전통의 강력한 현세지향적인 도덕적 태도가 특정한 역사적 맥락에서 극단적인 입신출세주의나 입신양명주의와 같은 사회 병리적 현상을 초래할 수도 있다는 것을 부인하기는 어려울 것이기 때문이다. 그러나 더욱더 중요한 사실은 입신양명주의조차도 개인을 타고난 신분이나 혈통에 의한 귀속의식에서 평가하는 것이 아니라 개인의 능력과 노력에 의한 신분상승의 이동과 권력 및 재산의 재분배를 원칙적으로 승인하고 있는 유교적인 합리적 사유를 바탕으로 하고 있다는 점이다.[34]

둘째로 장은주의 이론은 한국 근대성의 '문화적-도덕적인 지평'을 형성

....

중국 과거의 영향이라고 보는 견해가 유력하다." 미야자키 이치사다(宮崎市定), 『중국의 시험지옥: 과거(科擧)』, 박근철·이근명 옮김, 청년사, 1993, 230쪽.

33. 장은주, 『유교적 근대성의 미래』, 앞의 책, 125쪽.

34. 알렉산더 우드사이드(Alexander Woodside)는 동아시아의 과거제도가 귀족제를 직업적 엘리트로 대체한 인류사에 등장한 중요한 혁명적 전환에 비견될 만한 특성을 지니고 있다고 강조한다. 그에 의하면 직업적 엘리트들에 의해 귀족제를 대체한 것은 식량 공급을 위한 정착 농업의 시작 및 산업의 발달에 이은 인류사에 등장한 세 번째 혁명이다. 『잃어버린 근대성들』, 민병희 옮김, 너머북스, 2012, 55-63쪽 참조.

한 유교적 전통이 개항기, 식민지 지배, 분단과 전쟁 그리고 개발독재 과정에서 어떤 방식으로 변용되었는지에 대한 분석을 결여하고 있다. 달리 말하자면 물질적 현세주의나 입신양명주의라는 유교적 에토스가 목사직 세습을 당연시하는 기독교나 학별과 정실주의적 인간관계를 재생산하는 데 강력하게 영향력을 발휘하고 있다는 식의 분석은 일면적이란 것이다. 유교적 전통이 식민지 지배의 과정에서 변형되었으며 그리고 그런 변형된 유교적 전통이 한국의 경제성장제일주의의 근대화 기획과 결합되었기 때문이다. 이런 모습들을 종합적으로 분석하지 않고 모든 것을 유교적 전통 혹은 유교적인 문화적-도덕적 삶의 양식의 영향사로 설정하는 것은 서구적 근대성과 유교적 전통의 다양한 결합양식들을 획일화하는 것으로 비판되어야 한다.

이런 획일적인 접근방식에 의하면 조선사회의 유교적 전통, 구한말의 혁신유림의 유교전통, 그리고 1930년대 후반 일제 식민지기에 총독부에 의해 체계적으로 유포된 황도(皇道)유학의 전통이나 아무런 차이가 없게 된다. 그러므로 장은주가 표면적으로 그렇지 않다고 강조하지만[35] 사실상 한국 근대성의 병리적 현상들을 초래한 물신주의적인 입신양명주의는 역사적 구성물이 아니라 유교적 전통 자체의 본질적 성격으로 치부되는 경향으로 이어질 수밖에 없다. 한국의 유교적 근대성이 보여주는 천박한 물질주의적인 경향이나 몰개인주의적인 집단주의적 경향 그리고 극단적인 사회적 불평등을 능력에 따른 자연스러운 현상으로 정당화하는 모습 등이 "우연적인 역사적-정치적 구성의 산물"이라고 하면서도, 다른 한편으로 그런 모습을 "유교적 도덕 이해 그 자체의 함축"이라고 강조하는 것도 이런 염려를 가중시킨다.[36]

....

35. 장은주, 『유교적 근대성의 미래』, 앞의 책, 191쪽 참조.
36. 같은 책, 126쪽 및 191쪽.

마지막, 세 번째 문제는 장은주가 한국의 근대성을 해명하면서 유교전통이 한국의 근대성 형성을 한 가지 방식으로가 아니라 다양한 방식으로 규정하고 있다는 점을 종합적이고 균형 있는 관점으로 바라보고 있지 않다는 데 있다. 이는 위에서 거론된 두 번째 문제점과 중첩되지만 별도로 거론될 필요가 있다. 두 번째 문제점은 예를 들어 유교적 전통이 자체 내에 강력한 입신양명출세주의나 물질주의적 현세지향의 성격을 갖고 있다손 치더라도, 그런 전통이 상이한 역사적 맥락에서 어떻게 변용되고 있는지 그리고 그런 변용 과정을 주도한 당대의 권력 구조가 무엇인지를 함께 염두에 두지 못한다는 것과 관련된 것이다. 간단하게 말하자면 두 번째 문제점은 장은주의 유교적 근대성 이론이 아쉽게도 문화환원론의 유혹에서 크게 벗어나 있지 않다는 지적이다.

　　이와 달리 세 번째 문제에서 거론되는 것은 장은주가 유교전통의 영향사의 여러 갈래들에 대한 관심을 소홀히 하고 있지 않은가에 대한 비판이다. 그는 한국의 독특한 근대화 과정을 "유교적 문화 전통과의 연관 속에서 총체적이고 체계적으로 파악"[37]해야 한다고 강조하면서도 그런 문제의식을 제대로 살리고 있지 못하다. 그는 한국사회의 가족주의, 연고주의, 권위주의 및 집단주의 등을 유교적 전통에 기인한 것으로 본다. 이런 이해 자체가 전적으로 틀린 것은 아니다. 그러나 유교적인 정치문화나 습속이 과연 한국사회의 권위주의적, 집단주의적 그리고 전체주의적인 성향을 확정하는 방식으로만 작동해왔는지에 대해서는 엄밀한 검토가 필요한 사항이다.

　　오해의 소지를 없애기 위해 달리 표현해본다면 장은주는 유교적 전통의 작동 방식을 한국사회의 집단주의적이고 권위주의적인 질서가 형성되는 맥락 속에서만 분석하는 경향을 보인다고 비판받을 소지가 있다. 그의 유교적 근대성 이론은 한국의 민주주의적 근대성이나 저항적 근대성이

37.　같은 책, 62쪽.

유교적 전통과 맺고 있는 관련성을 온전하게 담아내지 못하고 있다. 이렇게 본다면 세 번째 문제는 위에서 언급된 첫 번째 문제와도 깊게 연결되어 있음을 알 수 있다. 그의 유교적 근대성 이론은 유교적 전통이 지니는 해방적 요소를 주변적인 것으로 배제하고 있기 때문이다.

4. 충효일치 이념의 기원: 한국과 일본의 유교전통의 차이

필자는 유교전통 속에서의 개인의 자율성 문제를 이미 다룬 적이 있기 때문에 이 글에서는 위에서 거론된 두 번째와 세 번째 문제를 통해 장은주의 유교적 근대성의 문제점을 좀 더 명료하게 해볼 것이다. 우선 충효이데올로기로 대변되는 개인주의 부재 및 집단주의 문화에 대한 문제를 살펴보자. 장은주는 한국의 유교적 근대성을 설명하면서 그것은 "개인 없는 근대성"임을 강조한다. 그리고 그는 권위주의적 근대화 과정에서 대중들이 박정희의 지배체제에 광범위하게 '동의'했던 사실을 설명하기 위해서는 한국사회의 유교적 성격을 함께 고려할 필요가 있다고 말한다.[38] 그에 의하면 유교적인 도덕적-문화적 가치관과 생활방식의 영향으로 인해 사람들이 인권과 민주주의와 같은 보편적 가치를 폄하하고 박정희가 주장한 '한국적 민주주의'에 대해 동의를 해주었기 때문이다. 박정희에 대한 종교적인 숭배에 버금가는 열광도 마찬가지이다.[39]

특히 "유교적-권위주의적 훈육 또는 '길들이기'"를 사람들이 자연스러운 것으로 받아들이게 된 현상을 설명하면서 장은주는 일제 시기의 '교육칙어'나 박정희 시기의 '국민교육헌장'을 예로 든다. 그가 보기에 한국인들이

....
38. 같은 책, 95쪽 각주 66 참조.
39. 같은 책, 130-31쪽.

이런 교육을 통해 큰 저항감이 없이 삼강오륜과 충효사상을 내면적으로 체화했던 것도 유교적인 전통문화의 도덕적 지평이 개인의 존중과는 거리가 먼 것이기 때문에 가능했다. "개인의 절대적 자기희생과 가족이나 조직 및 국가에 대한 헌신, 갈등의 회피, 단결과 질서와 규율 같은 것이 강조되었고, 충효의 도덕이 지시하는 것과 같은 '위계의 존중과 권위에 대한 순응'의 태도나 규칙 같은 것이 그 자체로 도덕으로 자리를 잡았다.[40]

그러나 박정희 시대 이후 우리 사회에 널리 퍼진 충효 관념이 과연 조선사회에서 누적된 유교적인 문화적-도덕적 지평에서 출현한 것인지는 진지하게 따져보아야 할 문제이다. 유교전통에서 효와 충이 중요한 도덕관념이었다는 점은 부인될 수 없다. 그리고 유교전통에서 효와 충의 관계는 매우 긴 역사를 지닌 주제였다. 효와 충의 관계에 대해 유교에서는 '부자천합(父子天合)'과 '군신의합(君臣義合)'의 대조가 존재했었다. 『예기』(禮記) 「곡례」(曲禮)편에 '만약 부모가 잘못된 행위를 할 경우, 자식은 세 번을 간청해도 듣지 않으면 울면서라도 그에 따르지만' 임금에 대해서는 '세 번을 간해서 듣지 않으면, 그를 떠난다(爲人臣之禮: 不顯諫.三諫而不聽則逃之. 子之事親也: 三諫而不聽, 則號泣而隨之).'는 구절이 있다.[41] 『맹자』(孟子)에서 "군주가 과실이 있으면 간하고, 반복하여도 듣지 않으면 떠나가는 것(君有大過則諫, 反覆之而不聽, 則去)"이라고 맹자는 강조한다.[42] 이처럼 중국과 조선에서는 '부자천합(父子天合)'과 '군신의합(君臣義合)'이 유교의 기본 명제로 받아들여졌고, 그에 따라 효가 충보다 더 근원적인 도덕관념으로 이해되었다.

일본의 유교전통과 달리 충보다 효가 강조되었던 조선의 유교전통의 몇 가지 사례를 보자. 예를 들어 구한말 시기 단발령을 내린 왕명을 거부한

---

40. 같은 책, 131쪽.

41. 『禮記』 상, 이상옥 옮김, 명문당, 2003, 167쪽.

42. 주희, 『孟子集註』, 성백효 옮김, 전통문화연구회, 1991, 311-12쪽.

김평묵(金平默, 1819-1891)을 보자. 화서(華西) 이항로(李恒老, 1792-1868)의 학통을 계승한 그는 "잘못된 왕명을 따르지 않는 것이 왕의 잘못을 구제하는 길이고, 왕의 잘못을 구제함이야말로 충"이라고 말하면서 단발령을 내린 왕명에 따르기를 거부했다.[43] 구한말 의병장 이인영(李麟榮, 1868- 1909)의 효행에 관한 일화도 조선에서 효가 충보다 더 중요한 것으로 간주되었음을 잘 보여준다. 이인영은 서울 진입 총공격을 앞두고 부친이 사망했다는 소식을 받자 '불효는 불충'이라면서 의병의 총대장직을 그만두고 그날로 귀향해버렸다.[44]

　　일본 유교전통과 조선 유교전통 사이의 차이점은 충효의 관계에 국한되지 않는다. 충성의 궁극적인 대상에 대해 일본과 조선의 유교전통은 사뭇 다른 모습을 보여준다. 충성의 대상을 천황이나 국가로 한정하는 일본의 유교전통[45]과 달리 조선에서는 충성의 궁극적인 대상은 유교의 보편적 원리인 천리(天理) 및 인의(仁義)였다. 그리고 김평묵의 주장에서 보듯이 왕이라 할지라도 도덕과 정치의 근본 원칙인 천리(天理)를 어기는 행위는 비판받아야 하는 것이었다. 조선의 유교적 전통에서 보면 하늘의 공공성(천리의 공)은 왕도 순종해야 할 도덕적 권위의 궁극적인 기반이었다.[46] 그리고 인간이 그런 천리를 자신의 내적인 도덕적 이상으로 간직하고 있다는 점에서 왕이나 일반 백성은 근본적으로 차이가 없다는 것이 조선의 주자학의 기본 주장이었다.[47] 한국과 일본의 유교전통의 차이점에 대한 인식도

....

43.　윤사순, 『한국유학사』 하, 지식산업사, 2012, 170쪽.
44.　한영우, 『다시 찾는 우리 역사』, 경세원, 2009, 506쪽 참조.
45.　일본에는 원리에 대한 충성을 강조하는 흐름이 전무했다는 주장은 아니다. 이 주제에 대한 보다 상세한 서술로는 나종석, 『대동민주 유학과 21세기 실학: 한국 민주주의론의 재정립』, 앞의 책, 제13장 참조.
46.　주자학에서의 천리의 공공성 이론에 대해서는 나종석, 「성리학적 공공성의 민주적 재구성 가능성」, 나종석 · 박영도 · 조경란 엮음, 『유교적 공공성과 타자』, 혜안, 2014, 83쪽 이하 참조.

우리 사회에서 긴 역사를 갖고 있다. 이미 1909년 <대한매일신보> 논설은 조선 유학의 대표로 화서 이항로를 그리고 야마자키 안사이(山崎闇齋, 1618-1682)를 일본 유학의 대표로 들어 조선유교와 일본 유교의 전통을 대비한 바 있다.[48]

이항로는 구한말의 위기 상황에서조차도 국가의 존망보다 유학의 근본정신을 지키는 것이 더 우선적인 과제라고 보았다. 이항로가 서양의 침략에 강력하게 대응한 것은 유교문명의 도를 지키고자 함이었다. '소중화'인 조선을 외세의 침략으로부터 보호하는 것은 유교문명을 지키는 작업과 결부된 인류 보편의 과제로 생각되었던 것이지 단순히 위기에 처한 국가를 구하는 차원에 그치는 것은 아니었다. "서양이 도를 어지럽히는 것이 가장 우려할 만하다. 천지간에 한 줄기 밝은 기운이 우리 조선에 있는데, 만일 이것마저 파괴된다면 천심이 어찌 견딜 수 있겠는가. 우리는 천지를 위해서 마음을 곧바로 세우고 도를 밝히는 일을 서둘러 불을 끄는 것처럼 하지 않으면 안 된다. 나라의 존망은 그 다음이다."[49]

조선의 이황을 크게 염모했던 야마자키 안사이는 에도시대 일본 주자학의 원류(原流)를 이루는 해남파(海南派)의 집대성자로 알려져 있는 인물이

---

47. 나종석, 「인권에 대한 유교적 정당화의 가능성에 대한 연구」, 앞의 글, 49쪽 이하 참조.
48. 노관범, 『고전통변』, 김영사, 2014, 137쪽. 물론 조선이 망하기 직전에 <대한매일신보>는 한국과 일본의 유학 전통의 차이에서 조선의 국력이 약화되고 일본의 국력이 강해지는 요인을 보고 조선 유교전통의 무기력을 비판했다. 같은 쪽 참조.
49. 강재언, 『선비의 나라 한국유학 2천년』, 하우봉 옮김, 한길사, 2003, 435쪽에서 재인용. 조경달이 주장하듯이 이항로에게서 발견되는 유교적 문명주의, 즉 유교적 민본주의는 개화파에 의해서도 공유되고 있었으며 민란과 동학농민전쟁을 일으킨 조선 민중에게서도 광범위하게 퍼져 있었다. 그리고 그는 그런 조선의 유교적 정치문화는 서구적인 근대적 국민국가의 형성에 상당한 어려움을 주기도 했지만 서구적인 근대성의 폭력성을 상대화하고 그에 대해 저항하는 힘으로도 작용했다는 점을 강조한다. 조경달, 『근대조선과 일본』, 최덕수 옮김, 열린책들, 2015, 5-7쪽, 59-61쪽 그리고 282쪽 참조.

다. 그는 '주자를 배워서 잘못된다면 주자와 더불어 잘못되는 것이니 무슨 유감이 있겠는가'라고 할 정도로 경건한 주자학자였다.[50] 그런 야마자키 안사이도 그의 제자들과 공자와 맹자가 군대를 이끌고 일본을 공격할 경우 공맹의 도를 배우는 일본 유학자들은 어떻게 행동해야 하는지를 놓고 대화를 한 적이 있다. 그 내용을 보면 매우 흥미롭다. 그 역시 국가에 대한 충성을 충성의 궁극적 대상으로 삼고 있기 때문이다. 그 대화 내용은 다음과 같다. "야마자키 안사이가 일찍이 여러 제자들에게 질문하였다. '지금 중국에서 공자를 대장으로 삼고 맹자를 부장으로 삼아 수만의 기병을 이끌고 우리나라를 공격해 온다면, 공맹의 도를 배운 우리들은 어떻게 해야 하는가?' 제자들이 대답하지 못하고서 '저희들은 어찌할 바를 모르겠으니 선생님의 말씀을 듣고 싶습니다'라고 하자, 야마자키 안사이가 말하였다. '불행히도 이런 난리를 만난다면 우리들은 갑옷을 걸치고 창을 쥐고서 그들과 싸워야 된다. 그리하여 공자와 맹자를 사로잡아 나라의 은혜에 보답하는 것, 이것이 바로 공맹의 도이다.'"[51]

충성이 국가와 천황으로 환원되고 있는 경향은 야마자키 안사이에 국한된 것이 아니다. 이런 인식은 일본 유학의 기본적 특성으로 보아도 좋을 정도로 일본 유학의 전통에서 반복적으로 등장한다. 에도시대 말기에 활동한 요시다 쇼인(吉田松陰, 1830-1859)도 군신관계에 대한 일본의 이해방식을 잘 보여준다. "공자와 맹자가 자신들이 태어난 나라를 버리고 다른 나라에 가서 군주를 섬기는 것은 유감스러운 일이다. 무릇 군주와 아버지는 그 의리가 한 가지이다. 우리가 군주를 어리석고 어둡다고 하여 태어난 나라를 버리고 다른 곳의 군주를 따르는 것은 우리가 아버지를 완고하고 어리석다

---

50. 마루야마 마사오, 『일본정치사상사연구』, 앞의 책, 143쪽 이하 참조.
51. 황준걸, 『일본 논어 해석학』, 이영호 옮김, 성균관대학교출판부, 2011, 123쪽에서 재인용. 야마자키 안사이가 말년에 일본 신도(神道)를 받아들이는 것도 우연이 아니다. 이에 대해서는 마루야마 마사오, 『일본정치사상사연구』, 같은 책, 146쪽 참조.

고 하여 집을 나와 이웃집 노인네를 아버지로 삼는 것과 같다. 공자와 맹자의 이런 의리를 잃어버린 행동은 아무리해도 변명할 수가 없다. 한 나라의 신하들은 이를테면 반년만 차면 떠나가는 노비와 같다. 그 군주의 선악을 가려서 옮아가는 것은 원래부터 그런 것이다. 일본의 신하는 [……] 신하라면 주인과 생사고락을 같이하며, 죽음에 이른다고 할지라도 군주를 버리고 가는 도리는 결코 없다."[52]

요시다 쇼인이 주장하듯이 "무릇 군주와 아버지는 그 의리가 한 가지"라는 명제는 주목을 요한다. 이는 일본 특유의 충효일치 관념과 맥을 같이하기 때문이다. 일본 특유의 충효일치의 이론은 군주를 메이지유신 이후 1890년에 반포된 일본의 교육칙어(敎育勅語)에서도 명료화된다. 이를 보면 국가와 국민의 관계가 부모와 자손의 관계와 구조적으로 동일하다는 생각이 등장한다. 교육칙어에서 부모에 대한 효가 군주에 대한 충에 비해 선차적인 것으로 이해되어 온 조선의 유교전통과 달리 일본에서는 '충효'로 변형된다. 즉 천황에 대한 충이 가장 우선적인 것이고, 천황에 대해 모든 것을 다해 헌신하는 충성은 바로 부모에 대한 효에 해당하는 것으로 이해된다.[53] 교육칙어를 입안한 모토다 나가자네(元田永孚)는 효와 충의 순서를 역전시켜 충과 효를 떼려야 뗄 수 없는 충효일치로 만들었다. 군주 혹은 천황에 대한 충성이 바로 부모에 대한 효라는 충효일치의 관념은 효와 충의 관계에 대해서 내린 일본사상 고유의 결론이었다. 달리 말하자면 황실을 본가로, 각 국민을 분가로 보면서 천황을 일본이라는 가족국가의 가장으로 그리고 국민을 천황의 어린자식으로 보아 천황에 대한 충성을 참다운 효라고 강조하는 도덕관념이 국민도덕의 기본 원칙으로 이해되었다.[54] 모토다

52. 시마다 겐지(島田虔次), 『주자학과 양명학』, 김석근 · 이근우 옮김, 까치, 2001, 117-18쪽에서 재인용.
53. 우에노 치즈코(上野千鶴子), 『근대가족의 성립과 종언』, 이미지문화연구소 옮김, 당대, 2009, 93-95쪽.

나가자네의 사례가 보여주듯이 가족에 대한 효를 국가에 대한 충성으로 귀일시키는 충효일치의 관념은 일본의 독특한 근대적인 천황제 국가를 형성시키는 데 이론적 토대를 제공했다.[55]

일본의 유교전통의 특징인 충효일치 사상은 일제 식민지기에 황도(皇道) 유학으로 전개된다. 식민지 조선에서 경성제대에서 교수로 활약하면서 조선 유교사상사에 대한 저서를 낸 다카하시 도루(高橋亨, 1878-1967)는 '황도유학'을 주창하여 일제강점기 식민지 조선의 지식인들에게 커다란 영향을 주었다. 황도유학은 1930년대 중반 이후 일본의 유교전통을 식민지 조선에 전파하기 위해 발생한 담론이다. 다카하시 도루가 황도유학을 주창한 것은 1939년 12월에 발표된 글 「왕도유교에서 황도유교로」에서였다.[56] 황도유학의 핵심적 주장은 충을 효보다 중요하게 간주하고 충의 대상을 일본의 국체인 만세일계의 천황으로 제한하고 역성혁명을 부정하는 것이다. 이를 다카하시 도루는 다음과 같이 주장한다. "오늘날 조선에서 크게 진흥해야 할 유교 교화는 그런 미지근한 유교의 가르침이 아니며, 충분하게 일본의 국수(國粹)에 동화한 국민정신과 국민도덕을 계발과 배양 및 함양해 온 황도적인 유교가 되어야 할 것이다. 우리는 지나 유교의 정치사상인 역성혁명, 선양(禪讓), 방벌을 배제하고, 충효불일치, 효를 충보다 중시하는 도덕사상을 부인하고, 그리하여 우리 국체에 따른 대의명분으로써 정치사

54. 박진우 「일본 내셔널리즘과 천황제」, 박진우 편저, 『21세기 천황제와 일본: 일본 지식인과의 대담』, 논형, 2006, 21쪽 참조.

55. 모토다 나가자네는 구마모토번에서 활동한 유학자로 정부에서 천황의 교육을 담당하도록 특별히 선발한 전문가들 중 한 명이었다. 그는 한학의 담당자로 『논어』와 『서경』 강독을 통해 메이지 천황에게 유교적 성왕이론을 가르친 인물이었다. 하라 다케시(原武史), 『직소와 왕권: 한국과 일본의 민본주의 사상사 비교』, 김익한·김민철 옮김, 지식산업사, 2000, 184쪽 참조.

56. 1939년 이후 다카하시 도루에 의해 황도유학이 주창된 이래 조선사회에서 황도유학은 공론화된다. 이에 대해서는 정욱재, 「조선유도연합회의 결성과 '황도유학'」, 『한국독립운동사연구』 33, 2009, 227-264쪽 참조.

상의 근본을 세워, 충효일체로써 도덕의 골자로 삼아야 할 것이다. 또 지나를 중화로서 숭배하는 것을 폐지하고 우리나라를 중조(中祖)로 삼고, 우리 국사의 정화를 존중해야 할 것이다. 이러한 것은 참으로 우리 일본 유교도가 품고 있는 정치도덕사상으로서, 그리고 이제부터의 조선유교도 도 이렇게 하여 세태에 기여하며 스스로를 살려나가야 하는 것이다. 조선의 유교단체는 황도유교를 선포하고 발양하지 않으면 안 될 것이다.''[57]

위 인용문이 보여주듯이 황도유학의 이론으로 일본 식민주의 관학자 다카하시 도루가 조선 총독부와 더불어 꾀한 것은 당연히 일제강점기에도 계속해서 일본 제국주의의 침략에 저항하는 독립정신의 뿌리를 이룬 조선의 유교적 전통을 해체하여 조선인들을 일본의 총력전 체제에 동원하기 위함이 었다. 시마다 겐지(島田虔次, 1917-2000)에 의하면 조선 및 중국의 주자학에 서 보는 것과 달리 일본의 "주자학에는 천지를 위해서, 인류를 위해서, 학문의 전통을 위해서, 또 만세를 위해서라는 것과 같은 웅대한 정신, 바로 그런 것이 매우 결여되어 있는 것처럼 생각된다."[58] 앞에서 본 것처럼 이항로와 김평묵은 국가나 왕 혹은 황제를 넘어서 인류 보편의 유교적 문명의식에서 부당하다고 여겨지는 왕명을 비판하기도 하고 일본 및 서구의 패도적인 제국주의 침략을 비판했다.

또한 앞에서 살펴본 것처럼 충과 효가 유교적 전통에서 매우 귀중하게 간주되는 사회윤리의 기본이라고 하지만 조선 및 중국에서의 충효관과 일본에서의 그것에는 상당한 차이가 존재한다. 대의멸친과 멸사봉공(滅私 奉公) 그리고 충효일치를 공자의 사상이자 유교사상의 핵심으로 간주하는 것은 유교의 일본적 변형을 유교사상 자체로 오인한 결과이다. 한국과 중국에서의 유학은 늘 자기에서 출발하여 제가, 치국 그리고 평천하에

....

57. 같은 글, 243쪽에서 재인용.
58. 시마다 겐지, 『주자학과 양명학』, 앞의 책, 6쪽.

이르는 동심원적 방향으로 인의(仁義)의 윤리를 확장시켜 가는 것을 궁극적 지향으로 삼았다. 그런 점에서 한 국가나 한 가정에만 모든 것을 바치는 충과 효의 관념은 유교사상의 본래 정신에서 볼 때나 한국 및 중국에서 주류적 지위를 차지한 유교전통에서 볼 때 매우 이질적인 것이다. 그러므로 충효일치 및 멸사봉공의 이념을 국가주의적인 방식으로 활용하여 시민들의 비판 및 저항정신을 마비시키고 이들을 순응적인 대중들로 순치시킨 박정희 정권의 작업은 조선 유교전통의 정치적 동원이 아니라 일본 제국주의를 매개로 하여 우리 사회에 전파된 일본 유교전통의 지속으로 이해되어야 마땅하다.

그런데 앞에서 본 것처럼 장은주는 오늘날 한국사회, 더 나아가 한국의 유교적 근대성을 특징짓는 물질주의적인 경쟁원리에 대한 종교적 숭배를 유교적 전통문화의 변용에서 할 뿐, 그 유교적 전통문화가 식민지 시대를 통해 일본적인 유교전통의 영향과 깊게 결합되어 변형되고 있음을 간과한다. 한국 근대성을 유교적 전통문화와의 연관 속에서 해명하는 작업이 중요한 만큼 한·중·일 3국의 유교문화 전통의 성격을 비교하는 연구가 요구된다. 그런 인식의 토대 위에서 비로소 우리는 19세기 후반 이후 전면화되는 서세동점의 시기에 한·중·일 3국이 걸어간 길의 상이성을 좀 더 분명하게 인식할 수 있을 것이다. 그러나 장은주는 일본의 에도시대가 중국의 명말청초 및 조선의 전통사회와 동일한 유교 문화를 공유하면서도 중요한 지점에서 다른 모습을 보이고 있다는 점에 대해 충분한 관심을 기울이지 않는다. 그래서 그는 유교적 특징을 지니는 근대성이 한국만이 아니라 일본, 중국, 베트남 등과 같은 유교 문화권을 공유하는 여러 나라의 근대성과 "다소간 동질적"일 것이라고 결론짓는다.[59]

59. 장은주, 『유교적 근대성의 미래』, 앞의 책, 89쪽.

5. 유교적 정치문화와 민주주의 그리고 한국의 근대성

장은주의 유교적 근대성의 또 다른 문제점은 한국 근대성의 '해방적 측면'에 대한 설명력이 부족하다는 것이다. 물론 그는 한국의 근현대사가 동학혁명에서 80년대 민주화운동에 이르는 근대성의 해방적 기획을 실현하기 위해 엄청난 희생과 노력을 했다는 점 그리고 그런 움직임의 성과도 존재한다는 사실을 부인하지 않는다. 그가 한국사회의 병리적 현상들의 문화적 심층을 유교적 전통문화의 영향사에서 구하는 것도 모든 인간의 존엄한 삶을 실현시켜 줄 '민주적 공화주의'를 우리의 삶의 맥락과 조건 속에서 더 잘 실현할 수 있는 방법을 모색하기 위해서다.[60]

그러나 문제는 장은주가 한국사회의 해방운동의 생명력 그리고 민주주의의 제도적 실현을 향한 도정을 한국 근대성의 고유한 동학을 이해하기 위한 핵심 주제로 삼지 않는다는 것이다. 그는 한국의 유교적 근대성의 "정치적 형식"을 박정희가 권위주의와 독재를 정당화하기 위해 내세운 '한국적 민주주의'라고 본다.[61] 그래서 그는 다음과 같이 주장한다. "한마디로 민주주의적 가치와 이념은 우리의 유교적 근대성에 온전하게 내재적인 것이 아니다. 그것들은 우리 근대성의 삶의 조건과 경험에 충분히 부합하지 못한다고 배척되거나, 최소한 주변화 되었다. 우리의 근대인들은 그것들을 자연스럽게 여길 새로운 '사회상'을 발전시킬 기회를 충분히 갖지 못했다. 대신 어떤 민족주의적이고 물질주의적인 부국강병의 이상과 유교적-메리토크라시적으로 정당화되는 능력에 따른 불평등 사회의 이상이 지배적이게 되었다. 이런 문화적-도덕적 지평 위에서 민주주의가 제대로 형성되고 작동할 까닭이 없다."[62]

....

60. 같은 책, 237쪽.
61. 같은 책, 211쪽.
62. 같은 책, 133쪽.

앞에서 살펴본 것처럼 장은주가 구상하는 한국의 유교적 근대성 이론에 의하면 유교적인 사회적 상상 혹은 일반 사람들의 삶 속에 깊게 배태된 유교적인 생활양식 및 도덕의식은 능력주의(메리토크라시) 원칙의 성공적 관철이라는 패러다임에 한정되어 있다. 그러나 이런 한정은 한국의 근대성을 민주주의와는 상당히 이질적인 성격을 지니는 것으로 몰고 간다. 장은주의 유교적 근대성 이론에는 제국주의 열강의 침략에 대한 저항운동뿐만 아니라 일제강점기에서의 줄기찬 독립운동, 그리고 분단된 상황에서 독재 권력에 저항한 민주화운동이 어떤 방식으로 한국의 근대성을 구성하는 요소인지 그리고 그런 움직임이 유교적 전통문화와는 어떤 방식으로 연결되어 있는지에 대한 성찰이 부족한 것도 이런 현상과 무관하지 않다. 달리 말하자면 그는 조선 건국에서 시작하여 동학농민전쟁에서 정점에 이르는 유교적 민본주의 이상을 구현하려는 조선사회의 다양한 역사적 경험이 일본의 제국주의적 침략에 대한 저항 및 식민지 독립운동을 거쳐 오늘날 우리 사회의 민주공화국의 실현과 어떤 관련을 맺고 있는지에 대한 분석을 수행하지 않는다.

만약에 그가 주장하듯이 한국의 유교적 근대성이 민주주의와 인권 그리고 인간의 존엄한 삶을 나름대로 실현할 문화적 배경으로 작동하기 힘든 것이라면, 민주적 공화주의가 ― 비록 충분하지 않다 할지라도 ― 어떻게 우리 사회의 현실에 뿌리내릴 수 있었는지 궁금하다. 물론 이런 식의 반론에 대해 그는 우리 사회의 민주주의는 필자가 생각하는 것과 달리 피상적인 것에 지나지 않는다고 응답할 수도 있을 것이다. 실제로 그는 "전통적인 유교적 메리토크라시적 이념은 근대화된 조건 속에서 민주적-평등주의적 지향과 결합되기보다는 사회적 불평등의 정당화 논리의 성격을 더 강하게 갖게 된 것"으로 본다.[63] 그래서 그는 인권의 보편성과 민주주의적 이념은

....

63. 같은 책, 128쪽.

우리 사회의 유교적 근대성에 "온전하게 내재적인 것"이 아니라고 강조할 뿐만 아니라, 한국의 민주주의를 "유사 민주주의" 혹은 "결손 민주주의(defeckte Demokratie)"라고 규정한다. 심지어 장은주는 우리 사회의 민주주의가 결손 민주주의 중에서도 "더 악질적인, 곧 권위주의와의 경계가 희미해져 버린 '비자유 민주주의(iliberal Demokratie)'"의 유형으로 "전락해버렸다"고 까지 비판한다.[64]

게다가 장은주는 인간 존엄성의 보편성을 추구하는 근대성의 규범적 지평을 시야에 넣으면서 유교적 근대성이 창출한 온갖 사회 병리적 현상들의 극복을 위하여 우리 사회의 문화적 삶의 문법의 혁신, 즉 "문화혁명"[65]까지 주장한다. 이런 주장도 그의 유교적 근대성 이론에서 볼 때 논리적으로는 자연스럽다. 물론 한국사회의 정치적 근대성과 유교적 문화전통 사이의 부정적 상관성에 대한 그의 분석과 진단이 옳다는 가정에서만 그렇다. 그러나 자본주의적 근대성의 병리적 현상의 진단과 유교적 전통을 긴밀하게 연결시키면서, 한국 근대성의 또 다른 축인 민주적 근대성의 형성에 대한 그의 지극히 부정적 평가를 포함하는 장은주의 유교적 근대성 이론은 "현실분석과 해방 기획의 결합을 추구하는 비판적 사회이론의 자기 배반"[66]을 피하고자 하는 그의 문제의식을 해결될 수 없는 딜레마의 상황으로 몰고 가는 것처럼 보인다. 민주주의적 가치와 이념이 유교적 전통문화에 의해 압도적으로 규정당하고 있는 한국현실에 내재된 것이 아니라면 어떻게 민주적 공화주의의 좀 더 온전한 실현이라는 해방의 기획이 우리의 현실과 매개될 수 있는지가 분명하지 않기 때문이다. 그리고 이런 문제는 민주적

....

64. 같은 책, 134-135쪽. 물론 한국 민주주의의 잠재력과 그 전망에 대한 장은주의 비판적이고 비관적인 전망은 2016년에 시작되어 박근혜 전 대통령의 탄핵 및 문재인 정부로의 이행을 주도한 '촛불혁명'이 발생하기 이전의 암담한 우리 현실에 터를 두고 있다.
65. 같은 책, 207쪽.
66. 같은 책, 75쪽.

공화주의와 한국사회의 근대성 형성에 지대한 영향력을 행사한 전통적인 유교적 생활방식 사이의 상생적인 만남의 가능성을 그의 유교적 근대성 이론이 주변적인 것으로 만들고 있다는 점과 연결되어 있다.

필자가 다른 글에서 한국의 민주주의와 유교문화 사이의 긍정적인 상호연관성을 주장한 것도[67] 한국의 근대가 서구 및 일본(동아시아에서의 서구)의 충격에 의해서 시작되었다는 서구 편향적 시각을 상대화하는 작업의 일환이었다. 그뿐만 아니라 필자는 선행 연구에서 조선의 유교국가 전통이 한말의 의병운동, 일제강점기의 독립운동 그리고 해방 이후 민주화 과정에서 끊임없이 되살아나고 변형되는 과정에 대한 분석이 필요하다는 점을 강조하였다. 이런 측면에 대한 적절한 이해가 없이는 한국의 근대화 과정의 독특한 논리가 충분하게 드러나지 않을 것이라고 생각했기 때문이다. 사실 한국이 경제발전과 민주화에서 이룩한 성취에 대한 많은 관심에도 불구하고, 한국학계는 이런 변화가 어떻게 이루어졌는지에 대한 설득력 있는 논리를 제공하고 있지 못하다.

지면의 한계로 인해 상세하게 분석할 수 없으나 필자는 한말 혁신유림의 개혁운동에서부터 독립운동과 민주주의로 이어지는 과정에서 유교적인 전통이 긍정적으로 기여한 측면이 존재한다고 생각한다. 한말 의병운동이나 일제강점기에 독립운동에 헌신했을 뿐만 아니라, 항일독립운동의 이론을 제공한 인물들은 친미 개화파가 아니라 신채호나 박은식 등과 같은 한국의 유교적 전통문화를 더 잘 이해하고 있었고 그 긍정적 가치를 전적으로 부인하지 않으면서 이를 창조적으로 활용할 수 있었던 혁신 유림출신이었다는 점은 널리 알려져 있다.[68]

또한 한국 민족주의의 양상은 다양하고 타자를 배제하는 폭력적인 성격

67. 나종석, 『대동 민주유학과 21세기 실학: 한국 민주주의론의 재정립』, 앞의 책, 제14장 '한국 민주주의와 유교 문화' 참조.
68. 박노자, 『우승열패의 신화』, 한겨레신문사, 2005, 354쪽 참조.

만을 지닌 것도 아니다. 한국의 민족담론에도 여러 갈래와 다양한 목소리들이 존재한다. 예를 들어 한국의 저항적 민족주의는 진보적 성격을 지니고 있었으며 배타적 민족주의를 순치하고 세계시민주의에로 나갈 평화지향을 뚜렷하게 간직하고 있었다. 미야지마 히로시가 주장하듯이 3・1운동의 민족정신에는 유교적인 문명주의 정신이 녹아들어 있다.[69] 유교적 문명주의는 유교적 민본주의로서 유교적 세계시민주의 혹은 유교적 평천하사상이라고도 볼 수 있는데, 한국의 민족주의에는 조선사회의 유교적 경험에서 기원하는 대동(大同) 사회에 대한 희망이 변형되어 면면히 흐르고 있다.

한국 근대성의 유교적 특색을 민주적 근대성 내지 해방적 근대성의 차원에서 긍정적으로 밝혀줄 또 하나의 열쇠는 유교적 충(忠) 관념이 민주주의와 만나 창조적으로 변형되는 지점이다. 필자는 한국의 유교적 정치문화와 민주주의 사이의 만남에서 충의 민주적 변형 및 민주공화적인 헌법의 원리에 대한 충으로 변형되는 과정이 한국 근대성의 성격을 해명하는 데 결정적인 지점이라고 생각한다. 한국의 민주화운동 과정에서 전통적인 효와 충에 대한 유교적 관념이 민주적 사유 방식과 결합되면서 충(忠) 관념에서의 민주적 변화가 나타난다. 충성의 참다운 대상이 민주주의의 주인인 백성과 민중에 대한 충으로 변형되기 때문이다.

물론 전통적인 유교적 사유 방식에서도 충의 진정한 대상은 천리(天理)와 같은 도덕적 원칙이었지만 민주화 과정에서 도덕적 원칙에의 충성이 민주주의적 원리에의 충성으로 변형된다. 이런 충성 관념의 민주적 변형의 예를 잘 보여주는 것 중의 하나가 김대중 전 대통령의 다음과 같은 주장이다. "현대사회에서 충(忠)의 대상은 반드시 국민이 되어야 한다. 헌법정신도 국민이 주권자라는 데 있다. 충의 대상은 바로 내 아내요, 내 남편이요, 내 이웃이다. 과거에는 임금이 주권자로서 좌지우지했지만, 지금은 백성

....

69.   미야지마 히로시, 『나의 한국사 공부』, 앞의 책, 2013, 제9장 참조.

'민(民)' 자, 임금 '주(主)' 자, 즉 백성이 임금이고 백성이 주인이다."[70]

필자는 장은주를 비롯하여 여러 학자들이 새롭게 제기하는 헌법애국주의나 진보적 애국주의도 한국사회에서 출현한 현대적인 민주주의적 충(忠)이론의 하나라고 생각한다. 장은주에 의하면 우리 사회에 유일하게 정당화될 수 있는 "진보적 애국주의는 민주적 헌정질서의 가치와 원리 및 제도들에 대한 사랑과 충성에서 성립하는 애국주의"이다.[71] 그런데 그가 말하는 민주적 헌정원리에 대한 충성은 바로 김대중이 언급했던 민주주의 사회에서 나라의 주인인 백성에 대한 충성과 동일한 것이다. '모든 권력은 국민(인민)으로부터 나온다'는 민주적 공화주의 헌법의 원리를 실현하는 역사성에 주목하면서 민족주의의 배타성과 세계시민주의의 추상성을 극복하려는 헌법애국주의 이론은 보편적 문명원리를 지향했던 조선 유교전통의 현대적 변형이자 반복으로 재규정될 수 있을 것이다.

필자가 강조하고 싶은 것은 유교적 정치문화의 민주적 잠재성은 단순히 텍스트 속에만 존재하는 것이 아니라, 한국사회의 근대성 속에서 나름의 방식으로 현실화되고 있다는 점이다. 필자는 제헌헌법의 제15조에 주목하는데, 그 조항의 내용은 다음과 같다. "재산권은 보장된다. 그 내용과 한계는 법률로써 정한다." 그리고 제헌헌법의 소유의 공공성 규정은 흔히 경제민주화 조항으로 불리는 오늘날의 헌법(1987년 개정된) 제119조 2항("국가는 균형 있는 국민경제의 성장 및 안정과 적정한 소득의 분배를 유지하고, 시장의 지배와 경제력의 남용을 방지하며, 경제주체 간의 조화를 통한 경제의 민주화를 위하여 경제에 관한 규제와 조정을 할 수 있다")으로

....

70. 김대중, 「충효사상과 21세기 한국」, 『신동아』 1999년 5월호. 忠 관념을 백성과 연결시키는 유교적 전통에 대해서는 나종석, 「한국 민주주의와 유교문화」, 앞의 글, 266쪽 각주 46 참조. 충성을 민중에 대한 충성으로 이해하는 중국에서의 변형 양상에 대해서는 쉬지린(許紀霖), 『왜 다시 계몽이 필요한가』, 송인재 옮김, 글항아리, 2013, 140쪽 참조.

71. 장은주, 『인권의 철학』, 새물결, 2010, 342-43쪽.

지속되고 있다.

'소유의 공공성'을 명시한 제헌헌법의 규정은 전통적인 유교의 평등이념을 계승한 것으로 해석될 수 있다. 대한민국 헌법탄생에서 조소앙(趙素昻, 1887-1958)의 균평(均平) 이념이 끼친 영향에 대한 연구는 유교적 정치문화와 우리 사회의 민주주의 사이의 흥미로운 연결 고리를 보여준다. 서희경은 대한민국 헌법을 미국의 영향으로 인해 탄생한 것으로 보는 한국학계의 흐름에 대해 이의를 제기하면서 대한민국 헌법의 자생적 뿌리를 탐구하였는데, 그 연구 결과에 의하면 균평·균등 이념이 대한민국헌법 이념에 강하게 각인되어 있다. 달리 말하자면 대한민국의 헌법이 미국에 의해 이식된 것이 아니라 한말, 식민지, 광복에 이르는 과정에서 민주공화국을 지향하는 헌법이념이 독자적으로 형성되어 왔다는 것이다.[72] 서희경은 조소앙의 정치, 경제 그리고 교육에서의 평등을 지향하는 삼균주의(均權, 均富, 均知)나 균등 이념의 유교적 요소에 대해 강조한다. 즉 그의 균등 이념의 형성에 지도자는 "(백성이) 적음을 근심하지 않고 고르지 못한 것을 근심한다(不患寡而患不均 不患貧而患不安)"[73]는 공자의 사상이 영향을 주었다는 것이다.[74] 그러므로 서희경은 1948년 대한민국헌법의 제정과정에서 유진오가 결정적 역할을 했다고 하는 기존 한국학계의 통념에 이의를 제기하고 조소앙을 '대한민국 헌법의 숨겨진 아버지'로 규정한 신우철의 입장과 궤를 같이하면서 조소앙의 헌법사적 위상의 중요성을 보여준다.[75]

....

72. 서희경, 『대한민국헌법의 탄생: 한국 헌정사, 만민공동회에서 제헌까지』, 창비, 2012, 100쪽; 416쪽 이하 참조.
73. 주희, 『論語集註』, 성백효 옮김, 전통문화연구원, 1990, 328쪽.
74. 서희경, 『대한민국헌법의 탄생』, 앞의 책, 92-94쪽 참조.
75. 같은 책, 118쪽 이하 참조. 그러나 서희경도 대한민국 헌법이 균등과 평등 지향의 성격을 깊게 지니게 된 원인을 조소앙의 영향과 연관해서 해석하여 유교적 정치전통과 한국헌법의 정신 사이의 연계성을 암시하면서도 민주공화제와 유교적 전통 사이의 적극적인 연결 시도에 대해서는 회의적이다. 서희경은 조소앙이 자신의 민주주의론과

1970년대와 80년대의 한국 민주화운동에서 주역의 역할을 담당한 학생운동가들 및 대학생들의 행위방식 및 사고방식도 유교적인 전통에서 이어져온 비판적이고 사회적 책임을 다하는 지식인, 즉 선비 모델을 반복하고 있다. 한편으로 1970년대와 80년대의 대학생들은 가족의 물질적 번영과 신분상승을 위한 압박을 받고 있었다. 당시의 많은 대학생들, 특히 남학생은 가족에서 유일하게 대학에 들어간 식구인 경우였기에 가족의 행복을 담당해야 한다는 책임감은 대단했다. 그러나 다른 한편으로 이 당시의 많은 대학생들은 부당한 정치현실에 침묵하지 않고 사회를 더 바람직한 상태로 만들기 위해 헌신적으로 운동에 참여하는 것이 참다운 지식인의 모습이라는 조선의 유교적 전통에 기원을 둔 책임의식으로 괴로워했다. 가족과 개인의 물질적이고 사회적 성공을 위해 노력할 것인지 아니면 정의롭고 올바를 사회를 만들기 위해 도덕과 사회적 양심의 대변자로서의 지식인의 사회적 책임을 다할 것인지의 갈림길에서 1970년대와 80년대의 많은 학생들은 후자의 길을 택했다.[76]

이남희가 강조하듯이 많은 학생들이 "민중의 목소리이자 진정한 대변자를 자임한 것은 지식인에 대한 유교적인 관념 때문이었다."[77] 달리 말하자면 한국 학생운동이 한국의 민주화운동에서 커다란 영향력을 행사하게 된 문화적 조건은 "지식인의 전통적 역할에 근거한 실천양식, 즉 사회비판이라는 오랜 지식인 전통"이었다.[78] 그러므로 한국의 근대성을 유교적 전통과의 상호작용의 맥락에서 분석할 때 유교적 전통이 입신양명주의와 결합되는

....

　　　균등이념의 사상적 원천의 하나로 동양의 유학을 강조하는 점을 언급하면서도 "민주주의가 서양의 정치전통에서 비롯되었다는 점"을 강조한다. 같은 책, 94쪽.

76. 이남희, 『민중 만들기: 한국 민주화 운동과 재현의 정치학』, 유리 · 이경희 옮김, 후마니타스, 2015, 242-243쪽.

77. 같은 책, 385쪽.

78. 같은 책, 248쪽.

측면과 동시에 사회비판적인 운동과 결합되는 양상에도 주목해야 한다.

6. 유교적 메리토크라시와 한국사회의 민주주의

앞에서 우리는 이미 한국사회의 정치적 근대성, 즉 민주주의의 질적 특성을 제대로 이해하기 위해 한국사회의 민주주의와 유교적 정치문화 사이의 긍정적 연관성에 주목할 필요가 있음을 살펴보았다. 또한 능력주의 원칙을 나름대로 내면화한 유교적 생활습속이 우리 사회의 자본주의적 근대성의 내적 동력학과 그 병리적 현상의 근원에 대한 인식에서 필수적임을 인정하면서도 장은주가 제안한 유교적 근대성 이론의 문제점을 극복할 방안의 하나로 한국사회의 민주주의를 유교적 정치문화의 지속적 영향사의 맥락에서 이해하려는 시도가 중요함을 역설했다.

그래서 필자는 조선 후기 사회에 이르러 일반 백성들에게까지 보편화되고 내면화되는 유교적 전통과 정치문화 등이 오늘날 우리 사회가 이룩한 정치적 민주화의 문화적 동력으로 이어지고 있음을 다음과 같이 요약했다. "조선의 유교적 전통사회에서 축적된 인간의 주체성과 자발성의 존중, 능력이 있는 사람이라면 누구나 다 사회에서 존중받고 성공할 수 있는 동등한 존재라는 능력주의 문화, 모든 사람들이 사회 속에서 소외됨이 없는 사회 구성원으로 대우받아야 한다는 대동세계의 관념, 유가의 이상적 세상인 요순성왕의 시대를 만드는 데 일반 백성들도 당연한 책임을 지고 있는 당당한 정치 주체라는 관념 그리고 유교적 세계관을 내면화하여 모든 백성이 다 요순성왕과 같은 존재가 될 수 있다는 각성을 바탕으로 하여 위기에 처한 나라를 구하기 위해 몸소 실천에 나선 역사적 경험 등은 우리 사회의 민주주의의 문화적 동력이자 그 정신사적 조건으로 보아야 할 것이다."[79]

장은주는 「메리토크라시와 민주주의: 유교적 근대성의 맥락에서」라는 최근의 글에서 그의 유교적 근대성 이론에 대한 필자의 반론에 나름의 응답을 보여주었다.[80] 그는 자신의 유교적 근대성 이론을 좀 더 명확하게 전개하기 위해 메리토크라시, 즉 능력주의 이념과 민주주의 사이의 관계에 대해 그 이전과 달리 좀 더 긍정적으로 검토한다. 장은주는 능력주의, 특히 유교적 전통에 기반을 둔 메리토크라시의 긍정적 영향사라는 맥락에서 한국사회의 민주주의의 정신사적 조건을 탐구하려는 필자의 시도를 "우리 민주주의의 잠재력과 역동성을 이해하는 데에서 아주 중요한 통찰을 제시했다"고 긍정적으로 평가한다. 더 나아가 그는 유교적 능력주의 전통이 한국사회의 정치적 근대성, 즉 민주주의와의 관계에 관련하여 다음과 같은 주장을 한다. "우선, 나는 한국 민주주의와 관련하여 메리토크라시를 매개로 한 유교적 근대성이 우리에게 남겨준 가장 중요한 역사적 유산은 한국적 시민의 탄생이라고 생각한다. 이 한국적 시민은 명백히 민주주의의 주체이자 대상인 바로 그 시민이되, 서구 사회들에서 발전했던 '부르주아'도 '시토와엥'도 아닌, 유교적 군자의 민주적 후예다. 이 시민은, 단순히 부르주아로서 어떤 사적 이익의 추구를 위해서도 아니고 시토와엥으로서 정치적 삶이 주는 고유한 가치와 의미 그 자체를 향유하기 위해서도 아니라, 말하자면 민주적 '우환의식'을 내면화하고서 사회적 불의의 궁극적 감시자이자 그에 대한 저항자로서 한국 민주주의의 최후의 보루를 지켜내 왔다."[81]

물론 장은주는 여전히 메리토크라시[82]와 민주주의 사이의 긍정적 관계에

....

79. 나종석, 『대동 민주유학과 21세기 실학: 한국 민주주의론의 재정립』, 앞의 책, 275쪽.
80. 장은주, 「메리토크라시와 민주주의: 유교적 근대성의 맥락에서」, 『철학연구』 119, 철학연구회, 2017, 1-33쪽.
81. 같은 글, 26-27쪽.
82. 흔히 능력주의라고 번역되는 메리토크라시는 오해의 소지가 있다. 그것은 '능력자 지배체제' 혹은 '능력지상주의'의 의미도 함축하고 있다. 물론 정치체제와 관련해서는 '현능정치'라고 번역되기도 한다. 이에 대해서는 같은 글, 3쪽 각주 2번 참조.

도 불구하고 능력주의 원칙이 심각한 사회경제적 불평등 구조의 재생산을 산출할 뿐만 아니라, 그것을 정당화하여 민주주의 토대를 잠식하는 '배반의 이데올로기'라는 점을 역설한다. 유교적 메리토크라시는 물론이고 메리토 크라시 이념이 일반적으로 다른 정의의 원칙에 의해 시정되지 않는다면 자체적으로 심각한 사회적 불평등을 정당화하여 민주주의 사회를 위기로 몰고 갈 위험성이 있다는 그의 지적은 매우 설득력이 있다.[83] 세계화의 급속한 진행과 결합된 신자유주의와 시장근본주의에 의해 민주주의는 커다란 위기에 직면했다. 미국이나 영국은 물론이고 프랑스, 오스트리아 그리고 독일과 같은 유럽연합의 핵심적 국가들도 그런 위기를 겪고 있다. 장은주에 의하면 서구사회의 여러 국가들이 겪는 민주주의의 위기는 메리토 크라시 이념의 확산과 결합되어 있다. 역설적이게도 독일의 경우만 보더라 도 메리토크라시 이념을 사회 전체에 확산시켜 사회적 불평등을 심화시킨 정치 세력은 사회민주당이었다.[84]

낸시 프레이저(Nancy Fraser)에 의하면 미국에서 트럼프의 승리는 단순히 국제금융에 대한 저항의 표현만이 아니라, "'진보' 신자유주의"에 대한 거부를 의미한다. 미국식 진보 신자유주의는 페미니즘, 인종차별주의 반대, 다문화주의 및 성소수자 권리 옹호와 같은 새로운 사회운동의 주류적 흐름과 월가, 실리콘밸리, 할리우드 등의 고가의 서비스 기반 사업 분야와의 연합으로 정의된다. 그리고 이런 진보적 신자유주의는 1992년 빌 클린턴의 대통령 당선으로 새로운 정치적 흐름으로 승인받았는데, 영국의 토니 블레 어의 신노동당도 이런 흐름의 영국판이었다고 한다. 클린턴은 낸시 프레이 저에 의하면 "버락 오바마를 포함한 클린턴의 후임자들이 지속한 클린턴의 정책은 모든 노동자들의 생활 여건을 저하시켰는데 특히 공업 생산에

---

83. 능력주의 원칙이 지니는 논리적 한계에 대해서는 나종석, 『대동 민주유학과 21세기 실학: 한국 민주주의론의 재정립』, 앞의 책, 제5장 참조.
84. 같은 글, 16쪽.

종사하는 노동자들의 생활을 악화시켰다." 그래서 그는 진보 신자유주의의
상징이라 할 클린턴주의는 "노조의 약화, 실질임금의 하락, 일자리의 불안정
한 상승, '맞벌이 가족' 증가에 막대한 책임이 있다"고 결론짓는다.[85]

홍미롭게도 낸시 프레이저도 진보 신자유주의를 분석하면서 그것이
"평등에 반하는 능력주의를 진보와 동일시"하는 것으로 이해한다. 달리
말하자면 진보 신자유주의는 "1960년대와 1970년대에 번성한 더 포괄적이
고 반계급적이고 평등주의적이고 반자본주의적인 해방"을 "승자 독식
기업 위계질서에서 '재능 있는' 여성, 소수자, 동성애자의 부상"을 옹호하는
새로운 해방으로 대체했다.[86] 이처럼 능력주의 원칙이 평등의 이념이나
다른 더 적절한 정의의 원칙에 의해 시정되지 않는다면 그것은 수많은
불평등을 양산하는 주범으로 전락하기 쉽다. 그런데 장은주는 유교적 메리
토크라시 전통이 강력한 우리 사회에서는 사회적 경쟁체제에서 발생하는
패자를 배제하는 모습이 더 극적으로 표현될 가능성을 염려한다. 그리하여
그는 한국사회의 민주주의와 다양한 방식으로 연결되어 있는 유교적 메리토
크라시 전통의 영향사를 좀 더 종합적이고 균형 잡힌 시각 속에서 분석하고
그런 바탕 위에서 우리 사회의 민주주의의 더 나은 길을 모색하려고 한다.
이런 그의 시도는 많은 공감을 불러일으킨다.

그러나 필자는 "메리토크라시 이념은, 본디 유교의 사회 및 정치철학적
이념의 어떤 본질적 핵심이라 할 만한 것"[87]으로 보는 장은주 입장에
동의하면서도, 능력주의 원칙만으로는 유교적 정치문화의 역사 형성적
힘을 종합적으로 이해하기에는 역부족이라고 본다. 거듭 강조하지만 메리
토크라시 이념이 유교의 핵심적인 사상을 구성한다는 것은 맞는 말이다.

....

85. 낸시 프레이저, 「진보 신자유주의 대 반동 포퓰리즘: 홉슨의 선택」, 지그문트 바우만
     외 지음, 『거대한 후퇴』, 박지영 외 옮김, 살림, 2017, 82-84쪽.
86. 같은 글, 84-85쪽.
87. 장은주, 「메리토크라시와 민주주의: 유교적 근대성의 맥락에서」, 앞의 글, 4쪽.

그럼에도 유교적 정치사상의 근원적 통찰을 메리토크라시로는 충분히 담아내기 힘들다. 특히 천 사상이나 천하위공의 사상에 뿌리를 두고 있는 대동세계의 이념과 그것의 지속적 영향사를 메리토크라시 이념으로 제대로 이해하기 힘들 것이기 때문이다.

주지하듯이 유교적 전통에서 천과 공의 개념이 밀접하게 연결되어 있다. 그래서 천리의 공이나 천하위공 이념은 인간의 도덕적 잠재력의 평등성에 대한 긍정과 깊게 연결되어 있다. 인간의 도덕적 평등성 역시 하늘, 즉 천으로부터 연원하는 것으로 이해되기 때문이다. 필자가 보기에 유교적 메리토크라시 이념은 유교적인 도덕적 평등주의 및 천하위공 사상에 토대를 두고 있다. 달리 말하자면 능력이 있는 사람이 더 나은 대우를 받아야 마땅하다는 능력주의 원칙이 전제하는 단순한 형식적 의미의 기회의 평등을 옹호하는 차원을 넘어선 소중한 통찰이 유교적 대동세계의 이상이나 천하위공의 이념 속에 함축되어 있다고 필자는 생각한다.

『예기(禮記)』「예운(禮運)」편에 나타나 있는 유교의 천하위공 및 대동사회 이념을 인용해보자. "공자가 말씀하셨다. 큰 도가 행하여진 세상에는 천하가 모두 만인의 것(天下爲公)으로 되어 있다. 사람들은 현자(賢者)와 능자(能者)를 선출(選賢與能)하여 관직에 임하게 하고, 온갖 수단을 다하여 상호 간의 신뢰화목을 두텁게 하였다. 그러므로 사람들은 각자의 부모만을 부모로 여기지 않았고, 각자 자기 자식만을 자식으로 여기지 아니하여, 노인에게는 그의 생애를 편안히 마치게 하였으며 장정에게는 충분한 일을 시켰고, 어린이에게는 마음껏 성장할 수 있게 하였으며, 과부·고아·불구자 등에게는 고생 없는 생활을 시켰고, 성년 남자에게는 직분을 주었으며, 여자에게는 그에 합당한 남편을 갖게 하였다. 재화라는 것은 헛되이 낭비되는 것을 미워하였지만 반드시 자기에게만 사사로이 독점하지 않았으며, 힘이란 것은 사람의 몸에서 나오지 않으면 안 되는 것이지만 그 노력을 반드시 자기 자신의 사리(私利)를 위해서만 쓰지는 않았다. 모두가 이러한 마음가짐이었기 때문에 [사리사욕에 따르는] 모략이 있을 수 없었고, 절도나 폭력도 없었으며 아무도 문을 잠그는 일이 없었다. 이것을 대동(大同)의 세상이라고 말하는 것이다."[88]

위 인용문에서 보듯이 능력과 덕성이 있는 사람을 존중하는 것은 천하위공의 실현, 즉 유가가 꿈꾼 이상사회인 대동세계를 구현하는 목적과 관련되어 있다. 그리고 능력(힘)이나 노력도 자신의 사사로운 이익 추구를 위해서나 아니면 오로지 개인의 입신영달 및 입신출세를 위한 수단으로 삼아서는 안 된다는 점이 강조되어 있다. 그러므로 유교적 능력주의 이념이 대동세계 및 천하위공의 이념과의 연관 속에서 이해되지 않는다면 그 본래의 뜻이 변질될 수 있음은 당연하다. 그럴 경우에 대도(大道)가 상실되고, 그로 인해 난세가 초래되기에 능력주의 원칙이 천하의 공공성과 별개로 자립해서 유일한 사회의 구성 원리로 관철되는 것은 경계되어야 할 사항이었을 것이다. 요약해 말하자면, 능력주의 이념을 극단적으로 신봉하는 사회가 유교가 꿈꾸는 이상 사회가 아님은 두말할 나위가 없을 것이다.

물론 천하위공 및 대동세계의 이상에서 민주주의적 평등 원칙을 곧바로 도출하는 것은 성급한 일일 것이다. 그러나 역사적으로 천하위공의 사상이 민주공화제의 이념과 만난 것도 사실이다. 중국이나 한국의 역사 및 지성사가 이런 점을 보여준 바 있다. 또한 천하위공 및 대동세계의 이상을 지향하는 유교사상은 한국사회의 근현대사 속에서 서구의 민주공화주의와의 창조적 만남을 가능하게 하는 매개의 역할을 수행했다고 본다. 그래서 필자는 한국사회의 근현대 역사를 해명할 실마리로 대동민주주의라는 개념을 제안한 바 있다.

대동민주주의라는 개념은 "대동적 세계를 이상적 사회로 상상해온 동아시아 고유의 유교적 정치문화와 서구적 근대의 해방적 계기인 민주주의가

---

88. 『예기』 중, 「禮運」, 이상옥 옮김, 명문당, 2003, 617-618쪽.

결합되어 한국사회에서 독특하게 형성되어온 민주주의 역사 및 그것을 추동한 기본 정신을 표현"하기 위해 제안된 것이다.[89] 그리고 대동민주 정신은 한국의 독립운동을 거쳐 제헌헌법에는 물론이고 최근의 촛불혁명에 이르는 민주주의 역사를 구성하는 중요한 원동력으로 현재에 이르고 있다고 본다. 그래서 오늘날 한국사회의 민주주의 성숙과 발전에 장해가 되는 능력주의 원칙의 과도한 일반화 및 관철을 제어하기 위한 문화적 자산의 하나로 천하위공의 유교적 대동정신의 민주적 변형의 흐름에도 주목할 필요가 있다.

---

89. 나종석, 『대동 민주유학과 21세기 실학: 한국 민주주의론의 재정립』, 앞의 책, 26쪽.

제6장

조선시대 『명유학안』 독해 양상과 그 성격[1]

강경현

1. 들어가는 말

조선시대(1392-1910)에 한정하여 살펴보더라도 한반도에서 사유되었던 사상들은 외래사상의 수용 과정을 거쳐 시대적 문제의식과 당대의 학술조류 위에서 당시 학자들에 의해 구성된 것임을 알 수 있다. 여기에 조선시대의 서적 간행 및 유통 양상을 고려한다면,[2] 외래사상에 대한 조선적 재구성 작업이 특정 문헌에 대한 수입과 독서를 계기로 하여 진행되었다는 것 또한 확인할 수 있다. 이러한 측면에서 그간 주목되었던 책으로『주자대전 (朱子大全)』,『심경부주(心經附註)』,『성리대전(性理大全)』,『사서대전(四

---

1. 이 글은『陽明學』제46호(한국양명학회, 2017)에 수록된 것을 수정한 것이다.

2. 우정임,「조선전기 性理書의 간행과 유통에 관한 연구」(부산대학교 박사학위논문, 2009), 249-250쪽; 강명관,『조선시대 책과 지식의 역사』(천년의 상상, 2014), 465-466 쪽 참조.

書大全)』및『전습록(傳習錄)』,『천주실의(天主實義)』등이 있다. 앞의 문헌들은 주자학(朱子學) 수용과 관련하여, 그리고 뒤의 문헌들은 양명학(陽明學)과 서학(西學)의 수용과 관련하여 핵심적 역할을 하였던 것으로 여겨진다.

이처럼 외래사상에 대한 조선적 반응이 특정 도서를 중심으로 조망될 수 있는 측면에 대하여, 해당 문헌에 대한 주목이 당시의 풍족치 못한 도서 수입으로 인한 제한된 상황에서 의도하지 않았거나 불가피했던 것이라고 해석할 수 있다. 그러나 다른 한편으로 각 문헌에 대한 조선 지식인들의 관심과 수용, 그리고 대응이 당시의 시대적 상황과 학술 분위기 속에서 그들이 가지고 있던 문제의식에 따라 현실에 대한 해결책을 모색하기 위한 의지적 행위였을 가능성 역시 고려될 수 있다. 그러한 의지적 행위에는 특정 문헌에 대한 우호적 해석에 기반을 한 "긍정과 수용"이 있을 뿐만 아니라, 해당 문헌을 통하여 구성될 수 있는 사유에 대한 우려와 대응 차원의 "비판과 배제" 역시 작동하고 있다고 할 수 있다.[3]

이와 같은 시선으로 접근할 수 있는 것으로 소위 양명학이라는 사상이 있다. 조선시대 양명학 수용과 그에 대한 연구는 다수 축적되어 있다. 그러나 문헌에 초점을 맞추어 보았을 때 기존 연구는 왕수인(王守仁, 1472-1528)의『전습록』에 대한 해석에 집중되어 있다. 이 글에서는 양명학을 이해하는 데 있어 또 하나의 중요한 문헌이라고 할 수 있는『명유학안(明儒學案)』에 대한 조선의 독해 양상과 그 성격에 대해 살펴보도록 하겠다.[4]

---

3. 조선시대 특정 문헌에 대한 이해와 "긍정과 수용", "비판과 배제"라는 구도로 접근한 기존 연구로 다음이 있다. 용어는 해당 논문에서 인용한 것이다. 정재상,「조선시대의 순자 이해와 수용」,『동방학지』171, 연세대학교 국학연구원, 2015 참조. 유학, 그 가운데 주자학을 정통으로 간주했던 조선 학술계의 특징을 감안한다면, 주자학 이외의 사유와 서적에 대한 이와 같은 대비적 접근은 유효할 것으로 보인다.

4. 한 가지 언급할 것은『명유학안』을 중심으로 조선시대 양명학 이해에 대해 접근한 기존 연구는 매우 드물다는 점이다. 후술하겠지만 정인보의 황종희 및『명유학안』

『명유학안』은 황종희(黃宗羲, 1610-1695)에 의해 편찬되었으며, 완성 시기는 1676년으로 여겨진다.[5] 주지하다시피, 일반적으로 양명학은 주자학 과의 연관성 — 비판적 반동 혹은 발전적 계승 — 속에서 이해되는 한편, 동아시아 사상사에서 다루어졌던 특정한 문제의식이 표출된 것으로 해석된 다. 즉 신유학(新儒學)의 변천이라는 시야 위에서 본다면 심(心)과 리(理)의 관계 설정에 대한 특정한 입장 개진이 이루어졌던 것이 양명학이며, 이는 궁극적으로 유가적 이상(理想) — 인륜(人倫) 질서 구축 혹은 왕도(王道) 정치 구현 등 — 의 실현 가능성에 대한 고민 위에서 이루어진 당시 지식인들 의 대답이자 시대정신의 반영이라는 것이다.

『명유학안』은 바로 이와 같이 해석되어온 양명학에 초점을 맞추어, 명대(1368-1644) 사상사를 송대 사상사 — 특히 주자학 — 와의 연관성 속에서 서술한 것으로 여겨진다. 양명학을 바라보는 황종희의 관점에 입각 하여 『명유학안』의 저술 동기와 편찬 배경은 분석되며, 체제와 구성은 학안류(學案類) 문헌으로 분류되어 분석된다.[6] 『명유학안』은 양명학을 중 심으로 하면서도 주자학과의 연관성 속에서 양명학을 바라보는 시야 위에서 편찬된 것이며, 왕수인을 기준으로 하여 특정 그룹을 명대 사상사의 핵심으

....

이해를 다룬 최재목(「鄭寅普의 陽明學 이해: 『陽明學演論』에 나타난 黃宗羲 및 『明儒 學案』 이해를 중심으로」, 『陽明學』 17, 한국양명학회, 2006)의 연구 외에는, 『명유학 안』이 활용된 문헌들을 분석하면서 『명유학안』이 참조되었다는 점을 짚어주고만 있을 뿐이다. 강화 양명학 연구팀의 『강화 양명학 연구총서』 1-3(한국학술정보, 2008), 中純夫(『朝鮮の陽明學: 初期江華學派の硏究』, 東京: 汲古書院, 2013)의 初期江華學派 에 대한 연구는 물론 조선시대와 동아시아 양명학에 대한 송석준(『조선시대의 양명 학』, 보고사, 2015)과 최재목(이우진 옮김, 『동아시아 양명학의 전개』, 정병규에디션, 2016)의 연구에서도 다루어지지 않았다.

5. 『명유학안』 간행, 판본 및 구성에 관한 연구는 山井湧(김석기 · 배경석 공역), 『明淸思 想史의 硏究』(학고방, 1994, 361-389쪽)에 자세하다. 최근의 沈芝盈(「再版前言」, 『(修 訂本)明儒學案』, 北京: 中華書局, 2008)의 연구 역시 참조할 수 있다.

6. 陳祖武, 『中國學案史』(臺北: 文津出版社, 1994), 141-143쪽 참조.

로 간주하려는 황종희 견해가 표출된 책이라는 것이다. 나아가 황종희의
이러한 입장이 명말청초(明末淸初) 시기 주자학적 입장에 의해 비판받던
양명학적 사유를 옹호하고자 하는 의도 아래 세워진 것이라는 분석[7] 또한
이루어진다. 다만 『명유학안』에 대한 이와 같은 평가가 『명유학안』이
조선에 수용되던 초기부터 이루어졌던 것은 아니다. 조선의 학자들은 자신
이 처한 시대적 배경, 그리고 당시의 학문적 분위기 속에서 『명유학안』을
읽고 활용했다.

2. 명대 인물과 사상 이해

한국에 현전하는 『명유학안』 문헌에 대한 체계적 조사는 아직 이루어지
지 않았다. 조선시대에 읽힌 『명유학안』은 청(淸, 1616-1912)에서 간행된
책이 수입되어 유통된 것으로 보이며, 『조선왕조실록』에는 『명유학안』
관련 언급이 발견되지 않는다. 이러한 정황을 감안하면, 17세기 말 청에서

....

7. 윤상수, 「『明儒學案』의 陽明學觀 재고」, 『東洋哲學』 37, 韓國東洋哲學會, 2012, 68쪽
    참조. 이 연구에서는 황종희에 의해 수립된 명대 유학사관인 "王學을 明學의 중심으로
    보는 것"은 "부동의 정론"이며 "明初를 일반적으로 주자학의 세력 아래에 있었다고
    보고 그 속에서 陳獻章을 선구로 하여 王守仁이 출현하였다고 파악하는 것"은 "현재까
    지 통설이라고 말할 수 있는 견해"이며 "右派를 정통으로 하고 左派를 이른바 왕학의
    末流·橫流로서 이단시하는 것"은 "종래의 가장 일반적인 견해"라고 평가한 山井湧의
    분석을 인용하면서, 이것이 그 이후 이루어진 명대 유학사 연구의 기본 틀임을 언급하고
    있다.(47쪽 참조) 동시에 이러한 시선이 등장하게 된 시대적, 학문적 상황에 대한
    주목이 종래의 명대 유학사 연구의 기본 틀인 황종희의 사관을 상대화하고, 청초의
    학문적 상황을 밝히는 하나의 방법이 됨을 말하고 있다. 이러한 학술사적 위상을
    갖고 있는 『명유학안』이 조선에서 독해된 양상을 검토하는 것은, 『명유학안』의
    동아시아적 영향력을 살펴보는 것과 동시에 동아시아 사상계에서 조선 학술계가
    점유하고 있는 지위를 엿보는 하나의 단초가 될 것이다. 이 글은 위와 같은 분석을
    가능하게 하는 기초조사 성격을 갖는다.

간행된 『명유학안』은 조선에서 공간(公刊)되거나 조정에서 본격적으로 논의된 적은 없었던 것으로 판단된다.[8]

첫 번째로 발견되는 조선시대 『명유학안』의 독해 양상은 『청장관전서(青莊館全書)』(19세기 초), 『연경재전집(研經齋全集)』(19세기 중반), 『오주연문장전산고(五洲衍文長箋散稿)』(19세기 중반)를 통해 확인된다. 이 책들은 기본적으로 명대 인물 및 사상에 대한 자료집으로서 『명유학안』을 독해하고 있다. 이상의 세 문헌은 각각 이덕무(李德懋, 1741-1793), 성해응(成海應, 1760-1839), 이규경(李圭景, 1788-1863)의 저술로, 흔히 18세기-19세기의 박학적(博學的) 관심이 표출된 책으로 여겨진다.[9]

『청장관전서』는 이덕무의 저작을 후손과 제자 및 주변 인물들이 그의 사후에 모아 편찬한 것으로, 『명유학안』이 간행된 지 130여 년이 지난 1809년 전후에 초고가 완성된 것으로 보고되어 있다.[10] 『명유학안』은 이 당시 취합된 이덕무의 저작 가운데 『뇌뢰낙락서(磊磊落落書)』[11]에서 활용되고 있다. 『명유학안』은 이 책의 「인용서목(引用書目)」에 『명사(明史)』, 『계정야승(啓禎野乘)』과 같은 명에 대한 역사서, 『대청일통지(大淸一統志)』와 『성경통지(盛京通志)』를 포함하는 6종의 지리지(地理志)에 이어 『동림전(東林傳)』, 『유계외전(留溪外傳)』과 같은 열전(列傳) 형식의 책과 함께 표기되어 있다.[12] 이는 『명유학안』을 일종의 전기류(傳記類) 문헌으로

....

8. 이 글에서는 『명유학안』의 독해 양상을 살펴보기 위해 역대 조선 지식인들의 문집을 DB화 해놓은 한국고전번역원 한국고전종합DB에서 "명유학안"을 검색어로 하여 나온 결과를 기본 자료로 삼았다.
9. 주로 이들은 소위 실학자로 분류된다. 이들의 박학적 관심 역시 실학적 흐름 위에서 평가된다. 한국철학사연구회, 『한국실학사상사』(심산출판사, 2008), 208-209쪽; 319-321쪽 참조.
10. 오용섭, 「『청장관전서』 定稿本의 서지적 연구」, 『서지학연구』 39, 서지학회, 2008, 110쪽 참조.
11. 『青莊館全書』 권36-47.
12. 『青莊館全書』 권36, 『磊磊落落書』, 「引用書目」.

파악하고 있다는 것으로서, 명대 인물의 행적과 언설이 담겨 있는 자료집으로 사용되었음을 알 수 있게 한다.[13] 실제로『명유학안』이 직접 인용되고 있는『뇌뢰낙락서』4의「황종희」항목과『뇌뢰낙락서』9의「진용정(陳龍正)」항목을 살펴보면, 각각『명유학안』에 대한 구조오(仇兆鰲, 1638-1717)의 서문과 청대 가윤(賈潤)의 총평(總評),[14] 그리고『명유학안』권61「동림학안(東林學案)」4의 진용정(?-1634) 항목(「中書陳幾亭先生龍正」)에서 해당 인물들에 관한 전기적(傳記的) 정보들이 발췌 수록되어 있다. 즉 조선시대 명시적으로『명유학안』이 독해된 초기의 사례는 이덕무의『뇌뢰낙락서』에 보이며, 이 책에서는『명유학안』에 실려 있는 자료를 통해 황종희와 진용정이라는 명대 인물 관련 사실 정보를 보여주고 있다.

성해응의『연경재전집』또한 이와 유사하다.『연경재전집』역시 성해응의 여러 저작이 취합되어 있는 문헌인데,『명유학안』이 인용된 부분은『연경재전집』권37-43에 수록된『황명유민전(皇明遺民傳)』이다. 이 책의

---

13. 『명유학안』에 대한 이와 같은 독해 양상은『명유학안』이 四庫全書에서 史部 傳記類 總錄之屬으로 분류되어 있다는 점과 결부시켜 이해해볼 수 있다. 이는 전목(이윤화 옮김,『사학명저강의』, 신서원, 2006)과 陳祖武(『中國學案史』, 臺北: 文津出版社, 1994) 에게서도 확인할 수 있는데,『명유학안』이 명대의 역사적 사실을 기록하고 있는 문헌이라는 것이다.

14. 仇兆鰲의 서문과 賈潤의「明儒學案總評」이 실린『명유학안』은 1693년 賈樸이 간행한 것으로 흔히 賈本이라 불린다. 이것이『명유학안』최초의 完本으로 알려져 있다. 이러한 사실에 따르면『뇌뢰낙락서』에 인용된『명유학안』은 가본 계열의『명유학안』이라고 추측해볼 수 있다. 다만 성해응의『황명유민전』「인용서목」에는『명유학안』과는 별도로「명유학안총평」이 기록되어 있다. 이를 통해 보면『황명유민전』에서 참고한『명유학안』은「명유학안총평」과 합쳐져 있지 않은 판본일 가능성이 있다. 가윤의「명유학안총평」이 실려 있지 않은『명유학안』은 鄭性이 1739년 간행한 것으로 흔히 鄭本이라 일컫는다. 이상의 두 판본, 즉 가본과 정본 외에 莫本이 존재한다. 이는 莫晋와 莫階가 1821년 간행한 것이다.『명유학안』판본 문제는 山井湧(김석기 · 배경석 공역),『明淸思想史의 硏究』(학고방, 1994), 368-372쪽 참조. 참고로 한국에 현전하는『명유학안』가운데는 가본과 정본 그리고 막본 계열의『명유학안』이 모두 발견된다.

「인용서목」에『명유학안』이 포함되어 있으며, 황종희 관련 항목에서『명유학안』이 다시 언급되고 있다. 다만『뇌뢰낙락서』와 달리『황명유민전』은 「인용서목」에서 참고문헌 목록을 제시하고 있을 뿐, 구체적으로『황명유민전』의 수록 내용이 어느 책에서 인용된 것인지는 명시하고 있지 않다. 그러나『황명유민전』이 기본적으로 명대 인물에 대한 전기류 문헌이라는 점을 고려한다면, 이 책 역시『명유학안』을 명대 사상가의 인물정보를 수록하고 있는 문헌으로 파악하고 독해하고 있음을 알 수 있다.

이러한 판단은『뇌뢰낙락서』와『황명유민전』의 편찬 목적과 경위를 살펴보아도 확인할 수 있다. 최근 연구에 따르면 이 두 책은 모두 "명유민에 대한 기록"[15]을 목적으로 작성된 것으로서, 이덕무와 성해응[16]이 자신들의 박학 고증적 학문태도에 입각하여, "황조유민(皇朝遺民)"에 대한 전기를 취합하여 정리하겠다는 목표 아래 편찬한 것으로 분석된다.[17] 특히 성해응은『황명유민전』을 편찬하면서 이덕무의『뇌뢰낙락서』를 보완하여 체계적으로 정리하겠다는 취지를 명확히 밝혀놓았는데,[18] 이를 통해『뇌뢰낙락서』와『황명유민전』에서『명유학안』이 명대 사상가들의 전기를 수록하고 있는 문헌이라는 측면에서 독해되고 있음을 재확인할 수 있다.

....

15. 손혜리, 「18세기 후반-19세기 전반 조선 지식인들의 明 遺民에 대한 기록과 편찬의식
— 李德懋의『磊磊落落書』와 成海應의『皇明遺民傳』을 중심으로」,『한국실학연구』28, 한국실학학회, 2014, 331쪽 참조.
16. 이덕무와 성해응의 관계는 오용섭의 연구(「『청장관전서』定稿本의 서지적 연구」,『서지학연구』39, 서지학회, 2008, 95쪽) 참조. 오용섭은 이덕무의 아들 李光葵(1765-1817)가『청장관전서』를 편찬할 때 성해응의 도움이 있었을 것으로 예상하고 있다. 또한 성해응의 부친 成大中(1732-1809)과 이덕무의 친분에 대해서도 밝혀놓고 있다.(오용섭, 같은 논문, 93-94쪽 참조)
17. 우경섭, 「조선후기 귀화 한인(漢人)과 황조유민(皇朝遺民) 의식」,『한국학연구』27, 인하대학교 한국학연구소, 2012, 353-356쪽 참조.
18. 우경섭, 같은 논문, 355-356쪽; 손혜리, 「18세기 후반-19세기 전반 조선 지식인들의 明 遺民에 대한 기록과 편찬의식」,『한국실학연구』28, 한국실학학회, 2014, 355쪽 참조.

그런데 여기서 눈여겨보아야 하는 사실은 『뇌뢰낙락서』와 『황명유민전』의 편찬 목적이 "황조유민" 전기의 취합과 정리라는 점이다.[19] 이들은 『명유학안』에 수록된 인물의 사상, 나아가 『명유학안』을 편찬한 황종희의 시각에 의해 구성된 명대 사상사를 파악하기 위해 『명유학안』을 독해하였던 것이 아니라, 명대 인물 관련 사실을 취합하기 위해 『명유학안』을 활용하였던 측면이 강했던 것이다. 이러한 양상은 주자학과 양명학의 대립 구도 속에서 사상사적 문헌으로 『명유학안』을 파악했던 것이 아니라, 명청 교체기 조선 학자의 시선에서 명대 인물들의 기록이 담긴 문헌으로서 『명유학안』을 바라보았음을 뜻한다.[20] 즉 이덕무와 성해응에게 명대 인물은 체계적으로 정리되어 기억되어야 할 대상이었고, 이러한 목적을 달성하기 위해 『명유학안』은 명대 인물의 전기를 담고 있는 유용한 자료였던 것이다. 이러한 측면에서 『뇌뢰낙락서』와 『황명유민전』에서 인용하고 있는 『명유학안』의 내용이 각 인물의 사실 정보 차원을 넘어서지 않는 점을 이해할 수 있다.

명대 인물에 대한 존모(尊慕)의 의미가 전제된 위에서 『명유학안』을 전기류 자료집으로 바라보는 시선은 이덕무의 손자 이규경의 『오주연문장전산고』에서 비판적으로 검토되며, 동시에 사상사적 자료집으로서 바라보는 것으로 변화된다. 이 책에서는 『명유학안』에 대한 일종의 평론을 싣고

....

19. 『碩齋稿』, 권19, 「金石隨錄‧李懋官墓碣銘」: 嘗入燕見中州爲戎, 飮酒悲歌, 蒐購逸史秘乘, 歸著明季遺民傳, 命曰磊磊落落書.; 『硏經齋全集』, 권31, 「風泉錄一‧皇明遺民傳序」: 顧其節磊落如是, 而其事易歸於湮沒. 若編之皇朝之史, 則其生也後, 若齒之於淸人之列, 則非所以待忠義也, 不有一部書以列其人, 則忠義之跡, 無所附焉. 此余編輯之意也.
20. 『靑莊館全書』, 권57, 「盎葉記」(四), 「非夫婦合葬」에서도 『명유학안』을 인용하고 있다. 여기서는 부부가 아닌데도 合葬한 사례를 『명유학안』 「泰州學案」(前言)에 언급되어 있는 程學顔과 何心隱의 경우에서 찾고 있다. 정학안과 하심은이 모두 황종희에게서도 비판받는 태주학파의 인물이라는 점을 감안한다면, 이 경우를 통해서도 『명유학안』을 자료집 층위에서 활용하고 있음을 확인할 수 있다.

있다. 주자학을 표준으로 간주하는 "도학(道學)"과는 다른, 즉 왕수인의 사유에 동조하는 사상가들의 언행이 『명유학안』에 기록되어 있는 점에 대한 비판 입장을 보여주고, 그에 대한 답변을 적어놓고 있다. 혹자에 의해 제기된 문제는 다음과 같다.

> 도학은 하나인데, 어찌 문호(門戶)를 나누고 세워 그 학설들을 창과 방패처럼 만들어 서로 뿔을 내 마치 무기를 쥐고 치고받고 싸우는 풍조가 있었던 것처럼 할 수 있겠는가. 이는 우리의 도가 아니니 학문이 없는 것만 못하다. 무엇 때문에 소전(小傳)을 만들고 어록(語錄)을 달아 한쪽 편을 들어 영구히 없앨 수 없는 책을 만들듯이 하였는가. 나는 취하지 않을 것이다.[21]

여기서 말하고 있는 하나의 도학이 주자학을 가리킨다는 것은 이규경의 대답을 통해 확인할 수 있다.[22] 이는 곧 도학의 정통, 즉 주자학으로부터 이탈해 있는 것이 양명학이라는 관점 위에서 황종희의 『명유학안』을 바라보는 사람의 질문으로서, 당시 주자학과 양명학을 이해하는 다수의 입장이었을 것으로 예상된다.[23] 이규경은 그에 대해 다음과 같이 답한다.

....

21. 『五洲衍文長箋散稿』, 「經史篇/經史雜類/其他典籍」, 「明儒學案辨證說」: 道學一也, 豈可有分門立戶, 矛盾其說, 互生圭角, 有若傾軋操戈之風. 是非吾道也, 不如無學也. 何必爲立小傳, 繫以語錄, 有若左袒而擬作不刊之典也. 吾所不取也. 번역은 한국고전번역원 한국고전종합DB 참조.

22. 『五洲衍文長箋散稿』, 「經史篇/經史雜類/其他典籍」, 「明儒學案辨證說」; 道學一也, 不可二者也. 道學之異同自朱陸爲始, 門徒創之也. 道學之門戶自姚江爲首, 師友成之也. 頗類漢唐之朋黨, 其朋黨之中, 有君子焉, 有小人焉. 宋有洛蜀之分, 是文章與道學各自爲黨也. 至於門戶之分, 而斯文亂矣.

23. 실제로 동시대의 오희상이나 홍직필에게서 명대의 양명학 중심 사조와 그러한 견해가 반영된 『명유학안』에 대한 비판적 언급이 발견된다. 다만 홍직필이 성해응의 『황명유민전』에 대한 교정에 참여하였던 사실을 함께 고려한다면, 명 유민 존모와 주자학

지금 여호(黎湖: 황종희)는 그 나누어진 문호(門戶)에 나아가 모두 학안(學案)을 만들었으니, 이는 금, 은, 동, 철을 한데 섞어 동일하게 만든 것이다. 그러나 그의 뜻을 상고해 보면 아마도 다음과 같은 생각에서 였을 것이다. 성문(聖門: 孔子의 문하)에서 가르침을 설파할 때에는 어리석은 안회, 노둔한 증삼, 말이 많은 단목사, 과한 자장과 미치지 못하는 자하, 이상만 높은 증점 그리고 도둑인 탁취도 모두 공자의 도에 참여하여 들을 수 있었다. 그러므로 하심은과 안농산 같은 무리들은 북을 울리며 성토할 만하지만 모두 수록하여 빼놓지 않고 문호들을 개괄하였는데, 여러 학자들에게 각각 차이점이 있어 마치 얼음과 숯이 서로 용납하지 못할 듯하였다. 그러나 도학이라는 것은 곧 우리 (공자)선생의 가르침이므로 『학안』에 모두 나열하였다. 그 지류는 나뉘었을지라도 그 근원은 하나이다. 학행(學行)에 옳음과 그름이 있으니 그 시비를 인하여 내가 가리면 될 것인데, 무엇 때문에 끊임없이 배제하고 공격하는가. 다만 같은 것만을 이해하고 다른 것을 캐내려고 하지 않는 것 역시 군자가 충서(忠恕)하는 방법이고, 악을 막고 선을 선양하는 뜻이다. 또 문호의 사도(師徒)가 공자의 문하에서 배우며 날마다 성인의 덕에 직접 교화되지 못하였기 때문에 이처럼 분분한 것인데, 만약 이들도 공자의 불설(不屑)의 가르침을 직접 받았다면 이른바 문호라는 것은 공격하지 않아도 저절로 격파되어 마음을 같이하고 학문을 함께하여 이러한 상태에 이르지 않았을 것이다. 여호의 뜻은 이와 같을 뿐일 것이니, 어찌 다른 뜻이 있겠는가.[24]

....

존숭의 상관관계에 대해서 보다 복합적으로 해석하여야 할 것으로 보인다. 손혜리, 「18세기 후반-19세기 전반 조선 지식인들의 明 遺民에 대한 기록과 편찬의식」, 『한국실학연구』 28, 한국실학학회, 2014, 352-354쪽 참조.

24. 『五洲衍文長箋散稿』, 「經史篇/經史雜類/其他典籍」, 「明儒學案辨證說」: 而今黎湖卽其門戶之分, 而竝爲之案, 金銀銅鐵混成一轍, 夷考其意趣, 則抑有說焉. 聖門說敎, 雖回之愚, 參之魯, 多言之賜, 師之過也, 商之不及也, 曾點之狂也, 涿聚之盜也, 皆得以與聞於夫子之道. 故如何心隱顔山農之徒, 可以鳴鼓而攻之者, 竝收不遺, 而槪門戶, 諸儒各有異同,

이규경의 대답은 『명유학안』을 주자학에 반하는 동시에 양명학적 입장에 경도된, 그래서 읽지 말아야 하는 문헌으로 보는 것이 아니라 양명학을 아우를 수 있는 "성문"이라는 더 넓은 시야에서 바라봄으로써 명대의 사조를 이해하는 데 도움이 되는 자료로 활용하면 된다는 것이다. 물론 이규경의 주자학과 양명학에 대한 실제 입장은 다른 자료들을 통해 검토되어야 하겠지만, 앞서 살펴본 이덕무와 성해응의 관점 그리고 이규경과 그들의 관계를 고려한다면 그가 주자학과 양명학의 대립구도 속에서 『명유학안』을 바라보았다기보다는 명대를 파악할 수 있는 기록물로서 『명유학안』을 이해하고 있다고 볼 수 있다. 다만 기존의 『명유학안』 독해에 견주어 보았을 때 주자학과 양명학의 차이를 보다 민감하게 반영하고자 하였으며, 그러한 민감함 위에서 『명유학안』에 수록된 인물의 행적과 그들의 사유를 조망하고자 하였다고 할 수 있다. 달리 말해 주자학이 사상적 정통의 위치에 있다는 것은 받아들이면서도 명 시기 실제 활동했던 양명학적 사상가들의 사유에 대해서 배타적 모습을 보이지 않은 채, 즉 주자학을 사상적 준거로 삼지 않은 채로 『명유학안』에 대한 독해를 진행하였다고 볼 수 있는 것이다. 이러한 이규경의 면모는 명대 학자들의 사유가 담겨 있는 자료집으로서 『명유학안』을 바라보는 시야 위에서 주자학적, 그리고 양명학적 입장을 한데 모아 제시하는 데 초점이 맞추어져 있는 것이라고 해석할 수 있다.

이와 같은 이규경의 『명유학안』 독해 양상은 『오주연문장전산고』의 다른 부분에 인용된 『명유학안』의 내용을 보면 보다 선명하게 드러난다. 예를 들어 『오주연문장전산고』의 「격물변증설(格物辨證説)」, 「왕양명양

有若氷炭之不相入. 然其所謂道學, 卽我夫子之教也, 故並列於『學案』中, 其流雖分, 其源則一也. 其學行有是有非, 而因其是非, 吾必擇焉, 何可排擠攻擊之不已也. 但理會其同, 不必鉤鞟其異者, 亦是君子忠恕之道, 而遏惡揚善之意也. 且門戶師徒, 不得遊於夫子之門, 日得薰炙於聖人之德, 故紛紛如是矣, 若親聞夫子不屑之教誨, 則其所謂門戶不攻自破, 而同心共學, 不至於斯矣. 黎湖之意不過如是也, 豈有他哉. 번역은 한국고전번역원 한국고전종합DB 참조.

지변증설(王陽明良知辨證說)」, 「좌우삼성변증설(座右三省辨證說)」, 「인신 필신변증설(人臣必愼辨證說)」, 「과거오인변증설(科擧誤人辨證說)」, 「제반 안주변증설(除飯安酒辨證說)」, 「소상비석교변증설(塑像非釋敎辨證說)」, 「이십삼대사급동국정사변증설○서설(二十三代史及東國正史辨證說○序 說)」 등에서 『명유학안』은 발췌 인용되고 있다. 이 가운데 「격물변증설」에 서 『명유학안』을 가장 집중적으로 활용하고 있는데, 모두 열여섯 명[25]의 명대 학자의 "격물"에 대한 입장을 싣고 있다. 여기에는 양명학적 입장을 가진 사람들이 다수 포함되어 있는데, 이규경은 이들의 발언에 대한 논평을 짧게 덧붙이기도 하지만, 대부분은 이들의 주장을 그대로 보여주고 있다. 해당 주제에 대한 이규경의 입장이 무엇인지는 다각도에서 검토가 필요하지 만 적어도 그가 주자학적 입장에 서서 격물에 대한 양명학적 발언을 배제하 기보다는, 『명유학안』을 통해 발견되는 격물에 대한 명대 학자들의 주장을 상당수 인용하여 나열함으로써 격물에 대한 해석적 논의가 주자학으로 편중되지 않을 수 있도록 하였다는 것을 알 수 있다.[26]

이러한 사례, 즉 주자학과 양명학의 차이를 자각하고 있으면서 『명유학 안』을 인물 전기와 해당 인물의 핵심적 사상이 담겨 있는 자료집으로 독해하고 있는 모습은 이유원(李裕元, 1814-1888)의 『임하필기(林下筆記)』 (1884)에서도 보인다. 여기에는 『근열편(近悅編)』이라는 제목의 저술이 실려 있는데, 이는 명유들의 설을 초록하여 만든 것이다.[27] 기존 연구에

....

25. 呂柟(1479-1542), 王時槐(1522-1605), 胡直(1517-1585), 薛甲(1498-1572), 王艮(1483-1541), 楊起元(1547-1599), 楊時喬(1531-1609), 王道(1476-1532), 黃潤玉(1389-1477), 羅欽順(1465-1547), 王廷相(1474-1544), 黃佐(1490-1566), 徐問(16세기), 郝敬(1558-1639), 顧憲成(1550-1612), 高攀龍(1562-1626).

26. 다만 東林과 復社에 대한 옹호, 안균과 하심은에 대한 假學 판단과 관련해서도 『명유학 안』의 자료를 통해 논의를 진행하고 있는데, 그러한 입장에 대한 해석은 별도의 구체적 논의가 필요하다. 첨언하자면 이들에 대해 위학이라는 판단을 내리는 것은 황종희의 입장이기도 하다.

따르면 초록의 대상이 된 책은 『명유학안』이며, 『명유학안』에 수록된 200명이 넘는 인물 가운데 『임하필기』에서는 124명을 뽑아 그들에 대한 간략한 정보와 그들의 대표적 언설들을 발췌하여 수록하고 있다.[28] 『근열편』은 앞서 검토한 문헌보다 『명유학안』을 더욱 폭넓게 인용하고 있기 때문에 인물 선정 기준과 언행 관련 글의 발췌 기준 등에 대한 보다 구체적인 분석이 요구되지만, 주된 이유원의 『명유학안』 독해 양상에 대해서는 다음의 글을 참조할 수 있다.

성인을 내가 만나 보지 못했지만 나는 육경에서 성인의 마음을 찾는다. 우리 유학의 도는 송나라 시기에 융성하여 두 정씨와 주부자가 나왔고, 명나라에서는 송경렴이 그 정화(精華)를 얻었고 방정학이 그 대체(大體)를 얻었다. 그 후 요강의 학문이 있어 육상산을 종주로 삼고 주자를 비판하였는데, 그들의 학설이 천하에 가득 퍼졌다. 무릇 치양지를 주장한 자들은 절중, 강우, 남중, 초중, 배방, 월민 등의 지역에서 무려 육칠십 명이나 되었다. …… 서대 당백원(1540-1598)의 말에, "양지라는 새로운 학설로 혹세무민하면서 선(禪)도 아니고 패도도 아닌 자리에 서서 능숙하게 의심하고 속이는 행동을 많이 하였다."라고 하였다. 이경륜은 『위도록』을 지어 왕양명과 담감천 두 학자의 학설을 모두 배척하였다. 경양 고헌성(1550-1612) 등 몇 사람이 동림에서 나와 조금도 경박하거나 해괴한 이야기가 없었는데, 그들의 강원은 단지 한 군을 벗어나지 않았다. 300년이 지나 여전히 독서하는 사람이 있어, 자료를 모아 『학안』 1부를 완성하였

27. 『林下筆記』, 제7권, 「近悅編 序」: 孟子曰道在邇而求諸遠, 此遠者來則近者悅之義也, 乃鈔集皇明儒說以作『近悅編』. *미국 버클리대학교 동아시아도서관 소장본(청구기호 36.6). 고려대학교 해외한국학자료센터(http://kostma.korea.ac.kr) 제공.
28. 권진옥, 「橘山 李裕元의 學問 性向과 類書・筆記 編纂에 관한 硏究」(고려대학교 박사학위논문, 2015), 91-93쪽; 김인규, 「橘山 李裕元의 『林下筆記』 硏究」(성균관대학교 박사학위논문, 2016), 153쪽 참조.

다. 내가 중국에 갔을 때에 왕초재가 이 일을 자세히 말하고 절서에서 간행한 것으로 나에게 2함(函)을 주었다. 그 책에는 두 학설이 모두 수록되어 있는데, 내용과 의리가 마치 거울로 비춰 보거나 밤에 촛불을 들고 길을 가는 듯이 절로 밝게 드러났다. 내가 (이것을 가지고) 초록하여 하나의 책을 만들고 『임하필기』의 끝에 붙여서 스스로 옳고 그름의 구별을 알게 하고자 한다.[29]

이는 『근열편』에 대한 이유원 자신의 발문(跋文)과도 같은 기록이다. 이를 통해 파악되는 사실은 다음과 같다. 우선 이유원이 정호(程顥, 1032-1085)·정이(程頤, 1033-1107) – 주희(朱熹, 1130-1200) – 송렴(宋濂, 1310-1381), 방효유(方孝孺, 1357-1402)를 기준으로 송명 시기 학술을 평가한다는 점이다. 이는 그가 기본적으로 이른바 주자학을 중심으로 송명 학술사를 바라본다는 것, 그리고 송렴과 방효유의 학문이 명대 주자학을 대표한다고 여겼다는 것을 뜻한다. 그런데 이유원은 그 이후로 육구연(陸九淵, 1139-1193) – 왕수인 계열이 등장하여 명대 사상이 왕수인 – 담약수(湛若水, 1466-1560)를 중심으로 진행되었다고 파악한다. 『근열편』은 바로 송명 시기 주자학과 양명학 두 계열에 대한 대비적 이해를 가능하게 하고자 하는 목적 아래 『명유학안』을 초록하여 지은 책이라는 것이다. 마지막으로 그가 『명유학

---

29. 『林下筆記』, 제7권, 「近悅編」, 卷末: 聖人吾不得以見, 吾於六經以求聖人之心矣. 吾道盛於宋朝, 兩程氏朱夫子出, 至皇朝, 宋景濂得其華, 方正學得其大. 後有姚江之學, 從陸辨朱, 其說遍乎天下. 凡以致良知爲主者, 浙中, 江右, 南中, 楚中, 北方, 粵閩等處, 無慮六七十人. …… 唐曙之言曰, 良知新學, 惑世誣民, 立於不禪不霸之間, 習爲多疑多詐之行. 李經綸作 『衛道錄』, 幷斥王湛二家之學. 顧涇陽數人起於東林, 無一點浮薄索隱之說, 而其爲講院不過是一郡之內耳. 三百年之後, 尙有讀書種子, 彙成 『學案』一部. 余游中州, 王楚材詳言是事, 鏤板於浙西, 贈之二函. 蓋其書兩學俱載, 其言論義理, 如鏡照而燭行, 自可發明. 余鈔作一書, 編於 『筆記』之末, 俾自解其正邪之別云. 번역은 한국고전번역원 한국고전종합DB 참조 *원문 "唐曙之言"의 唐曙 뒤에 臺 자가 누락된 것으로 보인다. 이유원이 인용한 이 말은 당백원의 말인데, 당백원의 호가 서대이기 때문이다.

안』을 얻어 보게 된 경위를 알 수 있는데, 왕초재(王楚材)라는 청의 인물을 통해 얻었음을 밝히고 있다. 이유원이 연경(燕京)으로 사행(使行)을 다녔던 사실을 고려하면 그가 청에 갔을 때 입수하였을 것임을 추측할 수 있다.[30] 이는 앞서 살펴본 이덕무의 경우 역시 마찬가지인데, 그 역시 1778년 연행으로 청에 갔을 때『뇌뢰낙락서』편찬에 필요한 문헌들을 구해왔다는 기록[31]을 남기고 있다.

　이에 대해 물론 이유원이 주자학적 입장에서『명유학안』을 독해하고 있는 것이라고 해석할 수 있다. 그러나 양명학에 대한 강력한 비판의 차원에서『명유학안』에 대한 배제의 길을 택했던 것이 아니라 그 안에 담겨 있는 내용을 있는 그대로 보여줌으로써 그에 대한 활용도를 높이고자 하였던 점을 감안한다면, 이유원이 주자학과 양명학의 비교가 가능한 문헌으로『명유학안』을 파악하고 있기는 하지만 동시에『명유학안』을 주자학과 양명학의 대립 구도 속에서 주자학 옹호 혹은 양명학 배제를 목적으로 활용한 것은 아니었다고 볼 수 있다. 그리고 그 연장선상에서 황종희의 양명학적 시야에 대해서도, 이규경과 마찬가지로 중요한 문제가 되지 않는다고 여겼을 것으로 추측할 수 있다. 오히려 이덕무와 성해응에게서 명청교체기 조선 지식인의 문제의식에 입각한 명대 인물 전기 자료집으로서『명유학안』독해 모습이 발견되었던 것과 유사하게, 이규경은 ── 격물과 양지 이해에 한정된 것이기는 하지만 ── 사상 측면에서 ── 어느 정도 주자학과 양명학의 비교를 위해 ──『명유학안』을 명대 사상의 자료집으로 활용하였으며, 이유원은 그보다 월등히 많은 수의 명대 학자들의 언행 기록을『명유학안』에서 직접 인용함으로써 ── 주자학과 양명학의 비교를

....

30.　권진옥,「橘山 李裕元의 學問 性向과 類書・筆記 編纂에 관한 硏究」(고려대학교 박사학위논문, 2015), 92쪽 참조.
31.　우경섭,「조선후기 귀화 한인(漢人)과 황조유민(皇朝遺民) 의식」,『한국학연구』27, 인하대학교 한국학연구소, 2012, 354쪽 참조.

위한— 명대 인물과 사상 자료집으로서의 활용 모습을 보였다고 할 수
있다.[32]

3. 양명학 비판

널리 알려졌듯, 조선시대 양명학에 대한 기본 입장은 이황(李滉, 1501-
1570)에 의해 마련되었으며, 이황의 견해를 토대로 하여 줄곧 비판적 시선으
로 조망되었다. 사실 왕수인으로 대표되는 일련의 명대 학자들이 주자학에
대해 비판적 논의를 진행한 이유는 주자학에서 발생하는 심과 리의 이원화
문제를 해결하기 위한 것이었다고 여겨진다.[33] 그리고 일반적으로 심과
리의 괴리에 대한 우려는 유가적 이상의 실천 가능성과 관련하여 제기되는
것으로[34] 왕수인에 의해 설정된 이러한 의제는 명대 학술 전반에서 "실천"
중시 경향을 이끌어내는 시각[35] 속에서도 확인된다.

....

32. 이외에 19세기 전후 명유에 대한 조선학자의 견해를 확인할 수 있는 문헌으로 黃德吉
     (1750-1827)의 『道學源流纂言』이 있다. 노관범에 따르면 이 책은 "모두 67명의 명유를
     선별하여 그들의 핵심적인 입론을 정선"하여 수록하였는데, 다만 『명유학안』의 독서
     여부는 확인되지 않는다. 이 연구에서는 이와 함께 이황의 『宋季元明理學通錄』,
     황덕길의 형 黃德壹(1748-1800)과 이들 형제의 스승인 安鼎福(1721-1791)의 명유에
     대한 견해, 그리고 이유원의 『근열편』을 함께 검토하면서 조선 학계의 명학에 대한
     이해의 흐름을 제시하고 있다. 노관범, 「韓國陽明學史 硏究의 反省的 考察」, 『韓國思想
     과 文化』 11, 한국사상문화학회, 2001, 143-147쪽 참조. 인용은 145쪽.
33. 구스모토 마사쓰구(김병화·이혜경 옮김), 『송명유학사상사』(예문서원, 2005), 385
     -389쪽; 모종삼(김기주 옮김), 『심체와 성체』 1(소명출판, 2012), 112-113쪽 참조.
     특히 왕수인의 문제제기에 대해서는 陳來(전병욱 옮김), 『양명철학』(예문서원, 2003),
     50-51쪽 참조.
34. 박길수, 「명초 정주학파(程朱學派)의 심학화 경향과 사상적 의의」, 『東洋哲學』 39,
     韓國東洋哲學會, 2013, 56-57쪽 참조.
35. 錢穆, 『陽明學述要』(北京: 九州出版社, 2010), 21-23쪽 참조.

물론 이황 역시 심과 리의 일치를 통한 유가적 이상의 실현을 추구하였다.[36] 그러나 이황은 이러한 목표를 실현하기 위해 자신의 주자학적 사유를 체계화하면서, 주자학에 대한 비판적 해석자인 진헌장(陳獻章, 1428-1500)[37]과 왕수인의 글에 대해 비평을 남겼다. 이는 이황이 주자학 본령에 입각함으로써 유가적 이상의 진정한 실현이 가능하다고 판단하고 있었음을 의미한다. 실제로 이황은 진헌장과 왕수인의 일부 문헌을 접한 뒤 그들의 주장이 유가적 이상 실현에 심각한 방해 요소를 내포하고 있음을 지적하면서, 자신의 주자학적 사유가 유가적 이상에 입각한 행위의 실천 가능성을 높이는 데 보다 실효성이 있다는 주장을 펼친다.[38]

이러한 이황의 작업은 1550년대 진행된 것으로, 16세기 초 명에서 간행된 『전습록』이 조선에 수입 유포되던 초기에 이루어진 대응이었다. 그러나 이황의 이와 같은 방향의 응답으로 인하여 이후 조선에서는 양명학에 대한 비판적 시야가 그것을 바라보는 표준으로 자리하게 되었으며, 그 결과 "이황의 양명학 비판은 조선사상사가 풍성한 내용을 지니지 못한 채 주자학 일색으로 전개되는 데 결정적인 영향을 까"[39]친 것으로 평가되기도 한다. 이러한 측면을 고려한다면, 앞서 살펴본 일군의 학자들의 『명유학안』 독해 양상은 이황에 의해 수립된 양명학에 대한 시선을 어느 정도 벗어나 있다고 평가할 수 있다. 그러나 『명유학안』을 이해함에도 여전히

....

36. 『退溪先生文集』, 권25, 「答鄭子中別紙」: 道體流行於日用應酬之間, 無有頃刻停息, 故必有事而勿忘, 不容毫髮安排, 故須勿正與助長. 然後心與理一, 而道體之在我, 無虧欠, 無壅遏矣.
37. 진헌장이 주자학에 대한 비판적 해석자라는 평가는 최재목, 「明代 理學의 心學的 轉換: 陳白沙・湛甘泉의 心學」, 『孔子學』 2, 한국공자학회, 1996, 41-49쪽 참조.
38. 이황의 이러한 입장은 다음의 글을 통해 확인된다. 「白沙詩教辯」, 「白沙詩教・傳習錄抄傳, 因書其後」, 「抄醫閭先生集, 附白沙・陽明抄後, 復書其末」, 「傳習錄論辯」.
39. 한정길, 「조선조 관료 지식인의 양명학관 연구(2)」, 『陽明學』 43, 한국양명학회, 2016, 76쪽.

양명학에 대한 비판적 시선은 조선에서 강하게 작동하고 있었다.

『명유학안』을 통해 이러한 시야를 보여주는 일련의 학자는 오희상(吳熙常, 1763-1833), 홍직필(洪直弼, 1776-1852), 전우(田愚, 1841-1922)이다. 이들에 대해 일련의 학자라고 표현한 것은 이들이 "기호(畿湖) 낙론(洛論)"이라는 이름으로 공통된 학문적 입장을 가진 학자들로 계보화될 수 있기 때문이다.[40] 이러한 이유로 여기에서는 이들이 활동했던 시기가 18세기 후반부터 20세기 초까지 100년 이상의 기간임에도 불구하고, 황종희와 『명유학안』에 대한 평가와 독해 양상이 어느 정도 연속선상에 있다고 간주하고 살펴보도록 하겠다.

이들의 『명유학안』에 대한 입장은 기본적으로 명대 학술에 대한 그들의 판단에 기반을 한다. 그들은 자신들이 이해하고 있는 주자학을 기준으로 명대 사상에 대한 평가를 내린다. 오희상의 언급에 따르면 명대는 ①설선(薛宣, 1389-1464), 호거인(胡居仁, 1434-1484), 나흠순(羅欽順, 1465-1547)을 제외하고는 살펴볼 만한 학자가 없으며, ②이들 외에는 모두 주자학으로부터 이탈하여 별도의 문호(門戶)를 세웠는데 그 내용이 선(禪)에 가깝고, ③좁은 견해를 가지고 장구와 훈고에만 치중한 학문으로 주희의 유가 경전 해석에 이견을 드러내보였던 학술 사조가 지배적이었다. 이러한 판단 위에서 시기별로 평가를 한다면 송유-원유-명유 순으로 뛰어나다는 것이다.[41] 특히 호거인에 대한 어느 정도 우호적인 평가가 담긴 언급이 발견되는

----

40. 이에 대한 이론이 없는 것은 아니지만, 관련 논의는 박학래, 「간재학파의 학통과 사상적 특징」, 『유교사상연구』 28, 한국유교학회, 2007 참조.

41. 『老洲集』, 권23, 「雜識」: 近見『明儒學案』, 殆數百餘家, 而如薛文淸胡敬齋羅整菴若而人外, 殊無傑然可稱者, 而又門戶分裂, 多疵少醇, 太半染禪去, 雖有自許以任斯道闢異說者, 顧於朱陸之分, 全欠眼力, 亦反不免於依違. 此無他, 其力量規模, 不惟不及宋儒, 反元儒之不如, 而欲突過之.; 朱子非惟有大功於經傳, 其編成『小學』『近思錄』兩書者, 實爲去聖繼絕學, 爲萬世開太平也. 明儒之挾其小智, 抉摘於章句訓詁之得失, 欲其訾毀朱子者, 多見其不知量也.

데 그 이유는 경(敬)을 위주로 하여 유학적 이상 실천에 충실했던 측면에
있었다.[42] 이와 같은 명대 학술과 호거인에 대한 평가는 홍직필에게서도
발견되며,[43] 홍직필의 발언을 통해 임성주(任聖周, 1711-1783) 역시 유사한
입장을 가지고 있었던 것으로 확인된다.[44] 이들의 『명유학안』 독해는 이러
한 입장을 확인하고 강화하는 차원에서 진행되는데, 바로 『명유학안』의
기록을 통해 호거인을 비롯한 주자학적 명유의 언행과 그 외 명유들의
주자학적이지 않은, 혹은 양명학적인 언행을 확인하는 것이었다.[45] 이러한
관점은 기본적으로 주자학의 온전한 체계화와 양명학에 대한 우려에 기반을
한 것이라고 할 수 있으며, 적어도 표면적으로는 이황으로부터 시작된
조선의 양명학에 대한 배척의 논조가 지속되고 있는 것이라고 할 수 있다.

　　실제로 이러한 시야는 전우에게서 가장 선명하게, 그리고 양적으로
가장 빈번하게 발견된다. 전우는 양명학 비판을 개진하기 위해 왕수인의
언설이 담긴 『명유학안』을 활용한다. 대표적인 사례로 『명유학안』「요강학
안(姚江學案)」에 실린 왕수인의 말에 대해 전우는 자신의 비판을 덧붙여

----

42. 『老洲集』, 권23, 「雜識」: 明儒中胡敬齋學問, 以敬爲主, 門路端的, 踐履眞篤, 脫却當時儒
　　者新奇之習尙. 所著『居業錄』論學, 類皆親切, 可謂明儒之粹然者.

43. 『梅山先生文集』, 권8, 「書·答李子岡」: 有明三百年無眞儒, 薛敬軒胡敬齋庶幾焉. 然敬
　　軒出身於永樂之世, 大節已虧, 雖諉以弱冠時事, 安得免君子之譏哉. 粹然一出於正而議論
　　不敢到焉者, 其惟胡敬齋一人乎. 嘗從『明史』讀其本傳, 又從『明儒學案』讀其遺書矣. 竊
　　謂本之心學而不淪於空寂, 參以問學而不歸於訓詁, 其曰第一怕見不眞, 第二怕工夫間斷,
　　好高者入於禪, 騖辭者失於矜, 不知有存養省察, 安能造道而成德. 此其名論中一也. 其言
　　皆得於心, 非騰理口舌者所能與也. 蓋其學主忠信而篤行之, 語默動靜, 一於理而後已, 明
　　是孔孟正脉也. 任鹿門所謂朱子後一人, 眞知德之言也.

44. 『梅山先生文集』, 권7, 「書·上潁西任丈」: 曾見『鹿集』, 稱述胡敬齋, 至謂朱子後一人,
　　孔孟正脉端的在此, 而亦不知其爲何許人. 近看『明儒學案』及『明史』, 詳其爲人, 果嚴毅
　　淸苦, 力行可畏, 其言亦粹然一出于正, 鹿翁之必欲表章者, 知有以也.

45. 참고로 趙秉悳(1800-1870)에게서 『명유학안』에 실린 劉宗周(1678-1645) 관련 사항을
　　통해 그에 대한 다소 우호적인 평가를 내리는 언급이 발견된다. 『肅齋集』, 권12,
　　「書·與李士九」: 『明儒學案』末, 劉宗周號念臺, 雖是陽明之學, 而其人則可用, 畢竟立節
　　於隆武之世. 조병덕 역시 기호 낙론으로 분류된다.

「양명심리설변(陽明心理說辨)」(1901)을 작성한다.

전우가 주목한 왕수인의 발언은 "지선(至善)", "심(心)", "양지(良知)", "성(性)", "기(氣)", "효(孝)", "충(忠)", "리(理)", "의(義)", "사욕(私欲)", "도심(道心)", "인심(人心)" 등 신유학의 전통적 주요 개념에 대한 것이다. 그는 위의 주제와 관련하여 『명유학안』에 실린 왕수인의 발언들을 선별하고, 그에 대한 자신의 변론을 각각 덧붙인다. 이 논변에 대한 분석은 기존 연구에 자세한데,[46] 여기에서는 이러한 개념들에 대한 상이한 입장이 어떠한 이유로 문제시되었던 것인지, 다시 말해 전우가 보았을 때 왕수인의 주장이 어떠한 결과를 야기하기 때문에 견지해서는 안 되는 것인지에 대해 초점을 맞추어 살펴보도록 하겠다. 전우의 우려는 「양명심리설변」의 마지막 부분에서 확인할 수 있다. 먼저 전우가 인용한 왕수인의 말은 다음과 같다.

지금 마음이 곧 리라고 말하는 것은, 다만 세상 사람들이 마음과 리를 둘로 나누어 수많은 병통이 생겼기 때문이다. 예를 들면 오패가 오랑캐를 물리치고 주 왕실을 받든 것은 모두 사사로운 마음이다. (그러나) 사람들은 도리어 그들의 행동은 이치에 합당하며, 다만 마음에 아직 순수하지 못한 것이 있을 뿐이라고 말하면서 왕왕 그들의 소행을 기쁜 마음으로 흠모하여 겉모양을 보기 좋게 꾸미려고 하지만, 도리어 마음과는 전혀 서로 간여하지 않는다. 마음과 리를 둘로 나누어 패도의 거짓됨으로 흘러가면서도 스스로 알지 못한다. 그러므로 나는 '심즉리'를 말하여 마음과 리가 하나라는 것을 알게 하여 곧 마음에서 공부를 하고, 밖에서 의로움을 거두어들이지 않도록 하려고 했으니, 이것이 바로 진정한 왕도이다. 이것이 내 주장의 근본 취지이다.[47] (『명유학안』, 「요강학안」/『전

....
46. 김세정, 「간재 전우의 육왕심학 비판」, 『율곡사상연구』 27, (사)율곡연구원, 2013; 楊祖漢, 황갑연 번역, 「陽明 心學에 대한 艮齋의 解釋──「陽明心理說辨」을 중심으로」, 『간재학논총』 17, 간재학회, 2014 참조.

습록』 321조)

    여기에서 왕수인은 자신이 "심즉리(心卽理)"를 말한 이유를 "왕도(王道)"
의 충위에서 해명하고 있는데, 이에 대한 전우의 변론은 다음과 같다.

    선유가 말한 즉물궁리(卽物窮理)라고 하는 것이 어찌 마음에 성리(性
理)가 없기 때문에 반드시 외물로 리를 구하러 간다고 말한 것이겠는가!
하물며 성리는 마음에 있는 것과 물에 있는 것에 다름이 있지 않아서,
물의 리를 궁구하는 것은 곧 성을 아는 것이고 물의 리를 따르는 것은
성을 기르는 것이니, 어찌 두 개의 리가 있겠는가! 이제 리를 주 왕실로
삼고 참된 마음으로 그것을 존중한다면, 이것이 바로 진정한 왕도이다.
만일 이 마음이 리라고 자처한다면 이는 찬탈일 뿐이니, 그 죄가 어찌
오패가 거짓으로 주 왕실을 존중한 것에 그치겠는가? 황종희는 양명의
심체를 회복하라는 것이 성문에 큰 공이 있다고 여겼다. 나는 이에 대해
다음과 같이 생각한다. 첨부민이 편안히 앉아 눈을 감고 열심히 보름
동안 조존(操存)하다가 어느 날 누에서 내려와 갑자기 이 마음이 맑고
밝아짐을 느꼈다. 상산이 이를 보고는 '이 리가 이미 드러났구나.'라고
하였다. 황씨가 말한 성문(聖門)이라는 것이 어찌 금계(金谿: 陸九淵)를
가리켜 말한 것이 아니겠는가![48]

....

47. 『艮齋先生文集』前編, 권13,「雜著・陽明心理說辨」: 今說心卽理, 只爲世人分心與理爲
    二, 便有許多病痛. 如五伯攘夷狄尊周室, 都是私心. 人卻說伱做得當理, 只心有未純, 往往
    慕悅其所爲, 要來外面做得好看, 卻與心全不相干. 分心與理爲二, 其流至于伯道之僞而不
    自知, 故我說簡心卽理, 要使知心理是一簡, 便來心上做工夫, 不去襲取於義, 便是王道之
    眞. 此我立言宗旨. 번역은 정인재・한정길 역주,『傳習錄』(청계, 2007) 참조.
48. 『艮齋先生文集』前編, 권13,「雜著・陽明心理說辨」: 先儒所謂卽物窮理, 豈謂心無性理,
    故必去外物求math! 況性理非有在心在物之異, 窮物之理卽是知性, 循物之理卽是養性, 豈
    有二理哉! 今以理爲周室, 而實心尊之, 此乃王道之眞. 若此心自居以理, 是爲篡奪爾矣,

전우의 비판은 주자학의 외물과 성리의 관계에 대한 왕수인의 오해를 지적하는 것에서 시작하여, 심즉리에 기반을 한 왕도 정치의 위험성을 강조하는 것으로 이어진다. 양명학의 심즉리 명제에 대한 해명과 그에 대한 주자학적 비판과 대응에 관해서 자세히 다루지는 않겠지만, 전우의 강조점은 성과 리의 위상을 확고하게 높여놓지 않고서 현실적 마음에 대한 확신을 가졌을 때 발생하는 찬탈적 상황에 대한 우려에 있다고 할 수 있다. 그리고 이 우려가 개인의 행위 실천 차원에서만 제기되는 것이 아니라 왕도의 실현이라고 하는 유가적 이상에 입각한 공동체 층위의 상황에도 적용될 수 있다고 보았기 때문에, 그가 양명학에 대하여 적극적으로 비판을 가했던 것으로 보인다. 어떻게 보면 전우는 주자학적 세계질서 구축을 염두에 둔 상태에서 양명학의 양명학적 세계질서 구축, 혹은 유가적 세계질서 구축의 방법론에 대한 비판을 진행하였던 것이다. 이러한 분석이 가능하다면, 전우가 이해하고 있는 심즉리에 기반을 한 왕도 정치와 성즉리에 기반을 한 왕도 정치 사이의 간극을 드러내 보임으로써 그의 양명학 비판의 논점은 보다 명확해질 수 있을 것으로 보인다.[49]

한편 전우는 황종회에 대해 분명한 평가도 내린다. 『명유학안』에서는 왕수인이 심즉리를 주창하면서 심체(心體)를 회복하라고 한 점이 성문에 큰 공이 있는 것이라고 승인하고 있는데,[50] 여기서의 성문은 육구연의

<hr />

其罪豈止於五伯之僭尊周室而已哉? 黃宗羲以陽明恢復心體, 爲大有功於聖門. 余謂詹阜民安坐瞑目, 用力操存半月, 一日下樓, 忽覺此心澄瑩, 象山見之曰, 此理已顯也, 黃氏所謂聖門, 豈非指金谿而言歟!

49. 전우의 이러한 주장은 그의 梁啓超(1873-1929) 비판을 살펴봄으로써 보다 구체적으로 확인된다. 김건우, 「한말 유학자의 위기의식과 근대문명 담론 비판」, 『유교사상문화연구』 61, 한국유교학회, 2015 참조. 이에 따르면 전우의 양계초 비판 지점 가운데 하나로 人倫과 民權의 대립이 있다.

50. 『明儒學案』, 권10, 「姚江學案」: 先生恢復心體, 一齊俱了, 眞是有大功於聖門, 與孟子性善之說同. 다만 한 가지 언급할 것은 이 부분은 유종주의 발언이라는 점이다. 『명유학안』에 적혀 있듯 이는 유종주의 저술인 『陽明傳信錄』에 실린 글귀이며, 왕수인의

사상을 의미하며, 그것은 "편안히 앉아 눈을 감고" 아무것도 하지 않더라도 유가적 이상이 실현된 것이라 판단하는 자의적 학문태도와 동일하다는 것이다. 황종희에 대한 이와 같은 전우의 비판은 「양명심리설변」의 그 외 부분[51]은 물론 다른 글[52]에서도 확인된다.

한편 주자학적 이해에 입각한 『명유학안』 비평의 논조는 영남 출신 조긍섭(曺兢燮, 1873-1933)에게서도 보이는데, 그는 1916년의 서간에서 다음과 같은 언급을 하고 있다.

> 근래에 명과 청에 대한 학안(學案)을 읽었습니다. 그 책에 보니 중국의 학술은 주희와 왕수인 두 갈래의 현저히 다름이 마치 사람과 귀신의 차이와 같습니다. 요강의 한 무리는 순전히 심을 근본으로 삼고 리를 영(靈)으로 삼으며 성을 지각이 있는 것으로 여겨, 마침내 기를 리로 인식하고 욕(欲)을 성으로 여기며 부처와 노자를 성인으로 인식하기에 이르렀습니다. 건안을 종주로 하여 계보와 향사에 드는 사람(주자학자)은 절대로 이와 같은 이야기나 이와 같은 작용이 없습니다.[53]

....

글에 대한 유종주의 평어이다. 물론 황종희가 스승 유종주의 말을 인용하고 있다는 사실로부터 황종희가 그 견해를 수용하고 있는 것이라고 강력히 추정할 수 있지만, 전우가 유종주에 대한 언급 없이 곧바로 황종희의 입장이라 간주한 것은 다음의 검토 사항을 불러일으킨다. 하나는 전우가 황종희에 대한 비판으로 논지를 끌고 가기 위해서 굳이 유종주를 거론하지 않았을 가능성이다. 다른 하나는 전우가 『명유학안』에 수록된 『양명전신록』이 유종주의 저작인지 파악하지 못했을 가능성이다. 이와 관련해서는 전우의 명대 유학 이해에 대한 여러 측면에서의 확인이 필요할 것이다.

51. 『艮齋先生文集』前編, 卷13, 「雜著·陽明心理說辨」: 以黃宗羲之尊尙陽明, 猶云此語合更有商量也, 況佗人乎.; 黃宗羲至謂至善本在吾心, 賴先生恢復, 皆是笑話.

52. 『艮齋先生文集』前編續, 卷4, 「雜著·苟菴語錄」: 愚問『明儒學案』多主陽明, 曰此書只是王門學案, 蓋黃宗羲原是禪學, 後雖依劉念臺門下, 終不正當.

53. 『巖棲先生文集』, 卷9, 「書·答張晦堂」: 近讀明淸學案, 見中州學術朱王二派逈如人鬼, 而姚江一隊, 純是以心爲本, 以理爲靈, 以性爲有知覺, 究竟至於認氣爲理, 以欲爲性, 認佛

이 역시 양명학에 대한 비판적 시아에서 언급된 것이라고 할 수 있는데, 조긍섭은 2년 뒤 같은 견해 위에서 당감(唐鑑, 1778-1861)의『국조학안소지 (國朝學案小識)』(『淸學案小識』라고도 불린다.)[54]에 대한 우호적 입장을 김 택영(金澤榮, 1850-1927)에게 피력하였다.[55] 그는 이 서간에서도 황종희의 견해 자체에 대해 문제를 삼으면서『명유학안』과 황종희 모두에 대해 부정적 평가를 내린다. 그런데 여기서 주목할 만한 것은 해당 서간에서 영재(寧齋), 즉 이건창(李建昌, 1852-1898)을 언급하고 있는 부분이다. 조긍 섭은 이건창이 성대영(成大永, 1829-?)에게 보인 당감의 저술에 대한 비판적 입장[56]을 거론하며, 그에 대해 부정적으로 평가한다. 이 편지에서 언급한 이건창의『국조학안』에 대한 비판은 당감의 분류 체제인 전도학안(傳道學 案), 익도학안(翼道學案), 수도학안(守道學案), 경학학안(經學學案), 심종학 안(心宗學案)에 관한 것이었다. 구체적으로 당감이 심종학안이라는 이름으 로 양명학자들을 포함시켜 놓고 폄훼의 의도를 드러낸 것에 대한 반박이었

....

老爲聖人, 其宗主建安而得與於譜享者, 絶無如此說話, 如此作用. 번역은 한국고전번역 원 한국고전종합DB 참조.

54. 『국조학안소지』는 청대 주자학의 입장에서 청대 학술을 분류하고 있다고 여겨진다. 이 책의 체계와 주요 내용에 관해서는 임형석,「淸代 朱子學에 대한 唐鑑의 인식」, 『哲學論叢』36, 새한철학회, 2004, 152-156쪽 참조.

55. 『巖棲先生文集』, 卷8,「書·與金滄江」: 寧齋有論『蘆沙集』一書, 眼目極高, 而遺之可惜. 至於上成史部論『學案』事, 則見識不甚明. 唐氏之爲此書, 所以大正黃宗羲『明儒學案』之 謬, 而分別傳道翼道守道經學心宗五等, 眞是千古獨見. 賴此公而中州學術將有一統之歸, 其功不甚偉歟. 惜乎寧齋之未深考而輕爲說也.

56. 『明美堂集』, 卷9,「上鉢山成吏部【大永】書」: 前蒙枉臨, 以『學案』一事, 囑誨諄重, 其後又 面命書委, 至于三四. …… 不知彼唐鏡海者, 其果能爾乎不乎. 況唐氏之沒已久, 其門徒之 掇拾其餘緖者, 其果能爾乎不乎. 唐氏之學, 固亦不可以詳之, 然甞見曾相國國藩, 盛述其 美於墓文, 擬之以一代之宗師, 其必有賢於流俗者矣. 然以建昌之愚, 觀乎『學按』一書, 槩不能無惑焉. …… 唐氏爲書曰『學按』, 而別立經學於道學之外, 則是道自道而經自經 矣. …… 愚故不敢以唐氏爲知德, 知言之士, 而且竊疑其所學之偏, 實不免於陋儒, 特陽慕 程朱諸先生之學而大言, 爲名高耳. 若是則其所著之書, 又烏足以徵信以行遠哉? *원문 '學按'의 '按'은 '案'으로 간주하였다.

다.[57] 여기에서 이러한 제반 사항을 언급하는 이유는, 이건창의 『명유학안』에 대한 견해를 파악할 수 있는 기록은 아직 발견하지 못했지만, 사실 이건창은 소위 강화학파로서 양명학에 우호적이었던 인물로 여겨지기 때문이다. 이건창이 중국 사상의 흐름에 대한 위와 같은 논의를 진행하였던 것을 보아서는 『명유학안』에 대한 그들의 독해 역시 이루어졌을 가능성을 열어두어야 할 것이다.

주자학적 입장에서 『명유학안』을 바라본 일군의 학자들 역시 『명유학안』이 명대의 학술 사조를 담고 있다고 보았으며, 이로 인해 그것을 일종의 사상 자료집으로 활용했다. 그러나 이들에게서 『명유학안』에 수록되어 있는 대부분의 학자들의 언설과 그 안에 흐르고 있는 황종희의 견해는 주자학적 입장과는 대비되는, 그러기에 비판의 대상이 되는 양명학적 사유였다. 그러한 이유로 이들은 『명유학안』을 통해 명대 사상계에서 주자학적 사유를 개진한 인물을 발굴 혹은 확인하고자 하였으며, 동시에 양명학적 사유에 입각한 인물에 대해서는 엄정한 비판적 입장을 강화하고자 하였다. 그리고 이를 근거로 송-원-명으로 이어지는 중국 학술사에 대한 견해를 확정할 수 있었다. 이는 분명 『명유학안』에 대한 활용의 측면에서 본다면 『명유학안』을 명대 인물과 그들의 사상을 담고 있는 일종의 자료집으로 여기는 것에 비해 심화된 모습이라고 할 수 있다. 그러나 다른 한편으로는 양명학과 양명학적 관점에 따라 서술되어 있는 『명유학안』 자체에 대한 이해의 심화라기보다는 주자학적 사유에 입각한 자신들의 기존 관점의

---

57. 『明美堂集』, 卷9,「上鉢山成史部【大永】書」: 是書開卷, 弁文輒曰, 使天下, 曉然知心學之
非正, 足以快吾一日之心. 末又別立心宗, 而以荒忽詭怪, 不識何狀之數人當之. 夫以此數
人爲心學, 則向所謂傳道以下諸儒, 固非心學也. 舍心而爲學, 吾不知所謂道者, 其在於瓦
礫歟, 其在於虛空歟, 其所以傳之翼之守之, 其將以手足歟, 將以腰脊皮骨歟. 抑使天下,
曉然知心學之非正, 而猶曰快吾一日之心, 是則天下之心皆非正, 而己之心獨正耶? 抑己
之心, 非天下之心, 而別有心外之心耶? 抑誣天下之心, 務以快己之心, 而不復自審其孰正
孰不正歟? 烏乎! 多見其蔽也.

체계화라고 할 수 있다.

4. 양명학 재해석

일반적으로 조선시대 양명학에 대해 우호적 입장을 가지고 있었던 그룹에 대하여 "양명학파",[58] "강화학파",[59] "강화 양명학파"[60] 등의 명칭을 사용하여 표현한다.(여기에서는 양명학파로 칭함)『명유학안』에 양명학자로 분류되는 인물이 다수 포함되어 있고, 또 명대 사상에 대한 황종희의 판단 역시 양명학이 정맥(正脈)이며 주류를 이루고 있었다는 것이기 때문에『명유학안』에 대한 조선시대 이해를 살펴보기 위해서 가장 먼저 검토되어야 하는 것은 사실 조선 "양명학파"의『명유학안』독해 양상이다. 그러나 현재까지 그와 관련한 엄밀한 의미의 조선시대 자료는 발견되지 않는다.[61] 현재로서는 앞서 언급한『국조학안소지』에 대한 이건창의 비판적 입장을 통해『명유학안』독서 가능성을 예상할 수 있을 뿐이다. 다만 일제강점기(1910-1945)에 발표된 대표적 양명학 관련 저술인 박은식(朴殷植, 1859-1925)의『왕양명선생실기(王陽明先生實記)』와 정인보(鄭寅普, 1893-1950 납북)의『양명학연론(陽明學演論)』에서『명유학안』이 직접적으로 활용되고 있

....

58. 鄭寅普,『陽明學演論』, 210쪽.『양명학연론』인용 쪽수는『薝園 鄭寅普全集』2(연세대학교 출판부, 1983)를 따른다.

59. 천병돈,「강화학파의 형성과 사상적 계보」,『인천학연구』7, 인천대학교 인천학연구원, 2007.

60. 최재목,「江華 陽明學派 연구의 방향과 과제」,『陽明學』12, 한국양명학회, 2004.

61. 이는 보다 세밀한 자료조사가 필요하기 때문이기도 하겠지만, 한편으로는『명유학안』독서에 대한 기록을 의도적으로 드러내 남기지 않았을 가능성 역시 고려하여야 한다. 이러한 측면에서 조선시대 양명학 연구에 대한 개괄적 설명은 김윤경,「국내 한국 양명학 연구 경향에 대한 반성적 고찰」,『陽明學』35, 한국양명학회, 2013, 166-171쪽 참조.

는 것을 발견할 수 있다.

"유교를 근본으로 자강개혁을 추구하였고, 유교에 잘못이 있다면 이를 개혁하여 이념적으로 정립하자는 것"을 중시한 소위 "개신유학자"로 분류되는 박은식[62]의 사상은 "유교구신론"과 "양명학론" 그리고 "대동사상"으로 특징지어지는데,[63] 그 저변에 화서학파(華西學派)로 이어진 주자학에서 출발하여[64] 근대 일본 양명학과 양계초의 영향 속에서 이루어진 양명학으로의 전환[65]은 물론, 개신교와 동학 등과의 연관성[66] 속에서 변모해간 그의 사유궤적이 자리하고 있다는 견해가 피력되어왔다. 그 가운데 박은식의 양명학 이해가 표출된 것이 바로 『왕양명선생실기』이다. 『왕양명선생실기』는 1910년 작성되어 1911년 『소년(少年)』 제4년 제2권 5월호(5월 15일 간행)에 게재된 것으로,[67] 「범례」를 통해 『양명선생연보(陽明先生年譜)』, 『양명집(陽明集)』, 『전습록(傳習錄)』 그리고 『명유학안』에서 발견되는 왕수인과 문인들의 기록을 발췌하여 종합적으로 재구성하고 있음을 확인할 수 있다. 또한 일본 근대기의 유력한 양명학 연구자인 다카세 다케지로(高瀨武次郎, 1868-1950)의 『양명상전(陽明詳傳)』을 함께 언급함으로써 『왕양명

....

62. 김도형, 『근대 한국의 문명전환과 개혁론』(지식산업사, 2014), 44쪽 참조.

63. 신용하, 「朴殷植의 儒教求新論·陽明學論·大同思想」, 『歷史學報』 73, 歷史學會, 1977 참조.

64. 박정심, 「朴殷植의 思想的 轉換에 대한 考察」, 『韓國思想史學』 12, 한국사상사학회, 1999, 262쪽 참조.

65. 박정심, 「근대공간에서 양명학의 역할」, 『한국철학논집』 13, 한국철학사연구회, 2003, 130-137쪽; 최재목, 「박은식의 양명학과 근대 일본 양명학과의 관련성」, 『일본문화연구』 16, 동아시아일본학회, 2005; 김현우, 「박은식의 양계초 수용에 관한 연구」, 『개념과 소통』 11, 한림과학원, 2013 참조.

66. 김현우, 「박은식의 기독교 수용과 양지론」, 『陽明學』 42, 한국양명학회, 2015; 김현우, 「박은식의 동학 인식」, 『儒學研究』 36, 충남대학교 유학연구소, 2016 참조.

67. 『소년』을 창간한 최남선(1890-1957)과 "근대일본양명학" 및 박은식의 관계에 대해서는 다음의 연구를 참조. 최재목, 「崔南善 『少年』誌에 나타난 陽明學 및 近代日本陽明學」, 『일본어문학』 33, 일본어문학회, 2006.

선생실기』에 일본 근대 양명학 연구 성과가 반영되어 있음을 알 수 있게
한다.[68]

『왕양명선생실기』에는 왕수인의 행적과 글이 시기 순으로 배열되어
있고 그에 대한 박은식 자신의 안설(按說)과 후대의 평가가 인용되어 있기
때문에, 이를 통해 왕수인이라는 인물과 양명학에 대한 박은식의 견해를
확인할 수 있다. 물론 박은식의 양명학관을 살펴보기 위해서는 그의 안설을
중심으로 그가 선별한 왕수인의 언행을 분석하여야 할 것인데, 그중 『명유학
안』 인용을 통해 발견되는 특징은 황종희의 양명학 이해 관점을 적극
받아들이고 있다는 점이다.[69] 『실기』에 포함된 대표적인 『명유학안』의
글은 다음과 같다.

	『王陽明先生實記』	『明儒學案』
①	원문188 (307쪽)	師說, 「王陽明守仁」
②	원문409-411 (616-619쪽)	권16, 「江右王門學案一・文莊鄒東廓先生守益」 권10, 「姚江學案」 前言
③	원문437-441 (661-667쪽)	권10, 「姚江學案・文成王陽明先生守仁」

....

68. 최재목, 「박은식의 양명학과 근대 일본 양명학과의 관련성」, 『일본문화연구』 16,
2005, 280쪽 참조.

69. 박은식이 『왕양명선생실기』를 작성하면서 『명유학안』을 어느 정도 활용하였는지에
대해서는 상세한 조사가 이루어져야 할 것이다. 이 글에서는 우선 "黃梨洲曰"이라고
되어 있는 부분에 주목하였다. 한 가지 덧붙일 사항은 『실기』에서 서술되고 있는
왕수인 문인에 대한 정보가 『명유학안』을 위주로 하고 있지 않은 경우가 발견된다는
점이다. 문인 徐愛에 대해 『실기』에서는 "以南京兵部郎中으로 告病歸鄕이라가"(박은
식 편저, 최재목・김용구 역주, 『한글주해 왕양명선생실기』, 선인, 2011, 원문 190,
310쪽)라고 설명하고 있는데, 『명유학안』에서는 "出知祁州, 陞南京兵部員外郎, 轉南京
工部郎中, 十一年歸而省親, 明年五月十七日卒, 年三十一. 緖山傳云'兵部' 及'告病歸'皆
非."(『명유학안』, 권11, 「浙中王門學案一・郎中徐橫山先生愛」)라고 수정하고 있는
것이 보인다. 『왕양명선생실기』 원문 번호와 인용 쪽수는 『한글주해 왕양명선생실
기』를 따른다.

우선 ①은 『대학』에 나오는 격물치지(格物致知)와 성의(誠意)를 "신독(愼獨)"의 층위에서 조망한다면 주희와 왕수인의 이해가 크게 다르지 않다는 유종주(劉宗周)의 말을 황종희가 인용해 놓은 부분이다. ②는 소위 "사구교(四句敎)"와 관련한 유종주의 판단을 제시하면서 그에 대한 황종희 자신의 해석을 담아놓은 부분이며, ③은 황종희가 왕수인의 학문에 대해 총괄적으로 서술하고 있는 부분이다. 여기서 세밀히 논하지는 않겠지만, 박은식이 『왕양명선생실기』에 『명유학안』으로부터 인용하고 있는 부분은 황종희에 의해 승인된 스승 유종주 입장이거나 황종희 자신의 견해이며, 나아가 해당 부분의 내용은 왕수인의 언행과 관련한 사실 정보 차원이 아니라 양명학의 사상적 종지에 관한 것이다. 즉 박은식은 『명유학안』에 피력된 황종희의 양명학관을 선택함으로써 왕수인 이해의 근거로 제시하고 있는 것이다. 이는 그 이전 조선의 『명유학안』 활용 양상에서는 찾아볼 수 없는 것으로, 『명유학안』이 간행된 지 230여 년 만에 선명하게 황종희의 시선을 고려하며 『명유학안』을 독해한 사례라고 할 수 있다. 앞서 언급하였듯 이러한 박은식의 양명학으로의 주목은 일제강점기라는 당시의 시대 상황 속에서 "유교구신론"과 "대동사상"의 이론적 토대를 갖추는 작업이었으며, 양명학에 담긴 사유의 "간이직절(簡易直截)"함과 그로 인한 실천으로의 추동력을 강조함으로써 당대의 문제를 해결하기 위한 지식인의 대응이었다고 할 수 있다.

양명학적 시선에 의해 『명유학안』이 활용되는 것은 이후 정인보에게서 보다 폭넓게 발견된다.[70] 대표적 조선 양명학자로 분류되는 이건방(李建芳,

----

70. 참고로 최재목은 박은식의 『왕양명선생실기』와 최남선의 『소년』을 통한 근대일본양명학으로의 관심 그리고 정인보의 『양명학연론』을 한국 근대 양명학의 변천의 핵심 흐름으로 조망한다. 이를 토대로 각 인물의 양명학 이해의 차별성을 드러냄으로써 이 시기 양명학 해석의 층위는 풍부해질 수 있을 것이다. 최재목, 「崔南善 『少年』誌에 나타난 陽明學 및 近代日本陽明學」, 『일본어문학』 33, 일본어문학회, 2006, 540쪽 각주63 참조.

1861-1939)의 제자 정인보는 『양명학연론』 가운데 「5. 양명문도급 계기한 제현(陽明門徒及 繼起한 諸賢)」 부분에서 『명유학안』을 적극 활용한다. 『양명학연론』은 1933년 9월 8일부터 12월 17일까지, 총 66회에 걸쳐 동아일보 1면에 연재하였던 글을 책으로 묶은 것이다.[71] 정인보라는 인물과 『양명학연론』이라는 책에 대한 연구는 그간 매우 활발히 이루어졌으며,[72] 특히 「5. 양명문도급 계기한 제현」에 대해 집중적으로 검토한 연구 역시 발표되었다.[73] 이에 여기에서는 『명유학안』 독해 양상을 살펴볼 수 있는 측면에 주목한다.[74]

　『양명학연론』에 『명유학안』이 인용되었다는 사실은 정인보가 스스로 「5. 양명문도급 계기한 제현」 말미에 참조한 문헌으로 『명사(明史)』, 『길기정집(鮚埼亭集)』, 『황리주유서(黃梨洲遺書)』와 함께 『명유학안』을 명기해 놓은 것에서 확인이 된다.[75] 편명에서 알 수 있듯 이는 소위 양명학파

----

71. 『양명학연론』의 구성과 연재현황에 대해서는 정덕기, 「위당(爲堂) 정인보(鄭寅普)의 실학(實學)인식과 학문주체론——「양명학연론(陽明學演論)」을 중심으로」, 『동방학지』 167, 연세대학교 국학연구원, 2014, 38쪽 <표1> 참조

72. 최재목, 「鄭寅普 『陽明學演論』에 나타난 王龍溪 이해」, 『陽明學』 16, 한국양명학회, 2006; 한정길, 「정인보(鄭寅普)의 양명학관(陽明學觀)에 대한 연구」, 『동방학지』 141, 연세대학교 국학연구원, 2008; 정덕기, 「위당(爲堂) 정인보(鄭寅普)의 실학(實學)인식과 학문주체론」, 『동방학지』 167, 연세대학교 국학연구원, 2014; 윤덕영, 「위당 정인보의 조선학 인식과 지향」, 『韓國思想史學』 50, 한국사상사학회, 2015 참조

73. 신현승, 「정인보(鄭寅普)의 눈에 비친 중국(中國) 명말청초기(明末淸初期)의 지식인(知識人)」, 『동서철학연구』 48, 한국동서철학회, 2008; 최재목, 「鄭寅普의 陽明學 이해」, 『陽明學』 17, 한국양명학회, 2006 참조

74. 『양명학연론』의 간행 시기로 보았을 때, 정인보의 『명유학안』 이해를 조선시대에 포함시켜 다루는 것은 일정 부분 오해를 불러일으킬 소지가 있다. 다만 정인보에게서 조선시대 한학적 기반을 어느 정도 인정할 수 있는 측면을 감안하여 함께 다루고자 한다. 김진균, 「정인보 조선학의 한학적 기반」, 『한국실학연구』 25, 한국실학학회, 2013 참조

75. 鄭寅普, 『陽明學演論』, 210쪽. 물론 『명유학안』은 『양명학연론』 저술에 전반적으로 활용되었을 것이다. 『양명학연론』의 참고문헌에 대한 분석은 정덕기, 「위당(爲堂)

즉 양명 후학들에 대하여 서술한 부분으로, 정인보는 자신의 양명학적 견해에 입각하여 양명 후학들을 소개하며 평가하고 있다. 여기에서 다루고 있는 주요 인물은 모두 12명인데, 그 가운데 10명은『명유학안』에 수록되어 있는 인물이고, 나머지 둘은 황종희와 이옹(李顒, 1627-1705)이다. 한편 간략히 이름만을 거론하고 있는 학자는 20여 명이 넘는데, 이들 역시 모두 『명유학안』에 포함되어 있다.

먼저 정인보는 양명학파에 대해 지역을 기반으로 크게 여섯 그룹을 언급한다.[76] 이는『명유학안』에서 "상전(相傳)" 혹은 "왕문(王門)" 이라는 표현과 함께 정리한 학안이 여섯 개인 것과 그 수는 같은데, 그 내용에는 차이가 있다.

『陽明學演論』	『明儒學案』	
	賈本	鄭本
浙中	浙中相傳學案	浙中王門
江右	江右相傳學案	江右王門
南中	南中相傳學案	南中王門
楚中	楚中相傳學案	楚中王門
北方	北方相傳學案	北方王門
泰州	粤閩相傳學案	粤閩王門

즉 월민상전학안/월민왕문은 언급하지 않고, 대신에 태주 지역을 기반으로 하는 태주학파(泰州學派)를 거론한 것이다. 다만『명유학안』「월민왕문」 에는 설간(薛侃, ?-1555)이 첫 번째에 실려 있는데, 정인보 역시 설간에

....

정인보(鄭寅普)의 실학(實學)인식과 학문주체론」,『동방학지』 167, 연세대학교 국학 연구원, 2014, 38쪽 참조.
76.　鄭寅普,『陽明學演論』, 185쪽.

대해 긍정적 평가를 내리고 있는 것[77]으로 보아 의도적인 배제는 아닐 것으로 보인다. 그러나 정인보가 "태주학파"라는 용어까지 사용하면서 이 지역 출신 학자들을 중시하는 것은 황종희의 입장과는 다른 것으로 여겨진다.[78] 참고로 황종희는 "태주학안"에 "상전" 혹은 "왕문"이라는 용어를 사용하고 있지 않다.

다음으로 정인보가 주목하여 인용하고 있는 10명의 양명학파의 인물들이 황종희의 학안 분류 가운데 어디에 속하는지 확인해보면 다음과 같다. 일련번호는 『양명학연론』 등장 순서이다.

① 徐　愛(1487-1517) - 浙中王門學案

② 冀元亨(1482-1521) - 楚中王門學案

③ 錢德洪(1496-1574) - 浙中王門學案

④ 王　畿(1498-1583) - 浙中王門學案

⑤ 王　艮(1483-1541) - 泰州學案

⑥ 顔　鈞(1504-1596) - 泰州學案(前言)

⑦ 何心隱(1517-1579) - 泰州學案(前言)

⑧ 羅洪先(1504-1564) - 江右王門學案

⑨ 劉宗周(1578-1645) - 蕺山學案

⑩ 孫奇逢(1584-1675) - 諸儒學案

양명학파 분류에 대한 정인보의 입장 역시 상세히 비교 검토될 수 있는 부분이지만 그 인용 양상에 대해서만 살펴본다면, 먼저 발견되는 특이점은 『명유학안』 내 「태주학안」에 수록된 인물들에 대한 주목이다. 이는 기존

77.　鄭寅普, 『陽明學演論』, 188쪽.

78.　최재목, 「鄭寅普 『陽明學演論』에 나타난 王龍溪 이해」, 『陽明學』 16, 한국양명학회, 2006, 76쪽 참조.

연구를 통해 자주 언급되어온 부분으로, "당시 일제에 맞설 수 있는 혁명적 영웅의 출현을 소년/청년에게 희망하고 또한 그들을 계몽하려는 의도"[79]로 해석되기도 한다. 이는 「태주학안」에 포함된 인물들의 학문적 입장이 "본체로서의 양지보다는 드러난 활동체로서의 양지를 강하게 긍정하여, 양지의 자발성과 정감 교류 영역인 감통(感通)을 강조"하는 "양명좌파(陽明左派)"로 규정될 수 있는데, 이러한 이론이 "양명학이 가지고 있는 간이직절(簡易直截)한 부분을 더 중시하면서, 이를 통해 현실적인 행동가를 양산"하는 데 더 효율적이기 때문이라는 분석으로도 이어진다.[80] 게다가 앞서 언급하였듯이 「태주학안」에 대해 황종희는 "상전/왕문"이라는 용어를 사용하고 있지 않으며, 특히 정인보가 주시하였던 안균과 하심은은 「태주학안」의 전언(前言)에 수록되어 매우 간략히 다루어지고 있을 뿐이다. 이러한 사항들을 고려하였을 때, 『양명학연론』에서 『명유학안』은 정인보의 태주학파에 대한 주목이라는 입장 위에서 재가공되어 활용되고 있음을 알 수 있다.

또 한 가지 언급할 것은 황종희에 대한 정인보의 평가이다. 그는 황종희의 스승이 유종주인 것은 맞지만, 실질적으로 태주학파의 출발점에 있는 왕간의 사유가 그에게 더 짙게 배어있다고 판단하고 있는데, 그 이유를 "전제군주의 폐를 극론하여 청제에 대한 존의를 근본적으로 뽑자는 것"[81]이라는 발언에서 찾는다. 이와 같은 정인보의 양명학파에 대한 견해는 『명유학안』의 시선을 기반으로 한 나머지 인물에 대한 평가와 결합되어 태주학파를 포함하는 명청시기 양명학자들에 대한 새로운 계보화로 귀결된다.

이처럼 『양명학연론』의 『명유학안』 독해 양상은 양명학적 입장에 따라

79. 최재목, 「鄭寅普의 陽明學 이해」, 『陽明學』 17, 한국양명학회, 2006, 96쪽.
80. 이상호, 「정인보 實心論의 양명좌파적 특징」, 『陽明學』 15, 한국양명학회, 2005, 221쪽 참조.
81. 鄭寅普, 『陽明學演論』, 209쪽.

명대의 학술을 파악하면서 우호적 해석의 층위에서 해당 인물들과 사상들을 취합하되, 여기서 더 나아가 그 선택된 자료를 토대로 정인보 자신의 양명학 학술사에 대한 이해를 구성하여 드러내는 것은 물론, 현실 참여의 이론적 근거를 마련하기 위한 것이었다. 이는 왕수인의 사상을 이해하는 데 있어 황종희의 시선을 수용한『왕양명선생실기』의 등장 이후, 실제 사상사 속에서 전개된 양명학의 흐름을 보다 포괄적으로 반영하고 자신의 양명학 관점을 적극적으로 투영시켜『명유학안』을 독해한 것이라고 할 수 있다.

사실 안균과 하심은에 대한 평가는『오주연문장전산고』에도 실려 있다. 이규경은 해당 글에서『명유학안』「태주학안」에 실려 있는 태주학파에 대한 서설적(序說的) 성격의 글을 수록하면서, 그 뒤에 "내가 상고해 보건대, 이들은 정학(正學)이 아니고 위학(僞學)이다."[82]라는 말을 덧붙이고 있다. 그리고『명유학안』「태주학안」에 수록된 안균, 서월(徐樾), 조정길(趙貞吉), 나여방(羅汝芳)에 대한 간략한 인물소개를 덧붙이고, 이어서『명유학안』에 수록된 하심은 관련 부분을 인용해놓고 있다. 이규경이『오주연문장전산고』에서 명대 인물 관련 자료를 담고 있는 문헌으로『명유학안』을 활용하였지만, 그럼에도 불구하고 태주학파에 대해서는 여전히 위학으로 평가하였던 것이다.[83] 이러한 사실을 감안하고『양명학연론』의 태주학파에 대한 평가를 바라보면, 조선에서『명유학안』을 독해함에 있어서도 작지 않은 변화가 있었던 것임을 알 수 있다. 이규경의 주자학에 대한 입장을 보다 명확히 검토한 후에 판단될 수 있는 것이겠지만, 적어도『명유학안』을 활용함에 있어 그것이 박학과 고증을 목표로 이용되었다고 하더라도 기본적

---

82. 『五洲衍文長箋散稿』,「經史篇/論史類/人物」,「顔山農, 何心隱辨證說【僞學】」; 按, 非正學也, 實僞學也."
83. 물론 이규경이 인용해 놓은 周亮工(1612-1672)의『評選尺牘新鈔』의 내용을 보면 하심은에 대한 부정적 평가만을 수록하고 있는 것은 아니다. 『五洲衍文長箋散稿』,「經史篇/論史類/人物」,「顔山農, 何心隱辨證說【僞學】」참조.

으로 주자학적 시선에서 자유롭지 못하였다고 볼 수 있다. 그러나 이와 대비적으로 정인보의『명유학안』독해 양상은 그러한 주자학적 입장으로 부터 확연히 벗어나 있음을 확인할 수 있다.[84] 물론 정인보가 주자학적 입장으로부터의 이탈 그 자체를 목적으로 하였던 것은 아니다. 정인보 역시 당시 자신이 처해 있던 시대적 상황과 당시 학술계의 어떤 흐름[85] 속에서 당대의 현실적 문제에 대한 해결책을 명대 학술 재해석을 통해 모색하였을 것이다.『양명학연론』에서 그 모색은『명유학안』을 활용하여 명청대 양명학파를 자신의 입장에 입각하여 재해석한 것을 기반으로 하여 이루어지는데, 그것은 이어 서술된「6. 朝鮮 陽明學派」에서 구체화된다.[86]

....

84. 이는 정인보의 주자학 비판(「1. 論述의 緣起」참조)을 통해 보다 구체적으로 확인된다. 다만『왕양명선생실기』의 경우 주자학에 대한 비판을 통한 양명학 옹호 모습은 보이지 않는다. 오히려 주자학과 양명학의 연속성에 주목하는 듯한 언급이 발견되는데, 이는 당시의 서구 "과학"과 "물질문명" 수용이라는 목적 아래서 검토될 수 있다는 분석이 있다. 박은식 편저(최재목・김용구 역주),『한글주해 왕양명선생실기』(선인, 2011), 원문 442-443, 667-669쪽; 김도형,『근대 한국의 문명전환과 개혁론』(지식산업 사, 2014), 427쪽 참조.

85. 예를 들어 일본의 "근대양명학"과의 조응이 하나의 가능성으로 제기될 수 있다. 최재목,「鄭寅普『陽明學演論』에 나타난 王龍溪 이해」,『陽明學』16, 한국양명학회, 2006, 54-61쪽 참조.

86. 이러한 측면에 주목하여 정덕기는『양명학연론』의 편찬 목적을 다음과 같이 분석한다. 정인보는『양명학연론』의 저술을 통해 "근세조선학의 구체적인 실체와 주체성・독자 성을 입증"함으로써 "조선에 대한 긍정적 인식의 단초를 마련"하고, "학문적 주체성" 에 대해 강조하고자 하였다는 것이다. 또한 "요컨대「연론」은 독자적인 근세조선의 '실학'이 양난 이전부터 실재했음을 계보의 재구축을 통해 입증하는 한편, 당대학자들 이 주체가 명확하고 실효성이 있는 '실학'으로서 주체적이고 조선적인 서구학문을 할 것을 요구하기 위한 의도를 가지고 저술되었다고 하겠다."라고 설명한다. 정덕기, 「위당(爲堂) 정인보(鄭寅普)의 실학(實學)인식과 학문주체론」,『동방학지』167, 연세 대학교 국학연구원, 2014, 61-62쪽 참조.『명유학안』은 정인보에게서『양명학연론』 편찬의 근간이 되는 양명학적 사유의 전개 양상이 담긴 문헌으로 독해되고 있는데, 위와 같은 분석을 참고한다면 정인보에게서『명유학안』은 양명학적 시선에 의해 조선 학술을 체계화함으로써 조선학자들의 주체적 연구를 독려하기 위한 학술사 서술을 위해 활용된 것이라고 볼 수 있다.

5. 나가는 말

조선시대『명유학안』의 독해 양상을 살펴보면 크게 세 가지로 구분된다. 첫째로 18-19세기 박학적 관심을 갖고 있던 이덕무, 성해응, 이규경 그리고 이유원에게서 발견되는 모습은 명대 인물과 사상을 이해하는 데 필요한 내용이 수록되어 있는 자료로서『명유학안』을 활용하는 것이다. 다만 그 이면에는 명에 대한 존모의 입장이 전제되어 있는 경우도 있으며, 한편으로는 주자학과 양명학의 차이를 자각하고 있으면서 두 사유를 어느 정도 대등한 위치에서 비교하고자 하는 의도가 담겨 있는 경우도 있다. 두 번째는 주자학적 입장에 따라 양명학을 비판하는 데『명유학안』을 활용하는 것이다. 이는 양명학에 대한 조선의 정통적 견해라고 할 수 있는데, 이러한 시도는『명유학안』을 통해 개별 학자들의 언행을 검토하여 주자학에 기반을 한 인물과 양명학에 바탕을 둔 인물, 그리고 사상을 살펴보는 것으로 구체화된다. 여기에서는 양명학 비판을 정교하게 만들어가는 측면과 동시에 주자학 이론을 정밀하게 체계화해나가는 면이 모두 발견된다. 마지막 하나는 왕수인의 생애와 학술, 그리고 명청 시기 양명학 계보에 대한 재구성을 통해 양명학을 다시 해석하는 데『명유학안』을 사용한 것이다. 이를 통해 궁극적으로 양명학을 동아시아의 유의미한 사상 가운데 하나로서 위치시키고 이를 기반으로 조선의 양명학사를 계보화함으로써, 시대 상황에 걸맞은 해결책을 제시하는 데 근간이 되는 사유의 역사성과 정당성을 확보하고자 하였다.

이상 주자학을 중심으로 운용되었던 조선에서『명유학안』이 어떻게 독해되었는지 살펴보았다. 물론『명유학안』은 조선에서 표면적으로 배타시되었던 양명학적 입장을 바탕으로 한 문헌이며, 또 양명학이 성행했던 시기를 대상으로 하는 책이기 때문에 그 활용에 있어 일면 제한적이고 소극적이었다. 그러나 그 가운데서도 일종의 명대 사상사 문헌으로서 많은 인물과 그들의 사유를 담고 있는 『명유학안』은 그 활용의 폭이 확장되고 해석의 깊이가 심화될 가능성 역시 보여 왔다. 그리고 아마도 그것은 소위 "근대"와 조우하던 시기 조선에 흐르고 있던 유학에 대한 재해석적 지평과도 상응할 것이다. 이에 대한 세밀한 추적을 통해 시대적 상황의 변화에 따라 철학적 사상 자원에 대한 보다 유연하고 포괄적인 해석이 지식인들에게 요구되어온 흐름을 읽어낼 수 있을 것으로 보인다.

제7장
한국적 근대 정치이념으로서 민주공화주의의 형성
─── 공화론, 대동론과 연관지어[1]

신주백

1. 들어가는 말

한국근대사는 일본의 식민지로 전락하면서 주권을 상실한 1910년을 전후로 큰 획을 그을 수 있다. 우리는 이후 한국인의 주체적인 역사를 민족주의운동과 사회주의운동으로 구분하고 민족운동이란 이름으로 묘사해 왔다.

그런데 한국근대사 연구자 사이에 民族主義運動의 思想과 그 基盤에 대해 풍부한 해석이 이루어지고 있지 못하다. 사회주의운동이야 마르크스 레닌주의에 입각하여 2단계 조선혁명론이 실천되었으니 노선에 관해 분석한 글이 꽤 있고 해방공간과 연관 지어 접근한 연구도 있다. 하지만 선행연구가 민족주의운동 세력이 어떤 미래 국가를 꿈꾸었는지, 특히 만들고

---

1.   이 글은 『한국민족운동사연구』 93호(2017.12) 발표한 논문을 수정한 것이다.

싶은 나라에 대해 사상사 맥락에서 제대로 정리해 왔다고 말하기 어렵다.

오히려 민족운동사에 관한 연구는 단체를 연구하든 인물을 분석하든 여전히 투쟁과 전략전술의 측면에 집중해 있다고 말해도 지나치지 않다. 이런 현실에서 민주공화주의 이념의 맥락에서 민족주의운동의 정치이념만이 아니라 해방 이후 대한민국의 현대사까지 연계하여 접근한 김육훈과 박찬승의 성과는 특히 주목된다고 하겠다.[2] 이제 한국사회에 서구의 정치이념인 민주주의와 공화주의 이념이 유입되고 민족운동 단체의 정강과 임시정부의 헌법으로 살아남은 과정에 대한 전체적인 실상은 선행 연구에 의해 어느 정도 해명되었다고 말해도 될 것이다.

지금까지 연구는 대한민국 헌법의 정치이념적 기원을 해명하는 데 초점을 맞추어 민주공화주의를 해명하고자 대동단결선언 ─ 3.1운동 ─ 중국 관내지역의 민족주의운동 단체와 임시정부의 주장을 분석하는 데 집중해 왔다. 하지만 1910년 망국했을 때 대안적 정치이념이 왜 공화주의, 또는 민주공화주의였을까에 대해 충분히 해명했다고 말하기 곤란하다. 흔히들 지적하듯이 선행 연구는 군주제의 국가가 망했고, 군주제의 소멸이 세계의 대세였으며, 이미 유입된 서구의 정치사상 등과 연관 지어 설명해 왔다.[3]

....

2. 김육훈, 『민주공화국 대한민국의 탄생』, 휴머니스트, 2012; 박찬승, 『대한민국은 민주공화국이다』, 돌베개, 2013.

3. 조동걸의 분석이 가장 선구적이었다(「臨時政府樹立을 위한 1917년의 大同團結宣言」, 『韓國學論叢』 9, 1987). 2000년대 들어 발표된 논문만을 들면, 윤대원, 「한말 일제 초기 政體論의 논의과정과 民主共和制의 수용」, 『中國近現代史研究』 12, 2001; 辛珠柏, 「民族運動勢力の共和主義・共存意識の變化に關する試論」, 『世界の日本研究』 4, 國際日本文化研究センタ-, 2003; 서희경, 「대한민국 건국헌법의 역사적 기원 (1898-1919)」, 『한국정치학회보』 4-5, 2006; 박현모, 「일제시대 공화주의와 복벽주의의 대립」, 『정신문화연구』 30-1, 2007; 서희경・박명림, 「민주공화주의와 대한민국 헌법 이념의 형성」, 『정신문화연구』 30-1, 2007; 박찬승, 「한국의 근대국가 건설운동과 공화제」, 『歷史學報』 200, 2008; 이영록, 「한국에서의 '민주공화국'의 개념사」, 『법사학연구』 42, 2010; 정상호, 「한국에서 공화(共和) 개념의 발전과정 연구」, 『현대정치연구』 6-2, 2013.

선행연구는 지적 맥락의 연속과 국내외 정치현실의 변화라는 측면에 주목한 점은 매우 적절하지만, 광범위한 대중이 그러한 논지를 수용할 수 있는 우리만의 토양이 무엇이었는가에 대한 내적 동향을 해명한 성과는 그다지 만족스럽다고 말하기 곤란하다. 달리 말하면 선행연구에서는 수용사의 측면에서 접근한 경우가 많았지 당대 사회의 지적 동향 또는 대중의 지향과 연계시켜 해명해 보려는 접근을 찾아보기 쉽지 않다. 필자는 그들의 사상적 기저, 또는 지적 맥락을 대동(大同(論), 思想)이란 정신적 전통과 연관 지어 살펴보겠다.[4] 민족주의운동자든 사회주의운동자든 사상의 출발점이 유학이었던 사람은 대부분 대동론에 지적 기반의 한 축을 두었기 때문이다.

민족운동과 대동사상의 관계를 알 수 있는 연구는 박은식, 조소앙의 대동사상을 해명하는 데 초점이 맞추어져 왔다.[5] 두 사람에 대한 연구로 박은식과 조소앙의 사상 형성에서 대동사상이 갖는 위치를 이해할 수 있게 되었고, 그들이 민족운동의 정신적 측면과 전략적 방향 수립에 미친 영향을 해명함으로서 민족운동사에 대한 이해를 더욱 풍부하게 해 주었다. 하지만 선행 연구는 역동적 시대 상황과 연관시켜 대동사상이 민족운동의 독립사상에 미친 영향에 충분히 주목하지 않았다. 그러다 보니 대동사상과 접목한 독립사상의 변화, 특히 민주공화제와 어떤 연관이 있는지 제대로

....

4. 좀 더 추적하고 숙고해 보아야겠지만, 필자는 현재 한국사회가 직면한 빈부격차와 인간소외, 치열해지고 있는 경쟁을 치유하는 데 기여할 수 있는 한국의 지적 전통(자원)이란 측면에서 대동론을 특별히 주목할 필요가 있다고 본다.
5. 김기승, 「白巖 朴殷植의 思想的 變遷過程: 大同思想을 중심으로」, 『歷史學報』 114, 1987; 박걸순, 「朴殷植의 歷史認識과 大東史觀」, 『국학연구』 11, 2006; 김기승, 「한계 이승희의 독립운동과 대동사회 건설 구상 — 유교적 반전평화론에 기초한 독립운동 사례」, 『한국민족운동사연구』 50, 2007; 김기승, 「조소앙과 대한민국 정부수립」, 『동양정치사상사』 8-1, 2009; 김기승, 「박은식의 민족과 세계 인식: 경쟁과 공생의 이중주」, 『韓國史學報』 39, 2010.
   이 대목에서 사용하고 있는 '대동사상'이란 용어는 선행 연구의 용어활용을 그대로 따라 한 것이다. 필자는 더 포괄적인 의미에서 대동, 대동론이란 용어를 사용하겠다.

설명하지 못한 측면이 있다. 달리 말하면 한국에서 민주와 공화가 왜 하나의 개념어로 사용되고, 민주와 공화의 삼투가 가능했던 이유는 무엇이며, 정부형태 또는 정치체제라는 측면에서 공화에 주목하며 제도화한 이유가 무엇인지를 해명하겠다. 이를 규명하면 한국적 정치사상으로서 민주공화주의 이념의 특징을 파악하는 데 기여할 것이다.

사실 공화와 대동의 관계를 해명하는 접근은 대한민국임시정부의 강령에 나오는 균등 이념과 민주공화주의가 결합된 이유를 설명할 수도 있게 한다. 민족주의운동자로 불리는 사람조차 자본주의체제보다 더 진보적인 사회를 건설하려 했던 이유와 그들 내부의 다양성을 사상적 맥락에서 풀어내는 데도 기여할 수 있다.

이 글은 국망 이전의 대동론, 공화론이 1910년을 기점으로 왜, 어떻게 민주공화제라는 하나의 단어처럼 등장해 나타났는지를 해명하는 데 목적이 있으므로 1910년을 경계로 제2, 3장을 나누겠다. 민주공화제로 제도화한 결과가 1919년 4월의 대한민국임시헌장과 정강이다. 두 문헌 속에 내재한 특징을 해명하는 데 이 글의 또 다른 목적이 있다. 1919년 4월 시점의 특징은 이후 민족운동, 특히 민족주의운동 세력의 정치 및 사회사상을 이해하는 마중물과 같은 의미가 있다. 그래서 1919년까지를 다루고, 이후 변화는 후고에서 분석하겠다.

2. 개항에서 한국병합 이전, 공화와 대동의 병립

1) 공화론

민족운동 세력의 특징적 정치이념이자 만들고 싶은 정치체제는 민주공화 정체였다. 민족운동 세력이 민주공화정체를 처음으로 공식화한 때는 1919

년 '대한민국임시헌장' 제1조에 명시한 1919년 4월이었다. 민주주의와 공화주의를 하나로 합쳐 사용한 사례는 신해혁명을 거친 중국에서조차 찾아볼 수 없는 임시헌장의 독특한 지향이었다.[6] 현행 헌법인 1987년 헌법의 제1조에서 확인할 수 있듯이, 두 단어의 합인 민주공화가 하나의 용어로 확고하게 굳어진 채 오늘날까지 한국사회에서 위력을 발휘하고 있는 현상은 한국 민주주의의 역사적 특징이라고 말할 수 있겠다.[7] 그 원인의 하나는 민주와 공화를 특별히 구분하지 않고 혼용해서 사용하거나, 공화라는 말과 비슷한 함의로 유통되어 왔던 대동론이 일상의 영역에서 민중차원까지 광범위하게 상용되고 있었기 때문이다. 이제 그 과정을 추적해보자.

조선에서 '공화'는 안정, 화평, 화합을 의미하였다. 한국고전종합DB에서 '공화'를 검색어로 입력해 보면, 조선왕조실록과 승정원일기의 본문에서 모두 17회 검색된다.[8] 광해군 때 처음 등장한 이래 자주 사용한 용어가 아니라는 사실을 알 수 있다. 공화라는 용어를 활용할 때는 주나라 때 여왕이 쫓겨나고 14년간 주공(周公)·소공(召公)이 서로 화합하고 협의하여 함께 정사를 돌본 사례로 드는 경우가 많았다.[9]

그런데 승정원일기에서 12회 검색된 공화는 에토스의 측면이 없고 정체 또는 제도의 맥락에서 접근한 경우가 대부분이었다. 고종 때에 오면 공화는 서구의 정치제도를 소개하는 사례를 언급할 때 인용되었다. 예를 들어 1895년 동경에서 출판된 유길준의 서유견문(西遊見聞)에는 '정부의 종류'가

6.   신우철, 『비교헌법사』, 법문사, 2008, 300쪽.
7.   이영록, 「한국에서의 '민주공화국'의 개념사」, 57쪽.
8.   한국고전종합DB(http://db.itkc.or.kr/)의 검색은 2017년 7월 12일자의 결과이다.
9.   『朝鮮王朝實錄』 광해군 14년 임술(1622, 천계) 8월 11일(갑술). 『朝鮮王朝實錄』 광해군 14년 임술(1622, 천계) 2월 17일(계미). 『勉庵先生文集』 제5권 소(疏) 수옥헌(漱玉軒)에서 아뢰는 차자(箚子) 갑진년(1904, 광무 8) 12월 2일. 고전번역서의 '전문'에도 공화라는 용어는 모두 43회 등장하는데, 예를 들어 『星湖全集』 제25권 서(書) 안백순의 문목에 답하는 편지 「答安百順問目」에서도 마찬가지 사례를 언급하고 있다.

다음과 같이 다섯 가지로 분류되어 있다.

　　제1 군주의 檀斷한 정체……
　　제2 군주의 명령하는 정체 又曰 壓制政體……
　　제3 귀족의 주장하는 정체……
　　제4 君民의 共治하는 정체 又曰 立憲政體……
　　제5 國人의 共和하는 정체 又曰 合衆政體……
　　此 정체는 世傳하는 군주의 代에 대통령이 其 國의 최상위를 居하며
　　最大權을 執하여 其 政令과 법률이며 凡百事爲가 皆 君民의 共治하는
　　정체와 同한 者나 대통령은 천하를 官하여 其 일정한 기한이 有한 자더라[10]

　　여기에서 공화는 정부의 형태 또는 정치체제를 설명하는 논리의 구성요소였다. 공화에 관한 이러한 설명방식은 이미 1881년 조사시찰단이 귀국하며 전달한 지식에서부터 공화정체를 '합중정체'라는 이름으로 분류한 데서도 확인된다. 유길준도 수행원으로 따라갔으니 관련된 지식을 모를 리 없었다. 더구나 그는 보빙사로 미국에 갔었고, 별도로 체류하다 유럽을 거쳐 귀국하였으니, 당대 지식인 누구도 쉽게 경험할 수 없었던 체험을 통해 군민정체와 합중정체에 대해 실감나게 파악할 기회가 있었다. 서유견문에서 다섯 가지 정체로 구분한 분류는 이때의 체험과 학습이 반영된 결과라고 볼 수 있다.

　　아무튼 유길준이 소개한 공화정체에서도 명확히 알 수 있듯이, 공화는 군주의 절대 권력을 부인한다. 그래서 조선에서 공화는 반역의 언어가 될 수밖에 없었다. 일부 관료는 반대파를 공격하는 중요한 비판논리로 활용되기도 하였다.

．．．．．．．．．．．．．．．．．．．

10.　兪吉濬, 『西遊見聞』, 交詢社, 1895, 143-145쪽.

가령 1897년 김운락이 "외국의 立憲君主制를 모방한 것은 臣權을 중요하게 하여 君權을 깎아내려는 의도였습니다. 그들의 뜻은 본래 共和制에 있었지만, 우선 입헌군주제로 시험한 뒤에 차츰차츰 공화 체계"로 넘어갈 계산이라며 박영효 등에게 형벌을 시행하도록 고종황제에게 상소하였다.[11] 체제부정의 논리이니 공화제를 주장하는 사람들을 처벌해야 한다는 논리는 독립협회에 대한 공격에서도 적극 동원되었다. 김석제가 고종에게 올린 다음과 같은 상소에서 확인할 수 있다.

삼가 바라건대, 폐하께서는 시원스레 결단하시고 통렬하게 반성하시며 큰 위엄을 보이시어 독립협회를 승인하신 명을 속히 거두시고, 회장 윤치호에게 찬배(竄配)의 형전을 시행하시어 옛 법을 업신여기고 임금을 협박한 죄를 다스림으로써 의정부를 안정시키고 민당(民黨)과 공화(共和)의 조짐을 막으소서. 또한 머리를 기르라는 명을 내리시어 중화와 이적, 사람과 금수의 구별을 분변하고, 민심을 어루만짐으로써 나라를 안정시킬 계책을 도모하소서. 폐하께서는 또한 경각심을 높이시어 훌륭한 도를 자문하시고 정신을 가다듬어 치세를 도모하심으로써 **호시탐탐 재앙을 일으키려는 무리들**로 하여금 감히 대성인의 지극히 잘 다스려지는 세상에서 간악한 짓을 저지르는 일이 없도록 하신다면, 종묘사직으로 보나 신하와 백성들로 보나 매우 다행일 것입니다.[12](강조 인용자)

'공화'가 군주제를 부정하는 반체제 용어였던 것이다. 그렇다고 모든 공화론이 군주를 전면 부정했다고 말하기 어렵다. 정재승 등이 상소한 다음과 같은 내용에서 이를 확인할 수 있다.

....

11. 『承政院日記』, 고종 34년 정유(1897, 광무) 3월 20일(기유, 양력 4월 21일).
12. 『承政院日記』, 고종 35년 무술(1898, 광무) 11월 1일(경술, 양력 12월 13일).

지구상의 萬國은 모두 자주 독립으로 일정한 大權을 삼지만, 位號는 나라의 습속에 따라서 각각 달라 大皇帝라고 하기도 하고 大君主라고도 하고 大統領이라고도 하며, 정치 체제는 혹 군주가 專制하기도 하고 혹은 君民이 함께 다스리기도 하고 혹은 국민이 참여하는 共和를 하기도 하여 각각 人主의 권한을 한정합니다. 이것이『만국법』이 만들어지게 된 까닭입니다.[13] (강조 인용자)

공화는 '국민'이 정치에 참여하는 제도, 곧 여전히 화합과 협력이란 맥락에서도 인용되었다.

절대군주제를 부정하지 않으면서도 국민의 정치참여를 보장할 수 있다는 인식은 유길준이 서유견문에서 소개한 입헌정체에도 나온다. 유길준은 법률과 정사의 모든 대권을 군주 한 사람이 '독단(獨斷)'할 수 없고, 군주의 명령을 시행하는 대신은 인민이 천거하므로 인민에게 사무를 실시한다고 소개하고 있다. 이러한 인식이 현실 속에서 고려되기 시작한 때는 1905년 을사조약 이후 통감정치가 시행되면서였다. 1906년 시점부터 국민, 인민이란 말의 사용빈도가 급증하면서 정치적 존재로 국민이 주목받기 때문이다.[14] 그럼에도 당시 국민은 정치 주체로 상정되지 않았다. 계몽운동가에게 국민은 새로운 정치상황에 능동적으로 대응해 가야 할 존재였다. 그들을 각성시켜 '신민'을 만들 필요가 있었다. 국민은 그들에게 계몽의 대상, 의무의 이행자, 군주에 복속한 존재였던 것이다. 1910년으로 갈수록 국민의 중요성이 부각되고, 국가가 국민을 위해 존재한다고 말하는 주장이 여러 활자체에 등장하더라도, 주권의 소지자로서 국민, 정치권력의 제도화라는

13. 『承政院日記』, 고종 34년 정유(1897, 광무) 9월 8일(갑오, 양력 10월 3일). 황제의 칭호를 사용하도록 하는 상소에서.
14. 정병준,「한말 대한제국기 '민' 개념의 변화와 정당정치론」,『사회이론』43, 2013, 372쪽.

측면에서 국민이 조명되는 경우는 없었다.[15]

　국민담론으로 조금 나아간 논의라면 국가는 군주의 소유물이 아니라는 주장이나, 국가의 주인은 국민이라고 선언하는 명제 정도였다. 전자의 예는 캘리포니아의 리버사이드에서 대한신민회를 창설하고 국내에 들어온 안창호가 1907년 평안도 삼선평에서 서북지역 학생을 대상으로 연설한 다음과 같은 대목에서 확인할 수 있다.

　　嗚呼라 吾邦은 幾千年來로 國與民間에 互相隔膜ᄒᆞ야 民之視國은 他一
　個人의 所有로 認ᄒᆞ야 前朝時代에ᄂᆞᆫ 曰 王氏의 國이라 ᄒᆞ며 本朝에 入ᄒᆞ야
　ᄂᆞᆫ 曰 李氏의 國이라 ᄒᆞ야 其興 其亡이 於己無關이라 ᄒᆞ며 國之待民은
　看作魚肉ᄒᆞ야 大魚ᄂᆞᆫ 中魚食으로 剝割侵奪로 爲一能事ᄒᆞ야 비록 天地가
　翻復ᄒᆞᄂᆞᆫ 變機가 迫頭ᄒᆞ야도 頓不顧念이라가 畢竟은 奴隸文券을 繕給ᄒᆞ
　ᄂᆞᆫ딕 至ᄒᆞ야스되 猶是舊日狀態로 尸位素餐에 一事를 不做ᄒᆞ고 但히 他人
　의 眉睫을 仰視ᄒᆞ야 自己의 休戚을 삼으니 天理人情에 寧容若是리오.
　　然則 國家ᄂᆞᆫ 一人의 所有가 아니오 吾人 肩上에 大韓 二字를 各其 擔着ᄒᆞ
　야스니 願컨딕 前日 思量을 仍存치 勿ᄒᆞ라.[16] (강조 인용자)

　그는 '민(民)'이 보기에 국가가 한 개인의 소유여서 국가의 흥망이 이와 무관하지 않았다며 군주제를 비판하고, 국가를 한 사람의 소유가 아닌 우리 모두, 곧 '민'의 소유라고 공공연하게 주장한 것이다. 비록 안창호가 한 사람의 권력이 아니라는 '공화'를 말했지만, 고종황제를 공개적으로 부정하지 않았다. 아니 못했다고 볼 수 있다. 사실 안창호가 주도한 대한신민

---

15. 김동택, 「근대 국민과 국가개념의 수용에 관한 연구」, 『大東文化研究』 41, 2002, 379쪽.
16. 會員 安昌浩, 「演說」, 『西友』 7, 1907. 6. 1, 27쪽. 본문에서 인용하는 사료들이 1897년의 시점과 1907년-1910년 사이라는 상황의 큰 차이를 고려한 분석은 추후 보강하겠다.

회는 "구한국 말년의 망국혼"을 만들 것인가, 아니면 장차 "신한국의 새로운 해에 흥국민을 만들고자 할 것인가"를 선택해야 하는 시점에, "새로운 정신을 환기시키고 새로운 단체를 조직하여 신국가를 건설하는 것"만이 길이라고 보았다.[17] 그런 대한신민회의 취지를 가지고 국내에 돌아온 안창호도, 신민회를 결성하기 위해 여러 사람을 비공개적으로 만났지만 공개적인 자리에서 군주제를 부인하고 '공화' 국가를 건설하자고 말하지 못한 것이다.[18]

아무튼 안창호가 연설하던 시점, 달리 말하면 신민회를 결성하기 위해 활동하던 시점에 이르면 군민공치의 논리에서 '민'의 권리가 더 강조되고 군주와 함께하지만 1인 독점 권력을 비판하는 논조가 큰 흐름을 형성하고 있었다. 군주제의 문제점을 지적하는 흐름이 강화된 데는 1907년 헤이그밀사사건을 빌미로 일본이 고종을 강제로 퇴위시키고 군대를 해산시킨 일이 직접적인 전환점이었을 것이다. 더구나 군주의 자리를 계승한 순종도 창덕궁에 사실상 갇히게 되었다. 계몽운동가를 비롯해 당대의 지식인에게 대한제국의 위기는 현실의 문제로 다가올 수밖에 없었다. 그래서 군주제에 대한 비판의 논조와 반대로 인민이 국가의 주인이라는 논리가 더 주목받고 강조되었다.

국가의 주인은 인민이라는 논리가 확산되는 과정에서 이제 군민공치는 입헌공화라는 말로 정의되었다. 대한제국이 일본의 식민지로 전락할 때가 얼마 남지 않았던 1910년 2월 신채호의 글이라고 추정되는 '國民同胞가 二十世紀 新國民'이란 논설에서 이를 확인할 수 있다. 논설에서는 '서양의

---

17. 「大韓新民會 趣旨書 別紙[憲機 第501號;1909. 3. 5]」, 『統監府文書』 6(한국독립운동정보시스템, http://search.i815.or.kr/subContent.do?initPageSetting=do&readDetailId=9-AH0216-000)

18. 필자는 안창호가 국내 인사들과 만났을 때 어려움을 겪은 이유의 하나도 여기에 있다고 추측한다. 비밀결사일 수밖에 없었던 이유도 대한제국 체제를 부정하는 논리를 제기한 데 있다고 추측한다.

진보'와 '공화'를 연결시켜 다음과 같이 설명하였다.

> 彼西洋은 暗黑時代가 暫過하고 黃金時代가 復回하여 文明의 氣運이
> 精神界와 物質界에 膨脹하여, 道德·政治·經濟·宗敎·武力·法
> 律·學術·工藝 等이 長足의 進步를 作하니, 於是乎 國家의 利가 日로
> 多하며 人民의 福이 日로 大하여 專制封建의 舊陋가 去하고, 立憲共和의
> 福音이 遍하여, 國家는 人民의 樂園이 되며, 人民은 國家의 主人이 되어,
> 孔·孟(공자·맹자)의 輔世長民主義가 此에 實行되며, 루소의 平等·自
> 由精神이 此에 成功되었도다.[19] (강조는 인용자)

위의 글을 집필한 사람은 '1, 2인의 전제하는 나라'가 멸망할 수밖에
없으며, 그리스 아테네 시기의 '귀족공화'가 아니라 '인민이 정권'에 관여하
는 '인민공화'를 입헌공화라고 보았다.[20] 입헌공화가 군민공치인 이유는,
"나라에 일정한 법률을 세우고 임금은 그 법률을 직희여 권리를 람용치
못하고 인민은 그 법률을 시행하여 권리를 빼앗기지 아니하는 나라"라고
규정한 데 있다.[21]

다른 측면에서 보면, 군주를 중심으로 국민이 참여하는 정치를 군민공치
라 보고 그것을 입헌공화라 정의한 사실은, 1910년 한국병합 전까지도
대다수의 계몽운동가들이 "인민이 그 나라의 군주를 공천하여 세우며
법률과 재정과 무릇 큰 정령을 인민이 일체 의정하여 시행하는 나라"인
'민주공화'의 나라를 내세우지 않았다는 의미를 함축한다.[22] 필자는 이

---

19. 「二十世紀 新國民」, 『大韓每日申報』 1910. 2. 23. 2월 22일부터 3월 3일까지 연재된
    기사이다.
20. 「身家國 觀念의 變遷」, 『大韓每日申報』 1909. 7. 16.
21. 「공법의 필요」, <대한매일신보> 1910. 7. 23.
22. 「공법의 필요」, <대한매일신보> 1910. 7. 23.

글이 게재된 시점, 곧 한국병합 1개월 전이라는 시점에 주목해야 한다고 생각한다. 이 글은 망국으로 군주가 부정되면 '민주공화' 담론이 곧바로 공공연하게 제기될 수 있음을 시사한다. 달리 말하면, 망국 직전에도 일부 사람 사이에 '민주공화' 담론이 공개의 영역에서 회자되기 시작했음을 시사한다. 실제 당시 계몽운동가들은 군주전제 및 입헌공화와 별도로, 국민주권에 입각하여 선거를 거쳐 군주가 교체되는 민주공화라는 정체를 분류하고 합중공화를 실행하고 있던 미국을 그 대표적인 국가로 간주하고 있었다.

결국 국망 직전까지 논의된 공화는 정부형태 또는 제도의 측면이 부각된 용어였으며, 그때까지는 인민이 국가의 주인이라고 말하면서도 군주를 부인하지 않았다. 오히려 군주를 모시고 화평, 공존, 공영하는 공화를 말하였다. 고종과 순종의 입장에서 공화제는 자신을 중심으로 한 기존 체제를 부정하거나 견제하는 정체였다. 하지만 다른 한쪽에서 유통되고 있던 공화의 논리는 국민이 참여하여 군주를 견제하고 군주와 함께 정치를 논하는 군민일체의 공화정체, 곧 군주의 지위를 견제하는 입헌공화까지 나아갔다.

2) 대동론

그런데 조선에서는 화평과 단합, 안정의 의미로 공화보다 더 자주 사용된 용어가 '대동'이었다. 한국고전종합DB에 '대동(大同)'이란 검색어를 입력하면, 승정원일기에서만 대동, 대동전세(大同田稅), 대동미, 대동전, 대동고(大同庫) 등으로 280건이 넘게 검출된다. 사용빈도에서 공화라는 말과 비교되지 않을 정도로 압도적이다.

대동론의 '대동(大同)'이란 말은 '大道가 行해지면 天下에는 公義가 求賢된다'는 뜻으로 『예기(禮記)』 예운편(禮運篇)에 처음 나온다. '공의의 구현'이란 모든 어른과 자식이 자신의 부모님이자 자식이고, 재물을 저장할 필요가 없으며, 자기만을 위해 노동하지 않아 음모가 없고 바깥문을 닫을 필요가 없는 '현실', 곧 대동사회를 말한다. 중국 고전에서 대동은 반드시 이상사회를 말하지 않았다. 그럼에도 대동사상은 중국 고대로부터 각 시대의 난세에 대응하여 다양한 형식으로 표출된 사유(思惟)의 하나였고, 그것을 현실에서 구체화하여 대동세상을 구현하려는 움직임이 꾸준히 있어 왔다.

조선사회에서는 대동법이 실시되면서 그 이전과 확연히 다르게 '대동'이란 말이 회자되었다.[23] 대동법이란 명칭 자체가 중앙정부에서 작명하지 않고, 지방정부와 지방의 피지배층이 스스로 사용하기 시작한 명칭을 중앙정부에서 공식화한 법명이었다. 이렇듯 조선후기 사회에서 대동은 이상사회를 설명하는 대동사상으로 수용된 측면보다, 일상의 필요에 따라 수용되고 활용된 현재적이고 실용적인 개념이라는 측면이 훨씬 농후하였다.[24]

대동법 자체는 최소한 1895년까지도 실시되었던 데서 알 수 있듯이, 대동은 실제적인 정책용어이기도 하였다.[25] 그래서 관료와 지식인 사이에서 유통되던 공화라는 말과 달리, 임금, 관료만이 아니라 대동미, 대동전처럼 조선의 민중 사이에서도 일상의 언어였다. 가령 1894년 동학농민군이 제시한 요구사항에는 "結米는 예전 大同法의 관례에 따라 복구하라"는 주장이 있다.[26]

....

23. 관련한 내용은 안병욱, 「조선 후기 대동론의 수용과 형성」, 『역사와 현실』 47, 2003; 박광용, 「조선의 18세기」, 『歷史學報』 213, 2012 참조.

24. 안병욱, 「조선 후기 대동론의 수용과 형성」, 213쪽.

25. 지금까지 대동법을 연구한 논문 가운데 그 제도가 폐지된 시기를 해명한 연구는 없다. 필자는 1897년 말까지는 폐지되었다고 본다. "대동법(大同法)은 혁파했는데 통상 장정은 고치지 않고 있으니, 미곡의 수출이 장차 반드시 국고를 바닥나게 하더라도 방비할 계책이 없게 될 것"이라는 기사에서 확인할 수 있다(『承政院日記』, 고종 35년 무술(1898, 광무) 11월 20일(기사, 양력 1월 1일)).

26. 「所願列錄」, 동학농민혁명 종합지식정보시스템(http://www.e-donghak.or.kr/khLink.jsp?id=prd_0110r. 2017. 7. 13 검색). 이하 동학농민군에 관한 사료는 모두 이곳에서 찾았다. 별도로 인용하지 않겠다.

그뿐만 아니라 대동이란 말은 20세기에 들어서까지 공동의 여론, 달리 말하면 공론이어서 단합과 안정에 도움이 된다는 의미로도 유통되었다. 1902년 이정규라는 사람이 올린 고소장이 '노망하여 무엄'하므로 그를 책망하는 일은 "선파(璿派: 조선 왕실의 전주 이씨 내에서 갈라진 한 파—인용자)의 여러 사람들과 그 지역의 많은 사람들은 이정규의 이 일을 두고 모두 老妄이 났다고 말하고 있으니, 이것이 大同之論임을 알 수가 있습니다"라며 정당한 조치라고 말하는 내용이 있다.[27] 또한 화평이란 의미로도 유통되었다. 가령 1903년 궁내부 특진관 김승규는 병든 어머니를 간호하기 위해 공직을 맡을 수 없음을 상소하여 고종의 승낙을 받아낼 때 황태자의 일을 들어 다음과 같이 제청하였다.

> 삼가 아룁니다. 궁궐에서 양로연을 베푸는 것은 경사를 기념하려는 황태자의 정성 어린 상소에서 나온 것이고, 황태자의 생일에 선온(宣醞)의 은혜를 베풀겠다는 황제 폐하의 조칙이 내려지자, 조야에서 축하하며 기뻐하고 있으니 이것을 일러 대동(大同)이라 할 것입니다. ……[28]

그런데 주지하듯이 19세기 후반으로 갈수록 조선에서는 임금이 대동을 하여 주변이 안정되고 화합하는 현실과 다른 현실이 전개되었다. 양반관료 층의 전횡을 상징하는 삼정의 문란이 계속되었기 때문이다. 더구나 집권층은 일본을 비롯한 열강의 위협에도 제대로 대처하지 못하였다. 전국의 각지에서 크고 작은 민중운동이 계속되었다. 작은 물줄기가 모여 큰 강을 형성하듯이 동학과 만난 민중운동은 새로운 움직임을 보였다. 그 기폭제가

조선후기에 등장한 대동의 다양한 용례에 대해서는 앞서 언급한 안병욱의 논문에 풍부하게 나와 있다.

27. 『承政院日記』, 고종 39년 임인(1902, 광무) 8월 7일(갑오, 양력 9월 8일).
28. 『承政院日記』, 고종 40년 계묘(1903) 1월 11일(정묘, 양력 2월 8일).

1894년 3월 20일 전라북도 고창에서 일어난 무장기포(茂長起包)이다.

무장기포는 동학농민혁명의 전국적 전개를 알리는 농민봉기였다. 동학
농민군이 보기에 사회에서 일어나는 혼란의 원인은 임금에게 있지 않고
무능하고 부패한 관료층 때문이었다.

> 사람이 세상에서 가장 귀한 것은 인륜이 있기 때문이며, 군신과 부자는
> 인륜의 큰 것이다. 임금이 어질고 신하가 정직하며 아비가 인자하고
> 자식이 효도한 뒤에야 가정과 나라를 이루어 끝없는 복을 가져올 수가
> 있다. 지금 우리 임금께서는 인효(仁孝)하고 자애(慈愛)하시고 신명(神明)
> 하고 성예(聖睿)하시니, 현량하고 정직한 신하가 있어 잘 도와서 다스리게
> 한다면 요·순(堯舜)의 교화와 문왕(文王) 무왕(武王)의 치적을 틀림없이
> 바랄 수 있다.
>
> 그러나 지금 신하된 자들이 나라의 은혜에 보답할 생각을 하지 않고,
> 녹위(祿位)만 도둑질하며, 임금의 총명을 가리고 아부를 일삼으면서 충간
> (忠諫)하는 선비를 요망한 말을 한다고 이르고, 정직한 사람을 비도라고
> 한다. 그리하여 안으로는 나라를 돕는 인재가 없고, 바깥으로는 백성을
> 학대하는 벼슬아치가 많다. 인민의 이목이 나날이 변하며, 들어와서는
> 삶을 즐길 생업이 없고 나와서는 몸뚱이를 보존할 계책이 없도다. 학정(虐
> 政)이 날로 심해지고 원성이 연이어져 군신의 의리와 부자의 윤기와
> 상하의 구분이 드디어 무너져 남김이 없도다.[29](강조-인용자)

동학농민군이 보기에 요순(堯舜)의 교화와 문왕(文王) 및 무왕(武王)처럼
임금이 치적을 거둘 수 있기를 기대하기 어려운 이유가 양반관료층 때문이
었다. 그래서 '신하된 자들'을 대신하여 자신들이 나서야 한다고 보았다.

----

29. 「茂長東徒布告文」.

동학농민군은 초야의 유민이지만 임금 덕분에 옷을 입고 먹으며 살아가고 있는데, "국가의 위망을 좌시할 수가 없"다. "의리에 殉節하여 지금 의로운 깃발을 들어 보국안민으로 생사의 맹세를" 삼아 "각자 생업에 편안히 종사하고 함께 태평의 세월을 즐기고 임금의 덕화를" 기릴 수 있게 하자고 내세웠다.[30] 동학농민군은 관료의 무능과 부패에 저항하는 데 그치지 않고 양반관료를 대신하여 자신들이 외세로부터 임금을 지키고 백성을 편안하게 하는 개혁정치의 주체로 나서겠다고 표방한 것이다.

보국안민을 위한 동학농민군의 구체적인 정책과 이념은 여러 의원이 참가하는 협의체인 집강소의 강령에 잘 드러나 있다. 동학농민군이 전라도의 경우 53곳에 설치한 집강소에서 12개조 강령을 집행함에 따라 "모든 弊害되는 것은 一竝으로 다 革淸하는 바람에 所謂 富者 貧者라는 것과 兩斑常놈 上典종놈 嫡子庶子 等 모든 差別的 名色은 그림자도 보지 못하게" 되었다고 할 정도였다.[31] 집강소에서 추진한 정강 12개조는 신분제를 부정하고 차별을 철폐하며 사회적 평등과 경제적 평균을 지향한 민중의 욕망을 구현한 정책이었다. 신분과 차별을 철폐하고 평등을 지향하는 대동의 이념성은 부패하고 무능한 양반관료층을 대신하여 사회개혁을 직접 추진하는 당위적 명분이자 동력이고 방향성이었던 것이다.

하지만 동학농민군은 고종, 곧 군주를 부정하지 않았다. 평등을 지향하면서도 무장기포에서 확인할 수 있듯이 근왕을 추구하였다. 달리 말하면 동학농민혁명에 참가한 민중은 '一君'에게서 仁政을 하사받은 '萬民'으로서 집강소라는 임시 해방공간을 통해 일군을 대신하여 제한적으로 통치를 실시한 존재였다. 정치의 주체는 여전히 군주, 곧 국왕이었다.[32] 동학농민군은 '유교적 민본주의'를 집행하는 특권적 집권양반층을 대신하여 고종을

....

30. 「茂長東徒布告文」.
31. 오지영, 「東學史(草稿本)」.
32. 조경달 지음, 박맹수 옮김, 『이단의 민중반란』, 역사비평사, 2008, 259쪽.

중심으로 평등을 지향하는 민본주의를 직접 실현해 보겠다는 의지를 드러냈다. 무장기포문은 민본주의의 민중화를 실행하겠다는 선언문이고, 집강소의 강령은 민중화의 구체적인 지침서였던 것이다. 이를 유교적 민본주의에 대비하여 '대동 민본주의'라고도 말할 수 있겠다.[33]

근왕을 정치 주체로 하는 평등 논리는 20세기 들어서도 확인할 수 있다. 1906년경까지 활동한 활빈당은 '13조목 대한사민론설(大韓士民論說)'에서 흥국안민(興國安民)이라며 개화법을 실시했는데 백성이 굶어 죽고 국가가 위기에 빠졌다며, 가장 급한 13개조의 국정과 민원을 국왕에게 간언(諫言)하였다. 이를 실행한 구체적인 방법으로 사림 가운데 현량충의(賢良忠義)의 선비를 뽑아 다시 문명의 성세(盛世)를 복구하기를 바란다고 강령에서 밝혔다.[34] 그 구체적인 사항 가운데 하나가 왕토를 사유화한 사전(私田)을 혁파하여 균등(均田)을 실시해 달라는 요구였다. 동학농민군처럼 평균주의적인 평등을 제기한 것이다. 활빈당이 비판의 대상으로 삼았던 대상은 군주를 어려움에 빠뜨린 관료와 국가를 위기에 빠뜨린 일본이었다.[35] 동학농민군처럼 군주는 아니었던 것이다.

이처럼 1910년 망국 이전까지 조선사회에서는 정치체제 또는 정부형태로서 공화론과 민중이 주도하는 평균주의적 평등을 지향하는 대동론이 접점을 찾지 못하고 병립하고 있었다. 공화와 대동은 화평, 단합, 안정을 공통되게 함의하고 있어 정치적 참여의 다양성이 확대되는 과정에서 각자 존립하며 작동했지만, 군주를 부정하는 데까지 이르지 못함으로서 접점을 찾지 못하고 있었다.

....

33. 나종석, 『대동민주 유학과 21세기 실학』, 도서출판 b, 2017, 274쪽.
34. 「활빈당선언」, 김삼웅 편저, 『사료로 보는 20세기 한국사』, 가람기획, 1997, 13-14쪽. 활빈당에 관해서는 박찬승, 「대한제국기 활빈당의 활동과 지도부」, 『근대이행기 민중운동의 사회사』, 경인문화사, 2008 참조.
35. 조경달 지음, 허영란 옮김, 『민중과 유토피아』, 역사비평사, 2009, 195쪽.

그런데 1910년 한국병합은 공통된 함의를 내포한 공화와 대동이 만나는 역사적 계기였다. 한국병합은 주권자인 군주가 주권을 상실하고 그 대안을 찾아야 하는 시작이었을 뿐만 아니라 한국인사회 자체가 다른 민족의 지배를 받는 시작이었다. 역사적 전환기에 대동과 공화가 만나고, 매개 과정에 민주가 자리를 잡으며 다시 조정된 상징적인 움직임은 1917년의 '대동단결선언'이었다. 이에 대해서는 다음 '장'에서 살펴보자.

3. 민주를 매개로 공화와 대동의 삼투, 대동단결선언과 대한민국임시헌장·정강

1) 대동단결선언

1910년대는 새로운 전환기였고 일본제국주의와 싸워 독립을 획득해야 하는 출발선상에 있는 시기였다. 새로운 대안적 가치가 필요했고, 그것을 구체화할 사람을 육성해야 했으며, 그들이 움직일 돈과 거점을 마련해야 할 시기였다. 1917년의 선언은 세 가지의 절대적 필요사항 가운데 첫 번째 과제를 제시한 총론적인 지침서였다.

그런데 왜 '대동''단결선언'일까. 모두가 하나 된다는 뜻에서 대동단결이란 말을 사용했다면, 역학관계를 고려하여 세력의 측면에서만 활용한 단어라고 볼 수 있다. 한국고전종합DB에서 '대동단결'을 입력하면 고전번역서, 조선왕조실록, 일성록에서 1회씩 모두 3회 사용된 사례가 나온다.[36] 대동단결과 같은 의미인 '일치단결'은 조선왕조실록에 등장하지 않고 승정원일기와 고전번역서, 일성록의 본문에서 각각 3회, 8회, 1회 모두 12회 나온다.

....

36. 『朝鮮王朝實錄』 숙종 34년 무자(1708, 강희) 12월 26일(무진). "장령 조석주가 붕당의 폐해를 상소하다"라는 기사에 나온다.

국망 직전까지 발행된 신문과 잡지에서도 대동단결이란 말은 거의 등장하지 않았다. 대동단결이란 말은 사용빈도에서 그다지 많다고 볼 수 없다. 오히려 '일치단결'이란 말이 상대적으로 더 사용되었다.[37] 세력의 측면에서만 사용한 용어라면 당시에는 '일치단결선언'이 '대동단결선언'보다 더 자연스러웠다고 볼 수 있는 것이다. 하지만 그러지 않았다.

선언의 본문에서는 대동단결과 일치단결이 각각 2회씩 나오고, 총단결이 4회 등장한다. 결국 모두 하나가 되자는 세력의 측면만을 강조한다면, 대동단결과 일치단결 어느 쪽으로 제목을 달아도 이상하지 않았다. 횟수라는 면에서 보면 총단결이 더 자연스러울 수도 있었다. 그럼에도 '대동'단결이라 한 데는 다른 이유가 있다고 필자는 본다.

선언에 동참한 사람 가운데 1917년 이전에 대동에 관해 언급한 사람은 신채호와 박은식이다. 신채호는 유교의 혁신과 확장 방안으로 "儒敎의 眞理를 擴張하여 虛僞를 棄하고 實學을 務하며 小康을 棄하고 大同을 務하여 儒敎의 光을 宇宙에 照"해야 한다고 말하며 대동을 언급하였다.[38] 그에게 대동은 법과 예로 다스리는 '소강'보다 한 단계 더 높은 이상사회로서 대동사회를 의미하였다. 각주 5)와 이 책에 수록된 이혜경의 논문에서 확인되듯이, 한국병합 이전부터 신채호보다 더 자주 대동세상을 말한 사람은 박은식이었다. 대동단결선언의 초안을 작성했다는 조소앙이 언제부터 대동에 관심을 두고 자신의 이론의 일부로 수용했는지 확정할 만한 자료는 없다. 다만, 1916년 국내에 들어와 6개월간 요양을 하고 다시 상해로 가서 대동당을 결성했다[39]고 하는 점으로 보아 선언을 기초하기 이전에는 대동론

....

37. 한국역사통합정보시스템(http://www.koreanhistory.or.kr/totalSearch.do) 2017년 7월 12일 검색한 바에 따르면, 대동단결은 신문과 잡지를 통틀어 3건, 일치단결은 13건의 기사가 나온다.

38. 「儒敎擴張에 對한 論」, 『大韓每日申報』 1909. 6. 16.

39. 김기승, 『조소앙이 꿈꾼 세계』, 지영사, 2003, 327쪽. 연보에 언급된 내용이다.

에 관해 나름 기초적인 안목을 갖추었다고 볼 수 있겠다. 따라서 유교의 소양으로부터 자신의 정신세계를 구축하기 시작한 세 사람 가운데 신채호와 박은식은 유교의 혁신을 주장하였다. 또 세 사람 모두가 대항담론이자 이상담론으로서 대동론을 선언에 반영했다고 보는 관점이 오히려 자연스러운 시선이다.

그런데 1917년 단계에서 세 사람이 말하는 대동론이 항일운동과 연계하여 어느 정도의 이론 수준, 달리 말하면 강령과 정책에 녹여낼 수 있을 만큼 준비되었는지 확인할 길은 없다. 세 사람 가운데 가장 활발하게 대동론을 풀어낸 사람은 박은식이지만, 뒤에서 확인되듯이 그는 세계를 향한 대동을 추상적으로 말할 수는 있어도 정강과 전략을 풀어낼 준비가 되어 있지 않았다. 박은식보다 대동을 많이 말했다고 볼 수 없는 조소앙이나, 같은 시기에 필력을 날리던 신채호도 대동이란 말을 드물게 언급하였다.

그럼에도 변화와 융합의 측면을 고려하면서도 시간에 따라 생각이 누적되어 간다는 점을 염두에 두고 대동과 공화를 살펴볼 필요가 있다. 비록 1930, 40년대에 비하면 풍부하지 않지만, 민주공화주의 이념에 녹아들며 풍부하고 세련되어 가는 과정의 한 시점으로서 1917년의 선언에서 말하는 '대동'을 이해할 필요가 있다는 것이다. 대동론이 민주주의 공화론과 접목하며 드러나기 시작한 시점이기 때문이다. 더구나 뒤에서 다시 언급하겠지만 자세히 보면 선언에서 대동론의 흔적을 찾을 수 있기 때문이다. 이 측면에서 보면, 왜 '대동'단결선언이라 했는지를 조금은 더 이해할 수 있기 때문이다.

더구나 모두 하나가 되자는 세력의 측면에서 대동을 말했다고 하더라도, 그때의 대동이 단결의 측면만을 말했다고 표피적으로 단순화해서는 안 된다. 일치단결하기 위해서는 서로 화합해야 하고, 안정되고 지속적으로 관계를 유지해야 한다. 단결할 때 내부의 평화가 보장된다는 사실은 오늘날 우리의 조직생활에서도 확인되는 점이고 네트워크를 유지할 때도 증명되는 점이다.

따라서 세력의 측면에서 대동단결을 말했다 하더라도 거기에 내포된 복합적 함의를 염두에 둔다면, 선언의 제목에서 '대동'이란 말을 사용한 점은 조선후기와 국망 직전의 대동론과도 연관시켜 이해해 볼 필요가 있다. 앞서도 확인했듯이, 조선후기에 광범위하게 유통된 대동론은 이상사회로서의 대동사상이란 측면이 취약하였다. 오히려 대동은 화평, 단결, 안정과 같은 맥락을 정당화하고 강조하는 데 활용되었고, 대동계를 조직한 정여립과 동학농민군이 평균적 평등의 측면에서 내세운 핵심어였다. 결국 국망 이전까지의 대동과 1917년의 대동이 상통한다고 볼 수 있다.

그럼, 이제 선언의 내용을 들여다보자.

현재까지 밝혀진 바에 따르면, 선언에 동참한 사람은 대부분 중국 관내지역에서 활동하던 인사였다. 그들은 대한제국의 군주주권을 일본제국주의가 아니라 자신이 계승했다고 주장하였다. 선언에서 밝힌 주권의 내용과 의미는 다음과 같다.

> …… 隆熙皇帝가 三寶(土地・人民・政治－필자)를 抛棄한 8月 29日 은 卽 吾人同志가 三寶를 繼承한 8月 29日이니, 其間에 瞬間도 停息이 無함이라. 吾人同志는 完全한 相續者니 彼 皇帝權 消滅의 時가 卽 民權 發生의 時요, 舊韓國 最終의 一日은 卽 新韓 最初의 一日이니, 何以故오 我韓은 無始 以來로 韓人의 韓이오, 非韓人의 韓이 아니라. 韓人間의 主權授受는 歷史上 不文法의 國憲이오, 非韓人에게 主權讓與는 根本的 無效요, 韓國民性의 絶代 不許하는 바이라. 故로 庚戌年 隆熙皇帝의 主權 抛棄는 卽 我國民 同志에 對한 黙示的 禪位니 我同志는 當然히 三寶를 繼承하여 統治할 特權이 있고, 또 大統을 相續할 義務가 有하도다.[40]

....
40. 「大同團結 宣言」, 4쪽(『韓國學論叢』 9, 1987 수록).

요컨대 선언에서는 대한제국의 주권을 융희황제(隆熙皇帝)가 포기했으므로 민족운동가 자신이 그것을 계승했는데, 그때의 주권은 군주주권이 아니라 한인 일반의 주권이었다. 왜냐하면 민족운동가가 보기에 주권의 소유자인 황제가 황제권을 포기함과 동시에 국민 개개인의 민권이 발생했기 때문이다. 주권을 상실한 책임을 황제 또는 양반에게 물음으로써 독립 이후 이들이 다시 지배자로 등장할 수 있는 신국가를 대중이 지지하는 일을 상상하기 쉽지 않다. 그래서 독립 이후에 세워야 할 국가는 국민이 주권을 갖는 '신한(新韓)'이었다. 1910년대 민족운동 단체가 신한민보, 신한청년당, 신한혁명당이란 이름을 사용한 이유도 이러한 맥락과 닿아 있다.

선언의 끝 부분에 있는 '제의(提議)의 강령(綱領)' 세 번째에 나와 있듯이, 국민주권이 보장된 신한은 헌법을 제정하고 국민의 사정과 형편에 맞게 법치를 실행하는 국가였다. 한두 사람에게 권력이 집중된 국가도 아니고, 주권은 군주에게 있지만 국민이 국가의 주인이라며 군민공치를 말하는 입헌공화도 아니었던 것이다. 그렇다고 아테네처럼 귀족공화도 아니었다. 선언은 모든 사람에게 권력을 나누는 민주공화를 지향하겠다고 선언한 것이다.

그러면서 바로 다음 네 번째 조항에서는 "獨立平等의 聖權을 主張하여 同化의 魔力과 自治의 劣根을 防除할 것"을 내세웠다.[41] 선언에 참가한 사람들이 보기에 국내 상황은 일본의 악마와 같은 정치로 잔인한 학살이 이어졌고 이제는 '정신합병'의 시기에 이르렀다. 그리하여 '반일반한(半日半韓)의 괴물'이 날로 늘어나 동화의 선봉에 서거나 자치를 전제로 일본의 통치를 칭송하며 4천년 대동맥을 단절하는 사람이 있었다.[42] 선언에서는 단합과 화평의 대동을 내세워 대내외적인 독립과 평등을 성스러운 권리로

....

41. 「大同團結 宣言」, 11쪽(『韓國學論叢』 9, 1987).
42. 「大同團結 宣言」, 2-3쪽(『韓國學論叢』 9, 1987).

내세움으로써 일본이 추진하는 '동화(同化)', 곧 한국인을 일본인화하려는 민족말살정책과 자치정책에 대응하려 하였다. 이처럼 국망 이전에 평등으로서 대동이 사회개혁의 원리로 작동했듯이, 일본 치하에서 국가 대 국가, 민족 대 민족의 평등으로서 대동은 반일의 근거이자 민족 보존의 원리로 활용된 것이다.

저항의 공론으로 기능한 점에서 일치한 대동론은, 박은식의 '사해평등(四海平等)' 논리와 일맥상통한다. 박은식은 제국주의의 강권에 저항하고 민족의 소멸을 막을 수 있는 방안으로 평등주의를 내세웠다. 그는 평등주의를 실현하는 방법으로 "人道의 평등주의를 널리 알림으로써 동포로 하여금 하등의 지위에서 벗어나 상등의 지위"로 나아가도록 '동포'를 깨우쳐 세계의 "우등한 민족과 평등한 지식과 자격"을 갖추게 하는 방안을 제시하였다. 또한 세계에 평등주의를 호소하여 "불법의 강력 압제를 벗어나 그들과 평등한 지위를 차지"할 수 있게 해야 한다고 보았다.[43] 박은식은 인권과 평등을 내세워 제국주의에 저항하는 과정에서 지역이나 인종에 관계없이 변하지 않고 각자 적절한 직분을 가지며, 국가의 경계를 넘어선다면 세계평화를 실현할 수 있다고 보았다. 평등주의에 주목한 그의 대동론은 저항의 수단에 머무르지 않고 국망 직후인 1911년에 이미 민족의 소멸을 막는 한편, 세계 평화를 지향하는 이념이었다.[44] 대동단결선언과 같은 원리였던 것이다.

그러나 대동단결선언은 '선언'이었다. 선언문에는 망국 이후 국민주권과 공화를 어떻게 연계하고 대동을 서구식 정치제도에 녹여낼지를 제대로

----

43. 白巖朴殷植全集編纂委員會 편, 「夢拜金太祖(1911)」, 『白巖朴殷植全集』 5, 동방미디어, 2002, 200쪽.
44. 김기승, 「박은식의 민족과 세계 인식: 경쟁과 공생의 이중주」, 207쪽. 그렇다고 1911년의 시점에서 박은식이 개인에 특별히 주목하며 민족과 민족, 국가와 국가 사이의 평등을 말한 것은 아니었다.

표현할 지면이 없었다. 굳이 거기까지 주장을 내세울 필요도 없었을지 모르겠다. 다른 한편으로는 상해에서 초안을 작성한 사람들이 그럴 이론적 준비가 되어 있었는지도 의문이다.

2) 대한민국임시헌장과 정강

대동단결선언에서 언급한 주권재민의 원리와 평등의 논리를 구체적인 법제로 정리하고 민족운동의 일부 전략으로 자리매김한 첫 결과물은 1919 년의 「대한민국(大韓民國)임시헌장(臨時憲章)」과 「정강(政綱)」이었다. 먼 저 이를 인용해 보자.

臨時憲章

제1조 大韓民國은 民主共和制로 함 ……

제3조 大韓民國의 人民은 男女 貴賤 及 貧富의 階級이 無하고 一切
平等임 ……

제5조 大韓民國의 人民으로 公民 資格이 有한 者는 選擧權 及 被選擧權
이 有함

제7조 大韓民國은 神의 意思에 依하여 建國한 精神을 世界에 發揮하며,
進하여 人類의 文化 及 平和에 貢獻하기 爲이여 國際聯盟에
加入함 ……

政綱

1. 民族 平等, 國家 平等 及 人類 平等의 大義를 宣傳함. ……[45]

위의 인용문에서 가장 주목되는 내용은 임시헌장 제1조에서 공화에

---

45. 國史編纂委員會 編, 『韓國獨立運動史』 3, 正音社, 1968, 326-327쪽.

민주를 합쳐 민주공화제를 제기한 점이다. 국망 이전 공화에 관한 논의가 에토스 측면은 없고 정부형태 또는 정치체제에 국한되었다는 특징을 이미 제2장에서 언급했는데, 임시헌장에서 그것이 그대로 법제화한 것이다.

그렇다면 자유도 아니고 왜 민주였을까. 국망 이전부터 민주공화를 말한 사람들은 남녀노소와 신분 귀천을 따지지 않고 국민이 '군주'를 뽑는 선거제, 곧 민주주의, 그리고 법 및 재정과 같은 큰 과제를 의회에서 검토하는 시스템, 곧 공화제에 주목하였다.[46] 국민주권에 입각한 선거제와 권력기관을 견제하는 의회제에 주목한 것이다. 국망 이전 사람들은 선거제와 의회제를 운영하는 국가로 미국을 주목하였다.

1881년 조사시찰단(朝士視察團)이 귀국 후 보고한 내용에 미국의 정치를 '합중정치(合衆政治)'라 보고한 내용이 나온다. 특히 합중정치야말로 "지극히 공평하고 지극히 밝은 것"이라 평가한 일본인의 말을 전하였다.[47] 정부의 기관지 한성순보(漢城旬報)에는 미국의 정치를 다음과 같이 소개하고 있다.

정치는 소위 合衆共和이다. 전 국민이 합동으로 협의하여 정치를 하고 世襲主君을 세우지 않으며 官民의 기강이 엄하지 않고, 오직 대통령이 萬機를 총재하는데, 대통령은 전 국민이 공동으로 선출한다. 임기는 4년으로 한정했고, 대통령이 혹 직무를 비우게 되면 부통령으로 대신하는데, 부통령 또한 전 국민이 공동으로 선출한다. 대개 대통령은 海軍·陸軍의 軍務를 總理하며 上院과 협의하여 외교조약을 정한다. 그리고 文武官吏의 선임, 면직 및 행정적인 일은 모두 그의 관리에 속한다. 또 대통령 밑에는 宰相이 7人 있는데 이를 내각이라 한다. 재상은 上下 兩院이 추천하고 각기 행정사무를 담당한다. 그리고 혹 실책이 있으면 兩院이 반드시 면직하

46.   민주공화에 대헌 정의는 앞서도 인용한 「공법의 필요」(<대한매일신보> 1910. 7. 23)를 참조하였다.
47.   李鑣永, 「中田武雄書」, 『日槎集略[人] 散錄』, 1881.

고 벌한다.[48](강조- 인용자)

　여기에서도 국민주권에 입각한 외국의 선거제와 의회제에 주목하고, 미국식 정치를 '합중공화'라 불렀다. 이후 국망 전에 발간된 여러 신문에서는 미국의 대통령 선거 등을 보도하는 기사가 계속 나온다. 미국의 초대 대통령으로 대한제국의 지식인 사이에서 대표적인 공화주의자로 불리고 있던[49] 조지 워싱턴의 『화성돈전(華盛頓傳)』이란 전기가 1908년 4월에 발행되었다.[50] 국망 전 기사와 광고는 공화를 하면서도 군주를 선거로 뽑는 민주공화정치의 모델로 미국이 상정되고 있었기 때문이다. 특히나 1907년 8월 1일 대한제국의 군대가 해산되자 미국에서 발행된 <공립신보(共立新報)>는 미국의 반영투쟁(反英鬪爭)과정을 독립전쟁이라 말하며, 우리의 민족운동을 설명할 때도 프랑스의 '대혁명'보다는 독립전쟁이란 용어가 더 적절하다며 처음으로 사용하였다.[51] 이후 민족주의운동 계열에서는 자신의 독립운동 전략을 독립전쟁론이란 말로 설명하였다. 1910년 국망 이전에 이미 미국식 정치체제와 독립투쟁 전략은 민족주의 운동가에게 가장 참조해야 할 모델이었던 것이다. 한국병합은 이러한 담론과 이름붙이기가 정당함을 증명해준 역설이었다.

　임시헌장과 정강에서 주목해야 할 사항이 두 가지 더 있다.

　우선, 임시정부는 제3, 5조를 통해 '국민 모두가 평등'한 민주공화주의 국가를 건설하겠다고 국가건설 방안을 명시하였다. 공화주의, 민주주의와 평등이 명백히 결합한 것이다. 달리 보면 제1, 3, 5조는 대한민국임시정부에서 민족 구성원 모두가 '평등'한 국가를 지향함으로써 자본주의적인 질서를

48.　「各國近事: 美國誌畧」, 『漢城旬報』, 1884. 2. 17.
49.　「亡而不亡ᄒ고 死而不死」, 『大韓每日申報』, 1910. 6. 29.
50.　南署大廣橋匯東書舘에서 발행한 책으로 6월까지 광고가 皇城新聞에 집중되었다.
51.　당기찬, 「독립전쟁 시작하세」, 『共立新報』, 1907. 8. 9.

거부했음을 의미한다. 그렇다고 사회주의에서 말하는 평등도 아니었다. 임시헌장에서 말하는 평등이 '평등으로서의 대동'을 함축한 세계, 곧 대동세상을 의미하지 사회주의사상에서 말하는 평등은 아니기 때문이다. 1919년 4월의 시점에서 사회주의 사상이 제도화할 만큼 민족운동 내부에 유입되어 있지 않았다. 또한 사회주의에서 평등은 사적 소유를 부정하고 사회적 소유를 전제하는 데 반해, 대동세상에서 말하는 평등은 국가의 소유를 전제하는 사회를 말하지 않았다.[52] 임시헌장과 정강에서 말하는 평등에 관한 인식은 이후, 특히 1930년대 들어가서 정강이 정교하고 구체화하면서 풍부해졌다. 이에 대해서는 후고에서 해명하겠다.

임시헌장과 정강에서 주목해야 할 또 다른 하나는 「정강(政綱)」에서 확인할 수 있듯이, 대한민국임시정부는 민족 구성원 모두가 평등한 국가만을 지향한 것이 아니라 여러 민족과 국가의 평등, 나아가 인류의 평등을 지향하겠다고 밝혔다. 한국인 민족운동은 출발선상에서부터 배외주의적(排外主義的)인 태도를 배격하려는 의지를 분명히 하였다. 달리 말하면 수평적 국제연대를 일상적인 과제로 제기한 점은 한국 민족운동의 특징이다. 민족의 단합과 화평만이 아니라 대동세계의 화평을 지향함으로서 일찍이 동양평화를 말한 안중근, 신채호나 '사해평화(四海平和)'를 말한 박은식의 열린 태도와도 같은 선상에 있는 주장이다.

이렇듯 민족 구성원 및 세계와의 평등한 관계를 꿈꾸는 대동인식은 문건 작성을 주도한 조소앙의 인식이 적극 반영된 결과일 것이다. 물론 법무총장인 이시영, 차장인 남형우, 그리고 부원인 한기악 신익희도 임시헌장과 정강의 완성에 기여하였다. 하지만 책임자인 이시영이 대동에 관해 언급한 내용은 없다.[53] 이에 비해 조소앙은 1917년 상해에서 작성된 「대동단

----

52. 이 논점을 보다 선명하게 이해하기 위해서는 1930, 40년대 민족운동 세력의 민주공화주의를 검토해야 한다. 관련한 분석은 후일의 과제로 삼겠다.

53. 이시영에 관해서는 신주백, 『청렴결백한 대한민국임시정부의 지킴이 이시영』, 독립기

결선언」과 1919년 2월 만주에서 발표된 「대한독립선언서(大韓獨立宣言書)」의 초안을 작성하는 데 주도적으로 참여한 사람이다. 그는 대한이 평화 독립을 회복하면 "지구에 立足한 권리 세계를 개조하여 大同建設을 협찬"하는 의미라고 보았다. 구체적으로 말하면 그것은 '軍國專制를 삭제'하고 '민족평등을 세계에 널리 은혜'를 베풀어서, '密約私戰을 엄금하고 대동평화를 선전'하고 '同權同富로 모든 동포에게 베풀어 남녀빈부를 조화롭게' 하며, '等賢等壽로 知愚老幼에게 균등'하게 인류를 헤아려야 한다는 뜻이었다.[54] 결국 임시헌장과 정강에는 1917년의 「대동단결선언」과 1919년 2월의 「대한독립선언서」에서 표출된 대동론이 그대로 계승되면서도 더욱 확장적으로 구체화했다고 볼 수 있겠다.

그런데 임시정부 수립시기까지의 확장적 대동인식은 관념적인 측면이 있었다. 헌장의 제3, 5조와 관련지어 볼 때, 민족 구성원 모두의 평등을 지향하는 국가를 건설하자는 임시정부의 주장은 이미 일제강점하 朝鮮社會 구성원 내부의 사회경제적 다층성을 고려하지 않았거나 주목하지 못한 구호였다. 균등의 원리를 불균등한 현실에서 구체화할 때 개개인의 권리를 존중하는 민주주의 원리가 위협받는 상황이 조성될 수도 있다.

4. 나가는 말

이상으로 공화와 대동의 사회적 의미가 1876년 개항 즈음부터 한국병합 이전까지 조선 사회에서 어떤 특징과 의미를 함축하며 병립해 있었는지 파악하였다. 이어 1910년 이후 민주를 매개로 공화와 대동이 삼투하며

....

넘관, 2015 참조.
54. 三均學會 編, 『素昻先生文集』 上, 三均學會, 1979, 230-231쪽.

민주공화제로 안착하는 과정을 공화주의 수용사의 측면에 주목하기보다 한국사회의 내적 상황과 지적 맥락을 통해 살펴보았다.

한국병합 이전까지도 공화는 두 가지 맥락이 병립하고 있었다. 공화정치라는 말로 유통된 공화는 에토스의 측면보다 정부형태 또는 정치체제의 측면에서 외국, 특히 미국의 사례가 많이 소개되었다. 이 경우 공화는 대한제국이 성립하는 시점에 이르면 반역적인 정치체제라는 시선도 있는 반역어였다. 조선 후기부터 이어져 오던 공화는 주로 화평, 안정, 단합의 함의를 농축하고 있어 대동과 같은 함의로 유통되었다. 동학농민군과 20세기 초반의 화적의 사례에서 알 수 있듯이, 민중 사이에 정착한 대동은 자신들이 주도하는 평균주의적 평등을 지향하였다. 하지만 자강운동기의 많은 지식인이 군주, 주권, 인민을 구분하는 인식에 도달했지만, 군주제를 부인하지 못했다는 공통점이자 제한성 때문에 한국병합 직전까지도 공화론과 대동론은 삼투하지 못하고 병립하였다.

1910년 한국병합은 국민주권을 전면화하는 직접적인 계기였다. 국민 개개인의 민권을 중시하는 민주주의가 여러 사람의 권력인 공화와 접목하고, 평등으로서 대동과 만나며 민주공화제로 제도화하였다. 누구나 똑같이 주권을 존중받고 선거를 통해 지배자를 견제하는 세상이 남녀노소와 빈부귀천을 구분하지 않는 사회적 대동이며, 서로 화평하고 단합하여 똑같은 권리로 政事를 협의하는 움직임이 정치적 대동이었기 때문이다. 그것을 임시헌장에 구현한 장치가 선거제, 의회제이고 민족 내부만이 아니라 민족 간 평등이다. 달리 말하면 대동과 공화의 한국적 전유의 결과가 서구에서 유입된 선거, 의회, 평등이다. 민주공화제는 이를 압축한 제도이자 가치이며 미래 희망이었던 것이다. 따라서 1919년에 정립된 민주공화주의는 근대적 대동주의이자, 유교적 민본주의를 극복한 민중 중심의 대동주의라고 말할 수 있다. 한국적 민주주의의 이념이자 정체의 역사적 특징이자 원형이 이때 형성된 것이다. 이 점이 내용상의 한국적 특징이다.

임시헌장으로 법제화되고 정강에서 선언된 민주공화주의 이념은 서유럽처럼 시민혁명을 거치며 더욱 깊어지는 과정을 거치지 않았다. 그럼에도 민족운동가들은 일관되게 '정체'에 특별히 주목하였다. 그래서 정치사상과 일상에서 뿌리가 약할 수도 있다. 하지만 1919년에 제도화한 민주공화제는 자기만의 특징을 가진 내적 지식과 사유가 서구 정치사상의 유입과 민족 생존 조건의 급격한 변화와 맞물리며 자기 지향을 새로운 용어, 즉 서구적 개념으로 표현한 문화적 변이과정을 거쳤다. 이 점이 경로상의 한국적 특징인 것이다.

사실 서유럽에서 공화주의 정체가 탄생하는 과정을 보면, 혁명의 과정을 통해 봉건적 차별을 극복하고 자유·평등·민주주의, 그리고 국민주권의 원리를 기본이념으로 하였다. 일제강점 시기에 민주공화제 역시 이러한 원리를 기본으로 하였다.

하지만 한국인이 직접 실천하는 과정에서 획득한 기본원리가 아니었고, 일제강점기란 시대적 상황에서 제대로 실험 한번 해본 경험이 없었기 때문에 강고한 실천원리로 작용하지 못하였다. 더구나 1945년 이후 분단체제가 작동하고 있는 한반도의 현실과 항일투쟁을 해 본 경험이 없는 부일협력자(附日協力者)들이 사회의 주도권을 장악하고 있는 남한의 정치상황에서는, 민주공화주의가 생활 속에 안착될 기회조차 쉽게 열릴 수 없었다. 민주공화정체가 제도로 뿌리내리는 데 많은 시간이 걸릴 수밖에 없었던 것이 대동론 역시 분단고착화가 심화될수록, 그러는 와중에 분단으로 이익을 얻으려는 세력이 색깔론을 앞세워 목소리를 높일수록 더욱 왜소해질 수밖에 없었다.

그렇다고 민주공화정체의 한국적 특징이 소멸되었다고 보기도 어렵다. 1980년의 광주민주화운동 당시 보여준 높은 수준의 시민자치, 1987년 군인 정치에서 문민정치로 전환시키며 정치적 민주화의 이정표를 만든 시민의 저항력, 2016-17년 사이에 보여준 질서 있으면서도 꾸준히 자신의 정치적 요구를 관철시킨 촛불혁명은, 그러한 전통이 사람들의 내면에 이어지고 있음을 보여준 역사적 증거이다. 그래서 '대동세상'이란 말이 여전히 광장에 등장하는 이유의 하나도 여기에 있다.

제8장

박은식의 사상전변 —생존과 자존 모색의 도정[1]

이혜경

1. 들어가는 말: 문제제기

중화의 주변에서 소중화를 자처하던 한반도[2]에서 유럽근대문명(Civilizatio n)[3]을 학습하기 시작한 것은 그 무엇보다 생존을 위해서였다. 저들의 문명을 '도(道)'와 상대한 '기(器)'로 자리매김하여 그 수용과 학습을 과소평가하던 시기도 있었지만, 어느 시기가 되면 제도와 교육 차원의 전면적 수용이 불가피함을 인정한다. 즉 문명을 '도'의 하위 범주인 '기'가 아니라 '도'의

....

1. 이 논문은 같은 이름으로 『철학사상』 55호(2015. 11)에 실렸던 논문의 전재이다.
2. 본고에서는 한반도, 한국, 조선을 엄격한 구분 없이 혼용한다.
3. 현재 '문명'은 통상적으로 다원적 문명을 전제하는 일반명사로 사용되나, 본고에서는 18세기 영국, 프랑스에서 계몽주의와 결합하여 형성된 특정한 '문명' 즉 유럽근대문명을 일컫는 말로 주로 사용한다. 부득이하게 일반명사로 사용하는 경우도 있으나, 문맥에 따라 구분 가능하다.

범주라고 인정하게 된다. "지혜가 날로 열리고 사업이 날로 나아가는" 효과를 낳는다고 기대되기도 했던 그 문명[4]은 우승열패라는 정글의 논리도 동반하면서, 허약한 나라가 주권을 빼앗기는 것은 당연하다는 논리를 유통시켰다. 실제로 한반도뿐 아니라 일본, 중국 등 동아시아의 나라들이 하나같이 그 문명 학습에 열을 올린 첫 번째 이유는 독립국가로 살아남기 위해서였다.

이 글에서 다루려고 하는 박은식(朴殷植, 1859-1925)이 계몽운동을 시작하면서 '자강(自强)'이라는 기치를 내건 것도 같은 이유에서였다. 박은식은 "열등인종이 우등인종에게 정복되는 것은 옛날 금수가 인류에게 정복되는 것과 마찬가지"라고, 이 문명의 공격성을 자기 방식으로 합리화했다. "지식을 넓히지 않고 기계를 이용하지 못하면 금수일 뿐이므로 저들이 병탄하는 것도 당연하다"[5]고 하는 언명은 한반도의 행보를 열어가겠다는 결의를 표현한 것이었다.

저들의 기준에서 나눈 우열을 받아들이면서 인간과 금수의 관계를 인종 사이에 유비하는 것이 얼마나 자학적인지, "생존경쟁은 천연(天演)이고 우승열패는 공례(公例)"[6]라는 구호를 변화를 추동하는 원리로서 받아들이는 것이 얼마나 자기 파괴적인지는, 오래지 않아 온몸으로 느낄 수밖에 없었다. 그럼에도 생존을 위한 길은 문명의 그 한 길인 것처럼 보였기에 그 길 위에서 내려올 수는 없었다. 물론 이쪽의 결단으로 내려올 수 있는 길도 아니었다. 정점을 상정한 문명은 그 정점을 떠받쳐 줄 수많은 야만을 필요로 했으므로, 그들이 일으킨 문명의 소용돌이에서 헤어날 방법은 보이지 않았다.

---

4. 朴殷植, 「興學說」, 『謙谷文稿』(1901); 백암박은식선생전집편찬위원회, 『白巖朴殷植全集』 제3권, 동방미디어, 2002, 348쪽.
5. 이상 朴殷植, 「教育이 不興이면 生存을 不得」, 『서우』 제1호, 1906. 12. 01.
6. 같은 곳.

게다가 생존은 존재의 최소조건일 뿐이다. 사람은 그것만으로 살 수 없다. 진리이든 선이든 생존 이상의 가치를 설정하고 그 가치를 추구하는 데서 인간으로서의 존엄성을 찾으려 한다. 생존경쟁, 우승열패의 구호와 하나가 된 문명은 경쟁에 매진하도록 하는 행위의 원리를 제공했지만, 그 행위 원리를 도덕적으로 옳거나 선한 것으로 정당화하기는 어려웠다. 정점을 상정한 문명은 그 도달 정도에 따라 위계를 정했으므로, 그 논리 안에서 상위에 도달할 수 있었다면 문명의 전파자들이 그랬듯이 생존과 더불어 자존감도 얻을 수 있었을지 모른다. 그러나 한반도가 그 정글게임에서 승자가 될 수는 없었다. 현실적으로든 이념적으로든 그 행위원리는 한국인에게 존엄성을 가져다주지 못했다.

문명화가 존엄성과 거리가 멀다는 사실은 비유럽에서는 공통된 상황이었다. 재빠른 문명 수용으로 국면전환을 하고 성공적으로 제국주의적 팽창을 시작한 메이지 일본은 전면적 문명화 노선이 지속할 만한 일이 아님을 곧 알아차리고 '동양'을 강조하는 것으로 궤도수정을 한다. 문명으로 '생존'을 할 수 있었던 일본도 그것으로 '자존'은 누릴 수 없었기 때문이다.[7] 박은식의 자강운동에 지대한 영향을 준 중국의 량치차오(梁啓超, 1873-1929) 역시 초반의 문명 학습을 뒤로하고, 유학을 새로운 세상에서도 통용될 가치로 주장하기 시작한다. 유학이 다시 보편원리로 통용되는 세상에서는 중국인 공자가 세계인의 정신적 지주 역할을 한다.[8] 잠시 중화를 비하한 적도 있었지만, 중화의 주체로서 중국인의 자부심은 과거의 것으로 머물지 않았다.

일본은 '동양'을 차지할 무력이 있었기 때문에, 그리고 중국은 명목상

7.　'동양'의 창출에 대해서는 스테판 다나카 지음, 박영재 · 함동주 옮김, 『일본 동양학의 구조』, 문학과지성사, 2004. 참조

8.　유학을 둘러싼 량치차오의 전변에 관해서는 이혜경, 『천하관과 근대화론: 양계초를 중심으로』, 문학과 지성사, 2002. 참조

보편원리인 '중화'의 주체이기 때문에 그러한 방식으로 '자존'의 모색이 가능했다. 한때 조선이 소중화를 자처할 수 있었던 이유는 중화가 명분상으로는 누구에게나 열려있는 보편적인 것이었기 때문이다.[9] 그러나 이미 보편으로서 중화는 해체되고, 민족국가 시대의 중화는 중국에 속한 것이 되었다. 중화의 실질적 내용을 이루는 유학은 조선의 전통을 형성하는 것이었지만, 유학이 새로운 시대에 부활해서 중요한 역할을 한다고 해도, 그것이 한반도의 영광이 되기는 어려운 상황이 되었다.

　본고는 박은식을 통해, 유럽근대문명의 주변으로서 그리고 중화의 주변으로서, 중심의 전환과 국권상실의 위협이라는 시련 속에서 조선 지식인이 생존과 자존을 위해 어떤 모색을 하는지 살펴본다. 우선 그 모색은 시차를 두고, 중화와 문명이라는 두 거대문명에 대한 수용과 비판으로 나타난다. 두 거대문명을 수용함으로써 생존과 함께 자존의 충족도 기대했지만, 생존조차 보장되지 않았다. 그리하여 새로운 활로 찾기는 그들에 대한 비판으로 이어지고, 종국에는 새로운 세계관, 새로운 가치체계의 제시로 나아가리라 기대한다. 본고에서 다루는 것은 새로운 가치체계를 제시하기 이전까지, 중화와 문명이라는 세계질서 구상을 어떤 자세로 극복하려고 하는지에 한정한다.

　본고는 거시적으로 박은식의 사상전변을 좇는다는 점에서, 지금까지 주로 박은식의 사상을 영역별로 분류하고 각 영역의 주제에 초점을 맞춰 이루어진 박은식 연구[10]와 차별성을 갖는다. 가령 사상전변을 배제하고 '교육과 식산'에 의한 '자강' 사상을 다루게 되면[11] 박은식이 지속적으로

....

9.　보편원리로서 중화주의에 관한 논의는 이혜경, 「청인(淸人)이 만나 두 '보편' 문명 — 중화와 시빌라이제이션」, 『철학사상』 32호, 2009. 5 참조.

10.　대표적으로, 박은식에 관한 여전히 유용한 연구서인 愼鏞廈, 『朴殷植의 社會思想研究』, 서울대학교출판부, 1982를 들 수 있다. 이 책은 "박은식의 교육구국사상", "박은식의 사회관습개혁론", "박은식의 유교구신론·양명학론·대동사상" 등으로 장을 나눠 박은식을 소개하고 있다.

문명론자였다는 오해를 부를 수 있다. 마찬가지로 박은식의 양명학을 다룬 대부분의 연구는 박은식이 양명학을 주목한 사실을 시대적 흐름과 무관하게 처리했다.[12] 그 결과, 양명학을 박은식이 최종 도달한 이념이거나 마지막까지 지킨 이념으로 오해하게 할 가능성이 있었다. 본고는 '자강'도 '양명학'도 한국의 생존과 자존을 위해 고투하면서 뒤로 보낼 수밖에 없었음을 밝힐 것이다. 당시 초미의 문제는 생존이었으나, 노도처럼 밀려드는 문명의 위력 앞에서 생존조차도 가늠할 수 없었다. 그러므로 생존을 위해 계속적으로 다른 활로를 찾는 것은 생존의 의지가 있는 한 당연한 일이다. 또한 인간으로서 자각이 있는 한 생존에의 의지는 노예의 상태로 생명을 부지한다고 충족되는 것이 아니다. 인간의 생존에의 의지는 자존에 대한 의지와 별개의 것이 아니다.

한국인으로서의 자존심 확보라는 문제의식에서 박은식의 사상전변에 주목하는 이러한 접근은, 거대문명이 충돌한 그 와중에서 한반도가 근대화에 투신함과 동시에 그 문명에 거리를 두고 비판하면서 한반도의 독자적인 앞날을 모색해 갔음을 보여줄 것이다.

2. 량치차오의 문명 탐색과 중화로의 귀환

박은식의 특징을 보다 선명히 조명하기 위해, 이 절에서는 그 대비가

---

11. 박은식의 자강을 다룬 논문으로는 조종환, 「박은식의 애국계몽적 국권회복사상 연구」, 경희대학교 박사학위청구논문, 1992를 들 수 있다. 이 논문은 박은식의 자강운동을 동도서기의 논리로 해석하였다.

12. 대표적으로 박정심의 「白巖 朴殷植의 哲學思想에 관한 研究——社會進化論의 受容과 陽明學的 對應을 中心으로」, 성균관대학교 대학원 박사학위청구논문, 2000을 들 수 있다. 이 논문은 박은식이 사회진화론과 양명학을 상호 보완하는 역할로 동시기에 수용했다고 논의하고 있다.

되어줄 량치차오의 경우를 간략하게 알아본다. 문명이라는 근대의 학습과 문명 비판이라는 근대의 극복, 그 두 방향 모두에서 량치차오는 박은식에게 길잡이의 역할을 했다. 량치차오는 중국뿐 아니라 조선에서도 최고의 계몽 사상가였다고 할 수 있다. 그는 특유의 경쾌하고 힘 있는 문체로 사람들을 끌어당기면서도, 두터운 유학적 소양 덕인지 새로운 이야기를 이물감 없이 하는 재주가 있었다. 비슷한 문화적 배경을 가진, 게다가 국권을 위협받는 비슷한 처지라는 동질감이 그의 언설을 조선에서도 호소력 있는 것으로 만들었을 것이다.[13]

청일전쟁에서의 패배는 특히 중국지식인들에게 문명의 위력을 증명한 사건이었다. 그 문명은 경쟁에 의해 진화하는 것이었으므로, 경쟁에 이기기 위해 저들의 문명을 배워야 했다. 문명의 힘을 인정한 량치차오는 그 경쟁력의 근원을, 물건을 제작하고 통상의 방법을 아는 "지식"(智)이라고 파악했다. 즉 이 지식은 근대유럽인들이 인간의 확실한 인식을 추구하면서 성취했다는, 윤리와 분리된 사물에 관한 근대적 지식이다. "승패의 근본은 힘에서 지식으로 옮아가고 있다. 그러므로 오늘날 자강(自强)을 논하는 사람은 민지(民智)를 넓히는 것을 가장 중요하게 여긴다"[14]는 것이 량치차오의 시세 판단이었다. 지식 있는 사람이 되느냐 무지한 사람으로 남느냐는 개인의 책임이 아니라 제도가 책임질 일임도 인지했다.[15] 그 지식은 유학의 지식처럼 내면을 반성하면서 얻을 수 있는 것이 아니라, 외부에서 얻어야 할 경험적인 것이었기 때문이다. 게다가 민족국가가 경쟁하는 그 시대에, 개인의 지식이 축적되어 국가의 지식이 될 것이었고 곧 국력이 될 것이었다. 광서제의 협조 아래 제도개혁을 추진했을 때의 골자는 새로운 지식을

---

13. 량치차오의 글이 한국개화기에 미친 영향에 관해서는 우림걸, 『한국개화기문학과 양계초』, 박이정, 2002 참조.

14. 「變法通議・學校總論」, 『時務報』 제5책, 1896. 09. 17.

15. 「變法通議・論變法不知本源之害」, 『時務報』 제3책, 1896. 08. 29.

가진 인재를 양성해낼 교육제도, 그 인재를 적재적소에 사용할 관리등용제도의 개혁이었다. 양계초의 무술변법 개혁구상은 「변법통의」(變法通議, 1896-1899)의 연재를 통해 발표되었다.

그 제도개혁의 전망은 무술변법운동이 100여 일 만에 실패하면서 좌절되었다. 일본에 망명한 량치차오의 애국활동은 여러 가지 면에서 달라진다. 가장 큰 차이는 제도개혁의 전망을 상실했다는 점에서 왔다. 어떤 개혁구상이든 당장의 실현이 요원해진 상태에서 계몽의 내용이 달라졌다. 단적으로 경쟁력의 근원은 지식이 아니라 덕(德)으로 재설정된다. 1902년 2월부터 1906년 1월에 걸쳐 반월간지 『신민총보』에 연재된 『신민설』(新民說, 1902-1906)은 당면한 시대를 민족국가 간의 경쟁시대로 판단하고, 그 경쟁을 담당할 중국의 국민을 창출하려는 기획물이었다. 자유, 권리, 진취, 모험, 진보, 이익 등의 가치들이 선전된다. 선전한 가치만 보면 「변법통의」 시절보다 더 급진적으로 근대주의를 관철시켰다고 평가할 수도 있다. 그런데 그렇게 단정할 수 없는 것이, 그 가치들이 모두 '덕'으로 자리매김 되었기 때문이다. 그 덕은 특히 '국가'의 생존과 번영에 이바지하는 덕이라는 의미에서 '공덕'(公德)으로 명명된다. "지식교육이 융성해짐에 따라 도덕교육이 쇠퇴할 것이고, 서양의 물질문명이 남김없이 중국에 수입"되리라고 량치차오는 전망하면서, 그러한 상황에서 "중외고금의 것들을 참작하여 새로운 도덕을 만들"지 않는다면 중국인은 짐승으로 추락하리라[16]고 우려했다. 그리고 그 우려에서 '덕'을 요청한다. 그리하여 『신민설』은 '공덕'의 함양에 의해 "국가주의"에 헌신하는 '신민' 창출을 과제로 삼았다. 그런데 그 '공덕'의 함양에는 "서양의 도덕"뿐 아니라 "중국의 도덕" 역시 호출되었다.[17]

....

16. 「新民說・第五節 論公德」, 『新民叢報』 제3호, 1902. 03. 10.
17. 『新民叢報』 제1호, 표지. 1902. 02. 08

그가 말하는 "중국의 도덕"이란 실질적으로 유학적 덕이었다. 이미 '덕'을 문명 성취의 열쇠로 평가하면서 중국적인 것에로의 회귀는 예견된 것이었다. "중국의 도덕"에 대한 량치차오의 기대는 『신민설』 연재 기간 동안 가파른 상승세를 보였다. 총 20절로 이루어진 『신민설』 가운데 제18절 「논사덕」(論私德)편에 이르러 량치차오는 "지와 힘은 성취하기가 쉬운데 오직 덕만이 대단히 어렵다"고 운을 뗀 후, 도덕은 이론이 아니라 실행이라는 이유로, 그리고 실행은 각각의 민족에게 익숙한 것이어야 한다는 이유로, 유학을 소환했다. 유학 가운데서도 과학의 습득이라는 새로운 숙제를 가진 시대에 적절한 것으로 양명학을 평가했다.

　『신민설』 연재를 시작한 당초에 자신이 주력했던 '공덕 함양'이라는 호소가 효과가 없었다고 자평하며, 그 이유를 개인적인 덕 즉 사덕(私德)이 결여된 중국인이 유럽근대문명이라는 환경에 방치되었기 때문이라고 진단했다. 그에 의하면, 개인적으로 부도덕한 중국인이 "애국, 자유, 평등 등의 구두선(口頭禪)을 호신부로 해서" 이기적인 욕심을 채우기 더욱 좋아졌기 때문이다. 그 사태를 해결하기 위해 량치차오는 양명학으로 순수한 마음을 회복하자고 제안한다. 그에 의하면 순수한 마음이란 자신의 이익을 꾀하지 않고 공적인 이익에 헌신하는 마음이다.[18] 이 시점에서 량치차오가 유학적 덕을 경쟁력 추구의 핵심으로 삼은 이유는 이기심을 저지하는 일에서 유학의 역량을 평가했기 때문이다. 유학적 수양에 의해 이기심을 없애고 국가의 존립과 번영을 위해 한마음으로 노력하자는, 도덕의 힘에 의지한 국가주의를 구상한 것이다.

　지식을 얻어 경제적으로 정치적으로 독립적인 개인이 되는 것이 문명의 길이라고 안내했던 후쿠자와 유키치(福澤諭吉, 1835-1901) 역시 문명수용을 통해 최종적으로 도달하고자 한 목적지는 일본의 자주독립이었다.[19] 량치차

18.　「新民說・第十八節 論私德」, 『新民叢報』 제40・41합호. 1903. 11. 02.

오는 후쿠자와의 책을 통해 문명에 대해 학습했으면서도,[20] 후쿠자와가 야만의 증표로 거론한 '사덕'[21]을 문명으로 가는 열쇠로 삼았다. 후쿠자와는 야만의 표식이라고 했지만 량치차오로서는 비이기적인 심성으로 국가를 위해 헌신하게 한다면 후쿠자와가 선택한 지식의 축적 없이도 '덕'에 의해 문명에 도달하리라 판단했을 것이다.[22]

사덕에 대한 재평가와 거의 동시에 양명학을 주목한 량치차오는[23] 양명의 '발본색원'(拔本塞源)론을 부각시키면서 이를 개인의 이익추구 풍조를 수정할 정신으로 평가했다.[24] 또한 주자학과 다른 양명학의 "간이직절"(簡易直切)함이 당시 새롭게 요구되는 과학과 짝을 이룰 마음공부의 장점이라고 평가했다.[25]

....

19. 福沢諭吉 著,『文明論之槪略』,「第十章・自國の獨立を論ず」 참조. 岩波文庫青102-1, 1995.(초판은 1975년 간행)

20. 단적으로「新民說・第十二節 論自尊」,『新民叢報』 제12호. 1902. 07. 19. 첫머리에 "일본의 대교육가인 福澤諭吉는 학생을 가르치면서 '獨立自尊'이라는 한마디 표어를 내걸어 德育의 최대강령으로 삼았다."고 언급한다. '公德'과 '私德'의 용어와 분류도 후쿠자와에게서 온 것으로 보인다.

21. 후쿠자와는 마음을 경계로 하여 '사'와 '공'을 나누고 사덕은 타인과 교섭 없이 한 사람의 내면에서 일어나는 일이라고 규정했다. "공맹의 교설" 역시 "마음을 닦는 윤리강상"으로서 "한 私人으로서의 자아에 효능이 크지만", 개인의 마음으로써 공적 역영인 정치를 하겠다는 것은 대단한 惑溺이라고, 유학을 비판했다. 중국은 진시황 이래로 공맹의 가르침만이 전해졌다고 하니, 이 비판은 당대 중국에 대한 비판이기도 했다. 福沢諭吉, 앞의 책,「第四章・一國人民の智德を論ず」,「第六章・智德の辨」 참조.

22. 후쿠자와의 지식과 량치차오의 덕을 대비한 논의는 이혜경,「공화주의의 시민적 덕의 관점에서 본양계초(梁啓超)의 '공덕'(公德)」,『철학사상』 46호, 2012. 11.

23. 「신민설・제18절 論私德」에서 덕육의 교본으로 양명학을 추천했으며(1903-4년), 이후『節本明儒學案』(, 1905. 11),『德育鑑』(1905. 12) 등에서 본격적으로 양명학을 소개했다.

24. 「신민설・제18절 論私德」,『新民叢報』 제46・47・48합호. 1904. 02. 14.에서『전습록』143장의 '발본색원'론을 인용하면서 이를 애국과 연결하여 논의했다.

25. 『德育鑑』,「知本第三」;『飮氷室專集』 권26, 24쪽.

유학의 역할에 대한 량치차오의 긍정적 평가는 제1차 세계대전 이후로 더욱 적극적인 것이 된다. 전쟁 뒤의 유럽을 둘러본 량치차오는 자신이 지금까지 추구하던 국가주의를 전쟁의 원인으로 지목한다.[26] 나아가 물질문명과 정신문명을 대립시키고, 콩트의 실증주의와 다윈의 진화론과 같은 "물질주의 혹은 유물론" 또한 전쟁의 원인이었다고 진단했다.[27] 이 여행 경험은 곧바로 유학 중심의 새로운 세계관을 구상하는 데로 이어진다. 1921년 출간된『선진정치사상사(先秦政治思想史)』에서 량치차오는 세계의 미래를 지도할 정신으로서 공자의 사상을 소개한다. 그는 인류가 당면한 문제를 정신생활과 물질생활의 조화, 개성과 사회성의 조화라고 정리했다.

공리주의, 유물사관, 자본주의, 사회주의 등, 당시를 풍미하던 이념들은 모두 정신보다 물질을 우위에 두는 물질주의라고 정리하고, 이들은 장차의 세계문제를 해결할 수 없다고 평한다.[28] 반면, 유가의 균안주의(均安主義)야 말로 과학의 융성으로 초래된 풍요로운 물질적 조건에서 균형 있는 물질생활로 인도할 수 있을 것이라고 제안한다.[29] 또한 국가주의, 사회주의는 개성을 무시하고 획일화를 기도하는 이념으로서 현대사회에서 적합하지 않다고 비판한다. 그 대안으로 유학의 '인(仁)' 사상이야말로 개성을 중심으로 하는 정신이라고 추천한다. 이러한 유학을 세계로 확대하여 정신생활과 물질생활 사이의 조화, 개성과 사회성 사이의 조화를 실현하는 것이 국가와 세계에 대한 중국인의 큰 책임[30]이라고, 량치차오는 지구의 미래에 대한 중국인의 역할을 자부했다.

량치차오는 제1차 세계대전이 '문명'의 종언을 알리는 것이라고 받아들

....
26. 「歐遊心影錄節錄」(1919);『飮氷室專集』권23, 9쪽.
27. 같은 책, 12쪽.
28. 『先秦政治思想史』(1922);『飮氷室專集』권50, 182-183쪽.
29. 같은 책, 183쪽.
30. 같은 책, 184쪽

였다. 아주 짧은 시기 '문명'에 위축되어 유학의 전통을 비하한 적도 있었다. 그러나 그는 중국인으로서 자존감을 갖고 살기 위해서는 자신의 그 오랜 전통을 버릴 수 없다는 것을, 버릴 이유도 없다는 것을, 제1차 세계대전이 일어나기 훨씬 전부터 알아차리고 있었다.

3. 박은식의 문명 수입 노력

박은식이 본격적으로 정기간행물을 통해 계몽활동을 시작한 1905년,[31] 량치차오의 초기 개혁이론은 박은식의 모범이었다. 1907년 1월에 간행된 『서우』제2호부터 박은식은 량치차오의 「변법통의」를 번역해서 연재했다.[32] 앞 절에서 언급했듯이 「변법통의」는 유럽근대문명의 원천을 '지식'이라고 파악하고, 그 '지식'을 국민적 차원에서 보급하기 위한 제도개혁의 내용을 담은 글이다.

박은식이 참여했던 『서우』(1906. 12-1908. 01), 『서북학회월보』(1908. 06-1910. 01), 『대한자강회월보』(1906. 07-1907 .07) 등은 '교육'과 '세력'의 확장을 통한 '자강'의 실현을 기치로 내걸었다. "세계인류가 생존경쟁으로 우승열패하는 때, 국민의 지식과 세력을 비교하여 영욕과 존망을 가른다"고, 박은식은 자신의 시대를 파악하고 동시에 자신의 당면과제를 설정했다. 개명한 나라의 민족은 "교육으로 지식을 개발하고 식산으로 세력을 증장"한다고,[33] 지식과 세력, 교육과 식산을 병렬해서 언급하기도 하지만, "세력은

....

31. 박은식의 언론활동이 1905년 이후에 시작되었다는 것에 관해서는 노관범, 「1875-1904 년 朴殷植의 朱子學 이해와 教育自强論」, 『韓國史論』 43, 2000. 참조.
32. 「變法通議」의 「學校總論」이 같은 이름으로 『서우』제2호(1907. 01. 01)-제5호(1907. 04. 01)에 국한문 혼용으로 번역되어 연재되었으며, 「論幼學」이 역시 같은 이름으로 『서우』제6호(1907. 05. 01)-제10호(1907. 09. 01)에 연재되었다. 「變法通議」는 '自序' 빼고 총 13개의 절로 이루어진 글이니, 그 가운데 일부분만을 소개한 것이다.

지혜[34]에서 나오고 지혜는 학문에서 나오는"[35] 관계이다. 즉 식산으로 세력을 증진하는데, 그 토대가 되는 것은 교육이고 교육을 통해 쌓아야 할 지식이다. 그래서 결국 근본적으로는 "교육을 일으키지 않으면 생존할 수 없다"는 것이다. 그 지식이란 "기계를 이용"할 수 있는 능력으로 대변되는, 과학적이고 실용적인 이른바 근대적 지식이다. 그가 파악하기에, "세계 어느 나라를 막론하고 민족의 지식 정도에 따라 사회가 진보한다는 것은 공례"였다.[36] 박은식 역시 초기 량치차오와 마찬가지로 우승열패의 세상에서 경쟁력의 원천을 새로운 지식으로 본 것이다.

무술변법을 앞에 둔 량치차오는 제도개혁의 비전을 갖고, 정부차원에서의 학교 설립과 그 학교에서 길러진 새로운 인재를 관리로 등용하는 관리등용제도의 개혁을 기획했다. 새로운 시대의 경쟁은 민족국가 간의 전쟁이고, 그 경쟁력은 민족 전체의 힘에서 나온다고 생각했으므로, 국가 차원의 교육은 필수였다.

1905년의 을사보호조약을 통해 외교권을 빼앗긴 대한제국은 이미 독립국이라고 할 수 없었다. 『서우』 창간호(1906. 12. 01.)에서 박은식은 서우학회의 창간취지를 결연하게 밝힌다. 박은식은 교육을 통해 인재를 양성하고 중지(衆智)를 계발하는 일은 단일한 교과과정과 장기적인 예산을 필요로 하므로, 정부 차원에서 해야 할 일임을 절감하고 있었다. 그러나 정부에 그러한 기대를 할 수 없는 상황이라고 판단하고, 그 역할을 대신하기 위해 서우학회를 결성했다고 밝힌다. 평안도와 황해도 사람이 중심이 된 단체였

---

33. 朴殷植, 「大韓精神」, 『대한장강회월보』 제1호, 1906. 07. 31.
34. '지혜'는 오늘날 '지식'으로 통용되는, 당시 용어이다. 직접적인 연관을 찾은 것은 아니나, 일례를 들면 福沢諭吉의 『文明論之概略』에서도 "智란 智慧로 서양말로는 인텔렉트"(岩波文庫青, 119쪽)라고 했다.
35. 朴殷植, 「教育이 不興이면 生存을 不得」, 『서우』 제1호, 1906. 12. 01.
36. 朴殷植, 「社說」, 『서우』 제15호, 1908. 02. 01.

지만, 한성에 중앙 사무소를 차리고 매월 잡지를 발간해 교육받을 연령을 지난 사람까지 망라하여 "보통지식"을 제공하고자 하였다. 용이하게 서방 견문을 접수해서 교육에 반영하려는 것도 한성에 사무실을 차린 이유 가운데 하나였다. 즉 "중앙에서 [교육을] 촉구하고 유인하는 기관"이 되기를 자임한 것이다.[37]

박은식이 경쟁력의 원천이라고 생각한 지식은 "식산"의 "세력" 즉 경제적 힘이라는 효과를 낳을 것이라고 기대되었다. 그는 서양의 제조품, 신법률, 신학문 등은 이용후생을 위한 것이라고 평하고, 이를 거부하는 유림들을 비판한다. 점에 의지해서 일의 성패만 묻는 잡술가들을 향해서도 실제사업과 실제학문에 힘써야 한다고 촉구한다.[38] 점점 기울어가는 국세에 "정부와 인민 누가 잘못했는지 지금 말해봤자 무악"하니, 앞으로의 방침이나 세우자고 하는데, 실제로 강구할 수 있는 방침이란 인민이 각자 자활방식을 찾아 경제적으로 독립하자는 것뿐이었다. 박은식은 "인민이 생활상으로 자립함으로써 국가의 자립을 이뤄야 한다"고 호소했다.[39] 교육과 지식은 생활상 자립하기 위한 것이다. 정부에 그 교육을 기대할 수 없으니 재야에서 교육 사업을 일으키고, 그를 바탕으로 인민의 경제적 자립을 도모하고, 그럼으로써 국가의 자립을 이룰 수밖에 없다고 생각한 것이다.

그런데 그러한 지식의 성장을 바탕으로 해서 자립을 도모한다 해도, 그 미래가 밝은 것으로 예상되지는 않는다. 박은식은 "생존경쟁은 천연(天演)"이라고,[40] 피할 수 없는 자연의 전개로 받아들이면서도, "덕을 숭상한다는 미국"이 필리핀을 침략하는 것을 두고 "입은 보살이지만 행동은 야차"라

37. 朴殷植, 「本會趣旨書」, 『서우』 제1호, 1906. 12. 01.
38. 朴殷植, 「舊習改良論」, 『서우』 제2호, 1907. 01. 01.
39. 朴殷植, 「人民의 生活上 自立으로 國家가 自立을 成함」, 『서우』 제8호, 1907. 07. 01.
40. 朴殷植, 「教育이 不興이면 生存을 不得」, 『서우』 제1호, 1906. 12. 01.

고 논평한다. 그리고 그로부터 얻은 교훈은 자강해야 할 뿐 남의 원조를 바라면 노예가 될 것이라는 경계였다.[41] 그는 생존경쟁, 우승열패가 "인의도 덕의 이론에 위배되는 것이 아닌가?" 하는 질문을 던지지 않을 수 없었다. 그러나 "인의도덕이라는 것도 총명하고 지혜 있는 자, 강건하고 용감한 자가 온전히 갖는 것이고, 우매하고 나약한 자는 가진 적이 없는 것"이라고,[42] 인의도덕을 경쟁력 뒤로 밀어두어야 했다.

1905년 이전에도 박은식은 자강을 위해서 신학문 즉 유럽의 학문을 배워야 한다고 역설했다. 1904년 출간된『학규신론(學規新論)』은 그 제목부 터 학문과 교육에 관한 새로운 논의임을 표방했다. 여기에서도 박은식은 당시 조선의 교육이 책을 읽거나 글자 베껴 쓰기와 같은 수동적 방식에 머무른다고 비판하면서, 마음을 열고 신체를 기르는, 본성에 따르는 교육을 해야 한다고 역설했다.[43] 나아가 재주와 기예를 다양하게 길러야 함도 강조했다.[44] "나라의 운명은 학문에 달려있다(論國運關文學)"는 소제목 하에, 박은식은 세계 여러 나라들의 부강과 성쇠가 학문에 달려 있음을 각 나라의 예를 들어 논하고, 조선이 배워야 할 학문으로 농학, 상업학(商學), 광물학, 법률학, 군사학, 과학(格致學) 등을 든다.[45] 여기까지 보면 1905년 이후 자강의 기치와 다르지 않다.

그러나 이때까지만 해도 박은식이 신학문을 수입하자는 그 근저에는 그가 "종교", "부자의 도"(夫子之道)[46]라고 일컬었던 유학에 대한 믿음이 있었다. 새로운 학문을 해도 그것은 "자신의 본성을 실현하고 타인의 본성을

....

41. 朴殷植,「自强能否의 問答」,『대한자강회월보』제4호, 1906. 10. 25.
42. 朴殷植,「敎育이 不興이면 生存을 不得」,『서우』제1호, 1906. 12. 01.
43. 『學規新論』;『白巖朴殷植全集』제3권, 462쪽.
44. 같은 책, 같은 곳.
45. 같은 책, 478쪽.
46. 같은 책, 489쪽.

실현하고 사물의 본성을 실현하는'[47] 일이었다. 박은식에 의하면, "우리 한국은 부자(夫子)를 종사로 섬겨, 삼강오륜이 나라의 벼리가 되고 육경사서가 오래도록 도통을 이어오며 예의를 밝혀 풍속과 교화를 바로세운 지 오래되었다."[48] 즉 박은식은 이 시점에서는 유학자의 세계관을 유지하면서 실용차원에서 서양의 학문을 도입할 것을 생각했다. 유학자의 세계관을 유지했다는 것은 인간의 선한 본성에 우주적 질서가 내재되어 있다고 전제하고, 그 선한 본성을 현실에서 드러내면 그대로 윤리적인 세상이 되리라고 기대하는 것이다. 그 세계관이라면 좋은 세상을 만들 원동력은 "인의도덕"이므로, "인의도덕"보다 더 앞서는 가치는 없다.

  햇수로는 바로 뒤라고 할 수 있지만 을사늑약을 경험하면서 박은식의 언설에 새롭게 등장한 것이 "생존경쟁"이라는 정글의 원리였다. 그 결과 "인의도덕"은 좋은 세상을 만들 원동력이 아니라, "총명하고 지혜 있는 자, 강건하고 용감한 자"라는 조건에서 파생되는 하위가치가 되었다. 이미 "자신의 본성을 다함으로써" "사물의 본성도 실현"시킬 수 있는 세상이 아니었음을 인정한 것이다. 도덕적이지 않음을 인지하면서도 피할 수 없는 현실이었기에, 도덕적 판단은 접어두고 생존할 방법을 필사적으로 찾았던 것이다.[49] 박은식은 그때부터 지속적으로 정부에 의무교육을 실시할 것을 건의했다고 자술한다.[50] 그러나 끝내 대한제국에서 의무교육의 실시를

....

47. 『學規新論』, 「論維持宗教」(『白巖朴殷植全集』 권3, 478쪽)의 글로, 원문은 "盡己之性, 盡人之性, 盡物之性"인데, 출전은 『중용』이며 인용이 그대로는 아니다. 『중용』: "能盡己之性, 能盡人之性, 能盡物之性"

48. 『學規新論』; 『白巖朴殷植全集』 권3, 481쪽.

49. 교육이 나라를 세우는 관건이라고 판단한 것은 1901년으로 거슬러 올라간다. 1904년의 『학규신론』도 부분적으로 1901년 간행된 『겸곡문고』(謙谷文稿)에 실린 것을 보완한 것이다. 『謙谷文稿』의 「興學論」, 「宗教説」, 「皇室學校私議」, 「學誡」 등을 보완하거나 내용적으로 연결된다. 이에 관해서는 김현우, 「『학규신론』에 나타난 박은식의 경학관 연구—『논어』 인용 지문들의 해석을 중심으로」, 『民族文化』 제43집, 2014. 참조.

50. 朴殷植, 「祝義務教育實施」, 『서우』 제7호, 1907. 06. 01.

볼 수는 없었다.[51] "우리 전국 사회에 상류와 중류와 하류를 막론하고, 가르침을 받아 보통학문과 보통지식이 발달한 날에는 우리의 자유를 회복할 것이요, 우리나라의 자립을 극복할 것"[52]이라고, 박은식은 교육을 통한 자유와 자립을 열망했다. 이제 교육은 단순히 이용후생을 위한 것이 아니라, 나라의 독립을 위한 것이었다. "인의도덕"의 가치도 뒤로 둔, 경쟁력 고양을 위한 교육이었다.

4. 양명학으로 문명 넘어서기

대한제국은 이미 침몰하기 시작한 배였다. 지식이 자랄 터도 마련되지 못했으니 그 결과를 보는 일도 요원했다. '지식'으로 돌파구를 찾지 못한 채, 박은식의 '지식' 운동은 변화를 보인다. 1909년 3월 1일의 「유교구신론」을 기점으로, 10월 1일의 「동양의 도학원류」, 11월 1일의 「공부자탄신기념 회강연」,[53] 그리고 1910년의 『왕양명선생실기』(王陽明先生實記)[54]에 이르기까지, 박은식은 유학, 특히 양명학의 가치를 새롭게 평가하고 선전한다. '지식'에서 양명학으로, 박은식은 량치차오가 밟았던 행보를 뒤따라갔다. 망국의 현실을 눈앞에 두었다는 점에서, 량치차오보다 더 절망적인 상황에

---

51. 1906년 대한자강회가 "의무교육실시건의서"를 제출하여 중추원을 거쳐 강의에서도 통과되었다고 한다. 이 시점에서 박은식은 『서우』 제7호 (1907. 06. 01.) 「祝義務敎育實施」를 실어 그 실시를 축하했는데, 결과적으로는 일제통감부가 저지시켜 실행되지 못했다고 한다. 愼鏞廈, 『朴殷植의 社會思想硏究』, 72-73쪽 참조.

52. 朴殷植, 「勞動同胞의 夜學」, 『서우』 제15호, 1908. 02. 01.

53. 「儒敎求新論」, 『서북학회월보』 제10호, 1909. 03. 01.; 「東洋의 道學源流」, 『서북학회월보』 제16호, 1909. 10. 01.; 「孔夫子誕辰紀念會講演」, 『서북학회월보』 제17호, 1909. 11. 01.

54. 『왕양명선생실기』는 1910년에 저술되어 최남선이 창간한 월간잡지 『少年』 제4년 제2권 (1911년 5월 15일자)에 전문이 실렸다.

서의 전환이었다.

「유교구신론」에서 박은식은 유교가 기독교, 불교와 함께 세계적 발전을 이루지 못한 현실을 안타까워하면서, 인민사회에 보급하겠다는 정신의 부족, 적극적으로 가르치겠다는 자세의 부족, 이론의 번쇄함 등의 문제점을 지적한다. 핵심은 이러한 문제점을 고치면 유학이 다시 꽃피울 것이라는 전망이다.

특히 첫 번째와 관련하여 박은식은 유학이 역사적으로 민지의 개발과 민권의 신장에 힘쓰지 않은 것은 백성을 중히 여기는 맹자의 사상(民爲重)이 계승되지 못하고 군권을 중히 여기는 순자의 사상이 계승되었기 때문이라고 정리하고, 민지를 개발하고 민권을 신장하는 방향으로 '개량구신'(改良求新) 해야 한다고 주장한다. 세 번째와 관련해서는, 조선이 주자학에 입은 은혜는 크지만, 당시처럼 각종 과학을 해야 하는 시대에 그 과학 외에 본령학문을 하고자 한다면 양명학이 절실하다고 제안한다. 박은식은 각종 과학은 '지육'(智育)이고 '심리학'(心理學)은 '덕육'(德育)으로,[55] 지육과 덕육은 섞일 수 없는 각각의 영역이라고 양립시킨다.

민지와 민권을 확장하고, 한편에서 양명학으로 본령공부를 한다면 장차 긍정적인 미래를 볼 수 있다는 박은식의 기대는 다음과 같은 전망으로 이어졌다.

> 과거 19세기와 지금 20세기는 서양문명이 대발달한 시기요, 장래 21-22 세기는 동양문명이 대발달할 시기다. 우리 공자의 도가 어떻게 끊어지겠 는가.[56]

....

55. '심리학(心理學)'을 글자 그대로 이해해서 마음의 이치를 다루는 학문, 즉 철학으로 이해한 듯하다.

56. 朴殷植,「儒敎求新論」,『서북학회월보』제10호, 1909. 03. 01.

그러나 이렇게 전망하는 근거는 제시되지 않는다. 다만 서양에서는 루터가 대담함과 열혈정신으로 유럽을 암흑에서 구했다는 일이 '개량구신'의 일례로 소개된다. 그리고 새롭게 한다는 것은 공자의 '온고이지신(溫故而知新)'에서 보듯 수입된 정신이 아니라 유학 내부의 정신이라고 덧붙인다. 민지, 민권, 과학, 지육 등으로 근대의 달라진 환경을 정리하며 인정하고, 이들의 추구와 함께 '본령의 학문'을 담당할 양명학이 제대로 기능한다면, 지육과 덕육의 병행으로 "동양문명"이 발달할 시기가 오리라고 막연히 기대했다.

7개월 뒤의 「동양의 도학원류」에서 유학에 대한 평가는 더 증폭된다. 박은식은 '도학(道學)' 즉 유학[57]을 "근본의 공부로서 본성을 알고 하늘을 아는, 모든 학문의 두뇌를 세우는 학문"으로 규정한다. 그리하여 "도학이 없으면, 과학상 정밀한 탐구가 있더라도 결국 속학의 틀에서 사는 것을 면하지 못할 것"이라는 결론을 도출한다. 이제 과학을 비롯한 여타 학문은 도학과 병립하는 학문이 아니라, 도학의 지도를 받아야 할 지위로 내려간다.

개인뿐 아니라 일반사회에서도 "도학이 밝혀지지 않으면 오직 공리를 쫓고 사기를 사용해서 인도를 능멸하고 천리에 역행할 것"이라고, 도학의 부재상황을 파탄으로 진단한다. 직전까지 추구하던 '지식'을 "공리", 나아가 "사기"와 연결시키고 있는 것이다. 이전에 생존경쟁에 대해 유보했던 "인의도덕" 여부에 대해 생존경쟁이 근본적으로 이익을 추구하는 행위로서 윤리와 무관한 것임을 인정한 것이다. 직전까지 조선의 독립을 위해 종사했던 그 생존경쟁은 "부자형제 사이도 서로 원수로 여길" 수 있는 패륜에 이르는 것이었다.[58]

⋯⋯⋯⋯⋯⋯

57. 박은식은 이 글에서 복희, 기자, 우, 문왕, 무왕, 주공, 맹자, 동중서, 정자, 주자 등을 도학의 원류로 서술하고, 그 마지막에 왕양명의 '致良知'설과 '知行合一' 등을 두면서 "東洋道學界의 天人合一의 道를 先後 發明한 源流"라고 끝맺었다. "未完"으로 표기되었으나, 이후 이어지지 않았다.

그 한 달 뒤의 「공부자탄신 기념회강연」에서는 유학에 대한 더욱 대담한 평가가 이어진다. "세계진화가 고도로 발달하면 반드시 대동교(大同敎)가 세상에 퍼져 천하위공의 지치를 볼 수 있을 것"이라고 전망하면서, 조선 유학자의 이론을 한문과 영문으로 번역하여 세계에 파급시키자고 제안한다. "대동교"란 공자가 주창했다는 '대동사상'을 내건, 유학을 대신한 이름이다. 이처럼 유학의 역할을 기대하는 한편, 현재는 모든 사업이 '실행'이 중요하므로, "독서만 할 줄 알면서 앎이 앞서야 실행이 뒤에 온다고 하면 틀린 것"이며, "지행합일"이 최상의 학문방법이라고 강조한다. 나아가 변화하는 사태(人情事變)에서 연마하지(磨鍊) 않으면 쓸모없는 학문"이 된다고, 양명학의 '사상마련(事上磨鍊)'을 염두에 두고 교육과 식산의 실행을 역설한다.[59]

이처럼 양명학이 현 시대의 유학임을 이야기하던 박은식은 1910년에는 본격적으로 『왕양명선생실기』라는 단행본을 발표했다. 여기에서 박은식은 왜 지금 양명학인가에 대해, 과학을 비롯해 습득해야 할 지식이 늘어난 당시에, 양명학의 "간이진절(簡易眞切)"한 방법이 아니라면 도학을 할 수 없을 것이라는, 이전의 생각을 반복해서 기술하는데, 여기에서는 이것이 량치차오의 말을 빌려 온 것임을 밝힌다. 나아가 박은식은 견문지(見聞知)와 덕성지(德性知)라는 유학의 용어[60]를 가져와, 앞의 「동양의 도학원류」에서 사용된 '과학'과 '도학'을 대신하게 한다. 「동양의 도학원류」에서는 도학으로 과학을 지도할 것을 구상하였는데, 여기에서는 견문지를 보다 부정적인

....

58. 「東洋의 道學源流」, 『서북학회월보』 제16호, 1909.10.01.

59. 「孔夫子誕辰紀念會講演」, 『서북학회월보』 제17호, 1909.11.01

60. 지의 영역을 '덕성지'와 '견문지'로 나눈 단초는 『中庸』의 "尊德性而道問學"에서 처음 보이는데, 송대의 張載가 견문지는 경험적인 지식을 가리키고 덕성지는 "性과 天道"로 상징되는 형이상학적 지식을 가리키는 것으로, 그 각각의 영역을 명확히 나누었다. 『正蒙』, 「大心」: "見聞之知, 乃物交而知, 非德性所知, 德性所知, 不萌于見聞."

시각으로 보고 있다.

옛날부터 성현들은 인의의 가르침으로 천하의 인심을 바꾸고자 했다. 그러나 후세의 풍속과 기풍이 더욱 사치한 데로 쏠리고 인욕이 더욱 횡행하여, 산을 넘을 만큼 큰 홍수가 천지에 가득했다. 게다가 인류의 생존경쟁이 오직 지식과 기능의 우열 만에 따르니, 발본색원(拔本塞源) 주의가 어찌 우원하고 불필요한 것이 아니겠는가. 그러나 성현은 천하의 다툼을 그치게 하고 천하의 난에서 구하는 것을 마음으로 삼았으니, 어찌 지식과 기능을 가지고 경쟁의 전쟁터에서 각을 세우고 싸워 민생의 화를 보태겠는가. 이것이 바로 성인의 뜻이 인의가 되는 이유이다. 이 발본색원론은 근세 과학자의 입장에서 보면 시무와 인류의 생활에서 멀다고 할 것이다. 그러나 과학자의 성질이라는 것은 항상 개인의 사사로운 생각에 머물고 공공의 이해는 돌아보지 않는 사람이 많으니, 이 폐단을 어떻게 막을 것인가?[61]

보통교육의 확대를 통해 생존의 돌파구를 찾으려고 했던 직전까지의 일이 "지식과 기능을 가지고 경쟁의 전쟁터에서 각을 세우고 싸워 민생의 화를 보태"는 일로 바뀌어 있다. 경쟁의 전쟁터에 종사하는 일을 하는 과학자 역시 "개인의 사사로운 생각에 머물고 공공의 이해는 돌아보지 않는 사람"이 많다고 부정적으로 평가된다. 이러한 세태로는 사사로움과 인욕으로 추동되어 지식과 기능의 우열을 다투는 폐단을 면치 못할 것이라는 생각이다. 그렇다면 견문지의 긍정적인 역할은 인정되지 않는 것인가? 박은식은 양명의 '사상마련(事上磨鍊)'을 해석하면서 그에 대한 대답을 준다.

....

61. 『왕양명선생실기』; 『白巖朴殷植全集』 권3, 606-607쪽.

선생의 학문은 본체의 지를 얻는 것이므로 견문지를 늘릴 겨를이 없으니, 당연히 실용과는 좀 멀어질 것이지만, 일에 임해서 변화에 대처하는 데에는 훨씬 항상된 법도를 적용하니, 일층 어려운 일을 만날 때마다 더욱 정신을 쏟는다. 예컨대 좋은 쇠가 불에 들어가면 더욱 광채를 내는 것과 같다. 견문지식을 쌓는 세상의 선비보다 선생이 그 효과가 훨씬 많은 것은 왜인가? 세상 선비들의 견문지식은 많아서 넘치면서도 [실제와] 부합하지 않는다. 그 선비들이 듣고 보고 안 것은 겉돌고 넘치며 절실하지 못하여 말로 설명하는 데서 떠나지 못한다. 선생의 본체공부는 실제 일에서 갈고 닦아(事上磨鍊) 정밀하고 밝음을 이루어 철저하게 깨닫는 것이다. 그러므로 살펴서 구별하는 앎이 천하의 시비에 어둡지 않고 스스로를 믿는 힘이 천하의 이해관계 때문에 손실되지 않으며, 손이 가는 대로 일을 처리하는 것이 마치 아무 일도 없는 듯이 웅대하다. 그러므로 '실제 일에서 갈고 닦는 것'이 곧 앎이며 실행이고, 움직임이며 고요함이다.[62]

박은식의 이해에 의하면, 양명이 알려주는 '사상마련'의 공부는 견문지가 아니면서도 견문지의 효용을 넘어선다. 게다가 견문지에는 없는 "천하의 시비"와 "이해관계 때문에 손실되지 않"는 확고함을 갖고 있다. 그러면서도 세상일에 무능한 것이 아니라 "마치 아무 일도 없는 듯이 웅대"한 일처리 능력을 발휘한다. 이런 능력이라면 견문지는 따로 필요 없다.

박은식은 변화하는 세상에 열려있는 양지라는 주체성과 함께 이 사상마련(事上磨鍊) 공부가 당시 한반도에 시의적절한 양명학의 장점이라고 파악했다.[63] 발본색원을 통해 덕성지를 확립하고, 그 덕성지는 "공공의 이해"를

---

62. 『왕양명선생실기』; 『白巖朴殷植全集』 권3, 588쪽.
63. 실제로 박은식이 양명학에 주목하게 된 배경에는 량치차오와 일본의 다카세 다케지로의 영향이 있다. 시기적으로 다카세 다케지로가 가장 앞서고 일본에 망명해있던

지향하며 사상마련의 공부에 힘쓸 것이다. 그렇다면 당시와 같은 전쟁터와
는 다른 세상을 내다볼 수 있을 것이다.

　박은식은 유럽근대문명을 배워 우승열패의 전쟁터에서 살아남기 위해
필사적으로 노력했다. 그러나 우자만이 살아남는다는 그 전쟁터에서 우자
가 될 전망은 보이지 않았다. 점점 확실해가는 국권상실이라는 현실을
앞에 두고 박은식은 생존도 감당하지 못하면서 인의예지와도 멀어지는
그 문명의 길을 패륜의 길이라고 비판하며 양명학을 통해 새로운 세상을
열어가기를 기대한다. 국권의 상실이 이미 움직일 수 없는 사실로 굳어
가는데, 새로운 지식의 추구로는 앞을 내다볼 수 없었다. 양명학으로 실용적
인 지식의 습득과 함께 인의예지의 인간의 길도 열어갈 수 있기를 필사적으
로 바랐을 것이다. 그럴 수 있다면 생존과 함께 인의예지를 실천하는 인간의
길도 회복할 수 있을 것이었다.

　그런데, 이러한 이념적 지향이 당장의 현실을 얼마나 바꿀 수 있었는지는
젖혀두고라도, 양명학이라는 유학은 과연 한반도의 미래가 될 수 있을까?

5. 중화주의의 극복, 그리고 민족의 다른 미래

　유럽근대문명은 한반도로서는 그 좋음을 알기도 전에 위협적인 것으로
다가왔다. 박은식은 지식이 경쟁력의 원천이라고 파악했지만, 그 지식이
가져올 결과는 경제적인 부와 군사적인 강함 정도였다. 그것은 생존을
위한 것이었을 뿐, 그것이 삶에 가져다줄 수 있는 가치에 대해서는 음미할
기회도 없었다. 더구나 박은식에게는 그 지식을 키울 기회조차 변변하게

....

　　량치차오가 그에게 자극받아 양명학에 주목한다. 이러한 사정과 더불어 박은식의
　　양명학 평가에 관해서는 이혜경, 「박은식의 양명학 해석 ── 다카세 다케지로와의
　　차이를 중심으로」, 『철학사상』 55호, 2015. 참조

주어지지 않았다.

　지식의 축적이 여의치 않은 와중에, 량치차오와 마찬가지로 박은식은 한쪽으로 치워 두었던 유학을 다시 불러내어 유학에게 중요한 역할을 요청했다. 그 역할이란 태생적으로 삶의 지혜와 분리되어 태어난 문명의 지식을 지도하는 것이었다. 유럽의 근대문명, 유럽의 과학이 유학의 심성학 아래로 포섭되는 것을 구상한 것이다. 나아가 양명학만으로도 변화한 현실에 적합한 실용의 지식을 포괄할 수 있다는 기대를 하기도 했다.

　그런데 박은식에게 유학은 근대문명을 만나기 이전의 유학과 달라져 있었다. 량치차오에게 유학과 중화주의의 회복은 공자와 중국 중심으로 세계를 다시 재편할 수 있는 전망을 주는 것이었지만, 박은식은 중국인이 아니었다. '천하가 존재 전체이고 중화가 그 전체를 포괄한다고 생각하던 때와는 많은 것이 달라졌다. 민족국가의 시대였고, 천하는 전체가 아니라 중국이었고 중화주의는 중국중심주의였다. 대동교 활동도 잠시,[64] 명실공히 국권을 잃고 만주로 망명한 박은식은 더 이상 대동교 신도로 머물 수 없었다. 조선의 유학이란 그럴 수 있는 것이 아니었다. 박은식은 더 이상 량치차오를 본보기로 삼을 수 없었다.

　대종교(大倧敎) 신자의 집에 머물렀던[65] 영향만은 아니었을 것이다. 박은식은 만주에 가서 대종교 신도가 된다. 단군을 민족의 시조로 모시면서 박은식은 민족의 중요성을 역설하며, 자연히 중화주의 즉 중국중심주의를 해체하는 작업을 하게 된다. 유학은 더 이상 한반도의 가치가 될 수 없었다.

　1911년 박은식은 「몽배금태조(夢拜金太祖)」, 「천개소문전(泉蓋蘇文傳)」,

64.　1909년 9월 11일 창립된 대동교는 1910년 8월에 해산하였다. 대동교의 창립 상황과 운영 및 해산에 관해서는 김순석, 「박은식의 대동교 설립운동」, 『국학연구』 제4집, 2004. 참조.

65.　남만주에서 대종교의 제3세 도사교인 윤세복(尹世麟, 1881-1960)의 집에 머물렀다고 한다. 윤세복은 박은식의 「몽배금태조」에 서문을 썼다.

「명림답부전(明臨答夫傳)」 등, 몇 편의 영웅전을 썼다. 「몽배금태조」는 백두산에서 발흥한 금나라 태조가 단군의 후손으로서 한반도의 조상으로 등장하는 픽션이다. 이 글은 형식상으로 그 이전까지 구국에 대해 박은식이 품고 있던 생각을 대변하는 '무치생(無恥生)'과 무치생보다 한 차원 더 높은 길을 제시해주는 금태조와의 대화로 이루어졌다. '이적'으로서 중원을 차지했었던 금나라의 시조가 주인공으로, 더구나 한반도의 조상으로 등장한다는 것은 의미심장하다. 이 직전까지 박은식의 생각이 교육과 식산에 의한 세력의 확대, 양명학적 덕성지에 의한 분발 등이었다면, 금태조가 제시하는 입장은 일단은 중화주의의 탈피와 민족주의의 고취였다.

박은식은 금태조의 입을 빌려 조선 유학의 모태인 송나라, 그리고 유학과 중화주의를 비판한다. 금태조는 송나라가 도덕원리, 충요절의, 존화양이의 기운이 넘치는 나라이면서도 자신이 중원을 함락시켰을 때 송 황제를 위해 절의를 지켜 죽은 사람은 한 사람밖에 없었다고 비웃는다. 또한 자신이 중원을 함락시키기 전에는 이적이라고 멸시하더니, 이후에는 자신을 성인이라고까지 칭송하는 비굴함을 보였다고 역겨워 한다. 그는 송나라의 유학 기풍에 대해, 말만 앞세움으로써 명예를 도적질하여 진실이 소멸되고 허위의 악풍만이 자라났다고 간단히 정리한다.[66]

그런데 송나라의 학문과 문장은 인정할 만하다고 평가한다. 그렇다면 송나라의 학설을 따른 조선은 어떠한가? 조선 사람들은 맹종할 줄 알뿐, 스스로의 학문과 문장도 갖추지 못하고 한갓 중화(華)만 숭상하는 폐단으로 더욱 허위를 키웠다고 한심해 한다. 금태조는 조선인들의 중화주의에 대해 다음과 같이 일갈한다.

조선의 유생이 주창하는 존화양이는 무엇을 말함인가? 세계만국의

---

66. 「몽배금태조」, 『白巖朴殷植全集』 권4, 181쪽.

모든 사람이 모두 자기 나라를 존중함으로써 의리를 삼는 까닭에 중국인은 존화양이를 주장하거니와, 오늘날 조선 사람들은 자기나라가 아닌 다른 나라 즉 중국을 존중하는 것으로 일대 의리로 생각하니 이는 자국의 정신을 소멸케 하는 것이 아니고 무엇인가?[67]

중국인의 "존화양이"가 분명하게 민족주의로 정리되고, 조선인은 민족주의를 모르는, 오히려 자국의 정신을 소멸시키는 한심한 종족으로 비판되고 있다. 박은식은 드넓은 만주가 조상의 영토였는데 그것을 오랑캐의 것으로 만들고도 반성할 줄 모르는 채 스스로를 "예의의 나라"라고 하는 조선 유학자들을 향해, "이른바 '예의의 나라'는 조상의 공덕을 기념하지 않는 자의 구실일 뿐이고, 이른바 소중화는 타인의 노예를 스스로 감수하는 자의 휘호인가"[68]라고 비판한다. "말만 높고 행동이 따르지 못하여 세상을 속여 이름을 도적질하는 무리"일 뿐인 유생이 "쓸데없는 말과 겉치레로써 어찌 백성을 구제하고 국가의 위기를 극복하는 데 도움이 있겠는가"[69]라고 하니, 유학에 대한 기대는 이제 접을 듯하다.

「천개소문전」에 이르면 유학에 대한 비판은 더 심해진다. 천개소문 즉 연개소문 역시 금태조와 마찬가지로 중국을 굴복시킨 패기 있는 영웅이었다. 박은식은 연개소문이 제대로 평가받지 못하는 풍토는 유학이 만든 것이라고 비판한다.

과거 오백년간 국민이 태두처럼 떠받든 자가 유림파요, 국민을 죽이고 살리는 기관을 장악한 자는 귀족당이다. …… 유림파에서는 일찍 연구를 거듭하여 국민의 사상을 계발한 자도 없었고 역사를 발휘하여 국민의

----

67. 같은 책, 182쪽.
68. 같은 책, 169쪽.
69. 같은 책, 180쪽.

성격을 배양한 자도 없으며 정학(政學)을 연구하여 국민의 이익을 공급한 자도 없었다. 다만 당송사상의 내용 없는 문장(浮文)과 내용 없는 형식(虛式)을 읊조리다 그 독을 퍼뜨려 일반사회의 기풍을 소진케 했을 뿐이다.[70]

나아가 유학은 "오백 년 동안 영웅의 씨를 말리고 베어 없애 민지를 군혀 막아버리고 민기를 속박"하였고, 그 결과 "20세기 오늘에 이르러 단군대황조의 자손 4천만 민중은 광대한 천지간에 붙어 살 곳을 잃고 말았"으니,[71] 유학은 망국의 원흉인 것이다.

그렇다면 조선이 나아갈 길은 실용적인 학문의 추구와 함께 민족주의의 고취인가? 맹목적인 문명 지향을 반성하고 양명학의 덕성지를 필요로 하던 노선에서, 박은식은 민족주의를 고취함으로써 다시 민족경쟁력을 최고로 평가하는 노선으로 돌아온 것인가?

그런데 「몽배금태조」에서 요청된 것은 민족주의에 머물지 않았다. 다음은 금태조의 말로, 생존경쟁과 만물인체의 인을 특이한 방식으로 공존시키고 있다.

동양의 학가(學家)는 하늘이 낳은 만물은 반드시 그 까닭이 있으니, 자라는 것은 배양하고 넘어지는 것은 뽑아버리라고 했다. 서양의 학가는 물(物)이 경쟁을 하면 하늘이 택하여 적자를 생존케 한다고 했다. 대개 하늘의 도는 모든 중생을 아울러 낳고 길러 모든 것에 후하고 박하게 함의 구별이 없다. 도덕가는 이를 원본으로 삼아 만물일체의 인을 발휘하고 추진하여 천하의 경쟁을 그치게 함으로써 구세주의를 삼은 것이다. 그러나 하늘이 만물을 낳아 모두 함께 길러 서로 피해가 없게 한 것이지만,

70. 「천개소문전」, 『白巖朴殷植全集』 권4, 341쪽.
71. 같은 곳.

그 물이 스스로 커나갈 힘이 있는 자는 생존을 얻을 것이요, 그렇지 못하면 생존을 얻지 못할 것이다.[72]

동양과 서양이 각각 표현은 다르지만 모두 생존경쟁을 긍정하고 있다는 것이다. 생존경쟁의 현실을 인정할 수밖에 없는 상황에서 동양에서도 생존 경쟁의 현실에 대해 모르지 않았다는 것을 밝히려는 것으로 보인다. 그런데 그보다 더 눈에 띄는 것은, 동과 서를 넘어, 하늘의 도를 원본으로 삼는 도덕가를 상정하고 있다는 점이다. 도덕가를 상정함으로써, 현실의 자력 생존의 세상과 도덕가의 "구세주의"의 세상을 병렬시키고 있다. 그 구세주 의가 구체적으로 현실과 어떤 연관을 갖고 어떤 경로로 실현될 것인지에 대해서는 막연하게 처리하고 있지만, 어쨌든 박은식은 현실의 경쟁과는 다른 가치를 상정하고 있다.

다음의 인용문에서 보이는, 역사의 진행에 대한 전망은 위의 가치 설정과 맥을 같이 한다. 극심한 전쟁 뒤에 묵자의 비공론(非攻論)이 등장하고 극심한 교황의 압제 뒤에 루터의 자유설이 주창되었듯이, 또 극심한 군주전제 뒤에 루소의 민약론이 등장했듯이, 제국주의의 참화 뒤에 평등주의가 등장 할 것이라고, 박은식은 금태조의 입을 빌려 예상한다.

> (……) 다윈이 강권론을 제창함으로써 이후 소위 제국주의가 세계에서 둘도 없는 기치가 되어 남의 나라를 멸망시키고 그 종족을 멸하는 것을 당연한 공례로 삼았다. 이에 따라 세계가 전쟁의 도가니 속으로 빠져들면 서 그 화로 말미암아 극도로 비참하게 되었으니, 진화라는 관점에서 추론해 보더라도 평등주의가 부활할 시기가 멀지 않았다. 그런즉 오늘날 은 강권주의와 평등주의가 바뀌는 시기이다. 이때를 맞이하여 그것이

....

72. 「몽배금태조」, 『白巖朴殷植全集』 권4, 176쪽.

극도로 된 상황에서 극심한 압력을 받는 것이 우리 대동민족이며, 또 압력에 대한 감정이 가장 극렬한 것도 우리 대동민족이다. 그러한 이유로 장래에 평화주의의 기치를 높이 들고 세계를 호령할 자가 바로 우리 대동민족이 아니고 누구이겠는가.[73]

고난의 극한을 경험한 자들이 그 고난을 극복하는 주인공이 될 수 있었던 것은, 그 고난을 만든 것에 대한 철저한 비판과 그에 동반된 극한의 노력 때문일 것이다. 박은식은 "압력에 대한 감정이 가장 극렬한" "대동민족"이 현 제국주의를 비판하고 나아가 제국주의가 만든 불행을 극복하고 "평등주의"의 주동자가 될 것을 기대하고 있다. 즉 박은식은 '민족'의 분발을 염원하면서도 그 분발의 결과로, 제국주의와는 다른 방식으로 역사를 열어가야 한다고 내다보고 있다.

6. 왜 보편적인 가치를 묻는가?

박은식으로서는 민족주의를 놓을 수는 없었다. '민권'이든 '민지'든 근대문명이 알려준 좋은 것들을 성취하기 위해서도 민족의 독립이 우선되어야 했다. 한반도를 둘러싸고 실제로 벌어지는 일은 제국주의적 탐욕이 식민지를 개척해 가는 것이었지만, 그 명분은 민족국가가 우승열패하는 진화의 장이라는 것이었다. 민족주의를 놓을 수도 없었지만, 민족주의의 입장에서는 온전하게 중화주의도 유럽근대문명도 비판할 수 없었다. 그러나 중화주의나 문명을 비판하지 않고서는 민족의 밝은 미래를 내다볼 수 없었다.

1909년 양명학을 선창할 때부터 문명에 대한 박은식의 회의는 본격화

....
73. 같은 책, 213쪽.

되었다. 명실 공히 국권을 잃고 민족주의의 고취가 절실해졌을 때, 박은식은 유학 역시 중화주의의 산물이며 근대중국의 중화주의는 중국의 민족주의일 뿐임을 깨닫는다. 그러나 한국의 민족주의를 성공적으로 발양한다고 하더라도 그것이 한국의 밝은 앞날을 보장할 수 없음을 모르지 않았다. 제국주의에 저항하는 길은 한국 민족주의의 고취였다. 그러나 현실적으로 그 민족주의가 성공적으로 뻗어간다고 해도 자존감까지 충만한 미래를 그리기 어려웠다. 양명학을 선창할 때부터 박은식의 일련의 글들은 한편에서는 민족주의를 고취하면서, 한편에서는 민족주의에 포괄되지 않는 다른 요소를 품고 있었다. 생존을 위한 길을 모색하는 한편에서 박은식은 동시에 민족을 넘어선 보편의 가치를 찾고 있었다.

1911년 작품으로서 고구려인 '명립답부'를 다룬 「명립답부전」은 고구려가 한반도의 "4천년 역사에서 가장 자주독립의 자격이 완전하여 신성한 가치가 있는 시대"였기 때문에 지어진, 다분히 민족주의적 발상에서 나온 작품이다. 특히 명림답부는 선교(仙敎)라는 종교계 출신으로서 구국구민(救國救民)주의를 실현한 사람이기 때문에 조명되었다. 박은식이 생각하는 바람직한 지도자는 덕성지를 필수로 갖춘 사람이어야 하기 때문이다. 박은식은 명림답부를 "영웅호걸과 인인군자의 자격을 합하여 완전무결한 사람"[74]이라고 표현한다.

그런데 이 글에서도 위와 같은 민족주의와는 또 다른, 독특한 심상을 동시에 드러낸다. 이 글의 「서론」에서 박은식은 다음과 같이 말한다.

우리가 금일에 이르러 고구려 역사를 숭배하고 기념하여 우리의 인(仁)과 우리의 법신(法身)과 우리의 곡신(谷神)과 우리의 영혼(靈魂)이 이 세상에 부활하여 인류자격에 참여할 것이다. 만일 이 인과 이 법신과

---

74. 「명림답부전」, 『白巖朴殷植全集』 권4, 273쪽.

이 곡신과 이 영혼이 전몰하고 다만 사대육신이나 세상에 기대고 있어 배고프면 먹을 줄이나 알고 목마르면 마실 줄이나 알뿐이면 우리 민족이 설사 비상히 증식되어 2억만이 될지라도 다만 2억만의 금수종자를 증가하는 것이니 타민족의 식료품이나 더욱 바칠 뿐인 것이다.[75]

한반도에서 가장 팽창했던 "고구려 역사를 숭배하"는 이 민족주의적 정신과 함께 "인", "법신", "곡신", "영혼"이라는, 아마도 당시 박은식이 알고 있던 동서양을 망라한 모든 최고의 가치들이 "인류자격"을 위해 지향된다. 민족이 원하는 것은 고작 물리적 팽창이 아니라 이 숭고한 가치들을 회복하여 "인류자격"에 참여하는 것이다.

박은식은 유학 역시 버리지 않고 유학이 품고 있는 보편을 보고 있다. 이 유학은 '유교구신'을 주창하며 "서양문명"을 대신할 "동양문명"으로서의 유학과는 다른 것이다. 보편적인 가치라면 그것이 유, 불, 도, 기독교에서 다른 이름으로 불리고 있더라도 같은 실상일 것이다. 그것을 회복하는 것이 민족이 자존하는 참된 길이라고 제시한다.

이 방향으로의 자존 찾기가 박은식의 이후의 행보에서 어떻게 실현되는지는 앞으로의 과제로 남겨둔다. 나아가 이러한 특성이 한국근대 전반의 성격 형성에 어떻게 관여하고 있는지도 앞으로 주목해 봐야 할 과제로 남겨둔다.

75. 같은 책, 267쪽.

제3부

유학 전통과 중국의 근대성

제9장

유가의 시각으로 본 '국가'와 '신캉유웨이주의' 사조[1]

깐춘송 (干春松)

1. 들어가는 말: 국가, 합법성, 캉유웨이, 천하주의

21세기에 들어와 중국대륙에서 이미 역사의 쓰레기더미 속에 버려진 것처럼 보였던 유가사상이 다시 새로운 생기를 얻게 되었다. 그 원인에 대해 여러 가지 분석이 있지만 종합하자면 중국정부 쪽에서의 추진, 지식계층의 주목과 민간의 지지로 정리할 수 있다. 정부 입장에서는 폭력적인 혁명으로 정권을 탈취한 것에서 인민을 위해 복지를 추구한 것으로 전환하여 어떻게 자신의 합법성을 보여줄 것인지가 가장 중요하다. 또 자신의 집권과 유구한 문명을 어떻게 연결시킬 것인가 하는 것 역시 아주 중요하다. 이 때문에 중화문명을 대표하는 유가사상은 분명 중국정부의 필요성 때문에 인정해주고 선양하여 발전시키는 것이다. 하지만 5·4 신문화운동, 마르크

---

1. 태정희 옮김.

스주의와 전통 유가의 관계를 어떻게 처리할 것인지에 대해 창의적인 방법을 찾아내려면 여전히 긴 시간이 필요하다.

지식인들은 줄곧 유가의 전통적인 존재를 주목해왔다. 5·4운동이 일어난 후 신유가 사조가 점차 형성되었고 꾸준히 계승하고 발전시키는 지식인이 있었다. 그러나 21세기 초에는 대륙에서 신유가 집단이 형성되고 이들은 유가의 시각으로 중국 현대정치와 사회문제를 해석하기 시작한다.

민간의 힘이 유가 부흥에 갖는 중요성에 대해 우리는 반드시 주목해야 한다. 민간에서 자발적으로 일어난 독경(讀經)운동과 농촌의 종족세력이 집체(集體) 경제가 파괴된 후에 점차적으로 부활한 것은 유학이 여전히 현실적인 영향력을 갖고 있음을 말해준다. 사실 민간의 유학 부흥의 힘은 심지어 정부와 지식인들이 유학의 가치를 중요시하는 진실된 기반이기도 하다.

정부와 민간이 유학을 중요시하는 원인에 대해 더 많은 토론이 필요하지만 본 논문에서는 주로 대륙 신유학 집단의 일부 핵심적인 관심사에 대해 소개하고자 한다.

2. 국가 합법성에 대한 재인식

중화인민공화국이 건립된 후 집권 합법성에 관한 담론은 주로 '혁명' 담론에 기반을 뒀으며 그 핵심 내용은 다음과 같다. 서구와 일본의 침략으로 중국이 '국가패망 민족절멸(亡國滅種)'의 위기에 처했었기 때문에 중국공산당은 혁명이라는 방식으로 제국주의와 봉건주의를 타파하는 임무를 완성하였다. 그중에 '중화민국'을 건국한 쑨중산(孫中山)은 '혁명의 선구자'에 속하고 그의 후계자인 장제스(蔣介石)는 혁명의 배신자이며 중국 공산당은 혁명 취지를 계승하여 중화인민공화국을 건립하였다는 것이다.

20세기 상반기에 진행된 중국 혁명에 대한 마오쩌둥(毛澤東)의 담론은 중국 혁명이 세계 혁명의 일부분이라는 점을 매우 강조하기 때문에 중화인민공화국의 건국을 세계 사회주의운동의 위대한 승리 중 하나로 인식한다. 그러나 이 담론 전략은 중국 자체의 정치 전통에 대한 부정도 내포하고 있다.

역사유물론의 영향을 깊이 받은 중국은 청나라부터 중화민국 그리고 중화인민공화국까지를 봉건주의에서 자본주의(반식민 반봉건)로, 자본주의에서 사회주의로의 도약으로 보며 이러한 변화에서 후자가 전자를 부정하고 초월하였다고 본다. 또한 그 초월은 국가체제와 정치제도뿐만 아니라 문화와 가치의 초월도 의미한다. 즉 중화인민공화국의 건국은 동시에 전통 중국에 대한 부정을 의미한다.

그러나 이러한 서술은 1978년 이후 강한 충격을 받는다. '개혁개방' 정책을 실시한 이후 중국인들은 중국이 세계적으로 '경제 후진국'에 속한다는 사실을 알게 되었다. 따라서 정부는 '혁명'을 '경제 발전'과 같은 현실적인 목적에 복종하도록 해야만 했다. 경제와 같은 실적합법성(績效合法性)으로 '천하를 평정해(打天下)' '정권을 잡는다(坐天下)'는 논리를 대체해야만 했다.

이러한 배경하에 사람들은 '혁명-건국'의 서술 모델에 대해 의문을 갖게 되었고 민주 관념의 영향 아래 집권당과 국가를 오랫동안 한데 묶어 보는 것에 대해서도 의문을 갖게 되었다. 따라서 중국 공산당 내부에서는 혁명당으로부터 건설당, 집권당으로 전환해야 한다는 목소리가 나오기 시작했다. 비록 리저허우(李澤厚) 선생이 [류자이푸(劉再復)와 나눈 대화 내용인] 1995년에 내놓은 『혁명과 고별하다(告別革命)』가 중국 국가홍보기관의 비난을 받아 아직까지도 대륙에서 출판 금지되어 있으나 이데올로기 구성과 관련하여 혁명당으로부터 집권당으로의 전환은 여전히 진행형이다. 다시 말해 중국은 사실상 '혁명과 고별'하는 과정에 있는 것이다. 혁명당에서 집권당으로의 전환에 관한 가장 체계적인 담론은 장쩌민(江澤民)이 2000년 2월 25일 광둥(廣東)성을 시찰하면서 나왔다. 이때 당의 역사 경험을 전반적으로 총결 짓고, 새로운 국면, 새로운 임무에 적응해야 하는 수요에서 출발하여 처음으로 '3개 대표론'의 주요 사상에 대해 전면적으로 서술이 이루어졌다. 그 기본 내용은 중국 공산당은 언제나 첫째, 중국 선진 생산력의 발전 요구를 대표하고, 둘째, 중국 선진문화의 발전 방향을 대표하며 셋째, 수많은 중국 인민의 근본 이익을 대표해야 한다는 것이다.

'3개 대표론'은 중국공산당에 대한 재평가이며 중국 공산당을 무산계급의 선봉대로부터 선진 생산력과 선진문화 그리고 수많은 인민의 이익의 대표자로 전환시킴으로써 큰 해석의 여지를 부여했다. 예를 들어 선진 생산력은 지식인이 그것을 가장 잘 대표할 수도 있음을 의미하며 선진문화는 서양문화뿐만 아니라 심지어 재해석된 중국 전통문화도 포함할 수 있게 되었다.

이러한 변화는 중국 공산당과 정부가 계급투쟁에서 경제건설로의 전환이라는 대세에 순응한 결과이다. 중국 공산당은 한편으로는 경제의 고속성장이라는 유리한 요소를 이용해야 하고, 또 한편으로는 이를 바탕으로 장기집권의 합법성을 해명하려고 한다. 경제의 고속성장을 집권합법성의 근거로 삼는 방법을 '실적합법성(績效合法性)'이라고 한다. 즉 경제 성장을 강조함으로써 지배력의 합법성을 확실히 세우는 것이다. 이런 방식은 현재 세계적으로 가장 보편적인 '승인(承認)'에 기반한, 즉 정기적인 투표로 정권의 귀속을 결정하는 방식과는 차이가 있으나 경제 성장과 민중의 지지 사이에 일정한 연관성이 있는 것은 사실이다.

그러나 '민주화'에 기반한 국제적인 압박보다 중국 국내의 민족 갈등이 오히려 중국정부에게 더 문제가 된다. 1997년 홍콩이 중국으로 반환된 후 중국정부는 '일국양제(一國兩制)'와 같은 전통적인 '기미'지술(羈縻之術)'을 통해 제도적 갈등을 없애려고 했다. 즉 홍콩이 어느 정도 시장체제와

'정부' 구조를 유지하게 하면서도 점차 홍콩 특별행정구 정부 수반을 유권자가 선출할 수 있도록 약속하는 것이다. 그러나 정부가 선거 문제에서 '후보 내정'을 결정하여 홍콩시민들은 그들이 기대했던 '보통선거'와는 거리가 있다고 느꼈다. 게다가 홍콩의 경제지위의 변화와 기타 사회 갈등으로 2010년 이후 홍콩은 갈수록 강한 분리주의적 성향을 나타내고 있다. 또 하나의 문제는 타이완이다. 타이완 지역의 정당교체가 순조롭게 이뤄지면서 독립성향이 강한 민진당(民進黨)은 타이완 내부의 분리주의를 끓어오르게 했다. 이 두 지역 분리주의의 가장 큰 이유는 바로 정치체제에 있다.

하지만 중국이 직면한 민족과 지역 갈등은 타이완과 홍콩뿐만 아니라 서부지역 신장과 티베트에도 있다. 이 지역의 문제는 주로 문화와 종교 신앙에서 근거한다. 독특한 외부 환경의 영향과 국가경제 정책에 대한 불만으로 신장지역에는 갈수록 많은 무력 충돌이 일어나고 있다. 티베트 문제의 경우 달라이라마가 그 지역 주민들에게 미치는 특수한 영향력에 뿌리를 두고 있다.

따라서 현대 중국과 전통 중국의 관계를 어떻게 논증할 것인가와 민족국가 문제를 어떻게 처리할 것인가는 중국 사상계의 핫 이슈가 되었다. 오늘날 중국의 사상계에서는 세 가지 사조가 중국 문제가 심화되는 데에 실질적인 영향을 미치고 있다. 첫째는 자유주의로 그들은 민주와 헌정을 통해 중국의 현재 정치체제를 바꾸고자 한다. 국가 문제에 대해 그들은 두 가지 서로 다른 성향을 나타낸다. 하나는 도의상 민주주의로 독단적 정치에 대항하는 것을 지지하며, 더 나아가 민주주의를 모토로 중국을 분리하고자 하는 주장을 지지한다. 또 다른 하나는 국가 통일을 견지한다는 전제 아래 헌정개혁을 추진하고 중국이 법제화와 민주화의 궤도에 진입하도록 노력하는 것이다.

둘째, 신좌파는 혁명의 합법성을 지지하며 정부가 국가 실적에 미친 기여를 강조한다. 또한 정부가 대부분의 정치 경제 자원을 장악하는 것이 서양의 경제 침탈을 막고 빈부격차를 해소하는 데 더 유리하다고 본다. 그들은 심지어 현재 국가가 취하고 있는 자유주의 성향이 중국을 세계 자본주의 시스템에 편입시키는 것으로 중국이 시장경쟁의 말단에 위치해 착취당하고 있으며 이는 또한 중국의 빈부격차가 심화되고 있는 원인이라고 본다. 이 때문에 정부를 믿어야만 이러한 잘못을 시정할 수 있고 사회 정의를 수호할 수 있다고 본다.

셋째, 신유가는 위의 두 유파 모두에 주목하면서 자신의 입장을 보여주려 한다. 한편에서는 혁명 서술에 대한 성찰에 기반을 두면서 또 한편에서는 자유주의 및 신좌파 사이에 서로 대항과 대화의 복잡한 관계가 존재하고 있다는 것에 눈을 떼지 않는다.

우선, 유가가 주목받은 것은 장칭(蔣慶)이 제기한 집권 합법성 요소에 대한 새로운 연구부터이다. 대륙신유가는 시종일관 유가를 주체로 하여 현대 중국과 전통 중국 사이의 연결 고리가 만들어져야 함의 중요성을 강조한다. 2004년 장칭의 『정치유학』은 출판 이후부터 수많은 논쟁을 불러일으켰으나 이 저서에는 비교적 체계적인 정치 합법성에 대한 서술, 즉 '삼중합법성(三重合法性)'이 나타났다. 장칭은 이 문제에 대해 간단명료 하게 종합한 바 있는데 그 내용은 『남도주간(南都週刊)』과의 독점 인터뷰를 참고하면 된다. 그는 인터뷰에서 다음과 같이 말했다. '지난 백 년간 중국은 줄곧 정치질서를 재건하고자 했다. 비록 내전을 통해 중국을 통일하고 강압적인 정치질서를 세웠지만 이 정치질서의 합법성 문제는 아직도 해결되 지 못하고 있다. 이는 이러한 정치질서 또는 통치 권력이 여전히 정당성의 근거를 마련하지 못했다는 것을 의미한다. 이것이 바로 내가 말하고자 하는 문제로 최근 백 년간 중국 정치질서에 합법성이 부재하다는 것이다. 모든 정치질서는 합법성 문제를 해결하지 못하면 통치 정당성의 근거를 마련할 수 없다. 즉 통치를 권리로 바꾸고 복종을 의무로 바꿀 수 없고, 따라서 장기적이고 안정적인 정치질서를 유지할 수 없다. 이 때문에 오늘날 중국의 정치 재건은 반드시 왕도정치(王道政治)의 '삼중합법성'으로 중국 정치질서 또는 통치권력의 정당성 근거를 확립해야 한다. 구체적으로 신성 초월의 합법성, 역사문화의 합법성, 인심민심의 합법성으로 중국 정치질서 또는 통치 권력을 위해 삼중 정당성의 근거를 확립해야 한다. 이래야만 사람들은 진심으로 중국 정치질서에 복종할 수 있고 중국 정치가 비로소 진정으로 장기적 안정을 실현할 수 있다. 이것이 바로 현재 중국 정치 재건의 가장 근본적이고 가장 시급한 문제이다'(2007년 8월 30일『남도주간』).

장칭은 중국근대 국가 건립은 혁명을 통해 완성된 것으로 탈취한 정권을 장기적으로 이어왔기 때문에 합법성 문제를 줄곧 해결하지 못했다고 보았다. 또한 그는 전 세계에서 보편적으로 받아들여지는 '민심' 외에도 신성성과 역사문화의 차원에서도 합법성 문제를 해결할 필요가 있다고 보았다. 여기서 신성성의 문제는 사실 공자가 창립한 왕도정치를 정치적 가치 기반으로 확립하려는 것이고 역사문화적 합법성이란 근대 중국과 고대 중국 사이의 연관성을 설명하고자 하는 것으로 사실 중국 정치 이념 속에 유가 전통과의 연관성을 부여하려고 하는 것이다.

합법성의 원칙을 나타내기 위해 장칭은 중국의 문화 주체성을 유지하는 것이 중국 국가 합법성 구축에 있어 가지는 중요한 의미를 제시했으며 공자의 후예와 역사문화 명인의 후손이 세습하여 구성한 '국체원(國體院)'으로 문명의 연속성을 보장해야 한다고 주장했다. 반면 신성성을 나타내는 천도(天道)의 합법성은 주로 유학자로 이뤄진 통유원(通儒院)으로 하여금 유가사상을 대표해야 한다고 했다. 큰 영향력을 미치는 또 다른 유학자 캉샤오광(康曉光)은 중앙당교(中央黨校)에 유가 과정을 개설하는 등의 방식을 통해 당교가 유가화(儒家化) 과정을 완성하고 그런 다음 무산계급 정당을 유학 인사 공동체로 전환시켜 이를 통해 중국을 대표하는 합법성을 증명할 수 있다고 주장한다.

이러한 개념을 비교적 간단명료하게 표현한 말이 있는데 바로 '중국으로 중국을 해석한다'는 것이다. '중국의 길'에 대한 긍정은 정부 입장에서는 기존 정치 체제를 긍정하는 일종의 방법이지만 신유가에 있어 중국의 길은 중국이 구소련화된 국가 체제에서 벗어나 중국의 독자적인 가치를 기준으로 하는 새로운 성장의 길로 나아가는 것을 의미한다. 이로 인해 여러 각도에서 상세한 토론이 이루어지고 있다.

이러한 토론은 (유가반대파가) 현대 정치 법률제도를 전통 유가 가치에 대한 곡해에 기초하여 5·4운동 이후 유가를 단순하게 전제를 제창하는 법제모델로 보는 것에까지 연장되었다. 예를 들어 우한(武漢)대학 교수 궈치융(郭齊勇)은 유가의 가족윤리가 중국 부정부패의 근원이라는 일부 비판에 대해 적극적으로 반박했다. 그는 중국의 전통적인 '친친호은(親親互隱)'(친족 간에는 서로 잘못을 숨겨주는 것)이 인륜에 부합할 뿐만 아니라 서양 법률 체제 중의 회피원칙과도 일치한다고 주장했다.

중국은 경제 고속 성장과 함께 민족적 자신감을 되찾았다. 이런 큰 배경 아래 정부 이데올로기는 유가와의 공통점 하나를 찾은 것 같다. 비록 앞서 말한 것 같이 그 출발점과 최종 소구는 다르지만 유가 가치와 현대 국가 사이의 관계를 인정한 것이다. 새로운 세대의 유학자들은 신혼인법, 노후보장, 평분운동(平坟, 장례 매장 방식 개혁) 등 문제에 관해 적극적으로 공공정책에 대한 논의를 펼쳤다. 그리고 이 모든 분야에서 근본적 변화가 나타나는 것은 시진핑(習近平)이 새로운 국가 지도자로 취임하면서부터이다.

2013년 시진핑이 중국 국가 주석, 중국 공산당 중앙 총서기에 취임한 후 중국문화와 현대 중국의 관계에 대한 담론이 한층 더 많아졌다. 이는 또한 국가 이데올로기 차원에서 유가적 기호(符號)를 흡수해 중국의 길을 논증하기 시작했음을 의미한다. 시진핑은 2013년 11월 공자의 출생지인 취푸(曲阜)를 방문, 공자연구원에서 연설을 했는데 이는 정부가 이제는

'유학을 존중하겠다'는 신호로 받아들여졌다. 중국 공산당 창건 이후 국가 최고 지도자가 공자묘를 참배한 것이 처음이었기 때문이다. 2014년 5월 4일 시진핑은 베이징대학의 유학 대학자인 탕이제(湯一介) 교수를 특별히 예방한 데 이어 그해 9월 24일에는 공자탄생 2565주기를 기념하는 회의에 직접 참석해 담화를 발표함으로써 유가와 중국 전통문화가 중국의 핵심 가치 구축, 국정운영, 그리고 세계평화를 위해 충분히 기여할 수 있다는 긍정적인 입장을 보여주었다. 그 후 중국정부의 일련의 발언과 실제 정책을 보면 새 지도자가 중국 전통에서 집권 합법성의 자원을 얻고자 하는 의도가 매우 분명함을 알 수 있다.

자오펑(趙峰) 중국 공산당 중앙당교 교수는 2014년 12월 29일 『원도(原道)』 창간 20주년 회의에 참석하여 다음과 같이 말했다. "시진핑은 중공의 세 번째 담론체계를 구축할 가능성이 많다. 마오가 구축한 첫 번째 체계는 계급투쟁을 모든 것의 최고 기준으로 삼았고 공산당의 합법성에 대한 재평가도 이 기준에서 이야기되었다. 두 번째 체계는 덩샤오핑(鄧小平)시대에 만들어진 것으로 덩샤오핑은 모든 합법성, 합리성을 현대성에 귀결시켰다. 공산당이 왜 합리적인가? '4개항 기본 원칙'은 왜 합리적인가? 이런 문제는 반드시 현대화 프로세스에 부합하여야 했다. 시진핑의 담론체계에는 큰 변화가 있다. 현대성 프로세스, 중국 특색의 사회주의, 개혁개방, 마오의 합법성과 덩샤오핑의 합법성 등을 포함한 모든 합법성은 중화민족 부흥이라는 점에 초점을 맞추어 해석할 때 의미가 있다고 본다. 이는 실로 매우 큰 변화라 할 수 있다.[2]

이러한 관찰 결과는 실제 상황에 부합한다고 말할 수 있다. 예를 들어 시진핑이 제기한 '차이나 드림(中國夢)'은 민족부흥의 신념을 분명하게

---

2. 챈밍(陳明) 등, 『시진핑 유가 존중을 유가는 어떻게 대응해야 하는가?』, http://www. 21ccom.net/articles/thought/bianyan/20141223117948_4.html.

강조하였다.[3] 시진핑은 또 다른 연설에서 차이나 드림과 5천년 문명 사이의 관계를 특별히 거론하였으며 '이론에 대한 자신감, 노선에 대한 자신감, 제도에 대한 자신감'을 역설했다. '차이나 드림을 실현하기 위해서는 반드시 중국 특색의 사회주의라는 중국의 길을 걸어야 한다. 이 길은 쉽게 얻어진 것이 아니다. 개혁개방 30여 년의 위대한 실천을 통해 얻은 것이며 중화인민 공화국 성립 60여 년의 지속적인 탐색 중에 얻은 것이다. 또한 근대 이후 170여 년의 중화민족 발전 여정에 대한 심도 있는 결산을 통해 얻은 것이다. 중화민족 5000여 년의 유구한 문명의 전승 속에서 얻은 것으로 깊고 단단한 역사적 뿌리와 광범위한 현실적 기초를 가지고 있다. 중화민족은 비범한 창조력을 가진 민족으로 위대한 중화문명을 창조했다. 우리도 지속적으로 중국 실정에 맞는 성장의 길을 개척하고 걸어 갈 수 있다. 전국 각 민족 인민은 반드시 중국 특색의 사회주의 이론에 대한 자신감, 노선에 대한 자신감, 제도에 대한 자신감을 키워나가고 정확한 중국의 길을 따라 조금의 흔들림도 없이 용감하게 전진해 나가야 한다.'[4] 최근 시진핑은 세 가지 자신감 뒤에 문화에 대한 자신감을 추가했다. 2014년 2월, 시진핑은 정치국 학습을 주재하는 과정에서 '어진 마음을 가지고(講仁愛), 민본을 중요시하고(重民本), 신용을 지키고(守誠信), 정의를 존중하고(崇正義), 화합을 중히 여기며(尙和合), 대동을 추구(求大同)'할 것을 역설 했다. 그는 또 사회주의 핵심 가치관을 키우고 널리 알리는 것은 반드시 우수한 전통문화를 기반으로 해야 하며 우수한 전통문화의 시대적 가치를 심도 있게 발굴하고 상세히 밝혀 중화민족의 우수한 전통문화가 사회주의 핵심가치관을 함양하는

3. '누구나 이상과 추구하는 바가 있으며 꿈을 갖고 있다. 여러분이 '차이나 드림'에 대해 토론하고 있는 지금, 나는 중화민족의 위대한 부흥을 실현하는 것이 바로 근대 이후 중화민족의 가장 위대한 꿈이라고 생각 한다. 이 꿈은 몇 세대 중국인의 숙원이며 중화민족과 중국 인민 전체의 이익에 부합한다. 이 꿈은 모든 중화 아들딸들의 바램이 다.'——2012년 11월 29일 시진핑이 '부흥의 길' 전시회에서 한 발언.
4. 『시진핑 제12기 전국인민대표대회 제1차회의에서의 연설』, 2013년 3월 5일.

중요한 원천이 되게 해야 한다고 강조했다.

이런 분위기 속에서 유학 연구자들이 정치적 색채를 띤 인터뷰에 초대되고 있다. 예를 들어 현재 중국 대륙에서 가장 주목 받고 있는 유학자인 칭화대학 천라이(陳來) 교수는 2015년 7월 31일 중공중앙기율검사위원회 공식사이트와 인터뷰를 진행했으며 거기서 유가문화가 중국공산당원의 수양을 향상시키는 데 중요한 의미가 있다고 지적했다. 천라이는 인터뷰에서 다음과 같이 말했다. "유가 문화는 인덕을 키우고 인격을 높이는 것을 중시한다. 공자는 진리와 도덕에 대한 추구를 생사보다 더 중시하여 '아침에 도를 알면 저녁에 죽어도 여한이 없다(朝聞道, 夕死可矣)'고 했다. 맹자는 '부귀하나 음탕하지 않고(富貴不能淫), 가난하나 뜻을 바꾸지 않으며(貧賤不能移), 권세와 무력에 굴복하지 않아야 한다(威武不能屈)'고 말하면서 사람들에게 확고하고 독립적인 인격 존엄을 추구하고, 재물 때문에 부패하지 말고 그 어떤 외부 압력에도 굴하지 말 것을 주장했다. 불교에는 살생하지 말라(不殺生), 남의 물건을 훔치지 말라(不偸盜), 음행 하지 말라(不邪淫), 거짓말하지 말라(不妄語), 술을 마시지 말라(不飮酒)라는 5가지 계율이 있다. 이는 기본적인 도덕 계율이다. 도교도 도덕규범에 관한 격언이 많다. 예를 들어 '죄악이나 번뇌로부터 멀리 벗어나 인위적인 작위 없이 자연의 순리에 맡기라(淸淨無爲, 知足自得)'는 격언은 모두 마음을 평정시키고 욕심을 줄일 것(淸心寡慾)을 강조한다. 이 모든 것은 우리로 하여금 참다운 인간으로 살아가기 위해서 스스로를 잘 통제할 것을 요구하며 재물과 부귀영화 앞에서 자신을 바로잡도록 요구한다."

천라이는 또한 공산당원은 전통문화를 배워야만 민족 부흥의 대업을 짊어질 수 있다고 생각한다. 이는 '공산당의 유교화(儒化)'라는 논조를 떠오르게 한다. '오늘날의 당원 간부는 당의 기율과 국법을 학습함과 동시에 전통문화 자원을 더 폭넓게 학습하고 이용해야 한다. 유교, 불교, 도교에는 도덕 훈계와 요구가 많아 우리가 배우고 알아가야 한다. 이는 우리가 인간답게 살아가는 데 도움이 된다. 만약 사회 전체가 전통문화에서 인생의 깨우침을 더 많이 얻게 된다면, 삶의 지침과 계율로 삼는 등 많은 도움이 될 것이다.

중국은 예로부터 역사 전통을 중시했으며 아주 오래전부터 역사 기록을 꾸준히 해왔고 그 기록을 소중히 여겼다. 역사 기록은 민족의 역사 기억을 담고, 민족문화의 정체성을 구축하는 데 중요한 역할을 한다. 중화민족은 오늘까지 발전해 왔고 역사는 부단히 이어진다. 우리는 역사에 일정한 지위를 부여해야 하며 중국의 오늘이 바로 역사 속의 중국으로부터 발전해 온 것임을 알아야 한다.

공산당원은 중화 문화의 충실한 전승자가 되려면 자발적으로 중화 민족과 중화 문화 발전의 책임을 떠맡아야 한다. 우리는 집권당으로서 중화 민족에 대해 책임이 있고 중화 문화에 책임이 있다. 우리는 역사상 5000년 동안 이어져온 중화문명이 오늘날 새롭게 빛을 발하고 시대의 흐름에 따라 새로운 발전을 이룰 수 있도록 해야 한다. 이것은 우리가 중화민족을 위해 짊어져야 할 책임이다.[5] 천라이는 중국 공산당 중앙정치국의 이론학습 행사에도 초청받아 '애국주의' 문제에 대해 강연했다. 이는 시진핑이 2014년 베이징대학 방문 시 탕이제 교수를 예방했던 것과 마찬가지로 중국정부의 전통문화에 대한 인식 전환을 의미하는 신호로 비춰졌다.

3. 캉유웨이로의 복귀와 5·4운동에 대한 재평가

국가 문제를 주목하다 보면 필연코 1949년 심지어 1911년의 신해혁명 전후 중국이 어떻게 나라를 건립하고, 중국을 어떤 나라로 건설할 것인가에

5. http://www.ccdi.gov.cn/yw/201507/t20150730_59969.html.

대한 정치인과 지식인의 논쟁을 되돌아보게 한다. 따라서 청말의 사상과 국가와 민족문제와 관련한 토론이 최근 중국 대륙 학계의 중요한 현상이 되었다. 유학 연구 영역에 초점을 맞춰보면 주로 현대 유학의 특징에 대한 새로운 사고가 주류를 이룬다. 즉 유학을 개인의 도덕 수양에 이용해야 할지 아니면 현실문제의 연구에 적극 참여할지에 관한 것이다. 오늘날 대륙 유학을 둘러싼 이슈 중 '캉유웨이로의 복귀'는 바로 이러한 배경에서 점차 독특한 문제의식을 형성하였다.

'캉유웨이로의 복귀' 또는 캉유웨이를 현대 신유학 사조의 '기점(起点)'으로 보는 것은 많은 비판을 받고 있다. 이러한 비판은 자유주의 또는 신좌파와 같은 유학의 주요 논적(論敵)들만이 아니라 유학계 내부에서도 나온다. 많은 유학 연구자들이 학문적으로나 인품으로나 캉유웨이가 유학을 상징하는 인물로는 적합하지 않다고 본다.

전통적 이데올로기 평가시스템에서 캉유웨이의 변법은 진보적이거나 또는 혁명 사상이 나타나기 전 '과도기'[허우와이루(侯外廬)가 한 말]로 평가받으며 그가 1898년 무술변법(戊戌變法) 실패 이후 발표한 저술과 기행문은 모두 주목받지 못했다. 중화민국 건립 이후 캉유웨이는 공교(孔教)를 세울 것을 제창하고 허군공화(虛君共和, 군주 입헌제)를 주장함으로써 정치적으로는 혁명 방해세력으로, 사상적으로는 '낙후 보수'적 인물로 분류되었다. 특히 캉유웨이는 장훈복벽(張勳複璧)에 참여함으로써 신문화 운동 초기에 운동의 반대편에 서게 되었다.

그러나 흥미로운 것은 최근 캉유웨이에 대한 사상사와 유학 연구학자들의 관심이 그의 후기 사상에 집중되어 있다는 점이다. 쩡이(曾亦)와 탕원밍(唐文明)은 모두 캉유웨이의 공교(孔教)사상과 후기 정치사상 연구 서적을 출판했다. 필자는 2015년 출판한 저서 『보교입법(保教立法)』과 『캉유웨이와 유학의 '새 세상'』에서 캉유웨이가 중국사회 변혁에서 갖는 긍정적 의미를 인정하고 동시에 그를 중국 신유학 생성의 시작으로 보았다.

사실 캉유웨이의 후기 사상에 대한 주목은 1990년대에 이미 단서가 보이기 시작했다. 장칭의 정치유학 상상과 캉샤오광(康曉光) 등 학자의 '문화 민족주의' 주장이 모두 캉유웨이의 공교사상에서 유가 사상과 현재 중국의 정치 및 가치재건 사이에 존재하는 의미를 발견했기 때문이다. 따라서 유가집단에게 있어서 캉유웨이를 중요시하는 것은 대륙 유학자와 실천가들이 1980년대 '홍콩, 대만 신유가'를 배우고 의존하던 것에서 점차 벗어났음을 의미한다. 머우쭝산(牟宗三)을 대표로 하는 홍콩, 대만의 신유가가 제기한 '내성으로부터 신외왕을 창조하자(內聖開出新外王, 유학의 뿌리로 돌아가고 현대 요구에 부합하는 민주, 과학의 신외왕을 만들어 내자)'는 강령은 실제로 신문화운동의 기본 방향을 받아들인 것이며 서구의 과학과 민주의 가치를 인정한 것이다. 그들의 사명은 유가가 과학, 민주와 상용(相容)할 수 있음을 증명하는 것이었다.

　　홍콩, 대만의 신유가의 대표적인 담론과 달리 대륙의 유학 연구자들은 현대성의 도전을 받아들이면서도 유가의 경전과 가치 체계, 문화적 관습에 기반한 제도가 마련돼야 한다고 주장한다. 이런 관념은 신문화운동 이후의 유학 집단에서 많은 사람이 계승했다. 예를 들어 량수밍(梁漱溟)의 향촌사회 건설 운동과 장쥔마이(張君勱)의 헌정 실천은 모두 현대 중국 국가 건설에서 유학이 구성하는 독특한 문화 의식과 가치 취향이 차지하는 중요성을 강조했고, 유가가 개인의 도덕 수양에 한정되는 것에 반대했다.

　　물론 캉유웨이가 중국 보수주의의 '기반(基座)'이 될 수 있는지에 대해 많은 논란이 있다. 리저허우는 캉유웨이를 중국 자유주의의 시작이라고 생각한다. 또 간양(甘陽), 류샤오펑(劉小楓) 그리고 이들보다 더 젊은 우페이(吳飛) 등은 리저허우의 사조를 받아들이면서 캉유웨이가 보수적인 겉모습 뒤로 사실은 서양 제도를 받아들였다고 본다. 이 때문에 이들은 장즈둥(張之洞)이야말로 중국 보수주의의 적합한 대변인이라고 주장한다. 물론 이러한 논쟁으로 인해 캉유웨이의 흡인력은 더욱 증대되었다.

캉유웨이를 다시 주목하는 것은 우선 현대 유학 연구가 너무 철학화된 연구를 중요시하고 정치 사회 측면의 의미를 간과하는 것에 대한 일종의 시정이라고 할 수 있다. 과거(科擧)제도의 폐지와 신식 교육 체제의 구축으로 경학(經學)은 대학 체제에서 사라졌고 유가 경전은 문헌화되고 철학화되었다. 덕분에 20세기 반(反)전통 분위기 아래 유학은 숨을 곳을 찾을 수 있었지만 많은 문제를 드러냈다. 예를 들어 학과(學科)화한 유학이 과연 유학이 존재할 수 있는 가장 합리적인 방식인가? 유가 경전과 현대 유학의 관계를 어떻게 이해해야 하는가? 경학을 탈피해 존재하는 '유학'을 상상할 수 있는가? 일종의 신앙적 태도로 경전을 대해야 하는가? 등이다.

　　'캉유웨이로 돌아가는 것'은 현재 국가문제에 대한 관심과도 관련이 있다. 청나라 말기 캉유웨이의 개량 방안과 당시 쑨중산(孫中山)과 장타이옌(張太炎) 등을 대표로 한 혁명파의 '만주족을 쫓아내고(驅逐韃虜) 중화사상을 회복하자'는 민족주의 주장과 비교해 보면 캉유웨이는 '중국을 보전'하는 데 더욱 주목했다. 즉 청나라가 이룩한 국가의 판도를 계승하자는 것이다. 이것은 당시 '개량파'와 '혁명파' 사이가 갈리는 관건이기도 하다. 캉유웨이는 중국 전통은 민족 혈통의 순수함을 강조하지는 않고 민족 간의 왕조 교체와 전쟁으로 인해 끊임없이 융합하는 과정에 있다고 보았다. 그는 심지어 만주족과 한족과 같은 선조를 가지고 있다고 여겼기 때문에 종족에 기반한 혁명은 사회 폭력을 유발할 뿐만 아니라 국가 분열도 초래할 것이라고 주장했다. 1911년 중화민국 건립 전후, 캉유웨이는 미국 연방을 본뜬 방식으로 민국을 건립하는 것에 결사반대했다. 사실 지방 각 성의 독립적인 '혁명'은 이미 몽골 등 민족이 독립을 시도하는 결과를 초래했다. 따라서 캉유웨이가 제안한 방식은 군벌 할거와 소수민족의 분리를 방지하기 위한 것이었다. 이를 위해서는 성을 나누어 자치하는 방식, 즉 성의 행정 구역을 더 축소해서 독립 가능한 자원과 힘을 잃어 독립을 시도하지 못하게 해야 한다고 주장했다.

왕조국가(중화제국)에서 민족국가로의 전환이라는 엄청난 사회 변혁과 관련하여, 군주에 대한 충성을 기반으로 건립된 기존의 왕조 의식은 분명 새로운 민족국가의 응집력으로 전환되기 어려웠다. 게다가 중국은 종족주의적 태도로 새로운 국가의식을 세울 수 없기에 캉유웨이는 문명과 교화의 측면에서 국가 응집력을 찾아내자고 제안했다. 이를 목표로 캉유웨이가 구상한 것은 유가 학파를 기독교와 유사한 종교로 재건하는 것이었다.

공교(孔教) 문제와 관련해 캉유웨이는 전례 없던 도전에 직면하게 된다. 우선, 유가와 기독교는 '종교 요소'에서 큰 차이점을 갖고 있다. 예를 들어 유가는 믿는 신이 없고 신앙 조직도 없다. 공묘와 서원도 결코 유가의 종교 장소로 볼 수 없었다. 이와 관련해 캉유웨이는 복잡한 이론을 창조했다. 우선 그는 공교는 인도(人道)교에 속하며 기독교와 같은 신도(神道)교보다 더 우월한 종교 발전 단계라고 봤다. 그리고 그는 만약 유교를 국교로 정하면 사람들 각자의 신앙생활을 방해하지 않을 것이라고 생각했다. 이로부터 볼 때 캉유웨이의 유교 상상은 공민(公民) 종교에 더 가깝다.[6]

필자는 캉유웨이의 사상이 이렇게 큰 주목을 받는 것은 그가 중국 자유주의, 보수주의와 사회주의 모두의 시초이기 때문이라고 주장한 적이 있다. 그 이유는 무술변법시기 캉유웨이의 참정권과 의회제도에 대한 찬양이 훗날 중국 자유주의의 기본 명제를 구성했고, 그의 유교입국(儒教立國) 사상이 신유가 사상의 기반으로 평가되며, 『대동서(大同書)』에서 그가 구상한 이상사회는 중국이 사회주의 이념을 도입하고 이를 받아들이게 된 중요한 요인이 되었기 때문이다.

---

6.   이 문제에 대한 자세한 토론은 깐춘송의 『보교입국: 캉유웨이의 현대 전략』(北京三聯書店北京三联书店, 2015년) 참조.

4. 천하주의와 유가의 보편주의

국가 문제와 밀접하게 연관되는 것은 유가와 국제질서에 대한 논의다. 대륙 유학의 굴기(崛起) 또는 중국정부의 유학에 대한 추종은 많은 우려를 자아냈다. 특히 민족주의와 제국 문제에 관한 논의는 중국 '중심주의' 심지어 '쇼비니즘'에 대한 우려를 유발했다. 조경란 교수도 베이징 중국인민대학에서 진행한 일련의 강좌(2016년 12월 중순-하순)에서 현대사회가 힘의 논리로 움직여지지만 중국이 규모나 구성에서 어쩔 수 없이 '제국적 국민국가'라는 면모를 피할 수 없다면 힘의 논리는 최대한 축소시키고 도덕성을 확대할 수 있는 방안을 모색해야 한다고 강조했다. 이 모색에 중국의 지식인들이 힘을 모아야 한다고 주장했다. 유학자들을 향해서는 중국의 전통 속에 존재했던 '비판담론으로서의 유학'을 다시 환기하여 계승해야 한다고 당부했다. 그랬을 때만이 평화로운 그리고 공존, 공영하는 동아시아를 만들 수 있으며 가라타니 고진이 말하는 '선한 제국'도 희망할 수 있다고 내다봤다.

우리는 이 문제를 중국 대륙의 천하주의에 대한 주목으로부터 논의해 볼 수 있을 것이다. 역사 저서와 유가 경전에는 천하에 대한 해석이 아주 많다. 하지만 필자가 봤을 때 자기만의 체계를 갖춘 해석은 공양학(公羊學)의 '내외관계 이론'을 꼽을 수 있다. 유가 경전 시스템에서 공양학의 중심과 주변, 오랑캐와 중화민족(이하, 夷夏) 문제에 대한 접근 방법은 자기 체계를 가지고 있다. 물론 그 가치 기반은 유가의 왕도정치 이념 또는 맹자가 말한 '남에게 모질게 하지 못하는 정치(不忍人之政)'이다.

이하(夷夏) 인식의 문제 역시 이 서술 체계를 구성하는 일부로 이 문제와 관련하여 외관상 서로 대립되는 듯한 두 가지 사상이 있다. 첫째 '존왕양이(尊王攘夷)', 즉 왕실을 존중하고 외세를 배척하는 사상이다. 여기서 '이(夷)'를 구분하는 목적은 왕도의 교화를 강조하기 위함이다. 이하의 구분은 문아(文

野, 문명과 야만)를 기준으로 한다. 즉 종족을 기준으로 하는 것이 아니라 문명 정도를 기준으로 구분하는 것이다. 현재 많은 논쟁을 일으키고 있는 것은 이하 인식이 문명을 기반으로 세워진 것인지 아니면 종족을 기반으로 세워진 것인지의 문제다. 만약 우리가 역사 문헌 속으로 돌아간다면 이하 문제에 종족 문제도 포함됨을 부정할 수 없을 것이다. 예를 들어 '우리 민족이 아니면 그 마음이 필히 다를 것이다(非我族類其心必異)'와 같은 서술에는 종족의 개념이 내포되어 있다. 그러나 이하 인식의 주류를 이루는 경향은 문명과 야만의 차이를 구별 짓는 것, 즉 예악(禮樂)에서 선진적이냐 후진적이냐를 구별하는 것이다. 그렇다면 문야는 고정된 것이 아니다. '오랑캐가 중국으로 나아가면 중국이라 할 수 있다(夷狄進於中國卽中國之)' 는 말에서 알 수 있듯이 중국인으로 불릴 수 있는지 여부는 예악문명을 받아들일 수 있는지 여부에 달려 있지 어떤 종족에 속하는지는 중요하지 않다.

둘째, 왕자무외(王者無外)와 중심과 주변의 문제이다. 이 문제는 상대적으로 매우 복잡하다. 자오팅양(趙汀陽)의 천하체계 중 한 핵심 단어가 바로 '무외'이기 때문이다. 즉 예외가 없다는 것이다. 모든 사람이 왕도 정치를 받아들일 수 있다.

유가 문헌을 보면 유가의 사랑(愛)은 친친(親親), 인민(仁民), 애물(愛物)의 순서를 따라 사랑의 범위를 끊임없이 늘려나간다. 유가 경전을 보면 인간의 사랑하는 마음은 '가까운 사람부터 시작(自近者始)'되는 방식으로 구성된다. 즉 다른 사람에 대한 관심 또는 사랑은 가까운 사람에서부터 시작할 수밖에 없다. 우리에게 가장 익숙한 말을 빌자면 '우리 집 어르신을 공경하듯 남의 집 어르신을 공경하고, 우리 집 아이를 사랑하듯 남의 집 아이를 사랑하라(老吾老以及人之老, 幼吾幼以及人之幼)'는 것이다. 다시 말해 주변의 가까운 사람을 돌봐주고 사랑하는 것을 통해서만 유가의 사랑을 이해할 수 있다. 집안의 노인과 아이에게 관심을 기울일 수 없는 사람이 천하의 사람들을 사랑한다는 것은 상상할 수도 없는 일이다. 그래서 유가의 관심과 사랑은 친친, 인민, 애물의 순서로 진행된다. 즉 우선 가까운 사람을 사랑하고 그 다음 살고 있는 지역의 백성을 사랑하며 더 나아가 사물도 사랑하는 것이다. 한마디로 천지만물과 일체가 되는 것이다.

이러한 논리에 기반한 유가의 사랑에는 차등성이 있다. 민족 간의 관계에는 '존왕양이'로 불리는 관념이 늘 존재하지만 이와 대응되는 '왕자무외'가 있다. 대립되는 듯한 이 두 가지 개념은 사실 이것 아니면 저것이라는 식의 관계가 아니라 서로 일치되는 개념이다. 존왕은 바로 중국을 지키기 위한 것으로 '왕'을 세속적인 군주로 한정 지으면 안 된다. 왕도가 대표하는 것은 이상적인 질서이다. 유가 정치에서 특히 중요한 지향이 있는데 필자는 '본보기의 정치'라고 부른다. 말하자면 본보기를 만들어 다른 사람들이 모방하게 하는 것이다. 그렇다면 왜 왕실을 존중하고 외세를 배척하는가? 주변에서 오랑캐가 침입하면 중국은 우선 문명의 본보기를 보존하고 그들로 하여금 이를 추종하게 했다. 이 때문에 이 시스템은 늘 등급을 강조한다. 하지만 필자는 이 등급이 다른 이론체계의 등급과는 다르다고 생각한다. 그 이유는 이 등급이 자주 변화하기 때문에 어떤 지역이라도 영원이 본보기가 될 수는 없기 때문이다. 문명은 단지 한 가지 가치이며 유가는 그 가치를 요, 순, 우 삼대 통치 위에 두고 있다.

5·4운동 후 중국 학계와 정치 이데올로기는 승자 독식, 낙후하면 매를 맞는 사회적 다원주의 논리를 남김없이 받아들임으로써 사실상 역설적으로 식민운동의 합리성을 인정했다. 1990년대에 이르러서야 중국학자들은 국가 간 질서 문제를 고민하기 시작했으며 이들 중 가장 대표적인 학자는 성홍(盛洪)과 자오팅양이다. 신유가 진영에서 성홍은 경제학자에 속한다. 성홍은 현대성의 질서를 강자가 약자를 약탈하는 질서로 보며 새로운 가치관, 즉 문명의 가치관을 세울 것을 주장한다. 많은 사람들이 왜 문명 가치관이 민주, 자유, 평등의 개념을 사용하지 않는지 질문한다. 성홍은

이러한 개념들이 민족국가의 확장 체계, 즉 이력가인(以力假仁, 부나 병력, 위력 등으로 어떤 일을 하면서 어진 마음에서 우러나서 하는 것처럼 본심을 가장함)과 너무 많은 연관성이 있기 때문이라고 답한다. 이 때문에 성홍은 1990년대에 이미 '만세(萬世)를 위해 태평을 열어주는' 가치 지향점을 제시하여 인류가 새로운 발전 논리와 국제 질서를 세우길 바랐다.[7] 자오팅양은 성홍의 제안을 '겸용(兼容)의 보편주의'라는 철학적 담론으로 승화시켰다. 겸용의 보편주의는 자오팅양의 천하주의의 핵심 논설이다. 이 논설의 가장 큰 문제는 누가 그 질서의 주도자가 되느냐이다.

자오팅양을 유가 체계 안에 포함시키기는 어렵다. 그는 철학자이다. 자오팅양은 글로벌 시대에 국가를 이익 단위로 하여 이익 분쟁에 접근하는 것은 불가능하며 국가 주권을 기반으로 하여 건립된 유엔은 그 기제 때문에 국제 분쟁 처리가 더 불가능하다고 본다. 이로 인해 그는 유엔과는 다른 초국가적인 체계를 구상한다. 이상과 같은 사고에 기초하여 그는 전통 중국의 천하체계에서 영감을 얻으려 했던 것이다.

사실 고대 중국의 천하 질서는 문화에는 좋고 나쁨의 구분이 있다는 것을 기초로 구축되었다. 자오팅양은 존왕양이나 왕도정치, 모두 '중국'적이면 좋은 것이라고 본다. 물론 여기서 '중국'은 지리적인 의미가 아닌 문화 차원의 '중국'을 말한다.[8]

천하주의 이론은 상당 부분 국내외 여론의 유가 '민족주의', '쇼비니즘'에 대한 비난에 대응하기 위해서 나온 것이다. 일부 서양 매체와 국내 자유주의 사상가는 정부가 '중국의 길'을 강조하는 것을 민족주의로 애국심을 선동해 서구 또는 서구를 기준으로 하는 보편주의에 대항하기 위한 것이라고

....

7. 성홍(盛洪), 『为万世开太平: 一个经济学家对文明问题的思考』, 北京大學出版社, 1999년.

8. 천하 관념과 유가 가치에 환한 더 자세한 토론은 깐춘송의 『왕도로 돌아가다: 유가와 세계질서』(華東師范大學出版社, 2013年) 참조.

비난한다. 한편 유가는 문화의 주제성(主題性)과 중국의 본토적 특징을 강조해서 '권력에 굴복'했다는 비난을 받는다. 이에 대해 필자는 앞에서 이미 분석한 바 있다. 비록 중국의 주체성을 강조한 점은 비슷하나 내용이나 목표는 모두 다 다르다.

천하주의가 쇼비니즘으로 유도되는 것에 대한 비난은 대만 학자들로부터 나왔다. 필자도 대만 학자들로부터 대륙 유학자들이 쇼비니즘 성향이 있다는 지적을 들었다. 천하주의와 쇼비니즘, 유토피아주의적 지향에 대해 최근 푸단대학 거자오광(葛兆光) 교수가 일목요연하게 정리한 바 있다. 거자오광은 동아시아의 역사로부터 봤을 때 조공이든 다른 유형의 관계이든 그 배후에 문명이 아닌 힘의 논리가 존재했다고 본다. 그래서 그는 문명국가로 중국의 천하주의를 정의하는 것을 격렬하게 비난한다. '그럴듯하지만 사실 문명국가는 아니다. 문제는 만약 천하질서로 현대질서를 구축할 때 여전히 누가 '대가장(大家長)'인가 라는 문제에 맞닥뜨리게 될 것이라는 것이다.'

누가 '대가장'인가? 누가 '천하'의 규칙을 정하는가? 누가 세계의 제도를 정하고 그 합리성을 판단하는가? 등의 질문들은 분명 천하가 제국보다 나은지 여부를 판단하는 관건이다. 이 문제를 해결하지 못한다면 '천하'는 다시 '제국'으로 변할 수밖에 없다.[9]

거자오광은 글에서 백영서 교수가 『개방시대』 2014년 2호에 발표한 『중국 제국론이 동아시아에서 갖는 의미: 비판적 중국연구를 탐색하다』에서 제국의 '확장'의 지향을 주의해야 한다는 부분을 인용했다. "제국성이 '(전략적) 관용'을 포함할 뿐만 아니라 '확장'이라는 요소를 포함하기 때문에 제국 담론은 불가피하게 부정적 의미 또는 역사적 기억을 동반하게 되며

---

9.   https://www.douban.com/group/topic/80310444/ 거자오광, 「'천하'에 대한 상상」, 『사상』, 29기.

이는 오히려 중국이 추구하는 보편주의에 부담을 가중시킨다."

오늘날 중국이 '운명 공동체' 구축을 추구하는 시대에 중국 자체의 담론은 특히 주변에서 '교회(交互)'의 시각을 찾을 필요가 있다. 그럼에도 필자는 천하주의가 근대 서구 패권주의에 대한 성찰을 기반으로 하여 중국 현재의 담론 체계에서 자신의 역할을 보여준다고 본다. 유가의 천하주의가 실제 역사에서 표출된 것을 보면 가치면에서 합리성을 결코 완전히 부정할 수는 없다. 따라서 오늘날 중국의 '팽창' 때문에 천하질서를 부정하는 것은 잘못된 시각이다.

사실 현실 상황에서 현대 중국은 그 어떤 시각에서 봐도 '유교 중국'은 아니다. 하지만 이러한 가치를 실현하기 위해 긴 여정이 필요할지라도 현실 속 중국정부의 행위를 예로 들어서 천하질서의 실현 가능성을 완전하게 부정할 수는 없다. 더 나아가 천하주의는 오늘날 중국 외교 정책에 대한 일종의 비판과 시정으로 볼 수 있다. 즉 진정 천하의 정서가 체현될 때만이 중국이 최선을 다해 구축하고 있는 '인류 운명 공동체'가 사람들의 신뢰를 얻을 수 있는 것이다. 그 과정의 우여곡절은 아마도 천하주의를 비난하는 사람들이 반드시 알아야 할 것이다.

제10장

중국공산당 통치의 정당성과 '유교중국'의 재구축
── 유교의 '통치이념화'와 20세기 역사경험의 문제

조경란

1. 들어가는 말: 유교의 '통치이념화'와 20세기 역사경험의 충돌

시진핑(習近平) 정부 들어 주목해야 하는 것 중 하나는 유교사상이 그 어느 때보다 실제적 통치이념이 될 가능성이 높아졌다는 점이다. 2013년 제시된 시진핑의 '중국의 꿈(中國夢)'을 대륙신유학자들은 '유교중국' 정책의 천명으로 해석하는 경우가 있다. 사실 이 정책이 나오기 전부터 기존의 마르크스의 자리에 유교가 대신 들어설 것이라는 예측은 존재했다. 한 유명 외국인 교수가 CCP가 20년 내에 또 다른 CCP가 될 것이라고 유머 섞인 예측을 한 적이 있다. 중국공산당(Chinese Communist Party)이 20년 내에 중국공자당(Chinese Confucianist Party)이 될 것이라는 의미이다.[1] 또

----

1. 이 발언을 한 다니엘 A. 벨은 2016년 12월 필자와 북경에서 만났을 때 2008년(Daniel A. Bell, *China's New Confucianism: Politics and Everyday Life in a Changing Society*, Princeton University Press, Princeton and Oxford)에서 한 자신의 이 말을 부정했다.

어떤 중국인 유명 학자는 중국의 지식계는 앞으로 유가좌파, 유가우파, 유가마오파, 유가자유주의파 등으로 사상분화가 일어날 것이라고 예언한 적이 있다.[2] 이 발언들은 앞으로 중국에서 마르크스주의는 통제를 위한 제도로만 남게 될 뿐이며[3] 유가사상이 다시 실제적 통치이념이 될 수도 있다는 가능성을 시사한다.

그런데 최근 중국의 정책변화의 흐름은 그 속도가 우리의 예상보다 훨씬 빨라질 수 있음을 예측케 한다. 그 대표적 정책변화의 지표는 2017년 1월 중공중앙행정실과 국무원행정실이 발표한 '중화우수전통문화전승발전 실시계획에 관한 의견(關于實施中華優秀傳承發展工程的意見)'에서 확인된다. 이 '의견'의 핵심내용은 유치원부터 대학까지의 교과 과정 안에 유교를 중심으로 한 전통사상이 대폭 포함된다는 것이다. 커리큘럼의 개편이라는 제도적 변화는 교육의 중심이 마르크스주의에서 유교로 이동할 수도 있음을 예고한다.

개혁개방 이후 지금까지 중국공산당이 지속적으로 고심해왔던 핵심 문제의 하나는 바로 국가의 정당성 또는 합법성의 기초를 어떻게 다시 세울 것인가였다. 다민족으로 구성된 '제국적 국민국가'[4]인 중국은 국가의 정당성 또는 합법성을 분열이 아닌 통합에서 찾는다.[5] 커리큘럼의 유교적

....

또 다시 농담 섞인 말이지만 "앞으로 500년은 걸릴 것"이라고 말했다. 이것은 그가 중국정부의 눈치를 본다는 점을 넘어 현재로선 중국공산당의 능력과 힘이 매우 막강하며 그런 만큼 오래 지속될 수도 있다는 생각을 표출한 것으로 보인다.

2. 秋風,「文化强國, 除了復興儒家別無他路」, 2012년 11월 16일 湖南大學 講演.
3. 일반적으로 제도나 아비투스로 잔존한다고 했을 때 방향은 그 사상이 본래 가지고 있는 개혁성의 측면은 탈락해버리고 형식만 남는 경우가 많다.
4. 이 용어는 국민국가이지만 그것이 제국적 성격을 갖는다는 의미로 방점은 '제국적'에 찍힌다. 이에 대해서는 졸고,「중국 탈서구중심주의 담론의 아포리아──20세기 국민국가와 중화민족 이데올로기의 이중성」,『중국근현대사연구』, 2015. 12 참조
5. 이에 대한 역사적 연원에 대해서는 졸고,「중국은 '제국의 원리'를 제공할 수 있는가: 가라타니 고진의『제국의 구조』에 대한 비판적 분석」,『역사비평』(2016년 8월) 참조

전환 또한 그것이 통합에 유리하다고 보기 때문일 것이다. 중국에서 통합은 곧 안정이며, 중국공산당의 지속적인 지배를 전제로 해서 통합과 안정이 획득된다고 본다.

어느 사회든 경제가 성장할수록 구심력보다는 원심력이 더 크게 작용한다. 중국 또한 시장경제를 도입하면서 사회주의 이데올로기는 더 이상 사회통합의 수단이 되지 못했다. 하지만 그나마 경제성장의 수치가 높을 때는 그 수치 자체가 '임시 통치이념'이 되어 사회통합을 유지하는 역할을 할 수 있다. 경제성장 과정에서 국가는 이득을 보는 대다수 계층과 이익을 공유하기도 하기 때문이다. 실제로 자본주의화가 급속도로 진행되는 1980-90년대까지 중국사회는 사회주의보다는 높은 경제성장률에 의해 사회통합이 유지되어왔다. 중국공산당 또한 높은 경제성장률로 자신의 존재이유를 증명해왔다. 하지만 2016년을 전후하여 경제성장률이 6%대로 떨어지면서 그것도 더 이상 기대할 수 없게 되었다.

이런 상황에서 중국공산당으로서는 유교라는 지속가능한 '대안 통치이념'의 재확립이 급히 필요해진 것이다. 물론 중국공산당이 유교를 '대안 통치이념'으로 설정한 것은 최근의 일은 아니다. 덩샤오핑 정부는 개방을 시작하면서부터 공식문건에는 등장하지 않았지만 실제로는 사회주의 이데올로기는 이미 포기한 것이나 다름없으며 유교의 잠재력에 주목해왔다. 등소평 정부의 입장에서는 문혁으로 끝난 중국 사회주의의 교훈에서 나온 최선의 결정이었다. 1980년대에 유교를 핵심주제로 하는 '문화열 논쟁'이 벌어질 수 있었던 것도 이런 정책과 무관하지 않다. 중국공산당은 1980년대와 1990년대의 고도 경제성장과 2008년 북경올림픽을 치른 후 여러 방면에서 자신감을 얻었고 이를 토대로 시진핑 정부는 '중국몽'을 제시하기에 이른다. '중국몽'과 더불어 커리큘럼의 변화를 단행하는 등 새로운 '대안 통치이념' 만들기에 속도를 내는 것은 위정자인 중국공산당의 입장이 그만큼 급해졌음을 시사한다.

이처럼 현재까지 유교부흥 담론은 중국공산당의 전략적 기획 아래 진행되어 왔고 이제 그것이 다시 한 번 제도와 결합되는 단계에까지 와 있는 것처럼 보인다. 그런데 필자의 다른 논문에서 지적했듯이 우리가 기억해야할 것은 중국에서 유교부흥의 정치학과 비판의 정치학은 방향은 정반대이지만 그 메커니즘과 정치적 목적에서는 유사한 점이 적지 않다는 점이다.[6] 다만 비판이냐 부흥이냐는 당시의 주류문화(자본주의이든 사회주의이든)와 연동하여 어느 것이 체제유지에 유리한가 불리한가에 따라 결정되는 것이다. 중화인민공화국 성립 이후 유교비판이 정치적 필요에 따라 이루어진 것처럼 현재 진행되는 유교부흥의 정치학 또한 거기에서 벗어나지 못하고 있다고 판단된다. 그렇다고 한다면 위정자의 입장에서는 현재의 사회 상태와 관련하여 유교의 현재적 재구성 자체보다는 이 문제와 공산당 체제의 유지가 어떤 연관성이 있느냐에 더 관심이 있을 것이다. 이 양자는 밀접하게 연동되어 있을 가능성이 없지 않기 때문이다.

따라서 유교부흥의 당위성을 말하기 이전의 단계로 돌아가 유교부흥을 둘러싼 주요 배경에 대해 다시 한 번 객관적으로 검토하는 것이 필요한 작업이 아닐까 한다. 유교가 과연 중국의 정통문화이고 그것은 자명한 진리인가, 유교부흥과 지금의 중국문화배경과의 관계는 어떠한가, 또 담론의 배경이 되고 있는 국가와 시장이 지식장과 맺고 있는 관계는 어떠한가 등에 대한 질문이 선행되어야 한다. 그런데 중국에서 유교담론 대부분이 중국문화=유교는 자명한 것이라는 암묵적 동의 아래 진행되고 있다. 하지만 일상적 문화 배경에서 ─ 그것이 어느 정도 실현되었는가와 무관하게 ─ 20세기를 경험했기 때문에 평등화, 개인화, 다원화에 대한 감수성은 이미 거스를 수 없는 단계에 와 있다. 유교부흥이 대면해야 하는 문화배경은

---

6.   이에 대해서는 졸고, 「중국 지식의 '윤리적' 재구성의 가능성 ─ 유학 '부흥'과 '비판'의 정치학에서 아비투스의 문제」, 『중국근현대사연구』, 2014. 3 참고.

이처럼 단순하지가 않다. 그렇다고 한다면 중국문화＝유교의 전제하에 전개되는 담론은 현재 중국사회의 정체성과 역사성이라는 차원에서 최소한의 철학적 질의의 과정이 생략된 것이라 할 수 있다.[7]

물론 이런 상황은 중국의 지식장이 처한 조건과도 무관하지 않을 것이다. '유교중국'의 기획에 동원되는 지식인 집단이 국가와 시장의 제약으로부터 — 자발적 반(半)자발적으로 — 결코 자유롭지 않으며, 심지어는 아직도 국가 이데올로기의 합법성을 제공해줄 것을 요구받고 있는 것이 중국의 현실이다.[8] 따라서 공산당과 미디어, 그리고 지식인의 합작으로 전개되는 유교부흥 기획이 단기적으로 '성공'한다 해도 이처럼 자유롭지 못한 상태에서 나온 기획이라면 그 효과는 제한적일 수밖에 없을 것이다. 그리고 그 결과 또한 이후 감당하기 어려운 것이 될 수도 있다. 헤겔과 마르크스가 인정했듯,[9] 그리고 소설가 위화(余華)가 『형제』라는 소설을 통해 보여주었듯이 중대한 역사사건은 두 번 연이어 일어난다. 한 번은 비극으로 그 다음은 희극으로. 문혁이 비극이라면 개혁개방 이후 40년은 희극이다.[10] 그런데 지금의 희극이 장기적으로 또 다시 비극을 배태하지 말란 법이 없지 않은가. 역사는 대가를 치르게 되어있기 때문이다.

이에 이 글은 지식인이 참여하는 유교부흥이라는 담론의 향방이 많은 부분 현재 중국의 사상적 문화적 맥락을 무시한 채, 다분히 국가 중심적인

---

7. '정치유학'으로 서구권에서 갑자기 유명해진 장칭(蔣慶)[『政治儒學』(生活・讀書・新知 三聯書店, 2003)]과 유가헌정주의 연구로 유명한 추평(秋風)이 문화본질주의적 시각을 보여주고 있는 측면이 있다,「文化强國, 除了復興儒家別無它路」, http://www.aisixiang.com/data/60221.html(검색일 2013년 8월 5일).

8. 刘擎,「'學術'與'思想'的分裂」,『二十一世紀』2005年4月號, 總第八十八期, 18-22쪽.

9. 刘擎,「'另類道路'的誘惑」,『中國有多特殊』, 中信出版社, 2013, 170쪽.

10. 개방 이전에는 권력만이 지식인의 사고와 행위를 검열하는 기제였다고 할 수 있다. 하지만 이후에는 권력에다 자본과 지위가 더해지면서 검열기제는 오히려 좀 더 강력해지고 다층화되었다고 해야 한다.

입장에서 자의적으로 이루어지고 있는 측면이 적지 않다고 보고, 정치적인 것을 넘어설 다른 가능성을 염두에 두고 논의하려 한다.[11] 즉 지식인 주도의 유교부흥이 '중국의 보편과 제국의 재현'을 욕망하는 듯이 보이는 국가의 입장과는 다른 목소리를 낼 수 있는가. 그 다른 목소리란 '지속가능한 유학'에 대한 구상과 관련성이 있을 것이다. 전통 시기를 포함한 장기(長期) 역사의 퍼스펙티브를 가지고 중국의 21세기를 구상하되, 20세기에 대한 연속과 반성의 측면이 들어 있어야 한다. 세계 자본주의체제의 한 부분을 떠받치고 있는 중국 굴기의 '역설적 측면'에 유학이 어떻게 개입할 것인가가 깊이 고민되어야 한다. 이 글은 먼저 중국공산당의 담론으로서의 유학화 현상(2절)과 그 제도화의 문제(3절)를 사실과 비평을 섞어 복합적으로 확인, 서술한다. 그런 다음 20세기의 역사경험을 의식하면서 유교 '통치 이념화'의 조건을 묻고 이를 사회 문화적 맥락의 관점에서 비판적으로 검토(4절과 5절)한다. 6절에서는 아시아의 공존을 의식하면서 '유교중국'의 밖을 사유할 것을 권고하는 것으로 마무리한다.

2. 중국공산당의 '유교중국' 구상과 공산당의 유학화[12]

2000년대 들어와 중국 내에서 유교문화 붐 현상이 여러 부문에서 일고 있는 것은 이미 많이 알려진 사실이다. 소년 아동을 대상으로 한 독경운동, 청년 프런티어나 공익서클의 형태를 띠고 출현한 전통문화를 유포하는

....

11. 실제로 개혁개방 과정에서의 이완의 틈새를 활용하여 밑으로부터의 다양한 고민이 분출하고 있는 것도 사실이다. 다만 중국의 밖에서는 그것들을 포착하는 데 한계가 있을 수밖에 없다.
12. 이 장에는 <중앙일보> '차이나 인사이트'란의 필자의 칼럼 「중국공산당은 공자당이 될 것인가」(2016년 9월 7일자)를 활용하여 수정한 내용이 많이 포함되어 있다.

민간단체들, 중앙 TV 방송국의 방송 송출, 북경대철학과의 기업가를 위한 국학반 개설, 인민대학의 국학원 설립 등은 매우 눈에 띠는 현상들이다. 이 외에도 순수 민간에서 예의(禮儀)나 풍속의 재건활동이 일어나고 있다. 예컨대 씨족의 묘를 정비한다든지 족보를 다시 쓰는 활동 등은 민간신앙 활동과 결합하여 기층사회에서도 하나의 풍조가 되었다. 이런 일련의 전통 부흥 현상에 대한 정부 측의 대응으로 표출된 것이 2006년 <광명일보>가 '국학판'을 창간한 것이다. 이 국학판은 전 지면을 할애하여 적극적으로 전통문화를 광고하기 시작했다.[13]

10여 년 동안 진행된 이러한 활동을 베이스로 하여 나온 것이겠지만, 유교제국의 구상이 좀 더 속도를 내게 된 계기가 된 것은 시진핑의 중국몽이 제시된 이후이다. 중국몽이 제시된 이후 유학과 관련하여 주목할 만한 '사건'이 연이어 뒤따랐다. 첫째 시진핑은 2013년 11월 공 취푸(曲阜)에 있는 공자묘를 참배하고 공자연구원에서 연설했다. 공산당 창당 이래 처음이다. 둘째, 시진핑은 2014년 5월 4일 병상에 있던 대유학자 탕이제(湯一介) 교수를 예방했다. 셋째, 2014년 9월 24일에는 공자탄생 2565주기를 기념하는 회의에 참석해 담화를 발표했다. 넷째, 청화대학의 국학연구원 원장인 천라이(陳來) 교수가 2015년 7월 31일 중공중앙기율검사위원회의 공식사이트의 인터뷰에서 "유가문화가 중국공산당원의 수양에 중요하다"고 말했다. 그는 중국 공산당 중앙정치국의 이론학습 행사에도 초청받아 강연했다.[14]

중국몽과 더불어 이 네 가지 '사건'은 가히 '공산당의 유학화'의 예고편이라 할 수 있다. 이에 대한 대륙신유학자들의 반응은 다양하다. 신유학자들 대다수는 중국정부가 유학을 존중하겠다는 신호일 뿐 아니라 유학으로

13. 이에 대해서는 張志强, 「傳統と現代中國―最近10年來の中國國內における傳統復興現象の社會文化的文脈に關する分析(1)」, 『現代思想』 2015년 3월, 140쪽 참조.
14. 于春松, 「儒家視野中的"国家"以及"新康有为主义"的思潮」, 연세대학교 국학연구원 발표문(2016년 5월).

통치의 정당성을 찾으려는 시도로 해석한다. 심지어 중국몽을 정부차원에서 탈서구 프레임이 가동된 것으로 해석하기도 한다. 북경사범대 천밍(陳明)교수는 '중국몽'을 자유주의와 공산주의로부터의 탈피로 설명한다.[15] 천밍은 유교와 관련하여 중국몽을 매우 적극적으로 평가한다. 반면 북경대 간춘송(干春松) 교수는 국가 주도의 유교부흥에 대해 기본적으로 동의하면서도 조금 다른 의견을 내놓는다. 공산당은 유가를 이용하려 하고 유가는 공산당을 교화하려 한다는 것이다.[16] 그는 국가와 신유가는 긴장관계에 있다는 것을 강조하려 한다. 그런 점에서 그는 신유가보다는 오히려 문혁을 이상으로 삼고 있는 신좌파가 국가와 친화적이라고 주장한다.

사실 중국정부가 유교에 관심을 갖게 된 것은 1978년 덩샤오핑의 개혁개방 이후니까 이미 근 40년이 되어간다. 중국정부는 1980년대부터 근대화에 성공한 '아시아 네 마리 용'에 주목해왔다. 1990년대에는 유교를 근대화뿐 아니라 마르크스주의를 대신할 국가통합 이데올로기로 내세울 수 있다고 생각했다. 2000년대에는 경제발전의 토대 위에서 조화사회론을 내세웠다. 2008년 북경올림픽을 기점으로는 좀 더 적극적으로 공자 띄우기를 시도했다. 올림픽의 휘황찬란한 개막식과 폐막식은 중국은 이제 경제대국은 이루었으니 공자를 근간으로 하는 문화대국을 구상할 단계가 되었음을 세계만방에 알리는 계기였다. 올림픽의 성공적 개최는 100년 전 옌푸(嚴復)나 량치차오(梁啓超)가 말했던 부강의 꿈(富强夢)이 실현되었음을 의미한다. 이른바 부와 강 중에서 일단 부에서는 '역전의 역전'을 이룬 셈이다.[17]

시진핑 정부가 내세운 중국몽에서 제시한 '중화민족의 위대한 부흥'은

15. 陳明, 「習近平的'中國夢'論述與中共意識形態的話語調整」, 『시진핑 지도체제하의 중국의 정치적 도전과 정치변화 전망』, 고려대학교 아세아문제연구소 HK사업단 2015년 국제회의.
16. 干春松, 앞의 논문.
17. 졸문, 「중국공산당은 공자당이 될 것인가」, <중앙일보>(2016년 9월 7일자).

이제 부강몽의 성공으로 '서양 따라잡기'는 끝났다는 것이며 이를 바탕으로 중국의 길(中國道路)을 가겠다는 의지의 천명이다. 따라서 시진핑의 노선은 학계에서 마오쩌둥의 '계급중국', 덩샤오핑의 '현대화' 노선에 이은 제3의 노선으로 받아들여지고 있다. 자오펑(趙峰) 중국 공산당 중앙당교 교수는 2014년 12월 29일 천밍이 주도하는 유교전문잡지『원도(原道)』 창간 20주년 회의에 참석하여 시진핑 노선이 중국공산당의 세 번째 담론체계로 구축될 것임을 시사했다.[18]

마오의 계급중국, 덩의 현대화 그리고 시진핑의 중국몽으로의 일대 흐름은 전통 시기 중화제국 시스템의 기틀이 만들어졌던 진시황에서 한무제에 이르는 일련의 흐름과 유사성이 많다. 마오가 혁명을 통해 군벌과 국민당 세력을 몰아내고 천하통일을 이루었다. 진시황이 전국 7웅을 물리치고 처음으로 통일제국을 만들었던 것과 비유된다. 실제로 마오는 생전에 자신을 진시황에 비유한 적이 있다. 덩샤오핑은 '무위(無爲)' 정책을 통해 문혁으로 파괴된 것들을 바로잡고 기술관료 지식을 동원하여 경제를 발전시켰다. 하지만 그 결과 빈부격차를 심화시켰다. 이는 서한시기 노자의 무위정책을 실행한 두태후(竇太后)에 비유할 수 있다. 무위정책의 결과 경제가 발전했지만 격차가 생기고 각지의 제후가 위세를 떨치게 되었다. 한무제는 동중서(董仲舒)의 천하사상에 의거한 중화제국의 통치이데올로기를 수용함으로써 문제를 해결하려 했다. 중화제국의 내러티브로서 유학이 제시되면서 중화제국의 거대한 통치 시스템이 완성되었다고 볼 수 있다. 현재 시진핑 정부가 한무제처럼 유가사상을 전면에 내세우는 것도 등소평 이후 신자유주의 노선에서 비롯된 다양한 사회문제에서 벗어나려는 시도와 맞물려 있다. 중국이 경제대국일 뿐 아니라 문화대국이라는 이미지를 창출하여 명실상부하게 제국의 면모를 갖추었음을 대내외에 과시하려는 노력의 소산이다.[19]

....

18. 干春松, 앞의 논문.

그뿐만 아니라 시진핑 정부는 내부적으로는 한나라 무제 이래 확고해진 유교의 지위가 개혁보다는 보수를, 변화보다는 현상유지에 중점을 두어왔기 때문에 전제 지배자들의 권력유지에 공헌한 바가 컸다[20]는 점을 의식했을 가능성이 높다.

사회주의 정권이 수립된 이후 중국의 통치엘리트의 성격 변화는 이러한 흐름이 우연히 이루어진 것이 아님을 보여준다. 2007년경부터 고위 당정간부가 기술관료형에서 사회관리형 즉 인문 사회계열 출신으로 바뀌었다. 전체적으로 "혁명가→노동자, 농민간부→기술관료→사회관리인"으로 변화했다. 2007년 어느 통계에 의하면 중앙과 지방 고위 당정간부 총 270명 중 기술관료출신과 인문사회계열 출신이 각각 18.5%와 81.5%를 차지한다.[21]

1992년 등소평의 남순강화 이래 권력, 지식, 자본의 통치연합 구성이 무엇보다도 중국을 안정적으로 이끌어왔다. 송대처럼 사(士)의 후예인 지식인들이 위정자의 범주에 들어간 것이다. 마오 시기와 비교하면 지식인의 지위는 천양지차다. 그들은 보통의 자본주의 국가의 지식인의 위상과도 다르다. 중국의 지배의 정당성, 통치의 합법성 차원에서 유교가 주목을 받게 되고 그것을 공산당이 공인하는 단계에 오면서 이들의 위상은 더욱 높아졌다고 할 수 있다. 국가주석이 유학자를 직접 찾아가 만났다는 사실 자체가 그것을 반영한다. 문화대혁명 시기 유학을 대표했던 펑유란(馮友蘭)이 체육관의 수많은 군중 앞에서 — 생명 부지를 위해 — 공자를 봉건을 옹호한 반동 사상가라고 비판해야 했던 광경과 비교하면 격세지감이다.[22]

....

19. 졸문, 「중국공산당은 공자당이 될 것인가」, <중앙일보>(2016년 9월 7일자).

20. 민두기, 「중공에 있어서의 공자비판과 진시황의 재평가」, 『중국근대사론』, 지식산업사, 1976, 234쪽.

21. 조영남, 『용과 춤을 추자』, 민음사, 2012. 이에 따라 출신대학도 청화대학보다 북경대학 출신이 급증했다.

유학과 지식인 위상의 위와 같은 변화는 중국공산당의 '유교중국' 구상과 공산당의 유학화 정책의 반영으로 해석할 수 있다.

3. 중국공산당 통치의 정당성과 '유교중국'의 제도화[23]

중국은 통합을 최대의 선으로, 분열을 최대의 악으로 간주하는 그들만의 전통을 가지고 있다. 그렇기 때문에 마르크스주의가 더 이상 힘을 발휘할 수 없는 상황에서 통치이념의 공동화 현상을 우려하지 않을 수 없었고 거기에서 소환되어야 하는 것이 유교였다. 즉 국가의 정당성의 기초를 하루바삐 변화시켜야 하는 필요성이 제기될 수밖에 없었다. 그리고 그 정당성의 기초를 민주화에서 찾을 수 없는 상황에서 중국공산당은 민족적인 문화가치에 호소하는 것이 가장 효율적이라고 판단했을 가능성이 높다. 21세기에 유교가 동원되는 것은 바로 이 때문이다.

사실 "현재 중국공산당의 당면한 사명 중 하나는 오천 년 중화문명을 계승하는 것과 동시에 중국의 인민 전체를 대표하는 것이다. 이는 중국 공산당의 합법성(legitimacy)을 재건하고자 하는 것과 밀접한 관련이 있다."[24] 깐춘송 교수가 2016년 12월 북경에서 필자와 진행한 인터뷰에서 한 말이다. 중국공산당이 처한 상황과 그 핵심고민을 2016년 12월 북경에서 만난 청화대 교수 왕후이(汪暉)는 이렇게 말한다. "이제 공산당은 자기 문명과의 관계를 어떻게 설정할 것인가의 과제에 직면해 있고 그것을

....

22. 졸문, 「중국공산당은 공자당이 될 것인가」, <중앙일보>(2016년 9월 7일자).

23. 이 장은 졸문, 「중국 리더십 산실 중앙당교……사회주의 대신 유학 가르치나」, <중앙 일보>(2017년 3월 1일)를 기초로 대폭 수정을 가한 것이다.

24. 조경란, 「현대 중국의 '유학부흥' 현상— 대표적 대륙신유학자 깐춘송에게 듣는다」, 『시대와철학』 2017년 여름호(6월).

설명해야 한다."[25]

1921년 중국공산당은 신문화운동과 5·4운동이라는 반전통의 배경 위에서 탄생했다. 하지만 반전통을 언제까지나 고수할 수는 없다. 20세기 100년 동안의 반전통은 어떤 의미에서 자기정체성의 부정을 의미하기 때문이다. 중국공산당 탄생 100년이 얼마 남지 않은 상황에서 이제 다시금 공산당은 자기정체성을 재설정해야 하는 단계에 와 있다. 공산당 지배의 정당성을 적극적으로 설파하기 위해서는 '계급정당'에서 '민족정당'을 넘어 '국민정당'으로 성격 변화가 필요하다. 그래서 나온 것이 "공산당은 사회주의 이상 실현을 위해서가 아니라 중화민족의 중흥을 위해 존재하며 5000년의 중화문명의 계승자"라는 언명이다. 엄격히 말하면 중국공산당의 입장에서는 정권을 장악한 이후에는 이전의 왕조에서도 그랬듯이 전자보다는 후자에 더 중요성을 두고 통치행위가 이루어졌을 가능성이 훨씬 크다. 사실상 중화인민공화국 성립 이후에는 사회주의적 이상의 실현보다는 중화민족의 중흥의 기본조건이 되는 인민의 먹고사는 문제와 국민적 통합이 가장 큰 문제로 부각되었을 것이다.

2016년 12월 10일 일요일 '유학과 사회주의'를 주제로 하여 중공중앙당교와 북경대 유학원이 공동으로 '긴급' 학술회의를 개최했다. 여기에 참여했던 북경대 철학과의 깐춘송(干春松) 교수에 의하면 논의 내용은 다음과 같다. 중국은 사회주의를 견지해나가야 하지만, 또한 사회주의와 중국 전통의 관계가 강조되어야 한다. 당간부를 양성하는 커리큘럼에도 전통문화 관련 내용이 보강되어야 한다. 이는 중국 공산당의 간부 교육 커리큘럼 안에 유교관련 문헌이 포함된다는 것이고 이러한 교육과정의 변화는 중국의 전통문화가 미래의 중국 정치에서 중요한 역할을 하게 될 것임을 강력하게 암시한다. 이제 유학을 빠트리고는 중국의 미래는 상상할 수 없게 되었다는

....
25. 2016년 12월 24일에 청화대에서 진행된 필자와 왕후이와의 인터뷰.

것은 분명한 것 같다.

앞의 회의와 관련이 있는지 정확치 않지만 서론에서 말한 것처럼 2017년 초 중공중앙행정실(中共中央办公厅)과 국무원행정실도 '중화우수전통문화전승발전 실시계획에 관한 의견'을 내놓았다. 이는 이제 중국 당교에서 마르크스보다는 유교관련 내용을 더 많이 가르치겠다는 중국공산당의 의지가 반영된 것이다. 1949년 중화인민공화국 성립 이래 사라졌던 사서삼경을 근간으로 하는 전통문화가 다시 국민교육의 커리큘럼이 된 것이다. 커리큘럼의 이와 같은 전면적 변화는 중국공산당이 통치의 정당성에 대해 그만큼 고심해왔다는 증거이며 통합의 이데올로기로 다시 한 번 유교를 선택했음을 보여주는 것이다. 이는 앞으로 유교의 '통치이념화'를 통한 '유교중국'에 한층 다가서는 계기가 될 것이다. 이처럼 예고된 정책변화를 배경으로 중국지식계는 지금 중화인민공화국 수립 이래 최대의 인문 르네상스를 맞고 있다고 해도 과언이 아니다.

실제 2016년 12월 청화대의 학술회의에서 필자가 본 것 중 가장 놀라웠던 것은 원로학자, 청년학자, 좌파 우파 학자 가릴 것 없이 모두 한자리에 모여 머리를 맞대고 토론하는 장면이었다. 한국에서는 볼 수 없는 광경이기에 더욱 놀라웠다. '청말사상에서의 중서 신구 논쟁'(晚淸思想中的中西新舊之爭)을 주제로 한 이 학술회의는 한국에서도 이름만 대면 알만 한 인문학계의 유명학자들 왕후이(汪暉), 천라이(陳來), 장이화(姜義華), 깐춘송(干春松), 천밍(陳明), 탕원밍(唐文明), 쉬지린(許紀霖), 까오첸시(高全喜), 정이(曾亦)) 등이 참여했다. 중국학자들에게 이런 것이 어떻게 가능하냐고 물었더니 유파가 다르더라도 중국이 대면한 문제가 동일하다면 한 자리에 모여서 토론하는 것은 당연한 것 아니냐고 반문했다. 주제도, 시기도 다양하고 논의의 내용도, 깊이도 만만치가 않았다.[26] 더구나 이런 회의는 매우 자주

----

26. 총 23편의 논문이 발표되었는데 그중 몇 편만 소개하면 다음과 같다. 姜義華: 清末以來

있다고 했다. 이들 지식인들의 발언을 통해 우리는 중국의 사상계를 주도하는 이들 주류 지식인들은 이제 되도록이면 이데올로기를 걷어내고 역사 다시보기를 시도하고 있다는 것을 알 수 있다. 중국의 지식계는 이제 진영논리에서 벗어나 새로운 '천하'를 세우기 위해 기본 공감대가 형성되고 있는 것이다. 이제는 지식인의 입장에서는 지식의 장이 권력의 장의 하위 파트너로서 수동적으로 담론을 제공해주는 단계가 아니라 국가와 시장의 요구를 벗어나 좀 더 적극적이고 주체적으로 담론을 생산함으로써 수동적 지위에 머물지 않겠다는 의지를 표명하고 있는 것은 아닌가 추측된다.[27]

하지만 외부자적 입장에서 유교의 '통치이념화'로 해석될 수 있는 흐름의 전개양상을 살펴보고 있노라면 중국 고대의 '진한 제국의 재현'을 상상하게 만든다.[28] 제도로 남은 사회주의와 그 운용원리로서 유교가 결합하는 양상은 마치 한나라 이후 법가와 유교의 결합을 상기시킨다. 법가사상의 자리에 사회주의가 대체되었을 뿐이다.[29] 중국공산당이 개방정책을 펴더라도 기본적으로 모택동이 열어 놓은 기본 방향을 부정하지 않으면서 권위주의적

....

儒學改造的幾個不同路向的省思, 陳來: 梁啓超的孔孟立教論及其道德思想, 汪暉: 淸末的'世紀'意識與中西新舊問題的再定位, 張志強: 近代佛學與今文經學, 許紀霖: 晩淸的'大脫嵌': 家國天下與自我認同, 曾亦: 從何休到董仲舒.

27. 물론 이런 해석에는 지식인들이 합법적 틈새 공간을 창조적으로 활용해야 한다는 필자의 바람이 반영되어 있다고 해야 할 것이다. 하지만 사실 따지고 보면 서양에서도 제국주의가 부상하는 시기에 계몽주의자들도 국가의 요구에 적극적으로 부응하여 제국주의 담론 생산에 참여한 적이 있었다. 이에 대해서는 서양사학자 유재건, 「서구중심주의와 근대성」, 『한국민족문화』 32, 2003 참조.

28. 장기적 전망을 가지고 접근한 국내 연구로는 전인갑, 『현대중국의 제국몽』, 학고방, 2016 참조.

29. 이에 대해서는 Dingxin Zhao, *The Confucian-Legalist State: A New Theory of Chinese History*, New York: Oxford University Press, 2015. 이의 분석에 대해서는 殷之光, 「"大一统"格局与中国两种延续性背后的普遍主义 — 评, 『儒法国家: 中国历史的新理论』」, 『開放時代』 2016년 제5기. 郦菁, 「历史比较视野中的国家建构——找回结构, 多元性并兼评, 『儒法国家: 中国历史的新理论』」, 『開放時代』 2016年 第5期 참조.

국정운영을 진행해왔다. 모택동식 30년의 사회주의가 유교와 지식인을 부정하면서 출발했던 것이라면, 현재의 공산당은 그 일당 통치를 안정적으로 지속시키기 위해서라도 소프트웨어적인 면에서는 다르지만 하드웨어적인 면에서는 자신이 부정했던 것을 다시 끌어들이지 않으면 안 되는 역설적 상황에 직면했다. 진시황의 강권 통치와 법가적 실용주의로 일사불란한 제국의 성립이 가능했다 해도,[30] 한제국과 같은 장기적 체제 유지를 위해서는 진나라가 이루어놓은 대일통의 중앙집권 정치시스템의 기본구조를 부정하지 않으면서 그 위에 천하사상을 핵심으로 하는 유교의 통치이념을 끌어들였던 논리와도 유사하다.

4. 유교의 '통치이념화'의 조건

현재 중국에서 무서운 속도로 진행되고 있는 위와 같은 유교의 통치이념화의 분위기는 문화대혁명의 와중에 펼쳐진 1970년대의 반유교적 상황과 비교해보면 극과 극이다. 문혁시기 비림비공(批林批孔) 운동이 벌어지기 전까지는 공자 비판이 어느 정도까지 펼쳐질지에 대해서는 구체적 예측이 힘들었다고 할 수 있다. 몽고사에서 세계적 권위자인 Owen Lattimore의 이즈음의 발언은 그래서 주목해볼 필요가 있다. 한국을 포함하여 동아시아 좌파 지식인의 광범한 지지를 받고 있었던 그는 1971년 일본에서 진행된 한 좌담회에서 다음과 같이 말했다.

....

30. 진시황에 대한 종합적 평가에 대해서는 이 짧은 글에서 서술이 어렵다. 예컨대 당나라 때의 柳宗元이나 이후 명말청초의 王夫之, 顧炎武는 진시황을 긍정적으로 평가했다. 제국의 역사를 통시적으로 볼 때 진시황이 분열을 종식시키고 최초의 통일국가를 만들었다는 점에서 높이 평가한다. 통치의 정당성 차원에서 분열이 아닌 통합을 절대적 선으로 인식하고 있는 현재의 중국 지식인들에게도 진시황은 분서갱유의 잣대로만 평가되지는 않는다.

"공산당의 역사를 회고해보면 그 정권은 흔히 권위주의적인 것이었습니다. 따라서 이제 만약 중국에서 유교가 갖는 권위주의적인 전통과 마르크시즘의 정당에게서 찾아볼 수 있는 일당독재적인 권위주의가 겹치게 된다고 하면 이것은 아마도 세계에서 그 유례를 찾기 어려운, 아주 엄준한 전제적(專制的)인 공산당이 생겨날 가능성도 있는 것입니다. 그런 반면, 공자가 가졌던 회의주의 또는 분석적인 경향, 또는 합리적·지성적으로 사물을 해결해가는 경향이 강하게 표면에 나타날 경우에는 이것 또한 세계에서 유례가 없이 인간적(휴머니스틱)인 어떤 것이 되리라 생각합니다. 중국공산당과 그 정치의 역사가 일천한 까닭에 장래 그 어느 쪽으로 향할지는 아직 단정할 수 없습니다."[31]

　　1971년은 사회주의 정권이 성립한 지 아직 22년밖에 되지 않았던 시점이고 중국의 역사 감각을 기준으로 보면 20년이란 긴 시간이 아니다. 라티모어가 이 말을 했을 때는 문혁이 진행되고 있었지만 아직 비림비공 운동이 일어나지는 않은 때이다. 따라서 두 방향 중 어느 것이 중국에서 현실화될지 쉽게 예단하기 힘들었을 것이다. 더구나 당시에는 문혁의 실상이 외부에 제대로 알려지지도 않았다. 하지만 '사상통제'가 점점 강화되고 있는 지금의 상황에서는 단기간 안에 현재의 시스템이 반전되기는 쉽지 않을 것으로 예상된다. 이 점에서 다시금 유학이 체제유학화되고 그것이 공산당의 권위주의적 통치와 결합될 경우의 가공할 결과를 심각하게 우려하는 지식인도 중국에는 없지 않다.[32]

　　그렇더라도 유가사상의 통치 이념화가 어떻게 이루어질지는 지금으로서는 확실치 않다. 어찌되었든 그것이 임박한 상황에서 유학자들이 공산당과

31.　리영희 편저, 『8억인과의 대화』, 창작과비평사, 1977, 21쪽.
32.　幹春松, 「知識, 制度和儒家在現代社會中的生命力: 幹春松, 陳壁生對話錄」, 『制度儒學』, 上海人民出版社, 2006, 308쪽에서 陳壁生의 발언.

공조하면서도 동시에 그들이 독자적으로 해야 할 일은 다음의 두 가지로 정리할 수 있다. 첫째, 신문화운동 시기에 유가사상이 왜 비판받아야 했는가에 대해 그 당착의 지점을 환기하면서 그때의 문제제기에 적극적으로 응답하려 해야 한다. 그 의문에 답하는 과정 자체가 단순한 자기 정체성의 긍정이라는 차원을 넘어서 있고, 근대 이행기 해결되지 않은 난제가 좀 더 복잡한 형태로 우리 앞에 버티고 있으며, 그 해결점을 찾아가는 과정에서 오히려 유교부흥의 적극적 명분을 발견하게 될 수도 있다. 둘째, 20세기의 역사 경험과 유교의 통치이념화의 문제를 어떻게 믹스매치할 것인가 하는 문제이다. 특히 유교의 통치이념이 평등주의의 추구라는 기조 아래 진행된 다원화, 개인화 경향을 띤 21세기의 중국사회를 어떻게 감당할 것인가 하는 것이다.[33]

결과적으로 이 두 문제는 유교와 현대성의 문제 또는 유교와 민주주의의 문제로 귀결된다. 이 지점에서 중국공산당은 진나라가 법가의 강권주의에 의해 성립했지만 바로 그 법가의 강권주의 때문에 오래가지 못하고 무너졌다는 사실을 새롭게 기억해야 한다. 중국의 전 역사에서 149년이라는 왕조의 평균연한에 비교해볼 때 70년의 공산당정권은 매우 짧다. 이로부터 중국공산당은 유교의 활용 방향과 방안에 대해 교훈을 얻어야 한다. 즉 유교는 경제적 차원에서의 빈부격차의 문제, 공산당 정권의 정당성 문제, 사회적 가치의 재정립 문제, 도덕적 차원에서 인간관계의 문제 등에서 심각한 진통을 겪고 있는 중국사회에 어떻게 기여할 수 있고 또 그것을 어떤 방향으로 이끌어갈 것인가에 대해 적극적으로 고민해야 한다. 현재의 중국의 정치는 법가 대신에 사회주의적 강권주의가 사회를 강력하게 통제하고 있다는 점에서 사실상 '속은 법가이지만 겉은 유가(法裏儒表)'의 구조를 가지고 있었던 대일통 제국의 통치 방식과 유사한 면이 있다. 지금의 공산당

---

33. 둘째의 문제는 5장에서 다룬다.

정권도 법가적 실용 정치에 버금가는 사회주의적 강권주의 정치를 유교로 분식하려는 의도를 보여주고 있다는 점에서 '속은 마르크스주의지만 겉은 유가(馬裏儒表)'라는 혐의에서 벗어나기 힘든 것이 사실이다.

이러한 인식 아래 앞에서 제시한 첫 번째 문제를 먼저 논의하자면 신문화 운동 시기에 신지식인들이 비판하려 했던 것은 유교 그 자체보다는 체제화 된 유교였던 점도 확인하고 넘어가야 한다. 하지만 근대 중국이 어떻게든 유교를 퇴출시키려고 했던 것은 유교가 구체제를 상징하는 질곡이 된 것은 물론, 근대라고 하는 미문(未聞)의 프로젝트에 즉각적으로 응답할 수 없었고 거기에 어울리는 상상력을 제공할 수 없었기 때문이었다[34]는 나카지마(中島隆博)의 지적은 새겨들을 만하다. 간양(甘陽)도 1980년대에 쓴 한 글에서 다음과 같이 말한 적이 있다.

> "중국의 전통문화는 충분히 강대하고 생명력을 가지고 있다. 중국 외부로부터의 도전과 충격은 중국의 위기를 구성하지 못한다. 진정한 도전은 외부에 의한 것이 아니라 내부에 의한 것이다. 근대 이후 중국 사회의 문제는 중국 전통문화의 형태를 현실의 상황에 적응시키지 못한 데서 비롯되었다. 따라서 문제의 본질은 중국과 서양 사이에 문화의 격차가 큰 것에 있는 것이 아니라 중국문화가 그 전통문화의 형태로부터 빠져나와 현대화하지 않은 데 있는 것이다."[35]

....

34. 中島隆博, 「儒教, 近代, 市民的スピリチュアリティ」, 『現代思想』(2014년 3월호), 62-63 쪽 참조. 하지만 대륙신유학자의 리더 중 한 사람인 깐춘송은 이때의 사정에 대해 조금 다른 분석을 내놓는다. "신문화운동 시기 지식인들이 유학과 근대화의 문제를 고민하려 했으나 1915년 이후 사람들이 유학은 이미 쓰레기통으로 들어갔다고 하는 바람에, 유학의 입장에서 보면 현실 문제를 사고할 수 있는 기회를 잃어버린 것일 뿐"이라고 말한다. 그리고 지금 중국의 학자들이 다시 청말로 돌아가서 캉유웨이(康有爲), 장빙린(章炳麟), 옌푸(嚴復)에 집중하는 이유는 바로 이제 다시 유학을 본격적으로 논의하자는 것임을 암시하는 것이다. 조경란, 「현대 중국의 '유학부흥' 현상─대표적 대륙신유학자 깐춘송에게 듣는다」, 『시대와철학』 2017년 여름호(6월).

물론 이 문제제기는 문혁으로 끝난 중국 사회주의와 더불어 전통이 부정되던 1980년대라는 시점에서 발화된 것이라는 점을 의식해야 한다. 하지만 간양도 중국사회의 위기를 전통문화를 현대화시키지 못한 데에 원인이 있다는 진단을 내리고 있다는 점에서는 나카지마와 동일한 문제의식을 지녔다고 할 수 있다. 그렇다면 유교가 다시 제도 속으로 진입하려 하고 있는 지금, 과연 이 문제가 해결되었느냐 하는 것이다.

그런데 지금 어차피 유교부흥이라는 계기를 맞이하여 그것을 현대사회에 재맥락화하기 위한 구상을 근본적으로 다시 할 수 있다면 우리는 체제유교 이전으로 돌아가 그 근원부터 다시 사유할 필요가 있을 것이다. 마르크스주의와 역사적 사회주의가 구분되듯이 공자의 사상과 체제이데올로기는 구분해야 하기 때문이다. 유교가 가지고 있는 양가성(兩可性) 또는 복수성(複數性)을 통해 그 재해석의 여지를 궁리해보자는 것이다. 그런 점에서 유교 본원으로 돌아가 그 공맹의 핵심 개념을 재해석해보면 거기에는 변혁의 사상으로 해석될 여지가 상당부분 존재한다.

하지만 아무리 훌륭한 사상이라도 그것이 현실이 되는 과정은 직접적이지 않다. 일정한 매개과정을 필요로 한다. 상상력이 풍부한 위대한 사상이라도 역사실천 속에서는 비극이 되는 경우가 있다. 나치 독일의 비극은 바로 전형적인 예이다. 하지만 그렇다고 하여 이러한 예 때문에 어떤 사상의 재해석을 통해 그 해당 사상을 새롭게 보려는 시도를 막을 수는 없는 노릇 아닌가. 그런 점에서 유교 또한 무한한 재해석의 길이 열려 있다고 할 수 있다.

그 점에서 유교를 근대와 연결시켜 볼 수 있는 여지는 적지 않다고 할 수 있다. 예컨대 천(天)이나 인(仁)이나 의(義), 그리고 주자의 리(理)

35. 甘陽, 「八十年代文化討論的幾個問題」, 『八十年代文化意識』, 世紀出版集團 上海人民出版社, 2006, 61쪽.

개념에도 현상 긍정의 요소와 더불어 현실 변혁의 요소가 함께 들어 있다. 또 사적 영역의 공적 영역으로의 확장과 관련해서 유교의 가능성은 얼마든지 열려 있다. 예컨대 "대학"의 격물, 치지, 성의, 정심, 수신, 제가, 치국, 평천하의 구도가 바로 그렇다. 근대에서 직면한 문제도 사실 사적 수양의 새로운 모델로서의 퍼스낼리티이고 공적 통치의 새로운 원리로서의 민주주의였다.[36] 머우쫑싼(牟宗三)과 뚜웨이밍(杜維明) 등 해외 신유학자들의 문제의식도 여기에 있었다. 이제 이런 노력을 계승하여 새롭게 형성된 일군의 대륙 신유학자들의 인민유학, 시민유학, 정치유학, 제도유학 등의 진전된 버전이 나타나고 있다. 현재의 이른바 이러한 '신외왕' 논의는 전통적 통치모델의 반복이기보다는 '어쨌든' 근대에 대응코자 하는 문제의식에서 나온 것만은 분명하다.[37]

이와 관련하여 대니얼 A. 벨(Daniel A. Bell)은 서구 민주주가 갖고 있는 일인일표제의 한계를 극복하고자 내놓은 다차원적(multi-dimensional) 메리토크라시(meritocracy) 개념을 통해 사회적 소통 능력을 겸비한 버전업된 유학의 틀을 제시하려 한다.[38] 그는 서양의 1인 1표제의 선거제도나 중국의 과거제로는 정치에서의 부정부패를 막을 길이 없다고 보고 유교의 메리토크라시에서 그 대안을 찾고자 한다. 중국의 정치 특징을 고려하면 매우 중요한 발상이지만 이것으로 개혁개방 이후 중국사회에서 분출하는 다원화와 개인화 등 다양한 요구들에 적극적으로 응답할 수 있는지에 대해서는 의문이다. 유교의 대담한 재구성과 디테일한 구상이 요구된다. 이를 위해서는 굳이 동서라는 문명의 발원지를 가릴 필요도 없다고 본다. 서양사상과

---

36. 中島隆博, 「儒教と民主主義」, 『中國: 社會と文化』(第二十九號, 2014年 7月), 212-13쪽.
37. 졸고, 「중국의 유교 부흥과 시민정신의 발현 가능성」, 『지식의지평』 2016년 6월호(인터넷판)
38. Daniel A. Bell, *The China Model: Political Meritocracy and the Limits of Democracy*, Princeton University Press, 2015

중국의 유교의 만남을 제2의 불교로 보는 입장이 있고 보면 이것이야말로 20세기의 중국의 경험을 자기의 것으로 수용하려는 태도라 할 수 있다. 이러한 태도를 취할 때 중국의 유학은 21세기적 유학으로 재구성될 수 있으며 나아가 지속가능한 '비판담론으로서의 유학'으로서 재탄생할 수 있다고 본다.[39]

21세기의 지속 가능한 '비판담론으로서의 유학'을 말하기 위해서는 두 가지 조건이 필요하다. 첫째, 체제유학과는 구분되는 민간유학의 발상을 해야 하고 이를 위해서는 역사적 인물로서의 공자와 맹자의 의도를 재조명해야 한다. 예컨대 공자는 춘추시대라는 격변의 시대에 종족이라는 집단에서 가족과 개인을 해방시키려 했고 인을 담지한 군자상을 제시하여 새로운 시대에 맞는 지표를 제공하고 개인의 존재방식을 제시하려고 했다. 관행으로만 내려오던 관습으로서의 윤리를 새로운 해석을 가함으로써 지식으로 전환시킨 인물이었다고 할 수 있다. 바로 이런 해석이 필자가 앞에서 말한 유학의 양가성과 복수성에 접근하는 길이다. 둘째, 20세기의 역사경험을 통해 이미 중국사상의 중요한 구성부분이 된 자유, 민주, 평등을 중국의 현대 유학은 제도와 가치로서 수용해야 한다. 이는 중국사회주의의 성숙을 위해서도, 민본사상의 진정성과 확장을 위해서도 매우 필요한 일이다. 왜냐하면 민본을 복지의 차원으로 이해하더라도 그것이 제대로 지켜지기 위해서는 위정자나 지식인의 평등주의와 민주주의에 대한 인식 없이는 불가능하다고 보기 때문이다. 즉 민본과 민주주의는 대립개념이 아니라 상호보완 개념으로 인식해야 민본 주장의 진정성이 의심받지 않을 수 있다. 여기서 이미 20세기를 통해 trans-civilization이 이루어진 이상 민주주의는 서구의 것만은 아니다. 만일 민주주의를 서구의 것이라고 주장하는

---

39. 졸고, 「중국의 유교 부흥과 시민정신의 발현 가능성」, 『지식의 지평』 2016년 6월호(인터넷판) 참고.

이가 있다면 그 주장의 배경에 혹시 다양성과 비판을 허용하지 않으려는 의도가 있는지 여부를 살펴야 한다.

중국이 아무리 특수성을 강조한다고 해도 20세기의 경험과 거기에서 비롯된 보편적 의미는 자의적으로 부정될 수 없다. 중국에 7불강과 12어[40]가 존재한다는 것은 이 두 가지가 제한을 받고 있다는 반증이다. 사회를 아무리 중국식으로 재구성한다 해도 다양성과 비판이 허용되지 않는다면 중국의 꿈(中國夢)은 중국인의 꿈으로 끝날 뿐, 세계의 꿈이 될 수 없다. 중국의 꿈이 동시에 세계의 꿈이 되기 위해서는 중국 내부적으로 이러한 사회의 규범을 마음의 습관이 되도록 해야 한다. 민주주의는 제도만이 아니라 가치이고 인격이다.

5. 20세기 중국의 역사 경험과 문화 맥락

21세기의 중국 사회는 20세기의 역사경험과 무관하게 존재하지 않는다. 20세기 쌍생아로서 사회주의와 자본주의를 그 부정적인 면까지 경험했다. 사상적으로는 사회주의와 자유주의이며 문화적으로 표현하면 평등주의의 기초 위에서 개인화와 다원화 경향을 의미한다. 이러한 경향에 주목하여 중국의 자유주의 학자 류칭(刘擎)은 사회적 상상에서의 맥락주의를 강조한다.[41] 그렇다면 유교부흥이 대면해야 할 가장 중요한 문제는 다름 아닌 20세기가 만들어낸 그리고 그 연장선상에 있을 수밖에 없는 21세기의

---

40. 2013년 중국정부는 말해서는 안 되는 것 일곱 가지(七不講)와 말해도 되는 것 열두 가지(十二語)를 발표했다. 보편적 가치, 보도의 자유, 시민사회, 시민의 권리, 공산당의 역사적 과오, 특권 귀족의 자산계급, 사법의 독립이 그 7불강이다. 부강, 민주, 문명, 화해, 자유, 평등, 공정, 법치, 애국, 경업(敬業), 성신(誠信), 선우(友善)는 12어에 해당된다. 子安宣邦, 『帝國か民主か: 中國と東アジア問題』, 社會評論社, 2015, 80쪽.
41. 刘擎, 「"学术"与"思想"的分裂」, 『二十一世紀』, 2005年 4月號, 總第八十八期.

다원화된 문화적 배경일 것이다. 그럼에도 불구하고 중국의 적지 않은 논자들은 중국문화=유교라는 등식에 대한 암묵적 동의 아래 논의를 전개한다. 즉 21세기에도 여전히 중국의 문화는 의심의 여지 없이 유교라는 문화본질주의적 입장을 고수하는 것이다. 류칭은 이런 경우를 환원주의적 오류로 보는 것 같다.[42] 물론 중국사회가 개인화와 다원화라는 문화현상을 보여준다 해도 그 저변의 사유양식에서 유교적 아비투스를 벗어나기 힘들다는 것은 누구도 부정하기 힘들다. 이를 증명할 만한 대륙, 홍콩, 대만 등 중화문화권을 대상으로 한 조사── 물론 어떻게 조사했느냐에 대한 공정성의 문제도 있을 수 있지만──도 있다.[43] 그리고 이러한 사실이 중국공산당이 유교를 정략적으로 '재발견', 또는 '재소환'하는 데에 배경으로 작용했을 가능성이 높다.

'유교중국'의 기획에서 중요한 것은 가능한 한 편견 없이 중국사회의 속살을 들여다보는 것이다. 중국사회는 기본적으로 유교적 아비투스를 DNA로 가지고 있긴 하지만 류칭이 말한 것처럼 마오 시기에 형성된 평등주의, 등소평 시기 이후에 형성된 개인화 경향, 생활세계에서 가치관의 다원화 경향이 형성되었음을 부정할 수 없다. 거기다가 빼놓을 수 없는 것이 중국이 다민족사회라는 점이다. 이들 여러 문화경향이 복합적으로 작용하여 중국 사회 또한 다른 사회와 마찬가지로 변화의 동력이 만들어지고 있다.

유교는 조화를 중요하게 여기지만 이와 같은 다원화 경향은 불가피하게 갈등을 초래한다. 물론 갈등은 민주주의의 적극적 조건이다. 제도로서의 민주주의는 가치로서의 민주나 인격으로서의 민주 없이 지켜지기 힘들다. 민주주의는 서로의 차이를 인정하면서 공존하려는 것이고 갈등이 있으면 타협과 토의를 통해서 그것을 풀어나가는 것이다. 타협과 토의를 할 수

....

42.　刘擎, 「中国语境下的自由主义 : 潜力与困境」, 『中國有多特殊』, 中信出版社, 2013, 207쪽.

43.　甘陽, 陳來 주편, 『孔子與當代中國』, 生活・讀書・新知 三聯書店, 2008, 서론 참조.

없다면 갈등은 폭력적 방식으로 추방된다. 그리고 폭력이 강요하는 단일함의 환상만이 그 자리를 채우게 된다.[44] 중국에서 사회적으로 구조적 안정성이나 고도성장으로 통치의 정당성은 유지되어왔으나 앞으로 경제성장률이 급격히 떨어지면 사회격차로 인한 사회적 불만과 갈등이 증폭될 가능성이 적지 않다. 하지만 중국도 폭력적 형태로는 동질화된 집단 정체성이 더는 유지되기 힘들 것이다.

중국처럼 다민족 사회에서 다원성과 다양성은 아무리 강조해도 지나치지 않다. 더구나 중국에서 많은 경우에 다민족 문제는 빈곤 문제와 겹쳐 있다. 그렇기 때문에 중국에서의 다원성이나 다양성 문제는 도시로 오면 계층의 문제가 되어 도시의 정주민에게는 오히려 도시 공동체를 약화시키는 요인으로 다가올 수 있다. 그래서 로버트 D. 퍼트넘(Robert D. Putnam)의 연구에 의하면 다양성에 직면할 때 긴장이 발생한다. 그 결과 폭력이나 전쟁이 일어나기도 한다. 타자에 대한 두려움이 방치된다면 다양성은 공동체의 기능을 마비시킨다. 따라서 다양성은 존중, 인내, 개방성, 희망을 갖고 차이를 끌어안을 때만이 유익을 가져다준다.[45] 다원성이나 다양성이 유지되기 위해서는 구호나 주장만으로 끝나는 것이 아니라 마음의 습관이나 인격이 되도록 부단한 노력이 뒷받침되어야 한다.

하지만 어찌되었든 당대 중국 지식인이 적극적으로 참여하여 진행되는 유교 정체성의 강화는 문화적으로 중국 내부의 사회저층과 소수민족에게는 이질적인 것으로 다가올 수 있다. 더구나 중국공산당의 중요한 전략 중하나인 계급정당의 '국민정당'의 방책과 역행하는 것으로 비춰질 수 있다. 예컨대 후커우(戶口)가 없는 대도시의 '외래인'은 문화적으로는 중국인이지만 법률적으로는 중국인이라 할 수 없다. 농민공(農民工)과 그 자녀들은

····················

44. 이 논의는 피터 J. 파머, 김찬호 옮김, 『비통한 자들을 위한 정치학: 왜 민주주의에서 마음이 중요한가』, 글항아리, 2014, 100쪽에서 도움을 받았다.
45. 피터 J. 파머, 49-50쪽.

응당 받아야 할 사회보장을 제대로 받지 못하는 경우가 허다하다.[46] 또 유학은 한족문화에 기초하여 형성된 세계관이기 때문에 그것을 지나치게 강조할 경우 소수민족에게는 협애한 문화 민족주의로 비쳐질 가능성도 없지 않다. 문화와 법률의 불일치, 한족과 소수민족의 긴장을 어떻게 해결할 것인지에 대해 유교는 응답해야 한다.[47]

또 맹자가 천하는 하나로 정해질(天下定于一) 때만이 희망이 있다고 말한 것처럼 유학을 중심으로 한 전통사상 안에는 같음을 숭상하는 사상적 습관이 도저하게 흐르고 있다. 과거 역사에서 정통과 이단을 가르던 폐해는 바로 여기서 비롯되었다. 사실 '쌍백방침'(雙百方針)이라 불리는 1956년의 백가쟁명과 백화제방도 예외가 아니었다. 이 방침은 결과적으로 중간파를 색출해내는 '반우파투쟁'으로 끝났기 때문이다.[48] 이때의 일과 평면적으로 비교할 수는 없지만, 현재 중국에서 일부 유명 자유주의파 지식인이 활동에 제약을 받고 있다는 이야기는 그래서 예사롭지 않다. 유학이 또 다른 '주류'로 자리매김하면서 자기와 다른 것들을 거부하는 배제의 메커니즘으로 작동하는 예를 우리는 역사에서 무수히 보아왔기 때문이다. 이런 기억들은 현실사회에서 건강한 개인화와 다원화를 해치는 방향으로 작용할 가능성은 얼마든지 있다.

....

46. 李向平・郭珵,「面目模糊的 '中國人'──當代中國的文化信仰與國家認同」,『文化縱橫』 2016. 6, 71쪽.

47. 백승욱은 필자의 저서를 다음과 같이 명료하게 요약한 바 있다. 현재 중국은 사회주의 이후 이데올로기의 공백을 대체하기 위해서 "중화주의적 민족주의를 핵심적 위치에 두고 있으며 그 내용을 새로운 유가적 가치로 채우고자 하지만, 그 정치적 방향은 매우 보수주의적으로 나타나며, 그 보수성은 소수민족 문제를 통해서 잘 확인된다"고 할 수 있지 않을까 싶다.「보수주의화하는 중국 사상계에 대한 역사적 분석」(조경란,『국가, 유학, 지식인: 현대 중국의 보수주의와 민족주의』(책세상, 2016)에 대한 서평),『중국근현대사연구』 74집, 2017. 6.

48. 王蒙, 遠方,「雙百方針與文化生態」,『炎皇春秋』 2106年 4月, 總第二八九期, 1쪽. 朱正,「要百家爭鳴, 不要兩家可爭鳴」,『炎皇春秋』 2106年 4月, 總第二八九期, 6쪽.

유교의 '새로운 통치이념'화와 그것의 '재제도화'의 방향이 정해지면서 학자들 사이에서 중국의 도로(道路), 제도, 이론에 대한 자신(三個自信)이라는 말이 통용되고 있다.[49] 그러나 자신감을 갖는 것은 중요하지만 그것이 과도하면 부작용을 가져올 수 있다. 물론 이런 자신감에는 서양의 방식도, 러시아의 방식도 중국의 길을 제시해주지 못한다는 나름의 판단이 깔려 있다. 하지만 유교를 통치원리로 하는 기존의 '권위주의' 방식만으로는 제3세계를 향해서는 모르지만 민주주의가 어느 정도 이루어진 나라들을 설득하기에는 그 영향력이 제한적일 수밖에 없다. 물론 세 개의 자신이라는 것의 초점은 어디까지나 이론과 제도가 중국에 적실한가의 여부에 맞춰져 있다. 그러나 중국은 세계적 위상에서 이미 G2가 된 만큼 거기에 상응하는 책임 의식을 가져야 한다. 그러기 위해서는 국내에만 초점을 맞출 것이 아니라 대외적 차원에서의 바깥을 적극적으로 사유해야 한다. 그것은 중국 안에 존재하는 사람들의 삶의 문제에서부터 동아시아, 세계 사람들의 일상과도 직간접적 관계가 있기 때문이다.

6. '유교중국'의 안과 밖, 그리고 유교 만능의 절제
── 아시아와의 공존을 위하여

이상에서 중국의 주류학자들 사이에서 나타나는 최근의 학문 현상 중 대일통 제국을 중심으로 현대중국을 재구축하려는 커다란 흐름이 존재한다는 것을 확인했다. 물론 이 담론은 경제성장을 바탕으로 한 '중국몽'이 출현한 이후 더욱 두드러진다는 점에서 중국정부와의 교감이 저변에 깔려 있다. 중국몽을 전환점으로 하여 이제 지식인들은 아무 눈치를 보지 않고

....

49. 李向平・郭珵, 70쪽.

완전히 탈서구의 방향으로 선회했다. 하지만 유학을 긍정하는 간양(甘陽) 같은 학자조차도 대륙신유가들을 향해 유교만능으로 나갈 것이 아니라 유교의 자기절제의 측면을 강조해야 한다고 말할 정도가 되었다.[50]

이 말은 20세기에 유학이 부정당했던 시기와 어쩌면 아주 달리 유학이 그만큼 여유가 생겼다는 징표일 것이다. 그런데 이러한 여유가 유학의 자기중심성에 대한 자각적 성찰로 이어지지는 않는 것 같다. 사실상 유학 담론에서 '중국의 보편과 제국의 재현'에 대한 욕망이 사라지기 힘든 것은 '제국적 국민국가'라는 규모와 경제성장이라는 두 가지 조건과 무관하지 않다. 그런 점에서 우리는 이제 다시 유학의 핵심구성인 중화(中華)와 대동(大同)에 대해 21세기의 역사, 문화조건을 감안하면서 따져 물어야 한다. 중국 지식인의 보편적 사유 속에는 아직도 중화의 실현뿐 아니라 대동의 실현에서도 인종적 동화와 문화적 동화를 전제로 해왔던 사고습관을 반이 강하게 살아있는 것처럼 보이기 때문이다. 그렇지만 이렇게 등장한 유가 부흥에는 무엇인가가 빠져있다. 그 이유는 이 흐름이 유가 사상가들 중심으로 진행된 것이 아니라 "국가, 지식인, 자본의 유기적 기획"의 결과이기 때문이고, 이런 통치연합에서 배제된 노동자, 농민, 자영업자들은 목소리를 낼 수 없는 구도이기 때문이다. 이는 결국 "중국 모델론에 소환된 유학[51] 인데, 결국 유가가 담아내고자 한 비판성을 탈각해 버린 것이다.

그러나 중국이 제국으로 부상한 21세기는 과거와 달리 '불행히도' 세계가 20세기를 경험한 이후의 시기이다. 지난 세기는 인류가 종적으로도 가장 큰 변화를 겪었지만 횡적으로도 가장 많은 교류가 있었던 때이다. 사상적으로는 사회주의의 이상을 추구하기도 하고 전체주의의 폐해도 겪었지만 동시에 또한 민주와 자유도 경험했다. 그렇기 때문에 단순히 강대국이

....

50. 座談 (2016).
51. 조경란 (2016b), 44쪽 및 52쪽.

아닌 '좋은 나라'의 이미지를 준비해야 하는 중국으로서는 유교를 근간으로
국가 지배의 정당성을 강조하는 것만으로는 자칫 '19세기적 21세기로의
오묘한 회귀'로 비춰질 공산이 크다. 더구나 인접한 한국이라는 장소만
하더라도 경제성장과 민주화를 모두 경험한 곳이다. 따라서 중국은 '제국의
귀환 프로젝트'에만 관심이 있는 것처럼 비춰지고 유교로의 회귀라는
이미지로 굳어지지 않도록 하는 전략적 접근 또한 매우 중요하다고 본다.
물론 전략 이전에 진정 '좋은 국가'를 구성하기 위해서는 중국문화의 단순한
자기 긍정을 넘어 trans-civilization에 버금가는 '대담한 기획'을 할 수 있다면
더 바랄 것이 없겠다.[52] 하지만 소프트파워를 위해서건 스마트파워를 위해
서건 이러한 '대담한 기획'이란 어떤 주어진 역사적 조건을 무시하고 탈맥락
적으로 이루어질 수는 없다.

자기긍정의 문화이든 문명사적 전환이든 통치의 합법성이든 유교의
재구축을 위해 국가의 기획 아래서 '재발견'된 것이 유학이라 하더라도
이것이 단순히 정치의 영역만으로 끝나는 것이 아니라 사상과 학술의
영역과 겹쳐져 있다면 이것은 그 파급의 측면에서 결코 중국만의 문제라고
볼 수는 없을 것이다. 중국에서의 위와 같은 시도가 중국 내부에서는 물론
동아시아에서 얼마나 공감을 얻어낼 수 있는가 하는 것도 중요하다.

따라서 이후의 후속 연구에서는 필자가 서 있는 장소성을 기반으로
하여 논의할 필요가 있다. 여기서 장소성이라는 것에는 반드시 한국이라는
국가적 차원만을 의미하는 것은 아니다. 중국의 유교를 기반으로 한 동일성
과 재현의 테두리를 벗어난 비중국을 의미한다. 중국의 입장에서 중국을
안으로 본다면 필자의 장소성이라는 것은 바깥을 의미한다. 만일 중국을
동일성이라는 차원에서 본다면 여기서 장소성은 차이를 의미한다. 바깥과

---

52. 이를 위해서는 자신들이 비판해왔던 서구의 '보편'을 거부만 할 것이 아니라 aufheben
    (극복과 보존)하는 관대한 태도가 필요하다.

차이는 안과 동일성의 테두리를 깨트리는 역할을 할 수도 있다.[53] 물론 여기서 바깥과 차이는 안과 동일성이라는 규정에 의해 포착되지 않을 때 밖과 차이로서의 역할을 하게 된다.[54] 전통적으로 중화제국 시스템은 기본적으로 '중'과 '외'로 구성되어 있으며 이 구성은 두 가지 신화, 즉 '중화제국이라는 통일체'와 '제국의 밖에 대한 우월성'에 의거해 있다.[55] 하지만 '외'는 더 이상 중화제국이라는 중심의 우월성을 돋보이게 하는 주변으로의 존재가 아니라 중화제국 내부의 동일성을 깨트리는 타자로서 인식할 필요가 있다.

중국의 논의를 당연한 것으로서가 아니라 장소성에 기반하여 낯설게 수용하면서 담론에 개입하는 행위자를 가정한다면 '담론을 통한 현실의 전유'를 상상해볼 수 있다. '보편과 동일성에 기반한 제국의 재현'은 많은 부분 타자성의 부재에서 오는 사유습관과 무관하지 않을 것이라 생각하기 때문이다. 타자성의 부재가 오래될 경우 거기에서는 새로움을 찾기 힘들다. 타자성이 부재한 사유습관이 자기와 다른 것과 접촉을 통해 변화의 필요성을 느끼지 못할 경우 미래비전과 가치에 대한 고민을 하는 환경이 조성되기 힘들다. 따라서 중국의 이웃이며 바깥인 우리로서는 이들이 변화의 길로 들어서도록 타자로서의 역할과 의무를 다하여 21세기의 새로운 협력관계를 만들 필요가 있다.

마지막으로 한국의 유학연구자를 향해서 제언을 하는 것으로 이 글을 마무리하려 한다. 중국의 '유교중국'을 야심차게 기획하고 있는 상황에서 한국에서 유학을 논의하는 인문학자들 또한 분주해져야 한다. 이러한 세기적 변화에 대응하기 위해 일본에서는 다양한 움직임이 있다. 대표적으로 진보를 자처하는 잡지 『현대사상』에서도 '지금 왜 유학인가'라는 특집을

---

53. 이 논리의 얼개에 대해서는 문성원 (2012)에서 도움을 받았다.
54. 문성원 (2012), 19-20쪽. 참조.
55. 王柯 (2003), 219-220쪽.

마련하여 15꼭지를 다루었다. 한국도 진보든 보수든 진영논리를 떠나 이웃 대국이 무슨 생각을 하고 있는지에 대해 잘 살피고 실사구시적, 집단적으로 대응해야 한다. 중국은 이미 공산주의의 이념과 가치가 아니라 중국식 실용주의에 의해 움직이고 있다.

우리는 개인적 호불호를 떠나 중국공산당이 지배의 정당성의 기초를 재건하는 작업에 즈음한 지식인의 분주한 움직임에 신경을 곤두세우지 않으면 안 된다. 그랬을 때만이 중국의 부상으로 인해 새롭게 만들어지고 있는 세계 역학의 지형 변화와 권력 이동 그리고 그에 따른 사상적 패러다임의 전환에 함께 참여하되, 경쟁하는 관계를 만들 수 있다. 이러한 관계 맺기가 이루어져야 단기적으로는 사드와 같은 긴장국면에 대응할 수 있을 뿐 아니라 보다 긴 호흡을 가지고 공존, 공영하는 아시아를 함께 구상할 터전을 만들 수 있을 것이다.

제11장
중국 사상계의 서양중심주의에 대한 비판[1]

류 칭 (刘擎)

1. 들어가는 말

현재 중국 학계에서 '서양중심론' 혹은 '서양중심주의'(Western-centrism)
는 이미 사람들이 익히 알고 있는 개념이다. 개략적으로 말하면 '서양중심론'
은 일종의 사상적 편견이다. 그것은 서양의 역사를 인류 역사 발전의 고급
단계 또는 기준으로 간주하고, 서양의 관념, 사상과 이론을 보편타당성을
갖춘 지식이라 여기는 것이다. 그것은 또 서양의 가치 관념인 정치, 경제,
제도를 비서구 사회가 본받아야 할 우월한 모델로 간주한다. 이러한 잘못된
견해는 알게 모르게 서양의 사상 전통 속에 장기간 존재해왔으며 사회적
실천과 정치적 실천에 오랫동안 영향을 미쳤다. 그러나 사람들이 '서양중심
론'이라는 단어를 사용하기 시작했다는 것은, 그들이 이미 이것이 잘못된

....
1.   태정희 옮김.

것임을 의식하기 시작했다는 것이고, 이러한 의식은 '잠재의식' 속에 숨어 있던 것을 끄집어내어 비판과 성찰의 대상으로 삼았음을 의미한다. 실제로 서양 학계 자체의 '유럽중심론'에 대한 성찰은 이미 오랜 역사를 갖고 있다. 특히 1970년대 말기 이후 이에 대한 비판적 담론은 국제학계의 유명한 학설이 되었으며, 심지어 문화 비평 등의 분야에서 주류적 지위를 차지하게 되었다.

최근 20여 년간 중국 지식인들 사이에서 서양중심주의에 대한 담론 역시 점차 활기를 띠게 되었다. 이 글은 오늘날 서양중심주의에 대한 중국 사상계의 인식과 논쟁을 알아보고 세 가지 측면에서 논의하고자 한다. 우선, 서양중심주의 개념에 대한 중국 지식인들의 이해를 짚어보고 서양중심주의의 폐단에 대한 그들의 인식을 서술한다. 둘째, 서양중심주의에 대한 중국 지식인들의 서로 다른 입장을 알아보고 서양중심주의를 극복하기 위한 그들의 대안이 무엇인지 알아본다. 끝으로 필자만의 방식으로 서양중심주의를 분석하고 더 적절하면서도 효과적이라고 여겨지는 대안을 제시하려 한다.

2. 중국의 시각으로 본 서양중심주의

19세기 후반부터 중국 지식인들은 '서학'으로 불리는 지식을 광범하게 접하기 시작했다. 서학은 서양으로부터 전해진 자연과학과 종교, 인문 사상, 사회과학 지식 등을 포함한다. 청나라 말기의 중국은 서양의 거센 도전을 받게 되었고 외우내환에 시달리는 지경에 처해 있었다. 중국 문인들은 "서양을 따라 배워야 한다."는 필요성과 그 시급함을 깨달았으며 이러한 학습 과정은 논쟁으로 나타났다. 급진적이고 반전통적인 사람들은 '전반 서화(total westernization)'를 주장했고, 문화 보수주의자들은 서학을 의심하고 거부했다. 근대 이행기에 있었던 중국 사상에 관한 주요 논쟁['고금중서 (古今中西) 논쟁'과 '체용(體用) 논쟁' 등]에서 중국의 지식인들은 줄곧 서학의 정당성과 보편타당성에 대해 성찰했으며 이들 중에는 이미 서양중심주의의 문제점을 의식하기 시작한 학자도 있었다. 한 연구에 따르면 이런 의식은 20세기 초 일부 중요한 사상가의 논술 속에서 발견된다. 량치차오(梁啟超)는 서양의 '진보적 역사관' 담론에 대해 성찰한 적이 있으며, 1960년대에는 역사학자 저우구청(周谷誠)이 '세계사 체계에 존재하는 서양중심사상'을 비판했다.(陳立柱 2005, 45) 1980년대 이후, 중국 학계는 서양의 여러 가지 새로운 학술 사조(특히 포스트 구조주의 이론)를 도입하고 그람시의 '문화 헤게모니', 푸코의 '지식/권력' 학설, 사이드의 '오리엔탈리즘', 그리고 포스트식민주의 이론 등 서양의 학술 개념을 응용하기 시작했으며, 이것들을 참고하여 서양중심론의 폐단과 그것이 중국의 사상 및 문화에 미치는 영향을 검토했다.

개혁개방 이후 30년이 지나면서 서양중심론에 대한 각성과 비판은 이미 중국 사상계의 분명하고 자각적인 의식이 되었다. 그렇다면 오늘날 중국학자와 지식인들은 '서양중심주의'라는 개념을 어떻게 이해하고 있을까? 이와 관련된 논의는 매우 풍부하고 다양하다. 따라서 간단명료하고 정확하게 대답하기란 쉽지 않다. '서양중심주의'에 대한 학술 분야에서의 논의와 (언론 매체와 같은) 공공 영역에서의 논의는 미묘한 차이를 드러낸다. 인문 사회과학 분야 특히 역사, 철학, 문화 연구 분야에서 서양중심론에 대해 활발한 토론이 이루어졌다. 이 분야의 학자들은 주로 인지적(cognitive) 측면에서 서양중심론을 지식의 편견 (knowledge bias)으로 보았으며 서양중심론이 비서양 국가(특히 중국)의 학술 지식에 미치는 부정적인 영향을 분석했다. 공공 사상 분야에서 중국 지식인들은 주로 규범적(normative) 측면에 초점을 맞춰 담론을 전개했다. 그들은 서양중심론을 언어문화 헤게모니로 이해했다. 따라서 그것을 주로 이데올로기적 효과 및 중국문화,

사회, 정치 실천에 미치는 영향에 중점을 두어 비판했다.

이처럼 서양중심론의 개념을 규정짓는 것에서는 학술 영역과 공공 영역에서 일정한 차이를 보여주지만 그 안에는 '가족 유사성(family resemblance)'이라는 공통점이 있다. 예를 들어 후촨성(胡傳勝)은 다음과 같이 정리한다. "서양중심론은 옛날부터 지금까지 서양 문화에 대해 자각적으로 인식하지 못함으로써 나타난 결과이다. 어떤 면에서는 일정 정도 서양 문화가 비서양 문화보다 우월하고 높다고 보거나, 인류의 역사가 서양 문화를 중심으로 펼쳐졌다고 본다거나, 서양 문화의 특징, 가치, 그리고 이상이 그 어떤 보편성을 갖고 있어 그것이 비서양의 미래 발전 방향을 대표한다고 보는 등, 이 모든 것이 서양중심론의 색채를 보여주고 있다." 후촨성은 더 나아가 서양중심주의를 두 가지 형태로 구분했다. 한 가지 형태는 '가장 극단적이고 추악하며 반감을 자아내는 종족 우월론'이고, 다른 한 가지 형태는 '온화하고 사람들이 느끼지 못하는' 은밀한 형태로, 그것은 '과학화'의 외피를 쓴 현대화 이론으로서 "서양 문화가 특수한 역사 환경에서 발전시킨 특수한 사회 현상, 제도 장치, 가치 관념, 생활 취향이 보편적 의미를 갖고 있다고 여긴다. 그리고 이러한 보편 의식은 서양 문화가 세계로 확장되고 성공함에 따라 훨씬 강화되고 있다."(胡传胜 1999)

이로부터 알 수 있듯이 서양중심론은 '서양과 비서양'이라는 이원론적 틀에 기반해 있으며, 여기서 전자가 후자보다 우월한 지위를 갖는다. 서양중심론은 "서양 또는 유럽의 여러 시기의 사상 관념과 역사 발전을 정상적인 변화, 즉 보편성을 갖고 있는 역사 발전 과정으로 보는 것이다." 비서구 세계에 대한 인식과 평가에서 보이는 유럽적 가치의 우월함──즉 서양의 가치관을 세계의 보편적 관념으로 간주하고 근대 이후의 서양 과학을 보편타당한 지식이라고 간주하는──에서도 서양중심주의가 드러난다. 아무튼 서양사회의 문화와 정치는 세계 각 민족 발전의 공동 목표이며 발전 방향이라고 여기는 것이다.(陈立柱 2005, 55-56) 동시에 세계에서

서양이 가지고 있는 주도적 지위는 서양문명 우월성의 표현이며 서양문명의
발전은 자생적이어서 비서구 사회의 영향을 거의 받지 않는다. 반대로
비서구 세계의 원초적 문화는 낙후하고 미개한 것으로 서양문명의 계몽과
지도가 있을 때만이 문명의 방향으로 발전할 수 있다.

그렇다면 서양중심주의는 중국에서 왜 문제가 되었는가? 서양중심주의
는 어떤 위해를 가져올 수 있는가? 이에 대해 우리는 여전히 학술 분야와
공공 분야라는 두 가지 측면으로 나누어 고찰할 수 있다. 많은 학자들은
중국이 장기적으로 서양중심주의 영향을 받아 중국의 학술 연구와 공공
사상 토론이 서양에 의존하는 상태에 처하게 되었다고 본다. 유명한 신좌파
학자 왕후이(汪暉)는 20년 전에 이미 "현대 중국 지식인 중 상당수가 서양의
눈을 갖고 있다. 그들과 서양사상의 관계는 그들과 이 사회 내부의 문화
관계를 초월한다."고 지적했다.(汪暉 외 1994) 중국의 많은 학과는 서양
학술의 개념, 이론과 연구 패러다임에 의존하여 학술 연구를 진행하고
있다. 하지만 중국 자체의 전통 술어와 사상 관념은 "현대 중국 학술 사유에서
이미 사라져 학술사 연구 대상이 되었다."(陈立柱 2005, 67)

많은 학자들은 줄곧 서양의 이론을 적용하여 중국의 전통과 현실을
이해하고 해석하고 있다. 그러나 이런 학술과 사상의 의존 상태는 두 가지
의미에서 모두 문제가 된다. 우선 학술 분야에서 서양이론을 그대로 적용하
거나 인용하는 것은 지식의 '맥락 오류'를 초래한다. 서양의 특수 지식을
보편타당성 이론으로 잘못 판단하여 중국의 특수한 맥락과 조건에 적용하면
중국의 경험과 문제를 정확하게 해석할 수 없을뿐더러 오히려 발을 깎아서
신발에 맞추는 식이 되며 중국 자체의 문제의식을 은폐하여 중국의 독특한
경험을 왜곡하게 된다.

둘째, 공공 사상 분야에서 서양사상에 대한 의존은 서양 문화의 헤게모니
를 더 강화시켰다. 서로 다른 문명의 '공간성'을 '보편적' 문명의 '시간성'으
로 잘못 전환하여 중국문명을 서양문명(소위 '세계역사') 발전 과정의

낮은 단계로 위치시켰다. 이런 사상 관념은 '문화 제국주의(또는 문화 식민주의)'의 지배적 지위를 확고히 하여 중국 자체의 발전 가능성을 억압하였으며 규범 의미에서 문화 다원성과 평등 존중의 가치 원칙을 위반했다.

3. 중국 학술의 주체성과 중국의 길(中國道路)

서양중심주의가 중국 학술과 사상에 미친 부정적 영향을 밝혀내는 과정은 자연스럽게 그 폐단과 위해를 어떻게 극복할지에 대한 사고와 방법 찾기로 이어진다. 이와 관련해 중국 사상계에는 두 가지 상호 연관되는 담론이 나타났다. 하나는 중국 학술의 주체성을 재건할 것을 주장하는 것이며, 다른 하나는 중국만의 독특한 발전 방향과 문명의 의미를 찾을 것을 제안하는 것이다. 전자는 주로 전문 학술 분야에서 나타나며 지식 문제에 착안한다. 후자는 공공 영역 분야에서 중국 현재의 사회, 문화, 정치 발전의 실천 문제에 초점을 맞춰 토론한다. 그 어떤 실천 주장도 모두 특정한 지식에 의존해야 하기 때문에, 이 두 영역의 담론은 서로 연관 관계를 가지면서 상호 뒤섞일 수밖에 없다.

중국의 일부 유명 학자들은 중국의 인문 사회과학 연구가 서양에 대한 의존을 탈피하여야 한다고 주장한다. 이는 '중국 학술의 주체성'을 되찾고 중국 자체의 '학술 패러다임(academic paradigm)'을 세워야 한다는 것을 요구하는 것이다. 실제로 1990년대에 덩정라이(鄧正來) 등 학자들이 '중국 학술의 본토화' 등을 의제로 하여 시리즈로 토론회를 마련하여 학계에서 상당한 관심을 불러일으켰다.(邓正来 1996)

현재 이러한 담론들은 거의 모두 '중국 굴기(崛起)'를 배경으로 하여 이루어진 논의의 연속과 심화이다. 유명 학자 간양(甘陽)은 '문화대혁명'이 끝난 후 중국에서 '1차 사상 해방운동'이 일어났다고 본다. 즉 이전에는 간단하게 서양을 배척했지만 개혁개방 이후에는 서양의 근대화 모델을 전면적으로 받아들이게 되었고 심지어 숭배하는 단계로까지 갔다는 것이다. 그렇기 때문에 오늘날 중국은 '제2차 사상 해방운동'을 시작할 필요성이 있으며 제2차 해방운동의 목표는 '중국인이 단순하게 서양을 따라 배우는 시대'를 끝내는 데 두어야 한다고 간양은 주장한다.(甘阳 2008) 덩정라이는 "중국 사회과학은 자주성을 추구해야 하며 중국 자체의 '이상적인 미래도(理想圖景)'를 만들어야 한다."고 주장한다. 또 이를 위해서는 '중국을 근거로 하는' 학술 기준을 세워야 하고, 중국을 본위로 하는 지식을 구축하고 중국의 입장에서 중국과 세계를 이해해야 한다고 말한다. 이렇게 함으로써 '주권성의 중국'에서 '주체성의 중국'으로 나아가는 문명 발전이 추동될 수 있다는 것이다.(邓正来 2008)

중국 학술 주체성 건립 주장은 사람들의 주목을 받았다. 그리고 상당히 많은 중국의 학자들이 원칙적으로는 이를 수용했다. 하지만 그 실천 함의가 애매했기 때문에 명료한 지식 운동이나 조류를 형성하지 못했다. 만약 이 주장이 서양 학술계에서 유래한 용어, 개념, 이론과 방법을 완전히 포기할 것을 요구한다면 중국은 반드시 모든 교육 체계, 학과 내용, 전공 학과 설치와 학술 체계를 처음부터 다시 정립해야 한다. 이는 근본적으로 상상할 수 없는 것이다. 심지어 우리가 사용하고 있는 '서양중심론', '주체성', '학술 패러다임' 등과 같은 개념들도 모두 서양에서 유래한 것이다. 이는 곧 서양의 학술 사상과 체계가 이미 중국 내부에 깊이 스며들어 중국 현대 학술의 유기적인 구성 부분이 되었음을 증명한다. 이는 곧 서양 문화를 절대적 '외부'로 보는 그러한 관념이 이미 현실적 기반을 상실했음을 의미한다. 실제로 오늘날 우리는 서양을 완전히 이탈한 현대 중국을 상상할 수 없다. 또 서양과 아무런 관계가 없는 '순수한' 중국은 이미 존재하지 않는다고 할 수 있다. 이 때문에 '중국 자체의 학술 패러다임'을 만드는 것은 그들이 암시한 바의 급진적 방식으로 실현할 수 없다. 즉 우리는

'중국과 서양의 이원 대립'의 개념 틀 안에서 서양중심주의를 비판할 수 없는 것이다.

그러나 중국과 서양의 상호 뒤섞인 상황이 우리가 서양중심주의의 부정적 영향을 비판할 수 없다는 것을 의미하는 것은 아니다. 서양중심주의의 부정적 영향에 대한 비판은 우리가 더 성찰적인 방식으로 서양에서 유래한 학술 용어, 이론, 방법을 받아들이고, 중국 문제를 연구할 때 특정한 맥락에 대해 더 높은 감수성을 유지하고, 동시에 자신의 개념과 이론 틀을 창조해나갈 것을 요구한다. 예를 들어 하층 민중 항쟁에 대한 사회학 연구에서 어떤 학자들은 중국의 항의 활동이 결코 (서양 학계에서 보편적으로 이해하는) '권리 수호' 의식에서 출발한 것이 아니라 '민생 보장'의 목표를 이루기 위해 일어난 것이라고 본다. 따라서 실제로 중국의 학술 주체성을 세우기 위해서는 중국의 어떤 상황에 대해 자각적인 성찰적 방식을 동원할 수 있는지, 그리고 그 맥락에 대해 민감하게 의식할 수 있는지가 매우 중요하다. 이러한 학술적 태도야말로 생산적이며 효과적이라 말할 수 있을 것이다.

공공 분야의 논쟁에서 서양중심주의를 극복하기 위한 노력은 대표적으로 소위 '중국 모델(中國模式)' 또는 '중국의 길(中國道路)'을 탐색하는 담론에서 전형적으로 나타난다. 비록 '중국 모델'의 함의와 그 가욕성(desirability), 실행 가능성(feasibility)에 대한 많은 논쟁이 존재하지만. 이런 담론은 다음과 같은 주요한 경향을 보여준다: 서양을 중심으로 하는 일원론적 역사관과 미래 발전 모델을 타파하려 시도하고, 인류 문명 발전에 대한 중국의 작용과 공헌을 강조하고, 또 중국이 풍부하고 다채로운 미래 세계의 문명을 창도할 것을 강조한다. 게다가 중국문명은 대체 불가능한 독특한 가치를 갖고 있다. 하지만 지적해야 할 것은 중국 모델을 가지고 서구중심주의를 극복한다고 할 때, 그 의미를 어떻게 이해하든 중국 지식인들이 가지고 있는 입장과 방법은 결코 단일하지 않으며 복잡한 계보가 존재한다는 점이다. 이들 중에는 (대체적으로 분류하면) 자유주의, 신좌파, 신유가 학파가 있으며 이들의 입장은 각각 다르다.

자유주의 입장을 가진 많은 지식인들에게 중국 모델은 결코 보편적 근대성 원칙을 이탈해선 안 된다. 그들은 줄곧 중국이 근대화 발전이 필요하다고 주장하며 아울러 '중국의 근대성'을 보편적 근대성이 중국이라는 특정한 조건하에서 구체적으로 실현된 것으로 이해한다. 자유주의자들의 시각으로 봤을 때 다원적 근대성은 여전히 근대성의 보편적 원칙을 공유하고 있으며 여기에는 자유, 평등, 민주, 인권, 법치, 그리고 과학과 사회 진보를 주장하는 원칙이 포함된다. 다만 중국의 특수한 조건하에서 이런 원칙을 실현하는 구체적인 경로와 형태는 중국 자체의 특징을 가지고 있다. 하지만 중국의 특수성과 근대성의 보편성은 결코 모순 관계는 아니다. 유명한 자유주의 학자 친후이(秦暉)는 다음과 같이 말한다. 중국과 세계의 역사, 그리고 미래 발전을 연구하는 논쟁에서 관건은 역사, 제도와 가치 원칙에 대한 해석과 변호에 대한 유효성을 찾는 데 있다. 이는 근본적으로 경험 사실과 논리적 추론의 판단 기준에 의거하는 것이지 그 어떤 문화를 중심으로 한 시각에 의거하는 것이 아니다. 따라서 '서구중심론'이든 '동양중심론'이든 '무중심론'이든 모두 우리가 관심 가져야 할 '참된 문제'는 아니다.(秦暉 2001) 이런 관점은 사실 문화 결정론에 대한 반박이다. 자유파 지식인들이 봤을 때 그 어떤 문화든 거기서 나온 지식과 실천은 자체의 한계를 가질 수밖에 없다. 하지만 그것들이 모두 자체 문화의 고유한 인지와 규범의 틀에 완전히 갇혀 있지는 않으며, 자기 문화의 한계를 타파하는 것은 늘 가능한 것이며 필요한 것이다. 자유주의자들에게 보편주의 과학 기준과 가치 원칙은 인류가 공유하는 것이기 때문에 서양중심론을 극복하는 적절한 방식은 진정한 보편성을 추구하는 것이지 '중국중심주의'를 통해 이뤄지는 것이 아니다. 대안적 근대성의 목표는 근대성의 보편적 틀 내에서 더 훌륭한 대안을 찾는 것이어야지 '반근대성'의 대안을 위해 평계를 찾거나 위장해서는 안 된다.

중국의 신좌파 지식인들은 대체로 마르크스주의의 보편주의 전통을 계승했다. 그들은 문화 상대주의 방식으로 서양중심주의를 비판하는 것을 반대한다. 신좌파를 대표하는 인물 중 한 사람인 추이즈위안(崔之元)은 다음과 같이 주장한다. 서양중심론자는 자신의 특수한 전통과 사상을 보편타당한 것으로 보며, 문화 상대론자는 자신의 특수한 전통을 수호하기 위해 특수주의를 숭배한다. 이 두 가지 관점 모두 잘못된 것으로 "특수성 속에서 보편성이 체현되면서도 또 이와 분리된 '보편'관이 체현된다는 것이 결여되어 있다." 그는 웅거(Roberto Unger)의 관점을 인용하여 보편성은 반드시 구체적인 특수함으로 존재한다고 주장한다. 하지만 보편성의 의미 또는 가능성은 그 어떤 개별적인 특수함에 의해 극소화(穷尽)될 수 없기 때문에 보편성을 '무한성'과 밀접한 연관성이 있는 개념으로 이해한다. 그는 근대성의 보편성은 '인류 자아 긍정의 무한성'에 있으며 그것은 서양 근대성의 모델에 의해 극대화(穷极)되지 않는다고 주장한다. 따라서 중국은 제3세계와 마찬가지로 근대성이 추구하는 진보가 "제도를 창신하는 가운데 존재할 것을 희망한다. 즉 지금껏 서양과 제3세계에 존재하지 않았던 제도를 창조하길 바라는 것이다."(崔之元 1997)

여기서 지적해야 할 것은 신좌파 집단 내부에도 서로 다른 견해가 존재한다는 것이다. 왕후이는 추이즈위안과 대체적으로 비슷한 입장이다. 그는 중국 굴기에 대해 복잡한 해석을 내놓았다. 그는 중국이 비록 글로벌화의 과정 속에 진입했지만 중국 자체의 역사 실천 속에서 형성된 특수한 정치 구조가 거대한 잠재력이 있기 때문에 신자유주의 형태를 극복한 '새로운 정치(新政治)'를 창조할 수 있다고 본다.(汪晖 2010) 추이즈위안과 왕후이 모두 중국이 창조적 잠재력을 갖고 있으며 이런 창조는 서양 근대성 모델을 탈피하는 데 매우 중요하며 보편적인 의미를 갖고 있다고 본다. 그러나 또 다른 신좌파 대표 인물로 알려진 간양은 서양과 중국은 완전히 다른 문명이며 서양의 이론으로 중국을 이해할 수 없다고 본다. 그 이유는 중국은

'예외 중의 예외'라는 데 있다. 따라서 그는 중국 도로의 미래 전망을 서양 근대성의 틀을 완전히 초월한 문명 형태에서 찾는다. 중국 자체가 가지고 있는 세 가지 전통(유가 전통, 사회주의 전통, 개혁개방 이후의 전통)이 결합된 형태인 '유가사회주의'가 바로 그것이다.(甘阳 2011)

중국 대륙의 신유가 내부에도 역시 다양한 관점이 존재한다. 하지만 최근의 경향은 특수주의의 방식으로 중국을 이해하는 것에 반대하는 것이다. 신유가에 속하는 학자 천원(陳贇)은 '중국 특색'이라는 말로 중국의 길을 규정짓는 것에 반대한다. 그는 "소위 중국 특색이라는 표현이 표방한 것은 중국의 특수한 길을 보편화하기 위한 노력이 아니라 서양 보편주의 길의 특수화된 형태이다. …… 중국 특색은 서양중심주의를 벗어나기 위한 요구를 나타낸 것이지만 동시에 서양중심주의가 이 요구 자체를 규정하는 것을 의미한다. 다시 말해 중국 특색이라는 표현 속에 자리한 것은 서양중심주의의 위축이 아니라 그것의 심화와 제고이다."라고 지적했다.(陈贇 2008, 38)

첸원은 반드시 문명론적 의미에서 중국의 역사 전통, 오늘날 중국의 굴기 및 미래 발전 비전을 이해해야 한다고 본다. 그에 의하면 유가 문명은 일종의 보편주의 문명이고, 따라서 서양이 직면한 여러 가지 위기와 오늘날 중국의 굴기는 모두 유가 문명이 기독교 문명과 서양 근대성(기독교 문명의 산물)보다 훨씬 우월하다는 것을 말해주는 것이다. '민족 국가'로서의 '현대 중국의 도로'는 결코 중국이 앞으로 나아갈 길이 아니다. '세계 역사에 대해 유가 문명의 입장에서 만든 새로운 기획'이야말로 중국이 나아갈 길인 것이다. 천원은 다음과 같이 주장한다. "유가는 이미 중국의 유학에서 동아시아 유학의 역사 과정을 거쳤다, 유학이 새롭게 전개될 최종의 가능성은 세계의 유학으로 발돋움하여 인류문명의 새로운 시대의 주도적 형태가 되는 것이다."(陈贇, 『澎湃』) 이로부터 알 수 있듯이 일부 신좌파와 신유가의 사조 속에는 새로운 '중국중심주의' 경향이 존재한다는 것이다.

4. 서양중심주의 개념에 대한 분석

중국 지식인들의 서양중심주의에 대한 비판과 논쟁은 매우 복잡하며 제시한 해결책 역시 다양하다. 하지만 그 배후에는 다음과 같은 핵심적인 문제의식이 존재한다. 즉 중국이 어떻게 자신의 문화 주체성을 형성해야 할 것인가? 현대와 미래 세계 속에서 자신의 문화와 정치 이상을 어떻게 형성하고 실현할 것인가? 따라서 필자는 서양중심주의에 대한 분석과 비판 역시 동일한 문제의식을 갖고 접근할 것이다.

저자가 이해하는 바로는 서구중심주의는 우선 지식의 오류(intellectual fallacy)이며, 충분한 성찰을 거치지 않은 협애한 이론 전제와 경험 지식 기반 위에 형성된 편견으로 가득한 사상과 담론이다. 지식의 각도에서 서양중심주의 개념을 규정짓는 것은 그것이 결코 현실 정치 실천과 무관하다는 것을 의미하는 것은 아니다. 푸코가 밝혔듯이 지식과 권력 사이에는 깊은 관련이 있다. 그러나 푸코는 또한 지식과 권력이 동등하지 않으며 서로 환원 불가능하다고 경고한 적이 있다. 필자는 개념상에서 서구중심주의와 서구의 강권 정치를 구분해야 한다고 본다. 비록 일각에서 서양의 일부 민족(국가)이 강권을 추구하는 야심, 그리고 제국주의와 식민주의를 서양중심주의라고 부르지만 필자는 이것을 개념의 혼선이라고 생각한다. 양자 사이에는 복잡한 관계가 존재하지만 개념상에서는 결코 환원 불가능 (irreducible)하다.

서양의 강권 정치는 지배 욕구와 의지에 기인한 것이며 오만하고 비이성적인 종족 우월 의식에 기반하여 세계에 대한 지배적 지위를 실현하고자한다. 이런 야만적인 강권 정치는 서양에만 유독 존재했던 것이 아니라전 세계 많은 민족들 사이에서 서로 다른 시기에 나타났던 현상이다. 그러나근대에 들어서 일부 서양 국가가 물질적인 면에서 현저한 우위를 차지하면서 타민족에 대한 지배가 현실화되었고 식민주의와 제국주의의 형태로 나타났다. 서양의 강권 정치는 '강권이 곧 정의'라는 논리를 신봉했다. 이는 세계의 여러 민족의 전통문화 규범에도 위배될 뿐만 아니라 서양 자체의 도덕 학설에도 저촉되는 것으로 도덕적으로나 정치적으로나 정당화될 수 없다. 인류 역사상 적나라한 강권이 한때 위세를 떨쳤지만 그러한 정치질 서는 오랫동안 유지되기는 힘들었다. 제국주의와 식민주의 역사에서 서양 의 강권은 왕왕 지성의 가면(intellectual mask)을 쓰고 등장했고, 이런 방식으 로 위장하여 스스로의 정당성을 변호했다. 서구중심주의 영향하에서 적지 않은 관념, 사상, 이론과 지식 역시 이러한 가면으로 자주 사용되었다.

　의식적이든 무의식적이든 서구중심주의 학설은 역사의 현실 속에서 분명히 서양 강권 정치를 위해 봉사했다. 그러나 그것은 지식 오류이지 반드시 권력에 대한 야망 또는 지배의 욕망에서 나온 것이라 볼 수 없다. 개념상에서 이 양자에 대해 구분을 해두는 것이 필요하며 유익하다. 우선, 가장 순수한 의미에서 서양의 강권 정치는 '비이성적인 악(irrational vice)'이 다. 이런 악을 억제하고 제거하려면 반드시 정치와 군사적 수단에 의존해야 하고 이치를 설명하고 토론하는 방식으로는 통하지 않는다. 둘째, 서구중심 주의는 지성의 오류와 사상 편견에서 비롯된다. 서양중심주의는 관념과 이론, 언어 속에서 표현되며 반드시 이성적 논쟁과 비판적인 방식으로써만 이 비판되고 극복될 수 있다. 셋째, 만약 양자를 혼동하여 동일시하면 '사악한 동기(邪惡動機)'를 고발하는 것으로 엄격한 지성 비판을 대신하게 되는 격이 되기 쉽다. 사악한 동기를 고발하는 것에는 격렬할 수 있지만 서구중심주의가 드러내는 진리 표상과 착오를 깊이 있게 폭로할 수 없으며, 또 끔찍한 정치 현실을 효과적으로 저지할 수 없게 된다.

　필자는 지식의 오류로서의 서구중심주의의 주요 결함은 지식에서의 편협함(intellectually parochial)에서 온다고 생각한다. 이러한 편협성을 이해 하기 위해 우리는 지역성(locality), 특수성(particularity), 일반성(generality), 보편성(universality)과 같은 일련의 개념을 명징하게 구분할 필요가 있다.

지식의 편협함은 서양의 지식과 사상이 가지고 있는 자체적인 지역적 특성을 지칭하는 것이 아니다. 인류가 세상을 탐구하고 관찰하는 방식을 보면 그 최초의 시점에는 늘 자신의 지역성에 근접한 시각, 참조(referents)와 경험에 의존하기 때문에 자신의 특정 문화나 사상전통의 제약을 받을 수밖에 없다. 이 점에서 모든 지식과 사상은 그 시작점에서는 늘 특정 문화적(culturally specific)이며 특수하다(particular). 그러나 다른 한편에서 지식은 또한 늘 내재적인 초월에 대한 요구를 가지고 있다, 바로 최초의 지역성을 초월하여 보편화 또는 일반화(generalization)를 추구하려는 요구이다. 일반화는 지식을 지식이 되도록 가능하게 해준다. 지식이라고 불리는 것들이 모두 최소한의 (시간과 공간의 의미에서) 일반화 요구를 만족시켜야 하며 그렇지 않을 경우 지식은 특정 시기와 지역 외의 그 어떤 경험과 사실도 이해하고 해석할 수 없기 때문이다. 지식의 일반화 자체는 하나의 과정이며 끊임없이 지역 특수성을 초월하고 더 넓은 시간과 공간 범위 내에서 더 높은 일반성을 실현하는 과정이다.

근대 이후 서양의 지식은 장족의 발전을 이뤄냈다. 그 대표적인 예로 현대 과학 체계가 만들어졌다. 이 과학 체계는 서양의 개념, 이론과 사상으로 하여금 한층 더 높은 수준의 일반성을 갖춘 것으로 보이게끔 만들었다. 이러한 지식의 일반화 과정은 서양사상을 점차 편협함의 오류에 빠지게 했다. 즉 서양 지식의 더 높은 일반성을 궁극의 보편성으로 잘못 인식하게 만든 것이다.(mistaking its higher generality as ultimate universality) 서양의 철학 전통, 특히 플라톤주의 전통 속에서 보편성(universality)은 선험적(超驗的) 형이상학 개념이다. 그것은 지식이 궁극의 유일한 보편 진리에 도달할 수 있으며 또한 반드시 도달한다고 가정한다. 이런 형이상학 개념은 지식을 추구하는 일종의 '작업 가설'로 지식 발전에 유익할 수 있으며 지식의 일반화 발전에 도움이 될 수 있다. 하지만 지식의 일반화는 끝없는 과정이어서 지식이 달성한 소위 '타당한 일반성(valid generality)'은 궁극적인 것이 아니라 잠정적(tentative)인 것이다. '더 높은 일반성'이라는 것이 지식이 더 큰 범위의 시간과 공간 속에서의 경험과 현상에 대해 해석할 수 있다는 것을 의미하기도 하지만 새로운 시공(时空) 속의 해석할 수 없는 경험과 현상에 직면할 가능성도 늘 존재하고 있음을 의미하기 때문이다. 더 높은 일반성을 보편성으로 오해한 것은 서양 지식을 환각에 빠뜨렸으며 자신이 궁극의 유일한 보편 진리라고 오해하게 하였다. 이것이 바로 서구중심주의가 드러낸바 핵심적인 오류이며 다음과 같은 지성의 편협성을 갖게 한다. 첫째, 서양 지식의 일반화가 끊임없이 발전하고 끝이 없는 과정임을 간과한다. 둘째, 지식의 일반화 방식이 유일한 것이 아니며 서로 다른 문화 속에 서로 다른 일반화의 길이 존재할 수 있음을 인식하지 못한다. 셋째, 더 중요한 것은 '타당한 일반성'이 평가와 판단의 기준이나 참조가 필요하다는 것을 의식하지 못했다는 점이다. 이 참조 기준 자체가 특정한 역사 문화 조건 아래 있는 '패러다임'의 제약을 받기 때문에 지식 일반화 과정에서 도전에 직면하게 되었던 것이다. 따라서 패러다임에 대한 대폭적인 조정, 그리고 개조와 심지어 개혁이 필요하다는 것을 깨닫지 못했다는 것이다.

서구중심주의가 편협성을 갖게 된 데에는 여러 복잡한 원인이 있다. 그중 하나는 서양 강권 정치가 자기 정당화를 위한 변호가 필요했다는 것인데, 이는 역시 외부적 요인이다. 지식 전통 내부 요인으로 말하자면 현대 과학 체계의 형성은 어떤 해석에 의하면 서양 지식의 독특한 성취로 여겨지기도 한다. 바로 이런 성취가 서양 지식의 비성찰적이면서 편협적 경향을 조장하였다. 즉 한편으로는 자연 세계의 지식과 사회 문화의 지식을 동일시하여 양자 사이의 차이에 대해 충분히 고찰하지 못했고, 다른 한편으로는 서양의 사회과학과 인문학을 보편적 지식(universal knowledge)으로 당연시하고 기타 민족의 문화와 지식을 지역적 또는 특수한 지식(local or particular knowledge)으로 치부한 것이다. 서양중심주의 영향을 받은 사회과학과 인문 이론은 왜곡된 세계 지식 지도를 만들어냈다. 이러한 지식 지도로는 비서양 민족의 역사와 사회를 정확하게 이해하지 못할 뿐만 아니라 서양 자체를 적절하게 이해할 수 없게 만든다. 서양중심주의의 편협성을 극복하려면 서로 다른 문화의 시각을 가지고 심도 있고 지속적인 비판적 대화를 이어나가야 한다.

5. 자민족 중심론의 초월: 횡단 문화의 보편주의에 대한 추구

이상의 개념 분석에 기초하여 필자는 서양중심주의를 탈피하고 극복할 수 있는 더 적당한 방식을 제시할 것이며, 다음과 같은 몇 가지 논점을 강조할 것이다.

우선, 서구중심주의를 탈피하려는 목적은 새로운 중국중심주의를 만들기 위해서가 아니다. 100여 년 동안의 근대화와 글로벌화의 발전 과정에서 중국문화는 서양 문화로부터 거대한 충격을 받았으며 또한 깊은 영향을 받았다. 더욱이 현대 학술 체계가 만들어진 이후, 중국의 학술과 사상도 서양중심론의 영향을 받았다. 자신의 문화 주체성 상실에 대한 중국 지식인들의 우려와 대안적 근대성 추구는 모두 정당한 것이다. 그러나 필자가 봤을 때 '중국중심론'으로 서양중심론을 대체하려는 시도는 잘못된 것이다. 아렌트(Hannah Arendt)는 『인간의 조건』이라는 책에서 다음과 같이 주장한다. 철학 시스템과 기존의 가치를 '머리와 발이 뒤바뀌는(turning upside down)'식으로 전환하려는 단순한 위치의 전도 방식은 거기에서 진정한 창신의 의미를 찾을 수 없다. 왜냐하면 이러한 식의 전도 방식 자체가 근본적 차원에서 여전히 기존의 '개념 틀을 보류시키고 있고 또 거기에 저촉되지 않게 되기' 때문이다.(Arendt 1958, 17)

지식의 의미에서 서구중심주의의 오류는 진정 깊이 있는 반성의 결핍이 야기한 편협함에서 비롯된다. 이런 오류는 (원칙상) 모든 민족에게서 발생

가능하다. 따라서 서구중심주의의 잘못을 분석하는 데 있어서 키워드는 '서양'이 아니라 '중심주의'이다. 서구중심론의 잘못을 극복하기 위해서는 그 지식의 편협성을 파헤치는 데 집중해야 하며, 이로부터 형성된 문화와 정치 헤게모니를 비판하고 극복해야 한다. 이는 근본적으로 모든 형태의 자민족중심주의(ethnocentrism)를 성찰하고 비판할 것을 요구한다.

둘째, 모든 형태의 자민족 중심주의를 거부해야 한다는 것을 인식하고, '중국문화 주체성'에 대한 추구는 횡단 문화의 상호 주관성(transcultural inter-subjectivity)에 입각하여야 하며, 동일한 자주성을 갖고 있는 문화 사이에 평등과 존중, 그리고 상호 학습하는 관계를 만들기 위해 노력해야 한다. '자아와 타자'를 상호 인정하고 상호 주체적 관계로 이해해야 하며 지배와 복종의 관계(주인과 노예의 관계)로 이해해서는 안 된다. 이런 문화 주체성에 대한 추구는 타자를 '객체화(物化)'함으로써 실현되는 것이 아니며 진부한 '자아와 타자'의 주객체 관계 모델(이런 모델이 바로 서양중심론의 유산이다.)을 벗어나는 데에서 실현된다. 이 때문에 필자가 생각하는 중국문화 주체성은 중국문화의 헤게모니를 지향하는 것이 아니며 (중국 사회학의 창시자) 페이샤오퉁(費孝通) 선생이 말한 '문화 자각'을 추구하는 것이다.

페이샤오퉁은 다음과 같이 주장한다. "문화 자각은 일정한 문화 속에서 생활하는 사람이 그 문화에 대한 자지지명(自知之明)이며 그 문화의 근원, 형성 과정, 특색과 발전 추세를 잘 아는 것을 말한다. 그것은 그 어떤 문화 회귀(回歸)의 의도도 없으며 과거로의 복구(復舊)도 원하지 않는다. 동시에 전반적인 서화 혹은 전반적인 타자화를 주장하지도 않는다. 자지지 명은 문화전환의 자주 능력을 강화하기 위해 새로운 환경과 시대에 적응할 때 문화 선택 결정을 할 수 있는 자주적 지위를 획득하는 것을 의미한다. 문화 자각은 아주 힘든 과정이다. 우선 자신의 문화를 잘 알아야 하고 자신이 접촉한 여러 문화를 이해해야만 실질적으로 형성되고 있는 다원적 문화 세계에서 자신의 위치를 확립할 수 있고 자주적 적응을 통해 다른 문화와 함께 장점을 취하고 단점을 보완하여 공동으로 인정하는 기본 질서와 각종 문화와 함께 평화롭게 공존하고 각자 장점을 펼칠 수 있으며 함께 발전할 수 있는 원칙을 세울 수 있다."(費孝通 2004, 188) 여기서 문화 자각은 타자에 대한 개방, 타자를 배우는 입장, 그리고 문화 자체의 변화를 추구하는 태도를 포함한다.

셋째, 서양중심론을 극복하는 것은 우리에게 '종족 문화' 또는 '민족 문화' 개념 자체에 대한 이해를 중요시할 것을 요구한다. 우리의 최종 목표는 모든 형태의 자민족 중심론을 극복하는 것이다. 이를 위해 자신이 속한 종족을 초월하는 '외부적 시각'과 '타자적 시야'를 필요로 하며 문화 변화 동력(dynamic of cultural change)의 이론에 대한 이해를 요구한다. 이렇게 했을 때만이 비로소 모든 종족의 문화가 가지고 있을 수 있는 지성의 편협성을 탈피할 수 있다. 진부한 '종족 또는 민족 본위의 본질주의 문화 관념(ethnic or nation-based essentialist conception of culture)'을 버리고, 구성주의 문화 관념(constructivist conception of culture)을 채택해야 한다는 것이 필자의 생각이다. 즉 문화를 특정 집단이 특정 시공간 속에서 실천으로 구성된 산물로 이해하는 것이다. 이런 구성주의 시각에서 문화의 본질과 경계는 확고부동한 것이 아니다. 문화 실천은 늘 구체적인 시공간의 위도를 갖고 있다. 즉 시간의 위도상에서 문화는 종족 자체 역사적 형성과 제약을 받는다. 공간의 위도상에서 문화는 '외부' 문화의 침투와 영향을 받는다. 그러나 문화 구성의 시공간 위도는 왕왕 불균형적이다. 사람들은 늘 시간의 영향을 '자체적'인 것으로 이해하고 반대로 공간의 영향은 '외래'의 것으로 이해하는 경향이 있다. 다시 말해 종족 문화의 경계는 주요하게는 공간의 개념이며, 이 개념의 영향은 너무 깊은 나머지 사람들로 하여금 문화의 공간 경계를 고정 불변하는 것으로 인식하게 한다. 이는 생물학과 인류학적으로 해석 가능하지만 고정된 문화 경계 관념은 여전히 착각에 불과하다.

모든 인류의 지식은 모두 특정한 역사와 사회의 산물이며 과거의 역사가 구조적 의미에서 우리의 생활 배경을 만들었음을 우리는 인정한다. 따라서 (시간적 의미에서의) '전통' 역시 문화 실천의 경계를 형성하였으며 '본토 문화'가 '타자'로 전환되는 정도를 한정 짓는다. 이것이 바로 사람들이 자주 말하는 본국인이 외국인으로 바뀔 수 없다는 것과 같은 맥락이다. 일반적인 의미에서 그 어떤 종족의 문화든 모두 보수적인 면을 갖고 있다. 우리는 늘 자신의 전통에 근거하여 외래문화의 영향을 느끼고 인식하며 받아들인다. 그러나 다른 한편으로 문화 전통은 항상 외부 문화의 도전에 직면하였을 때 자신의 '위기의 순간'이 나타나기도 한다. 즉 사람들은 현재와 과거의 연계가 확실성을 상실하였고, 심지어 역사 전통 자체의 동일성도 문제가 된다는 것을 발견한다. 이때 자신의 역사 전통 자체가 '시간적 의미에서의 타자'가 될 수 있으며 이는 문화의 급진적 변화 가능성을 열어주며 문화 타파와 재창조의 공간적 경계 또한 열린다.[2] 따라서 문화의 공간 경계는 상대적 안정성을 갖고 있지만 절대로 고정된 것은 아니다. 그렇지 않을 경우 모든 문화는 '부락 문화' 단계에 머물 수밖에 없다. 문화 경계의 확장 정도는 인류의 공간 유동성과 교통의 기술적 가능성에 의해 결정된다. 원시 부락에서 근대 민족 국가에 이르기까지 종족 문화의 공간 경계는 계속해서 넓혀져 왔으며 오늘날 글로벌 문화 혹은 세계 문화를 말할 수 있는 데까지 이르렀다.

실제로 문화는 본체론적 의미에서 관계적 개념이며 늘 외부 문화와 조우하는 과정에 처해 있다. 문화는 상호 조우 속에서 충돌과 융합이 발행하며 외부 문화를 흡수하고, 포용하며 동화시킨다. 그리고 이러한 조우 속에서 문화의 변혁과 새로운 창조가 출현하기도 한다.[3] 문화 조우의 시야 속에서

---

2. 젠코(Leigh Jenco)는 새 저서에서 청말부터 민국 초까지의 사상 담론이 이런 급진적인 문화 격변의 전형적인 예라고 주장한다.(Jenco 2015)
3. 문화 조우의 관념에 대해서는 다음을 참조하라.(Gerard Delanty 2011, 636).

외부와 내부의 경계는 시종일관 변화하고 그 속에서 부단히 구성된다. 외부가 내부로 진입할 수도 있고 타자가 자아의 구성의 일부분이 되기도 한다. 그러나 오늘날의 글로벌화 시대에는 문화의 조우성이라는 사실이 좀 더 뚜렷한 형태로 나타난다. 이런 구성주의 문화 관념을 채택하는 것은 자민족 중심론의 편협한 경향을 극복하는 데 도움이 될 것이다.

넷째, 서양중심주의 극복이라는 목표에 있어서 '문화 다원주의(cultural pluralism)'를 주장할 필요가 있지만 충분하지는 않다. 우리는 문화 다원주의 단계에 머무르지 않고 다원성을 기본으로 하여 횡단 문화의 보편성을 추구해야 하며 '화이부동, 구동존이(和而不同, 求同存異)'의 다원일체(多元一體)적인 세계주의 문화를 형성해야 한다. 보편주의적 다원주의를 포기하는 것은 '문화 외딴섬(文化孤島)'이라는 여건에서만 실현 가능하다. 오늘날 글로벌화 시대에서는 본래 서로 전혀 관련이 없던 사람들이 (집단과 개인) 나날이 밀접한 관계를 맺게 되고 문화적 외딴섬은 이미 존재하지 않는다. 모든 문화는 상호 영향을 미치고 상호 작용하는 관계 속에 처해 있다. 더 중요한 것은 보편주의적 다원성 원칙을 포기한다면 자신의 정당성을 변호할 수 없다. 문화 다원주의 자체의 정당성은 보편주의의 변호(justification)에 의존한다. 왜냐하면 우리는 종족 문화의 자유, 평등과 상호 존중이라는 이러한 보편 가치의 원칙을 인정하여야만 문화 다원주의가 합리적이고 받아들일 만하며 도덕적으로 정당한 것으로 인식될 수 있기 때문이다. 다시 말해 만약 한 종족 문화가 자유, 평등의 가치를 받아들이지 않거나 심지어 반대한다면 그 문화는 일관되게(consistently) 문화 다원주의를 주장할 수 없으며 정당하게 사람들이 받아들일 수 있는 다원 문화 속의 일원이 되기 어렵다.

우리가 구상한 횡단 문화의 보편주의는 일종의 포스트 형이상학(post-metaphysical)적 보편주의이다. 즉 세계 질서의 규범적 기초로서의 보편 원칙은 선험적 명제로서 정하거나 강세 문명이 단독으로 정하는 것이 아니라 여러 민족 문화 사이의 상호 대화 속에서 형성되는 것이다. 이런 '대화'는 상호 학습의 과정이기도 하고, 그 안에는 논쟁, 경쟁, 심지어 사상 대립도 포함되며, 평등과 존중 원칙을 따르는 것을 전제로 한 타협과 협상 메커니즘도 포함한다. 이런 대화 지향적 횡단 문명 보편주의는 가욕(可欲)적 이상(理想)이며 동시에 극히 어려운 실천 과정이기도 하다.

우리는 보편성 원칙이 '이미 만들어진 것'이 아니라 '구성되는 것'이라는 점을 강조한다. 그리고 이 구성의 과정은 단지 여러 기존의 문화 가치 사이에 있는 '중첩된 합의'를 찾는 것이 아니라 더 적극적인 상호 개입 속에서 공감대 형성에 필요한 문화 전환을 유도하는 것임을 강조한다. 따라서 이러한 횡단 문화의 보편주의는 중국 고전 사상 속에서의 '구동존이' 관념으로 이해되어야 한다. 즉 '구동존이'의 '구'는 서로 이미 존재하는 공통점을 '발견'하는 것을 의미할 뿐만 아니라 '추구(追求)'와 '탐색(求索)' 의 '구(求)'로 이해해야 한다. '구'는 각자 지키려는 것과 변화하려는 것 사이의 긴장 속에서 갖은 노력을 쏟아 부어 가능한 보편적 구조를 만들어가 고자 하는 것이다. 이는 동시에 공감대 형성이 불가능한 차이점에 대해 개방성을 유지하면서 이런 차이를 없애는 데 급급해 하지 않으면서도 이 차이를 영구불변의 것으로 보지 않는다는 것을 의미한다. 이런 횡단 문화의 보편주의는 내재적 반성이라는 특징을 가지고 있으며 종족 문화의 '자아 문제화'와 '타자를 향해 배우기', '자아 전환'의 위도를 강조한다. 또한 서로 다른 문화가 보편적 규범 만들기의 요구에 따라 필요한 변화와 조절을 진행하도록 적극 모색하며, 규범적 관념(예를 들어 사회 정의, 민주, 단결, 번영과 생존)을 다시 이해하고 그것을 문화 조우의 가욕적 결과로 본다.[4]

....

4. 횡단 문화의 보편주의에 대한 구상, 그리고 중국 전통사상이 이를 위해 할 수 있는 기여는 류칭의 다음 논문 참조(刘擎 2015).

다원적 문화의 기초 위에서 형성된 횡단 문화의 보편적 원칙은 서양중심주의를 극복할 수 있는 더 적합한 방식이며 바람직한 대안(alternative)을 제출한 것으로도 이해될 수 있다. 왜냐하면 횡단 문화의 보편주의가 지식의 측면에서 서구중심주의가 가지고 있는 편협함을 벗어나기 위해 노력하고, 동시에 문화, 정치적 의미에서 그 어떤 자민족 중심주의에 기반한 헤게모니에도 반대하며 공정하고 평화로운 '포스트 헤게모니 세계 질서'를 만들어갈 수 있도록 규범적 기초를 제공하기 때문이다.

제4부

유학 전통과 일본의 근대성

제12장
냉전시기(1950-60년대) 일본 지식인의 중국 인식
— 竹內好의『현대중국론』분석과 좌파-오리엔탈리즘[1]

조경란

1. 들어가는 말: 다케우치 요시미의 중국관——다시, 어떻게 볼 것인가

2000년대 들어 일본과 중국에서 다케우치 요시미(竹內好, 1910-1977)가 재조명되고 있다.[2] 그 주된 배경이나 이유는 무엇일까. 딱 잘라 말할 수는 없지만, 최근 일본 우익화의 강화 그리고 중국의 굴기 현상과 모종의 관련이 있을 것이다.[3] 구체적으로는 중국의 굴기가 근대초극이라는 과제를 장기적

....

1. 이 글은 「냉전시기(1950-60년대) 일본 지식인의 중국 인식」,『사회와철학』28, 2014를 수정한 것이다.

2. 대표적으로 쑨거,『다케우치 요시미라는 물음』, 윤여일 옮김, 그린비, 2007. 鶴見俊輔/ 加加美光行 編,『無根のナショナリズムを超えて——竹內好を再考する』, 日本評論社, 2007 등을 꼽을 수 있다.

3. 다케우치 불러내기는 일부에서 말하듯 오롯이 쑨거(孫歌)라는 중국 지식인의 재평가 작업에만 기인하는 것이라고 보기 힘들다. 그러한 작업과 함께 21세기에 진입하면서 동아시아 역내의 역학변화, 그리고 그에 따른 신냉전화 경향이 복합적으로 작용한

으로는 중국이 담당해줄지도 모른다는 문제의식과 맞닿아있을 가능성이 없지 않다. 그렇다면 여기서 가설적 질문을 하나 던지면서 이 글을 시작해보자. 다케우치가 지금 살아 있다면 현재 중국의 굴기를 어떻게 바라보았을까. 중국 굴기의 요인을 신자유주의와 연결시켰을까. 중국문명과 연결시켰을까. 그에게 중국은 여전히 저항으로서의 중국이었을까. 아니면 좀 더 진화하여 대안으로서의 중국이었을까. 그것도 아니면 자본주의의 연장으로서의 의미였을까. 헛된 가정이지만 상상해봄직하다. 여기서 다케우치의 전후(戰後) 중국론은 그 안에 시종일관 근대초극의 가능성을 담고 있었다는 것을 기억해둘 필요가 있겠다.[4]

다케우치는 패전 이후 1950-60년대에 일본 사상계에서 전쟁책임과 더불어 일본의 좌우익의 민족주의와 아시아주의에 대한 준엄한 비판을 하면서도, 역설적으로 그것을 가지고 다시 일본의 사상적, 윤리적 재건을 시도하려 했던 인물이다. 그가 고민했던 사상적 문제는 '오염된' 민족주의와 아시아주의 속에서 '건전한' 민족주의와 아시아주의를 어떻게 가려낼 것인가였다. 그의 사유의 아포리아는 모험적 현실주의를 '감행'하려는 이러한 위험한 시도로부터 비롯된다. 이러한 그의 사상적 시도는 일본의 비도덕성과 중국의 도덕성의 대립이라는 어떤 확신에서 시작되었다. 사실상 전후 1960년대까지 다케우치가 민족주의와 아시아주의를 놓지 않고 그것을 통해 일본의 도덕적 주체성 확립을 시도했던 것은 두 사상의 근저에 흐르는 에너지에 주목했던 것이고 그 에너지의 원천을 중국으로부터 길어 올리려는 원대한

....

결과일 것이다.

4.   정도의 차이는 있지만 당시 좌파 지식인이라면 대다수가 적어도 1970년대 초반까지는 이러한 경향을 보여주었다. 전후 일본의 사상계를 다케우치와 함께 성찰적으로 이끌었던 마루야마 마사오(丸山眞男)도 여기서 예외는 아니었다. 문화대혁명이 한창인 1970년대 초반의 한국 리영희의 논설도 중국사회주의의 진행상에 대한 기존의 보수주의적 시각을 조정해야 한다고 한국의 지식계를 향해 말하고 있었다. 「중국대륙에 대한 시각조정」(1971), 『전환시대의 논리』, 창작과비평사, 1974.

목적을 가지고 있었기 때문이다.

잘 알려져 있다시피 다케우치에서 아시아주의의 주요구성 부분은 중국의 민족주의와 사회주의이다. 좀 더 구체적으로는 루쉰(魯迅)과 마오쩌둥(毛澤東)으로 구성되어(孫文도 포함) 있다. 루쉰으로 상징되는 저항과 마오로 상징되는 혁명은 다케우치의 중국관을 형성하는 양대 기둥이다. 그 안에 아시아가 내포되어 있다. 그러니까 다케우치에게 중국이란 일본을 견인하는 아시아인 셈이다. 그런데 1950년대로 오면 명시적으로 루쉰보다는 마오쩌둥에 중점이 두어진다. 이런 변화는 중국혁명의 프로세스가 급속히 진전되고 1949년 중화인민공화국이 성립한 것과 깊은 관계가 있다. 필자는 다케우치 내부에서 중국의 상징이 루쉰에서 마오로 이동함으로써 그의 중국인식에서 점차 긴장이 사라지게 되었다고 본다. 이 긴장의 상실로 인해 중소논쟁의 국면에서 문명론을 확신하게 되는 어떤 지경에까지 이르게 되는 것이다.

다케우치는 스즈키 마사히사(鈴木將久)가 평가하듯 1945년 일본 패전 이후 미국점령 하에서 전쟁반성에 적극적이었다. 그리고 그는 일본의 지성계가 식민지에 대한 사고를 방기하고 일국적 차원에서 문제를 사고했으며, 그 사고의 자원으로 삼은 것은 서양사상이라고 보았다. 그가 보기에 아시아에 대한 전쟁책임을 생각할 때 이와 같이 아시아 나라를 경시하는 서양중심적 태도는 커다란 문제를 배태한다. 따라서 다케우치는 시종일관 중국을 사상의 기점으로 삼았고 그 결과 일국의 범위를 넘어서 문제를 사고했으며 또 서양중심주의를 피할 수 있었다. 스즈키는 이러한 점들이 전후 사상계의 지형에서 다케우치가 갖는 사상의 독자성이라고 본다. 즉 다케우치가 중국의 시야를 돌출시켰다는 점에서 일본사상계의 내재적 한계에 도전할 수 있었고 결과적으로 전후 일본의 심리구조를 중국의 시야를 통해 변혁하려 했다는 것이다. 그런데 여기서 중요한 것은 다케우치가 일본 사상계의 변혁만이 아니고 일본의 중국학에 대해서도 비판적이었다는 것이다. 그는 중국학을 일본의 사상과제와 분리해서 사고하는 아카데미즘의식을 강하게 비판했다. 그에게 중국문제는 단순히 논리적 차원의 문제가 아니었다. 현실에 개입하려는 행위였다.[5]

필자는 이러한 다케우치에 대한 일반적 파악에 근본적으로 문제를 제기할 의향도 능력도 없다. 그리고 다케우치가 당시 일본 지식계의 문제점을 심층적으로 인식했으며 거기에 대해 사상적으로나 실천적으로나 절망하고 자신이 손해를 보면서까지 저항적 삶을 살았던 그 자체에 대해 도덕적으로 이의를 제기할 여지는 별로 없어 보인다. 이러한 그의 도덕적 삶의 측면과 다케우치 사상 전반을 분리하여 평가하는 것 자체가 성립하지 않을 수도 있다. 사실 다케우치 사상이 갖는 썰물처럼 밀려오는 어떤 힘에는 실로 거역하기 힘든 면이 있다. 이에 대해서는 동아시아 학계 내부에 암묵적 합의가 존재하는 듯하다.

그러나 이러한 암묵적 합의는 학문적 견지에서 봤을 때 문제가 그리 간단해보이지 않는다. 지금까지의 많은 연구들은 다케우치 사상이 갖는 도덕적 아우라나 강도에 압도되어버려 그를 전복적으로 사유할 수 있는 계기 자체를 만들어내지 못한 지점이 있었다. 그 결과 학문담론 속에서 다케우치 사상 자체가 어느덧 권위가 되고 성역이 되어가고 있다고 해도 무방하다.[6] 이런 점들이 애초 다케우치 사상 자체가 갖고 있는 아포리아의 측면에 더해 그를 지금의 상황에 소환하려 할 때에도 봉착할 수밖에 없는

....

5. 스즈키 마사히사(鈴木將久), 「다케우치 요시미의 중국관」, 『아세아연구』 제52권 2호 (2009), 38-39쪽.

6. 이런 류의 혐의를 받을 수 있는 논문과 책으로는 앞의 스즈키의 글, 쑨거, 『다케우치 요시미라는 물음』, 앞의 책, 윤여일, 「내재하는 중국 — 다케우치 요시미에게 중국연구란 무엇이었나」, 『역사비평』 통권87호, 2009. 5. 이정훈, 「비판적 지식담론의 자기비판과 동아시아론 — 쑨거의 다케우치 요시미론에 관한 일고찰」, 『중국현대문학』 41호, 2007. 6 등이 있다. 이들 논저들은 모두 다케우치 연구에서 무시할 수 없는 것들임에 분명하지만 말이다.

철학적 딜레마의 측면이다.

그렇다면 다케우치 사상이 갖는 이러한 딜레마를 풀어갈 방법은 없는 것일까. 필자는 이 세상의 모든 논의가 다 그렇듯이 다케우치의 사유 또한 하나의 '담론(discourse)'으로 접근할 필요가 있다고 본다. 담론으로 접근했을 때 우리는 다케우치 본인조차도 의식하지 못했을, 그의 사상이 초래했을 수 있는 부작용의 측면 또는 역설의 측면에 주목할 수 있게 된다. 그리고 다케우치가 중국을 기점으로 삼아 서양중심주의를 비판했다 해도 그의 담론이 갖는 최종적 위치성은 동양과 서양의 권력관계, 동양 또는 동아시아 안에서의 중국과 일본의 복잡한 권력관계, 즉 이중의 권력관계 외부에 있지 않다. 또 다케우치의 사상이 논리적 차원이 아니고, 아카데미즘이 아니라고 그 자신이 주장하더라도 그의 의도와 무관하게 그의 담론들이 지금까지 학술적 사고방식의 하나로 유통, 소비되고 있었다면 학술 담론의 범주 안에서 분석될 필요가 있다고 본다. 그리고 이는 다케우치의 사유와 고투를 미래의 사상자원으로 삼기 위해서라도 반드시 필요한 작업이다.

다케우치의 주장을 담론으로 봐야 하는 이유는 그의 중국인식 또한 의식했든 아니든 엄격히 본다면 오리엔탈리즘의 범주에서 벗어날 수 없다고 보기 때문이다. 즉 서양인이 만들어낸 오리엔탈리즘을 일본의 지식인들이 무비판적으로 복제하여 아시아의 다른 나라들에 투사하는 행위에 대해 다케우치는 도덕적 차원에서 근본적으로 저항하려 했다. 그러나 저항의 결말은 다케우치조차 의식하진 못했지만 반(反)오리엔탈리즘으로서의 좌파-오리엔탈리즘으로 결과했다고 본다. 좌파-오리엔탈리즘이라도 오리엔탈리즘 외부에 존재하는 것이 아니라 그 권력관계 내부에 존재한다. 다케우치는 그 자신이 의도한 것은 아니었지만, 좌파-오리엔탈리즘에서 벗어나지 못했다고 할 수 있다.

중국은 다케우치의 사상 내부에서 부단히 자기진화가 이루어졌을 가능성을 배제할 수 없다. 중국은 일본의 주체형성을 위해 지속적으로 그리고 반드시 도덕적이어야 한다는 다케우치의 욕망이 지배하는 한에서 현실과는 동떨어진 '중국'으로 재구성되었을 가능성이 높다. 예컨대 1937년 노구교사건 당시 북경 문화계의 '무기력'을 체험하고 난 후의 심리적 충격으로 다케우치는 관심을 자신의 존재방식, 나아가 일본지식계 전체를 추궁하는 것으로 이동했다.[7] 일본인의 기대와 달랐던 '무기력'을 표출하는 베이징의 현실은 다케우치의 욕망을 한층 강화시키는 요소로 작용했을 가능성을 부인할 수 없다.

여기서 다케우치의 중국인식과 실제의 중국과 일치하느냐 아니냐의 문제보다 더 중요한 것은 그가 일본의 개혁이라는 목적을 가지고 중국을 파악하려 할 때 도덕적 입장을 확인하는 순간 거기에는 오리엔탈리즘의 한 측면인 대상의 무의식적 신비화라는 행위가 따라올 수밖에 없다는 점이다. 이처럼 反오리엔탈리즘으로서의 좌파-오리엔탈리즘조차도 그것으로 중국을 파악한다는 행위 자체에서 중국은 이미 대등한 타자로 포착될 수 없다. 따라서 다케우치에게서 "중국은 타자로서 외부에 존재하는 것이 아니라 또 다른 자아로서 자기 내부에 존재한다거나, 처음부터 중국은 자기 내부 안에 들어와 있다"[8]라는 설명이 일정부분 다케우치와 중국과의 관계의 진실을 말해주는 거라면 다케우치 사상 자체 안에 타자와 관련하여 자기중심성, 전체론과 같은 철학적으로 소홀히 넘길 수 없는 문제가 나타나게 된다. 이 글은 위의 문제의식을 가지고 1950-60년대 다케우치의 중국인식을 살피려 한다. 그의 중국인식을 좌파-오리엔탈리즘으로 보고 그것을 비판적으로 검토하려는 것이다. 이 개념을 가지고 질의하고자 하는 것은 일본근대의 주체형성을 위해 다케우치의 사유 속에서 중국은 어떻게 구성되었는가. 그 구성의 기원은 무엇이고 또 어떻게 변화했는지에 관한 것이며

---

7. 스즈키 마사히사, 앞의 글, 48쪽 참조.
8. 이런 입장에 있는 국내 논문으로 윤여일, 「내재하는 중국 — 다케우치 요시미에게 중국연구란 무엇이었나」, 『역사비평』 통권87호, 2009. 5 참조.

그 결과를 어떻게 봐야 하는가이다. 1950-60년대 다케우치의 중국인식의
방법과 내용을 추적해본 다음, '반동적'으로 대상화하는 방식을 통해 그의
사유의 한계를 짚어보고자 한다.

2. 1950-60년대 다케우치 요시미의 중국인식

다케우치가 발표한 평론적 글 가운데 1950-60년대의 중국인식을 살펴볼
수 있는 것으로는 다음의 것들이 있다.

<표> 50-60년대 다케우치의 중국관련 논설

글제목	년도	잡지명
근대란 무엇인가-중국의 근대와 일본의 근대	1948	東洋文化 講座 3권
중국인의 저항의식과 일본인의 도덕의식	1949	知性
중국지식인의 자기개조	1951	改造
평전 마오쩌둥	1951	中央公論
중국의 인민혁명	1953	現代思想 사전
중국문제의 사고방식	1953	改造
중국의 민족주의	1957	岩波講座『現代思想』제3권
중국관의 파산	1958	世界
중국문제의 재검토	1959	世界
일본의 독립과 중일관계	1960	世界
중국문제와 일본인의 입장	1961	世界
중소논쟁과 일본의 길	1963	世界 座談
중국 문제에 대한 사적인 감정	1963	世界
다시 중일문제에 대하여	1964	世界

※ 표의 글 모두 竹內好, 新編『現代中國論』, 筑摩書房, 1969(3쇄)에 재수록

위 글들의 배경을 이루는 다케우치 요시미의 1950-60년대 중국인식은 그때 당시에 즉자적으로 이루어진 것만은 아니다. 이미 1930년대에 그가 중국 유학을 하기 전 대학을 다닐 때 그 원형이 만들어졌다고 보는 것이 옳다. 그렇지만 중국인식에 대한 1950-60년대에 쓰여졌던 글들은 그가 중국혁명의 성공을 강하게 의식하면서도 동시에 미국의 냉전의 지향이라는 큰 흐름 안에 있었던 당시 일본의 사회적, 정치적 맥락 안에서 이해되고 해석되어야 할 것이다.

따라서 다케우치의 중국인식은 크게는 전후 일본 지식계의 전체 구도 속에서 접근할 필요가 있다. 제2차 대전 이후 일본의 중국 인식은 크게 두 갈래를 보여왔다. 하나는 맑스주의 좌익적인 입장 혹은 용공적 입장에서 '지나학(支那學)', '지나연구'[9]에 종사하고 전쟁 후에는 속죄의식을 갖고 중국연구를 재개한 쪽이다. 다른 하나는 미국의 대아시아 공산주의 봉쇄전략 하에서 이루어지는 소위 '지역연구'의 압도적인 영향을 받으면서 국책연구에 종사해온 쪽이다.[10] 말할 것도 없이 다케우치는 전자의 진영에 속한다. 다케우치가 보기에 전후의 일본인은 전전의 중국관에 대해 반성을 하지 않았고 중국을 침략했을 때의 관념을 1950년대까지 지속적으로 가지고 있었다. 그렇기 때문에 그가 중국의 시야를 끌어들여 일본 지식인을 비판하려 했던 가장 큰 이유는 가장 먼저 전쟁을 깊이 반성하자는 것이었다.

"전쟁은 소수의 군인, 금융 독점 자본의 의지만으로 일어난 것은 아니다. 전쟁의 궁극의 원인은 자본의 모순에 있다는 것을 나는 부정할 수 없다고

---

9.   여기서 지나학, 지나연구라는 말을 쓴 것은 당시 일본 지식인들이 보편적으로 사용했던 언어이기 때문이다. 이때 좌파적 지식인에게 지나라는 용어는 중국을 비하하는 용어가 아니었다. 다케우치의 논설에서도 지나라는 용어는 적지 않게 등장한다.

10. 加加美光行, 「現代中國學の新たなパラダイム──コ・ビヘイビオリズムの提唱」, 加加美光行 編, 『中國の新たな發見』, 日本評論社, 2008, 8쪽 참조.

생각하지만 그것이 현실화하는 것은 국민적 규모로 나타나는 것이다. 따라서 전쟁은 일면에 있어서는 국민 한 사람 한 사람에 관련된 문제를 포함하고 있다. 따라서 정치의 문제임과 함께 도덕의 문제이다. 동경재판에서 평화에 대한 죄인과 인도에 대한 죄가 구별되는 것은 그 때문일 것이다. 도덕의 근원은 개인에 있기 때문에 개인이 부담해야 할 도덕상의 책임을 국가권력에 귀속시킬 수는 없다. 그것은 인격에 대한 모욕이다. 금일 진보주의자라고 칭하는 자들이 전쟁의 문제를 오직 사회악의 측면에서만 보고 도덕적 책임까지도 궁극적인 것으로 환원시켜버리는 경향이 있는 것은 잘못된 유물사상은 아닐까. 그렇게 되면 도덕의 근원을 국가에서 구했던 옛날의 신권사상과 구별될 여지가 없어지게 된다. 모든 것이 그런 것처럼 전쟁에도 도덕적 책임이 있다.″[11]

이 글에서 다케우치는 전쟁이 일본 파시즘의 경제적 기구로부터 발생한 것이라는 점을 인지하면서도 국민들 개개인의 도덕의식의 측면에서 그것을 조명해야 한다고 본다. 즉 전쟁이라는 문제를 국가의 문제로만 볼 수 없으면 궁극적으로는 개인의 도덕의 문제라는 것이다. 그렇기 때문에 그 책임을 국가로 떠넘기는 방식으로는 일본인 개개인이 도덕적 주체 의식의 회복에 전혀 도움이 되지 않는다고 본다. 이처럼 도덕적 주체의식의 결핍에서 일본 전쟁의 원인을 찾는 다케우치는 이와 대비하여 중국인의 항전의식을 부각시킨다.

"마오쩌둥은 전쟁을 제국주의적으로 읽었고, 린위탕은 전 자본주의적 약탈이라는 면에서 보았다. 일면적이기에 둘 다 빗나갔지만, 동시에

11.　竹內好,「中國人の抵抗意識と日本人の道德意識」,『現代中國論』, 筑摩書房, 1969(3쇄), 42-43쪽.

둘 다 옳았다. 일본의 침략은 이처럼 이중적이었기 때문이다."[12] "린위탕은 모랄의 우위에서, 마오쩌둥은 생산력의 역전을 통한 우위에서 항전을 승리로 가져갈 수 있다는 확신을 움켜쥐었다. 그것은 그들이 윤리주체로서 독립했고, 독립했기에 서로를 배제하면서도 품는 관계에 있었음을 뜻한다. 마오쩌둥은 린위탕을 품고 린위탕은 마오쩌둥을 품는다. "덕 있는 자는 물을 은으로 바꾼다"라는 린위탕의 가치관은 무에서 유를 낳는다는 마오쩌둥의 전술과 고스란히 맞아떨어진다."[13]

다케우치는 중국 항일민족통일전선의 토대가 된 이러한 국민윤리의 높은 수준과 비교하여 일본에서는 그런 윤리가 결여되어 있다고 본다. 그리고 침략전쟁이 1949년의 시점에서도 일본인에게 자각되지 않고 있다고 비판한다.

다케우치는 계속해서 일본인과 대비시키는 방식으로 중국 지식인의 자기개조를 소개하고 있다. 1951년에 쓴 「중국인의 자기개조」라는 글에서 그는 중화인민공화국 건설 이후 중국은 인도와 조선에 양식을 제공할 정도로 여유가 있다고 말하고 이것만으로도 경제의 눈부신 진보를 상상할 수 있다고 쓰고 있다.[14] 더 나아가 다케우치는 경제에 나타나고 있는 기적은 인간활동의 측면에서도 동일하다고 말한다. 그리고 중국혁명은 러시아혁명과도 다르다는 점을 부각시킨다.

"모든 중국인이 일거에 이상주의의 신봉자로 변해버린 것이 아닌가라고 생각할 정도로 활발한 기풍이 전국에 퍼져가고 있다. 그리고 문화의

---

12. 다케우치 요시미, 「중국의 레지스탕스—중국인의 항전의식과 일본인의 도덕의식」, 『내재하는 아시아』 2, 윤여일 옮김, 휴머니스트, 2011, 211쪽.

13. 같은 글, 214쪽.

14. 竹內好, 「中國知識人の自己改造」, 『現代中國論』, 筑摩書房, 1969, 83-84쪽 참조.

모든 방면에 침투하고 있다. 이것은 위대한 정신혁명이라고 하지 않으면 안 된다. 러시아 혁명 때는 일시적으로라도 무질서가 지배했다. 생산은 파괴되고 문화는 공백이 되었다. 오래된 가치와 새로운 가치 사이에 단층이 있고 따라서 혼란이 있었다. 이것이 그 후 오랫동안 이성의 입장에서 혁명에 대해 공포감정을 만드는 원인이 되었다. 그러나 중국의 경우에는 그러한 혼란이 완전히 없어진 것은 아니라 해도 러시아 혁명과 비교했을 때는 거의 없는 것이나 다름없을 정도로 전환이 순조롭게 진행되어 공백상태를 피할 수가 있었다."[15] "요컨대 중국혁명은 많은 점에서 러시아 혁명 때보다도 진보하고 있다. …… 중국은 러시아 혁명의 경험에서 충분히 교훈을 얻는 것이 가능하다. 그렇다면 그 중국으로부터 교훈을 얻어내는 것은 오늘의 인류의 의무일 것이다."[16]

같은 글에서 그는 중국공산당이 추진한 것은 단순한 정치혁명만이 아니다. 그것은 실로 도덕의 혁명이기도 하다'라는 말을 교육계의 장로인 타오멍화(陶孟和)가 미국에서 유학하고 있는 자신의 아들에게 보낸 편지에 쓰고 있다는 것이다. 타오는 편지 속에서 품행불량인 학생이 인민해방군에 참가하면서 인간됨됨이가 단기간에 몰라볼 정도로 변했다는 에피소드를 열거하고 이는 기독교에 대한 중대한 도전이라는 말을 소개하고 있다. 왜냐하면 일부러 세례를 준비하고 있던 사람들이 이것을 보고 기독교를 버리고 인민해방군에 참가하는 일이 생기고 있기 때문이라는 것이다.[17]

이어서 다케우치는 소련의 혁명과 대비되는 중국의 인민혁명을 세계혁명의 일환으로 보고 있다. 이 자체를 공산주의 이론의 발전으로 인식한다.

....

15. 竹内好, 「中國知識人の自己改造」, 『現代中國論』, 筑摩書房, 1969, 84쪽.
16. 같은 글, 85쪽.
17. 같은 글, 95-96쪽.

"중국의 인민공화국의 성립은 제2차 대전 결말에 동반한 최대의 사건이다. 국제정치의 밸런스를 일거에 변화시켰다. 그것에 의해 공산권은 실질적으로 세계를 이분하는 것이 가능해졌다. 세계혁명의 가능성은 대폭 넓어졌으며 공산주의 이론 그 자체도 발전을 보였다."[18]

1957년 「중국의 민족주의」라는 글에서는 미국의 동양학자 래티모어(Owen Lattimore)의 「아시아의 정세」(1948)에서의 서술이 적확했다고 평가하면서 그 내용을 소개한다. 러시아혁명과 중국혁명을 구분하고 중국혁명에서 세계공산주의의 변화가능성의 단서를 발견할 수 있음을 래티모어에 의탁하여 암시한다. 래티모어를 인용한 부분은 이렇다.

"공산당이 중국에서 정권을 잡게 될 경우, 유고슬라비아의 경우보다도 중국은 러시아로부터의 원조를 받았던 것이 훨씬 적었다. 중공이 그 정권을 유지하기 위해서 러시아의 적군에 의지할 필요가 없는 것은 분명하다. 중국의 정치 및 군사의 최고지도자는 모스크바로부터의 가르침은 없다. 이런 기본 사실은 극히 중요한 것으로서 중국이 세계공산주의의 내부균형과 응집력을 전체적으로 변화시킬 정도의 힘을 갖고 있는 것이다."[19]

다케우치도 흐루쇼프 집권 이후 소련공산당 20차 대회 이후 진행 상황을 강하게 의식했으며, 이는 후에 중소의 차이를 문명론의 차이로 인식하려는 다케우치의 시도와 연결된다.

다케우치는 또 국민적 원망(願望)의 표현이라는 형태를 통해서 쑨원(孫

....

18. 竹內好, 「中國の人民革命」, 『現代中國論』, 앞의 책, 99쪽.
19. 竹內好, 「中國の民族主義」, 『現代中國論』, 같은 책, 124쪽 참조.

文)이 보여주고 있는 중국 민족주의의 주된 특징을 다음과 같이 정리하면서 중국혁명의 도덕성의 기원을 쑨원의 민족주의에서 찾으려 한다.

"첫째, 제국주의에 대한 깊은 불신감이다. 현실정치가로서 쑨원은 열강 사이의 밸런스를 이용하는 정책을 취했지만 국민적 원망의 체현자로서의 그는 열강을 신용하지 않았다. 이것은 군벌의 경우에도 동일하다. 둘째, 민족적 독립은 자력에 의해서만 달성될 수 있다고 하는 체념에 가까운 확신이 생겨난다. 그 자력을 어디에서 구할 것인가에 대해서 그는 일생 깊이 탐구해가면서 해결할 수 없었다. 셋째, 두 번째와 관련해서 같은 약소국에 대한 공감과 연대의 의식이 생겨난다. 그는 인도 국민회의 파의 불복종운동을 상찬하고 있다. 넷째, 제국주의 러시아에 대한 증오와 그것을 내부로부터 뒤엎은 혁명당에 대한 존경의 마음이 동거하고 있다. 다섯째, 자국의 전통을 평화주의로 파악하고 호전적인 제국주의와 대결하여 평화를 관철하는 것이 세계에 기여하는 것이라는 이상을 말하고 있다."[20]

다케우치는 쑨원의 민족주의에는 러시아를 포함한 제국주의에 대한 불신이 깔려 있음과 더불어 이상주의가 공존하고 있다는 점을 강조한다. 그리고 그 배후에 국민적 바람이 투영되어 있고 그 점을 무시하고서는 삼민주의를 이해할 수 없다고 본다. 여기서 그가 강조하고 싶었던 것은 중국 민족주의는 중국공산주의의 중요한 구성요소라는 점, 쑨원과 마오는 그런 점에서 사상적으로 깊이 연동되어 있다는 점을 상기시키려 한다. 그리고 쑨원이 자기 전통을 호전적 제국주의와 대비시켜 평화주의적인 것으로 파악했다는 것을 강조함으로써 그의 민족주의에 대한 문명론적

....
20. 竹內好, 「中國の民族主義」, 『現代中國論』, 같은 책, 131쪽.

해석의 가능성을 열어놓는다.

다케우치는 1959년 「중국문제의 재검토」에서는 대약진시기 무역중단에 의해 중국경제가 감내하기 어려운 상황에 처해 있을 것이라는 일본의 '희망적 예측'이 빗나갔음을 다음의 기술을 통해 확인해주고 있다.

> "1958년 1년간에 중국은 경제건설의 면에서만도 비약적 발전을 이루었다. 농업생산과 철강생산에서 전년의 거의 두 배의 성과가 있었다. 명치 일본의 기록도, 혁명 후 소비에트의 기록도 가볍게 돌파하고 인류의 역사가 시작된 이래 대기록이 될 것이다. 거의 믿기 어려운 숫자이며 이 템포가 그대로 계속된다고 볼 수는 없지만 어쨌든 중국 경제의 지력의 훌륭함은 주목받을 만한 것이다. 일본의 무역중단은 중국에 있어서 고통이 되지 않았다는 것이 증명된 것이다. 일본에 잃은 것은 서독이나 프랑스에 의해서 간단하게 커버되고 있고 대신 자유주의 여러 나라와의 모든 무역이 중단되더라도 다소의 템포의 차는 있어도 중국은 자력으로 경제건설을 추진할 수 있다는 것을 이 숫자가 입증해주고 있다. 경제봉쇄는 효과가 없다."[21]

이 무렵 미국의 중국연구의 분석틀은 전체주의 어프로치에 그치지 않고 현대중국을 긍정적으로 보는 분석도 포함하여 다양한 접근이 등장하기는 하였다. 그러나 여전히 거기에는 공통적으로 서구 근대를 모델로 하는 시각이 강하게 존재하고 있었다. 다케우치는 크게는 서구 근대의 모델이 강조되는 분위기를 의식하면서 중국에서 진행되는 새로운 실험이 성공적이라는 점을 짐짓 강조한다.

1963년 「중소논쟁과 일본의 길」이라는 글에서는 중소논쟁을 여러 각도

....
21. 竹內好, 「中國問題の再檢討」, 『現代中國論』, 같은 책, 179쪽.

에서 조명하고 있다.

"중소논쟁은 코뮤니즘 세계의 내부대립에 그치는 것이 아니라 훨씬 넓고 깊게는 인류의 역사에 관계되어 있다. 이 논쟁의 핵심에 있는 것은 이데올로기의 불일치, 또는 당면한 정책의 대립을 넘어서 문명관의 문제에 연결되어 있다. 그러한 관점에서 이 논쟁을 보지 않으면 본질을 놓친다. 따라서 이 문제는 일본인 전체에 관련되어 있다."[22]

다케우치는 중소논쟁을 이데올로기의 문제이긴 하지만 그 베이스에는 동과 서의 문명관의 차이가 있다는 점을 지적하면서 중국과 일본을 연결시키려 한다. 이어서 다케우치는 중소논쟁의 발생 배경을 다음과 같이 설명한다. 세계정세가 변화하는 속에서 특히 미국과의 관계 속에서의 소련의 국가이익을 추구하는 것과 세계의 압박받는 계급의 이익과 불일치하게 되었는데도 불구하고 소련은 세계 공산주의 운동을 지도했던 코민테른 당시의 권위를 상당부분 보존하려고 하고 있다는 것이다.[23]

다케우치는 흐루쇼프 등장 이후 세계 냉전체제에서 사실상의 대립항은 미소라기보다는 미중 또는 중소로 이동했으며 여기에는 이데올로기적 대립보다는 문명적 대립이 근간에 있다는 점을 지적한다. 소련과 중국 사이에 혁명의 비전, 평화, 전쟁에 관한 깊은 견해차이 또한 근원적으로는 문명의 대립에 있으며 따라서 중국문명의 잠재적 힘에 주목할 것을 주문한다.

"미소의 대립이라는 단순한 구도만으로 세계를 조망하는 것은 위험하

---

22. 竹内好, 「中ソ論爭と日本の道」, 『現代中國論』, 같은 책, 244쪽.
23. 같은 글, 247쪽 참조.

다. 미소는 군사적으로 대립관계에 있지만 오히려 문명관에서의 대항관계
는 미소를 합체로 한 것과 중국과의 사이에 있다고 생각해야 할지도
모른다. 중국의 잠재적인 힘은 그 정도로 크다. 소련이 평화 애호국이고,
혹은 적어도 말할 수 있는 상대이고 이에 반해 중국은 애초부터 호전국이
고, 전혀 말할 수 있는 상대가 아니며 지상에서 말살되지 않으면 안
되는 악마라고 생각하는 것은 미국의 편견이다. 중국이 호전적이라고
하는 것은 사실에 비추어 봐도 전혀 아니다."[24]

위 인용의 아랫부분은 당시 일본 지식사회에서의 미소 편중을 의식한
발언이다. 따라서 다케우치는 일본인으로서 세계평화에 기여하는 길은
소련과 중국의 어느 한쪽을 편드는 일과는 아무 관련이 없음을 강조한다.
그리고 문명관에 주목할 것을 주문한다.

3. '민족주의적 문명론'과 좌파-오리엔탈리즘: '내재하는 중국'의 역설

그렇다면 다케우치가 이처럼 문명에 몰입하는 이유는 무엇일까. 다케우
치가 이 시점에서 문명을 강조하는 궁극목적은 일본이 '탈아'의 과정을
걸어감에 따라 아시아를 보는 눈이 점차 어둡게 되었다고 판단했기 때문이
다. 그리고 유럽을 계승한 아메리카가 원리적으로는 아시아와 대립하고
있다고 본다. 아메리카는 군사적, 이데올로기적으로는 각각 소련과 공산주
의와 대립하고 있지만 그것을 포괄하는 문명론에서는 전체 아시아와 대립
하고 있으며 이 대립을 기본적인 것이라고 생각했다. 그런데 여기서 다케우치
가 생각하는 문명의 원천은 문화본질주의적 차원의 것은 아니고 아시아의

....
24. 같은 글, 248쪽.

민족주의이다. 다케우치는 아시아(아프리카를 포함)의 민족주의라 불리는 것의 실체와 운동 법칙은 사이비문명을 허위화하는 보다 높고 보다 넓은 문명관의 발견으로서의 전 과정을 의미하고 있다고 보고 있다. 따라서 그는 마지막에 "문명의 부정을 통한 문명의 재건이다. 이것이 아시아의 원리이며 이 원리를 파악하는 것이 아시아다"[25]라고 일갈한다.

여기서 우리는 아시아의 민족주의에서 문명론을 길어올리려는 다케우치는 간절한 의도를 엿볼 수 있다. 다케우치에서 아시아의 문명은 원리적으로는 서구문명을 극복한 그런 문명일 것이다. 그렇다면 문화본질주의적 문명론이 아니라고 하여 거기에 문제점은 없는 것일까. 즉 동서의 권력관계에서 약자인 아시아의 민족주의로부터 도출된 문명론이기에 문제가 없느냐 하는 것이다. 물론 노예로서 자기가 되기를 거부하고, 동시에 타자가 되기를 거부하는 이 역설적 과정은 동아시아가 서구 제국주의의 폭력에 의해 형성된 민족주의와 국민국가의 절대성에 대한 신앙에서 해방되는 하나의 경로일 수 있다.[26]

다케우치 자신이 이렇게 민족주의의 함정에서 빠져나갈 장치를 마련해놓았다 해도 앞의 논설을 통해 보면 적지 않은 의문을 불러일으킨다. 예컨대 다케우치는 명시적으로 문명론을 부정하는 문명론, 민족주의를 근원으로 하는 문명론이라 주장한다. 그러나 2장의 논설들을 통해서는 오히려 민족주의와 사회주의 이전에, 그것들을 더 밑에서 규정하는 것은 아시아의 문명이고 이를 전일적으로 전제하고 있다는 강한 인상을 받는다. 그런 점들은 앞에서 본 쑨원의 민족주의 관련 논설에서도, 중소논쟁에 대한 논설에서도 쉽게 읽히는 부분이다. 소련과 중국 사이에 혁명의 비전, 평화, 전쟁에

25. 다케우치 요시미, 「일본과 아시아」(1961), 『일본과 아시아』, 서광덕 · 백지운 옮김, 소명출판, 2004, 197-200쪽.
26. 이정훈, 「비판적 지식담론의 자기비판과 동아시아론──쑨거의 다케우치 요시미론에 관한 일고찰」, 『중국현대문학』 41호, 2007. 6, 22쪽.

관한 깊은 견해차이 또한 근원적으로는 문명의 대립에 있다는 그의 인식은 이를 입증해주기에 충분하다. 냉전체제하에서의 중·미·소 사이의 분쟁을 권력관계나, 이해관계, 이데올로기 등 역학적이고 복합적 관점에서 풀어가기보다 문명관으로 설명한다. 이러한 그의 문명관에서는 문명에 대한 차이가 아니라 우열, 선악의 관점조차 엿보인다.[27]

다케우치가 후학들에게 미친 중국인식의 방향에서 그 영향력이 거의 절대적이었던 만큼[28] 그의 사상의 한계는 그대로 당시 일본 좌파 지식인들의 한계로 이어졌다. 1980년대 중국연구자들의 회고에 의하면 다케우치를 포함한 당시의 일본 지식인들에게는 사회주의에 대한 소련과 중국에 대한 차별화된 이해가 심리의 저변에 깔려 있었다. 이 부분은 앞의 다케우치의 논설에서도 다각도로 확인된 바이다. 중국연구자들은 1957년에는 인민내부 모순론으로 이미 전체적으로 반소(反蘇)가 되어 있었다. 거기서 1958년의 대약진운동, 인민공사 등으로 중국은 이론적으로나 실천적으로나 소련을 추월하고 있다는 인식이 있었다.[29] 이미 1960년대의 단계에서는 소련에 대한 환멸이 헝가리 사건, 그전의 스탈린 비판 이래 있어 왔으며 따라서 적지 않은 지식인들은 중국은 정말 소련과 다르지 않을까라고 생각하고

....

27. 그렇다고 하여 필자가 문명론 자체를 부정하는 것은 아니다. 문명론을 사유방식의 문제와 연결시켜 사고해볼 수 있는 여지는 충분히 있다. 그런데 문명론을 사유방식의 문제와 연결시켜 사고한다 해도 그 사유방식으로서의 문명이 국가와 자본에 의해 만들어진 현대사회의 체제 자체와 사회적 가치에 대해 근본적 변화를 초래할 수 있느냐에 대해서는 유보적이다. 다만 체제의 운영방식에서 문명을 개입시키는 방법은 있을 수 있으며 따라서 그 양태가 다르게 보이게 할 수는 있을지 모르겠다. 이 문명의 문제는 '복수의 근대성' 문제와 밀접하게 연계되어 있기에 중국의 굴기와 관련하여 전 지구적 차원에서 부각되고, 논의되어야 할 중차대한 주제이지만 이 글의 전체 논지와는 거리가 있다.

28. 小島晉治·新島淳良·吉田富夫·石田米予, 「座談會/いま, 中國硏究をふりかえって」, 『中國硏究月報』 제421호, 1983년 3월 25일, 8-9쪽 참조.

29. 앞의 좌담, 13쪽 新島淳良의 발언.

있었다. 그리고 『중국으로부터의 편지』(미스즈서방)라는 책이 일본에 번역 소개되면서 대약진이 중국이 독자적으로 소련형과 다른 것을 만들어내기 시작했다는 식으로 해석되었다.[30] 물론 그것에 관해 인위적인 정책의 실패 탓이 크다는 소식이 전해지긴 했으나 정황상 정보가 제한되어 있었고 당시 중국 쪽을 가장 잘 소개한 곳은 '아시아 통신'과 '중국연구소'였는데 거의 100%로 중국의 소식을 긍정하는 형태로였다.[31]

특히 중국을 연구하는 사람에게 있어서는, 1960년의 안보는 중국을 향해 대응해간다는 성격이 강했기 때문에 안보에 반대하는 입장과 중국 내지 중국의 혁명을 옹호하는 입장은 딱 일치할 수 있었다.[32] 즉 일본 사회에 대한 비판적 시각을 갖는 것과 또 미국에 대한 반미적 태도는 많은 부분 중국인식과 겹쳐 있었던 것 같다. 다음의 회고는 그런 분위기를 잘 전해준다. "일본에서 전후의 중국연구는…… 일본의 중국연구를 둘러싼 정치적 상황과 그러한 정치적 상황 속에 있는 연구자가 인간으로서의 살아가는 하나의 방식의 문제와 깊이 연관되어 있었다고 생각합니다. 1960 년 안보가 있었고 1962년의 아시아·포드 양재단의 중국연구에 대한 자금 원조 문제로 우리들은 당시 미·일·중 관계 속에서 아메리카 재단의 돈으로 문헌자료를 수집하고 중국을 연구하는 것에 반대했습니다. 중국과 의 국교회복이나 문화교류를 위한 노력을 하지 않고 타이완이나 아메리카와 의 교류를 긴밀하게 하려는 움직임에 반대했습니다."[33]

사실 1960년대 초 홍콩을 통해 1958년에 발동한 인민공사나 대약진운동

---

30. 앞의 좌담, 12쪽. 小島晋治의 발언.
31. 다만 竹內實만이 비판적으로 생각하고 있었다(앞의 좌담에서 新島淳良의 발언)고 했는데 그가 진보진영에 속해 있으면서도 이러한 시좌를 어떻게 해서 확보하게 되었는지에 대해서 이 좌담에서는 설명이 없다.
32. 앞의 좌담, 12쪽. 小島晋治의 발언.
33. 앞의 좌담, 2쪽. 石田米子의 발언.

이 실패했다는 단편적인 소식이 전해졌음에도 불구하고 그것들은 여전히 높이 평가되었고 긍정적인 논의가 일본각계에서 여전히 주류를 점하고 있었다. 마루야마 마사오도 1956년 5월 마오의 백가쟁명, 백화제방 운동을 높이 평가하고 그것이 막 성립한 혁명정권이 진정한 민주국가를 시도하기 위한 것이라고 여겼다. 그리고 백가쟁명, 백가제방 운동 이후 발생한 반우파 투쟁의 부정적인 영향에 대해서는 당연히 무시되었다.[34]

위의 내용들을 종합해보면 다케우치를 필두로 한 당시의 중국연구자들에게 1950-60년대의 중국인식은 연구대상이라기보다 일본이라는 상황을 타개하기 위해 불가피하게 대면해야 하는 자기 안의 또 다른 자기였다고 할 수 있다. 다케우치의 '나에게는 나 자신으로 인해 지나문학이 존재한다'라는 말은 지나 문학이 학문의 대상이 아님을 말하는 것이다. 지나 이해에 자기가 들어있기 때문에 중국에 대한 판단의 옳고 그름이 있을망정 그것이 사실이냐 아니냐는 그에게 중요한 것이 아니었을지도 모른다. 그러나 사실에 대한 판단여부와 옳고 그름의 문제는 결코 떼어놓을 수 없다.

일례로 다케우치의 대동아전쟁에 대한 지지선언은 그런 점에서 이해하기 힘들다. 하지만 이러한 명백한 오류에 대해서도 적지 않은 연구자들은 그의 '희망의 절실함' 등의 명분을 내세워, 또는 사후적 평가의 안이함이 개입될 위험성을 지적하면서 착오로 설명하지 않는다.[35] 여기서 희망의 절실함은 바로 아시아주의를 매개로 한 근대초극일 것이고 다케우치에게 대동아전쟁은 바로 근대초극을 이루게 해주는 방법일 수 있다. 이러한 발상은 아시아 문명에 대한 맹신에 가까운 구조화된 자신의 논리로부터 비롯된 것일 수 있다. 다케우치의 민족주의와 아시아주의가 쉽게 문명론으로 빠질 수 있었던 것도 바로 이 때문이었다. 따라서 그가 1960년대에

....

34. 加加美光行, 「文化大革命與現代日本」, 『文化大革命 : 史實與歷史』, 中文大學出版社, 1996, 309-310쪽.
35. 대표적으로 스즈키 마사히사의 앞의 연구가 그렇다.

문명론으로 기울어진 것은 바로 근대초극에 대한 무서울 정도의 집착이 초래한 결과였다.

　50-60년대 다케우치의 중국인식은 지금의 눈으로 보면 많은 부분 자기 논리 안에서 확장되고 자기복제되고 있다는 느낌을 받는다. 1950-60년대 다케우치의 대안적 중국인식을 강화한 것은 일단은 일본사회에 대한 도덕적 불만, 자신의 중국 침략전쟁 참여에 대한 속죄의식 그리고 미소대립 속에서의 냉전형성, 그 과정에서 중소의 대립 등이라 할 수 있다. 결과적으로 자신이 속한 일본사회에 대한 개혁이 절실할수록 중국은 원망(願望)으로 나타날 위험성을 안고 있었다. 다케우치에 있어서 '이상으로서의 중국(또는 아시아)'이 '현실로서의 중국'의 견제를 받지 않은 결과 그 안에서 자기확장과 자기복제가 진행되었다고 하겠다. 사실 이 양자는 분리되는 순간 긴장과 균형을 잃게 되어 있다. '외부'이자 '주변'으로서의 중국을 내재화시킴으로써 다케우치의 사유 안에서 중국은 특권화 되었다고 할 수 있다. 다케우치는 끝내 이러한 자신의 사유 자체를 상대화하고 문제화하지는 못했다. 일본의 주체 형성이라는 목적이 지나치게 확고함으로써 원망의 중국은 그 목적에 종속되어버릴 수밖에 없었고, 그럼으로써 에드워드 사이드의 '오리엔탈리즘' 논리를 빌리면, 실체의 중국은 거기(there)로서만 존재할 수 있었다.

　이러한 다케우치의 인식상황을 필자는 좌파-오리엔탈리즘이라고 본다. 이는 식민시기, 냉전시기를 거치면서 뒤틀린 동서관계와 동아시아 내부의 이중적 불평등의 관계 속에서 빚어진 비정상성의 구조 그리고 시대성의 한계와 관련이 있는 것이며 다만, 다케우치에게서 보이는 좌파-오리엔탈리즘은 오히려 이러한 한계를 뛰어넘으려다 결과한 의식적, 무의식적 산물이다. 따라서 이로 인해 다케우치의 사상적 가치가 약화된다거나 그가 비난받을 일은 못된다. 하지만 여기서 무엇보다 중요한 것은 다케우치 자신이 국민국가의 절대성을 의식하여 아무리 '내재하는 중국'을 부르짖는다 해도 그의 의도와는 무관하게 그는 객관적으로는 중국과의 관계에서 이해관계를 갖는 일본이라는 국민국가의 국민이며 이러한 위치성은 변할 수 없다는 사실이다. 따라서 '내재하는 중국'이 어떤 특수한 장치 없이 주장될 경우, 본의 아니게 초래할 수도 있는 결과는 일본과 중국이라는 엄연한 권력관계 속에서 냉정하게 다루어져야 할 타자성의 문제를 무화시켜버릴 수 있다는 가능성이다. 이것이 바로 '내재하는 중국'이라는 담론이 의도하지는 않았지만 피해갈 수 없었던 하나의 역설이라 할 수 있다.

4. 현실과 이상의 분리, 긴장의 상실: 루쉰에서 마오쩌둥으로

다케우치의 중국인식에서 나타나는 좌파-오리엔탈리즘은 1차적으로는 그의 중국 인식의 원천이 저항과 회의로 상징되는 루쉰에서 혁명과 사회주의의 마오로 이동하면서 강화되었다. 1950-60년대 냉전이 형성되는 속에서 중국을 대안으로 여겼던 세계 진보진영의 압도적 분위기는 이를 강화하는 현실적 요인으로 작용했다. 다케우치의 중국인식도 냉전형성의 분위기와 결합하면서 변화해갔다고 할 수 있다.

먼저 다케우치의 중국관의 원형은 1948년에 쓴 「근대란 무엇인가」를 통해 드러난다.

"저항이란 무엇인가라는 질문을 받는다면 루쉰에게 있는 그러한 것이라고 대답할 수밖에 없다. 그리고 그것은 일본에는 없던가 아니면 적을 것이다. 그런 점에서 나는 일본의 근대와 중국의 근대를 비교해서 생각해 보게 되었다."[36] "저항이 없는 것은 일본이 동양적이지 않다는 뜻이고 동시에 자기보존의 욕구가 없는(자기는 없다) 것은 일본이 유럽적이지

....

36. 다케우치 요시미, 『일본과 아시아』, 앞의 책, 34쪽.

않다는 의미다. 결국 일본은 어떤 것도 아니다."[37]

다케우치에게 중국의 근대는 저항으로 이미지화되어 있다. 반면 그가 보기에 일본에는 그런 것이 없다. 그는 일단 저항이 있는 중국과 저항이 없는 일본을 대극에 위치시킨다. 그런 위에서 루쉰의 저항의 의미를 보여주고, 이어서 일본문화의 노예성을 드러내고자 한다.

"노예가 노예임을 거부하고 동시에 해방의 환상을 거부하는 것, 자신이 노예라는 자각을 포함해서 노예인 것, 그것이 '인생에서 가장 고통스런' 꿈에서 깨어났을 때의 상태다. 갈 길이 없지만 가지 않으면 안 되는 오히려 갈 길이 없기 때문에 더 가지 않으면 안 되는 상태다. 그는 자신의 것을 거부하고 동시에 자기 이외의 것인 점도 거부한다. 그것이 루쉰에게 있는 그리고 루쉰 그 자체를 성립케 하는 절망의 의미다. 절망은 길이 없는 길을 가는 저항에서 나타나고 저항은 절망의 행동화로서 드러난다. 이것은 상태로서 본다면 절망이고 운동으로서 본다면 저항이다. 거기에 휴머니즘이 파고들어갈 여지는 없다."[38]

"일본은 근대로의 전환점에 있어서 유럽에 대해 결정적인 열등의식을 지녔다(이것은 우수한 일본문화 때문이다). 그 뒤 맹렬하게 유럽을 뒤쫓기 시작했다. 자신이 유럽이 되는 것, 보다 나은 유럽이 되는 것이 탈각의 길이라고 여겼다. 결국 자신이 노예의 주인이 됨으로써 노예로부터 벗어나고자 했다. 모든 해방의 환상이 그 운동의 방향에서 생겨났다. ……중략…… 해방운동의 주체는 자신이 노예임을 자각하지 못하고 자신은

37. 같은 책, 35쪽.
38. 같은 책, 47쪽.

노예가 아니라는 환상 속에 있으며 노예인 열등생 인민을 노예에서 해방시키고자 한다. 불려 깨어난 고통에 있지 않으면서 상대방을 불러 깨우고자 한다. 그런 까닭에 아무리 해도 주체성은 나오지 않는다. 결국 불러 깨우는 것이 불가능하다. 그래서 주어져야 할 '주체성'을 외부에서 찾아나가게 되는 것이다."[39]

다케우치는 일본사회의 해방운동의 주체는 자신들이 노예가 아니라고 보기 때문에 노예라고 본다. 자신이 노예라는 자각이 없기에 인민 노예를 깨울 수가 없다. 그렇기에 주체성이 나올 수 없으며 그것을 밖에서 가져올 수밖에 없다는 논리다. 이에 반해 중국은 노예에서 깨어난 고통의 와중에 있는 자각하는 노예 상태에 있으면서 다른 노예를 깨우기에 그 진정성이 먹히고 주체를 내부로부터 찾을 수가 있게 되는 것이다. 이로부터 다케우치의 유명한 명제인 중국은 회심의 문화이고 일본은 전향의 문화라는 말이 나오게 되는 것이다.

그런데 다케우치는 중국의 근대와 일본의 근대의 차이는 이미 메이지 시기에 결정된 것으로 본다. 다음의 구절은 그것을 잘 보여준다.

"메이지 10년을 훌륭히 넘김으로서 일본의 진보주의는 반동의 뿌리를 완전히 잘라버렸다. 그러나 그것과 동시에 혁명 그 자체의 뿌리도 잘랐다. 중국에서는 관료 내부의 불평분자들의 운동마저 압살할 만큼 반동의 힘이 대단했다. 그리고 그것은 혁명을 아래로 아래로 쫓아보내어 기층 인민들 사이에 뿌리를 내리게 했다. 일본에서는 인민의 운동조차 사관학교와 제국대학이라는 두 가지의 위를 향해 열려진 관(管)으로 빨아올려져 시들어버렸다."[40]

....

39. 같은 책, 49쪽.

근대의 위기적 상황에서 중국은 반동의 힘이 강함으로써 역으로 국가의 개혁을 가로막아 혁명이라는 근본적 처방을 하게 했고 일본의 '개혁적' 명치정부는 초기에 어느 정도의 개혁을 단행함으로써 인민들로 하여금 혁명의 필요성을 못 느끼게 했다는 것이다. 그리고 이것이 결국은 중국의 근대와 일본의 근대의 근본적 차이를 만들었다고 본다. 일본과는 다른 중국이라는 근대, 반동의 힘 때문에 혁명을 초래했을 수도 있는 그런 중국에서야말로 절망에 저항하는 주체인 루쉰 같은 인물이 나올 수 있었다.

루쉰을 통해 중국으로 인도된 다케우치, 그런 한에서, 다케우치의 중국은 절망적 상황에 저항하는 총체로서의 중국인민이기도 하지만 루쉰 개인이기도 하다. 루쉰으로 표상된 중국과 루쉰이 절망하고 있는 중국은 별개로 보아야 한다. 루쉰이 절망하고 있는 대상은 아큐로 상징되는 자신을 포함한 중국인이며 루쉰은 중국혁명이 진행되는 상황 속에서도 아큐의 노예성이 탈각된 것이 아니라고 생각했다. 따라서 '희망하기'는 절망적인 상황에서도 없는 길을 가야 하는 지난한 작업이었다. 하지만 루쉰을 통해 중국으로 인도된 다케우치는 루쉰의 중국상과는 너무도 다른 중국상을 만들어 일본과 대비시켜버렸다. 그 과정에서 중국은 이상화될 수밖에 없었다. 이상화의 결과 중일 간의 근대의 차이와 직결되는 인민의 주체성의 격차는 더 벌어지게 되었다.

다케우치는 또 중국의 주체적 도덕성의 근원을 전통의 부정을 통한 계승이라는 방법에서 찾으려 했다. 전통을 부정하는 것이 진정 전통을 살리는 길인 것이다. 이것을 격식화된 또는 형해화된 껍데기를 벗겨버리고 전통 본원으로 돌아갈 수 있는 유일한 방법으로 본 것이다.

....

40. 다케우치 요시미, 58쪽. 이런 인식은 마루야마 마사오와 거의 동일하다. 「일본의 민족주의」, 백낙청 엮음, 『민족주의란 무엇인가』, 창작과비평, 1981 참조.

"과거의 전통을 부정하는 일은 매단계마다 전통을 고쳐 읽는 일이
되어 거기서 새로운 생명력이 뿜어져 나온다. 역사를 되돌아보면 가장
격하게 전통을 부정한 자가 전통을 가장 충실하게 담지한 자이기도
했다. 5·4운동 당시 공자타도를 부르짖은 개혁자 한 사람은 반대파에게
공자타도야말로 공자의 정신을 진정으로 되살리는 소이라고 설파했다.
…… 중공은 가장 철저한 전통의 부정자라는 점에서 민족의 가장 높은
모럴의 체현자이다. …… 중국에서는 전통의 부정 자체가 전통에 뿌리내
리고 있다. 그 역사를 만들어낼 내재적 힘을 품고 있다."[41]

　　다케우치는 전통의 부정 속에서 중국 근대의 특질을 포착하려 한다.
다케우치에 의하면 오래된 것은 새로운 것이 될 수 있다. 그런데 그것은
그냥 이루어지는 것이 아니라 어떤 자각에 의해서이다. 그 자각이라는
것은 새로운 시대 속의 표면적인 현상을 통해서 그 배후에 있는 역사적인
구조를 응시하는 경우에 오래된 것 속에서 새로운 가능성이 나타나는
것이다. 그렇게 해서 역사는 소생하는 것이다.[42] 그런데 여기서 그 전통을
자각하게 된 것은 바로 외부의 충격, 그 자각을 낳았던 직접적 계기는
유럽의 침입이었다고 다케우치는 '근대란 무엇인가'에서 말하고 있다.
　　전통의 부정, 전통의 자각을 통해 역사를 소생시킨 인물은 다케우치에게
는 루쉰 외에도 마오쩌둥이 있다. 위의 인용문에서 "중공은 가장 철저한
전통의 부정자라는 점에서 민족의 가장 높은 모럴의 체현자이다"라는
말은 바로 마오의 중국공산당에 주목한 것이다. 2장에서 살펴본 것처럼,
다케우치는 1950-60년대에는 루쉰보다는 마오쩌둥과 중국사회주의에서
일본 지식인의 사상을 개변할 사상자원을 찾으려 했다. 그가 일본 매체

．．．．．．．．．．．．．．．．．．
41.　다케우치 요시미, 「일본인의 중국관」, 『다케우치 요시미 선집』 2, 앞의 책, 180-181쪽.
42.　孫歌, 「竹內好における歷史哲學」, 鶴見俊輔/加加美光行 편, 『無根のナショナリズムを
　　　超えて-竹內好を再考する』, 日本評論社, 2007, 153쪽.

속에서 유통되는 중국관에 반대하면서 일본전후의 사상공간에 개입하여 일국 시야의 '국민'의식에서 벗어나고자 했을 때도[43] 루쉰보다는 마오쩌둥으로 대표되는 중국인민의 심층의식의 소개를 통해서였다.

1940년대 말 즈음까지는 다케우치의 중국상에는 루쉰의 회의와 마오의 혁명이 이중으로 중첩되어 있었다. 하지만 50-60년대에 다케우치의 중국상의 태반은 루쉰보다는 혁명의 마오와 사회주의의 마오로 구성된다. 루쉰의 더블바인드(double-bind), 즉 '(자신을) 지키지 않으면 살아갈 수 없는, 그러나 동시에 또 변화하지 않으면 살아갈 수 없는'[44] 이 딜레마적인 상황 속에서 발버둥치는 형상(소위 掙扎)으로서의 중국 이미지는 이미 1950년대의 다케우치에게서는 찾아볼 수가 없다. 이러한 딜레마적 또는 알레고리적 중국인식과는 이미 멀어지고 있다. 다케우치가 상상한 중국은 루쉰을 매개로 한 중국도 아니며 루쉰이 재현한 중국도 아니다. 루쉰 또는 감히 루쉰을 탄생시킬 수 있었던 장소 그 자체가 곧 중국이 되었던 것이다. 그가 주목한 것은 일본과는 달리 루쉰 같은 인물을 탄생시킬 수 있는 중국의 역사와 구조이지 더 이상 중국에 대해 성찰하고 회의하고 절망하는 루쉰이 아니었다. 그렇기 때문에 1950-60년대 다케우치의 중국인식의 저변에는 회의의 루쉰보다는 혁명의, 사회주의의 마오쩌둥이 쉽게 자리매김해갈 수 있었다. 이 과정에서 중국인식은 '현실로서의 중국'이 누락된 '이상으로서의 중국'만으로 점철된 것은 아닐까.

다케우치의 이상화된 중국인식은 앞에서 말한 대로 1950년대부터 1960

....

43. 鈴木將久,「竹內好的中國觀」,『二十一世紀』 제83기, 2004년 6월호, 78쪽.

44. 菅孝行,「抵抗のアジアは可能か」, 鶴見俊輔/加加美光行 편,『無根のナショナリズムを超えて——竹內好を再考する』, 日本評論社, 2007, 67쪽. 이것을 뒤집으면 "자기가 되는 것도 거부하고 타인이 되는 것도 거부하는 것"이 된다. 다케우치는 이것이야말로 루쉰이 가지고 있는, 루쉰 그 자체를 성립하게 하는 절망의 의미라고 말한다. 이에 대한 의미 분석은 賀照田,「拒絶成爲自己 也拒絶成爲他人」,『當代中國的知識感覺與觀念感覺』, 廣西師範大學出版社, 2006 참조.

년의 안보조약이 체결되기까지의 분위기 반전이 그것을 강화했을 공산이
크다. 패전 후 '연합국 점령군의 점령목적에 유해한 행위에 대한 처벌'
규정의 제약 하에 있긴 했지만 상대적으로 전후 1945년에서 미일안전보장
조약이 체결되는 1951년까지는 일본의 사상계는 전에 없던 해방감을 만끽
할 수 있었다.[45] 그러나 그것도 잠시, 1951년 샌프란시스코 강화조약과
한 묶음으로 추진된 미일안전보장 조약을 미국정부와 일본이 개정하려고
나서고 국회에서는 조약을 비준하려고 경찰부대를 투입하면서 결국 1960년
5월 19일 신안보조약이 체결되었다.[46] 이것은 일본의 비판적 지식인들에게
는 일본사회에서 '헌법에의 의지'보다 '냉전에의 의지'가 관철된 것으로
보였다. 다케우치의 '이상으로서의 중국'을 강화시킨 것은 1950-60년대
일본사회를 압도해갔던 이와 같은 냉전형성의 분위기였다.

이상의 논의로부터 다음과 같은 잠정결론을 내릴 수 있다고 본다. 다케우
치의 1950-60년대 중국인식은 첫째, '중국'을 매개로 일본의 근대적 주체를
형성해야 한다는 지나친 목적의식이 중국의 현실에 대한 실사구시(實事求
是)적 시선을 가려버린 데서 비롯되었다. 둘째, 다케우치가 일본의 근대와
대비하여 그려놓은 중국이라는 관념, 즉 마오의 1930-40년대를 대상으로
만들어진 '혁명사회주의' 중국의 이미지로 50-60년대를 인식하다보니 1949
년 이후 출현한 '제도사회주의'의 문제점은 상상하기 힘들었을 것이다.[47]

....

45. 加藤節, 「戰後五十年と知識人 —— 何を繼承し, 何を問うべきか」, 『政治と知識人』, 岩波
書店, 1999, 27쪽 참조.
46. 마루카와 테츠지(丸川哲史), 「1960년 안보투쟁과 다케우치 요시미: 기시 노부스케와
의 만남」, 『아세아연구』, 52권2호, 2009. 6, 15-16쪽 참조.
47. 중국 사회주의를 1949년을 기점으로 혁명사회주의와 제도사회주의로 구분해서 볼
경우, 혁명사회주의의 1930-40년대는 중국혁명의 상징이 되다시피 한 대장정과 연안
시대로 개념화된다. 1950-60년대 중국의 제도사회주의를 소련의 그것과 차별화하여
연안시대의 연장으로 보려는 서양학자들의 저작들이 일본에 소개되었던 것은 이미
2장에서 보았다.

거기다가 1940년대 말에서 1960년대에 이르는 중화인민공화국에 대한 선별된 소식은 루쉰보다는 마오쩌둥이라는 기호로 중국을 개념화하도록 만들었다. 루쉰의 '절망'보다는 마오쩌둥의 '낙관'으로 표상된다. 셋째, 다케우치의 중국에 대한 1950-60년대 인식은 소련의 공산주의를 타자화하는 가운데, 그리고 미국의 지역연구에 대해 대항해야 한다는 강한 의도 아래 형성되었다. 대항의 구심체로서 타락하지 않은 중국상을 유지해야 한다는 강한 의지가 중국을 이상화시키는 기제로 작용한 것이다.

5. 다케우치 사상의 의미와 한계: 좌파-오리엔탈리즘과 타자인식의 실종

문혁이 끝나가면서 한국과는 달리 일본에는 중국 사회주의 현실에 대한 사실적 정보들이 적지 않게 입수되는 상황이 만들어졌다. 일본은 문혁 중반기인 1972년에 중국과 수교한다. 따라서 이후부터 원칙적으로는 일본의 지식인들도 그들이 알려고만 하면 중국에 대한 정보 접근이 가능했다. 하지만 다케우치는 끝내 일말의 책임 있는 평론을 내놓지 않았다. 문혁에 대한 그의 침묵을 어떻게 해석해야 할까.[48] 당시 진보적인 입장에서 중국학을 하는 지식인군에서는 연구자의 사회적 책임의 문제를 어떤 식으로든 자기의 문제로 절실하게 인식하고 있었고 그런 그들의 문제의식은 중국인식에 여과 없이 투영되어 있었다. 그런 만큼 문화대혁명의 좌절, 마오쩌둥의 죽음 그리고 개혁개방의 시작이라는 중국의 '대변환'은 이들, 1950-60년대 다케우치를 비롯하여 그의 자장 속에서 중국연구를 시작했거나 수행한 지식인에게는 그 자체가 자기 내부로부터의 좌절을 의미했고, 이 좌절은

....

48. 물론 이런 행위는 문혁을 비판적으로 본다는 전제하에 성립 가능한 의문이기는 하다.

중국을 새롭게 보려는 시도를 하는 데 있어서 적지 않은 장애로 작용했을 법하다.[49]

다케우치 연구에서 한 획을 그었다고 평가되는 쑨거는 다케우치가 동시대사의 구조성을 인식했다는 데 큰 방점을 둔다. 그녀는 다케우치의 그런 점을 깨달으면서 '중국인'이라는 자신의 입장을 상대화시킬 수 있었고 다케우치도 더 이상 일본인이 아니게 되었다고 술회하였다.[50] 일본인인 다케우치에 있어서 중국이라는 국가는 루쉰에서와 같이 학문의 아래에 위치하는 어떤 것이었을지도 모른다.

다케우치에게 일본의 주체를 세우기 위해 중국을 가져오는 방식은 더 이상 문제가 아닐 수 있다. 자기 내부에서 일어나는 일로 인식하기 때문이다. 그러나 다케우치는 자기 해탈로 만족하면 되는 승려가 아니다. 물론 그의 현실참여적 성향으로 볼 때 현실세계에서의 중일 간의 갈등을 간과할 수 없었을 것이다. 전통적인 중일의 갈등, 더 깊숙이는 일본의 중국에 대한 원초적인 콤플렉스와 우월감의 이중적 복합감정을 다케우치는 그 누구보다는 날카롭게 간파했기에 오히려 중국을 자기 사상의 좌표축으로 삼는 윤리적 선택을 했을 가능성이 높으며 그 결과 자신도 모르는 사이 중국을 상대화할 수 있는 '계기'를 놓쳐버린 것은 아닐지. 일본인의 중국인식에 대한 시각교정이라는 계몽의 과욕으로 인해 오히려 중국을 제대로 볼 수 없었고 더 나아가서는 짐짓 보려 하지 않으려 했던 것은 아닐까.

그러나 서론에서 말한 것처럼 다케우치 사유의 아포리아는 필자의 이러

....

49. 섣불리 비교될 수 있는 것은 아니지만 한국 리영희의 늦은 감회 피력은, 그래서 논의가 필요하다. 이 문제는 별도로 검토되어야 할 주제라고 생각한다. '비판적 중국학'이라는 것은 어떠한 경우에도 중국을 우상이 아닌 이성과 사유의 대상으로 삼는 것으로부터 시작해야 한다고 보기 때문이다. 이런 태도를 필자는 硏中과 批中이라는 개념으로 표현했다. 이에 대해서는 졸저, 『현대중국 지식인지도』, 글항아리, 2013 참조.
50. 쑨거, 『다케우치 요시미라는 물음』, 앞의 책, 10쪽.

한 '단순한' 평가를 허용하지 않을 수도 있다. 더구나 '안전지대'에서 행하는 무책임한 비판은 다케우치에게는 지적 나태함 이상도 이하도 아닐 수 있다. 지금의 현실 사회주의가 몰락한 시점을 기준으로 밖에 서서 1950-60년대를 재단해서는 곤란하다. 다케우치의 예측이 많은 부분 틀렸다. 그러나 틀릴 수 있다. 이에 대해 우리는 비판할 자격이 있을까.

마루카와 데쓰시는 이런 말을 한다. "다케우치에게 있어서 예측과 계획은 오히려 교조적 진리를 현실에 기계적으로 적용한다는 발상에 대한 저항의 의미가 있다. 다케우치가 내놓은 예측의 결과를 두고 지금 우리가 냉소짓기란 참으로 쉽다. 그러나 책임의 무게를 수반하는 예측도 계획도 내놓은 적이 없는 인간들이 역사의 뒷자리에 서서 어떤 판단을 비웃는다면 오히려 역사에게 비웃음을 사고 말 것이다."[51]

다케우치는 확실히 루쉰처럼 좌고우면하지 않았으며 쑨거의 말처럼 '동시대사의 구조성을 인식한' 담력을 가진 아주 드문 사상가였음은 확실하다. 자신의 사상이 틀릴 수도 있다는 것까지도 모두 감당하려는 사상의 강도를 가지고 있었다. 사상의 강도가 너무 센 나머지 때로는 그 사상 안에 내재해 있는 오류나 의도하지 않은 결과까지도 모두 집어삼킬 정도였다.

하지만 이제 그 강도에서 벗어나 그런 오류와 결과가 왜 나타나게 되었는가에 대해 따져보고 추궁하는 것이 필요하다. 그의 사상 안에 내재하는 균열적 지점들이 있다면 우리는 그것 자체로 대면해야 한다. 오히려 내부균열은 고민과 회의의 흔적들일 수 있기 때문이다. 따라서 우리가 다케우치를 지금의 동아시아 사상유산으로 가져오기 위해서는 한계가 있으면 왜 한계가 있었는가를 가감 없이 드러내고, 상대화하고, '반동화'하는 방식을 통해

----

51. 마루카와 테츠지(丸川哲史), 「1960년 안보투쟁과 다케우치 요시미: 기시노부스케와의 만남」, 앞의 글, 34쪽.

낯설게 보려 해야 한다. 그럴 때만이 그의 사상을 새로운 차원에서 전유하는 것이 가능해질 것이다.

사실 되돌아보면 일본의 중국인식은 경멸과 이상화의 극단적인 동요를 겪으면서 문화대혁명 이후 탈정치화하는 중국에 대해 살아있는 역사감각을 잃어버린 지 오래다.[52] 이 지적은 경멸하는 쪽은 중국에 대한 오리엔탈리즘적 시각을 보여주는 형태로 나타나며, 이상화하는 쪽은 일본의 근대화 방식의 비도덕성에 대한 실망으로부터 중국의 근대를 대안으로 삼으려는 원망의 형태로 표현된다. 전자든 후자든 근거가 매우 박약하다. 전자에 대해서는 논외로 하더라도, 후자의 경우 필연적으로 중국의 현실에 대해 관대해지며 비판의 예봉이 무뎌질 수밖에 없게 된다. 이 때문에 연구자의 자국에 대한 불만을 그대로 연구대상국에 투사하는 연구태도는 본의 아니게 부작용을 낳게 된다. 다케우치의 경우 그 부작용은 좌파-오리엔탈리즘으로 결과한 것이라 할 수 있다.

오리엔탈리즘은 여하튼간에 의미를 지니게 되는 것은 동양 때문이 아니라 서양 때문인 것처럼[53] 다케우치에게도 중국은 일본으로 인해 의미를 지니게 되는 것이다. 물론 다케우치의 오리엔탈리즘이 일본 주류 지식계의 오리엔탈리즘의 반발로 나온 것은 물론이다. 하지만 반발로 나온 것이라고 하여 오리엔탈리즘의 논리 자체에서 벗어난 것은 아니다. 다케우치가 미처 의식하지 못한 결코 간과할 수 없는 것은 그가 일본에 대해 말하기 위해 중국을 가져오는 한에서 그의 중국인식은 외면성을 전제조건으로 할 수밖에 없다는 사실이다. 이 사실로 인해 일본 사회의 문제에 응대하는 데 있어서 다케우치가 중국을 가져오는 방식과 거기에서 국가라는 경계가 어떻게 처리되어야 하는가의 문제는 여전히 남는 것 같다.

....

52. 丸川哲史・孫歌,「東アジアが歴史を共有するのが可能するか」── 특별인터뷰에서 丸川哲史의 발언, 高橋哲哉 編,『歴史認識』論爭, 作品社, 2002.
53. 에드워드 사이드,『오리엔탈리즘』, 박홍규 옮김, 교보문고, 1992, 49쪽.

이 문제와 관련하여 이후 '내재하는 중국'이라는 설정 자체에 대해 별도로 논의될 필요성이 있다. 다케우치의 의도와는 다르게 그에게서 중국이라는 타자는 여전히 인식의 대상으로서 자기 안의 타자일 수밖에 없다는 인상을 지울 수 없다. 즉 일본을 견인하기 위해 동원된 중국이라는 인식은 "타자를 내 안에 끌어들여 동화하고 지배하는 데 봉사시키는 것"으로서의 인식이 아니었나 하는 것이다. 사실 타자는 나에게 완전히 포착될 수도 없고 동화될 수도 없는 것이다. 타자는 그럴 때에만 나에게 의미가 있다. 중국이라는 타자는 완전히 장악될 수 없는 것이어야 일본을 새롭게 할 수 있다. 서론에서 언급했던 자기중심성과 전체론은 이런 맥락이었다. "다케우치의 중국과 아시아가 일본의 국민주체를 세우기 위해 동원된 개념적 추상물이라는 혐의를 벗기 어려운 이유"는 그의 사유 안에 혹시라도 이 타자의 문제를 무화시킬 수 있는 요소가 있을 수 있다는 점과 관련이 있을 것이다.

지금 중국의 경제 규모와 성장 속도는 실로 엄청나다. 모든 것을 집어삼켜 버릴 정도로 압도적이다. 이 압도의 힘은 중국에 대한 모든 사유를 한쪽으로 치우치게 하거나 멈추게 할 위험성을 안고 있다. 이와 유사하게 1950-60년대의 중국 사회주의 혁명과 중국공산당은 세계 진보진영 지식인의 모든 판단과 사유를 정지시켜버릴 정도의 압도적 힘을 가지고 있었다. 대안적 근대에 대한 갈망에 비례하여 압도하는 힘도 커질 수밖에 없었다. 좌파-오리엔탈리즘과 문명론으로 기울어진 것은 이러한 대안근대에 대한 집착과 원망(願望)이 강화된 결과 나타난 것이라 할 수 있다. 오리엔탈리즘의 극복을 의도한 것이지만 그 논리를 근본적 차원에서 초월할 수 없었던 이유는 바로 여기에 있었다.

21세기 또 다른 변환기를 맞아, 세계가 전 지구적 규모에서 여전히 구미의 근대의 길을 갈 것인지, 아니면 진정 중국의 독자적 근대가 창출한 길을 갈 것인지는 아직 판단하기 힘들다. 하지만 분명한 것은 전 지구적 보편가치는 우리에게 저절로 주어지는 것이 아니라 우리가 창조해가는 것이라는 점이다. 그러나 현실이 불만스럽다고 하여 그 창조의 과정에서 또 다시 자의성을 허용한다거나 오만한 것이 개입되어서는 안 될 것이다. 그 과정에는 반드시 부단한 회의와 질의가 함께해야 한다. 20세기 아시아주의, 사회주의가 대안이라는 미명하에 얼마나 많은 문제를 일으켰던가.

제13장
황도유학과 일본의 국가주의적 심성의 계보학적 탐색[1]

나종석

1. 들어가는 말

동아시아에서 일본은 서구적인 근대화의 길에 성공적으로 착수한 최초의 나라였다. 일본 근대화를 상징하는 말이 아시아를 벗어나 서구로 들어간다는 '탈아입구(脫亞入歐)'[2]인 것처럼 일본은 서구 근대를 문명 일반으로 설정하고 중화문명권을 벗어나 서구문명권의 일원이 되고자 했다. 그러나 서구문명권으로 진입한다는 것은 후진문명에서 선진문명으로 나간다는 의식을 포함한다. 동아시아에서 서구적 근대화를 제일 먼저 달성했다고

----

1.   이 글은『헤겔연구』42, 2017의 논문「유교문화와 일본 근대성에 대한 고찰」을 수정한 것임.
2.   '탈아입구'라는 개념은 후쿠자와 유키치(福澤諭吉)가 사용한 용어는 아니지만 그의 탈아론(脫亞論)에서 유래된 말로, 그의 사상을 압축적으로 표현한 것으로 널리 알려진 개념이다. 마루야마 마사오(丸山眞男),『『문명론의 개략』을 읽는다』, 김석근 옮김, 문학동네, 2007, 776-777쪽 참조.

자부하는 일본이 외부로의 침략과 제국주의의 길로 나아간 것도 이런 문명관과 무관하지 않다. 메이지유신 이후 제2차 세계대전에서 패전에 이르기까지 한국과 아시아에 대한 침략과 지배로 점철된 일본의 근대화는 아시아 멸시관을 전제로 한 것이었기에 그렇다.

주지하듯이 일본은 메이지유신을 계기로 천황제 국가체제를 정치적 정통성의 근본 원리로 내세웠다. 그런데 천황제는 한편으로 일본사회를 통합하는 구심력으로 인정받고 있지만, 다른 한편으로는 대내적인 여러 차별 구조는 물론이고 대외적인 팽창주의를 초래한 근원으로 비판되고 있다. 일본의 천황제는 자민족 중심의 국가주의를 적극 옹호하면서 식민지 지배나 침략 전쟁과 같은 폭력적 배외주의로 나가는 구심점의 역할을 수행했기 때문이다. 이처럼 근대 일본사회의 성격은 서구 근대를 문명으로 숭배하면서 그 길을 모방하려는 욕망, 국민통합의 기제로서의 천황제 국가 형성 그리고 아시아 멸시관이라는 세 측면에서 이해될 수 있다.[3]

일본이 서구적 근대화의 길을 걸으면서 천황제를 채택한 이유는 무엇인지 그리고 제2차 세계대전에서의 패배 이후에도 변형된 형태이지만 천황제 국가가 왜 지속적으로 유지되고 있는지에 대한 분석은 다양한 차원에서 논의되어야 할 주제다.[4] 이 글에서는 일본화한 유교적 전통이 일본의 근대 국민국가 체제인 천황제와 어떤 관련을 맺고 있는지를 해명하고자 한다. 특히 에도시대에 이루어진 일본의 독특한 유학사상의 전통이 천황제의 정신사적 조건으로서 어떻게 작동하고 있는지를 설명해보고자 한다. 따라서 이 글은 근대 일본의 천황제 국가 형성을 가능하게 한 문화적 조건으로

....

3. 윤건차, 『자이니치의 정신사: 남·북·일 세 개의 국가 사이에서』, 박진우 외 옮김, 한겨레출판, 2016, 7-8쪽 참조
4. 오늘날 일본사회의 전반적인 우경화 경향을 이해할 때에도 천황제는 결정적인 의미를 지닌다. 박진우 편저, 『21세기 천황제와 일본: 일본 지식인과의 대담』, 논형, 2006, 15쪽 참조

에도시대에 축적된 일본 특유의 유학적 전통의 영향사를 탐구함으로써 유교전통과 근대 일본의 내적 연결 고리를 탐구하려 한다. 달리 말하자면 천황제 국가를 채택하도록 한 일본의 사상사 및 정신사적 조건을 일본에 고유한 유교전통을 중심으로 해명함으로써 일본 근대화의 특이성을 이해하는 데 기여하고자 한다. 우리는 유학사상의 전통이 근대 천황제 국가 형성에 끼친 영향사에 주목함으로써 유교를 근대화의 장애물로 여기는 통념을 비판적으로 재검토할 수 있을 것이다. 그뿐만 아니라 이를 통해 일본 근대사 이해의 주류적 인식 틀인 서구중심주의적 사유 패러다임과 다르게 일본 근대성을 이해할 수 있는 가능성을 확보할 수 있게 된다. 이 밖에도 유교전통과 천황제 국가체제와의 연관성을 탐구하는 일은 동아시아 유교전통을 매개로 하여 한중일 동아시아 3국이 보여준 근대성의 상이한 경로가 어떤 맥락에서 형성되어 오늘날에 이어지고 있는지에 대한 비교 연구의 실마리를 확보하는 데에서도 유용할 것이다.

2. 황도(皇道)유학과 근대 일본 천황제의 근본이념

한국이나 중국과 달리 일본이 어떻게 동아시아에서 가장 빠르게 서구적 근대화에 성공할 수 있었는지에 대한 탐구 중에서 고전적 지위를 차지하고 있는 것은 마루야마 마사오(丸山眞男)의 『일본정치사상사연구』일 것이다. 이 책에서 그는 에도시대 유학사상의 전개 과정에서 근대적 사상의 전제 조건이 어떻게 성숙되고 있는지를 탐색했다. 그에 의하면 에도시대에 '봉건적인' 체제 교학의 지위를 차지하고 있었던 주자학적 사유구조가 오규 소라이(荻生徂徠) 학에 의해 해체되면서 근대의식이 서서히 성장하게 되었다. 그는 에도시대 초기에 이미 사상계를 거의 독점했던 주자학의 "자기분해 과정", 예를 들어 도덕과 정치의 연속성을 강조하는 주자학적 사유 방식이 정치와 도덕의 분리를 감행한 소라이 학에 의해 해체되는 과정을 거치면서 "근대의식의 성장"이 가능했다고 본다.[5]

물론 『일본정치사상사연구』에서 제기된 마루야마 마사오의 이론은 많은 문제점을 안고 있다. 예를 들어 주자학이 에도시대 초기에 사상계를 독점했다고 보는 그의 견해는 물론이고 주자학을 봉건적인 사유 방식으로 보는 그의 이론은 많은 비판을 받고 있다. 더 나아가 일본 주자학이 당대 중국 및 조선의 주자학과 비교할 때 어떤 특이성을 보여주고 있는지에 대해서도 그는 『일본정치사상사연구』에서 아무런 관심을 보여주지 못했다.[6] 이런 문제점에도 불구하고 주자학적 사유가 봉건적인 신분사회를 정당화하는 체제 이념으로 작용한 사상이기에 그것의 해체 과정이 없이는 근대로의 이행이나 근대의식의 성숙이 가능하지 않으리라는 그의 관점은 여전히 강한 영향력을 행사한다. 더구나 유교적 사유 방식을 일본 근대화, 넓게 보면 한국 및 중국을 비롯한 동아시아 사회의 근대화에 커다란 장애물로 보는 관념은 일반사람들에게도 널리 수용되고 있다. 그리고 마루야마 마사오의 주장이 보여주듯이 일본은 흔히 근세라 불리는 전근대의 에도시대에 주자학적 사유양식의 내적 해체 과정을 통해 한국 및 중국과 달리 서구적인 근대성을 자체적으로 수용할 수 있는 성숙한 조건을 이룩했다는 입장은 유교전통에 대한 부정적 인식을 강화하는 데 그치지 않는다. 일본에서는 유교에 대한 부정적 인식이 한국 및 중국에 대한 일본의 우월의식의

....

5.   마루야마 마사오, 『일본정치사상사연구』, 김석근 옮김, 통나무, 1995, 307쪽.

6.   조경달에 의하면 『일본정치사상사연구』에서 개진된 마루야마 마사오의 주장은 "실증적으로 파탄이 선고된 상태"다. 조경달, 「국가(도의관)를 둘러싼 근대 한일 사상 비교: 이기와 나카에 조민」, 미야지마 히로시·배항섭 엮음, 『동아시아에서 세계를 보면?: 역사의 길목에 선 동아시아 지식인들』, 너머북스, 2017, 77쪽. 『일본정치사상사연구』에 대한 마루야마 마사오의 자기비판에 대해서는 같은 책, 71-73쪽 참조. 마루야마 마사오의 작업이 지니는 한계를 명확하게 해주는 연구로는 다음이 있다. 와타나베 히로시(渡邊浩), 『주자학과 근세일본사회』, 박홍규 옮김, 예문서원, 2004.

바탕을 이룬다. 이런 우월의식의 배경에는 일본은 전근대적인 사유체제인 유교전통을 극복하여 그로부터 자유로웠기에 비서구 사회에서 제일 먼저 서구적 근대화로 나간 사회였던 데 반해, 조선이나 중국은 전근대적 유교전통에 지나치게 사로잡혀 있어서 서구적 근대화에 뒤처질 수밖에 없었다는 생각이 깔려 있기 때문이다.

이처럼 중국이나 한국에 비해 유교의 영향이 상대적으로 크지 않았기에 일본이 가장 우선적으로 근대화를 이룩할 수 있었다는 의식은 유교에 대한 부정적 인식과 궤를 같이한다. 또한 일본 우월의식은 한국 및 중국과 같은 아시아 국가들을 멸시하는 것을 자연스러운 것으로 만들어 아시아에 대한 침략을 옹호하고 침략 전쟁의 역사에 대한 철저한 성찰과 반성을 방해하는 심성과도 결부되어 있다.[7] 그러므로 유교에 대한 부정적 인식을 비판적으로 재검토하는 일은 사상적으로 매우 중요한 과제가 아닐 수 없다. 그런 점에서 일본 근대 형성, 특히 메이지유신에 유교사상(특히 주자학) 및 유교적 정치문화가 큰 영향을 주었다는 점을 강조하는 최근의 연구 경향은 흥미롭다. 예를 들어 박훈에 의하면 일본역사상 유학, 특히 주자학이 가장 번성했던 시기는 19세기였다. 그리고 일본사회에 널리 퍼진 주자학의 영향으로 인해 형성된 "사대부적 정치문화"는 일본의 서구적 근대화에 장애가 된 것이 아니라, 오히려 근대화로 이행하는 데에서 "가교 역할"을 수행했다고 한다. 그가 제안한 주장의 핵심을 요약하자면 다음과 같다. 18세기 말부터 "일본 사회의 유학화"[8]가 본격적으로 진행되었다. 그러니까 무사인 사무라이가 지배했던 병영국가[9] 혹은 무국(武國)인 에도시대의 일본에서 유학을 익히게 된 사무라이들이 점점 사(士) 의식 혹은

7. 미야지마 히로시(宮嶋博史), 『일본의 역사관을 비판한다』, 창비, 2013, 9쪽 참조.
8. 박훈, 『메이지유신은 어떻게 가능했는가』, 민음사, 2014, 217쪽.
9. 마에다 쓰토무(前田勉), 『일본사상으로 본 일본의 본질: 병학·주자학·난학·국학』, 이용수 옮김, 논형, 2014, 참조.

사대부적 의식을 갖추어 국가 및 천하 대사에 대한 높은 정치적 관심과 책임의식을 자각하게 되었다. 그 결과 에도의 신분제 사회를 붕괴로 이끌어 메이지유신으로 나가게 하는 조건이 창출되었다.[10] 이런 박훈의 연구는 근대 일본 형성과 에도시대의 유교전통의 관계에 대한 새 해석을 제공한다.

박훈의 연구는 참신하지만 유교적 정치문화가 당대 조선 및 중국의 그것에 비해 어떤 차별성을 보여주고 있는지 그리고 일본에 독특한 유교적 사상 전통이 근대 일본의 천황제 형성과 어떤 관련을 맺고 있는지에 대해서는 별로 관심을 기울이지 않는다. 달리 말하자면 그는 에도시대에 축적된 일본 고유의 유교적 정치문화가 천황 및 국가에 대한 무조건적인 충성심을 강조하여 메이지유신 이후 일본으로 하여금 제국주의적 침략의 길로 나가게 하는 지점에 대해서는 크게 주목하지 않는다. 실제로 박훈은 일본 사회의 유학화의 흐름이 1871년 폐번치현(廢藩置縣) 이후 급속하게 문명개화 · 부국강병을 추구하는 흐름에 의해 "제압"되었다고 본다.[11]

그러나 메이지유신 이후 일본에서 유학화의 흐름이 약화되었다고 해도 에도시대에서 축적된 유학 전통의 영향이 종식된 것은 아니었다. 일본 정치사상사 분야에서 상당한 업적을 축적한 와타나베 히로시에 의하면 천황 아래 민선의원(民選議員)을 두게 되는 것도 에도시대 말기에 융성했던 일본사회의 유학화와 무관하지 않다. 달리 말하자면 의회를 개설한 메이지 시기의 일본의 근대적 개혁을 서양에서 온 것으로 보는 것은 지나친 일반화라는 것이다. 그래서 황실을 강조하면서 동시에 민선의원을 개설한 사실을 두고 "의회라는 서양적인 것과 천황제라는 일본적인 것의 단순한 결합"으로 이해하는 것은 설득력이 없다. "의회는 일면 오래된 공의 · 공론 사상의

10. 박훈, 『메이지유신은 어떻게 가능했는가』, 앞의 책, 217쪽 및 제4장 참조.
11. 같은 책, 217쪽. 1871년 실시된 폐번치현으로 근대 일본의 중앙집권화라는 목표가 일단락되었다고 평가받는다. 함동주, 『천황제 근대국가의 탄생』, 창비, 2009, 103쪽 참조.

실현"이라는 측면에서 이해될 수 있기 때문이다.[12]

더구나 에도시대에 유포되어 있었던 천명이나 천리 등의 개념과 밀접하게 관련되어 있는 유교적인 천(天) 이념은 당대 일본의 세습적 신분제 사회를 동요시키고 서구 근대의 보편적 인권 및 평등 이념과 이어질 수 있는 요소를 지니고 있었다.[13] 유교적인 교양을 체현하여 덕을 갖춘 사람이 진정한 의미에서 통치자로서의 자격을 지닌다는 점을 강조하는 유학이 에도시대의 세습적 통치체제를 위협하는 체제전복적인 위험한 사상이었다고 평가되는 것은 우연이 아니다.[14] 그리고 보편적이고 평등지향의 유교적 천 관념이 부정되고 주변화 되는 것 자체도 에도시대를 통해 축적된 일본의 독특한 유교적 정치문화의 한 현상이었다. 즉, 보편지향의 유교적 천 관념의 주변화는 천황 중심의 일본에 대한 정치적·문화적 우월의식이 득세하는 것을 가능하게 한 사상사적 조건이었다. 미약하지만 보편주의적이고 평등주의적 요소를 지니고 있었던 유교적인 천 관념을 옹호하는 흐름이 일본의 국체를 강조하는 특수주의적인 사상에 의해 압도당하는 것은 일본이 대외적인 침략전쟁의 길로 나서게 되는 것과 무관하지 않다. 이에 대해 히라이시 나오아키는 다음과 같이 주장한다. "『천』을 집필할 때의 직접적인 문제의식은 이 책 첫머리의 「지금 왜 '천'인가」에서 언급한 그대로입니다. 막부 말기 유신기에서 메이지 시기 전반(前半)에 걸쳐 생생한 사상적 생명을 지니고 있던 보편평등주의적인 '천'의 개념이 일본의 근대화 과정을 통해 서서히 상실되고, 1940년대에 문부성이 발행한 『신민의 길』이나 『국체의 본의』에서는 '천'이라는 보편적 이념이 결여된 특수주의적인 '국체' 관념이

---

12. 와타나베 히로시, 『일본정치사상사: 17~19세기』, 김선희·박홍규 옮김, 고려대학교 출판문화원, 2017, 414쪽.

13. 히라이시 나오아키(平石直昭), 『한 단어 사전, 천』, 이승률 옮김, 푸른역사, 2013, 103-111쪽 참조.

14. 와타나베 히로시, 『일본정치사상사: 17~19세기』, 앞의 책, 105쪽 및 118쪽 참조.

사람들의 의식을 속박함으로써 무모한 침략 전쟁의 길로 돌진하게 만들었다는 것이 요점입니다."[15]

하늘과 백성에 비해 군주를 더 가벼이 여기는 유교의 전통사상은 적어도 조선과 중국에서 주류적 지위를 점했다.[16] 그러나 이런 흐름과 달리 천황가가 고대부터 단 한 번의 단절도 없이 지속되어 왔다는 점을 일본 고유의 정체성을 구성하는 것으로 보고, 이런 만세일계(萬世一系)의 천황에게 충성하는 것을 유학사상의 핵심으로 간주하는 유학의 일본적 변형은 근대 천황제의 정당화와 결합되었다. 더구나 천황제 국가의 우월성을 강조하면서 일본 제국주의의 침략 전쟁을 정당화하는 논리에도 일본 특유의 유학사상의 전통이 잘 활용되고 있다. 뒤에서 좀 더 상세하게 언급되겠지만 모든 일본 국민을 천황의 백성이자 자식으로 바라보고 천황에게 절대적으로 순종하여 보은하는 것이야말로 천황의 신민이 보여주어야 할 충효일체의 국민도덕이라는 논리가 바로 그것이다.

천황제 이념을 정당화하는 데 크게 기여한 일본화한 유학 전통은 만세일계의 천황제 중심의 일본주의를 강조한 국학(國學)과 결합된다. 주지하듯이 일본 국학은 18세기 후반에 모토오리 노리나가(本居宣長)에 의해 집대성된다.[17] 그는 일본 고대 신화 및 역사에서 일본 고유의 정신을 찾아내어

---

15. 히라이시 나오아키, 『한 단어 사전, 천』, 앞의 책, 118쪽. 히라이시 나오아키는 에도시대 말기에서 메이지유신 전반기에는 보편평등지향의 천 관념을 발전시키려는 흐름이 존재했다고 강조한다. 같은 책, 107-111쪽 참조.

16. 특히 조선 후기 유학의 주된 흐름을 천하위공의 대동 이념을 중심으로 정리하는 부분으로는 나종석, 『대동민주 유학과 21세기 실학: 한국 민주주의론 재정립』, 도서출판 b, 2017, 제9장 참조.

17. 마루야마 마사오, 『일본정치사상사연구』, 앞의 책, 270쪽 참조. 박홍규에 의하면 노리나가의 국학과 더불어 "체계적인 일본주의"가 탄생했다. 그리고 이런 노리나가의 일본주의가 탄생하게 된 여러 조건들에 대해서는 박홍규, 「'일본주의' 탄생 조건과 과정」, 고희탁 외, 『국학과 일본주의: 일본 보수주의의 원류』, 동북아역사재단, 2011, 19쪽 이하 참조.

일본의 우월성과 일본인의 긍지를 확보하고자 했다. 특히 그는 중국에 대한 일본의 우위성을 주장했는데, 일본이라는 나라가 우월한 이유를 일본인들이 천황의 대어심(大御心)에 절대적으로 몸을 맡기어 천황과 일체가 되어 살아가는 삶의 모습을 고대로부터 이어왔다는 데에서 구했다. 그래서 그는 천자의 지위에 오를 사람은 천하를 공공의 것으로 간주하는, 즉 천하를 천하의 천하로 여기는 유덕한 사람이어야 함을 강조하는 중국의 풍속이란 천자를 가벼이 여겨 세상을 혼란스럽게 만드는 위험한 것에 불과한 것으로 보고 만세일계의 천황이 다스리는 황국 일본의 우월성을 강조한다.[18]

이처럼 모토오리 노리나가는 황국이라고 일컬어지는 일본을 절대시하면서 일본 사람들이 오로지 천황의 대어심을 자신의 마음으로 삼아 천황의 명령에 절대적으로 순종하고 따르는 것을 일본이 천하에 내세울 만한 만고불변의 좋은 전통이라고 역설한다. "태고의 천황의 치세에서는 아래의 아래까지 다만 천황의 대어심을 자신의 마음으로 삼아서, 오로지 천황의 명을 삼가 존경하고 따르며, 자애의 음덕을 입고 각자가 오야가미(祖神)를 받들어 제사를 드리면서, 각자의 직분에 응하여 할 수 있는 일만의 것을 하고 온화하게 즐겁게 세상을 살아가는 것 외에 달리 해야 할 일이 없기 때문에, 지금 또 무슨 도(道)라 하여 별도의 가르침을 받아 행해야 할 일 등은 없을 것이다."[19]

모토오리 노리나가에 의하면 황국 일본은 천황을 받들어 모시는 특별한 나라이기에 올바른 도를 구현한 우월한 풍속을 간직한 나라로 이해된다. 따라서 중국문명을 숭배하는 유학자들이 말하는 "도(道)"라는 "별도의 가르침"이 일본에는 필요하지 않다. 특히 노리나가는 황국인 일본의 우위성을 중국과 대비할 때 더 이상 유교적인 도의 관념으로부터 배울 바가

18. 마에다 쓰토무, 『일본사상으로 본 일본의 본질: 병학·주자학·난학·국학』, 앞의 책, 55쪽 및 200-201쪽 참조.
19. 같은 책, 277-278쪽에서 재인용함.

있다는 점을 강조하지 않는다. 그래서 황국인 일본의 우월성에 대한 노리나가의 강조는 중국에 반대하는 "반중국으로서의 황국상"이었다고 평가받는다. 달리 말하자면 노리나가에 의해 일본에서 "반중국 자체를 자기목적화"하는 담론이 등장했으며, 이런 반중국론의 영향으로 일본은 유럽 세계의 충격에 즈음하여 탈아론적 담론으로 나갈 수 있었다는 것이다.[20] 중국에서 발원한 유교문명권의 일부라는 의식에서 벗어나 황국 일본은 고대로부터 이어져 내려오는 집단적 정체성을 구현한 사회로 인식되기에 이르고, 이런 인식에서 천황 중심적 생활양식은 그 핵심적 의미를 지닌다. 이처럼 모토오리 노리나가는 천황을 만세일계의 현인신으로 보는 관념과 천황에게 절대적으로 순종하고 헌신하는 삶을 일본인이 따라야 할 최고의 삶의 방식이라는 관념을 이론화하여 근대 천황제를 구성하는 가장 핵심적인 관념을 만들어낸다.[21]

국학에 의해 보다 명료해진 일본의 정체성에 대한 자각은 에도시대 주자학의 일본적 변용에도 지대한 영향을 주게 된다. 만세일계의 천황에 대한 절대적 복종에서 일본의 역사와 전통의 우월성을 강조하는 국학의 영향은 일본 유학의 변용을 가져와 근대 천황제 형성 과정에 크게 기여할 사상사적 지평을 창출한다. 물론 일본에 수입된 주자학이 일본화해가는 과정에는 일본 특유의 정치체제가 배경으로 작용하였음은 주지의 사실이다. 일례로 에도시대 일본은 조선 및 중국과 달리 과거제도가 존재하지 않았으며 유학을 업으로 삼는 사대부가 정치권력을 담당할 수도 없었다. 에도시대 일본은 사무라이가 지배하는 무가정치체제였다. 일본 유학의 변용을 좀 더 구체적으로 살펴보기 전에 일본화한 유학과 국학이 근대

....

20. 가쓰라지마 노부히로(桂島宣弘), 『동아시아 자타인식의 사상사』, 김정근 외 옮김, 논형, 2009, 36-37쪽.
21. 야스마루 요시오(安丸良夫), 『근대 천황상의 형성』, 박진우 옮김, 논형, 2008, 22쪽 참조

천황제 이데올로기로서 어떤 위상을 갖고 있는지 알아보자. 근대 일본의 천황제 이념을 가장 잘 보여주는 자료는 「교육칙어」와 『국체의 본의』로 알려져 있다. 「교육칙어」는 메이지 23년(1890)에 반포된 것이고, 『국체의 본의』는 1937년 5월 국체의 성격을 명확하게 규정하기 위해 일본 문부성이 편찬한 것이다.

이미 앞에서 언급했던 것처럼 일본이 근대국가를 형성하는 과정에서 채택한 천황제는 일본의 통합의 구심력을 구하는 작업 속에서 형성된 것이다. 유럽열강들이 들이닥치는 위기상황에서 그 위기를 타개하기 위하여 에도시대 말기 도쿠가와 막부를 타도하고 메이지유신을 주도한 토막파(土幕派)는 천황의 권위를 이용했다. 특히 메이지유신 이후 천황의 권위를 활용하기 위해 채택된 제도 중의 하나가 교육칙어와 헌법제도라고 한다.[22] 메이지헌법을 만드는 데 가장 주도적 역할을 한 이토 히로부미(伊藤博文)는 천황제의 신성화를 도모했는데, 그때 그는 천황제를 유럽에서의 기독교에 상응하는 일본의 정신적 핵 혹은 정신적 기축으로 이해한다. 그의 다음과 같은 주장은 이를 잘 보여준다. "지금 헌법을 제정하고자 할 때 우리나라의 기축(機軸)이 무엇인지 확정해야만 한다. 기축 없이 인민의 망의(妄議)에 맡길 경우 제도의 통기(統記)를 잃고 말아 국가 역시 폐망한다. 국가가 국가로서 생존하여 인민을 통치하기 위해서는 무엇보다도 먼저 사려 깊게 통치의 효용을 잃지 않도록 힘써야 한다. 유럽에서는 헌법정치의 맹아가 생겨난 지 천여 년이 되어 인민이 이 제도에 익숙할 뿐만 아니라, 종교라는 것이 기축을 이루어 사람 마음에 깊게 침투하여 인심이 여기에 통일돼 있다. 그러나 우리나라에서는 종교라는 것의 힘이 미약하여 한 국가의 기축이 될 만한 것이 못된다. 불교는 한때 융성하여 상하 인심을 한데 묶어냈지만, 오늘날에 와서는 이미 쇠퇴한 바 있다. 신도(神道)는 조종의

....
22. 박진우 편저, 『21세기 천황제와 일본: 일본 지식인과의 대담』, 앞의 책, 158쪽 참조

유훈에 기초하여 이를 조술했다고 하지만 종교로서 인심을 통일하기에는 힘이 미약하다. 우리나라에서 기축이 될 수 있는 것은 오로지 황실뿐이다. 따라서 이 헌법초안에서는 여기에 중점을 두고 군권을 존중하여 속박하지 않도록 힘써야 한다. [……] 군권을 기축으로 하여 이를 훼손하는 일이 없어야 하며, 주권을 분할한 저 유럽의 정신을 구태여 따를 필요는 없다.'[23]

『국체의 본의』를 발행할 당시인 1937년에 일본 정부는 1889년에 반포된 대일본제국헌법의 성격을 분명히 해야 할 필요성을 느끼고 있었다. 이 헌법의 제1조는 "대일본제국은 만세일계의 천황이 통치한다"고 되어 있고 제3조는 "천황은 신성하며 침범해서는 안 된다"고 되어 있다. 그런데 이 헌법에 대해서 의견이 분분했다. 특히 일본제국헌법은 국가를 통치권의 주체로 설정했으며 천황은 그런 국가의 기관 중의 하나에 지나지 않는다는 이른바 '천황기관설'이 1920년대에 크게 영향력을 발휘하고 있었다. 일본정부는 『국체의 본의』를 통해 이런 해석을 비판하고 일본은 천황의 나라라는 점을 국체의 근본 요체로 보는 입장을 명확하게 하고자 했다.[24]

『국체의 본의』에서 크게 강조되고 있는 것이 일본적인 유학사상과 국학이다. "유학 방면에서의 대의명분론과 함께 중요시해야 할 것은 국학의 성립과 그 발전이다. 국학은 문헌에 의한 고사(古史)와 고문 연구에서 출발하여 복고주의 입장에서 고도(古道)와 신대로부터 내려온 큰 도리를 역설하여 국민정신의 작흥에 기여하는 바가 컸다. [……] 도쿠가와 말기에 는 신도가, 유학자, 국학자 등의 학통은 지사들 사이에서 교차하였는데, 존황사상은 양이설과 결합하여 근황의 뜻을 품은 지사들을 분기시켰다.

---

23. 김항, 『제국 일본의 사상: 포스트 제국과 동아시아론의 새로운 지평을 위하여』, 창비, 2015, 49-50쪽에서 재인용함.

24. 다카하시 데쓰야, 「해설: 『국체의 본의』란 무엇인가」, 히토쓰바시대학 한국학연구센터 기획, 『일본 신민족주의 전환기에 『국체의 본의』를 읽다』, 형진의·임경화 옮김, 어문학사, 2017, 164-165쪽 참조.

실로 국학은 우리 국체를 명징케 하고 이것을 선양하는 데 힘써, 메이지유신의 원동력이 되었던 것이다."[25]

일본의 국체란 일본은 천황이 다스리는 나라라는 말이다. 그래서 『국체의 본의』는 일본 국체의 근본 성격을 다음과 같이 말한다. "대일본제국은 만세일계의 천황이 황조의 신칙을 받들어 영원히 통치하신다. 이것이 우리 만고불역의 국체이다. 그리고 이 대의를 기반으로 일대 가족국가로서 억조(億兆)가 일심으로 성지를 받들고 명심하여, 능히 충효의 미덕을 발휘한다. 이것이 우리 국체가 정화로 삼는 바이다. 이 국체는 우리나라의 영원불변한 근본으로, 역사를 관통하여 일관되게 빛나고 있다. 그리고 그것은 국가의 발전과 함께 더욱더 공고하고 천양(天壤)과 함께 무궁하다."[26]

천황이 다스리는 나라라는 일본의 국체를 적극 옹호하는 유학사상은 황도(皇道)유학이란 개념으로 결정화된다. 황도(皇道)유학이란 용어는 일본 제국주의가 조선인을 일본 지배에 철저하게 순응하는 제국의 신민으로 길들이려는 목적에 의해 만들어 낸 것이다. 일본 제국주의는 조선의 강제 병합에 지속적으로 저항하는 조선인들의 저항의식을 순치시키지 않으면 안 되었다. 그런데 조선의 독립 및 저항운동에는 조선시대에서 본격적으로 축적된 유교적 정치문화도 큰 역할을 수행하고 있었기에 조선의 유학적 가치관 및 생활양식을 그대로 방치할 수는 없는 노릇이었다.[27]

일제강점기 조선유학 연구에 관심을 기울였던 다카하시 도루(高橋亨)가 조선 유학에 관심을 갖게 된 일화는 조선의 유학정신이 지닌 비판정신을 잘 보여준다. 그는 조선을 강제로 병합한 이후 일본 총독부의 명령을 받아 조선 유생들의 동향을 조사하기 위해 삼남지방을 돌아다니게 되었는데,

----

25. 같은 책, 문학사, 98쪽.
26. 같은 책, 31쪽.
27. 한국의 독립운동 및 민주주의 정신과 유교적 정치문화의 상관성에 대해서는 나종석, 『대동민주 유학과 21세기 실학: 한국 민주주의론 재정립』, 앞의 책, 제12장 참조.

의병장의 책상에 『퇴계집』이 놓여 있는 것을 보고 놀라 조선 유학을 연구하게 된 것으로 알려져 있다.[28] 이런 상황에서 일본 총독부는 조선인을 일본의 황국신민으로 철저하게 개조하기 위해 일본 특유의 충효관을 교육시키고자 했다. 이런 의도에 동참한 일본인 관학자들은 충효일체 사상이야말로 중국이나 조선의 유학보다 더 참답게 유학 정신을 발전시킨 유학이라는 관념을 정당화하고자 애를 썼다. 그런 과정에서 나온 것이 왕도(王道)유학에 대비되는 황도(皇道)유학이라는 개념이었다.

일제강점기 조선에서 황도유학을 알리는 데 누구보다도 앞장선 인물은 다카하시 도루였다. 그는 1939년 12월에 발표된 「왕도유교에서 황도유교로」라는 글을 통해 황도유학을 내세운다.[29] 황도유학의 핵심을 보여주는 부분을 인용해 보자. "오늘날 조선에서 크게 진흥해야 할 유교 교화는 그런 미지근한 유교의 가르침이 아니며, 충분하게 일본의 국수(國粹)에 동화한 국민정신과 국민도덕을 계발과 배양 및 함양해 온 황도적인 유도가 되어야 할 것이다. 우리는 지나 유교의 정치사상인 역성혁명, 선양(禪讓), 방벌을 배제하고, 충효불일치, 효를 충보다 중시하는 도덕사상을 부인하고, 그리하여 우리 국체에 따른 대의명분으로써 정치사상의 근본을 세워, 충효일체로써 도덕의 골자로 삼아야 할 것이다. 또 지나를 중화로서 숭배하는 것을 폐지하고 우리나라를 중조(中祖)로 삼고, 우리 국사의 정화를 존중해야 할 것이다. 이러한 것은 참으로 우리 일본 유교도가 품고 있는 정치도덕사상으로서, 그리고 이제부터의 조선유교도도 이렇게 하여 세태에 기여하며 스스로를 살려나가야 하는 것이다. 조선의 유교단체는 황도유교를 선포하

Footnotes

28. 조남호, 「역주자 해설」, 다카하시 도루, 『조선의 유학』, 조남호 옮김, 소나무, 1999, 5-6쪽 참조.
29. 1939년 이후 다카하시 도루를 통해 조선사회에서 황도유학은 공론화된다. 이에 대해서는 정욱재, 「조선유도연합회의 결성과 '황도유학'」, 『한국독립운동사연구』, 제33호, 2009, 227-264쪽 참조.

고 발양하지 않으면 안 될 것이다."[30]

위 인용문에서 보듯이 다카하시 도루는 황도유학으로 규정된 일본 유학의 성격을 해명하면서 그것을 중국의 유학과 대비한다. 그에 의하면 황도유학은 1) 선양의 이론만이 아니라 역성혁명과 폭군방벌론을 중국 유학의 핵심 사상으로 보고 이를 부정한다. 그리고 황도유학은 2) 효를 충보다 더 중요시하는 도덕이론을 부인하고 충효일체의 도덕을 참다운 유학정신의 발로로 본다. 마지막으로 황도유학은 3) 중국 유학 전통만이 아니라, 중국을 중화로 보고 중국적 유학 전통을 묵수하는 것으로 치부되는 조선 유학 전통을 대신할 대안적 유학 사상으로 간주된다. 즉, 황도유학은 충효일체의 관점을 도덕의 핵심으로 삼고 국체의 본의인 천황에 대한 전면적인 복종과 충성을 받아들여 자발적으로 황국신민으로 거듭나는 올바른 길을 밝혀주는 학문이다.[31]

앞에서 본 것처럼 다카하시 도루는 일본화한 유학인 황도유학이 중국의 왕도유학에 비해 유학의 정신을 더욱더 발전시킨 이론이라고 본다. 그리고 이런 입장은 사실 『국체의 본의』에 나오는 입장을 반복한 것에 불과하다. 『국체의 본의』에 따르면 유교와 노장사상은 중국으로부터 일본이 수입한 사상이다. 그러나 중국의 유교사상은 여전히 효를 강조하는 가족을 중심으로 하는 도리를 내세우고 있다는 점에서 한계가 있다. 그런데 효를 우선으로 하는 중국식의 왕도유학의 한계는 "충효일체의 국가적 도덕으로 완성되지는 않았다"는 점에 있다. 더 나아가 역성혁명과 선양방벌이 행해지는 중국에서는 충효가 "역사적이고 구체적인 영원한 국가의 도덕이 될 수 없다." 거듭 강조하지만 중국에서 전개된 왕도유학의 한계를 극복한 것이 바로 일본화한 유교인 것이라고 『국체의 본의』는 강변한다.[32]

....

30. 같은 글, 243쪽에서 재인용.
31. 일본의 황도유학에 대한 보다 상세한 설명으로는 나종석, 『대동민주 유학과 21세기 실학: 한국 민주주의론 재정립』, 앞의 책, 제13장 참조.

그리고 일본 제국주의는 황도정신을 한국의 강제 병합을 합리화하는 이념으로 활용한다. 조선총독부가 1944년 4월 25일에 간행한 『새로운 조선』이라는 책자는 한국의 강제 병합을 "황도정신에 의해 추진되는 근세 세계사 전환의 첫걸음"이라고 분식한다. 게다가 이 책자는 조선인이 일본인 이라는 "광영 있는 자격과 지위"를 획득하기 위해서는 '대동아전쟁', 즉 일본이 일으킨 제2차 세계대전에 적극 참여하여 "모든 것을 군국에 바치고 끝까지 전쟁을 싸워내 승리의 날"을 맞이하도록 기여하는지의 여부에 달려 있다고 역설한다.[33] 조선인을 철저하게 황국신민으로 만들어 그들을 일본 제국주의가 일으킨 침략전쟁의 희생양으로 삼기 위해 내세운 야만적인 전쟁 동원 이념이 아닐 수 없다. 실로 학술이라는 이름을 빌어 세상에 거대한 살육을 일으키는 요설이라 할 것이다.[34]

그런데 다카하시 도루가 일본 유학의 고유한 성격이라고 규정한 황도유학의 핵심 주장들은 근대 일본의 국민국가의 핵인 천황제를 정당화하는 것에 다름 아니다. 앞에서 거론했듯이 근대 일본의 국민적 정체성을 형성하는 데 만세일계 천황 중심의 황국의식이 지대한 영향을 주었다. 서구 열강들이 제국주의적 팽창을 통해 동아시아를 넘보던 19세기 중엽 이후 직면한 커다란 위기 속에서 일본이 천황 중심의 국가의식을 활용하여 국민적 통합을 달성한 것은 우연이 아닐 것이다. 그래서 근대 일본의 국민적 통일의

---

32. 히토쓰바시대학 한국학연구센터 기획, 『일본 신민족주의 전환기에 『국체의 본의』를 읽다』, 앞의 책, 155-156쪽.
33. 서경식, 「추천의 말: 국체, 외면하고 싶어지는 말」, 히토쓰바시대학 한국학연구센터 기획, 『일본 신민족주의 전환기에 『국체의 본의』를 읽다』, 같은 책, 9-11쪽.
34. 일본 제국주의가 내세운 내선일체 및 대동아공영권 이론은 물론이고 황도정신을 조선이 문명화되기 위해 받아들이지 않으면 안 된다고 주장한 많은 조선의 지식인이 존재했음도 사실이다. 그리고 그런 자발적인 친일 지식인들의 움직임이 해방 이후 한국사회에 어떤 영향을 주었는지에 대해서도 아직 충분한 연구가 이루어지지 않고 있다.

식, 즉 국민국가로서의 근대 일본의 국민적/민족적 정체성 형성 과정에서 대외적인 위기의식이 차지하는 역할에 과도한 의미를 부여하지 말아야 한다.[35] 달리 말하자면 서구 열강이 동아시아로 본격적으로 진격해 들어오기 시작한 19세기 중엽 이후 일본이 직면한 대외적 위기위식이 에도막부의 봉건적이고 신분제적인 질서를 초월하여 일본인으로서의 국민적 정체성을 형성하도록 자극한 결정적 계기라고 보는 것은 일면적이다.

주지하듯이 동아시아에서 조선 및 중국도 일본과 마찬가지로 서구 열강의 세력 확장에 직면했다. 특히 중국은 1853년 6월에 페리(Perry)가 군함 네 척을 이끌고 와 일본에게 개항을 요구하기 이전인 1840년에 영국과의 아편전쟁[36]에서 패배했음에도 불구하고 일본과 달리 큰 위기의식을 갖지 않았고 국민적 통일의식에 기초한 국가 형성을 통해 그런 위기에 대응하려는 모습도 보여주지 않았다. 아편전쟁에서 패하면서 영국과 맺은 불평등한 난징조약에도 불구하고 청나라는 영국을 최혜국 대우를 해주는 나라로 받아들이는 조항조차도 군자가 "만인을 공평하게 대하듯이"(一視同仁) "천자는 외국인에게도 차별 없이 똑같은 은혜를 베풀어야 한다"는 생각으로 이해했다. 이처럼 당시 중국은 근대 유럽의 국민국가 체제를 구성하는

....

35. 대외적 계기를 강조하는 대표적 학자는 마루야마 마사오이다. 그에 의하면 "외국 군함의 도래"는 "국민적 통일 관념을 싹틔워주는 계기"였다. 마루야마 마사오, 『일본정치사상사연구』, 앞의 책, 486쪽.

36. 아편전쟁이 일어난 배경으로는 영국이 대청무역에서의 적자를 상쇄하기 위한 방법으로 마약인 아편을 인도에서 제작하여 청나라로 수출한 정책이 있었음이 중요하게 언급될 수 있다. 청나라는 이미 옹정제 시기인 1729년에 아편의 재배와 수입을 금지했기에 청나라로의 아편 수출은 불법이었다. 그러나 영국은 이런 사실을 알고서도 중국과의 무역적자를 벗어나기 위해 아편을 제작 판매했다. 그 결과 영국은 중국과의 무역적자를 반전시키고 흑자를 이룩했다. 중국에 대한 무역에서 우위를 점하게 된 1820년대에서 영국 및 유럽경제는 10%대의 고성장을 이어갔는데, "지속적인 10%대의 경제성장은 신석기 시대 농업혁명 이후 인류가 처음 경험한 것"이었다고 한다. 강진아, 『문명제국에서 국민국가로』, 창비, 2009, 25-27쪽.

주권이나 국제법에 대한 인식을 지니고 있지 않았다. 그리고 아편전쟁 이후에도 청은 영국보다 우세한 처지에 있다고 믿었으며 전쟁을 심각한 위기로 받아들인 사람은 극소수의 지식인에 한정되어 있었다고 한다.[37]

그러나 천황제적인 국가 형태를 도모한 이유를 일본사회에 커다란 충격과 극단적인 위기의식을 준 대외적인 충격의 계기만으로 충분하게 해명하기 힘들다. 외부의 충격이라는 측면을 완전히 무시할 수 없겠지만, 위기에 대응하는 반응 양식에 독특한 형태를 부여하는 데 기여한 내적 요인에 더 주목할 필요가 있다. 물론 중국 및 조선[38]과 달리 일본이 서구 열강의 제국주의적 팽창에 더욱 민감하게 반응했던 것은 에도시대의 일본을 지배한 계층이 무사인 사무라이였다는 점과 무관하지 않다. 무사계급의 정치적 정당성은 군사적 패배로 인해 급격하게 상실할 수밖에 없다. 에도시대 덕천 가문과 무사 지배체제의 궁극적인 정당성은 "전국시대가 다시 오는 것을 막고 평화와 치안을 유지"할 수 있었다는 데에 기인했다. 대내외적 혼란과 무질서를 적절하게 통제하지 못하는 상황에 직면하는 순간에 무위를 기반으로 하여 평화와 치안을 유지하던 에도의 정치체제 전체가 순식간에 붕괴되는 상황 속에 놓이게 되었던 것도 이런 맥락에서 이해될 수 있다.[39]

야스마루 요시오가 주장하는 것처럼 서양의 충격으로 인해 에도시대 일본에서 발생한 강력한 위기의식, 즉 당대 일본사회 전체의 질서가 붕괴될 수도 있다는 체제적 위기위식은 "분명히 사람들의 현실적인 경험과 인식을 바탕으로 한 것이기는 하지만, 두뇌 속에서 증폭된 관념적인 구축물로서 구성된 것이며, 그런 까닭에 당시 사람들의 사상사적·정신사적인 상황을 파악함으로써 비로소 구체적으로 이해될 수 있는 것이다."[40]

....

37. 같은 책, 32-33쪽.
38. 서구 열강의 동아시아로의 침략에 대응하는 조선, 중국 그리고 일본이 보여준 상이한 반응양식에 대해서는 같은 책, 37-42쪽 참조.
39. 와타나베 히로시, 『일본정치사상사: 17~19세기』, 앞의 책, 67-68쪽.

3. 역성혁명론의 부정과 국가주의적 충성론 탄생의 사상적 조건

조선이나 중국에서는 주류적인 흐름으로 전유된 맹자의 역성혁명론을 부정적으로 보는 태도는 근대 일본의 천황에 대한 절대적 복종의식을 일본인들이 손쉽게 널리 공유하는 데 기여했다.[41] 그리고 에도시대에서 출현한 유교적 사유 방식의 일본적 전유에는 천(天) 관념을 바라보는 관점에서의 특이한 변용이 존재한다. 조선 시대나 명·청 시대에서 천명이나 천리라는 유학적·주자학적 이념이 황제(군왕)의 정치적 정당성의 궁극적 근원으로 간주되어 현실 황제(군왕) 권력의 자의성을 비판하는 초월적이고 보편적 원리로 이해되었던 것과 달리, 에도시대 전반에 걸쳐 천 관념이 지닌 보편적이고 권력 비판적인 역할은 일본 지식인 사회에서조차 강력하게 뿌리 내리지 못했다. 그로 인해 일본사회에서 천황과 천 관념이 동일한 것으로 전환되거나, 심한 경우 유학적 천 관념의 철저한 부정이 대두되어 크게 호응을 얻게 된다.

은나라를 무너뜨리고 주나라를 세운 통치 세력이 자신의 정권 창출의 정당성을 옹호하기 위해 내세운 천명의 관념에 의하면, 천명은 본래 특정 나라와 동일시될 수 없다. 예를 들어 『시경(詩經)』 「문왕지습」에 의하면 "하늘의 명은 지키기 쉽지 않다."[42] 학정으로 민심을 잃어 왕위에 어울리지

....

40. 야스마루 요시오, 『근대 천황상의 형성』, 앞의 책, 34-35쪽.

41. 물론 중국에서도 맹자의 역성혁명론이 늘 환영만 받은 것은 아니다. 그에 대한 비판도 존재했다. 예를 들어 이구(李覯, 1009-1059)나 사마광(司馬光, 1019-1086) 같은 송대 유학자들은 맹자의 학설이 천하를 어지럽히는 것으로 보고 그것을 비판했다. 또한 명나라 태조 주원장이 군신관계의 상대성을 강조하는 맹자의 학설에 크게 분노했다는 사실은 유명하다. 황준걸, 『이천년 맹자를 읽다: 중국맹자학사』, 함영대 옮김, 성균관대학교출판부, 2016, 191-195쪽 및 227쪽 참조.

42. 『시경(詩經)』, 정상홍 옮김, 을유문화사, 2014, 922쪽. 또 "천명은 쉽지 않다."고 주공은 말한다. 『서경(書經)』 「군석」, 신동준 역주, 인간사랑, 2016, 291쪽.

않는 사람을 방벌하는 행위를 반역이 아니라, 하늘의 뜻에 따른 정당한 혁명이라고 역설하는 맹자의 주장에서 볼 수 있듯이 왕권의 정통성의 궁극적 근거인 천은 백성의 삶을 편안하게 하는 것을 정치의 근본으로 간주하는 유교적 민본 이념과 긴밀하게 연결되어 있다.[43] 역성혁명론에는 백성을 가장 귀하게 여기는 왕이나 왕조에게 천명이 옮겨갈 수 있다는 원칙이 자리 잡고 있다는 말이다. 이 원칙에 의하면 천명을 받아 권력을 장악할 수 있는 가능성은 기본적으로 모두에게 열려 있었다. 천명은 천하 백성들의 삶을 편안하게 하는 덕을 지니는 사람에게로 이동하는 것이 자연스러운 것이기 때문이다. 그러므로 천명이론은 현실 권력에 대해 보다 고차적인 정치적 정당성의 근원으로 하늘의 뜻을 내세우면서 기존 국가를 상대화하고 새로운 국가나 권력의 등장 가능성을 보여준다.

게다가 주나라를 세운 무왕이 은나라 신하였다는 점에서 천 관념은 군신관계를 상대화하는 힘을 지니고 있을 뿐만 아니라, 천이 은나라나 주나라를 특별히 더 아끼지 않고 대등하게 간주한다는 의미에서 평등주의적이고 보편주의적 관념을 지니고 있다고 평가된다.[44] 사마광과 더불어 대표적인 비맹론자(非孟論者)로 손꼽히는 송대의 유학자인 태백 이구가 맹자의 학설을 공자의 도를 배반하여 천하를 어지럽히는 것으로 본 것도 이와 관련되어 있다. 그에 의하면 맹자의 도는 "사람이라면 누구나 임금이 될 수 있다는 것"을 가르치고 있기 때문이었다.[45]

백성을 가장 귀하에 여기는 유덕자에게 천명이 옮겨질 수 있다는 점이나 백성을 도탄에 빠뜨려 권력을 오로지 개인의 사사로운 이익을 위해 전횡하는 군왕은 왕답지 않은 일개 필부 혹은 도덕에 지나지 않기에 그런 사람을 왕위에서 물러나도록 하는 행위가 정당하다는 관념 등은 기본적으로 덕이

....

43. 주희, 『맹자집주(孟子集註)』, 성백효 옮김, 전통문화연구회, 1991, 63-64쪽 참조.
44. 히라이시 나오아키, 『한 단어 사전, 천』, 앞의 책, 103-104쪽 참조.
45. 황준걸, 『이천년 맹자를 읽다: 중국맹자학사』, 앞의 책, 194쪽.

있는 사람이 나라의 통치자가 되어야 한다는 원칙을 전제하고 있다. 그리고 이런 생각이 많은 사람들에게 위험한 것으로 간주된 것도 물론이고, 그런 관념을 불온한 것으로 바라보고 그것에 대해 경계심을 표출한 것은 일본에만 국한된 것이 아님도 강조되어야 할 것이다. 바로 위에서 언급했듯이 그런 관념을 옹호하는 맹자의 학설은 누구나 다 왕이 될 수 있다는 점을 옹호하고 있기에 그렇다. 그리고 맹자의 이런 생각의 근본에는 모든 사람들이 도덕적 잠재성의 측면에서 평등하다는 생각, 즉 성선설이 놓여 있다. 따라서 맹자의 학설을 사서(四書)의 하나로 높이 산 주희도 맹자의 학설이 지니는 혁신성과 급진성의 문제를 예민하게 느끼고 있었다.

『대학혹문(大學或問)』에 나오는 다음과 같은 주희의 말을 들어보자. "어떤 사람이 물었다. '치국・평천하'(나라를 다스리고 천하를 평온하게 하는 것)는 천자와 제후의 일이니, 경대부 이하의 사람들은 그 일에 관여할 수 없습니다. 그런데 지금 『대학』의 가르침에서는 으레 '명명덕어천하'(明明德於天下)로써 말을 하니, 어찌 그 지위에서 벗어난 것을 생각하고 그 분수가 아닌 것을 범하는 것이 되지 않겠습니까? 그것이 어떻게 위기지학(爲己之學)이 될 수 있겠습니까?' 나는 아래와 같이 대답하였다. '하늘의 밝은 명은 태어날 적에 함께 얻은 것으로, 나만 사사로이 얻은 것이 아닙니다. 그러므로 군자의 마음은 드넓게 크고 공정하여 천하를 바라볼 때 어느 한 생명체라도 내 마음으로 사랑해야 할 대상 아닌 것이 없으며, 어느 한 가지 일이라도 나의 직분상 해야 할 바가 아닌 것이 없다고 여깁니다. 비록 형세상 비천한 신분의 일반인일지라도 자기 임금을 요임금과 순임금 같은 분으로 만들고, 자기 백성을 요순시대의 백성으로 만들고 싶은 포부가 그들 분수 안에 있지 않은 때가 없습니다.'"[46]

위 인용문에서 보듯이 주희에게 치국과 평천하에 관련된 사항, 즉 공적

----

46. 주희, 『대학혹문』, 『대학』, 최석기 옮김, 한길사, 2014, 193쪽.

사안에 대해서 논의하고 다루고 결정하는 주체는 결코 황제나 제후에게만 한정된 것은 아니었다. 그리고 일반 사람들이 자신이 속해 있는 나라를 걱정하고 세상을 유학의 도가 실현된 이상적인 세계로 만들려는 관심을 갖고 그것을 위해 애써 힘쓰는 일은 분수를 넘는 월권이 아니라, 그들 자신의 본분에 속하는 정상적인 일이라고 주희는 역설한다. 여기에서 우리는 맹자의 학설은 물론이고 그것을 이어받고 있는 주자학이 기본적으로 보편적인 만민평등 이념을 포함하고 있음을 보게 된다.

물론 일본에서도 인간이나 집단에 대한 충성으로 환원되지 않으면서 그것과 구별되는 "원리에의 충성"을 가르치는 유교 사상의 영향이 없진 않았다. 예외적이라고 하더라도 일본에서도 원리에 대한 충성을 매개로 해 '반역'을 정당화하려는 유교적인 천도 및 천명사상이 존재했다.[47] 예를 들어 폭군방벌론에 대한 이토 진사이(伊藤仁齊)의 입장은 매우 단호했다. 그는 다음과 같이 말한다. "탕임금과 무왕이 걸주를 무력으로 쳐 정벌한 일 같은 경우는 도라고 할 수는 있어도 권이라고 할 수는 없다. 왜 그런가. 권이란 한 사람이 할 수 있는 것이지 천하 사람이 공공으로 하는 게 아니다. 도라는 것은 천하 사람이 공공으로 할 수 있는 것이지 한 사람의 사사로운 감정으로 하는 게 아니다. 그러므로 천하를 위해 잔인한 사람을 제거하는 것을 인(仁)이라 하고 천하를 위해 적(賊)(남을 해치는 사람)을 없애는 것을 의(義)라 하는 것이다. 당시에 가령 탕임금과 무왕이 걸주를 무력으로 쳐 정벌하지 않았고 그런데 그들이 자신의 악을 고치지 않았더라면 반드시 또 탕임금이나 무왕 같은 사람이 나타나 그들을 처벌했을 것이며, 위 자리에 그런 사람이 없었다면 반드시 아래에 그런 사람이 있었을 것이며, 한 사람이 할 수 없었다면 천하 사람들이 할 수 있었을 것이다."[48]

....
47. 마루야마 마사오, 『충성과 반역: 전환기 일본의 정신사적 위상』, 박충석·김석근 옮김, 나남출판, 1998, 30-31쪽 참조.
48. 이토 진사이, 『어맹자의(語孟字義)』, 최경열 옮김, 그린비, 2017, 129쪽.

역성혁명론과 방벌론에 대한 이토 진사이의 이론은 주목을 요한다. 그는 주희를 포함한 송대 유학자들의 방벌론에 대한 접근 방식을 비판한다. 그가 지적하듯이 주희는 방벌론을 "상황에 맞게 쓴 도'라는 의미의 권(權)으로 보았는데, 이토 진사이는 이런 해석을 비판한다. "송나라 유학자들은 탕왕과 무왕이 무력으로 폭군을 추방하고 정벌한 것을 두고 '상황에 맞게 쓴 도(權)'라 했는데, 역시 틀렸다. 천하 사람들이 똑같이 인정하는 것을 도라고 하고, 한때의 당연함을 따르는 것을 '상황에 맞게 쓴 도'라 한다. 탕왕과 무왕이 폭군을 추방하고 정벌한 일은 도이지, '상황에 맞게 쓴 도'라 할 수 없다."[49]

　　실제로 주희는 방벌론에 대해 조심스러운 태도를 취한다. 그는 『맹자집주』「양혜왕장구 상8」의 방벌론을 논하는 곳에서 왕면(王勉)의 다음과 같은 주장을 인용하고 있다. "이 말씀은 오직 아랫자리에 있는 자가 탕(湯)·무(武)의 인(仁)이 있고, 윗자리에 있는 자가 걸(桀)·주(紂)의 포악함이 있으면 가하거니와, 그렇지 못하면 이는 찬시(篡弑)의 죄를 면치 못한다."[50] 맹자의 방벌론에 대한 주희의 소극적 태도를 두고 그가 혁명론을 부인했다고 해석하는 학자도 있다고 하지만, 주희가 맹자의 방벌론을 전적으로 부인한 것은 아니었다.[51] 그리고 맹자의 방벌론을 그가 부정했는지 여부를 평가할 때 최고의 권력자인 군왕을 요와 순과 같은 가장 이상적인 왕으로 만드는 것이 평범한 일반 백성들도 마땅히 관심을 기울여야 할 사항임을 강조한 주희의 주장을 함께 보아야 할 것이다.

　　방벌론을 "천하 사람들이 할 수 있는 것'으로 해석하면서 이를 "도(道)"로 보는 이토 진사이의 이론 역시 참신하다. 그는 천하공공의 것으로서의

....

49. 이토 진사이, 『맹자고의』, 최경열 옮김, 그린비, 2016, 75쪽.

50. 주희, 『맹자집주(孟子集註)』, 앞의 책, 64쪽.

51. 이에 대해서는 안병주, 「민본유교의 철학적 지향과 그 현실적 한계」, 『정신문화연구』 13(4), 1990, 24쪽 참조.

도를 "사람들이 마음속으로 똑같이 인정하는 것" 혹은 "많은 사람들의 마음이 수렴되는 곳"으로도 이해하고 있다.[52] 이와 관련하여 와타나베 히로시의 해석은 설득력이 있다. 그에 의하면 이토 진사이는 역성혁명과 방벌을 천하 민심과 일반 사람들의 마음을 따르는 올바른 정치적 행위로 보고 있는데, 이를 통해 그는 에도시대의 정치가에게 강력한 경고를 보내고 있다. 물론 그는 에도 막부를 전복해야 한다고 생각하지 않았지만, "만약에 실제로 천하의 인심이 멀어진다면 무장반란이 속속 일어나 결국 이 정부를 타도할 수 있으며, 그래도 괜찮다는 생각은 명백하게 서술하였다."고 와타나베 히로시는 이해한다. 요약하자면 이토 진사이의 혁명론은 에도시대의 정치 엘리트들에게 보내는 "조용하면서도 단호한 경고였다."[53]

그러나 맹자의 민본사상과 역성혁명 이론에 대한 비판적 태도가 일본유학자들에 의해 더 많은 공감을 얻었다.[54] 이토 진사이와 더불어 에도시대 일본 유학을 대표하는 오규 소라이는 역성혁명론을 강하게 부정한다. 그는 역성혁명론 및 방벌을 처음으로 주장한 맹자는 말할 것도 없고 맹자의 방벌론을 불변의 도로 보는 이토 진사이 및 그것을 불가피한 상황에서 허용되는 권도(權道)로 보는 한나라 시대의 유학자들을 모두 싸잡아 비판한다. "심지어 탕왕과 무왕이 방벌을 한 것을 도(道)라고 여긴 것은 큰 잘못이다. [……] 맹자가 그때[전국시대－필자]에 때어나 구설(口舌)을 가지고 이기고자 하여 마침내 '한 남자에 지나지 않는 폭군인 주를 죽였다'는 논설을 하게 되었다. 탕왕과 무왕이 어찌 맹자가 사사로이 할 수 있는 사람들이겠는가? 맹자는 스스로 헤아려 보지도 않고 유학의 종조(宗祖)라 하여 그들을 성인으로 만들기 위해 변명하는 데 힘썼으니, 이것은 그의 잘못일 뿐이다. 후세에 탕왕과 무왕의 방벌을 논하는 자들은 맹자를 그 시조로 삼는다.

....

52. 이토 진사이, 『맹자고의』, 앞의 책, 74쪽.
53. 와타나베 히로시, 『일본정치사상사: 17～19세기』, 앞의 책, 152-153쪽.
54. 황준걸, 『일본 논어 해석학』, 이영호 역주, 성균관대학교출판부, 2011, 152쪽.

그러므로 한나라 유학자들은 이것을 권도라고 여기고 진사이는 도라고 여겼는데, 모두 분수를 모르는 잘못일 뿐이다."[55]

맹자 비판의 흐름은 야마가 소코(山鹿素行), 오규 소라이, 다자이 순다이 (太宰春台) 등 도쿠가와(德川) 시대를 대표하는 유학자들에게 공통된 것이었다.[56] 심지어 "『맹자』를 싣고서 일본으로 가는 선박이 자주 좌초되었다는 말"이 인구에 널리 회자될 정도로 맹자 사상은 에도시대에 부정적으로 평가되었다.[57] 에도시대 말기에 활동했던 요시다 쇼인(吉田松陰)에 의하면 '천하위공', 즉 천하는 공공의 것이어서 한 사람의 천하가 아니라 모든 사람 혹은 천하의 천하라는 관념은 중국인의 사유 방식에 지나지 않는다. 이에 반해 "위대한 일본은 천황 선조께서 만들어, 자손만대에 전하고 천지와 더불어 무궁"하게 지속되는 천황 "한 사람의 천하"라는 관념이야말로 일본 고유의 사유 방식이다. 그래서 천황이 화가 나서 모든 일본인을 남김없이 살육하는 한이 있어도 탕왕과 무왕이 걸과 주를 토벌하는 역성혁명이나 방벌의 생각은 있을 수 없다고 그는 단언한다.[58]

에도시대 유학자들 사이에서 나타나는 유교적인 보편적 원리에 대한 충성과 천황에 대한 충성으로 충성을 귀일시키는 관점 사이에 존재하는 긴장 그리고 전자에 비해 후자의 압도적인 경향에 대해 마루야마 마사오는 다음과 같이 종합적인 평가를 내린다. "물론 일본의 경우, 역성혁명 사상은 대부분의 경우, 기껏해야 '무가(武家)'의 동량(棟梁)의 교체와 추이에 적용되는 데 머물러서, 현실에서는 말할 것도 없고, 논리에서도 천황의 세습적 지위 자체에까지 미치는 예가 드물었다는 것은, 세상의 이른바 국체론자(國

....

55. 오규 소라이, 『논어징』 2, 이기동 외 옮김, 소명출판, 2010, 284-285쪽.

56. 황준걸, 『일본 논어 해석학』, 앞의 책, 145-156쪽 참조.

57. 같은 책, 111쪽 참조.

58. 미조구치 유조(溝口雄三), 『개념과 시대로 읽는 중국사상 명강의』, 최진석 옮김, 소나무, 2004, 185-186쪽.

體論者)들의 공공연한 주장을 기다릴 것까지도 없이, 현저한 특질이었다. 사토오 나오카다(佐藤直方)나 미야케 쇼오사이(三宅尙齊)처럼, 천도라는 원리에 대한 충성을, 텐노오(天皇)를 포함한 구체적 인격에 대한 충성보다 의식적으로 그리고 수미일관하게 우선시한 유학자는 오히려 예외적이었음에 틀림없다."[59]

맹자의 민본주의 사상 및 역성혁명론에 대한 거부감과 밀접하게 연결되어 있는 것은 천황의 황통이 혈연에 의해 단절되지 않고 지속된다는 데에서 일본문화의 독특성과 우월성을 찾으려는 일본에 대한 중화주의적 관점이었다. 예를 들어 에도시대의 대표적 유학자 중 하나인 야마자키 안사이(山崎闇齋)는 물론이고 그와 거의 동시대 인물인 야마가 소코에게 일본을 중화로 바라보는 의식이 매우 두드러지게 나타난다. 야마가 소코는 말한다. "외조(중국을 가리킨다)는 그 땅이 넓지만 집약적이지 않다. 그래서 다스림과 가르침이 융성할 때는 국경선이 넓어지지만, 문화를 지킴이 밝지 않으면 오랑캐가 차지한다. 오나라, 월나라, 형나라, 초나라가 여러 제후국을 침범하였고, 주평왕이 낙읍으로 동천하였으며, 때로는 16주로 잘라서 거란에게 주었고, 때로는 임안으로 물러나서 원수들에게 신하라고 칭하기도 했으니, 이는 모두 오랑캐에 핍박당한 것이다. [……] 오직 중국(일본을 가리킨다)만이 이와는 반대이다. 큰 바다 위에 높이 솟아 국경에 저절로 천해의 험지가 생겨났다. 신령한 성왕들이 하늘의 의지를 계승하여 인간세상의 표준을 세운 이래로, 사방 오랑캐국들이 마침내 번국이 되었지만 이 땅을 엿보지 못하였다. 천황의 혈통이 면면히 이어져서 천지의 무궁함과 같고, 나아가 신대(神代)의 정치가 오래됨에 인황(人皇)의 복이 길이 이어졌으니, 오늘날과 같은 말세라도 오히려 주나라 말엽보다 낫도다."[60]

....

59. 마루야마 마사오, 『충성과 반역: 전환기 일본의 정신사적 위상』, 앞의 책, 31-32쪽.
60. 황준걸, 『일본 논어 해석학』, 앞의 책, 117-118쪽에서 재인용함.

위에서 본 것처럼 일본이 세계에서 가장 우월한 나라라는 자각은 중국(및 조선)과의 대비 속에서 이루어지는데, 역성혁명론의 존재 여부는 바로 이 대조의 핵심을 구성한다. 그리고 이때 덕이 있는 사람이 군주의 지위에 올라야 한다는 중국 및 조선에서 일반화된 관념은 나라의 혼란을 부추기는 것으로 비판된다. 달리 말하자면 황통이 만세를 통해 변함없이 이어져 오는 일본은 정치가 안정되어 있는 나라인 반면, 중국(및 조선)은 역성혁명론 및 폭군방벌론에 의해 늘 극심한 혼란스러움을 겪게 된다는 관념이 널리 유행된다. 물론 이런 관념의 탄생에는 에도시대 일본이 누린 장기간의 평화도 크게 작용했다. 유교적인 예약이 실시된 적도 없는 일본이 장기간 평화와 번영을 누리게 되는 상황에서 그런 원인을 일본인의 국민성 및 천황제의 지속에서 구하려는 움직임이 태동했다는 것이다.[61] 그리고 『국체의 본의』라는 책자도 만세일계의 황통에 의해 황위가 변동됨이 없는 일본의 국체가 역성혁명론 등과 같은 이론의 영향으로 인해 정치권력이 수시로 변동될 수 있는 다른 나라보다 더 우월한 것으로 강조한다.[62]

4. 일본 유학과 충효일체의 황도유학 이념의 단서

....

61. 박홍규, 「'일본주의' 탄생 조건과 과정」, 고희탁 외, 『국학과 일본주의: 일본 보수주의 의 원류』, 앞의 책, 51-52쪽 참조.
62. 히토쓰바시대학 한국학연구센터 기획, 『일본 신민족주의 전환기에 『국체의 본의』를 읽다』, 앞의 책, 40쪽 참조. 박홍규도 노리나가의 일본주의와 근대 일본의 천황체제 사이의 연속성 및 대외적인 배타성을 강조한다. 박홍규, 「'일본주의' 탄생 조건과 과정」, 고희탁 외, 『국학과 일본주의: 일본 보수주의의 원류』, 같은 책, 57쪽 참조. 이규배는 1930년대 들어서 천황제 중심의 황국사관이 국가권력과 긴밀하게 연결되었 다고 보고 그 이전까지는 상대적으로 비국학적인 "유연한 일본주의"가 사상에서 주류적 지위에 있었다고 본다. 이규배, 「에도시대 국학의 일본주의에 대한 일고」, 고희탁 외, 『국학과 일본주의: 일본 보수주의의 원류』, 같은 책, 223쪽.

지금까지 살펴본 것처럼 주자학의 일본적 변형 및 수용 방식이 일본 천황제의 정신사적 조건을 형성하고 있다. 천황의 권위를 혈통의 지속에서 구하는 태도는 천 관념에서의 보편성과 초월성 그리고 현실 권력에 대한 비판성을 삭제하는 데 그치지 않는다. 그것은 천 관념의 도의적 원칙에 뿌리를 내리고 있는 맹자의 역성혁명론 및 방벌론을 극단적으로 이단시하고 배척하는 입장으로 전개되고, 이런 식의 의식이 에도시대 일본 유학자들의 공통의 관념으로 자리 잡게 되면서 유가적인 핵심 가치인 효와 충에 대한 이해에서도 일본적인 특유의 변형과 전환이 이루어진다. 이에 대해 좀 더 살펴보자.

조선과 중국에서의 유교적 전통은 기본적으로 부모 자녀 관계를 하늘이 맺어준 천륜과 같은 것으로 그리고 왕과 신하의 관계를 의로움에 의해 맺어진 관계로 이해한다. 군신 간의 관계가 의로움을 매개로 하여 형성된 것이란 그 관계가 어느 정도 인위적인 성격을 지니는 것으로 간주됨을 의미한다. 좀 과장해서 오늘날의 용어로 말하자면 군신관계를 의로움의 관계로 보는 태도는 그것이 일종의 쌍무적인 계약관계와 같은 성격도 지니고 있음을 보여준다. 그래서 왕과 신하 사이의 암묵적 계약이 심각하게 이행되지 않을 경우 그 관계는 해체될 수 있는 것으로 이해된다. 예를 들어 『예기(禮記)』 「곡례(曲禮)」편에 "만약 부모가 잘못된 행위를 할 경우, 자식은 세 번을 간청해도 듣지 않으면 울면서라도 그에 따르지만" 임금에 대해서는 "세 번을 간해서 듣지 않으면, 그를 떠난다"는 구절이 있다.[63] 이처럼 군신관계의 도리는 없을 수는 없지만, 그 관계에서 도리가 망실되면 그 관계는 해소될 수 있다. 마찬가지로 맹자도 "군주가 과실이 있으면 간하고, 반복하여도 듣지 않으면 떠나가는 것"이라고 말한다.[64]

63. 『예기(禮記)』 상, 이상옥 옮김, 명문당, 2003, 167쪽.
64. 주희, 『맹자집주(孟子集註)』, 앞의 책, 311-312쪽.

조선에 결정적 영향력을 행사한 주자학의 창시자인 주희도 군주가 도를 따르지 않으면 벼슬을 미련 없이 그만두어야 한다고 강조했다. 그는 사대부의 참다운 역할은 군주를 제대로 보좌하여 요순성왕과 같은 성군으로 만들어 세상을 편안하게 하는 데 있는 것이지, 군주의 명령이나 군주가 행하는 바 모두를 순순히 받들어 보시는 데 있는 것이 아니라고 보았다. 따라서 주희는 다음과 같이 주장한다. "선비가 높은 지위에 있으면 (군주의 잘못을) 구원하는 것은 있으나 (잘못된 일을) 따름은 없다."[65] 우리는 주희가 군신관계를 절대적인 상하 종속관계로 보면서 맹자를 비판한 송대의 여러 유학자들과 달리 맹자를 따라 군신관계를 일종의 계약관계와 같은 상대적인 것으로 보고 있음을 간과해서는 안 된다. 명나라 태조인 주원장이 크게 노해 맹자의 사당을 없애버린 결정을 내린 구절은 다음과 같다.[66] "맹자께서 제선왕에게 아뢰시기를 '군주가 신하보기를 수족과 같이 하면 신하가 군주보기를 배와 심장같이 여기고, 군주가 신하보기를 개와 말처럼 하면 신하가 군주보기를 국인과 같이 여기고, 군주가 신하보기를 토개와 같이 하면 신하가 군주보기를 원수와 같이 하는 것입니다.'"[67]

그러나 앞에서 살펴본 것처럼 에도시대 일본 유학자들에게 충성은 천리의 보편적 원리나 인(仁)에 대한 충성으로 이해되기보다는 천황에 대한 절대적인 복종으로 받아들여진다. 이런 일본적인 충성관의 흥미로운 예를 보여주는 인물이 조선의 퇴계 이황을 크게 염모했던 야마자키 안사이이다. 그는 '주자를 배워서 잘못된다면 주자와 더불어 잘못되는 것이니 무슨 유감이 있겠는가'라고 말할 정도로 주자학에 심취해있었다.[68] 그런 야마자키 안사이도 그의 제자들과 더불어 공자와 맹자가 군대를 이끌고 일본을

....

65. 주희 · 여조겸, 『근사록집해』 2, 이광호 역주, 아카넷, 2004, 626쪽.
66. 황준걸, 『이천년 맹자를 읽다: 중국맹자학사』, 앞의 책, 225-227쪽.
67. 주희, 『맹자집주(孟子集註)』, 앞의 책, 232쪽.
68. 마루야마 마사오, 『일본정치사상사연구』, 앞의 책, 143쪽 이하 참조.

공격할 경우 공맹의 도를 배우는 일본 유학자들은 어떻게 행동해야 하는지를 놓고 대화를 한 적 있다. 이 일화는 『선철총담(先哲叢談)』이라는 저서 속에 기록되어 있다. 그 내용을 보면 매우 흥미롭다. 그 역시 나라에 대한 충성을 충성의 궁극적 대상으로 삼고 있기 때문이다. 그 대화 내용은 다음과 같다. "야마자키 안사이가 일찍이 여러 제자들에게 질문하였다. '지금 중국에서 공자를 대장으로 삼고 맹자를 부장으로 삼아 수만의 기병을 이끌고 우리나라를 공격해 온다면, 공맹의 도를 배운 우리들은 어떻게 해야 하는가?' 제자들이 대답하지 못하고서 '저희들은 어찌할 바를 모르겠으니 선생님의 말씀을 듣고 싶습니다'라고 하자, 야마자키 안사이가 말하였다. '불행히도 이런 난리를 만난다면 우리들은 갑옷을 걸치고 창을 쥐고서 그들과 싸워야 된다. 그리하여 공자와 맹자를 사로잡아 나라의 은혜에 보답하는 것, 이것이 바로 공맹의 도이다.'"[69]

야마자키 안사이와 제자들이 논한 주제는 매우 중요하다. 국가와 국가 사이에 발생할 수 있는 극단적 위기 상황인 전쟁의 가능성을 상정하고 전쟁이 발생할 경우에 공맹의 도와 국가의 안위 사이에 어느 것이 우선적 가치를 지니는 것인가라는 주제를 논하기 때문이다. 위 인용문이 보여주듯이 야마자키 안사이는 전쟁 시에 '공맹의 도'보다는 국가의 보전을 더 우선적인 것으로 간주한다. 역설적이게도 안사이는 국가의 보전을 제일차적 가치로 이해하는 태도가 다름 아닌 진정한 "공맹의 도"라고까지 말한다. 그런데 유교가 추구하는 보편적 도의 관념보다 "국가의 존립을 최상의 가치로 여기는 사고방식"은 에도시대를 넘어 "근대 일본에까지 연결되면서 증폭"되어 갔다는 것이 한 연구자의 말이다. 그리고 안사이와 제자들의 일화는 국가를 보편적 관념이나 가치보다 더 우선적인 것으로 바라보는 태도를 "단적으로 표명하고 있는 가장 좋은 교재"라고 그는 말한다.[70]

....

69. 황준걸, 『일본 논어 해석학』, 앞의 책, 123쪽에서 재인용.

유교가 추구하는 궁극적인 보편적 도(道)보다 국가의 존망을 더 중요하게 생각하는 일본 유학자들의 독특한 충성이론은 일본의 제국주의적 침략 앞에서 풍전등화의 위기에 처한 조선의 유학자들에게도 매우 흥미로운 자극을 주었다. 일례로 1909년 11월 28일 <대한매일신보>에 실린 「오늘날 종교가에게 구하는바」라는 제목의 논설은 조선과 일본의 유교전통의 차이점을 주제로 삼고 있다. 이 사설에서 화서(華西) 이항로(李恒老)는 조선 유학의 전통을 대변하는 사람으로 그리고 야마자키 안사이는 일본 유학의 대표자로 언급된다. 그 사설의 내용을 보자. "이화서는 한국 유가의 거장이고 야마자키 안사이는 일본 유교의 거장이다. 두 사람의 학술 문장을 비교해 보면 야마자키는 화서 문화의 시동 한 사람에 지나지 않지만 그러나 화서 이르기를 '오늘날 우리의 책무는 유교 성쇠에 있고 국가의 존망에 이르러서는 오히려 두 번째 일에 속한다'고 하고 야마자키 말하기를 '우리나라를 침략하여 오는 자 있거든, 비록 공자가 장수이고 안자가 선봉에 선다 해도 나는 마땅히 이들을 적과 원수로 볼 것이다'라고 했다. 아! 한국의 강약은 곧 양국 유교도의 정신에서 보아도 분명하다."[71]

맹자의 역성혁명론을 그 누구보다도 더 진지하게 옹호한 이토 진사이조차도 만세일계 황통의 우월성에 대한 인식을 내면화하고 있음을 보면, 일본의 우월성의 자각을 천황의 혈연적 연속성에서 구하는 태도가 에도시대 유학자들 사이에서 얼마나 널리 공유되고 있었는지를 알 수 있다. 그는 『논어』 「자한」편에 나오는 "공자께서 구이에 살고자 하셨다."라는 주장을

<hr>

70. 마에다 쓰토무, 『일본사상으로 본 일본의 본질: 병학 · 주자학 · 난학 · 국학』, 앞의 책, 134쪽.

71. 같은 책, 135쪽에서 재인용. 물론 조선이 망하기 직전에 <대한매일신보>는 한국과 일본의 유학 전통의 차이에서 조선의 국력이 약화되고 일본의 국력이 강해지는 요인을 보고 조선 유교전통의 무기력을 비판했다. 같은 쪽 참조. 야마자키 안사이의 일화에 대한 설명은 나종석, 『대동민주 유학과 21세기 실학: 한국 민주주의론 재정립』, 앞의 책, 797-799쪽을 바탕으로 재구성한 것임.

설명하면서 공자가 살고자 했던 구이가 일본을 가리키는 것이라고 이해한다. 그러면서 그는 중국과 대비하여 일본의 우월성을 다음과 같이 확인한다. "공자는 '일찍이 오랑캐에도 임금이 있으니 중국에 임금이 없는 것과는 같지 않다.'라고 말하였다. 이로 미루어 보면 공자는 오랫동안 구이에 대해 마음을 기울여 왔음을 알 수 있다. […] 구이가 비록 먼 곳에 있는 나라이긴 하지만 본래 천지간에 있는 것이며 또한 모두 보통의 인간성을 지니고 있다. 더구나 소박한 것은 충실한 법이고 화려한 것은 거짓이 많은 법이다. 공자가 구이에 살고 싶어 했던 일도 당연하다 하겠다. 우리 일본의 태조가 처음 개국했던 해는 주나라 혜왕 17년에 해당된다. 지금에 이르기까지 군신이 서로 전하여 끝없이 이어졌다. 임금을 존경하는 것을 하늘의 신과 같이 하였으니 이것은 중국이 실로 미치지 못하는 바라 하겠다. 공자가 중화를 떠나서 오랑캐 땅에 살려고 하였던 것은 또한 당연한 이유가 있었다."[72] 이 인용문이 보여주듯이 이토 진사이에 의하면 일본사회의 우월성은 "임금을 존경하는 것을 하늘의 신과 같이"하는 데에서 구해진다.

천황제의 정치적 정당성의 궁극적 근거를 만세일계의 혈연의 연속성에서 구하는 생각이 확고하게 자리를 잡아가는 과정에서 일본의 독특한 충효관도 분명하게 드러난다. 앞에서 본 것처럼 일본의 유교전통에서 충성의 궁극적 대상은 왕조나 황권과 분리되어 있지 않았으며, 천황에 대한 충성을 충성의 본래 뜻으로 이해하는 강력한 흐름이 존재했다. 그리고 이런 일본의 유교전통은 메이지유신 이후 1890년에 반포된 일본의 교육칙어(教育勅語)를 통해 충효일체의 관념으로 전개된다. 충효일체란 관념을 정당화하기 위해 동원된 것이 국가와 국민의 관계는 부모와 자손의 관계와 구조적으로 동일하다는 생각이다. 달리 말하자면 한 국가는 한 가정의 확대판이기 때문에 국가에 대한 충성이 곧 효라는 것이다. 이런 충효일체의 관념에 의하면 효를 충보다

....

72. 이토 진사이, 『논어고의』 상, 장원철 옮김, 소명출판, 2013, 403쪽.

더 우선적인 가치로 간주하는 것은 참다운 공자의 도가 아니다. 하늘로부터 부여받은 인간 마음에 내재하는 도덕적 본성의 발로로서 부모에 대한 효가 군주에 대한 충에 비해 우선적인 것으로 이해되어 온 조선 및 중국의 유교전통과 달리, 일본에서는 효와 충의 관계가 '충효'일체로 변형된다. 나라에 대한 충성이 곧 효라는 관념을 통해 이제 일본에서 천황에 대한 충이 가장 우선적인 것이고, 이런 충은 바로 부모에 대한 효에 해당하는 것으로 간주된다.

충효일체 관념은 에도시대 일본에서 등장하고 후에 근대 일본의 국체의 핵심을 구성한다. 『국체의 본의』에서 일본의 "효"는 "국체와 합치되는 점에 진정한 특색이 있다"고 강조된다.[73] 일본 특유의 충효일치는 효를 모든 행실의 근본으로 보는 태도나 '효자인 사람이 올바른 충신일 수 있다'거나 '충신을 얻으려면 효자 가문에서 구해야 한다'는 것을 말하는 것도 아니다. 또한 그것은 효의 대상이 부모이고 충의 대상은 군왕이라는 차이는 있으나 효와 충을 모두 진실하게 해야 한다는 의미에서 효와 충의 양립 가능성을 주장하는 이론도 아니다. 그런 식의 충효일치는 중국에서도 흔하게 찾아볼 수 있다.[74]

일본 고유의 충효일체에 대한 이해를 위해서는 에도시기의 가족제도를 이해하지 않으면 안 된다. 에도시대 일본에서의 '이에(家)'는 여러 가지 점에서 당대 조선 및 중국의 가족제도와 달랐다. 예를 들어 한국과 중국에서는 원칙적으로 혈연자만이 가족집단의 성원일 수 있었으나, 일본에서는 비혈연자도 가족의 성원이 될 수 있었다. 조선이나 중국에서와 달리 일본에서 혈연관계가 없는 사람들이 상대적으로 쉽게 가족의 성원이 될 수 있었던 것은 '이에(家)'가 선조와 자손으로 이어지는 세대 간의 영속성의 기초를

---

73. 히토쓰바시대학 한국학연구센터 기획, 『일본 신민족주의 전환기에 『국체의 본의』를 읽다』, 앞의 책, 66쪽.
74. 와타나베 히로시, 『주자학과 근세일본사회』, 앞의 책, 186쪽.

혈연에서 구하는 혈연집단의 성격과 다른 측면을 지니고 있었기 때문이다. 일본의 가족, 즉 '이에(家)' 내의 아버지와 아들 사이에서 중요한 것은 혈연관계가 있는지 여부가 아니라, 세습되는 신분으로서의 직업인 가업을 이어받을 수 있는지 여부였다. 가장의 지위를 물려받는 것은 그 가족이 사회 속에서 세습적으로 이어가야 할 가업을 대표하는 지위를 물려받는 것이었기 때문이다. 따라서 일본의 가족제도에서 세대 간에 면면히 이어지는 공통의 끈은 혈연의 지속이 아니라, 가업의 지속이다.[75]

일본의 가족제도가 특이한 것처럼 효도 일본 특유의 성격을 지니는 것으로 이해되지 않을 수 없었다. 부모에게 효도를 다한다는 것은 일본사회에서 이에, 즉 가업을 잘 이어받아 그것을 번영하게 한다는 것을 의미했다. 이런 맥락에서 선조와 부모 그리고 자신으로 이어지는 이에를 위해 전력을 기울이는 행위가 바로 최상의 효로 간주된다. 그리고 일본사회에서 선조와 부모에 대한 효는 "자신이 속한 이에(家)에 대한 충성의 또 다른 이름"으로 받아들여지게 된다.[76] 따라서 가족 내에서도 일본인들에게는 효와 충이 다르지 않은 것이라고 말할 수 있다. 특히 사무라이, 즉 무사의 경우에 본래 효와 충은 동일한 것이었다. 무사의 직분은 세습적인 것인데 무사의 가업은 다름 아닌 자자손손 대를 이어 주군에게 봉사하고 충성을 다하는 것이었기 때문이다. 그러므로 사무라이가 주군에게 충성을 다하는 것은 바로 그가 속한 이에, 즉 가업으로서의 가족에게 효를 다하는 것임을 의미했다.[77]

주로 무사, 즉 사무라이가 지녀야 할 덕목으로 간주되어 온 충효일체의

....

75. 이하에서 서술되는 충효일체와 일본 고유의 가족제도 사이의 연관성에 대해서는 나종석, 『대동민주 유학과 21세기 실학: 한국 민주주의론 재정립』, 앞의 책, 804-807쪽 참조.
76. 와타나베 히로시, 『주자학과 근세일본사회』, 앞의 책, 172쪽.
77. 같은 책, 185쪽 참조.

관념을 천황의 지배하에 있는 모든 신민이 갖추어야 할 미덕으로 확대시킨 인물이 후기 미토학(水戶學)을 대표하는 학자인 아이자와 세이시사이(會澤 正志齋)다.[78] 무사에게 한정된 충효일체의 관념을 모든 신민이 지녀야 할 덕목이라고 본 아이자와 세이시사이의 이론은 메이지유신을 거쳐 일본이 만주와 중국을 본격적으로 침략하는 1930년대 천황제 파시즘의 이론으로 이어진다. 1937년 일본 문부성이 내놓은 『국체의 본의』에서의 충효일체에 대한 설명은 이를 잘 보여준다. "우리나라는 일대 가족국가이고 황실은 신민의 종가이시며, 국가생활의 중심이시다. [.....] 우리의 선조는 역대 천황의 천업을 널리 알리는 것을 도왔으므로 우리가 천황에게 충절의 정성을 다하는 것은 곧 선조의 유풍을 표현하는 것으로, 이것은 이윽고 조상들에게 효가 되는 까닭이다. 우리나라에서는 충을 떠나서 효가 없고, 효는 충을 그 근본으로 하고 있다. 국체에 기초한 충효일체의 도리가 여기에 아름답게 빛나고 있다."[79]

『국체의 본의』가 보여주듯이 충과 효는 근본이 하나이며, 효가 충의 근본이 아니라 '효의 근본이 충'이라는 일본 특유의 충효 관념을 제대로 염두에 두어야 한다. 그래야만 우리는 멸사봉공(滅私奉公)이나 대의멸친(大義滅親)이라는 주장이 우리의 역사가 키워온 고유한 유교적 가치관이 아니라, 일본 고유의 충효 관념에서 나온 것임을 이해할 수 있게 된다. 이런 점과 관련하여 일본의 저명한 중국역사학자였던 미야자키 이치사다(宮崎市定)는 다음과 같이 주장한다. "공자의 유교에 대해 오로지 충효의 봉건도덕을 가르쳤다고 이해한다면 그것은 오히려 고전을 읽는 쪽의 편향이다. 공자의 『논어』에서 말하는 충(忠)은 반드시 그 대상을 군주로 한정하지 않는다. 효(孝)를 중요한 도덕으로 가르친 것은 사실이지만, 그것은 상식적

----

78. 같은 책, 186쪽 참조.
79. 히토쓰바시대학 한국학연구센터 기획, 『일본 신민족주의 전환기에 『국체의 본의』를 읽다』, 앞의 책, 66쪽.

인 효행일 뿐 몸과 생명을 희생하라고까지는 말하지 않는다. 공자의『논어』를 봉건적인 상하관계에서 작용하는 '멸사봉공'이라는 뜻의 충·효를 가르친 책으로 읽는 것은, 오히려 도쿠가와(德川)시대 봉건제도 아래에서 살았던 일본사람들이 자기의 봉건사상을 바탕으로 이해하는 것과 다를 것이 없다."[80]

그러나 일본에서 충성을 천황에 대한 충성으로 환원하고 천황이 영구불변하게 존재하는 일본사회가 그 어떤 나라보다도 더 우월하다는 관념은 대외적으로 매우 배타적인 태도를 양산시키는 정신적 토대임은 말할 것도 없다. 천하의 공공성을 부정하고 천황에 대한 극단적인 충성을 역설한 요시다 쇼인이 조선을 침략할 것을 권장한 것은 배타적 일본주의의 논리로부터의 이탈이 아니라 그 자연스러운 귀결인 셈이다. 그는 "조선을 공격해 인질을 들이고 조공을 받기를 그 옛날 성하던 시기처럼 할 터이며, 북으로는 만주의 땅을 할양받고 남으로는 타이완, 루손제도(呂松諸島)를 접수하여 진취의 기세를 보여줄 것" 혹은 "국력을 길러 취하기 쉬운 조선, 지나, 만주를 쳐서 굴복시킬 것"을 주장했다.[81]

5. 동아시아 근대에 대한 새로운 성찰과 유럽적 보편주의를 넘어서

우리는 지금까지 일본의 근대 천황제 국가체제의 핵심적 이념을 구성하는 충효일체와 역성혁명론의 부정 등이 그 이전의 일본사회, 즉 에도시대에 축적된 일본화된 유교적 사유 방식에 의해 크게 영향을 받았음을 살펴보았

80.   미야자키 이치사다, 『자유인 사마천과 사기의 세계』, 이경덕 옮김, 다른세상, 2004, 142쪽.
81.   다케우치 요시미(竹內好), 마루카와 데쓰시·스즈키 마사히사 엮음, 『내재하는 아시아: 다케우치 요시미 선집 2』, 휴머니스트, 2011, 312-313쪽에서 재인용함.

다. 그러므로 근대 일본이 천황제 국가체제를 형성한 이유를 서구 열강의 일본 침략에서 오는 극단적인 위기 상황을 타파하고자 하려는 맥락에서 구하려는 시도의 한계는 분명하다. 특히 외부의 충격 요인을 강조하는 관점으로 인해 근대 천황제가 그 이전 시기 일본사회의 역사와 경험에서 축적된 여러 이념을 배경으로 하여 탄생한 사실이 주변화 되어서는 안 될 것이다. 앞에서 보았던 것처럼 일본 특유의 가족제도나 사무라이가 지배하고 과거제도도 없었던 세습적 신분제 사회에서 축적된 일본 특유의 유학적 사유 방식, 이를테면 만세일계의 현인신인 천황이 존재하는 신국으로서의 일본에 대한 문화적 우월감 그리고 이런 우월감을 천황에 대한 절대적인 순종과 충성의 이론으로 정식화한 충효일체의 관념은 근대 일본의 천황제를 구성하는 데에서 핵심적 역할을 수행했다.

에도시대를 거치면서 역사적으로 축적되어 온 일본 특유의 유교적 사유 방식의 흐름이야말로 일본의 근대화 과정을 특징짓는 천황제 국가의 형성과 그 지속을 가능하게 한 정치 문화적 조건이라면, 우리는 유교적 사유 방식이 근대와 어울리지 않는, 그러니까 근대로 가는 길을 가로막는 장애물이라는 통념을 어떻게 이해해야 하는가라는 물음에 직면한다. 거듭 말하지만 일본의 근대는 유교적 사유 방식이 근대와 양립할 수 없다는 통념에 강력한 반례를 제공한다. 어떤 사람은 근대 일본의 천황제가 근대 국민국가의 후진적 사례에 불과하다고 여기면서, 근대 일본이 제국주의 침략과 전쟁으로 폭주하고 제2차 세계대전의 전범국가로 전락하도록 한 후진성은 천황제를 구성하는 데 기여한 유교적 사유 방식이 지니는 전근대성에서 유래한 것이 아닌가하고 반문할지도 모른다. 그리고 실제로 전후 일본 지식인들은 근대 일본의 국가적 정통성의 원리인 천황제 국가체제를 일본사회의 전근대성 및 후진성의 표출로 이해하고 있다.

일본사회는 제2차 세계대전에서 패한 후 일본은 왜 근대화를 통해 제국주의적 침략과 패전으로 이어지는 길을 걷게 되었는가라는 질문에 봉착하게 되었다. 이때 일본의 진보적 지식인의 대다수는 천황의 절대적 권위에 복종하는 비합리적인 국가체제를 중심으로 근대화의 길을 걸었던 일본 근대사회는 서구적인 근대사회와 달리 그 전근대성을 탈피하지 못했다는 점에서 그 원인을 찾으려 했다.[82] 그렇다면 근대 천황제는 일본사회의 후진성의 상징으로 이해되는 것이다. 결국 근대 천황제를 일본의 봉건제적 특수성과 관련해 이해하려는 태도는 아시아 문명을 후진적인 것으로 규정함에 의해 서구 근대문명을 우월한 것으로 설정하는 오리엔탈리즘의 틀 속에 갇혀 있는 셈이다.

그러나 제국주의와 침략주의는 근대 일본만이 보여준 야만의 모습은 아니었다. 서구 근대를 주도한 영국이나 프랑스 그리고 미국도 그런 모습을 보여주었다. 그리고 파시즘이나 나치즘은 유럽사회에서 특정한 나라에 국한된 현상만은 아니었음을 상기할 필요가 있다. 영국을 제외한 20세기 전반의 전체 유럽이 나치즘이나 파시즘의 유혹에 대한 저항력을 제대로 보여주지 못했음도 잊지 말아야 한다. 달리 말하자면 서구 근대를 근대의 모델로 설정한다고 해서 근대 일본이 보여준 폭력성과 야만성의 문제가 제대로 이해될 수 있지 않다는 말이다.

달리 말하자면 서구 근대는 대내외적으로 구조적인 폭력을 지속적으로 동반한 체제였다. 예를 들어 그것은 노예무역을 버젓이 일삼았으며 식민 지배를 추구하는 제국주의적 팽창의 야욕을 불태웠다. 그뿐만 아니라 서구 근대 유럽의 일부인 독일은 나치체제하에서 유대인을 조직적으로 대량 학살하는 야만의 극단을 보여주었다. 홀로코스트라 불리는 전대미문의

---

82. 이원범, 「역자의 말」, 야스마루 요시오, 『천황제 국가의 성립과 종교변혁』, 이원범 옮김, 소화, 2002, 14쪽. 마루야마 마사오는 아마 일본의 천황제 파시즘에 대한 연구에서 일본의 근대 천황제의 한계의 원인을 일본의 근대적 사유가 성숙되지 못했다는 점에서 구하는 대표적 학자일 것이다. 마루야마 마사오, 『현대정치의 사상과 행동』, 김석근 옮김, 한길사, 1997, 59쪽.

야만적 범죄는 서구 근대에 의해 야만이라고 규정된 이른바 미성숙한 동양에서가 아니라 서구 근대문명의 한복판에서 일어난 사건이었다. 한나 아렌트의 표현을 빌자면 "심지어 전체주의 정권의 출현도 우리[유럽－나종석] 문명의 밖이 아닌 안의 현상이다."[83]

유럽의 식민주의적 폭력과 유럽 내부에서 일어난 파시즘과 나치즘의 야만성 사이의 긴밀한 연관성도 간과하지 않아야 한다. 마르티니크 출신의 작가이자 정치인이었던 에메 세제르(Aimé Césaire, 1913-2008)의 다음과 같은 주장, 즉 "파시즘은 유럽이라는 집으로 돌아온 식민주의의 한 형식"이라는 명제는 식민주의와 파시즘 및 나치즘 사이의 내적 연관성을 탁월한 방식으로 표현하고 있다.[84] 나치즘과 파시즘을 포함하여 자유와 문명의 이름으로 다른 나라를 침략하고 그 지역을 식민지로 삼는 폭력을 자행한 유럽 근대는 자유와 폭력이 함께할 수 있음을 웅변하고 있다. 그리고 그런 현상은 오늘날 이른바 문명화된 서구사회가 비문명화된 지역에 대한 개입을 인권 및 민주주의 이름으로 정당화하는 데에서도 반복되고 있다.[85] 그러므로 일본이 아시아에서 처음으로 서구적 근대화로의 발걸음을 성공적으로 내딛은 후에 끝없는 대외적인 침략과 전쟁으로 치달은 후에 제2차 세계대전의 패전에 이른 것은 어쩌면 서구 근대의 모방과 반복의 모습으로도 이해될 수 있다. 사실 근대 일본에서 출현한 문제적인 인물인 후쿠자와 유키치(福澤諭吉)는 동아시아로 쇄도하는 서구 제국주의 열강의 모습을 보고 그 당시의 세계정세를 "약육강식의 금수의 세계라 하고, 그 세계 속에서 살아남기 위해서는 일본국도 금수의 일원으로 행동하지 않을 수 없다"는 생각을

83. 한나 아렌트, 『전체주의의 기원』1, 이진우·박미애 옮김, 한길사, 2006, 542쪽.
84. 이에 대해서는 나종석, 『대동민주 유학과 21세기 실학: 한국 민주주의론 재정립』, 앞의 책, 455쪽 참조.
85. 이매뉴얼 월러스틴, 『유럽적 보편주의: 권력의 레토릭』, 김재오 옮김, 창비, 2008, 참조.

했다고 한다.[86]

이런 식의 생각으로 일본이 자행한 식민지배나 전쟁책임이 조금이라도 삭감된다고 본다면, 그것은 참으로 어리석기 짝이 없을 것이다. 마찬가지로 근대 일본의 폭력성이 서구 근대의 그것과 무관하게 오로지 그 이전 일본의 이른바 봉건적 성격에 기인한다고 보는 것은 단견임에는 틀림없다.[87] 일본이 메이지유신 이후 근대화의 길을 걸으면서 서구가 비서구 사회를 지배하기 위해 동원한 오리엔탈리즘을 받아들여 조선과 중국과 같은 다른 동아시아 국가에 대한 식민지배 및 제국주의적 침략을 정당화하고자 했음은 분명한 사실이기 때문이다. 즉, 동아시아에서 빨리 서구적 근대화를 이룩한 일본은 "자국 일본을 모델로 '정체(停滯)된' 조선을 '지도'하려는 '일본형 오리엔탈리즘'"을 고안해내어 식민지배의 역사를 정당화했던 것이다. 일본이 조선의 지배를 정당화할 때 동원한 권력의 레토릭 중의 하나가 유교, 특히 조선유교의 이른바 봉건성과 억압성이었음도 주지의 사실이다.[88]

앞에서 살펴본 것처럼 서구 근대는 양가적 모습을 취하고 있다. 그리고 서구 근대문명의 야만성과 폭력성은 그것이 내세우는 자유와 민주주의와 같은 이른바 문명화된 모습과 구조적으로 깊게 연결되어 있다. 이렇게 본다면 서구 근대의 폭력성에 대해서는 아무런 저항적 태도를 취하지 않으면서 서구 근대를 문명의 모델로 설정하고 모방하는 것을 문명화 혹은 근대화의 유일한 길이라는 생각을 자명한 것으로 받아들인다면 우리는

....

86. 마루야마 마사오, 『충성과 반역: 전환기 일본의 정신사적 위상』, 앞의 책, 243쪽.
87. 일본의 특수성론에 입각해 근대 일본이 어떻게 대내적인 억압과 대외적인 제국주의적 팽창의 길을 걸었던 것인가라는 문제를 이해하려는 시도는 전후 일본사회에서 가장 지배적인 태도였다. 그러나 최근의 연구들은 근대 국가 자체의 폭력성과 모순에 주목하는 모습을 보여준다고 한다. 함동주, 『천황제 근대국가의 탄생』, 앞의 책, 227-228쪽 참조.
88. 하라 다케시, 『직소와 왕권: 한국과 일본의 민본주의 사상사 비교』, 김익한·김민철 옮김, 지식산업사, 2000, 206쪽.

서구 근대의 한계를 성찰할 수 없게 된다. 달리 말하자면 자유 혹은 민주주의와 같은 몇 가지 이념이 보편적 호소력을 갖고 있다고 해서 곧 바로 그런 이념이 서구 근대의 문제점이나 오늘날 우리 사회를 비롯하여 인류가 당면한 문제점이 해결될 수 없다는 것이다. 오늘날 지구사회를 혼돈에 빠트리는 것은 예컨대 서구 근대가 자랑하는 자유주의 혹은 신자유주의로부터의 이탈에서 발생한 것이 아니라, 바로 그 이념의 성공적 관철에서 발생한 것임을 기억할 필요가 있다. 그러므로 서구 근대의 자유와 문명의 담론 자체가 서구 근대의 폭력성의 근원일 수도 있다는 점에 대해서 비판적 태도를 취하지 않는다면 서구 근대에 대한 성찰은 공허할 것이다.

이미 1951년에 작성된 글 「근대주의와 민족의 문제」에서 다케우치 요시미(竹內好, 1910-1977)는 서구 근대문명의 계몽 수준에 미치지 못하는 일본 근대의 이른바 봉건성과 전근대성에서 일본 제국주의의 전쟁 패배의 원인을 구하려는 시도의 한계를 지적했다. 그런 성찰은 서구 근대와 일본의 후진성이라는 대립 구도로 인해 일말의 설득력을 지니는 것처럼 보이지만 사실 일본의 전쟁 책임에 대한 철저한 반성과 부정적인 일본 근대역사와의 진정한 비판적 대결에는 이르지 못한 한계를 지닌다고 그는 보았다. 그가 보기에 일본사회의 변화, 일본사회의 더 나은 개혁은 일본의 전통에 닻을 내리지 않으면 안 된다. 즉, "민족의 전통에 뿌리내리지 않는 혁명은 있을 수 없다"는 것이 그의 생각이었다. 그래서 다케우치 요시미는 전후 일본사회가 진정으로 바람직한 방향으로 거듭나는 방법을 구할 때 서구 근대주의를 유일한 참조점으로 삼는 자세를 비판한다. 그리고 그런 비판은 전전의 일본 제국주의의 극단적인 배타적 민족주의의 폐단을 극복할 힘을 갖고 있지 않기에 일본사회에 대한 근대주의적 비판은 오히려 나중에 일본을 끝없는 대외적인 팽창주의와 전쟁으로 몰고 간 위험한 민족주의를 초래할 것이라고까지 말한다. "근대주의는 일본 근대사회와 문화의 왜곡에서 패전의 원인을 찾아 합리적으로 설명하려 든다. 그러나 그런 설명은 암흑의 세력이 다시 부상하는 것을 방지할 실천적 힘이 되지 못한다. 안티테제를 제출하는 데 머물면서 진테제를 지향하지 않는 한 상대방은 완전히 부정되지 않는다. 내버려진 전 인간성의 회복을 목표로 하는 씨앗이 다시 암흑의 밑바닥에서 움트지 않으리라는 보장은 없다. 구조적 기반은 바뀌지 않았으니 그것이 싹을 틔운다면 반드시 울트라 내셔널리즘의 자기 파괴로까지 성장하리라."[89] 다케우치 요시미의 진단은 불길하게도 오늘날 일본사회가 보여주는 전반적인 우경화의 모습을 예언한 것처럼 보인다.

한말의 개화파가 보여주었듯이 서구 근대문명 혹은 동아시아의 서구인 메이지유신 이후의 일본을 근대문명의 모델 자체로 설정하고 그것을 따라잡는 데에서 우리 사회의 문제점을 해결할 수 있으리라는 가정과 믿음 자체는 대단히 위험하며 신화적 믿음에 불과한 것이었다. 그런 태도가 바로 일본의 식민지배에 대한 맹목적 태도로 귀결되었다는 점도 우연은 아닌 셈이다. 따라서 서구 근대문명의 양가성에 대한 비판적 성찰이 없이 그것을 무조건적으로 선망하는 자세가 조선을 식민지배로 전락하게 만든 요인의 하나였다는 점을 성찰할 때 서구중심주의적 사유방식과의 비판적 대결은 매우 중요하게 다루어야 할 사상의 과제다. 일본의 식민지배의 유산을 여전히 우리 사회가 해결해야 할 중요한 과제로 남겨두고 있는 것도 서구 근대에 대한 제대로 된 성찰을 게을리한 것과 무관하지 않다. 더 나아가 식민지배의 역사적 유산을 제대로 극복하지 못했기 때문에 우리 사회는 동아시아 냉전체제의 핵심 축인 한반도 분단을 넘어 남과 북의 적대적 긴장관계를 종식시킬 한반도에서의 항구적인 평화체제를 이룩해내는 데 어려움을 겪고 있다고 볼 수 있다.

우리 사회는 마하트마 간디(Mahatma Gandhi)의 다음과 같은 통렬하고도

----

89. 다케우치 요시미, 마루카와 데쓰시・스즈키 마사히사 엮음, 『고뇌하는 일본: 다케우치 요시미 선집 1』, 휴머니스트, 2011, 235쪽.

신랄한 대답에서 치열한 저항 및 비판정신을 배워야 한다. "간디 씨, 서구문명에 대해 어떻게 생각하십니까?"라는 어느 영국기자의 질문에 간디는 "그런 게 있다면 좋겠지요"라고 대답한 것으로 알려져 있다.[90] 간디의 대답은 서구의 문명적 우월함을 무비판적으로 답습하는 아주 흔해빠진 태도에 대한 통렬한 응수라 할 것이다. 그리고 그런 반응에는 인도사회와 인도인들의 삶을 고통에 빠트리는 서구 근대의 폭력성과 정면으로 대결하여 이를 넘어서려는 담대한 용기와 치열한 비판정신이 표현되어 있음도 강조되어야 할 것이다.

간디의 응수를 상기시키는 것은 20세기 유럽에서의 파시즘이나 나치즘과 같은 반근대적 대응은 말할 것도 없고 개인주의 및 자유주의로 대변되는 서양의 근대를 극복할 논리로 대동아공영권의 담론을 내세워 제국주의 침략 전쟁을 정당화한 '근대의 초극'을 변호하기 위함이 아니다. 서구 근대의 계몽주의와 해방적 이념 속에 이미 유럽적 보편주의가 웅크리고 있었다는 사실을 덮어두지 말고 그것에 정면으로 응시하는 것이 우리 시대의 사유가 짊어져야 할 책임임을 상기시키기 위함이다. 유럽적 보편주의와의 치열한 대결 의식 그리고 그것이 요구하는 만만치 않은 지적 용기는 유럽 근대의 해방적 근대성의 이념과의 보다 더 진지한 만남을 위한 전제 조건임을 두말할 나위가 없다. 그래서 서구 근대의 폭력성에 대한 성찰과 비판의 작업이 진정한 보편주의의 길을 형성할 기회를 놓치고 유럽적 보편주의의 야만보다 더 극악한 파시즘이나 나치즘의 유혹에 미끄러지지 않기 위해서도, 우리는 지금 '서구 근대와 다른 근대는 어떻게 가능한가?'라는 물음을 올바르게 다시 제기해야 한다. 그러기 위해서 우선 일본 근대성 연구는 물론이고 한국의 근대성을 탐구할 때 서구화=근대화라는 서구중심주의적인 인식 틀을 벗어나야 한다.

....

90.   이매뉴얼 월러스틴, 『유럽적 보편주의: 권력의 레토릭』, 앞의 책, 32쪽.

필자는 우리 사회에서 서구 근대의 한계를 넘어설 가능성을 모색하는 과정에서 서구 근대의 유럽적 보편주의에 의해 야만적인 것으로 기각되고 타자화된 동아시아의 전통, 특히 동아시아의 유교전통과의 새로운 대화를 주된 사상의 과제로 설정해야 한다고 믿는다. 그래서 필자는 "유토피아의 방법으로서 동아시아 인문 전통의 르네상스(renaissance), 특히 유교적 전통과의 새로운 대화"를 강조했었다. 달리 말하자면 "유교 문화=반근대의 의식으로부터 유교 문화의 과거 기억을 해방시켜 유교전통을 새로운 대화의 상대로 만드는 작업"을 통해 기존 서구중심주의적 사유 방식에 의해 배제된 "새로운 역사에 대한 상상력을 형성하기 위해 요구되는 전제 조건들을 창출"할 토대를 마련하고자 했다. 서구중심주의에 의해 식민화되고 타자화된 동아시아의 "과거의 기억과 경험을 새로 평가하는 작업은 오늘날의 동아시아 사회의 특성을 분명하게 인식하는 데 기여할 뿐 아니라, 새로운 주체 의식 및 주체 형성에도 긍정적인 역할을 할 것"이라고 믿기 때문이다.[91]

이제 우리는 전통과 근대가 맺는 관계 방식의 다양한 모습을 좀 더 종합적 시각에서 접근할 필요가 있다. 한국이나 중국의 근대성의 길이든 아니면 일본의 근대성의 길이든 그런 근대성으로의 전환 과정을 가능하게 한 전통의 규정력을 온통 (이상화된 서구) 근대와의 부정적 상관성에서만 바라보는 기존의 서구중심주의적 주술로부터 벗어나야 한다. 마찬가지로 메이지 이후 일본의 근대화 과정을 서구 근대를 유일한 근대의 모델로 설정하고 그에 비추어 비교하는 작업을 넘어서야 한다. 그럴 때에만 전통에 의해 동아시아 3국의 근대가 어떤 점에서 다양한 경로를 보여주게 되었는지 그리고 어떤 과정을 통해서 근대 일본의 천황제 국가체제와 같은 침략주의적인 근대성의 경로가 확고해지는지를 분명하게 인식할 수 있을 것이다. 그뿐만 아니라 일본에 국한해 볼 경우에도 전통과 근대의 다양한 상호작용

....

91. 나종석, 『대동민주 유학과 21세기 실학: 한국 민주주의론 재정립』, 앞의 책, 868-870쪽.

의 전체 모습에 대한 분석을 통해 천황제적 국민국가의 길과 길항할 수 있었던 다른 여러 계기들이 왜 주변화되고 억압되었는지를 분석할 필요가 있다.

예를 들어 마루야마 마사오는 중국과 일본의 근대화 과정을 비교하면서 화이사상의 영향사에 주목한 적이 있다. 마루야마 마사오에 의하면 에도시대 말기에 많은 지식인들이 공유하고 있었던 유교적 교양, 특히 화이관념은 유럽의 근대적인 주권적 국민국가들 사이의 평등한 관계를 정당화하는 이념을 도출하는 매개 역할을 수행했다. "마치 유럽에서의 국가평등 관념이 스토아주의와 기독교에서 유래하는 자연법 쌍의 배경 하에 형성된 것처럼, 일본에서는 주자학에 내재하는 일종의 자연법적인 규념이 제 국가 위에 있으면서, 제(諸) 국가를 동등하게 규율하는 어떤 규범(norm)이 존재하는 것을 승인해 주는 매개가 되었다."[92]

주자학이 근대 유럽의 국제법을 이해하는 데 중요한 매개로 작용했다는 결론을 도출하면서 마루야마 마사오는 화이관념의 본고장인 중국보다 더 먼저 일본이 유교논리를 매개로 하여 근대적 국가평등 관념을 받아들이게 된 이유는 무엇일까라는 질문을 던진다. 그가 강조하듯이 이 질문은 "일본과 중국의 근대화 과정 전반에 걸친 차이"를 초래한 원인에 대한 것이다. 이 질문에 대해 마루야마 마사오가 내리는 답은 다음과 같다. "그러나 만약 그렇다면 그 같은 유교논리를 매개로 한 근대적 국가평등 관념의 파악이 어째서, 그야말로 본고장인 중국보다 먼저 일본에서 받아들여질 수 있었던 것일까. 이 문제는 발을 들여놓게 되면 일본과 중국의 근대화 과정 전반에 걸친 차이라는 것으로 귀착될 것이므로, 여기서 그처럼 큰 문제는 논할 수 없지만, 적어도 다음의 지나칠 정도로 간단한 사실을 무시할 수는 없을 것이다. 즉 일본은 유럽 국가들과 접촉하기 훨씬 이전

....

92. 마루야마 마사오, 『충성과 반역: 전환기 일본의 정신사적 위상』, 앞의 책, 222쪽.

시대로부터 중국이라는 거대한 제국이 이웃에 있고 또 거기서 엄청난 문화를 수용하고 있다는 것, 따라서 중국제국에서 일본은 남만(南蠻)·북적(北狄)과 같은 차원의 보잘것없는 일개 동이(東夷)에 지나지 않았지만, 일본에서는 오히려 고대로부터 중국제국과 애오라지 대등한 교제 관계를 갖는 것이야말로 최대한의 프라이드(pride)였다는 것, 바로 이런 점이다."[93]

마루야마에 의하면 일본에서 공유된 화이관념은 본래 중국, 중화제국에서 수입된 것이어서 그것을 상대화하기에 중국에 비해 훨씬 수월했다. 게다가 일본에서 전개된 중화사상 혹은 일본화한 화이사상은 중화제국과 대등해지려는 인정의 욕망에 토대를 둔 것이었기에 중국과 달리 유럽 근대 주도의 국제질서의 충격에 더 재빠르게 대응할 수 있게 되었다는 것이 마루야마 마사오의 분석이다. 이에 대해 다케우치 요시미는 일견 탁견이라고 공감을 표하면서도 중국과 일본의 근대를 비교하는 마루야마 마사오의 인식의 한계를 지적한다. 다케우치 요시미가 보기에 마루야마 마사오는 일본에 비해 중국이 서구적 근대화의 길에 시간적으로 뒤쳐져 버린 것에 내재하는 중요한 지점을 건드리고 있지 않다. 마루야마 마사오는 중국과 근대의 "질적 차이"를 간과하고 있다는 것이다.[94]

다케우치 요시미는 중국과 일본의 근대를 비교하면서 중국이 비록 "전통의 저항을 심하게 겪어 근대화에 뒤쳐졌지만 그로 인해 오히려 철저한 변혁을 일궈 국민심리를 혁신한다는 본원적 기반에 설 수 있었다."고 이해한다. 달리 말하자면 일본과 달리 중국은 전통의 저항 속에서도 내부에서 자신을 철저하게 성찰하면서 혁신하는 과정을 거치면서 나름의 근대화의 길을 걸어가는 모습을 보여주었다는 것이다.[95] 그래서 일본의 근대와 달리

....

93. 같은 책, 225쪽.
94. 다케우치 요시미, 마루카와 데쓰시·스즈키 마사히사 엮음,『내재하는 아시아: 다케우치 요시미 선집 2』, 앞의 책, 182-183쪽.
95. 같은 책, 184쪽 참조

중국의 근대화는 나름의 내발적인 힘을 지니고 있다는 것인데, 본래 상당히 튼튼한 중국적인 것은 쉽게 부서지지 않기에 변화의 과정은 때로는 더디고 파괴적이고 혼란스러운 모습을 동반하기도 한다. 그러나 기존 질서를 부수면서 그 과정 속에서 스스로 새롭게 자신의 질서를 세워나가는 모습을 중국 근대는 보여준다고 다케우치 요시미는 강조한다. 더 나아가 5·4운동의 공맹정신에 대한 치열한 부정과 비판 정신에서 보듯이 과거의 전통에 대한 철저한 부정도 중국의 전통의 일부라고 그는 강조한다. "그러나 한편 과거의 전통을 부정하는 일은 매 단계마다 전통을 고쳐 읽는 일이 되어 거기서 새로운 생명력이 뿜어져 나온다. 역사를 되돌아보면 가장 격하게 전통을 부정한 자가 전통을 가장 충실하게 담지한 자이기도 했다. 5·4운동 당시 공자타도를 부르짖은 개혁자 한 사람은 반대파에게 공자타도야말로 공자의 정신을 진정으로 되살리는 소이(所以)라고 설파했다. [……] 중국에서는 전통의 부정 자체가 전통에 뿌리내리고 있다. 즉 역사를 만들어 낼 내재적 힘을 품고 있다."[96]

다케우치 요시미가 분명한 방식으로 주장하는 것은 아니지만,[97] 중국근대성의 내발적 동력을 구성하는 전통에 대한 비판 정신의 문화적 유래의 하나로 공맹의 유교철학의 민본주의 및 비판사상의 영향사에 주목할 필요가 있을 것이다. 화이사상을 바라보는 중국과 일본의 차이점이 서구 근대의 충격 앞에서 일본이 중국보다 앞서 근대화에 이르게 된 중요한 문화적 요인이라는 마루야마 마사오의 비교 연구 외에도, 유교적 문명관념, 무엇보다도 유교적 민본주의에서 핵심적 요소였던 천 관념에 대한 이해 방식의 상이성도 일본과 중국 및 한국의 근대성의 길을 이해하는 중요한 비교 연구의 대상일 것이다. 앞에서 살펴본 것처럼 특히 현실 권력의 자의성을

....

96.   같은 책, 180-181쪽.
97.   다케우치 요시미의 중국인식을 비판적으로 검토한 연구로는 조경란, 「냉전시기 (1950-60년대) 일본 지식인의 중국 인식」, 『사회와철학』 28, 2014, 377-412쪽 참조.

하늘이라는 보편적 원리에 입각하여 비판하는 유교적 도의 관념을 중국의 풍속에서 기원한 것으로 간주하고 만세일계의 천황이 일본을 영원히 통치한다는 데에서 근대 일본 국가의 정통성을 구하는 국체 관념, 즉 천황제의 근본이념은 근대 일본의 길을 크게 규정했다. 그러나 이런 주류적 흐름에 거역하는 비주류적 인식의 흐름도 일본에 존재했음도 기억해야 한다. 일례로 아시아의 맹주를 꿈꾸면서 대외적인 팽창의 길에 매진한 시기에 이시바시 단잔(石橋湛山, 1884-1973)은 소일본주의를 주창했다. 그는 1921년에 식민지전폐론을 통해 식민지 포기를 전면에 내세웠다. 그의 소국주의는 전후 평화헌법으로 결실을 맺었다고 최원식은 평가한다. 일본의 평화헌법을 미국에 의해 일방적으로 이식된 것으로만 보면 안 된다는 것이다.[98]

물론 일본의 평화헌법이 많은 한계에도 불구하고 오늘날에까지 이어지는 데에는 일본의 평화사상의 흐름이 일정하게 영향력을 발휘하고 있다고 해야 할 것이다. 달리 말하자면 그런 흐름이 약해지고 점점 더 주변화되는 것이 바로 일본사회의 전반적인 우경화의 흐름과 무관하지 않을 것이다. 실제로 『국체의 본의』에서 결정화된 천황제 혹은 신화적 국체 이데올로기는 오늘날 일본사회에서 여전히 살아 있다. 전후 일본의 천황제가 상징천황제[99]로 변형되었다고는 하나 다시 거센 흐름으로 부활하고 있는 일본의 국체 사상의 진면목을 제대로 이해하고 그것을 극복하기 위해서 우리는 근대 일본의 천황제를 떠받들고 있는 그 이념의 역사성을 매우 깊이 있게 고찰하지 않으면 안 된다. 이를 통해 우리는 근대 일본이 걸었던 경로의 특이함을 더 잘 이해할 수 있을 것이다. 이런 작업이 좀 더 충분하게

98. 최원식, 『제국 이후의 동아시아』, 창비, 2009, 24-25쪽 참조.
99. 천황제와 민주주의 사이의 양립가능성 문제는 일본 지식인 사회에서 크게 쟁점이 되고 있다. 양립할 수 없다고 보는 견해와 양립가능하다고 보는 입장이 존재하지만, 일본인 대다수는 천황제를 제외한 민주주의를 좋지 않다고 생각한다고 한다. 박진우 편저, 『21세기 천황제와 일본: 일본 지식인과의 대담』, 앞의 책, 170-171쪽 참조.

진행되기 위해서는 동아시아 3국이 보여준 근대성의 상이성과 공통성을 비교 연구하는 작업이 필요할 것이다. 이때 동아시아 3국이 공유하면서도 상이한 역사적 맥락 속에서 결이 다르게 전개된 유교전통을 비교 연구의 중요한 준거점으로 삼는 것은 불가결한 과제일 것이다.

제5부

동아시아 유학 전통과의 새로운 대화

제14장

두 갈래의 '유교'

──서구 계몽주의에 영향을 미친 '공자철학'을 실마리로[1]

고희탁

1. 들어가는 말

지금은 시들해졌지만 20세기 후반의 경이적인 동아시아의 경제적 성장과 더불어 '유교'가 한때 세계의 주목을 끌었던 바는 기억에 새롭다. 그 전형이 '아시아적 가치'라는 독특한 이름과 함께 한때 세계의 이목을 끌었던 '유교 자본주의론'이다. 유교문화가 경제발전의 주요한 동인이 되었다는 시각이다.[2] 그 연장선상에서 '유교 민주주의'론 또한 논쟁의 초점이 되기도 했다.[3] 그뿐 아니라 거기서 더 나아가 '유교'에 대해 "근대사상의 모순을

....

1. 이 글은 필자의 「'유교'를 둘러싼 개념적 혼란에서 벗어나기: 서구 계몽주의에 영향을 미친 '공자철학'을 실마리로 삼아」(『新亞細亞』 Vol. 23-2, 2016)를 수정 보완한 것이다.
2. 이승환, 「아시아적 가치와 유교 담론」, 『유교 담론의 지형학』, 푸른숲, 2004, 274쪽.
3. 강정인, 「유교 민주주의는 모순인가?」, 『전통과 현대』(1997 가을) 참조. 대중적으로는 1994년 *Foreign Affairs*에서 전개된 리콴유(李光耀) 싱가포르 전 총리와 김대중 당시 아태평화재단 이사장과의 '아시아적 가치'를 둘러싼 지상논쟁이 잘 알려진 사례일 것이다.

극복'하기 위한 문명적 대안으로서의 의미까지 부여되어 유교의 '덕윤리'가 새로운 관심의 대상으로 부각되기까지 하였다.[4] 여기서 '유교'는 근대적 가치만이 아니라 서구적 근대성의 한계와 거기서 비롯된 문명적 위기를 극복하기 위한 지적 자원이나 대안적 이상으로서 높이 재평가되고 있는 것이다.

그러나 다른 한편, 동일하게 '유교'라는 단어를 쓰면서도 이와 전혀 상반되는 평가 또한 엄존한다. 20세기 말 한국사회가 이른바 IMF사태로 몸살을 앓고 그간의 자신감에 커다란 상처를 입게 되었을 때, 당시 발간된 『공자가 죽어야 나라가 산다』가 인구에 회자되었던 바는 그 점을 전형적으로 보여준다. 이 책에서는 한국사회가 안고 있던 거의 모든 정치사회적 문제의 '원흉'으로서 '공자', 즉 유교적 사고방식이나 행태가 지목되었다.[5] 때가 때였던 만큼, 또 문외한이 아닌 중국학 전문가의 고발이었던 만큼, '유교'가 끼친 부정적 영향의 범위와 깊이, 그 장구함과 은밀함에 대한 그의 폭로에 놀랐을 사람도 적지 않았을 것이다.

이처럼 동일한 단어로 표기되어도 '유교'에 대한 이해와 평가는 극과 극을 달리는 양상이다. 전자에서는 '근대'적 가치와의 친화성이나 '탈근대'의 대안으로, 후자에서는 청산해야 할 부정적 '봉건=전근대성'의 상징으로 표상되고 있는 것이다. 그렇다면 일견 모순된 현상을 동시에 지칭하는 '유교'를 어떻게 보아야 하는 것일까? 혹자는 한 사물의 빛과 그림자라는 야누스적 양 측면의 발현이라고 생각할지 모른다. 또 다른 혹자는 시대적 변화에 따른 접근시각의 차이나 시대적 효용성의 차이로 이 모순적 현상을 설명하려고 할지 모른다.

그러나 필자의 생각은 다르다. 후자가 비판하는 신분적 약자 및 비특권자,

....

4.   함재봉, 『탈근대와 유교: 한국정치담론의 모색』, 나남출판, 1998, 258쪽.
5.   김경일, 『공자가 죽어야 나라가 산다』, 바다출판사, 1999.

여성 및 연소자와 같은 정치적·사회적 약자에 대한 차별을 정당화하거나 온존시키고서 전자가 내거는 근대적 혹은 탈근대적 삶이나 공동체가 온전히 실현될 리가 없다. 그렇다면 전자의 '덕윤리' 또한 위선이나 기만이라 하지 않을 수 없다. 또한 경제발전에 대한 유교의 기여를 둘러싼 평가의 극단적 대조에 대해서도 해명하지 않으면 안 된다. 동일한 단어로 지칭되고 있기는 하지만, 결코 동일하게 취급할 수 없을 정도로 서로 상반되기까지 하는, 즉 유교의 근대적 혹은 탈근대적 친화성에 대한 전자의 선양과 유교의 전근대성에 대한 후자의 비판 양상에 대해서 말이다. 이처럼 상반될 정도의 두 가지 발상이 '유교'로 지칭되는 개념 안에 뒤섞인 채로 존재하는 인식론적 혼란을 언제까지 방치하고 있을 것인가.

국내외를 막론하고 이제까지 많은 논저에서 그 둘을 마구 뒤섞어 마치 한 묶음인 것처럼 취급해왔을 뿐 아니라, 뒤섞임 그 자체에 대해 무지하거나 뒤섞임 자체를 대수롭지 않게 여겨왔다. 바로 그런 시각과 태도가 '유교'를 둘러싼 인식론적 혼란을 유발하거나 방치해왔던 것이다. 그에 따라 '유교'에 내포되어 있을지 모를 '근대적' 혹은 '탈근대적' 가능성이 온전히 포착되지 않은 채 고사하거나 그렇지 않으면 대중적 냉소 분위기 속에서 '그들만의 리그'에서 애지중지하는 골동품처럼 왜소화돼왔다고 생각한다. 그런 만큼 '유교'를 둘러싼 인식론적 혼란을 수습하고 한국사회의 미래나 인류사회를 위한 대안적 모색에 일조하기 위해서라도 '유교' 개념의 재정립은 절실하다.

그런데 '유교'를 둘러싼 이런 인식론적 혼란에는 실은 서구중심주의[6]의

....

6. 강정인에 의하면, 서구중심주의는 서구문명의 바탕을 이루는 세계관, 가치, 제도, 관행 등을 보편적이고 우월한 것으로 받아들이는 의식이나 태도를 가리킨다. 이 서구중심주의는 서구인들만이 아니라 비서구인들로 하여금 서구문명의 우월성 및 보편성을 받아들이게 함으로써 서구의 정치경제적 지배만이 아니라 문화적·생활적 지배에 정당성을 부여하도록 만든다. 그런 만큼 서구는 보편적 문화, 보편적 가치, 중심의 지위를 차지하고, 비서구는 주변으로 규정당하고 비하나 부정을 강요당하는 오리엔탈리즘의 대상으로 전락한다. 이에 따라 비서구 역시 서구의 세계관, 가치,

중심축인 오리엔탈리즘의 영향이 크다. 주지하다시피 19세기 중반부터 밀어닥친 서구의 동아시아에 대한 제국주의적 접근 이후 동아시아사회에 널리 퍼져간 이른바 '동양정체론'은 그런 인식론적 혼란을 증폭시켰다. 왜냐하면 동아시아를 '정체'나 '저발전'의 상징으로 규정하는 오리엔탈리즘적 단정 자체가 역사적 사실에 부합하는지 여부는 차치하고서라도,[7] 그 단정이 동아시아 자신의 자기규정에 심대한 뒤틀림을 초래해왔을 뿐 아니라, 특히 '유교'를 바로 그 뒤틀림의 최대피해자로 만들어버렸기 때문이다. 잘 알려진 대로 동아시아판 근대화론의 선구로 취급되는 후쿠자와 유키치의 서구중심주의적 문명론인 '탈아론'이 그 방해자로서의 '유교'에 대한 비판과 짝을 이루고 있었다는 사실은 그 점을 상징한다.[8]

그 이후부터 유교는 '봉건'체제의 정치사회적 불평등, 즉 신분질서의 불평등을 정당화하거나 조장하는 이데올로기로서 '주홍글씨'의 낙인을 감수해야만 했다. 공포에 의한 지배라는 몽테스키외의 논단에서부터, "황제 1인만이 자유롭고 그 나머지 사람들은 노예상태에 놓여 있다"는 헤겔의 규정을 거쳐, 비서구 사회에서의 일당독재를 '동양적 전제주의'의 당연한 귀결처럼 여긴 비트포겔의 명제에 이르기까지 유교에 퍼부어진 비난은 잘 알려진 바다. 물론 경제적 측면에 대한 평가도 이와 크게 다르지 않다. 저 유명한 베버의 '유교 테제', 즉 동아시아의 유교가 근대적 자본주의의 내재적 발전을 저지하였을 뿐 아니라 외부에서 주입된 자본주의에 대한 수용과 적응에도 방해가 되었다는 테제 또한 유교의 반근대성을 뒷받침하는

....

제도, 관행을 보편적이자 우월한 것으로 인식하는 반면, 비서구 스스로를 주변으로 규정하여 자기비하나 자기부정의 의식을 갖게 된다는 것이다. 강정인, 『서구중심주의를 넘어서』, 아카넷, 2004, 392쪽.

7. 한때 종속이론의 대표적 논자였던 안드레 군더 프랑크의 『리오리엔트』(이희재 옮김, 이산, 2003)는 오리엔탈리즘적 편견에 대한 경제사적 측면에서의 가장 강력한 반론일 것이다.

8. 후쿠자와 유키치, 『후쿠자와 유키치의 문명론』, 정명환 옮김, 기파랑, 2012, 참조.

것이기 때문이다. 이처럼 유교는 정치적으로도 경제적으로도 동아시아의 '정체'를 초래한 원흉으로서 서구인들만이 아니라 동아시아인들에게도 각인되어갔던 것이다.[9]

더욱이 유교에 대한 이런 오리엔탈리즘적 시각이 동아시아에 확산되어감에 따라 그 시각이 유교에 대한 모든 논의의 기본전제가 되는 인식론적 틀을 구조화해갔다는 점 또한 중요하다. 왜냐하면 그 구조화된 인식론적 틀이 긍정적이든 부정적이든 '유교'를 둘러싼 이후의 모든 논의를 규정하는 기본전제로 작동하게 되었고, 그에 따라 앞서 언급한 '유교'의 부정적 '봉건'성에 대한 비판만이 아니라 '유교'의 가능성, 즉 근대적 친화성이나 '탈근대성'에 대한 논의까지도 의식적이든 무의식적이든 그 틀 안에 가두어버리는 현상이 적지 않게 산견되기 때문이다. 그런 만큼 논의가 진행되면 될수록 '유교'를 둘러싼 인식론적 혼란은 가중되지 않을 수 없었던 것이다.[10]

그런 만큼 다음과 같은 초보적이지만 근원적이라 할 만한 질문, 즉 "청산해야 할 부정적 봉건성의 상징인 유교와 그 정반대의 근대적 친화성이

....

9. 앞서 언급한 『공자가 죽어야 나라가 산다』류의 시각은 특별히 새로운 것이 아니라 한 세기 가까이 선전되어온 그런 오리엔탈리즘의 한국적 통속화라 할 만한 것이다.

10. 예를 들어 한국의 사례에 한정해도, '탈유교'를 선언한 '탈아입구'에 친화적인 노선은 말할 것도 없고, 부분적으로든 전체적으로든 '유교'의 가능성에 대한 탐색을 시도하는 흐름조차 그런 오리엔탈리즘의 기본전제를 공통기반으로 하여 그에 대한 아폴로지로서의 안티테제 제시라는 성격을 벗어나기 어려웠다는 점이 그 반증이다. 일제시대부터 본격화한 실학 및 양명학 발굴과 그 대중적 선양의 계기가, 한편으로는 전근대 한국 역사의 내재적 발전성의 맹아나 증거를 찾아내어 일본 제국주의의 '조선사회 정체론'을 부정할 수 있는 근거를 마련한다는 의도에서 비롯된 측면이 크지만, 다른 한편으로는 '유교' 그 자체에 대한 완전 부정의 오리엔탈리즘적 시각에 대한 안티테제적 반론이라는 측면도 작지 않기 때문이다. 게다가 오늘날의 '유교 자본주의론'조차 베버의 '유교 테제'에 내포되어 있는 기본전제를 공통기반으로 하면서 단지 결과론적으로 그 평가를 역전시키는 데에만 머물고 있는 것처럼 보인다. 그런 의미에서 오리엔탈리즘 전개 이후의 '유교'를 둘러싼 논의는 애초부터 공통의 기본전제를 바탕으로 하여 그것에 친화적인 요소가 '있다/없다'식의 반복에 가까운 양상으로 전개될 수밖에 없는, 이른바 '기울어진 운동장'에서의 힘겨루기라 하지 않을 수 없는 것이다.

나 탈근대적 가능성을 가진 유교, 이 두 가지 유교 가운데 진짜 유교는 어느 쪽인가?"라는 상식적 질문에 봉착해도 그에 대한 해명을 온전히 할 수 없는 것이다. 마찬가지로 "베버의 '유교 테제'에서 비판당하는 유교와 그 정반대에 가까운 '유교 자본주의론'의 유교 가운데 어느 쪽이 실재에 부합하는가?'라는 질문에 대해서도 역시 그렇다. 그런데 그에 대한 대답이 "어느 한쪽이야말로 진짜이고 다른 한쪽은 진짜가 아니다'라는 식의 구도라면, 그 대답은 온전한 해명이 될 수가 없다. 그 반대의 문제제기도 성립 가능하기 때문이다. 물론 앞서 언급한 유교의 빛과 그림자라는 야누스적 양 측면의 발현으로 설명한다든지, 시대적 변화에 따른 접근시각의 차이나 시대적 효용성의 차이로 해명하려고 해도 충분한 납득을 이끌어내기 어렵기는 마찬가지다.

이 글에서는 '유교'를 둘러싼 양극단의 평가가 병존하는 상황에 대해, 한 존재의 야누스적 두 얼굴이 아니라 서로 다른 정체성을 갖는 두 존재의 뒤섞임의 결과로 파악하고, 근대성의 기본지표 가운데 하나인 정치사회적 평등성에 한정하여 서로 다른 두 가지 '유교'의 모습을 추출해내고자 한다. 그리고 이를 위해 『공자: 인간과 신화』라는 책으로 비교적 알려진 20세기 중반 미국의 중국학자 크릴(H. G. Creel)의 두 가지 '유교' 이해, 즉 하나는 공자철학 혹은 '초기유교', 또 하나는 한대 이후 변질·왜곡되기 시작하여 송대 주자학에 이르러 정점을 찍었다고 간주하는 '또 다른 유교' 두 가지로 구분하여 논의하는 구도를 활용할 것이다. 왜냐하면 크릴의 이런 구분(여기서는 편의상 전자를 '유교 A', 후자를 '유교 B'로 구분)에는 이 글의 문제의식과 관련된 시사가 풍부할 뿐 아니라, 계몽주의시대 유럽의 지식인들에게 끼친 유교의 영향을 논술하는 대목에서 정치사회적 평등성을 둘러싼 유교와 근대성과의 관계에 대한 주목할 만한 분석과 통찰을 제시하고 있기 때문이다.

따라서 이 글에서는 우선 크릴이 전개하는 '유교'에 대한 두 가지 구분 및 서구 계몽주의와의 관계에 대해 살펴보고, 이어서 조선시대 및 도쿠가와 시대 일본의 사례에 의거하여 정치사회적 평등성 문제를 중심으로 두 가지 버전의 공통기반인 이른바 '민본주의'에 대한 해석상의 분화양상을 추출·논증할 것이다. 그리고 그 과정에서 '유교 A'와 '유교 B'라는 서로 다른 정체성을 갖는 두 버전의 존재와 뒤섞임을 드러낼 것이다. 이를 통해 '유교' 개념을 둘러싼 인식론적 혼란의 장막을 걷어내고 서구중심주의에 침윤된 '유교' 개념이 초래한 오인을 수정하고, 전근대 동아시아에서 실제 정치사회적으로 기능했던 '역사적 유교'를 이해할 수 있는 새로운 개념 정립에 일조하고자 한다.

2. 서구 계몽주의와 유교와의 관계

앞서 언급한 크릴의 저서에서 공자철학 혹은 '초기유교'(유교 A)와 한대 이후 변질·왜곡되기 시작하여 송대 주자학에 이르러 정점을 찍은 '또 다른 유교'(유교 B)에 대한 변별을 강조하는 이유 또한 이 글의 문제의식과 유사하다. 크릴에 따르면, 공자에 대해 "구질서를 회복시키고 세습적인 귀족정치의 권위를 강화"시키려 한 '반동가'로 보는 견해가 적지 않지만,[11] 그 이미지는 오히려 공자의 의도 및 실천의 진면목과는 다르다. 오히려 실상은 그와 정반대라는 것이다. 그리고 그런 실상과 정반대의 표상이 만들어진 이유는 원래(유교 A)와는 달리 변질·왜곡된 유교(유교 B)를 '유교 A'처럼 오인하기 때문이다. 크릴이 '유교 A'와 '유교 B'의 구별을

....

11. 크릴, 『공자: 인간과 신화』, 이성규 옮김, 지식산업사, 2012, 21쪽. 크릴에 대한 인용은 한국어판을 주로 활용했으나, 필요에 따라서는 영어판(Creel, H. G. 1949. *Confucius: the Man and the Myth*. New York: John Day Company)에 의거하여 필자가 수정 보완하였다.

강조하는 이유다. 게다가 "현재 통용되고 있는 공자에 관한 지식의 대부분은 한대 또는 그 이후에 나온 것"이라는 지적처럼 그 오인의 문제를 크릴은 현대적 문제로 부각시킨다.[12] 앞서 언급한 것처럼 이 문제 역시 크릴이 집필하던 20세기 중반에 머물지 않는 현재진행형의 문제라는 점에서도 크릴의 두 가지 '유교'론은 '유교'의 두 가지 이해와 관련하여 중요하다고 하지 않을 수 없다.

그렇다면 크릴은 어떤 근거로 그런 두 가지 버전의 '유교' 존재를 역설하는 것일까? 앞서 언급한 그의 저서 제15장 "유교와 서구민주주의"는 크릴이 두 가지 버전의 '유교'의 존재를 인지·확신하게 된 계기를 잘 보여주는 부분이다. 이 장에서 그는 마테오 리치를 비롯한 예수회 선교사들에 의해 서신 및 보고서, 번역과 해제 등의 형태로 소개된 중국 및 공자철학이 서구 계몽주의시대의 유럽인들에게 심대한 영향을 끼쳤으며, 그 영향이 당대 유럽의 중세적 세계관에 대한 계몽주의 지식인들의 비판 및 해체, 근대적 세계관 형성에 의미심장한 기여를 했었다는 사실을 강조하면서, 그러나 잊힌 지 오래되어 그런 일이 있었다는 것조차 완전히 망각되다시피 한 중대한 역사적 사실을 환기시키고자 한다. 이 장 제목이 "유교와 서구민주주의"인 이유다.

잘 알다시피 계몽주의는 신, 자연, 국가, 인간 등의 존재와 상호관계에 대한 근원적 사고전환을 통해 철학, 정치학, 신학, 과학 등에서 성취된 근대 지향의 새로운 발전을 포괄하는 광범한 범위의 지적 운동이었다. 국가론적 차원에 한정한다면, 계몽주의는 그런 사고전환을 통해 국가 및 정부와 인간의 관계, 국가의 존재이유와 정부의 역할에 대해 이전과는 본질적으로 다른 사고를 상식화해갔다. 그 핵심을 정리해보면 크게 다음 네 가지로 요약할 수 있다. 첫째, 정부는 더 이상 목적이 아니라 국민의

....
12. 같은 책, 25쪽.

권리와 행복을 보장하고 유지하기 위해 존재하는 수단이 되어야 한다. 둘째, 그런 목적을 갖는 정부는 당연히 국민의 동의를 받지 않고는 존재할 수 없다. 셋째, 그런 목적을 달성하기 위해서는 정부 공직의 신분적 독과점을 철폐하고 공직의 요구에 어울리는 능력과 덕성을 가진 사람들에게 공직을 개방한다. 넷째, 그런 목적을 갖는 정부가 그 책임을 다하지 않고 민의를 배반한다면 국민은 저항권을 발동하여 그 정부를 교체 혹은 폐지할 수 있다.[13] 이와 같은 네 가지 기본원칙에 의거하여 계몽주의는 17-18세기 서구의 시민혁명에 지대한 영향을 끼치면서 새로운 시대를 열어갔던 것이다.

그런데 크릴의 "유교와 서구민주주의"에서 두 가지 버전의 '유교' 존재를 역설하는 데에는 예수회 선교사들을 통해 유럽에 전해진 '유교'가 이른바 '자유·평등·박애'를 출현시킨 계몽주의와 대단히 친화적이었을 뿐 아니라 그 이념의 형성에 깊이 관계했을 수도 있다는 사실을 보여주는 기록들과의 조우가 크게 영향을 미친 것으로 보인다. 그 기록들은 공자에 대해 "구질서를 회복시키고 세습적인 귀족정치의 권위를 강화"시키려 한 '반동가'로 보거나 그의 철학을 "군주권의 목적에 봉사"[14]하는 것으로 보는 부정적 시각과는 정반대의 사실을 보여주는 것들이기 때문이다.

이리하여 계몽주의로 알려진 철학적 운동이 시작된 직후 공자는 유럽에 알려지기 시작했다. 라이프니츠, 볼프, 볼테르를 비롯한 많은 철학자들과 정치가, 문필가들이 자신의 논증을 강화하기 위해 그의 이름과 사상을

....

13. 계몽주의에 대해서는 나라별, 시기별 다양성이 존재하여 일률적으로 설명하기 어려운 측면도 존재한다. 그러나 최대공약수라는 공통분모를 추출한다면, 그 다양성 가운데서도 공통의 기반을 찾기는 어렵지 않다. 스테파니 슈위츠 드라이버, 『세계를 뒤흔든 독립선언서』, 안효상 옮김, 그린비, 2005, 51-53쪽.

14. 앞의 크릴의 책, 316쪽.

이용하였고, 이 과정에서 그들 자신도 그 영향을 받게 되었다. 유교의 자극 아래 세습적 귀족정치가 중국에서 오래전에 실질적으로 폐지되었다는 사실은 영국과 프랑스에서 세습적 특권을 공격하는 무기로 이용되었다. 공자철학은 유럽 민주주의 이상의 발전과 프랑스혁명의 배경으로서 몇 가지 중요한 역할을 담당하였으며, 프랑스의 사상을 통해 미국 민주주의 발전에도 간접적인 영향을 미쳤다.[15]

논술에서 객관성을 잃지 않고자 조심스럽게 접근하는 크릴이지만, 이런 그의 인용만 보더라도 계몽주의 촉진이나 형성에 '공자철학'이 미친 영향의 범위와 깊이에 대한 주제는 우리의 지적 호기심을 자극한다. 이런 사실에 과문했던 필자를 포함하여 많은 이들에게 크릴의 이 발언은 기억 속에 오래 남을 인상적인 것이지 않을까.

어쨌든 크릴의 인용에만 한정해도 공자와 계몽주의가 대단히 친화적이었다는 사실을 보여주는 사례는 결코 적지 않다. 예를 들면, 프랑스의 대표적 계몽철학자인 볼테르는 공자를 찬양하면서 "지구에서 가장 행복한 시기, 따라서 가장 존경받을 만한 가치가 있는 시대는 그(공자)가 제시한 법을 따른 시대"[16]라고 칭송하고 있었다. 독일 계몽철학의 서장을 연 철학자로 알려진 라이프니츠는 인정하기 부끄러운 일이라고 첨언하면서까지 정치학과 윤리학에서 "그들이 우리를 능가하는 것이 확실하다"[17]고 고백하고 있었으며, 영국 계몽기 유명문필가였던 골드스미스는 영국의 세습적 귀족정치를 격렬하게 비판하면서 "대영제국의 모든 지위를 진정으로 공적이 있는 사람에 대한 보상으로 수여하지 않으면 안 된다. …… 바로 이 순간에도 세계에서 가장 크고 가장 인구도 많으며 가장 선정이 행해지고 있는 제국인

----

15. 같은 책, 26쪽.
16. 같은 책, 313-314쪽.
17. 같은 책, 308쪽.

중국에서 이 훌륭한 격언이 가장 엄격하게 준행되고 있다"[18]고 중국의 사례를 그 비판의 논거로 들고 있었던 것이다.

이처럼 볼테르, 라이프니츠, 골드스미스 등을 포함한 계몽기 유럽지식인들이 접한 유교는 '구질서'나 '세습적 귀족정치의 권위'를 강화하는 '반동'적인 것이 아니다. 오히려 그와는 정반대로 그것들을 비판하고 해체하는 데에 유의미한 이념과 방향을 시사하는 것들이었다. 바로 위의 골드스미스의 예처럼 공무담임을 둘러싼 한쪽의 특권과 다른 한쪽의 배제를 세습화한 신분적 차별·독과점 철폐와 만인에의 개방이라는 평등적 공무담임권만이 아니라, "당시 세계에서 가장 선정이 행해지고 가장 질서가 있는 나라로 알려진 중국에서는 억압을 받으면 혁명이 바로 '가장 신성한 권리이자 불가결한 의무'라는 원리가 오랫동안 자명한 진리로 인정"[19]되어 왔다는 사실까지 알려져, 앞서 언급한 몽테스키외가 『법의 정신』에서 중국의 통치원리를 '공포에 의거한 지배'로 규정하여 그 정치체제를 가혹한 전제정치의 대명사처럼 취급하면서도, 동일저서의 다른 곳에서는 그런 자신의 규정과 모순되는 것조차 느끼지 못할 정도로 "중국의 황제는⋯⋯ 제국의 정치가 제대로 되지 않으면 제국은 물론 자신의 생명까지 상실될 것이라는 점을 잘 알고 있다"[20]고까지 진술하지 않을 수 없었던 것이다. 그리하여 "인간의 고귀한 존엄성을 인정하고 그것이 당당히 존중받아야 한다고 주장한 것이나 인간에게는 침범할 수 없는 타고난 권리가 있으며 국가는 이 권리를 보호하고 개인으로 하여금 스스로 그 가치를 구현하도록 도와주는 것 이외에 어떤 목적도 가질 수 없다"[21]는 의식을 일반화하기 시작한 계몽주의적 사고가 "당대 교회의 그것보다는 유교의 사고방식과 훨씬

---

18. 같은 책, 324쪽.
19. 같은 책, 322쪽.
20. 위와 같음.
21. 같은 책, 308쪽.

더 유사한 위치로 이동했으며, 그 점이 계몽주의의 지도적인 인사들에 의해 인정되었을 뿐 아니라 광범위하게 공언되었다'[22]고 크릴이 서술할 정도이기 때문이다. 한마디로 "공자는 계몽주의의 수호성인"[23]이었던 것이다.

여기서 우리가 주의해야 할 것은 마테오 리치를 비롯한 예수회 선교사들이 '유교 A'와 '유교 B'를 구분하고 전자에 대해 경탄하면서 유럽으로 적극 알렸지만 후자에 대해서는 부정적 견해를 갖고 있었으며, 그 구분을 위해 후자를 따로 명명하고 있는데, 오늘날에도 일반적으로 통용되는 '신유교(Neo-Confucianism)'라는 명칭은 그때 붙여지게 된 것이라는 점이다. 그 이유는 '유교 A'와는 너무 다른, '왜곡된 유교'라는 의미를 담기 위해서였던 것이다.[24]

그들(예수회 선교사들 — 인용자)은 유교 경전을 연구하면 할수록 당시 유행하고 있던 철학이 초기유교와는 전혀 다르다는 것을 더욱 확신하게

----

22. 위와 같음.

23. Reichwein, Adolf. *China and Europe: Intellectual and Artistic Contacts in the Eighteenth Century.* trans. by J. C. Powell. New York: A. A. Knopf, 1925. p. 77. 최근의 연구로는 다음과 같은 사례들이 보인다. "유럽의 정치·도덕사상, 특히 경제사상에 대한 중국의 영향이 막상 절정에 달한 것은⋯⋯ 볼테르나 크리스티안 볼프의 정치적 저작들에서가 아니라, 푸랑수아 케네의 정치경제학에서였다". David M. Jones, *The Image of China in Western Social and Political Thought*, New York: Palgrave, 2001, p. 26; "극동문명은 유럽에 대해 단순한 '사례(example)'가 아니라 '모범(exemplar)'이었다". Chi-Ming Yang, *Performing China: Virtue, Commerce and Orientalis in Eighteenth-Century England, 1660-1760*, Baltimore: The Johns Hopkins University Press, 2011. P. 31; "중국은 계몽사상가들 가운데 핵심인물들의 정신을 사로잡았고, ⋯⋯계몽주의적 정치사상의 본질구성적(integral) 일면이었다. 중국 문제는 유럽이 어떻게 평가·비판되어야 하는지, 또 어떻게 긍정되거나 개혁 또는 심지어 배격되어야 하는지에 관한 유럽 정치의 여러 문제들과 불가분적 관계였다". Simon Kow, *China in Early Enlightenment Political Thought*, Oxford: Routledge, 2017, p. 2.

24. 앞의 크릴의 책, 310-311쪽.

되었다. 선교활동의 대선배 마테오 리치도 신유교의 형이상학에 대해 "내가 보기에는 500년 전 우상숭배파(불교)로부터 차용해온 것 같다"는 견해를 피력하였으며, 그는 초기 경전을 더욱 깊이 탐구한 결과, "이것은 공자가 아니다!"라는 결론에 도달했다.[25]

예수회 선교사들의 눈에는 '당시 유행하고 있던 철학', 즉 당대 '중국에서 일반적으로 통용된 정통유교'는 "그들의 열정을 일깨운 것들, 특히 『논어』나 『맹자』와 같은 책에 보이는 초기유교에 관한 언급"과는 너무도 다른 것이었다. 왜냐하면 '초기의 순수한 유교 개념'을 형성하는 『논어』나 『맹자』는 '이성의 빛'과 조화되는 내용들을 많이 담고 있을 뿐 아니라, "서구 어떤 철학자들의 저술에도 뒤떨어지지 않는" 것들인 데 반해,[26] '신유학·신유교'는 불교의 요소를 많이 받아들여 형이상학적 철학체계로 탈바꿈함으로써 "공자도 그것을 알아보지 못할 정도"로 달라져버린 것이었기 때문이다.[27] 물론 '신유교'가 "공자사상을 구체화시킨 점도 많지만", 한대의 유교 국교화 이후 '전제정치의 정당화'[28]나 "세습적인 귀족정치의 권위를 강화"[29]시키는 역할로 흘러, "볼테르 같은 유럽인들에게 호의적인 반응을 얻을 수도 없었거니와 명석하고 비판적인 정신을 가진 예수회 선교사들의 마음을 끌지도 못하고"[30] 있었기 때문이다. '공자철학'(유교 A)과 '신유교'(유교 B)를 엄밀히 구분하고자 했던 이유다.

생각해보면, 마테오 리치를 비롯한 예수회 선교사들이 중국에 도착하여

....

25. 같은 책, 311쪽.
26. 같은 책, 312-313쪽.
27. 같은 책, 310쪽.
28. 같은 책, 25쪽.
29. 같은 책, 21쪽.
30. 같은 책, 310-311쪽.

처음 접한 '유교'라면 그것은 '당시 유행하고 있던 철학', 즉 '일반적으로 통용되던 정통유교'로서의 '신유교'였을 것이다. 그들이 '유교'에 대해 탐구하려고 한 것은 중국 및 중국인이 '이교도적 야만에 가까울 것이라는 예상과 달리, 삶의 질에서도 도덕적으로도 그들의 예상을 훨씬 뛰어넘는 중국의 현실과 마주했기 때문이었을 것이다. 앞서 언급한 볼테르나 라이프니츠, 골드스미스 등의 언급을 통해서도 그 충격의 내용과 깊이를 짐작할 수 있는 것이다. "중국은 확실히 번영하는 나라"[31]였고, 볼테르가 "도덕문제에 관한 한 유럽인들은 중국인의 제자가 되어야 한다"[32]고 했을 정도이니 말이다. 그리하여 그들의 눈앞에 펼쳐진 놀라운 현실과 그들 자신의 마음속에 생긴 '충격과 동요'를 해명하기 위해서도 예수회 선교사들의 '적응주의 선교방식', 즉 중국의 말과 글을 자유자재로 쓰고 중국인들과도 공적, 사적으로 깊은 관계를 맺으면서 전개된 선교방식이 전략적으로 선택되었을지 모른다. 단지 효과적 선교를 위한 방식으로 보기에는 당시의 접근방식의 일반적 수준에 비해 파격적이라 할 만한 것이기 때문이다. 그리하여 '일반적으로 통용되던 정통유교'로서의 '신유교'와 조우하기 시작했을 텐데, 그들은 '신유교'와의 조우를 통해서는 그들의 의문을 풀 수 없었거나 혹은 풀리지 않는 새로운 의문을 가슴에 품게 되었을지 모른다. 그렇기 때문에 그들은 '신유교'의 사상적 원천인 '공자철학'의 직접적 자료라 할 『논어』, 『맹자』 등의 '유교 경전'으로 그 탐구의 범위를 넓혀가지 않을 수 없었던 것이다. 그리고 그 과정에서 그들은 '공자철학'과 '신유교'는 다른 것이며, 그들의 눈앞에 펼쳐진 중국의 놀라운 현실은 '공자철학'에서 비롯된 것이라는 점을 발견해냈던 것이라 유추할 수 있는 것이다.

크릴에 따르면, "공자의 민주주의적인 생각"[33] 혹은 공자가 "전면적인

....

31. 같은 책, 326쪽.
32. 같은 책, 314쪽.
33. 같은 책, 25쪽.

사회적, 정치적 개혁을 주장하였을 뿐 아니라 그 실현에도 기여한 사람'으로 서 '위대한 혁명가'[34]였음에도 불구하고, "이천 년 동안 그 이면에 숨겨져 있는 실제의 공자를 발견하는 것은 매우 어려운 일이었다',[35] "중국학자들 가운데 이런 견해를 갖고 있었던 사람은 많지 않았다. …… 예수회 선교사들 의 주장이 일반적으로 알려지면서 중국지식인들 사이에서도 광범위한 토론이 벌어졌다'[36]고 할 정도이니 말이다. 마테오 리치에 의해 "신유교가 고대 성현의 진정한 사상을 대표한다는 것이 처음으로 부장'[37]되면서 예수 회 선교사들은 당대 '신유교'의 최신 해석을 포함한 그때까지의 수많은 해석을 물리치고 "공자 자신으로 직접 돌아가려고 하였으며, 유럽으로 보내는 편지마다 자기들이 발견한 새롭고도 경이로운 이 철학자를 계속 언급하였다'[38]는 것이다.

이와 같이 크릴은 오로지 공자철학 그 자체에 대한 예수회 선교사들의 천착에 의해 처음으로 '신유교'와 다른 '실제의 공자'가 발견되었고, 그렇게 발견된 '실제의 공자'가 유럽에 전파되어 계몽주의의 형성과 촉진에 지대한 영향을 미쳤다는 점을 강조하고 있는 것이다.

3. 민본주의의 두 갈래

그런데 혹자는 이런 반문을 던질지 모르겠다. 크릴이 강조하는 '공자철학' 의 두 가지 원칙은 이른바 '민본주의'에서 발원하는 것인데, 그것은 '신유교'

---

34. 같은 책, 21쪽.
35. 같은 책, 25쪽.
36. 같은 책, 312쪽.
37. 같은 책, 311쪽.
38. 같은 책, 25-26쪽.

에서도 동일하게 중시되는 원칙이 아닌가? '신유교', 특히 그 중심인 주자학 역시 그 '민본주의'의 구현을 가장 기본적 정치목표로 삼았고, 민본주의 이념의 구체적 내용이 많이 포함된 『맹자』를 유교 경전의 주변적 위치에서 주자학 필독서인 '사서(四書)'의 하나로 중심화하고 있었기 때문에,[39] 그런 의미에서 이런 반문은 당연한 것처럼 보인다.

그러나 필자는 '민본주의'를 표방한다고 해서 모두가 동일하지는 않다고 생각한다. 그 '민본주의'가 실제 정치적, 사회적으로 어떻게 기능했는지에 대해서는 따로 검토하지 않으면 안 될 문제이기 때문이다. 특히 '민본주의'의 중심요소라 할 만한 '민'의 위상과 역할이라는 주제가 중요한 문제로서 남겨져 있다고 하지 않을 수 없다. 왜냐하면 거기에는 '민본주의' 해석에 있어서 크릴이 강조하듯이 민주주의를 강화하는가, 그렇지 않으면 전제주의나 귀족정치의 권위를 강화하는가라는 분수령이 존재하기 때문이다. 혹은 민본주의를 품고 있는 유교의 전통이 "전근대적이라기보다는 오히려 지극히 '근대적'인 전통"[40]인지 아닌지의 여부를 판가름하는 국면이기도 하기 때문이다.

그런 만큼 앞서 크릴이 거론한 공자철학과 서구 계몽주의의 관계에 빗대어 보면, 크게 다음 세 가지 측면에 대한 해석 및 태도가 그 분수령을 판단하는 중요한 척도가 될 법하다. 첫째, '민'에 대한 신분제적 불평등을 정당한 것으로 보는지 부당한 것으로 보는지의 여부다. 둘째, 통치대상의 지위에 있던 '민'을 통치의 공동주체로 간주하여 공무담임권에 대한 평등적 접근을 허용하는지의 여부다. 셋째, 지배층만이 아니라 '민'도 부당한 통치

....
39. 안병주, 「민본유교의 철학적 지향과 그 현실적 한계」, 『정신문화연구』 Vol. 13-4(1990), 23쪽. "혁명론을 내포한 맹자의 민본사상……을 벼랑 끝까지 몰아간 북송 사대부들의 孟子拒斥論으로부터 맹자를, …… 유교의 민본사상을 완벽하게 방위한 것은 도리어 주자였다"고 한다.
40. 함재봉, 『탈근대와 유교: 한국정치담론의 모색』, 앞의 책, 298쪽.

에 대한 저항권 및 혁명권의 주체로 동일하게 인정하는지의 여부다. 이와 같은 세 가지 척도만으로도 민본주의에 대한 시각이 민주주의에 친화적인지, 전제주의나 귀족정치의 권위 강화에 기여하는지를 우선적으로 가늠할 수 있을 것이다.

잘 알다시피 적어도 유교가 전파된 전근대 동아시아에서 민본주의는 적어도 지식인사회에서는 상식과도 같은 정치이념이었다. 지식인들이 일상적으로 접했을 유교 경전에서 민본주의는 가장 기본적인 주제였기 때문이다. 『서경』의 "백성은 나라의 근본이니 근본이 단단해야 나라가 안녕하다"[41]는 민유방본론은 흔히 인용되는 구절이었다. 『맹자』의 "백성이 가장 귀중하고, 사직이 그 다음이며, 임금은 가장 가벼우므로, 들녘의 백성을 얻으면 천자가 된다"[42]는 민귀군경론 역시 그렇다. 게다가 더 나아가 나라의 근본인 백성의 민심을 하늘의 뜻과 직결시킨다. "하늘은 우리 백성이 듣는 것을 통해 듣고, 하늘은 우리 백성이 보는 것을 통해 본다"[43]는 『서경』의 '민심=천심'론이 그것이다. 그런 만큼 민본주의에 반하는 폭군이나 암주에 대한 '방벌'을 정당화한 역성혁명론이나 조선시대에 간간이 행해진 '반정(反正)'론도 그 논리적 귀결이라 할 만한 것이다.[44] 이리하여 민유방본론, 민귀군경론, 방벌론 등이 그 뼈대를 이루는 민본주의는 앞에서 크릴이 구분한 '초기유교'는 물론 '신유교'에서도 핵심적 지위를 차지하는 정치이념이지 않을 수 없었다.

그러나 이런 민본주의에 대한 해석과 현실적 적용양상은 오직 한 갈래만이 아니다. 적어도 '민'의 위상과 역할이라는 문제와 관련해서 그에 적극적인가 소극적인가에 따라 민본주의의 실제적 역할도 크게 달라진다. 특히

....

41. 『書經』第二篇夏書 五子之歌 第三, "民惟邦本, 本固邦寧."
42. 『孟子』盡心下(14-14). "孟子曰, 民爲貴, 社稷次之, 君爲輕, 是故得乎丘民而爲天子."
43. 『書經』第四篇周書 泰誓 第一, 『孟子』萬章上(9-5), "天聽自我民聽, 天視自我民視."
44. 『孟子』盡心下(14-14).

신분적 제약이 제도화되었던 전근대적 상황을 고려한다면, 그 차이는 중요한 문제가 되지 않을 수 없다.

여기서 우리는 '사대부의 시대'라고도 불리는 조선시대에 이 민본주의가 어떻게 해석되었는지에 대해 살펴보지 않으면 안 된다. 왜냐하면 민유방본론, 민귀군경론의 시각에서 보면, '나라의 근본'이자 '가장 귀중한' 백성에 비해 '가벼운' 존재인 임금의 통치를 보좌하는 사대부는 논리상 임금보다 '더 가벼운' 존재일 수밖에 없다. 그럼에도 '사대부의 시대'라고 불릴 만큼 그 위세가 강력했기 때문이다. 이와 같은 논리와 실제의 불일치라는 패러독스를 해명하는 데에도 민본주의 해석의 향방은 중요한 실마리이지 않을 수 없다.

그렇다면 조선시대 사대부들은 이념상의 위치와는 정반대로 어떻게 실제로 중요한 존재로 자리 잡을 수 있었으며, 그 현실을 민본주의 이념과 모순되지 않게 설명·설득·강제할 수 있었을까? 필자는 그 중요한 열쇠가 종종 민본주의와 등치되는 '위민(爲民)통치론'에 숨겨져 있다고 본다. 나라의 모든 정사는 '백성을 위한 것'이어야 하지만, 백성들이 '어리석으므로' 지혜로운 사대부들이 '백성을 위해' 통치를 해야 한다고 해석하여, 자신들의 이념상의 '말단'적 지위를 다시 '통치자'의 지위로 끌어올리는 절묘한 논리를 '위민통치론'은 제공하는 것이 아니었을까. 그리고 그런 바탕 위에서 사대부들은 민본주의를 내세워 한편으로는 임금에 대해 '위민통치'의 '교사이자 동반자'로서 자기규정하고, 다른 한편으로는 백성에 대해 그들의 '대변인'과 같은 역할을 자임·공언함으로써 사대부의 지위와 특권을 강력히 정당화할 수 있었던 것이다.

물론 '위민통치론'의 존재 자체는 그 부재상태와 비교해볼 때 대단히 긍정적인 것이다. 현대적 사례에 비추어보아도, "유교 자본주의 국가들이 여타국에 비해서 공정한 소득분배를 달성하고 사회적 안정을 꾀할 수 있었던 것은 유교 국가가 자본주의를 부국강병의 도구로 도입하면서도 동시에 '위민'정책을 추구해온 결과'⁴⁵라고 할 수 있는 측면이 존재하기 때문이다. 또 잘 알려진 조선시대 사대부 저항의 수많은 사례들처럼 당대 정치행위의 향방에도 위민통치론이 일종의 나침반과 같은 역할을 통해 지속적 영향을 미쳤을 가능성 또한 적지 않다. 적어도 노골적인 폭압정치 대두를 견제하거나 그렇지 못하면 그에 대한 저항과 비판을 불러일으키는 이념적 원천의 역할을 기대할 수 있는 것이었기 때문이다.

그러나 그런 '위민통치론'에는 '민'의 위상과 역할이라는 문제와 관련해서 교묘한 논리적 트릭이 개재되어 있다는 점에 주의하지 않으면 안 된다. 하나는 '지우(智愚)'나 '현우(賢愚)'의 차이를 신분제적 '귀천(貴賤)'의 차이와 동일시하는 트릭이다. 또 다른 하나는 맹자의 기능적 분업론인 '노심자(勞心者: 정신노동자)-노력자(勞力者: 육체노동자)'론에 대한 신분제적 차별론으로의 왜곡이다. 이 두 가지를 짜 맞춰 만든 트릭의 기반 위에 정신노동자인 사대부들이 육체노동자들인 백성을 다스려야 한다는 '위민통치론'이 만들어졌던 것이다.⁴⁶ 그리하여 '나라의 근본'인 백성을 위한 통치를 전적으로 임금과 사대부들에게 맡기게 하고, 백성 그 자신은 그들의 시혜적 위민통치에 기대어 사는 수동적 존재로 머물러 있기를 요구받고 있었던 것이다.

그러나 실제로 맹자의 '노심자-노력자'론은 신분제적 차별을 의도한 것이 아니다. 그것은 사회적 분업의 불가피성을 주장하는 맥락에서 제기된 것에 지나지 않는다.⁴⁷ 맹자가 노심자와 노력자의 사회적 분업의 불가피성을 주장하고 있기는 하지만, 그 분업이 종신토록 또는 세습적으로 고정된

· · · · · · · · · · · · · · · · · · · ·

45. 함재봉의 앞의 책, 352-353쪽.

46. 황태연, 『대한민국 국호의 유래와 민국의 의미』, 청계, 2016, 103쪽.

47. 『孟子』滕文公上(5-4), "百工之事固不可耕且爲也. 然則治天下獨可耕且爲與. 有大人之事, 有小人之事. ……故曰, 或勞心, 或勞力. 勞心者治人, 勞力者治於人, 治於人者食人, 治人者食於人, 天下之通義也." 현자는 백성과 함께 손수 농사지어 먹고 아침밥과 저녁밥을 손수 조리하여 먹으며 다스린다고 주장하는 허행(許行)과 진상(陳相)의 무(無)분업적 현자정치론을 비판하는 맥락에서 맹자가 펼치는 논변이다.

것이라는 주장이 아니다. 『맹자』 만장편의 소개처럼 공자 자신은 젊은 시절의 창고지기나 목장관리인과 같은 육체노동의 '노력자'였다.[48] 그런 처지로부터 장년에는 고국 노나라의 재상에 올랐고 노년에는 거룩한 스승으로 존경받는 '노심자'로 상승해간 공자의 사례를 익히 알고 있는 맹자가 그런 사회적 이동을 가로막는 종신적 혹은 세습적 신분장벽을 인정할 리가 없는 것이다.

마찬가지로 '지우(智愚)'나 '현우(賢愚)'의 차이를 신분제적 '귀천(貴賤)'의 차이와 동일시하는 트릭에 대해서도 다음과 같은 상식적인 반론이 가능할 것이다. 신분제적 상위자가 누구나 그리고 언제나 지혜롭거나 현명하지 않은 것처럼, 신분제적 하위자가 누구나 그리고 언제나 어리석다고도 할 수 없다. 더구나 공자가 "천하에 나면서부터 귀한 자는 없다"[49]고 한 태생적 인간평등론을 이 트릭은 은폐하고 있는 것이다.

그럼에도 위민통치론을 떠받치는 트릭은 신분제에 동반된 각종 특권의 세습에 의해 얻어지는 '문화자본'을 누리는 사대부들과, 그와는 정반대로 신분적 각종 차별 및 배제로 인해 문화자본 자체를 가질 기회가 제한되거나 봉쇄되어버린 비특권자 및 사회적 약자들인 백성들과의 차이를 마치 선천적 차이나 일종의 '인종적' 차이인 것처럼 뒤바꿔버린 것이다. 그런 의미에서 위민통치론은 신분제적 세습을 공고화하면서 '위민통치'의 불가피성을 합리화하는 레토릭이었던 것이다.

그리고 이런 레토릭 조형의 선두에 주자학의 완성자로 불리는 주희가 있다는 점에 주의할 필요가 있다. 그는 앞서 본 것처럼 맹자가 말하는 자유로이 선택가능한 유동적 사회분업론을 치자와 피치자 간의 고정된 신분적 분업론으로 변조하여 자신들의 종신적 또는 세습적 지배자 신분을

....

48. 『孟子』 萬章下(10-5), "孔子嘗爲委吏矣. 曰, 會計當而已矣. 嘗爲乘田矣. 曰, 牧羊茁壯長而已矣."
49. 『禮記』 校特牲 第十一. "天下無生而貴者也."

정당화하고 있다. "군자는 소인이 없으면 굶주리고, 소인은 군자가 없으면 어지럽게 된다"[50]고 하여, 다스리고 녹봉을 받는 자(노심자)와 다스림을 받고 녹봉을 주는 자(노력자)를 미리 '군자'와 '소인'으로 예단하고 그에 대한 주석을 가함으로써 노심과 노력의 자유분업을 슬쩍 군자와 소인 간의 불변적 신분분업으로 둔갑시키고 있는 것이다.

이런 사고는 조선의 성리학자는 말할 것도 없고 실학의 창시자라 불리는 반계 유형원에게도 이어진다. 그는 "노심과 노력은 귀천의 직분이 구분되는 이유"[51]라고 하여, "신분이라는 것은 본래 귀천의 등급이 있는 것에서 비롯되었고, 다시 귀천은 본래 현자와 우자의 구분에서 비롯되었을 따름이다"[52]라고 신분의 귀천이 천성적 현우에서 비롯된다고 확언한다. 반계는 '현우'를 '귀천'과 직접 등치시켜 백성을 '어리석은 자'이자 '비천한 존재'로 단정하고 있는 셈이다.

천지간에 자연적으로 귀한 자가 있고 천한 자가 있어, 귀한 자는 남을 부리고 천한 자는 남에 의해 부림을 당한다. 이는 불변의 이치이자 불변의 추세이기도 하다.[53]

반계에게 신분적 차등관계는 "귀와 천으로 구분되며 그 원리는 천지자연의 법칙으로 보증된다는 것이고, 귀족은 비천한 백성을 부려야 하며 비천한 백성은 귀족에게 부림을 당함이 마땅하다는 주장"이었다.[54] 주자학적 해석

50. 朱熹, 『孟子集註』 滕文公上(5-4), "君子無小人則飢, 小人無君子則亂. 以次相易……治天下者, 豈必耕且爲哉."
51. 柳馨遠, 『磻溪隨錄』 卷1 田制上 分田定稅節目, "勞心勞力貴賤之職攸分."
52. 柳馨遠, 『磻溪隨錄』 卷10 敎選之制下 貢擧事目, "夫所謂名分者, 本出於貴賤之有等, 貴賤本出於賢愚之有分耳."
53. 柳馨遠, 『磻溪隨錄』 卷25 續篇下 奴隸, "大槪天地間自有貴者賤子, 貴者役人而賤子役於人. 此不易之理, 亦不易之勢."

을 넘어 공맹경전의 고학(古學)적 연구를 통해 국가개혁론을 도출했던 반계도 이렇게 사대부의 '치자' 기능을 '신분'으로 공고화하는 점에서는 "주희의 주석과 일치하는 발상"을 보이고 있었던 것이다.[55] 그런 의미에서 반계가 그리는 사회 역시 '위민'의 레토릭에도 불구하고 실은 "사(士), 양반이 중심이 되어" 사대부들 자신을 위해 운용하는 사회였던 것이다.[56]

그렇다면 세 번째 척도인 '방벌론'과 같이 '위민통치'의 수탁자가 치명적인 문제를 일으키고 있을 경우에 대해서는 어떻게 해석하고 있을까? 주희의 『맹자집주』에는 그런 저항권과 혁명권에 대한 '민'의 접근에 대해서도 부정적 뉘앙스가 흐르고 있다. 사대부의 통제를 벗어날 위험성에 대한 세심한 경계의 표현이라 할 만한 것이다.

> 이 말은 오직 아랫사람이 탕왕이나 무왕과 같은 지극한 인자(仁者)이자 윗사람이 걸(桀)이나 주(紂)처럼 지극한 난폭자인 경우에 한해서만 (방벌이 ─ 인용자) 가(可)하다는 뜻이다. 그렇지 않고서 함부로 행하게 되면 권력 찬탈과 임금 시해라는 죄를 면치 못하게 될 것이다.[57]

----

54. 김준석, 『조선후기 정치사상사 연구』, 지식산업사, 2003, 163쪽.
55. 같은 책, 157쪽.
56. 같은 책, 151쪽. 반계는 공무담임을 위한 유력한 접근통로인 교육문제에 대해서도 여전히 신분제적 틀 안에 갇혀 있다. 그의 '학교론'에서 학교 입학의 자격조건에 대한 신분제적 선긋기는 여전하다. 사대부의 경우 모든 자제에게 열려 있지만, 서민의 자제에 대해서는 준재('凡民俊秀者')에게만 입학을 허용하고 일반서민・공상인・시정잡배・무격(巫覡)잡류・공사천인과 그 자제를 배제하고 있다(『磻溪隨錄』 卷10 敎選之制下 貢擧事目). 이는 당시 문과・생진과 과거시험에 양반 서얼 및 양인 이하 신분층이 응시하는 것을 불허하고 이에 더해 사조(四祖)에 현관(顯官)을 배출하지 못한 집안의 자제를 배제하던 『경국대전』의 엄격한 신분제적 입학조건에 비하면 조금 완화된 것이기는 하나, 서민준재의 입교허용제가 실행되더라도 실상은 기존제도와 진배없는 것으로 전락했을 확률이 높다. 서민 가운데 '준수자'를 판별하여 공거(貢擧)하는 일 자체가 기존 사대부의 신분적 편견과 자의에 녹아나기 쉬운 것이었기 때문이다. 같은 책, 193쪽.

계몽주의적 사고에서 저항권이나 혁명권은 국민의 권리와 행복을 보장하고 유지하기 위해 설립된 정부가 그 책임을 다하지 않고 민의를 배반하는 경우에 발동되는 비상수단이다. 이에 비해, 주희의 '방벌론'에 대한 시각은 지나치게 소극적이다. '위민통치'의 수탁자들이 민의를 배반하는 경우 그 잘못에 어떻게 대처할 수 있는지를 논하는 대목에서 신분제적 한계선을 긋고 있는 것처럼 보인다. "맹자의 혁명론의 논지를 위정자에 대한 경계용의 발언으로 이해하면서 혁명론 냄새를 막기 위해 그 위에 뚜껑을 덮어두는 것을 잊지 않았다"[58]고 볼 만한 것이다. 그런 만큼 폭군이나 암주에 대해서는 사대부들이 나서서 그 수정이나 탄핵을 추진할 수 있다고 간주했겠지만, 위민통치 수탁자의 한 축이 되는 사대부 자신들이 민의를 배반할 경우에 대해서는 그다지 심각하게 생각하고 있지 않은 듯하다.[59]

이상과 같이 '위민통치론'은 민본주의 이념을 그 바탕에 두고 있는 것이기는 하나, 그 해석 및 현실적 적용 방향의 소극성에서 볼 때 실제로는 '민본'적인 것이 아니라 '사본(士本)'적인 것이라 할 만한 성질이었다. 그것은 사대부의 신분적 치자 지위를 '현자에 대한 통치권의 위탁' 논변에 의해 정당화하든, 맹자의 '노심-노력 분업론의 귀천론적 왜곡'에 의해 정당화하든, 결국 둘 다 민유방본론·민귀군경론 등에 대한 '소극적' 해석, 즉 백성은 근본일지라도 어리석어서 자치능력이 없거나 육체·정신노동의 분업구조상 자치가 불가능하므로 충심으로 백성을 위하는 현군과 사대부 현자들이 통치를 해주어야 한다는 식의 소극적 해석에 의거하여 논리적으로

....

57. 朱熹,『孟子集註』梁惠王章句上 8, "斯言也, 惟在下者有湯武之仁, 在上者有桀紂之暴, 則可. 不然是未免簒弑之罪也."
58. 안병주의 앞의 논문, 24쪽.
59. 조선시대에 왕성히 전개된 도덕성과 사욕에 대한 논의에서 군주나 백성을 의식한 논의는 많지만, 사대부 자신들에 대해서는 자타검열 정도의 차원에 머물러 있는 인상이 강하다.

정당화하고 있었던 것이다.[60]

　동일한 공자철학에서 발원한 민본주의라 할지라도, 계몽기 유럽에서는 크릴이 논증했듯이 그것이 민주주의적 이념이나 원칙의 강화나 촉진에 기여한 데 반해, 위에서 살펴본 조선의 사례에서 알 수 있듯이 '민'은 어리석고 자치능력이 없으며 위로부터의 적절한 통제 없이는 질서를 교란하기 쉬운 존재로 규정당하고, 오히려 '위민통치'라는 이름으로 그 통치주체의 한 축인 사대부의 위상과 역할이 더 크게 클로즈업되는 비(非)민주주의적 방향이 온존·강화되고 있었던 것이다. 전자는 민본주의의 가능성을 최대한 적극적으로 해석하여 '민본'에 내포된 위민통치(government for the peo-ple)의 측면만이 아니라 그것의 실질화를 위한 민주적 통치(government by the people)의 측면을 창조·촉진하는 데까지 나아가게 한 것이다. 그런데 비해 후자는 민유방본론, 민귀군경론, 방벌론 등을 기존의 신분질서에 제약된 소극적 해석에 가둬 그 탈신분제적 가능성을 정치적으로 무력화시키고, 일종의 세습적 귀족에 의한 위민통치라는 귀족주의적 민본주의의 정당성만을 보수적으로 고착화시키고 있었다고 할 만한 것이다.

4. 귀족주의적 민본주의에서 탈귀족주의적·민주주의적 민본주의로

　어쩌면 혹자가 여기까지의 논의의 흐름만으로 성급하게 결론을 추론하려 한다면, 동일한 민본주의라는 뿌리에서 민주주의적 민본주의를 산출한 계몽기 유럽과 귀족주의적 민본주의를 고착화한 조선이라는 대조를 보여주는 이 글 역시 그에게는 마치 앞에서 언급했던 서구중심주의의 오리엔탈리즘적 구도를 재확인해주는 것처럼 비칠지 모르겠다. "전통적 유교는 비민주

---

60. 황태연의 앞의 책, 120쪽.

혹은 반민주 둘 중 하나였다. …… '유교 민주주의'는 형용모순[61]이라거나, "아시아의 민주주의는 인민을 위한 것이지만, 그렇다고 해서 반드시 인민에 의한 것이 아니다"[62]는 의견이 여전히 한편에 강력하게 존재하니 말이다.

그러나 그런 생각은 후자만을 염두에 둔 '반쪽만의 역사'를 가지고 마치 전체인 양 취급하는 일반화의 오류에 빠져 있다는 비판을 면하기 어렵다. 물론 서구중심주의의 오리엔탈리즘 역시 그렇다. 게다가 오리엔탈리즘은 크릴이 꽤 상세하게 논증한 이른바 '이스턴 임팩트(Eastern Impact)',[63] 즉 공자철학과 당대 중국이 계몽기 유럽에 심대한 영향을 미쳤다는 역사적 사실에 대한 완전한 무지의 표명이라 할 만한 것이다. 어쨌든 우리는 여기서 넓게 보아 민본주의의 본고장이라 할 동아시아에서 귀족주의적 민본주의만 이 아니라 거기서 벗어난 탈(脫)귀족주의적 민본주의나 민주주의적 민본주의로 향하는 의식이 용출(湧出)되어온 사실들을 새로이 인식하지 않으면 안 된다. 거기에 전자와 친화적인 '또 다른 반쪽의 역사'가 있기 때문이다.

우선 탈귀족주의적 민본주의의 사례로서 주목해야 할 것은 18세기 영·정조 탕평군주시대에 왕권강화책과 맞물려 군주를 중심으로 조정 주변에서 당시 공공연히 사용된, 그러나 오늘날에는 아직 그렇게 널리 알려지지 않은 '민국(民國)' 이념이다.[64] 그것은 민유방본론에 대한 종전과는 다른

....

61. 헌팅턴, 『제3의 물결: 20세기 후반의 민주화』, 강문구·이재영 옮김, 인간사랑, 2011, 416·425쪽.

62. 猪口孝, 「アジア的價値とアジアの民主主義」, 『第1回靜岡アジア·太平洋學術フォーラ ム記錄集』(1997), 10쪽.

63. 19세기 후반부터 20세기에 걸쳐 서구인들만이 아니라 동아시아인들에게까지 회자된 이른바 '웨스턴 임팩트'라는 표현에 빗댄다면, 크릴의 논증내용은 실로 '이스턴 임팩트'라고 부를 만한 사상사적 사건을 묘사하고 있었다고 생각한다.

64. 이태진, "18세기 한국사에서의 民의 사회적·정치적 위상", (재)한일문화교류기금 주최 제10회 한일·일한합동학술회의 『한국과 일본에 있어서의 시민의식의 형성과 정』(1997). 이 논문에서 처음으로 탕평군주들의 '민국' 이념이 소개·분석되었다. 같은 제목의 논문이, 이태진·김백철 엮음, 『조선후기 탕평정치의 재조명(상)』(태학

해석의 반영이다. 다음은 영조의 민본주의에 대한 새로운 시각의 해석이다.

> 『서경』에 '백성은 나라의 근본이기에 근본이 단단하면 나라가 안녕하
> 다'고 하였다. …… 오! 하늘이 그들(백성들－인용자)에게 임금과 스승을
> 만들어주시는 것은 곧 백성을 위한 것이다(作之君, 作之師, 卽爲民也).
> 백성을 위해 임금이 있는 것이지, 임금을 위해 백성이 있는 것이 아니다(爲
> 民有君, 不以爲君有民也).[65]

원래 군사정변으로 성립의 기틀을 마련한 조선왕조는 민본주의를 기본적
통치이념으로 내걸고 건국과 지배의 정당성의 근거로 삼았다. 그렇기는
하지만, 앞서 살펴보았듯이 사대부들은 민본주의에 대한 소극적 해석을
통해 귀족주의적 위민통치를 민본주의 구현의 가장 바람직한 방안으로
못 박고 있었다. 그리하여 '민귀군경론'의 논리상 '가장 가벼운' 존재일
수밖에 없었음에도 불구하고 '사대부의 시대'라고 불릴 만큼 그들은 강력한
위세를 떨치고 있었다. 그뿐만이 아니라 "백성이란 나라의 근본이고, 임금이
란 백성의 주인"[66]이라는 표현에서처럼 '임금 우위의 군민관계'에 기반하여
'백성의 나라'가 아닌 '임금의 나라' 혹은 '임금과 사대부의 나라'로 간주하
고 있었다. 그런 의미에서 종전의 귀족주의적 위민통치론에서 군주와 백성
의 관계는 반드시 관리나 사대부를 매개로 한 간접적 관계였기에 군주가
우선 얻어야 하는 것은 민심 이전에 사대부의 마음이었던 것이다.

그런데 반해, 위에서 본 영조의 민본주의 해석은 그간의 민본주의에
대한 소극적 해석을 뛰어넘는 것이다. 그리고 그 사고를 '민국' 이념에
담아 당대의 체제 재정비의 깃발로 삼았다. '민국' 이념에 의해 '소민'(小民＝

....
사, 2011)에 실려 있다.
65. 『承政院日記』 영조 31년 1월 6일조.
66. 『燕山君日記』 연산군 1년 7월 17일조.

서얼·중인·양민·천민·노비)의 보호를 국가의 '존재이유'로 규정하고, 탕평군주들이 직접 나서 비리를 범하는 사대부들에 대한 규탄과 단속, 민생을 내팽개치고 당쟁을 일삼는 사림사대부들에 대한 탄핵과 함께 훈구사족의 우월권을 박탈하는 방향으로 체제를 재정비해간 것이다.

그 배경에는 당대에 이미 『정감록』의 횡행과 개벽변란 사건들의 빈발을 통해 상당히 거세게 일어나기 시작한 반왕조적 움직임이나[67] 향전(鄕戰)을 비롯한 지방 각지에서 전개된 향촌사회의 권력구조 변동 양상[68]에서 나타나는 백성들의 전반적인 신분상승·신분해방을 향한 열망의 표출이 존재한다. 18세기 탕평군주들은 그런 반왕조적 움직임을 무마하고 탈신분제적 열망과 민생론적 요구 등을 비롯한 아래로부터의 민압(民壓)을 적극 수용하며, 소민들의 정치적 지위향상과 참정 요구에 적극 호응하여 강력한 왕권중심체제의 구축을 모색한 것이다. 이처럼 '민국' 이념은 백성의 정치적 성장과 이에 대한 탕평군주의 대응과 수용의 합작품이었고, 그 과정에서 '민'과 '국'을 일체화하는 의미의 합성어 '민국'은 등장했다.[69] 그런 만큼 탕평군주들에 의해 추진된 "추쇄법의 유예·폐지를 통한 간접적 노비혁파와 직접적 시(寺)노비 해방안 마련, 임금노동 촉진, 서얼 등용, 법전 편찬, 어사제도 강화·개편, 상언·격쟁제도 활성화, 소민을 위한 세제·부역제도 개편 등"[70]의 친소민적 개혁조치에는 종전의 사대부 중심의 귀족주의적 민본주의로부터의 탈피와 함께 신분제 장벽에 대한 해소나 완화, 공무담임을 둘러싼 평등적 지향을 내포하지 않을 수 없었던 것이다.

....

67. 고성훈 외, 『민란의 시대』(가람기획, 2000); 백승종, 『정감록 미스터리』(푸른역사, 2012) 등 참조.
68. 김인걸, 「조선후기 향권(鄕權)의 추이와 지배층 동향」, 『한국문화』 2(1981); 고석규, 「19세기 전반 향촌사회세력 간 대립의 추이」, 『국사관논총』 8(1989) 등 참조.
69. 황태연의 앞의 책, 158-159쪽.
70. 김백철, 『조선후기 영조의 탕평정치』(태학사, 2010); 이태진, 『새 한국사』(까치, 2012) 등 참조.

그렇다면 탕평군주의 시대와는 정반대의 경우, 즉 폭군이나 암군에 대해서는 주자학적 해석과 다른 길이 존재했었던 것일까? 방벌론에 대한 해석에서 이를 찾는다면, 17세기 말 도쿠가와시대의 유학자 이토 진사이(伊藤仁齋)의 사례에서 가장 근원적인 전환의 전형이 보인다. 주자학 학습만으로는 만족하지 못하던 그는 주자학의 틀을 벗어나 『논어』와 『맹자』로 직접 돌아가 공맹철학의 원뜻(古義)을 발견하고, 앞서 언급한 마테오 리치의 경우처럼 "주자학은 공자가 아니다!"고 선언한 케이스다.[71]

> 탕(湯)·무(武)의 방벌과 같은 사례는 도(道)라 해야 한다. …… 천하공공의 도(天下公共之道)에 따른 것…… 천하를 위해 잔학한 자를 제거하였기에 인(仁)이라 하고, 천하를 위해 도적을 물리쳤기에 의(義)라 하는 것이다. 당시에 만일 탕·무가 걸(桀)·주(紂)를 방벌하지 못하여 그 악정이 여전하다면, 반드시 탕·무와 같은 인물이 나타나 반드시 이들을 없애지 않았으랴. 그런 인물이 위(上)에 있지 않았다면 아래(下)로부터 출현했을 것이며, 한 사람이 이를 잘 실행할 수 없었다면 천하의 만민이 들고 일어나 이를 실행하지 않았으랴.[72]

그는 여기서 탈주자학적 해석에 의거하여 탕왕과 무왕에 의한 역성혁명의 사례를 종전과 같이 '역사적 예외상태'로서의 '권(權)'이 아니라 '천하공

---

71. 고희탁, 「에도시대 '민'의 정치적 각성과 그 역설」, 『일본사상』 No. 22(2012) 참조.
72. 伊藤仁齋, 『語孟字義』 權 제4조, "先儒又謂, 如湯武放伐, 伊尹放太甲, 是權. 此亦不深考耳. 若伊尹之放太甲, 固是權, 如湯武之放伐, 可謂之道, 不可謂之權, 何哉? 權者, 一人之所能, 而非天下之公共. 道者, 天下之公共, 而非一人之私情. 故爲天下除殘, 謂之仁. 爲天下去賊, 謂之義. 當時藉令湯武不放伐桀紂, 然其惡未悛焉, 則必又有若湯武者誅之. 不在上則必在下. 一人不能之, 則天下能之. ……蓋以合於天下之所同欲也. 唯湯武不狗己之私情, 而能從天下之所同然, 故謂之道. 漢儒不知此理, 故有反經合道之說. 宋儒有權非聖人不能行之論. 其他非議孟子之說者, 皆不知道爲天下公共之物, 而漫爲臆説耳".

공의 도'라는 '보편적 일반원칙'의 '도(道)'로서 규정하고, 유사경우에 대한 '아래로부터'의 대항과 정치참여를 '민'의 정치적 의무로서 위치지우고 있다. 백성들도 악정이나 폭정에 대한 정치적 저항의 주체의 일원으로서 그 존재를 인정받게 된 그의 해석에 따르면, 종전의 주자학의 귀족주의적 민본주의와 그 신분제적 정당화를 타파할 가능성을 충분히 내포한 것이다. 더욱이 "『맹자』를 실은 배는 반드시 침몰한다"는 속설조차 나돌 정도로 맹자의 논의가 도쿠가와시대에 가장 금기시된 유학적 이론이었고,[73] 그런 논의를 설혹 알고 있었다 해도 그것을 쉽게 내면화하거나 발설하기 어려웠을 사무라이시대 한가운데에서의 주장이었다는 점을 감안한다면, 그리고 도쿠가와시대는 물론 전근대 동아시아에서 '아랫사람'이던 백성이 그때까지 사상적으로나 정치적으로나 통치대상이자 동원대상으로만 간주되어 수동적·소극적 존재로서만 요구받고 있었던 사정을 고려한다면, 그의 '천하공공의 도' 명제와 방벌론 해석의 근원적 전환은 귀족주의적 민본주의에서 민주주의적 민본주의로의 정치철학적 전환을 상징한다.

그렇게 보면 앞서 보았던 조선시대 탕평군주들의 대두와 1800년 정조 급사 후의 탕평군주의 부재라는 조건의 대조적 변화가 이른바 '민란의 시대'를 유발했을 가능성이 크다고 유추할 수 있다. 그리고 그 연장선상에서 동학(東學)의 등장도 이해해야 한다. 즉 그런 상황이 조성된 것은 단순히 객관적 상황이 나빠졌기 때문에 일어선 것이 아니라, 당대를 탕평군주의 시대와 비교하여 국가공공성의 파탄적 상황으로 인식하고 그 상황에 대해 주관적으로 '참을 수 없다'고 느꼈기 때문에 들고 일어선 측면이 강하다.[74] '민란의 시대'에는 종전의 민란에서 일반적이던 단순한 불만의 폭발이나 울분의 분출, 파괴 및 약탈행위 등이 점차 사라져갔다. 그 대신에 당대와

....

73. 野口武彦, 『王道と革命の間: 日本思想と孟子問題』(東京: 筑摩書房, 1986), p. 6.

74. 토크빌, 『앙시앵 레짐과 프랑스혁명』(이용재 옮김, 박영률출판사, 2006)은 이와 유사한 시각에서 프랑스대혁명의 발발을 조명하고 있다.

탕평군주시대와의 낙차를 문제시하여 그들 자신의 힘을 보태어 '민국'의 회복을 스스로 이루고자 했던 성격을 띤다. 그리하여 '민국' 이념에 의거한 정책 및 대민업무를 수행해야 함에도 그렇지 못하는 관리를 대신하여, '민' 스스로 그것을 대신 수행한다는 '대집행(代執行)' 논리[75]에 의해 처형을 각오한 대표를 선발하고 그 지도에 따라 불법을 자행하는 탐관오리를 질서문란의 원흉으로서 추방하거나 그 대표로 하여금 상경하여 국왕에게 직소하게 하는 형태의 민란이 빈발했던 것이다.[76] 물론 '인즉천(人卽天)'과 '보국안민'의 기치 아래 결집한 동학농민의 1차, 2차 봉기 이유와 전개상황 역시 잘 알려진 대로 '대집행' 논리를 더 확장시켜 민본주의를 민주주의적 방향으로 더 강하게 추동하는 것이었음은 재론할 여지가 없다.

이와 같이 민본주의에만 한정해도 '비민주'나 '반민주'로 불릴 만한 사대부 중심의 귀족주의적 민본주의만이 아니라, 크릴이 서구 계몽주의 형성이나 촉진에 심대한 영향을 미쳤다고 인정하는 공자철학 혹은 '초기유교'에 가까운 민주주의적 민본주의 버전이 군주 측에서도 백성 측에서도 형성·전개되고 있었던 것이다. 그리고 그런 '또 다른 반쪽의 역사'의 존재 때문에 '웨스턴 임팩트' 이후 여러 우여곡절을 거치면서도 동아시아가 비교적 서구민주주의에 친화적인 길을 걷게 되었을 개연성이 크다고 생각한다.

5. 나가는 말

75. 배항섭, 「19세기 지배질서의 변화와 정치문화의 변용」, 『한국사학보』 39(2010) 참조.
76. 정창렬, 「조선후기 농민봉기의 정치의식」, 『한국인의 생활의식과 민중예술』(성균관대학교 대동문화연구원, 1984); 이이화, 「19세기 전기 민란 연구」, 『한국학보』 35(1984); 한명기, 「19세기 전반의 반봉건항쟁의 성격과 그 유형」, 『1894년 농민전쟁연구(2)』(한국역사연구회, 1992) 등 참조.

위에서 살펴본 것처럼 '유교'라는 동일한 단어로 표현되어도 그 내포는 동일하지 않다. 적어도 민본주의에 한정한다면, 크릴이 구분했듯이 민주주의에 친화적인 공자철학인가, 전제주의나 귀족정치에 친화적인 신유교인가에 따른 커다란 차이가 존재하는 것이다.

그럼에도 이 두 갈래를 단지 '유교'라는 이름으로 뭉뚱그린 채, "유교에는 군주가 성왕이 되어야 한다는 도덕적 요청으로서의 유교도 있고, 현실 군주를 성왕으로 칭송하는 전제주의 이념으로서의 유교도 있다. 현상 비판의 윤리적 기제로서의 유교, 현상 유지의 합리적 기제로서의 유교가 역사적으로 다 존재했다"[77]는 식으로 애매하게 구분하기에는 그 차이는 너무 크다. 동일논문에서 김상준이 '아시아적 가치론'에 대해 "모두가 친족주의 또는 유사 친족적 공동체주의를 유교적 가치의 핵심으로 간주…… 개발독재와 유교를 파트너로 본 것…… 그것이 유교라면 말류의 유교'라고 하면서, "'자유주의의 폐해'를 극복하기 위해 친족주의나 혹은 유사 친족주의를 적극적으로 평가해야 한다는 주장은 근거가 박약하다. 유교 공동체 의식의 본령은 천하위공 사상에 있지, 좁은 친족주의에 있지 않다"[78]고 비판하는 것처럼, '유교'에는 '천하위공(天下爲公)'과 '친족주의' 두 버전이 존재한다. 그러나 그것을 김상준의 정리처럼 본말(本末)의 관계로 취급해서는 오리엔탈리즘의 멍에가 유발한 인식론적 혼란을 깨끗이 정리하기 어렵다. 그것들은 확연히 서로 다른 별도의 두 가지 버전이기 때문이다.

그런 만큼 앞으로는 '유교'라는 애매모호한 개념 사용을 지양하고, '공자철학'(혹은 공맹철학)과 '신유교'(혹은 신유학)로 엄밀하게 구분해서 사용하지 않으면 안 될 것이다. 그럴 때만이 앞서 다룬 '민국' 이념이나 동학 등에서 나타나는 탈귀족주의적 혹은 민주주의적 민본주의의 새 흐름들의

----

77. 김상준, 「유교 윤리성과 비판성: 21세기 문명 재편의 한 축」, 『사회사상과 문화』 28(2013), 70쪽.
78. 같은 글, 72쪽.

역사적 좌표를 온전히 포착해낼 수 있을 것이며, '근대적' 변동기에 보이는 동아시아 문명권과 서구민주주의와의 상대적 친화성에 대한 새로운 이해도 가능하지 않을까.

이상에서 볼 때, 이 글에서 살펴본 크릴의 두 갈래의 유교 규정과 민주주의와의 친화성에 따른 구분은 대단히 계발적이다. 이런 크릴의 연구가 동아시아 전역에서 서구중심주의가 대단한 기세를 떨치며 상식화해간 20세기 중반에 발표되었다는 점을 고려한다면, 그의 연구는 서구중심주의의 근원적 문제성이나 유교의 두 가지 버전에 대해 성찰적으로 재검토하는 데에도, 그리고 여전히 그런 사실조차 잘 알지 못하거나 그런 사실에 대해 무관심한 현재 한국의 학계에 경종을 울린다는 의미에서도 여전히 중요한 목탁이다. 그런 의미에서 최근에 크릴의 연구를 업그레이드시킨 듯한 연구가 한국에서 줄을 잇고 있다는 점,[79] 그리고 탈귀족주의적 혹은 민주주의적 민본주의 버전에 대한 역사적 연구도 진척되고 있다는 점[80] 등은 매우 고무적이라 하지 않을 수 없다.

---

79. 황태연, 『공자와 세계 (1)-(5)』(청계, 2009); 안종수, 「볼테르와 유교」, 『철학논총』 65(2009); 조혜인, 『동에서 서로 퍼진 근대 공민사회』(집문당, 2012); 전홍석, 『독일 계몽주의의 유학적 기초』(살림, 2014); 황태연·김종록, 『공자, 잠든 유럽을 깨우다』(김영사, 2015); 황태연, 『패치워크문명의 이론: 동아시아 관점의 새로운 문명관』(청계, 2016) 등 참조.
80. 이영재, 『민의 나라, 조선』(태학사, 2015); 황태연, 『대한민국 국호의 유래와 민국의 의미』(앞의 책) 등 참조.

제15장

가까운 사람, 아는 사람 그리고 낯선 사람
──사회변천 경관 속의 유가윤리[1]

천샤오밍 (陈少明)

1. 들어가는 말

이 글을 통해 유가윤리의 현대적 의미에 대해 새로운 담론의 틀을 제시해
보고자 한다. 이 글은 인성론을 기반으로 유가윤리의 형이상학적 가치를
다시 서술하는 것이 아니며 유가적 도덕 인격이 오늘날의 생활 속에서
가져야 할 매력을 다시 보이려는 것도 아니다. 이 글은 인간이 인간에
대한 시각과 태도에서 출발하고, 유가전통의 사상자원을 활용하여 인륜관
계와 가치 취향(趣向) 및 사회조직 구조와 관련된 모습을 새롭게 그려볼
것이다. 필자는 그것을 더 많은 보완이 필요한 윤곽 또는 실마리로 삼아
모두에게 보여줄 것이다.

....

1. 태정희 옮김. 본 논문은 ‘동아시아, 현대성과 유교전통’ 국제회의(중산대학철학과,
   연세대학국학연구원 HK사업단, 서강대학 SSK탈서구중심주의연구단 공동주최, 서
   울, 2015. 12. 11-12)에서 발표한 적이 있다.

이 글을 쓰게 된 계기는 오늘날 학자들이 유가전통에 '낯선 사람[生人]' 관념이 부족하다는 비판 때문이다. 이들은 효친(孝親)을 핵심으로 하는 유가윤리가 가까운 사람[親人] 더 나아가 아는 사람[知人]과의 관계는 처리할 수 있지만 낯선 사람과의 관계에 대한 계획이 없는 한 이는 비전이 없는 사상 학설에 불과하다고 본다.[2] 이런 관점은 두 가지 특징이 있다. 첫째, 인격 이상, 즉 어떤 사람(성인 또는 군자)이 될 것인가 라는 목표에 있어서 유가에 이의를 제기하는 것이 아니라 인간관계의 처리 원칙, 다시 말해 진정한 윤리 문제에 있어서 유가를 비판하는 것이다. 둘째, 이런 관점은 또한 유가윤리 원칙의 도덕적 가치를 비판하는 것이 아니다. 예를 들어 독재 또는 임인유친(任人唯親: 능력과는 관계없이 자신에게 가까운 사람만 임용하는 것)과 같은 문제를 비난하는 것이 아니라 유가윤리가 그것이 갖고 있는 고유한 원칙의 협애함 때문에 역사 속에서 확장되어온 복잡한 사회질서에 대처하지 못하며 이로 인해 충분한 기능을 하지 못한다고 지적한다. 이 문제는 토론할 가치가 있다.

본 논문은 유가윤리 원칙의 형성, 유가윤리 원칙과 그것이 운용되는 사회조직 또는 사회구조의 상호관계를 되짚어 보며 유가윤리 원칙이 사회질서의 변화에 대응할 때 변통 또는 확장 능력이 있는지 살펴볼 것이다. 사람과 사람의 관계를 묘사함에 있어서는 계급 분류 또는 추상적인 인(人)의 개념을 사용하지 않으며 가까운 사람, 아는 사람, 낯선 사람 심지어 적과 같은 더 직관적인 표현을 택했다. 이러한 범주는 우리의 윤리 경험을 이해할 때 더 보편성을 갖는다. 필자가 밝히고자 하는 관점은 유가윤리는 우리에게 필요할 뿐만 아니라 현대생활에 대응할 수 있는 원칙을 확장할 잠재력이 있다는 것이다. 동시에 이렇게 확장된 목표는 현대 경험의 피동적 적응뿐만

---

2.   자오팅양(趙汀陽), 「儒家政治的倫理學轉向」, 「身与身外」 등 논문 참조. 본문은 단지 이로부터 문제에 대한 담론을 이끌어 내는 것이지 그의 문장에 대해 전면적으로 평론하는 것이 아니다.

아니라 자체적인 가치로 현대생활을 만들어 나가는 노력도 포함한다.

2. 유가 어록 한편

사실상 유가학자들의 마음속에서 인(人)은 가까운 사람만 가리키는 것이 아니다. 한나라 문헌에 다음과 같은 기록이 있다.

> 자로(子路)는 '남이 선의로 나를 대하면 나도 선의로 그를 대하고, 남이 불선(不善)으로 나를 대하면 나도 그를 잘 대해주지 않을 것이다'라고 했다. 자공(子貢)은 '남이 선의로 나를 대하면 나도 선의로 그를 대하고, 남이 불선으로 나를 대하면 나는 그를 인도하여 가까이 하거나 그와 거리를 둘 것이다'라고 했다. 안회(顔回)는 '남이 선의로 나를 대하면 나도 선의로 그를 대하고, 남이 불선으로 나를 대해도 나는 선의로 그를 대할 것이다'라고 했다. 세 사람의 의견이 서로 달라 공자에게 물었더니 공자는 다음과 같이 말했다. '자로의 주장은 만맥(蠻貊: 오랑캐) 사이에서 행하는 방법이고, 자공의 주장은 친구 사이의 방법이고 안회의 주장은 가까운 사람 사이의 방법이다.'(『韓詩外傳』 9권)

이 대화에서 공자의 3대 제자인 안회, 자공, 자로의 인간관계에 대한 관점은 서로 많이 다르지만 각자의 윤리 태도는 분명하다. 문제의 관건은 공자의 평론에 있다. 소위 만맥 사이, 친구 사이, 가까운 사람 사이에 행해지는 방법이라 함은 서로 다른 태도를 각각 다른 인간관계 또는 적용 범위에 대응시켰다는 것이다. 순서를 바꿔 단순한 관계부터 살펴보자. 안회의 태도는 무조건적인 사랑이다. 공자는 이를 가까운 사람 사이의 방법이라고 표현한다. 즉 가까운 사람을 대할 때 갖춰야 할 태도인 것이다. 자공의 주장은 원칙적으로는 선의에 선의로 보답하되 남이 나쁜 마음으로 나를 대하는 것은 따로 생각해 봐야 한다는 것이다. 그러나 그는 분명하게 불선(不善)으로 불선을 대하자고 주장하지는 않고 '인도하여 가까이 하거나 멀리할 것', 즉 필요한 또는 상응하는 조절을 할 것을 주장한다. 다시 말해 이런 사랑은 조건이 있는 것이다. 따라서 공자는 그의 주장을 친구 사이의 방법이라고 논평한다. 친구는 이웃과 동료 또는 다른 벗들과 마찬가지로 지인의 범주에 속한다. 자로의 논조는 은혜와 원한이 분명하다. 이는 오늘날 사람들이 말하는 '남이 나를 건드리지 않으면 나도 남을 건드리지 않는다', '착한 일에는 착한 응보가 있고 악한 일에는 악한 응보를 받는다'와 같은 말과 유사하다. 공자는 이를 만맥 사이의 방법이라고 했다. 만맥의 생활 방식은 예악(禮樂)문명보다 낙후하지만 그들이 사람을 대하는 원칙은 대등함이었다. 화하(華夏)와 만맥은 서로 아무런 관계도 없기에 대등한 원칙을 적용할 수 있다. 대등함은 공평함을 의미한다. 추상적으로 말하자면 바로 정의인 것이다. 이렇듯 아무런 관계가 없는 태도는 낯선 사람을 대하는 원칙이기도 하다. 낯선 사람은 관계가 확실하지 않은 사람이다. 그가 '선의로 나를 대하'면 친구가 될 수 있고 그가 '불선으로 나를 대하'면 그는 적이 될 수도 있다. 이 때문에 두 가지 상황에 대한 준비를 모두 할 필요가 있다. 이렇듯 가까운 사람, 아는 사람, 낯선 사람 등 삼자를 대할 때 유가는 서로 상응하는 원칙이 있는 것이다.

물론 한나라시기에 나온 이 '어록'은 다른 유사한 이야기처럼 대개 공자가 자로, 자공, 안회의 언행에 대한 논평을 통해 다양한 사상과 관점을 보여주기 때문에 공자 본인의 원시적인 관점으로 볼 수 없다. 그러나 우리는 이를 유가 사상의 한나라에서의 발전으로 볼 수 있다.[3] 그 배경을 보면 한나라가

---

3.   陈少明, 「<论语>外传——孔门弟子的思想史形象」, 『中山大学学报』(社科版), 2009년 2기.

건립된 후 제국으로 통일되고 영토가 확장되며 북방 유목민족과 무역하고 전쟁하는 과정에서 사람들은 타문화권에서 온 낯선 사람을 어떻게 대할 것인가라는 문제에 봉착하게 되었다. 따라서 이 어록이 우리에게 시사하는 바는 유학이 오늘날에만 발전의 문제에 부딪친 것이 아니라 유학의 연속 자체가 발전 속에서 이어져 왔다는 것이다. 또한 관계를 가까운 사람, 아는 사람, 낯선 사람으로 분류한 것은 사실 일상생활 속에서 우리가 타인을 대할 때의 자연스러운 태도이며 더 근본적인 윤리적 시각이다. 이는 우리의 논제에 대한 사유를 넓힐 수 있는 실마리를 제공한다.

3. 친친(親親)-윤리의 시작점

유가윤리의 원생적 형태는 가정윤리이다. 이런 주장은 두 가지 의미를 갖는다. 첫째는 그것이 우선 가정의 인륜관계에 초점을 맞춰 제기된 것이라는 점이고, 둘째는 그 핵심 관념이 훗날 가정 이외의 인간관계 이해에 투영된다는 것이다.

모두 알다시피 이런 윤리 실천의 원시적 면모는 『논어』의 기술에서 보이며 그 기본 범주는 인(仁)이다. 인(仁)의 윤리적 의미에 대해 가장 직설적인 주장은 '인자, 애인(仁者, 愛人)', 즉 어진 사람은 남을 사랑한다는 것이다. 그러나 사랑의 대상으로서 '인(人)'의 의미는 비교적 모호하다. 하지만 그 문제는 '상층사회의 인(人)만 포함하고 사회하층의 민(民)을 포함하지 않아 이런 감정은 계급성을 띤다'라고 한 자오지빈(趙紀彬)의 주장과는 다르다.[4] 유가는 '사랑의 차등'을 제창하며 가장 근본적인 사랑은 자신의 가까운 사람에 대한 것이라고 본다. 이런 사랑은 혈연적이지 계급적

4.　赵纪彬, 「释人民」, 「人仁古义辩证」等, 『论语新探』, 北京: 人民出版社, 1976.

이지 않다. 『설문해자(說文解字)』는 인(仁)이 곧 친(親)이라고 말한다. 단옥재(段玉裁)는 정현(鄭玄)이 『중용』에 단 주석 '상인우(相人偶)'를 인용하며 다음과 같이 해석했다. "인우(人偶)는 너와 내가 친밀하다는 것을 의미한다. 혼자서는 밭을 갈기(耦)가 어렵다. 그러므로 우(耦)는 서로 친하다는 뜻이다. 따라서 인(仁)이라는 글자는 사람 인(亻) 변에 두 이(二) 자를 결합한 것이다."[5] 때문에 사람을 사랑하는 것은 우선 가족을 가까이 하는 친친(親親)이다.

그러나 왜 친(親)이라는 글자로 시작되는지는 여전히 연구해봐야 할 문제이다. 『설문해자』는 "친(親)은 지극하다(至)는 것이다, 견(見)으로 구성되고 친(亲)이 소리이다(親, 至也. 从見, 亲聲.)"라고 했다. 단옥재는 『설문해자주(說文解字注)』에서 다음과 같이 해석했다. '지(至)'의 의미는 도달했다는 뜻이다. 어떤 곳에 도착하면 지(至)라고 하며 마음이 간절함에 이르면 지(至)라고 한다. 부모 된 자는 정이 지극에 달한 자임으로 친(親)이라고 부른다.[6] 친(親)이라는 글자를 만들 때 최초의 의미는 눈에 보이는 것, 시각과 목표가 교차되는 의미이고 파생된 의미는 주체와 대상 사이에 거리가 없고 매개체가 없으며 직접 닿음을 의미한다. 『광아(廣雅)』 석친(釋親)의 여러 항목에서 친(親)은 31개항에 들어가고 신체와 관련해서는 42개항이 있다. 후자는 잉태부터 출생까지, 머리부터 몸, 수족, 그리고 내장기관까지 각종 부위를 모두 포함한다. 이로부터 유추할 수 있듯이 친의 본의는 바로 자신(自身)이다. 현대 중국어의 용법도 이 뜻을 보류하고 있다. 따라서 자신의 몸(親身), 손수(親自), 자신의 눈으로(親眼), 자신이 겪은(親歷), 자신이 증명하다(親證) 등의 표현과 친절하다(親切), 친근하다(親近), 살갑다(親熱), 친밀하다(親密), 친애하는(親愛), 혈육의 정(親情) 등의 표현이 있다. 전자는 본위이고 후자는 관계로 인해 파생된 감정이다. 결혼을 성친(成親)이

....

5.   段玉裁, 『説文解字注』, 上海: 上海古籍出版社, 1995, 365쪽.
6.   같은 책, 365쪽.

라고 표현하는 것도 본래 아무런 관계가 없던 두 사람이 서로 사랑하는 인생의 동반자로 되는 것을 의미한다. '부모 된 자는 정이 지극에 달한 자임으로 친(親)이라고 부른다(父母者, 情之最至者也, 故謂之親.)'라는 말은 자녀의 신체 자체가 부모로부터 온 것이기에 인간 세상에 그 어떤 관계도 부모와 자식의 관계만큼 밀접하지 않다는 것이다.[7] 전통적인 오륜에서 삼륜이 가정 관계에 속한다. 부자, 부부, 형제는 모두 한 가족에 속하는 가까운 관계이다.

부모와 자식 사이, 즉 친자(親子) 사이의 가까움 또는 사랑은 인간의 천성으로 자연스러운 것이고 더 고상한 이유가 필요치 않다. 이 때문에 우리는 이런 가까운 사람 사이의 아름다운 감정을 천륜지락(天倫之樂)이라고 부른다. 유가는 이로부터 가장 기본적인 윤리 규범을 도출해 냈고 그것이 바로 효(孝)이다. "효도와 공경은 인(仁)의 근본(本)이다(孝悌也者, 其爲人之本與.)"(『논어』「학이(學而)」)라는 말이 있다. 『논어』에는 '문효(問孝)'의 예증(例證)이 대량 존재한다. 본래 친자 사이의 사랑은 쌍방향적인 것이고 때로는 부자자효(父慈子孝: 부모는 자녀에게 자애롭고 자녀는 부모에게 효행을 다함)로 개괄되지만 공자는 왜 일방적으로 효의 의미를 강조했을까? 이에 대해서는 예로부터 해석이 부족하다. 추측하건대 이 두 가지 대응하는 감정의 군건함의 정도가 대칭되지 않았기 때문이었을 것이다. 부모가 아이를 낳고 만약 사랑하지 않고 양육하지 않으면 그 아이는 살아갈 기회조차 없다. 상식적으로 자녀가 성장했다는 것은 사랑의 감정과 표현이 존재했음을 의미한다. 따라서 강조하지 않아도 된다. 훗날 『삼자경(三字經)』에서 "키우기만 하고 가르치지 않은 것은 부모가 잘못하는 것이다(養不敎, 父之過)"라는 말이 있듯이 중요시해야 하는 것은 단지 부모의 가르침이 있었는지 여부의 문제이다.

....

7.   陳少明, 「"心外无物": 从存在论到意义建构」, 『中国社会科学』 2014년 1기.

그러나 자녀가 부모를 대하는 것은 다르다. 자녀는 성장하는 과정에서 부모에게 사랑이 생기지만 부모의 사랑에는 미치지 못한다. 또한 한 쌍의 부모가 여러 자녀를 슬하에 두고 있을 수 있기에 책임 측면에서 보면 여러 명이 그 책임을 나눠서 짊어지다 보니 약해질 수 있다. 유가가 효를 강조하는 것은 기능적인 측면에서 부모와 자식의 사랑을 균형 잡기 위함이다. 독일 사회학자 퇴니에스의 발견도 이러한 인류의 경험의 보편성을 증명한다.

> 어머니는 자신이 낳은 아이를 양육하고 보호하고 인도할 책임을 지기 때문에 이런 관계는 아주 긴 세월에 걸쳐 자녀가 스스로를 보살피고 보호하고 인도할 수 있을 때까지 이어진다. 그러나 동시에 자녀가 커가는 과정에서 자녀는 어머니에 대한 의존의 필요가 점차 줄어들게 되며 어머니로부터 떠나갈 가능성이 점점 커진다. 그러나 이런 경향은 다른 경향에 의해 상쇄되거나 방해된다. 즉 상호적인 습관과 서로가 겪던 즐거운 기억, 특히 아이가 지니는 어머니의 관심과 고생에 대한 고마움이 상쇄하거나 방해한다.'[8]

성장한 자녀와 어머니를 멀어지지 않게 하는 '아이가 지니는 어머니의 보살핌과 고생에 대한 감사함'이 유가 문화에서 '효'심으로 불린다. 비록 가부장제 시대의 유가에서 '친자(親子)'를 '부자(父子)'로 바꾸었지만 효의 감정에서 아버지와 어머니에 대한 요구가 다르다는 것은 아니다. 효는 기반이 있지만 반드시 오랫동안 유지되고 충분히 발전하는 것이 아니기 때문에 제창과 인도가 필요하다. 부모와 자녀 상호 간의 사랑이 이룬 균형은 동시적이기도 하지만 동태적이기도 하다. 사랑을 주는 것은 일종의 행위이

....

8. 퇴니에스, 『共同体与社会』, 林荣远 譯, 北京: 商务印书馆, 1999, 59쪽.

며 감정을 전제로 하지만 능력에 의하여 완성된다. 부모가 젊고 아이가 아직 어릴 때 부모만이 사랑할 수 있는 여건이 된다. 그러나 자녀가 성장하고 부모가 연로하게 되면 사랑의 능력은 자녀한테 옮겨간다. 유가는 효친(孝親)을 중요시하기에 자녀가 어릴 때부터 효를 가르친다. 그러나 그 과정은 부모가 자녀에 대한 사랑의 과정, 즉 아이가 태어나 3년 후 "부모의 품을 떠날 수(免於父母之懷)"(『논어』「양화(陽貨)」) 있기 전에 이뤄진다.

하지만 정말로 강조하거나 효를 요구하는 것은 자녀가 성장한 후 사랑할 힘을 갖췄을 때이다. 우리는 사랑이 일방적인 것이 아니라 동태적이고 균형적인 것이라고 말했다. 자녀가 효도로 부모의 사랑에 보답하는 것으로 끝나지 않기 때문이다. 모든 사람이 일생 동안 자녀와 부모라는 두 가지 역할을 하기 때문에 두 가지 감정은 통일된다. 자녀이면서 부모인 중년들이 이런 쌍방향적인 감정을 가장 잘 느낀다. 물론 혈육의 정에 대한 보답은 거래가 아니다. 자녀를 양육하면서 투자와 수익을 계산하지 않을 뿐만 아니라 부모에 대한 효도 역시 실질적인 채무의 상환이 아니다. 그렇지 않을 경우 유가가 상례와 장례를 중요시하여 "3년 동안 아버지가 하던 바를 바꾸지 말아야"(『논어』「학이(學而)」) 한다는 요구는 이해할 수 없게 된다. 거래의 대상이 이미 존재하지 않음으로 지출과 상환을 확인할 사람이 없기 때문이다. 유가에서 말하는 신종추원(愼終追遠: 부모의 죽음에 극진하고 조상의 제사에 정성을 다함)이 바로 이런 윤리를 종교적 감정 차원으로 높여줬다.

구체적인 부모에 대한 효도 행위 가운데 사랑은 무조건적인 것이다. 이와 유사하게 부모와 자식의 관계 외에도 형/오빠, 누나/언니와 동생 사이의 관계도 비슷하다. 이 때문에 한 가정에서 효도와 공경은 같은 높이에 놓고 볼 수 있다. 안회가 말한 "남이 선의로 나를 대하면 나도 선의로 그를 대하고, 남이 불선으로 나를 대해도 나는 선의로 그를 대할 것이다"는 말을 가족을 대하는 방법으로 이해하는 것은 바로 그가 표현한 사랑의 무조건성 때문이다. 인간의 생활은 우선 가정생활이다. 그러나 고대사회처럼 교통이 불편하고 왕래가 결핍한 환경에서 가정은 기본적인 생활 범위였다. 이 때문에 가정 윤리야말로 기본적인 행위 윤리였다. 그러나 본문의 다음 내용처럼 가정 윤리의 의미는 가정에만 국한되지 않고 고대에만 한정되지 않는다.

4. 가까운 사람에서 아는 사람에 이르기까지

가정은 변화한다. 부모와 자녀만 있던 작은 가정에서 조부모와 조부모의 자녀를 포함하는 대가정으로 발전하고 구조도 복잡해졌다. 또한 많은 소가정이 대가정에서 분리되어 나왔다. 여러 세대를 거치며 대가정은 대가족으로 변모했고 세월이 흐르면서 초대형 가정 또는 초대형 가족은 점차 거대해져 씨족 공동체가 형성되었다. 시골에 종사(宗嗣)가 있는 마을들이 곧 혈연에서 지연으로 전환한 상징이다. 일반적으로 대가족이라고 일컫는 범위는 살아 계시는 공통의 조상이 있는지 여부이다. 대가족은 수직관계가 분명할 뿐만 아니라 4대 심지어 5대의 횡적인 관계도 헤아릴 수 있다. 대가족 내부의 관계는 넓은 의미에서의 가정 관계이다. 그러나 세월이 많이 흘러 범위가 계속 확대되면 후손들은 공통의 조상의 이름 또는 그들의 이야기만 기억하고 횡적인 관계는 이름으로 어느 대(代)인지만 구별할 수 있다. 이런 규모가 되면 그들은 이미 가족이 아니라 사회를 구성한 것이다. 페이샤오퉁(費孝通)이 20세기 중반에 저술한 『향토중국』에서 묘사한 '지인사회'가 바로 이런 전통적 관계를 깊이 있게 보여준다.

남과 연결된 사회관계는 단체 중의 한 분자로서 여러 사람들과 같은
평면에 놓인 것이 아니라 '나'를 중심으로 돌멩이를 물에 던졌을 때

일어나는 물결처럼 한 겹 한 겹 밖으로 밀려나가 바깥쪽으로 밀려 나갈수록 멀어지고 얇아진다. 여기서 우리는 중국 사회구조의 기본 특성을 보게 된다. 유가가 중요시하는 인륜(人倫)의 윤(倫)은 무엇인가? 나의 해석은 바로 나로부터 밀려져 나간 나와 사회관계가 발생하는 사람들 중에서 일어나는 한 겹 한 겹의 물결무늬의 차서(差序)이다. 『석명(釋名)』은 윤(淪)자에 대한 설명에서 윤(倫)은 물결무늬가 차례대로 이어져 무리의 결이 있다는 뜻(倫也, 水文相次, 有倫理也.)이라고 설명한다.[9]

우리 사회에서 가장 중요한 친척 관계는 바로 이렇게 돌멩이를 던져 형성된 동심원의 물결무늬 성질을 띤다. 친척관계는 생육(生育)과 결혼 사실에 근거하여 발생한 사회관계이다. 생육과 결혼을 통하여 형성된 네트워크는 밖으로 퍼져나가 과거와 현재와 미래의 인물을 포함한 수없이 많은 사람을 망라할 수 있다.[10]

다음은 퇴니에스의 『공동사회와 이익사회』를 참조해 보자. 19세기 후반 유럽을 배경으로 한 이 책은 가정이 공동체의 배아 혹은 전신이라고 본다. 저자의 분석에 따르면 공동체는 혈연으로부터 지연으로 이어지며 더 나아가 정신공동체가 된다. 발전 실마리는 이로부터 온다.

혈연공동체는 행위의 통일체로서 지연공동체로 발전하거나 분리된다. 지연공동체의 직접적 표현은 함께 거주하는 것이다. 지연공동체는 나아가 정신공동체로 발전하여 동일한 방향과 동일한 생각을 바탕으로 순수하게 상호작용하고 지배하게 된다. 정신공동체가 영적 생활의 상호 관계로

....

9. 費孝通, 『乡土中国』, 北京: 三联书店, 1985, 25쪽.
10. 같은 책, 23쪽.

이해될 수 있듯이 지연공동체는 동물적 생활의 상호관계로 이해할 수 있다. 이 때문에 정신공동체는 이전의 각종 공동체의 결합 과정에서 인간의 진정한 그리고 최고 형태의 공동체로 여겨질 수 있다.[11]

퇴니에스의 공동체와 페이샤오퉁의 향토사회 형성 논리는 같다. 단지 정신생활의 의미에 대한 퇴니에스의 이해가 더 낭만적인 감정을 포함하고 있을 뿐이다. 그러나 향토사회 또는 씨족공동체가 가정을 포함하더라도 이미 가정을 초월한 것이기 때문에 윤리관계로부터 보면 서로 다른 원칙을 제시할 필요가 있다. 다시 말해 반드시 가까운 사람을 대하는 문제에서 아는 사람을 대하는 문제로 전환해야 한다.

아는 사람은 정의 내릴 필요 없지만 종류가 다양하다. 친척, 이웃, 동료, 친구, 스승과 학생 등이 모두 잘 아는 사람이다. 친척은 혈연관계의 확대이며 일단 관계가 소원해지면 가까운 사람은 아는 사람으로 바뀐다. 이웃은 지연관계이며 혈연관계에서 바뀐 것일 수도 있다. 동료는 업무관계이며 친구, 스승, 학생은 정신적 관계의 느낌이 있다. 유가는 가정을 중요시하지만 관심 대상은 가정에만 국한되지 않는다. 이 때문에 효도와 공경 외에도 『논어』는 기타 사회 윤리 관념을 제기하는데, 충성(忠)과 신의(信)가 바로 그 예이다. "나는 날마다 여러 번 반성하곤 한다. 남을 위하여 일을 꾀할 때 최선을 다했는가? 친구를 사귀면서 신의를 지키지 못한 일은 없는가?" (『논어』「학이(學而)」) "충성과 신의를 위주로 하고 자신보다 못한 친구는 사귀지 않는다."(『논어』「자한(子罕)」)

충(忠)은 일에 충실함, 즉 자신의 능력을 다하여 섬기는 대상을 위해 일하는 것이다. 군주이든 국가를 위해서든 심지어 어떤 단체를 위해서도 모두 충성을 다해야 한다. 공맹시대에 충성은 아직 권력에 대한 무조건적인

---

11. 퇴니에스, 『共同体与社会』, 앞의 책, 65쪽.

복종이 아니었으며 사(士)가 구체적인 대상을 위해 일할지 여부는 도의상 정당한지를 고려해야 했거나 할 수 있었다. 일단 관계가 해제되면 이런 복종과 직무에 대한 요구는 존재하지 않았다. 신(信)은 신뢰할 수 있는 품행으로 생각과 말이 일치하고 언행이 일치할 것을 요구한다. 신(信)은 친구 관계에서 시작되며 평등한 사회지위에 처한 사람들 사이의 윤리적 요구를 의미한다. 가정 관계는 혈연에 기반하며 선택 불가능하지만 군주와 신하, 특히 친구 관계는 선택 가능한 것으로 사회관계이다. 이 때문에 충신(忠信)의 요구는 가정을 넘어서는 사회윤리이다.

그렇다면 친친(親親) 또는 무조건적인 사랑이 왜 모든 타인과의 관계를 처리하는 윤리 원칙이 될 수 없는가? 그 원인은 바로 이런 윤리 가치가 자연적인 감정을 기반으로 하고 이런 감정의 역할은 한계가 있기 때문이다. 그 한계는 자연적 측면과 사회적 측면 두 면을 포함한다. 자연적인 측면에서 혈연관계의 깊고 얕음은 감정의 친밀함과 소원함이라는 차이를 초래하기 때문에 페이샤오퉁은 "물결이 바깥쪽으로 밀려 나갈수록 멀어지고 얇아진다"고 했다. 사회적 측면에서 모든 개체의 능력 또는 갖고 있는 자원이 충분하지 않아 전면적으로 사랑을 베푸는 행동을 지원할 수 없다. 한 대가족 내부가 이러할진대 더 광범위한 사회는 더욱 그러하다. 그렇기 때문에 공자가 "백성에게 널리 은덕을 베풀어서 대중을 구제하자(博施於民而能濟衆)"고 한 주장은 일반적인 인인(仁人)이 할 수 있는 일이 아닌 것이다. 유가에서 강조하는 "사랑에 차등이 있다"는 말은 혈육의 정에서 시작하여 배양하고 실천하는 사랑의 윤리이다. 그것은 바로 인(仁), 즉 씨앗의 핵이다. 그러나 동시에 유가는 이런 사랑의 범위를 넓히기 위해 노력하여 자기 어르신을 공경하는 마음으로 다른 어르신을 공경하고, 자기 자식을 사랑하는 마음으로 남의 자식을 보살펴야 한다(老吾老及人之老, 幼吾幼及人之幼)고 주장한다. 이렇듯 친친(親親), 인민(仁民), 애물(愛物)에 이르기까지 그 씨앗이 커다란 나무로 자라게 하는 것이다.

주의할 점은 추애지애(推愛之愛, 물결처럼 바깥쪽으로 밀려 나갈수록 멀어지고 얇아지는 사랑)와 친친지애(親親之愛)는 서로 다르다. "인자애인(仁者愛人)"의 인(人)은 가정 밖의 남을 가리키지만 아무런 조건도 따지지 않은 사람은 아니다. 여기서의 남은 공자가 "사람이 다쳤는가? 라고 물었지만 말에 대해서는 묻지 않았다'(『논어』「향당(鄕黨)」)는 이야기 중의 인(人)일 수도 있고 맹자의 '문득 한 아이가 우물에 빠지는 것을 보게 됐다'는 이야기 속의 우리와 전혀 관계가 없는 아이일 수도 있다. 공통점은 모두 관심과 사랑이 필요한 사람이라는 것이다. 사랑은 사랑할 능력이 있는 사람에 대한 요구일 뿐만 아니라 사랑을 베푸는 구체적인 행위에서 사랑을 받는 대상을 선택하는 것일 수도 있다. 무고한 수난자와 약자만이, 후자 중 '남의 어르신(人之老)', '남의 아이(人之幼)'의 어르신과 아이만이 '내(吾)'가 사랑해야 할 대상이다. 유가에서 사람을 사랑하는 사회 이상은 실천 가능성도 함께 고려한다.

　공자는 "제자는 집에 들어오면 효도하고, 나가서는 공손히 하며, 삼가고 미덥게 하며 널리 대중을 사랑하되 어진 사람과 친히 할 것'(『논어』「학이(學而)」)을 요구했다. 이 간결한 서술에는 유가가 가정과 사회, 또는 가까운 사람과 아는 사람의 윤리관계에 있어 서로 연관되면서도 구분되는 관점을 포함한다. 효는 친친(親親)이고 공경은 형에 대한 존경부터 연장자에 대한 존경을 아우른다. 즉 가족으로부터 남에게까지 이르는 것이다. 신의는 사회적 윤리이며 널리 대중을 사랑하는 것(汎愛衆)은 넓은 마음으로 천하를 품는 이상을 보여준다. 이런 이상을 실현하는 것이 바로 천하귀인(天下歸仁)의 경지이다.

　그럼에도 문제는 여기서 끝나지 않는다. 모든 개체에 있어 수많은 사회 구성원이 다 약자는 아니다. 상당수는 자신보다 강자일 수 있다. 따라서 일반적인 상황에서 한 개인과 타인과의 관계는 사랑을 주고받는 관계가 아니기 때문에 대안으로 '보답(報)'의 관계가 있다. 누군가 "'은덕으로 원망을 갚으면 어떻습니까?'라고 묻자 공자가 말했다. '그렇게 하면 무엇으로 은덕을 갚을 것인가? 공정함으로 원망을 갚고 은덕으로 은덕을 갚아야 한다.'"(『논어』「헌문(憲問)」) 은덕으로 덕을 갚는다, 즉 자공이 말한 "남이 선의로 나를 대하면 나도 선의로 그를 대하"는 것이다. "불선으로 나를 대하"는 것에 대해 자공이 답한 "인도하여 가까이 하거나 멀리 한다"는 것은 '권(權)'에 대한 고려를 더 많이 한 것 같다. 이런 고려는 타인 특히 본래 친구였던 사람을 쉽게 적으로 보지 않는다. 따라서 양자의 공통점은 모두 남을 적으로 대하듯이 원망으로 원망을 갚고 눈에는 눈, 이에는 이로 갚으라고 주장하지 않는 것이다. 따라서 '친구를 대하는 방법'이라고 하는 것, 즉 지인사회의 통상적인 윤리는 합리적인 것이다. 그러나 자로의 태도는 상대방의 행위에 근거하여 친구인지 적인지 판단하여 상응한 선택을 하는 것으로 은덕과 원망이 분명하다. 소위 "가문 안에서의 다스림은 은덕으로 의를 가리고, 가문 밖에서의 다스림은 은덕보다 의가 우선이다."라는 말에서 문(門)은 가문(家門)을 가리키며 은(恩)은 혈육의 정, 의(義)는 공정함을 뜻한다. 은덕으로 은덕을 갚고 공정함으로 원망을 갚고 원망으로 원망을 갚는 것, 즉 '보(報)'의 여러 측면은 사회생활의 윤리가 복잡 다양하며 가정윤리의 직접적 연장선이 아님을 보여준다.

　지인사회에서 충성, 성실은 인애(仁愛), 보답과 병존하는 윤리이다. 전자와 관련되는 것은 행위 태도이지만 실질적으로 사람을 대하는(서비스 대상과 협력자) 태도와 연관된다. 후자는 직접적으로 사람에 대한 윤리 태도이다. 단지 전자의 인(人)은 아는 사람이며 후자의 인(人)은 낯선 사람일 수도 있다. 낯선 사람은 잠재적으로 선의를 품은 사람과 악의를 품은 사람을 다 포함하기 때문에 그들에게 서로 다른 성격의 보답을 선택하게 된다. 이 때문에 대등한 보답이 바로 공정이다. 우리가 지인사회라는 개념을 사용하기로 했다고 해서 낯선 사람 현상이 존재하지 않는다고 여겨서는 안 된다. 마찬가지로 유가 문헌에서 낯선 사람 등 단어가 찾아지지 않는다고 해서 유가가 이에 대해 인식이 전혀 없거나 속수무책이라고 단언할 수 없다. 유가가 추애지애(推愛之愛)를 통해 낯선 사람과의 문제를 해결할 수 있다고 환상한 것뿐이라고 단정하는 것도 경솔한 것이다. 문제의 관건은 낯선 사람 문제의 처리가 아니라 낯선 사람 사회의 건립이다. 후자가 고대 중국에서 사상가들의 담론에 상정되지 못한 것은 사실이다. 그것은 현대세계의 문제이다.

물론 지인사회의 윤리 규칙도 난제를 남겨줬다. 아는 사람들과의 관계는 친밀함의 정도에서 차이가 있기 때문에 모든 일에서 모든 사람에게 똑같이 대하기 어려운 상황이 생긴다. 만약 친밀함의 차이가 사적인 영역에만 존재한다면 문제가 되지 않겠지만 공공 이익 범위에서 사적인 관계와 연관된 일을 처리하게 되면 공사를 구분하지 않거나 시비가 확실하지 않은 문제를 일으키게 된다. 특히 정치와 사법 문제에 있어서 결당영사(結黨營私: 파당을 지어 사익을 추구하는 것), 임인유친(任人唯親: 능력과는 관계없이 자신에게 가까운 사람만 임용하는 것), 부정부패는 자주 지탄받는 현상이다. 고대 사회에서는 회피 또는 감사를 강화하는 등의 예방조치를 취했지만 이런 문제는 막으려야 막을 수 없었다. 이런 문제들은 아마도 현대 사회에서 낯선 사람 문제와 함께 해결해야 될지도 모른다.

5. 낯선 사람의 세계

역사를 되짚어 본 후 우리는 드디어 낯선 사람의 세계로 들어서게 되었다. 서구에서도 낯선 사람은 근대에 와서야 화제가 되었다. 적어도 게오르그 짐멜(Georg Simmel), 알프레드 슈츠(Alfred Schütz) 등 저명한 학자들이 모두 「낯선 사람」을 주제로 글을 발표했다.[12] 이런 작품들의 시각은 서로 다르고 수필의 특징을 갖고 있으며 우리가 직접적으로 확대해 나갈 만한 논설이 형성되지 않았다. 그러나 지그문트 바우만(Zygmunt Bauman)이 내린 하나의 정의는 분석의 기점으로 삼을 만하다.

낯선 사람의 가장 뚜렷한 특징은 그들이 이웃은 아니지만 다른 종족도 아니라는 것이다. 혹자는 더 정확하게 말하자면 (물론 이렇게 말하면 곤혹스럽고 고민이 되고 놀랄 수도 있다) 그들은 이웃이기도 하고 다른 종족 (그럴 가능성도 있다—누가 알겠는가?) 이기도 하다. 그들은 이웃과 같은 다른 종족이다. 다른 말로 말하자면 바로 낯선 사람strangers이다. 이들은 사회(공간)적으로 아주 멀지만 물리(공간)적으로 매우 가깝다.[13]

이러한 서술은 두 가지 뜻을 포함한다. 첫째, 낯선 사람은 모르는 사람이다. 둘째, 낯선 사람은 사람을 초조하게 하는 사람이다. 초조함을 느끼는 이유는 당신이 그와 모르는 사이라는 이유 외에도 당신이 그와 반드시 함께 지내야 하는 것 때문이다. 이는 똑같이 모르는 사람이라 할지라도 당신과 맺어지는 관계가 다르다는 것을 의미한다. 이 때문에 개념을 분석할 필요가 있다. 사실 낯설다는 것의 관건은 서로 모른다는 것이 아니라 행위 규칙을 서로 모른다는 것이다. 이런 측면에서 보면 여러 가지 상황에서의 낯선 현상이 있을 수 있다. 첫째, 외부에서 온 낯선 사람. 한 전통적인 마을에서 주민들은 서로 친숙한 사이이고 마을을 지나가거나 잠시 머물거나 또는 피난 온 사람들을 만날 수 있다. 이렇게 외부에서 온 사람들이 우리에겐 낯선 사람이다. 만약 그들 중에 마을에 남으려고 하는 사람이 있다면 그는 마을의 풍속을 이해하고 받아들여야 하며 우리와 최종적으로 친숙한 사람, 더

....

12. 짐멜, 『社会是如何可能的?』, 林荣远 編譯, 广西师大出版社, 2002, 슈츠, 『社会理论研究』, 霍桂桓 譯, 浙江大学出版社, 2011. 등 문집 중의 같은 제목의 문장.
13. 바우만, 『后现代伦理学』, 张成岗 譯, 南京: 江苏人民出版社, 2003, 181쪽.

나아가서는 '우리 사람'이 되어야 한다.

둘째, 남이 된 낯선 사람. 당신이 혼자 또는 소수의 사람들과 함께 방랑하다면 곳에 도착했을 때 터를 잡아야 할 곳이 낯선 사람들로 둘러싸여져 있고 당신은 상대방의 행위 규칙을 전혀 예측할 능력이 없다. 마치 전설속의 '만맥의 땅'에 떨어진 것 같다. 이때 당신은 그들에게 낯선 사람이다. 당신이 불안으로 가득한 마음을 극복하려면 그들에게 친숙한 사람이 될때까지 그들의 규칙을 이해하고 적응하기 위해 노력해야 하며 그들의 풍속을 따라야 한다. 이상 두 가지 낯선 사람 현상은 구조적으로는 대칭되는 것이지만 주객 관계가 대칭될 뿐이다. 양자 모두 바우만이 말한 '초조함'을 극복하는 과정이 있다. 그러나 손님은 주인보다 더 많은 노력이 필요하다.

셋째, 서로 낯선 사람. 즉 우리가 소수의 불청객을 우연히 만난 것도 아니고 우리가 소수로 타인의 세계에 들어가 그들에게 낯선 사람이 된 것도 아니라, 내가 만난 한 무리의 사람들 중 모든 사람이 서로 낯선 사람인 경우이다. 동시에 당신과 이들은 피난, 금 채굴 등 특정한 수요 때문에 반드시 같이해야 한다. 이때 필요한 행위 규칙은 무리 중 그 어느 사람이 제공한 것도 아니다. 즉 첫 번째 유형처럼 타인이 우리의 본래 습관을 이해하고 따를 것을 요구할 수 있는 상황도 아니고 당신이 타인의 기존 규범을 배우고 적응하고 노력해야 되는 것도 아니다. 이런 경우에는 새 규칙을 새롭게 세워 협력-경쟁의 목표를 만족시켜야 한다. 이렇듯 서로 낯선 사람은 바로 현대 사회에서 만든 인간관계 모델이다.

도시는 현대사회의 표본이며 상업 활동의 중심은 도시의 가장 중요한 특징이다. 도시 인구는 유동적이어서 상업의 발전 또는 쇠락으로 인해 사면팔방으로부터 몰려들거나 도시에서 빠져나간다. 동시에 교통의 편리함이 가져다준 활동 영역의 확대와 아파트식 거주 방식은 도시 속의 주민, 심지어 이웃도 서로 알지 못하게 한다. 시골이나 서로가 익숙한 사회에서는 집을 떠나 볼일 볼 때 대부분의 경우에 어디에 가서 누구를 찾아 도움을 요청해야 하는지 알고 있다. 그러나 도시는 그렇지 않다. 누구를 찾는 것이 아니라 어떤 부류의 사람을 찾아야 한다. '누구'는 지인이지만 어떤 부류의 사람은 낯선 사람이다. 낯선 사람의 사회에서는 사람들이 남을 볼 때 보통 어떤 부류의 대표로 본다. 예를 들어 관원, 경찰, 의사, 종업원, 판매원, 배달원, 기사 등등으로 보는 것이다. 실질적으로 이것은 사람을 특정한 사회 직무를 맡고 있는 도구로 보는 것이지 당신과 고정적인 관계가 있고 그의 인격을 알아갈 수도 있는 구체적인 인물로 보는 것이 아니다. 당신과 그가 맺는 관계는 기본적으로 서비스를 제공하는 사람과 받는 사람의 거래 관계이며 이런 관계는 늘 임시적인 것이다. 당신이 마음 놓고 그와 관계를 맺을 수 있는 것은 '그'가 아닌 '그것'을 신뢰하기 때문이다. 상점, 은행, 우체국, 통신, 교통, 의료, 경찰, 그리고 인터넷 등 시스템은 바로 낯선 사람이 운영하고 기능을 하는 것이다. 이런 낯선 사람은 일종의 부호화된 부류이다. 전통적인 낯선 사람은 단지 우연한 또는 외재적인 현상이었던 것과 달리 그것은 조직된 부류이다.

그 때문에 도시 문화의 성공은 도시 문화가 낯선 사람이 익숙한 사람으로 되게 하는 것이 아니라 낯선 사람들이 서로 협력할 수 있는 제도를 (윤리 가치를 포함하여) 만들었다는 데 있다. 간단하게 말하자면 현대 규칙 문화를 건립해야 한다. 적합하고 효과적인 규칙이 있으면 사람과 사람은 서로 알고 친숙해지지 않아도 함께 협력하고 교류할 수 있다. 상업은 규칙문화를 보여주는 가장 중요한 분야이다. 상업에 있어 현대 신용카드 제도의 건립이 바로 낯선 사람이 마음 놓고 거래하는 가장 훌륭한 예이다. 거래 과정에 사전에 기타 참여자와 서로 알 필요가 없을 뿐만 아니라 심지어 거래 기간에 얼굴을 마주치지 않아도 된다. 여러 사람은 단지 부호로 대표되고 판매자와 구매자 또는 빌린 자와 빌려준 자 모두 상대방이 속여 거래가 실패할 것을 걱정하지 않는다. 협의 조건하에 국가 간 시차를 둔 거래 역시 문제가 되지 않는다.

소위 현대 규칙 문화라는 것은 우선 규칙이다. 규칙을 지켜야만 타인의 행동을 어느 정도 예측할 수 있다. 전통사회 또는 지인사회에도 규칙이 있지만 그 규칙은 그 사회를 지배하는 사람 또는 과거의 사람들이 이미 만들어 놓은 것이고 대다수 사람이 찬성하거나 선택할 수 있는 것이 아니었다. 여러 세대를 거쳐 형성된 전통 안에서 상당히 많은 규칙이 관습의 형태로 존재하고 전통이 형성된 후에 태어난 세대의 사람들은 그 영향을 계속 받고 습득하고 그 규범성을 묵인한다. 이 때문에 이러한 규칙 또는 잠재적인 규칙은 무언의 일치라는 방식으로 작용했다. 현대사회의 규칙은 자원해 참여하는 사람들을 늘리려고 시도한다. 상업이든 정치든 그 규모가 클수록 성공적인 것이다. 이런 목표를 달성하려면 형식상 문자로 적은 텍스트로 규칙의 내용과 주장을 분명히 할 필요가 있다. 동시에 내용은 참여자를 만족시키는 목적 외에 남녀노소, 지인 여부에 상관없이 공정할수록 더 인기를 끈다. 공정한 규칙은 낯선 사람을 끌어들이기만 하는 것이 아니다. 일부 철학자들이 봤을 때 낯선 사람이 공정한 규칙 수립에 대한 요구와 조건이 더 많다. 믿겨지지 않으면 존 롤스(John Rawls)의 『정의론』을 살펴보도록 하자. 이 계약론의 새 버전에는 유명한 '무지의 베일'이라는 가설이 있다. 저자는 정상적인 이성(理性)과 생활 염원을 갖고 있는 사람이 서로 천부적인 것과 사회관계, 개인취향과 정신적 기질, 그리고 기타 사회, 경제, 정치 상태를 은폐한 상황에서 공평하고 정의로운 계약을 맺을 가능성이 가장 높다고 본다.[14] 이런 상황에 처한 사람이 사실은 서로 낯선 사람들인 것이다.

계약 관계의 형성은 역사적인 것이다. 헨리 메인의 서구 전통에 대한 분석에 따르면 근대 사회의 추세는 바로 사람의 권리와 의무의 규정이 '신분'으로부터 '계약'으로 발전하는 과정이다.

....

14. 롤스, 『正义论』, 何怀宏, 何包刚, 廖申白 譯, 北京: 中国社会科学出版社, 1988, 제3장.

우리는 또한 다음과 같은 상황을 쉽게 발견할 수 있다. '가족'의 각종 권리와 의무에서 비롯한 상호관계 형태를 점차 대체하는 것은 도대체 개인과 개인 사이의 어떤 관계인가? 대체하는 관계가 바로 '계약'이다. 그전에 사람의 모든 관계는 '가족' 관계에 포함되었다. 이런 사회 상태를 역사상의 한 기점으로 하고 이 기점에서 시작하여 우리는 새로운 사회질서 상태로 부단히 이동한 것 같다. 이런 새로운 사회질서에서 모든 관계는 '개인'의 자유 합의에 의해 생성된다.[15]

이러한 관찰은 현대 중국의 역사 발전 과정과 대체적으로 부합한다. 이는 우리도 점차 계약사회에 진입하는 환경을 발전시켜왔음을 의미한다. 형식상 계약은 단체 협상일 수 있으며 쌍방이 맺을 수 있으며 일방적으로 작성하고 타인이 자원하여 가입할 수도 있다. 비독점과 자유 참여를 전제로 하면 후자 역시 공평한 조항을 만들 수 있다. 규칙문화, 더 구체적으로 말하자면 계약문화가 요구하는 것은 공평한 규칙을 제정하는 것뿐만 아니라 협의를 지키는 것이다. 대다수 사람에게 있어 한 사람이 일생 동안 지키는 규칙은 아마 대부분이 그가 제정한 것이 아닐 것이다. 일부 역사에서 형성된, 개인이 벗어날 수 없는 것 외에 사람들은 통상 자신의 판단에 근거하여 기존의 역할을 하고 있는 규칙을 지키는 것을 선택한다. 규칙의 제정자 그리고 다양한 참여자는 서로 낯선 사람 관계이다. 규칙을 선택하고 지키기로 결정한 이후에는 참여하는 과정이 있다. 이 과정에서 반드시 '신(信)'의 취지를 지켜야 한다. 한편으로는 타인에게 신용을 지켜 약속한 의무를 철저히 이행해야 하며 다른 한편으로는 신뢰의 태도로 기타 참여자들을 대하여 타인의 성실함을 우려하지 않아야 한다. 이 두 가지 중 어느 하나가 결핍되더라도 게임은 지속할 수 없다. 물론 동기와 능력의 문제로 게임이

---

15. 메인, 『古代法』, 沈景一 譯, 北京: 商务印书馆, 1984, 96쪽.

중단되는 현상이 일어날 수도 있기 때문에 최대한 이런 상황으로 인해 무고한 사람이 손해 보는 것을 방지하거나 저지해야 하며 사회는 예방 제도와 조치를 반드시 구비해야 한다. 이것이 바로 경제 질서가 정상적으로 유지되도록 보장하는 사법제도의 존재이다. 규칙을 세우고 규칙을 판단하고 규칙을 지키는 것은 반드시 밀접하게 잘 연결되어야 한다.

경제, 정치에서부터 기타 공공생활에 이르기까지 다양한 규칙이 존재하거나 필요하다. 규칙은 여러 분야로 나뉠 뿐만 아니라 규모도 다르고 심지어 규칙에 관련된 규칙도 있다. 질서가 양호한 사회에는 계약 정신에 부합하는 규칙이 더 많으며 규칙과 규칙이 더 조화롭게 운영된다. 반대의 경우 규칙 수준이 낮고 문제가 생기는 행위가 비교적 많으며 사회의 무질서 상태가 비교적 심각하다. 법치국가를 제창하는 것은 전반적으로 현대규칙사회를 향해 발전하는 신호가 되어야 한다. 이 때문에 오늘날 유가윤리는 자신의 전통 중에 이와 관련된 가치 요소를 발굴하여 당대 규칙 문화를 지지하고 발전시켜 낯선 사람 사회 건설과 조화를 이루게 해야 한다. 이런 맥락에서 보면 유가의 확장적 공간은 도덕 인격의 배양으로부터 도덕제도의 건설로 전환할 것이다.

6. 초보적인 토론

가까운 사람, 아는 사람, 낯선 사람을 대하는 세 가지 인륜 태도를 가정, 전통 마을과 현대 도시 등 세 가지 사회조직 구조와 대응시키는 것은 유가윤리 역사의 성과와 부족한 점을 성찰하는 중요한 시각이다. 유가윤리의 성과는 고전 사회 발달의 원인이기도 하며 그 표현이기도 하다. 부족한 점은 비록 역사 변화가 초래한 상실과 관련되지만 새로운 기회는 우리가 계속해서 전통을 써 내려가도록 노력하게 한다. 글 첫머리에서의 문제에 대해 두 가지 측면에서 토론하고자 한다. 첫째는 현대 유학이 규칙문화를 발전시키고 낯선 사람 윤리를 처리할 수 있는 가능성이고, 둘째는 전통 유가 고유의 윤리 원칙이 현대사회 관계에서 맡는 역할이다.

만약 낯선 사람 사이의 협력을 성사시키는 것을 현대사회관계 처리의 주요한 문제로 본다면 계약 윤리 확립은 극히 중요한 의미를 갖게 된다. 계약 윤리는 단일한 개념이 아니라 인격평등, 이성(理性)정신, 공평 또는 정의, 신용 등 관념의 종합적인 역할을 포함한다. 전통을 돌이켜 보면 인격평등과 이성정신 자체는 유학의 기본 신념이다. 성선론(性善論)은 사람이 선과 악을 분별할 수 있는 능력이 있고 행복을 추구할 권리가 있으며 사회 엘리트가 될 기회가 있음을 의미한다. 이러한 이상(理想)은 전통사회에서도 실현될 가능성이 부족했더라도 그것이 현대 사회에서 계속해서 실현가능성을 추구하게끔 하는 것을 막지 못한다. 이성의 이(理)는 곧 유학의 새로운 단계로, 송명리학의 사상성과이다. 그 의미를 말하자면 이학이 사람들의 마음속에 깊이 자리 잡은 후 이를 떠나서는 중국문화에서 정당성 관념을 표현할 만한 다른 단어를 거의 찾기 어렵다는 데 있다. 우리가 이(理)에 내포된 의미에 대해 어떻게 이해하고 평가하든 가장 기본적인 의미는 바로 이(理)를 따지는 것이 곧 개인의 사견을 초월하는 공공 기준이 존재한다는 것을 사람들이 인정함을 의미한다는 것이다. 또한 이 기준 앞에서 모든 사람이 평등하다. 즉 모든 사람이 이치를 따질 능력과 권리가 있다. 진리가 계급성이 있고 이(理)가 모종의 문화 산물이라고 보는 관점은 유학 정신과 대립된다. 공정을 논하는 철학적 전제는 자연히 인격평등과 이성정신이다. 전자는 기초이고 후자는 조건이다. 유가는 역지사지를 중요시하며 선의를 넓히고 타인을 잘 대하기 위해 이론적 의거를 제공한다. 유가는 선함을 강조한다. 비록 이타주의 경향이 있지만 절대 '아녀자 차원의 하찮은 인정[婦人之仁]'이 아니다. '떳떳하지 못함을 부끄러워하고 옳지 못함을 미워하는 마음은 의의 단서'라고 하는 말에도 악을 억제하는 요소가 포함되어있다. 이 때문에 맹자는 탕(湯)이 갈백(葛伯)을 정벌하는 것이 '한 지아비와 한 아내를 위해 복수하는 것'이라고 찬양했다. 자로의 '남이 선의로 나를 대하면 나도 선의로 그를 대하고, 남이 불선(不善)으로 나를 대하면 나도 그를 잘 대해주지 않을 것이다'라는 말은 '타인'의 모습이 분명하지 않은 상황에서 대등한 원칙을 취하되 공정함을 잃지 않는 입장을 동시에 갖고 있다. 신(信)은 본래부터 유가의 기본적인 덕목이다. 춘추시대 신(信)의 관념은 이미 개인 품성으로부터 정치 윤리로 발전하였으며 당시 국제 정치에도 응용되었다. '충성과 신의를 위주로 하고 자신보다 못한 친구는 사귀지 않는다,' '백성에게 믿음이 없다면 서지 못한다.' 각 나라가 동맹을 맺을 때 하는 맹세도 신용을 지키는 것으로 수호되었다. 그뿐만 아니다. 자장이 어떻게 하면 자신의 주장이 수용되어 행해질 수 있는지에 관하여 여쭈어보자 공자께서 말씀하셨다. "말이 충성스럽고 믿음직하며 행동이 독실하고 경건하다면 오랑캐의 나라에서라도 행해지게 될 것이나, 말이 충성스럽지 않고 믿음직하지 않으며 행동이 독실하지 않고 경건하지 않다면 비록 자기 고장에선들 행해지겠느냐? 일어서면 이 글자들이 앞에서 쳐다보고 있음을 보고, 수레를 타면 이 글자들이 수레 채 끝의 횡목에 기대어 있음을 보아라. 그런 뒤에야 행해질 것이다."(『논어』「위령공(衛靈公)」) 이는 공자의 마음속에서 충신의 가치가 화하(華夏)에만 한하는 것이 아니라 만맥(蠻貊)에도 적용할 수 있는 세계적인 것이었음을 의미한다.

사실 전통 사회든 오늘날의 중국 사회든 개인 또는 친구 사이의 신의가 큰 문제를 일으켰다는 증거가 없다. 그러나 유가가 서구적인 계약 논설을 발전시키지 못한 것은 사실이다. 또한 여러 주체가 어떻게 협력해 계약을 맺고 그 계약을 유지시킬지, 사익을 위해 암암리에 계약을 위배하는 행위를 어떻게 억제할지, 특히 어떻게 정치적 의미에서의 계약 규칙을 세울지는 오늘날 여전히 직시해야 할 문제이다. 만약 우리가 평등, 이성, 공정, 신용 및 민본이 유가의 가치 요소임을 알게 된다면 이 시대에 계약 윤리를 지지하고 발전시키는 것은 유학의 내적 특성이 결정하는 자연스러운 일이다. 무엇이 유가인지를 규정지을 때 기본가치와 파생된 가치를 구분하여야 한다. 전자는 유가가 유가인 특징이고 후자는 변화될 수 있는 것이다. 또한 서학의 사상자원도 배우거나 참고해야 한다. 이렇게 해야만 유가는 발전할 수 있으며 다른 사상파벌이 아닌 유가의 발전이 되는 것이다.

그렇다면 유가윤리의 기타 고유 내용은 시대의 변화에 따라 그 가치를 상실하는가?

대답은 아니다. 이유는 다음과 같다. 현대와 전통 사회조직 구조는 전복과 대체의 관계가 아니라 생성과 보충의 관계이다. 사회조직 구조의 확장 순서는 우선 가정이 있고 그 다음 사회가 있으나 사회는 가정을 포용해야지 배척해서는 안 된다. 같은 이치로 우선 지인사회가 있고 그 다음 낯선 사람 사회가 생성되었지만 낯선 사람 사회는 지인사회 관계도 포함함으로 자연히 가정조직도 포함한다. 이 때문에 오늘날의 사회에서 사람들은 가까운 사람, 아는 사람, 낯선 사람과 모두 대면하게 된다. 우선 가까운 사람 그 다음 아는 사람과 낯선 사람이다. 서로 다른 관계에는 각각 다른 윤리 원칙이 적용된다.

우선 가정을 보자. 한 가지 최신 사조가 있는데 가정이 사회 진보의 기본 장애물이라고 보고 가정을 없앨 것을 주장한다. 캉유웨이도 『대동서(大同書)』에서 이상 사회를 그릴 때 '집의 경계를 버리'려 했다. 그 주장의 요점의 하나는 바로 남녀가 임시혼인협의 유효기간에 생육한 아이를 사회 복지기구에 보내고 나면 책임이 끝나 헤어질 수 있다는 것이다. 이는 소규모의 임시 회사를 건립하여 제품을 처리하고 바로 회사 등록을 철회하는 것과 같다. 이런 방법은 계약 정신은 있을지라도 자녀를 인격 없는 물건으로 치부하여 이전하는 것이기 때문에 친친(親親)이라는 기본적인 인륜가치를 버리는 것이다. 이런 주장은 단지 가설이고 실천되지는 않았다.

그러나 가정 성격을 바꾸는 또 다른 두 가지 관념이 영향력을 발휘하기 시작했다. 한 가지는 가정을 정치 기초 단위로 간주하여 정치윤리로 가정윤리를 대체하려는 것이다. 이 때문에 가족 구성원 사이에 서로 사회 권력기구에 정치 밀고를 하는 것을 격려하는 현상이 벌어진다. 다른 한 가지는 가정에 권리를 핵심으로 한 정의(正義) 관념을 도입하는 것으로 남녀가 혼전에 재산 공증을 받는 절차가 바로 한 가지 조치이다. 이런 관념은 가정을 합작회사로 설정한다. 비록 가정의 다른 형식이 여전하더라도 권리가 책임 위에 있기 때문에 부부의 윤리 관계 역시 심각하게 바뀌게 된다. 사랑의 감정을 배양하는 것을 중심으로 부부가 서로 사랑하고 존경하며 부모가 자애롭고 자녀가 효도하는 가치구조로 보이는 가족 관계는 유가 윤리의 골자이다. 이런 가족관계는 행복한 가정생활을 촉진할 뿐만 아니라 가족의 인애, 책임, 신뢰 등 도덕감을 배양하는 정신적 요람으로서 기능한다. 현대에서도 가정 윤리의 의미는 가정에 한정되지 않는다. 그것은 정치 생활에도 영향을 미쳐야 하며 가정 윤리와 정치생활은 반대가 아니다.[16] 때문에 유가의 가정윤리를 실천하는 것은 실질적으로 우리 시대의 도덕 근거를 수호하는 것이다. 그렇지 않을 경우 미래의 중국은 정신적으로 갈 곳을 잃을 것이다.

아는 사람[知人]에 대해 토론해 보자. 지인 사회에 낯선 사람이 있듯이 낯선 사람 사회에도 지인이 있다. 단지 도시 지인과 지인 사회의 지인의 차이가 있을 뿐이다. 후자는 기본적으로 인간이 성장하는 과정에서 자연스럽게 형성된 것이고 전자는 학습과 일하는 관계에서 생기고 알게 되는

---

16. 인지과학에 기반을 둔 한 연구는 미국 민주당과 공화당이 서로 대립하는 정치 홍보활동에서 각자 정부의 역할을 정립하면서 사용한 기본적인 단어가 모두 서로 다른 가장의 형상에 대한 은유에서 왔다고 한다. 예를 들어 중국어의 엄한 아버지, 자상한 어머니, 집안을 망치는 자식과 같은 단어로 정부의 행위를 모사했다. 이는 사람들이 국가 권력 성격에 대한 이해가 가정 관계에 대한 느낌에 기초한다는 것이다. George Lakoff, *Moral Politics: How Liberals and Conservatives Think*, The University of Chicago Press, 2002 참조.

것이다. 동창, 동료 관계가 모두 그러하다. 혹자는 도시의 낯선 사람을 두 부류로 나눈다. 한 부류는 임시적인 거래 또는 서비스 관계에서 만난 사람으로 영원히 낯선 사람이다. 또 한 부류는 상대적으로 고정적이거나 비교적 오래 지속된 업무 관계로, 몰랐던 사람을 알게 된 지인이다. 후자도 당연히 현대 규칙 관계에서 나온다. 동창, 동료 외에 또 한 가지 지인 관계가 있는데 바로 뜻을 같이 하는 사람이다. 이 관계는 사회, 정치, 경제적 이익 이외의 문화 또는 취미 단체에서 발전될 수도 있고 뜻이 같아 자주 연락하는 사람일 수도 있다. 가장 보편적이 유형은 친구와 스승, 학생이다. 친구이든 스승, 학생이든 모두 전통사회 관계의 연장선에 있다. 비록 '도(道)' 의 구체적 의미는 고금유별이지만 윤리 원칙은 같다. 공자는 "말은 진실하고 믿음이 있으며, 행동은 돈독하고 공경함이 있으라(言忠信, 行篤敬)"고 했다. 이러면 화하(華夏)뿐만 아니라 만맥(蠻貊)에서도 통한다. 사실 과거에서 통할 뿐만 아니라 미래에도 통한다고 말해도 된다. 물론 지인 관계가 있으면 가깝고 멀고의 태도 차이가 있기 마련이다. 전반적인 사회관계 구조가 바뀐 오늘날 개인감정과 공공사무를 어떻게 나눌 것인지는 관련자의 처사 원칙을 시험하는 큰 과제가 되었다. 이 문제에 있어 권력에 더 구속력이 강한 규칙을 세우는 것이 통제를 벗어나는 것을 방지하는 기본 방법이다. 동시에 더 자각적인 공사경계 의식 역시 공공윤리가 요구하는 것이다. 그러나 공공원칙을 위배하지 않거나 공공이익과 무관한 곳에서 우정의 배양과 유지는 여전히 모든 사람이 평생 동안 안고 가는 과제가 되겠다. 만약 우애가 없고 정이 없다면 모든 인간관계는 표준적인 공평한 교환 관계가 되며 삶의 의미는 더욱더 무미건조하게 된다.

혈육의 정(가족), 우정(아는 사람), 정의(낯선 사람) 외에 유가는 또 동정심 을 강조한다. 동정심의 의미는 고금을 막론한다. 동정의 대상은 낯선 사람도 포함하지만 그냥 지나가는 행인이 아닌 약자, 수난자가 포함된다. 이것이 바로 맹자가 말하는 측은지심(惻隱之心)이며 유가윤리 핵심 범주인 인(仁)의 또 다른 의미, 즉 인한 사람은 다른 사람을 사랑한다(仁者愛人)의 그런 사랑이며 감정을 친밀함으로부터 소원함으로 확장하는 표현이다. 이는 정의에 대한 중요한 보충이다. 정의는 이익의 공평함의 보장이며 능력의 대등함을 가정한 사람에 대한 것이다. 인간은 약자에 대해 같은 인간으로서 반드시 연민의 정이 있어야 하며 이런 감정을 위험과 어려움에 처한 사람을 돕는 행동으로 이어지게 하는 것이 곧 자선 사업의 발전이다. 그것은 등가교환이 아니며 정의가 아닌 선행이다. 그것이 없으면 인간은 다른 생물보다 더 고귀한 점이 없어지게 된다. 낯선 사람의 세계에서뿐만 아니라 우리는 가까운 사람과 아는 사람도 대면해야 하기 때문에 유가윤리는 여전히 유효하다. 또한 낯선 사람은 낯설다는 것 외에 그들 역시 세계의 구성원이다. 이 때문에 유가가 확장한 모든 사람에 대한 사랑은 여전히 낯선 사람 사회의 소중한 윤리 자원이다. 유가의 이상은 최종적으로 아름다운 감정이 있는 세계를 건립하는 것이다. 이 목표의 대표적인 서술은 송나라 유학자 장재(張載)의 「서명(西銘)」을 들 수 있다. 이 목표가 현실에 맞지 않다고 보는 사람들도 있지만 이 목표는 깊은 도덕과 종교적 정서를 보여주고 있다. 발전하고 있는 중국에 이런 정서가 부족하면 중국적이지 않을뿐더러 세계에도 이롭지 않다.

7. 나가는 말

이 글은 유가윤리 사상사에 관한 통상적인 논술이 아니며 일반적인 윤리 개념에 대한 논리 구축도 아니다. 이 글에서는 사회조직 구조 안의 서로 다른 존재 형태를 배경으로, 유가의 사상 자원을 가져다가 가까운 사람과 아는 사람 그리고 낯선 사람에 대한 서로 다른 윤리 원칙의 기능에 대해 탐구하였다. 그렇게 함으로써 유가윤리의 실질과 요소가 여러 사회관계에 적용되고, 나아가 현대 사회에서 바뀌고 극복되며 혹은 견지될 수 있는 원칙을 제시하였다. 필자는 단지 남과 나의 관계의 윤리 원칙을 논술 대상으로 삼은 것이지 유가 정치이념 또는 유가 인격이상과 같은 넓은 의미에서의 윤리 문제를 다루지 않는다. 본 논문은 '이상적 유형'을 분석하는 방법을 택했으며 유가윤리의 구체적인 실천을 고찰하지 않는다. 우리가 제시하는 윤리 관념은 그것이 상응한 사회에서 보편적으로 지켜지는 행위규칙임을 증명하는 것이 아니라 만약 이러한 원칙이 충분히 실천된다면 인간과 사회의 건전한 발전에 아주 큰 촉진 작용을 할 것이며 그렇지 않을 경우 도덕적 결함 심지어 도덕적 위기를 가져오게 될 것이라는 것을 설명하고자 하는 것이다. 이런 개념의 형성은 경험을 가늠하고 현재 상황을 평가하는 데 기준을 마련해 줄 수 있다. 그 목적은 유가가 현대 사회에서 생존할 수 있는 능력을 탐구하는 것뿐만 아니라, 이 윤리 전통이 현대문명의 건설에서 또 어떤 역할을 할 수 있는지를 사색함에 있다. 이러한 연구는 단지 전통에 대한 그리움 때문에 전개하는 것이 아니며 이데올로기의 변화의 영향도 받지 않는다. 유학은 오늘을 직시해야 하며 미래에 관심을 가져야 한다.

제16장

누구의 생각[思]인가? 어떤 지위[位]인가?

── 유학 "사불출위(思不出位)" 속 "심성(心性)"과 "정치(政治)"의 두 측면[1]

천리성(陈立胜)

1. 들어가는 말

　　"사불출기위(思不出其位)"의 출처는 『논어』「헌문(憲問)」이다. 공자는
"그 지위에 있지 않으면 그 정사를 도모하지 않는다[不在其位 不謀其政]"고
했으며, 증자는 "군자는 생각이 그 지위를 벗어나지 않는다[君子思不出其
位]"고 했다. 『주역』 간괘(艮卦)의 상사(象辭)에도 이와 유사한 설명이 있다.
"산이 거듭됨[兼山]이 간(艮)이다. 군자는 이를 보고서 생각이 그 지위를
벗어나지 않는다.[思不出其位]" 말하자면 간(艮)은 산(山)이고 간괘는 산(山)
이 아래위로 겹쳐져 있어 "겸산"이라고 한다. 산(山)은 멈춤[止]을 의미하므
로 간괘의 의미는 바로 "멈추고 또 멈추다"라는 뜻이다. 따라서 사불출위(思

....

1.　　원문은 위쩐저(于金澤)와 자오광밍(趙廣明)이 편집장을 맡고 있는 『종교와 철학』
　　　제5집(中國社科文獻出版社, 2016年)에 실림.

不出位)는 "각자의 자리에 머무르다(各止其所)"는 의미가 된다. 전해지는 바에 따르면 상사(象辭)는 공자가 저술한 것이기에 「헌문(憲問)」에서 증자가 한 말은 공자의 말을 인용한 것으로 여겨진다. 청나라 유학자 모기령(毛奇齡)은 심지어 "사불출위(思不出位)"라는 말이 공자 이전에 나온 고어(古語)일 수도 있다고 본다.[2]

"사불출기위(思不出其位)"가 증자가 한 말이든 공자가 한 말이든, 아니면 공자 이전에 나온 말이든, 그것이 기나긴 중국 사상사 속에서 소홀이 해서는 안 되는 명제라는 것은 그 누구도 부인할 수 없다. 이 명제는 적지 않은 화제를 남겼다. 이 글은 역사를 거슬러 올라가며 사불출기위(思不出其位)가 존재했던 여러 가지 맥락에 근거하여 그 사상 내용을 서술하고, 나아가 다른 측면에서 유가의 정치와 심성의 관계를 이해해 보고자 한다.

2. 선진(先秦)시기 "위(位)"에 관한 여러 해석

"위(位)"의 본래 뜻은 사인(士人)이 조정에서 자리한 위치를 말한다. 『설문해자(說文解字)』는 "중정(中庭)에서 좌우로 늘어선 것을 위(位)라 한다"고 설명했다. 단옥재(段玉裁)는 주석을 통해 다음과 같이 풀이했다. "정(庭)은 정(廷)으로 써야 한다. 글자가 잘못된 것이다. 辵(민책받침) 부수는

----

2. "思不出位"는 간괘 象辭다. 사람들은 상사에 "以"라는 글자가 더 있지 않은지 의심했고, 또 어떤 사람들은 고대에 이미 이 말이 있었는데 공자가 인용하여 상사를 만들었다고 봤다. 증자가 또 이를 인용하여 "불재기위"를 증명하는 데 사용했기에 "象曰", "子曰"과 같은 표현을 쓰지 않았을지도 모른다. 毛奇齡, 『論語稽求篇』 卷六, 『景印文淵閣四庫全書』 第210冊, 臺灣商務印書館, 1986, 頁193-194. 그러나 錢穆은 西河(毛奇齡)의 이와 같은 주장에 찬성하지 않는다. "이 장에서 또 『주역』 간괘의 상사가 나오는데, 상사가 나중에 나온 것이고 증자가 상사를 인용한 것이 아닌 것 같다." 錢穆, 『論語新解』, 三聯書店, 2002, 頁376.

조정이라는 뜻이다. 『이아(爾雅)』「석궁(釋宮)」은 중정(中庭)의 좌우를 위(位)라고 한다고 했다. 곽박(郭璞)은 위(位)가 여러 신하들의 열위(列位)를 뜻한다고 했다. 『주어(周語)』주석도 중정의 좌우를 위(位)라 한다고 했다. 나는 다음과 같이 생각한다. 중정은 정중(廷中)이라고도 한다. 옛날 조정은 집 형태가 아니었고 계단도 없었기에 조정(朝廷)이라고 불렀다. 조사(朝土)는 외조(外朝)를 관장하는 자리인데, 왼쪽 구극(九棘)에 고(孤)·경대부(卿大夫)가 자리했고, 오른쪽 구극에 공(公)·후(侯)·백(伯)·자(子)·남(男)이 자리했다. 회화나무 세 그루를 마주한 자리는 삼공(三公: 太師, 太傅, 太保)이 자리했다. 사사(司土)는 치조(治朝)를 관장하는 자리이다. 왕은 남쪽을 향하고 삼공은 북쪽을 향하되 조정의 동쪽이 윗자리이다. 고(孤)는 동쪽을 향하되 북쪽이 윗자리이고, 경대부(卿大夫)는 서쪽을 향하되 북쪽이 윗자리이다. 왕족의 고사(故土)과 호사(虎土)는 노문(路門)의 오른쪽에 위치하며 남쪽을 향하되 동쪽이 윗자리이다. 태복(大僕), 태우(大右), 태복(大僕)의 종자(從者)는 노문 왼쪽에 위치하며 남쪽을 향하되 서쪽이 윗자리이다. 비록 북쪽을 향하고 있고 남쪽을 향하고 있는 신하들이 있지만 모두 거의 좌우로 선다. 『좌전』에서 조정에 자리가 있다고 하였으니 이것이다. 풀어서 말하자면 사람이 자리한 곳은 모두 "위(位)"라고 할 수 있다."[3] 송나라 문인 엽몽득(葉夢得)은 다음과 같이 말했다. "옛날에는 천자(天子)에게 삼조(三朝)를 두었다. 외조(外朝), 내조(內朝), 연조(燕朝)이다. 외조는 왕궁 고문(庫門) 바깥에 자리하였는데, 특별한 사건이 발생했을 때 그로써 궁중에서 백성에게 질문하였다. 내조는 노문(路門) 밖에 위치하였고 연조는 노문 안에 자리하였다. 생각건대 내조는 임금이 신하를 접견하는 곳이고 노조(路朝)라고도 불렀다. 연조는 임금이 국정을 듣는 곳으로 오늘날 신하가 임금에게 공사를 아뢰는 것과 같아서 연침(燕寢)이라고도 불렀다."[4]

....

3.   許慎撰, 段玉裁注, 『說文解字注』八篇上, 上海古籍出版社, 1981, 頁371.

분명 "위(位)"는 조정에 들어온 사인(士人)들이 외조, 내조, 연조에서 자리한 각자의 위치를 의미하며 이 위치는 정치에 참여하고 정사를 논의하는 자리이기도 하다. 더 말할 것도 없이 여기서 "위(位)"는 권력, 신분, 지위와 떼려야 뗄 수 없는 관계이다. 조정에서 관원들의 서로 다른 서열 위치는 당연히 작위(爵位) 또는 계위(階位)에 의해 결정된다.

"위(位)"에 대한 의식은 매우 중요하다. 『주역』 「계사(繫辭) 상」은 "하늘은 높고 땅은 낮으니 건과 곤이 정해졌고, 낮고 높음으로 펼쳐지니 귀하고 천함이 자리한다"고 했다. "위(位)"는 사실 "천도(天道)"에서 나온 것으로 선진사상가들의 공통된 신념이었다고 말할 수 있다.[5] "실위(失位: 자리를 잘못 잡음)", "월위(越位: 자리의 경계를 넘어섬)", "출위(出位: 자리를 벗어남)"는 매우 심각한 정치 사건이었다. 역사서에서는 이를 대서특필했다.

4.　葉夢得撰, 宇文紹奕考異, 侯忠義點校, 『石林燕語』 卷二, 中華書局, 1984, 頁19.
5.　"하늘이 높고 땅이 낮은 것은 하늘과 땅의 신령인 신명의 위치이다. 봄, 여름이 앞서고 가을, 겨울이 뒤따르는 것은 네 계절의 운행 질서인 것이다. 만물의 변화에 있어서 뻗어나가고 굽어지는 모양의 차별이 있고 왕성하고 쇠퇴하는 단계가 있는 것은 변화의 자연스러운 흐름이다. 하늘과 땅은 지극히 신령스러운 것인데도 높고 낮고 앞서고 뒤서는 차례가 있는데 하물며 사람의 도에서야 말할 것이 없겠지요! 종묘에서는 가까운 친족이 숭상되고, 조정에서는 지위 높은 사람이 숭상되고, 시골 마을에서는 연장자가 숭상되고 일을 할 때는 현명한 사람이 숭상되는데, 이는 위대한 도의 질서인 것이다."(『莊子』 「天道」) 『公孫龍子』 「名實論」은 다음과 같이 말한다. (이 부분을 지적해주신 張永義 교수님께 감사드립니다.) "세계와 세계가 생성한 모든 현상은 물질에서 기원한 것이다. 개념으로 사물을 칭하되 사물의 실제 범위를 넘지 않는 것은 개념의 외연일 뿐이다. 사물의 본질 속성으로 개념이 나타내는 사물을 규정짓고 그 사물이 본질적인 속성이 부족하지 않게 충분히 구비하게 하는 것은 개념의 내함(內涵=내포)이다. 개념의 내함이 충분하지 않으면 잘못된 개념이고 개념이 충분한 내함을 갖고 있으면 정확한 개념이다." 사물(物)이 각자 재목에 맞게 하는 것이 "實"이고 역할에 맞게 사용하되 낭비하지 않는 것이 "位"인 것이다. 분명한 것은 "位"는 인류의 位에 제한되지 않으며 천지만물 모두 자신의 "位"가 있다는 것이다. 이 문장은 "고대의 영명한 제왕은 모두 名實에 주의를 기울였다. (중략)"는 말로 끝을 맺는데 이는 公孫龍의 名實說이 공자의 正名思想과 일치하며 윤리 정치 색채를 띤다는 것을 보여준다.

『좌전』에는 실위(失位)와 관련된 기록이 여럿 있다.

11월 성공(成公)은 초나라 공자 영제(嬰齊), 후작인 채나라의 군주[蔡侯], 남작인 허나라 군주[許男], 진나라 우대부 열(說), 송나라의 화원(華元), 진나라의 공손녕(公孫寧), 위나라의 손양부(孫良夫), 정나라 공자 거질(去疾) 및 제나라 대부와 노(魯)나라의 촉(蜀) 땅에서 맹약하였다. (중략) 채후와 허남의 이름이 기록되지 않은 것은 그들이 초나라의 수레를 타고 왔기 때문이다. 이것은 그들이 군주로서의 지위를 잘못 잡았음[失位]을 의미한다. 군자가 말하길, "지위는 신중히 하지 않을 수 없다. 채나라와 허나라의 군주가 일단 지위를 잘못 잡자 제후의 반열에 끼지 못하게 되었으니 하물며 그 아래 사람들이야 말해 무엇 하겠는가!"라고 하였다. 『시경』에서 "군주가 지위에 게을리하지 않으면 백성이 안정을 얻을 수 있다네"라고 하였는데 바로 이런 상황을 이른 것이다. (『좌전』 성공2년)

3월, 채평공(蔡平公)의 장례를 치렀다. 채나라의 태자 주(朱)가 자리를 잘못 서, 비천한 위치에 자리했다. 장례에 참여한 노나라 대부가 귀국 후 소자(昭子)를 알현했다. 소자가 채나라의 일을 물으니 대부가 이 일을 아뢰었고 소자는 탄식하며 말했다. "채나라는 망할 것이다. 망하지 않더라도 이 군주는 결코 자리를 끝까지 지키지 못할 것이다. 『시경』에서 "군주가 지위에 게을리하지 않으면 백성이 안정을 얻을 수 있다네"라고 하였다. 지금 채후는 막 군주의 자리에 올랐으나 자신을 낮추어 비천한 위치에 자리하였으니, 그 몸도 장차 따라서 낮아질 것이다." (『좌전』 소공 21년)

『춘추』에 채후(蔡侯: 후작인 채나라의 군주)와 허남(許男: 남작인 허나라의 군주)의 이름이 기록되지 않은 것은 그들이 일국의 군주인데 자신의 수레를 타지 않고 초나라 왕의 수레를 타고 초나라 왕의 좌우에 서서 실위(失位)했기 때문이다. 채나라 태자 주(朱)는 군주의 장례에서 적자의 위치에 서지 않고 장유의 순서에 따라 서자인 형 아래에 자리했다. 자리를 잘못 선 사건은 소자에게 나라를 망치거나 군주의 자리를 지키지 못할 것이라는 흉조로 받아들여졌다. 『장자』「어부(漁父)」에서는 "천자, 제후, 대부, 서인 이 네 부류의 사람들이 모두 자기 자리를 잘 지키는 것이 아름다운 다스림이다. 하지만 이들이 자기 자리를 벗어나면 이보다 큰 혼란은 없다"고 했다. 『여씨춘추(呂氏春秋)』「신세(愼勢)」는 더 명확하게 지적한다. "제후가 실위(失位)하면 천하가 어지러워지고, 대부에 등급이 없으면 조정이 어지러워지며, 처첩이 구분되지 않으면 집안이 어지러워지고, 적서(嫡庶)에 구별이 없으면 종족이 어지러워진다." 왜 군주가 "자리를 잘못 잡으면" 이렇게 큰 재난과 같은 결과가 따르는가? 『관자』「형세(形勢)」는 말한다. "군주가 군주답지 않으면 신하가 신하답지 않다. 아비가 아비답지 않으면 자식이 자식답지 않다. 윗사람이 자기 위치를 잃으면 아랫사람이 분수를 지키지 않는다. 윗사람과 아랫사람이 화목하지 않으면 명령이 집행되지 않는다. 손님을 맞이할 때 의복과 모자를 단정히 하지 않으면 손님의 태도도 공경하지 않게 된다. 나아가고 물러남에 예의(禮儀)를 지키지 않으면 정령도 행해지지 않는다." 이 때문에 군주가 실위(失位)하는 것은 군주의 위엄을 잃게 할 뿐만 아니라 더 중요한 것은 그것이 일련의 연쇄 반응을 일으키고 최종적으로 전반적인 사회 유기체가 혼들리게 되며, 이로 인해 정령이 행해지지 않게 된다. 또한 실위(失位)든 월위(越位)든 근본적으로 "실직(失職)"과 "월권(越權)"을 의미한다.[6] "위(位)"의 중요성은 이로부터

....

6. 『한비자』「이병(二柄)」에 기록된 한소후(韓昭侯, ? - B.C. 333)의 이야기가 이 같은 문제를 잘 설명해준다. 소후(昭侯)가 취하여 잠들었는데 전관자(典冠者: 임금의 관을 맡은 내시)가 이를 보고 감기라도 걸릴까 옷을 덮어주었다. 소후가 잠을 잘 자고 일어나 내시에게 "누가 옷을 덮어 줬느냐"고 묻자 내시는 "전관자이옵니다"라고 답했다. 소후는 "전의(典衣)"와 전관자 둘 다에게 벌을 내렸다. 전의는 자신의 일을 충실히 못했기 때문이고 전관자는 자신의 직무 범위를 넘었기 때문이다.

알 수 있다.

신분과 질서를 중요시하던 예법 사회에서 모든 사람은 그에 상응하는 자신의 자리를 갖고 있으며, 모든 자리는 그에 상응하는 덕목을 요구 받는데(역할에 대한 기대), 이것이 윤상(倫常)이다. 작위(爵位)와 계위(階位)의 "위(位)"는 점차 일반화 되어 신분과 지위를 나타내는 "위(位)"가 되었다. 곽점(郭店) 초간(楚簡)에 이미 "육위(六位)" 개념이 나온다. 「육덕(六德)」(「六位」라고도 함)에는 다음과 같이 기재되어있다. "백성을 낳음에 (반드시 부부, 부자, 군신이 있었으니, 이것이) 여섯 개의 자리[六位]이다. 인솔하는 사람이 있고 따르는 사람이 있으며, 부리는 사람이 있고 섬기는 사람이 있으며, 가르치는 사람이 (있고), 배우는 사람이 있다. 이것이 여섯 개의 역할[六職]이다. 여섯 개의 자리가 있어서 이러한 (여섯 개의 역할을) 담당하며 여섯 개의 역할이 나뉘어서 여섯 개의 덕[六德]을 가르친다. 여섯 개의 덕은 이러하다. 여섯 개의 덕은 무엇인가? 성스러움[聖]과 지혜로움[智], 어짊[仁]과 의로움[義], 충성스러움[忠]과 미더움[信]이다."

곽점(郭店) 초간(楚簡)의 「성지문지(成之聞之)」는 "하늘이 커다란 법도를 이루어 인륜을 다스리니, 군주와 신하의 도의를 만들었고, 아비와 아들의 친함을 만들었고, 부부의 분별을 나누었다. 이리하여 소인은 하늘의 법도를 어지럽혀 대도를 거스르고 군자는 인륜을 다스려 하늘이 내린 덕을 따른다"고 했다. 또 "군자는 육위(六位)를 신중히 하여 하늘의 법도를 받는다"는 말로 해당 편의 끝을 맺는다.[7] 일부 학자들은 이러한 내용이 자사(子思)로부터 나왔을 것이라고 본다. 그러나 오늘날『중용』의 "오달도(五達道: 군신,

....

7. 李零,『郭店楚簡讀記』, 北京大學出版社, 2002, 頁130, 頁122.『일주서(逸周書)』「大匡解第三十七」에는 "순육위(順六位)"설이 있다. "신구, 내외, 귀천을 조화롭게 하는 것을 육위라 한다."(黃懷信等撰,『逸周書匯校集注』, 上海古籍出版社, 1995, 頁383) 여기서 "육위"는 새것으로 낡은 것을 대체하지 않고, 밖이 안을 간섭하지 않고, 천한 것이 귀한 것을 능욕하지 않으며 각자의 이치에 맞게 조화롭게 존재하는 것을 말한다. 이는 곽점 초간의 "육위(六位)"와 다른 개념이다.

부자, 부부, 형과 아우, 친구 사이의 관계)"는 분명 육위와 육덕(남편은 지혜롭고, 아내는 미더우며, 아버지는 성스럽고 자식은 어질며, 군주는 의롭고 신하는 충성스럽다)과 함께 두 개의 서로 다른 계통에 속한다. 주목해야 할 점은 『장자』 잡편(雜篇) 「도척(盜跖)」에서 자장(子張)의 입을 빌어 "오기육위(五紀六位)"설을 명확히 제기했다는 것이다.

전통적인 주석가들은 일반적으로 육위가 군신, 부자, 부부를 가리킨다고 본다. 어찌됐든 육위와 육덕 그리고 육직은 유학자들의 인간의 윤상(倫常) 존재에 대한 인식을 보여준다. 즉 사람은 "천륜(天倫)"과 "인륜(人倫)"의 존재이고, 천륜과 인륜의 서로 다른 "위(位)"에서 그에 상응하는 "덕(德)"을 구비하고 그에 상응하는 역할("職")을 발휘해야 한다는 것이다. 그리고 "육덕" 중의 "인의충신(仁義忠信)" 이 네 가지 덕목은 중요시할 가치가 있다. 『육도(六韜)』에는 인군의 "육수(六守)"설이 있는데, "첫째 어짊[仁], 둘째 의로움[義], 셋째 충성스러움[忠], 넷째 미더움[信], 다섯째 용맹함[勇], 여섯째 지모[謀]이다'라고 했다. "인의충신(仁義忠信)"이 앞의 네 가지 지킬 것[四守]이다. 『장자』 외편(外篇) (「천운(天運)」과 「각의(刻意)」)의 두 가지 육덕의 조목("효제(孝悌), 인의(仁義), 충신(忠信), 정렴(貞廉)", "인의(仁義), 충신(忠信), 공검(恭儉), 추양(推讓)")에도 모두 "인의충신(仁義忠信)"이 있다. 맹자가 "천작(天爵)"과 "인작(人爵)"을 명확히 구분하면서 "인의충신"을 천작의 내용으로 나열하고,[8] 나아가 "정위(正位)" 관념을 제시한 것은 아마 이런 사상 기조와 관련이 있을 것이다.

"정위(正位)" 관념은 자연히 세속에서 말하는 작위와 계위의 "위(位)"에 상대하여 말하는 것이다. 맹자가 봤을 때 공경대부와 같은 작위와 계위는 "인작(人爵)"으로 후천적이고 외재적이며 상대적이지만, "천작(天爵)"은

....

8.　　孟子曰, "有天爵者, 有人爵者. 仁義忠信, 樂善不倦, 此天爵也. 公卿大夫, 此人爵也. 古之人 修其天爵, 而人爵從之. 今之人修其天爵, 以要人爵, 既得人爵而棄其天爵, 則惑之甚者 也." (『孟子』 「告子上」)

"태생적 귀함"("良貴")으로, 사람마다 고유한 선천적인 귀함이다.("사람마다 자신에게 귀함이 있다.") "군자가 보통 사람과 다른 것은 마음을 보존하기 때문이다. 군자는 어짊으로 마음을 보존하고 예로 마음을 보존한다." (『맹자』「이루(離婁) 하」) 성(性)은 천성(天性)이고 명(命)은 천명(天命)이고 위(位)는 천위(天位)이고 작(爵)은 천작(天爵)이며 직(職)은 천직(天職)이고 분(分)은 천분(天分)이다. "천작"이야말로 군자가 자리하고 관심을 가져야 할 "위(位)"이며, 구하면 얻을 수 있는 "정위(正位)"이다. 이 "정위(正位)"는 무조건적이다. 뜻을 이루는지 여부를 떠나, 어디로 가든 무엇을 하든 이 "정위(正位)"를 잃지 않아야 "군자(君子)"이고 "대장부(大丈夫)"라고 할 수 있다.[9]

인작의 위(位)와 천작의 위(位)는 경계가 분명하며 각자 "게임의 규칙"이 있다. 자사(子思)가 무공(繆公)에게 한 말이 좋은 예이다. "지위를 가지고 말하자면, 공은 군주이고 나는 신하이니, 어찌 신하가 감히 군주와 친구가 될 수 있겠습니까? 덕을 가지고 말하자면, 공은 나를 섬겨야 하는 사람이니, 어찌 공이 나와 친구가 될 수 있겠습니까?(『맹자』「만장(萬章) 하」) "정위(正位)" 관념이 제기된 것은 유가 사상사에서 중대한 공헌이다. 이것은 유학자의 정체성을 명확히 하였다. "유학자에게는 충신(忠信)으로 갑옷과 투구를 삼고, 예의(禮義)로 크고 작은 방패를 삼고, 인(仁)을 머리에 이고 행하며, 의(義)를 가슴에 안고 처하여 비록 폭정이 가해지더라도 자신의 처신을 바꾸지 않는 바가 있다. 유학자가 자신을 세움에 이와 같은 점이 있다." (『禮記』「儒行」)

조정에서 자리하는 "위(位)"(계위와 작위)부터 처신하며 도를 행하는 "정위(正位)"까지 모두 유학자가 자족자립(自足自立)하고 독립불개(獨立不

....

9. "居天下之廣居, 立天下之正位, 行天下之大道, 得志與民由之, 不得志獨行其道. 富貴不能淫, 貧賤不能移, 威武不能屈, 此之謂大丈夫."(『孟子』「滕文公 下」)

改)하며 중립불의(中立不倚)한 호매한 기상을 보여준다. (『예기』「유행」에는 "유학자는 위로 천자에게 신하노릇을 하지 않고 아래로 제후를 섬기지 않는다"는 말이 있다.) "몸"이 어디에 있든, 귀한 자리에 있든 천한 자리에 있든, 위(位)가 있든 없든[여기서 "위"는 위의 본래 뜻, 즉 조정에서의 "위(位)"를 의미한다], 하나의 "지위"[여기서의 "위"는 일반화한 위, 즉 "제 자리에 머물다[居其所]에서 말하는 위"이다]를 차지하고 있기에 "정위(正位)"를 지키고 "인의를 따라 행한다면[由仁義行]" "어떠한 상황에 들어가든 스스로 만족하지 않음이 없을[無入而不自得]" 수 있다. 이것이 바로 『중용』의 평소 지위[素位]에 따라 행한다는 관념, 즉 "군자는 그 자리에서 처하여 그 자리에 합당한 행동에 최선을 다할 뿐 그 자리를 벗어난 그 무엇에 욕심내지 않는다. 부귀한 상황이 오면 부귀한 자의 행동을 하고, 빈천한 상황이 오면 빈천한 자로서 합당한 행동을 하며, 오랑캐 문화에 처하게 되면 오랑캐 문화를 즐기고, 환난의 상황을 당하면 환난의 길을 걷는다. 군자는 어떠한 상황이 들어가든 스스로 만족하지 않음이 없다"는 것이다.

"소(素)" 자에 관하여 공영달(孔穎達)은 "향(向)"의 의미이며 평소에, 한결같다는 뜻이라고 설명했다. 주자는 "소(素)"가 "현재(見在)", 즉 오늘날의 "지금"을 뜻한다고 했다. "소기위(素其位)"의 "위"는 일반화된 의미에서의 "위"지만, "소(素)"에 여러 해석이 있기 때문에 "위"의 의미도 그에 따라 미묘한 차이가 있다. 공영달의 해석에 따르면 소기위(素其位)는 바로 평소에 처한 지위를 뜻하며 "위(位)"의 일상적 의미가 짙다. 주자의 해석에 따르면 위(位)는 현재의 자리이며 지금의 의미가 강하며, 빈천, 부귀, 사생(死生), 화복(禍福) 등 인간이 처한 처지를 모두 "위(位)"라고 할 수 있으며 "소위(素位: 평소 지위)"나 "시위(時位: 현재 지위)"라고 부를 수 있다.

이로써 우리는 위의 여러 가지 의미를 다음과 같이 정리해볼 수 있다. (1) 좁은 의미에서의 "위(位)"는 "중정의 좌우"라는 의미에서 조정의 자리를 뜻하며 "조열(朝列)의 위"로 부를 수 있다. 이와 관련하여 (2) 작위(爵位)가 있다. 작(爵)에는 "계(階)"와 "직(職)"이 있으니, "계위(階位)"와 "직위(職位)"이다. (3) 일반화된 천륜, 인륜의 위는 "윤상(倫常)의 위"라고 불러도 된다. (4) "거기소(居其所)"의 "위(位)" 또는 "지위(地位)"는 일종의 생존의 의미에서의 "위(位)"이며 "소위(素位)"나 "시위(時位)"로, 그 실제 의미는 처해 있는 "상황", "처지"이다. (5) "정위(正位)". 앞에 네 가지 위(位)에서 "위"의 외연은 부단히 확장된다. 그러나 "정위"는 앞에 네 가지 "위"에서 모두 잘 지키고 이행해야 하는 덕성이다. 다시 말하자면 "어떤 자리"에 있든 군자는 모두 "정위"에 자리해야 하는 것이다.

"정위"에 선다는 것은 유가 수신(修身) 철학에서 중요한 의제이다. 『맹자』에는 반드시 먼저 중요한 것을 세워야 한다는 공부론(工夫論)이 있으며, 『일주서(逸周書)』의 「보전해(寶典解)」 제29에는 "사위(四位)"를 익히는 것에 관한 언급이 있다. "아, 중요시하라! 나는 다음과 같은 말을 들었다. 왜 자신을 수양하지 않는가? 사람에겐 사위(四位)와 육덕(六德)이 있다. '사위(四位)'란 첫째 확정[定], 둘째 바름[正], 셋째 고요함[靜], 넷째 공경[敬]이다. 지위를 공경하는 것이 가장 중요하니, 고요함은 마음이 때를 기다려 경거망동하지 않는 것이다. 지위를 바르게 하여 지나치게 하지 않는다면 편안한 거처를 정할 수 있다." 여기서 안정[定]·바름[正]·고요함[靜]·공경[敬]의 논의는 사람들로 하여금 『대학(大學)』의 지지(知止)설("머무를 곳을 안 뒤에 확정함이 있으니, 확정한 뒤에 고요할 수 있고, 고요한 뒤에 편안할 수 있고, 편안한 뒤에 생각할 수 있고, 생각한 뒤에 얻을 수 있다.")을 떠올리게 한다.

반진(潘振)의 『주서해의(周書解義)』는 "정(定)은 뜻에 정해진 방향이 있음을 일컫는다. 경위비재(敬位丕哉)라는 것은 공경하면 마음이 넓어짐을 의미한다. 시비(時非)는 마음속으로 기회를 기다리며 망동하지 않는 것이다. 폐(廢)는 지나치다는 뜻이다. 마음을 바르게 하여 교만하고 방자하지 않는 것이다. 확정하면 하늘의 이치의 스스로 그러한 편안함이 있게 되고, 사람의 욕심에 빠지게 되는 위태로움이 없게 되며, 늘 그 가운데 있어 잠시도 떠날 수 없게 된다. 그러므로 편안한 거처라고 말한다." 분명 여기서 "사위(四位)"는 모두 "마음의 자리"이며, 군자의 정신적 삶이 처해야 할 네 가지 마음 상태이다. 당대패(唐大沛)가 말하길 "사위(四位)는 모두 심체(心體)를 가지고 말한 것으로 정(定)은 마음에 방향이 있음을 의미하고, 정(正)은 마음에 치우침과 사사로움이 없음을 뜻하며, 정(靜)은 (원문은 '정(定)'이라고 잘못 썼다— 인용자) 마음이 함부로 움직이지 않음을 의미하고, 경(敬)은 조심스럽고 공경함을 의미한다."[10]

『일주서(逸周書)』의 각 편은 한 사람의 손에서 나온 것이 아니고 연대도 다르다. 「보전해(寶典解)」에 기재된 것은 주왕(周王)과 주공(周公)의 대화이다. 비록 반드시 주왕과 주공을 거쳐 나온 것은 아니겠지만 "고정된 도식이 없는" "이수위기(以數爲紀)"하며 구두로 전하는 방식 때문에 학자들은 책이 작성된 시기를 전국(戰國) 이전으로 본다.[11] 반진 등 청나라 학자들의 해석은 이학(理學) 색채가 농후하지만 "정(定)·정(正)·정(靜)·경(敬)"으로 "위(位)"를 명명한 것은 어쨌든 모두 선진사상이 이미 "위(位)"에 대한 심성화(心性化)의 물길을 텄음을 보여준다. 단지 이런 심성화한 "위(位)"의 사용은 선진(先秦)과 양한(兩漢)의 문헌 중에 매우 드문 것이기에 더욱 주목할 필요가 있다.

3. 사불출위(思不出位) —— 유가 정치철학의 명제인가?

....
10. 『逸周書彙校集注』, 頁296, 頁298-299.
11. 『逸周書』의 성서 연대는 다음을 참조. 黃懷信, 『逸周書源流考辨』(西北大學出版社, 1992), 羅家湘 『逸周書研究』(上海古籍出版社, 2006).

신분 지위를 의미하는 작위(爵位)의 "작(爵)"은 그 본래 뜻이 예기(禮器)이다. (『설문해자』의 해석은 다음과 같다. "작(爵)"은 예기(禮器)이며 작(爵: 황새의 일종)의 모양을 본떴는데, 그 안에 창주(鬯酒)를 담는다.) 따라서 신분과 등급의 상징적 의미를 갖고 있다. 그러나 "작(爵)"은 술을 담거나 따르는 기구로 "가늠하다(量)"의 의미도 갖고 있어 "직위에 맞게 재능을 발휘하다"라는 말이 있다. 이 때문에 외재적인 "계위(階位)"는 반드시 내재적인 덕성인 "품위", 능력과 상응하여야 "명실상부하다"고 할 수 있고 이것이 "덕위일치(德位一致)"의 원칙이다. "덕이 반드시 위(位)에 걸맞아야 한다"는 이러한 관념이 바로 선진제자(先秦諸子)의 공통된 인식이었다.

너희 군자들은 편안히 거처함을 떳떳하게 여기지 말라. 너의 지위에 조용히 있고 공손히 하여 정직한 사람을 도와라. (『시경』 소아(小雅)「소명(小明)」)

모든 관직을 비워두지 말아야 한다. 하늘의 일을 사람이 대신한 것이기 때문이다. (『상서』「고요모(皐陶謨)」)

관직을 내릴 때는 어진 이를 골라 쓰고, 일을 맡길 때는 벼슬을 능력에 따른다. (『상서』「무성(武成)」)

군자는 초야에 묻혀 있고, 소인이 벼슬의 자리에 있네. 백성들은 그들의 군주를 버리고 보호하지 않으며, 하늘에서 재앙을 내리시네. (『상서』「고요모(皐陶謨)」)

끝까지 올라간 용(龍)이니 뉘우침이 있다. 공자 말하길, 귀하지만 지위가 없으며 높은 자리에 있지만 백성이 없으며 어진 사람이 아래에 있어서 도와주는 사람이 없다. 이 때문에 움직이면 뉘우침이 있는 것이다. (『주역』「계사(繫辭)」)

맡은 일을 감당하지도 못하면서 그 지위에 있다면 그 자리에 합당한 사람이 아니며, 주어진 벼슬자리를 제대로 해내지도 못하면서 봉록을 챙긴다면 봉록을 받을 만한 사람이 못 된다. (『묵자』「친사(親士)」)

큰 덕이 있으면 반드시 그만한 지위를 얻고, 반드시 그만한 봉록을 얻으며, 반드시 그만한 명성을 얻으며, 반드시 그만한 수명을 얻는다. (『중용』)

어진 사람이 알맞은 지위에 있게 하고 능력 있는 사람이 일정한 직무를 담당하게 한다. (『맹자』「공손추(公孫丑) 상」)

현명한 이를 존중하고 능력 있는 사람을 임용하여 뛰어난 인재가 제자리에서 구실을 하게 한다. (『맹자』「공손추(公孫丑) 상」)

그러므로 오직 어진 사람만이 높은 자리에 있어야 한다. 어질지 않으면서 높은 자리에 있으면 그의 죄악을 민중에게 전파하게 된다. (『맹자』「이루(離婁) 상」)

유학자가 조정에서 관직에 있으면 정치를 아름답게 하며 낮은 자리에 있으면 풍속을 아름답게 한다. (『순자』「유효(儒效)」)

능력을 가늠하여 관직을 수여하고, 현명하고 부족한 자 모두 적절한 지위를 얻게 하며, 능력 있는 자와 평범한 자 모두 적당한 직위를 얻게 한다. 맡은 바가 각기 제 재주에 적당하게 되면 만물이 합당한 자리를 얻고 모든 일이 적절한 반응을 보이게 된다. (『순자』「유효(儒效)」)

덕은 지위에 걸맞아야 하고 지위는 봉록에 걸맞아야 하고, 봉록은 쓰임에 걸맞아야 한다. (『순자』「부국(富國)」)

군주가 살펴야 할 것은 세 가지다. 하나는 덕이 그 사람의 지위와 맞는지, 둘은 공이 녹봉과 맞는지, 셋은 능력이 그 자리에 맞는지 살피는 것이다. 이 세 가지 근본 문제는 국가 안정과 동란의 근원이다. (중략) 덕이 두터우나 지위가 낮다면 잘못된 것이고 덕이 적은데 지위가 높다면 잘못된 것이다. (중략) 군주가 신중하게 해야 할 네 가지가 있다. 첫째, 큰 덕이 인(仁)에 미치지 못하는 사람에게 나라의 중요한 자리를 주면 안 된다. 둘째, 현명한 사람에게 자리를 건네지 못하는 사람에게 높은 지위를 주어서는 안 된다. 셋째, 벌을 내림에 친하거나 귀한 사람을 비호하는 사람에게 군대를 통솔하게 하면 안 된다. 넷째, 농업을 중시하지 않고 지리(地利)를 중요시 하지 않으며 경솔하게 과세를 부가하는 사람에게 한 지방을 다스리는 자리를 주면 안 된다. 이 네 가지 힘쓸 부분은 나라가 안정되고 위태롭게 되는 근본이다. (『관자』「입정(立政)」)

어떤 성과가 있으면 그에게 상응한 자리를 주며 어떤 능력이 있으면 그에 맞는 일을 하게 한다. (『회남자』「주술훈(主術訓)」)

이와 같은 문장들을 보면 "위(位)"는 모두 덕성, 능력, 직책과 관련된다. (소위 능력이 클수록 책임도 크다.) 때론 긍정적으로 입론하여 재위자는 반드시 인덕(仁德)을 갖춘 군자여야 하고 맡은바 직책을 다해야 한다고 하며, 때론 부정적으로 입론하여 덕이 지위에 맞지 않으면 부정적인 정치적 결과를 초래한다고 강조한다. "옛날에 학문하는 사람은 자기 자신을 위해서 했다"고 하니, 공자는 사인(士人)들의 외적인 계위에 대한 추구를 내적인 덕성과 품위에 대한 관심으로 돌려놓았다.[12] 「이인(里仁)」에서 "자리가 없음을 걱정하지 않고 자리가 생겼을 때 어떻게 그 자리에 설 것인가를 걱정한다"고 했다. 고대에 "입(立)"은 "위(位)"와 통한다. 즉 입(立)이 위(位)이다. 따라서 소이립(所以立)은 바로 소이위(所以位)이다. 공자는 사람이라면 마땅히 "예에서 자립해야" 하며 "도를 지향으로 삼고, 덕에 근거하며, 인에 의지하며, 예술을 즐겨야 한다"고 말했다. 이는 "스스로에게서 충족하여 외부에서 찾지 않는" 처신 태도이다.[13]

---

12. 『논어』「泰伯」. "三年學, 不至於穀, 不易得也." 「公冶長」. "子使漆雕開仕, 對曰, '吾斯之未能信.'" 「憲問」. "子曰, '邦有道, 穀. 邦無道, 穀, 恥也.'" 「衛靈公」. "子曰, '君子謀道不謀食. 耕也, 餒在其中矣. 學也, 祿在其中矣. 君子憂道不憂貧也.'" "事君, 敬其事而後其食."
13. 『禮記』,「儒行」. 哀公命席, 孔子侍, 曰, "儒有席上之珍以待聘, 夙夜强學以待問, 懷忠信以待擧, 力行以待取. 其自立有如此者."

정치적 의미에서의 "위(位)"(조열의 위, 작위, 계위)에 대해 유가에서 강조하는 것은 "책임의식", "능력의식", "권계(權界: 권력의 경계)의식"이다. 덕이 자리에 걸맞고 덕과 자리가 일치하면서, 자리에 만족하며 지위를 넘지 않고, 자리를 지키며 지위를 헝클어트리지(尸位素餐: 시동의 공짜 밥처럼 하는 일 없이 공록만 받는 것) 않는 것이다. "높은 자리에 있어도 교만하지 않고 낮은 자리에 있어도 근심하지 않는다"(『주역』)와 같은 언급들이 모두 같은 맥락이다. "시(時)"와 관련해서는 "권변(權變)의식"을 요구했다. 벼슬을 할 수 있으면 하고, 멈출 수 있으면 멈추고, 오래 머무를 수 있으면 오래 머무르고, 빨리 갈 수 있으면 빨리 가는 것, 즉 자리에 연연하지도 말고 실위(失位)하지도 말라는 것이다.

이렇듯 오늘날 정치 철학으로 불리는 영역에서 "사불출위(思不出位)"의 의미는 주로 자신의 자리에서 본분을 지키고 자신의 직책을 넘어 남의 영역을 침범하지 않는 데에서 나타났다. (『예기』「곡례(曲禮) 하」에서는 "관직에 있으면 관직에 관련된 말을 하고, 집에 있으면 집에 관련된 말을 하고, 창고에 있으면 창고와 관련된 말을 하고, 조정에 있으면 조정에 관련된 말을 하라"고 했다.) 한당(漢唐) 유학의 대가의 「헌문(憲問)」 사불출위(思不出位)에 대한 이해는 모두 "권계의식"에 집중되어 있다. "그 지위에 있지 않으면 그 정사를 도모하지 않는다[不在其位, 不謀其政]"는 말은 『논어』「태백(泰伯)」과 「헌문(憲問)」에 두 번 나온다. 옛사람들은 말이 중복되면 그 안에는 반드시 멈추고 싶어도 그럴 수 없는 부분이 있는 것이라고 여겼기에 중복된 부분은 더 자세히 살펴보아야 한다.

공안국(孔安國)은 「태백」 불재기위(不在其位) 장(章)에 "각자 맡은 직무에 전념하려고 하는 것"이라고 주석을 붙였으며, 「헌문」에서는 "그 직무를 넘어서지 않는다"고 주석을 붙였다. 하안(何晏)은 『논어의소(論語義疏)』에서 "사람들이 각자의 직무에 전념하고 남의 정사를 함부로 도모하지 않도록 충고한 것이다. 군자는 자기 분수 내에서 생각해야 하며 이를 넘어서 남의 일을 생각해서는 안 된다. 분수를 넘어 생각 하면 헛된 수고만 하고 얻는 것이 없다'고 했다. 따라서 훗날 경학가들의 "사불출위(思不出位)"에 대한 이해는 대부분 "불재기위(不在其位), 불모기정(不謀其政)"의 발언 배경에 착안한다. 예를 들어 형병(邢昺)은 다음과 같은 주석을 붙였다. "이 장(章)은 사람이 분수를 넘어 관직을 침범하는 것을 경계하는 내용이다. 만약 그 자리에 있지 않으면 그 직위의 정사를 모의해서는 안 됨을 말한다. 증자는 이어서 '군자의 생각은 자신의 직위를 벗어나지 말아야 한다'고 말했다. 생각이 미치는 바가 자신의 직책을 넘어서서는 안 된다는 것이다." 유보남(劉寶楠)은『논어정의(論語正義)』에서 직접적으로 「태백」과 「헌문」을 합쳐서 주석을 달았다. "'모(謀)'는 그것에 대해 논의하는 것을 말한다. 뒤편에서 증자가 말하길, '군자는 생각이 그 지위를 벗어나지 않는다'고 했다.『맹자』「이루(離婁)」에서는 '지위가 낮으면서 말이 높으면 죄'라고 했다.『예기』「중용(中庸)」에서는 '군자(君子)는 현재의 지위에 따라 행하고, 그 밖의 것을 원하지 않는다.'고 했으며 또 '윗자리에 있으면서 아랫사람을 능욕하지 않으며, 아랫자리에 있으면서 윗사람을 끌어내리지 않는다'고 했다. 이는 모두 불재기위(不在其位), 불모기정(不謀其政)에 포함된 의미를 서로 드러내준다."

이렇듯 "사불출위(思不出位)"로부터 생겨난 역할윤리와 정치윤리 원칙에 대한 해석은 중국 사상사에 깊은 영향을 미쳤다. 예를 들어 주자(朱子)의『논어정의(論語精義)』「헌문」편의 사불출위(思不出位) 장(章)은 범조우(范祖禹)와 양시(楊時) 두 사람의 말을 종합하여 다음과 같이 말한다. "불재기위(不在其位), 불모기정(不謀其政) 역시 공자가 항상 하던 말인데, 제자들이 각자가 들은 것을 기록한 것이다. 군자가 생각이 지위를 벗어나지 않는 것은 간(艮)의 상(象)이다. 사물이 모두 각자의 위치에 머물고 천하의 이치가 얻어진다. 그러므로 군자는 생각이 지위를 벗어나지 않고 군신, 상하, 대소가 모두 각자의 직분을 얻는다." "생각이 지위를 벗어나 정사를 도모하면 분수를 잃게 되고, 관직을 침범하고 정사를 어지럽혀 걷잡을 수 없게 된다."

「태백」편의 불재기위(不在其位) 장(章)에서는 범조우의 말을 종합하여 다음과 같이 말했다. "천자부터 사인(士人)까지 모두 자리가 있다. 자신의 자리에 있으면 그에 걸맞은 정사를 도모하는 것이 직분이다. 천자는 삼공의 역할을 수행할 수 없으며 삼공은 경대부의 일을 할 수 없고 경대부는 사인(士人)의 관직을 침범해서는 안 된다. 그러므로 앉아서 도를 논하는 사람은 삼공이고, 일어나서 수행하는 사람은 사대부이다. 신분이 낮은 관리까지 모두 각자 맡은 일에 최선을 다하여 이와 같으면 천하의 이치가 얻어진다."[14] 주자는 더 나아가 범조우의 주장을 다음과 같이 보완한다. "공자의 말에는 상하의 차이가 없이 그저 그 자리에 있지 않으면 그 정사를 도모하지 않는다는 것이다. 범조우는 군주를 위해 말한 것이므로 위로부터 아래로 말하였지만 그 뜻은 끝내 완비되지 못했다. 다시 아래로부터 추론해야 한다. 예를 들어 사인(士人)은 대부의 직을 침범해서는 안 된다는 것에서부터 천자는 천도를 넘어서서는 안 된다는 것까지 있어야 완비된다. 하지만 이뿐만 아니라 좌우와 전후, 피차 사이에도 각기 분수가 있으며, 모두 서로를 넘보지 말아야 한다는 것을 알아야 매우 완비되는 것이고, 성인의 뜻을 모두 얻은 것이다.[15]

명나라 정치가 장거정(張居正)도 "사불출위(思不出位)"를 해석할 때 다음과 같이 명확하게 지적했다. "위(位)는 직위이다. 사불출위(思不出位)라는 말은 『역경(易經)』「간괘(艮卦)」의 상사(象辭)이다. 증자는 이 말을 설명하면서 다음과 같이 말했다. 일반인이 거하는 자리에 비록 대소(大小), 존비(尊卑)의 차이가 있지만 모두 해야 할 역할이 있다. 만약 본래의 직무를 버리고 자리를 벗어나 함부로 생각한다면 본인의 직무는 방치하게 되고 타인의

14. 앞에 두 문장의 출처는 『論語精義』卷七下, 『朱子全書』第7冊이다. (上海古籍出版社 安徽教育出版社, 2002, 頁498) 뒤에 문장의 출처는 같은 책 卷四下, 頁303.

15. 『論語或問』卷八, 『朱子全書』第6冊, 頁765.

관직을 침범하게 된다. 군자가 자신을 위치시키는 곳은 이곳이고, 마음으로 생각하는 것도 이것이다. 아침저녁으로 추구하는 것은 오직 본래의 직분으로 해야 하는 일을 다하고자 하는 것이다. 만약 창고를 지키는 일을 한다면 회계를 심사하고 출납을 분명하게 하는 것을 생각하여 재무 관리의 직책을 다해내는 것이다. 만약 군대에 몸을 담고 있다면 부지런히 훈련하고 명확하게 군령을 내리는 것을 생각하여 군사를 잘 다스리는 직책을 다해내는 것이다. 애초에 지위를 넘어서는 행동을 하지 않으면서 자신의 본분에 대해 생각하는 것이다. 이와 같으면 여러 직무가 모두 잘 수행되고, 여러 일이 모두 잘 처리될 것이다."[16] 장거정이 서원을 철폐하고 학문을 가르치는 것을 금지한 데에는 복잡한 원인이 있지만, 그의 "사불출위(思不出位)"에 대한 이해는 그것의 이론 근거 가운데 하나라고 할 수 있다. 현대학자들의 『논어』 사불출위(思不出位)에 대한 해석도 이러한 범위를 벗어나지 않는다. 예를 들어 전목(錢穆)은 "위(位)는 정치적 직위를 말한다. 정치에 몸을 담으면 각자 자신의 직책에 전념해야 한다. 직책을 벗어나 넘어서서 생각하는 것은 도움이 되지 않는 헛수고일 뿐만 아니라 점점 혼란만 야기한다"고 했다.[17]

예법 사회의 "조열의 지위", "작위", "윤상의 지위", "시위(時位: 현재의 지위)"는 모두 상징적 힘(symbolic power)이 가득 담긴 "의미의 공간"이기 때문에 일종의 "이질적 공간"(heterogeneous space)이다. 이 "공간"은 "시간[時]"에 따라 계속 바뀌기 때문에 "이질적 시간"(heterogeneous time)의 특징도 보인다. 이는 예의로 가득한 시공간이라 할 수 있다. 서로 다른 공간과 시간 포인트에서 이에 상응하는 품위, 표정, 행동거지를 요구 받는다. 이를 "위감(位感: 자리에 대한 감각)", "자리 의식"이라고 부를 수 있다. "정위(正

16. 張居正撰, 『四書集注闡微直解』 卷十, 『四庫未收書輯刊・貳輯』 第12冊, 北京出版社, 2007, 頁396.
17. 錢穆, 『論語新解』, 頁376.

位)"에 자리했다는 것은 곧 때와 장소에 걸맞은 "위감(位感)"에서 표현된다. 이러한 예의(禮儀)의 시공(時空)에 대한 인지, 느낌 그리고 반응("위감(位感)")은 유가의 수신학(修身學)에서 중요한 의제이다. 『논어』「향당(鄕黨)」에 기재된 공자가 "마을"에 있을 때, "종묘조정(宗廟朝廷)"에 있을 때, 조회에서 "상대부(上大夫)", "하대부(下大夫)"와 말할 때, "임금의 부름으로 빈객을 접대할 때", "공문(公門)에 들어갈 때", "당(堂)에 오를 때", "당(堂)에서 나올 때", "태묘(太廟)에 들어설 때" 서로 다른 언행과 몸가짐, 표정을 보여준다. 또 계절에 따라 장소에 따라 입을 옷과 먹을 음식을 모두 따져보면서, 공자는 마치 예의(禮儀)의 시공에 존재하는 댄서처럼 몸가짐과 언행을 충실하고 광대한 자태의 아름다움으로 표현해낸다. 이는 신체 예의(禮儀) 미학의 전시이다.[18] "사(思)"와 "위(位)"(장소, 현재의 지위[時位])는 수신(修身)의 영역에서 상호 견인하는 짝이다. "사(思)"는 마음속의 생각에 한정되지 않는다. 마음에서부터 드러나는 표정, 언어, 행위와 몸가짐 모두 "사(思)"의 범주에 속한다. 공자는 군자가 가져야 할 아홉 가지 생각[九思]이 있다고 말했다. 바로 "볼 때에는 밝음을 생각하고[視思明], 말을 들을 때에는 총명할 것을 생각하고[聽思聰], 안색은 온순할 것을 생각하고[色思溫], 겉모습은 공손할 것을 생각하고[貌思恭], 말할 때에는 정성껏 할 것을 생각하고[言思忠], 일할 때에는 경건하게 할 것을 생각하고[事思敬], 의심이 날 때에는 질문할 것을 생각하고[疑思問], 화가 날 때는 화낸 후의 어려움을 생각하고[忿思難], 이득이 생겼을 때에는 의리에 합당한가를 생각한다[見得思義]."는 것이다.

보고 듣는 것, 말하고 행동하는 것, 안색과 행동거지를 모두 "시위(時位)"

----

18. 「향당(鄕黨)」의 공자의 예의에 관한 서술은 다음 문장 참조. 黃俊傑, 「東亞儒家思想傳統中的四種「身體」: 類型與議題」, 『東亞儒學: 經典與詮釋的辯證』, 台大出版中心, 2007, 頁187-218; 彭國翔, 「作爲身心修煉的禮儀實踐 —— 以<論語·鄕党> 篇爲例的考察」, 『臺灣東亞文明研究學刊』, 2009, 第1期.

의 변화에 따라 변화시켜 "정위(正位)"를 잃어서는 안 된다. 맹자 본인이 우사(右師)와 이야기를 나누지 않은 것은 이와 같은 민감한 "위감(位感)"을 보여준다. 그 사연인 즉, 공행자(公行子)에게 아들의 상(喪)이 있었다. 우사(右師)가 찾아가 조문하려 문에 들어서니, 우사에게 다가와 우사와 말하는 사람도 있고, 우사의 자리에까지 와서 우사와 말하는 사람도 있었다. 그런데 맹자는 우사와 한마디도 말을 안 하니 우사가 불쾌하게 여겨 말하기를, "여러 군자들이 모두 나와 이야기를 나누는데 맹자만이 홀로 나와 이야기를 하지 않으니 이것은 나를 홀대하는 것이다."라고 하였다. 맹자가 이 말을 듣고 다음과 같이 말했다. "예법에 조정에서는 자리를 지나가서 서로 말을 나누지 않으며 층계를 넘어가서까지 서로 인사를 하지는 않는 법이다. 나로서는 예법대로 행하려 하는데 자오(子敖)가 나더러 홀대한다고 하니 이상한 일이 아니겠는가?" (『맹자』「이루(離婁) 하」)

4. 도대체 어떤 위(位)인가?

정치 윤리상의 수위(守位: 지위나 직위를 지킴)나 안위(安位: 지위나 직위에 안주함)이든, 신체 예의(禮儀) 상의 위감(位感)이나 위(位)에 대한 의식이든, "사불출위"(思不出位)의 "위(位)"는 종법제도(宗法制度)와 예악(禮樂)문명에서 신분 정체성의 의미를 선명하게 갖고 있으며 이 "위(位)"는 근본적으로 제도화되고 예의화된 위(位)이다. 이는 일반인들의 "사불출위(思不出位)"에 대한 이해이기도 하다. 예들 들어 『사해(辭海)』나 『한전망(漢典網)』에서는 모두 사불출위(思不出位)에 대해 "문제를 생각할 때 자신의 직권범위를 넘지 않는 것"이라고 해석한다. 다시 말해 사불출위(思不出位)는 정치 권능을 다스리는 것에 대한 "참월의식(僭越意識)"이다.[19]

그러나 송명이학, 특히 심학(心學) 계통에 와서 "위(位)"에 대한 이해는

"위치 이동"이 생겼다. 즉 내적으로 이동하여 "심성(心性)의 위(位)"로 바뀐 것이다. "사불출위(思不出位)"는 수신(修身) 방법, 특히 정신 수련 방법으로 바뀌었다.

수신학(修身學) 측면에서 보면 "사불출위(思不出位)"가 다스림에 있어서 강조하는 점은 더 이상 정치에서의 월권이 아니라 도덕 안정의 월계이다. 예를 들어 여동래(呂東萊)는 다음과 같이 주장한다. "군자는 생각이 그 자리를 벗어나지 않는다. 일단 그 자리를 벗어나면 다른 사람의 득실과 이해를 점검하게 되니, 반대로 본인의 자리에 대해서는 소홀하게 된다. 왜 그런가? 마음은 두 군데 나눠서 쓸 수 없기 때문이다. 군자가 생각이 제자리를 벗어나지 않게 하는 것은 그 자리를 감히 벗어나지 못해서가 아니라 그럴 여유가 없어서이다."[20] 여동래의 이해는 유가 수신학의 자기 점검(self-regarding)을 주목하고 있다. "자리를 벗어나"면 "남을 책망"하게 된다.(다른 사람의 득실과 이해를 점검하게 된다.) 이는 공자의 "스스로 자신에게 엄중하게 책망하고 남에게는 가볍게 책망하라[躬自厚而薄責於 人]"는 요구에 배치될 뿐만 아니라 본래의 자리(자신)에 반드시 소홀해지게 된다. "자리를 벗어날 겨를이 없다"는 것은 자기 점검의 수신 공부의 긴박함 을 설명한다. 명나라 유학자인 당백원(唐伯元)은 더 나아가 다음과 같이 주장했다.

모든 것에는 근본과 말단이 있으니, 몸은 그 근본이다. 치지(致知: 앎을 이룸)하면서 수신을 근본으로 하지 않으면 이것이 치지(致知)할

---

19. 朱子의 주장이 가장 명확하다. "사람은 각자 신분의 한계가 있다. 서민은 조정의 정사를 꾀해서는 안 된다. 어디에 속해 있으면 그 신분을 지켜야 한다. 예를 들어 현위(縣尉)가 어찌 주부(主簿)의 일을 꾀할 수 있겠는가? 신분의 한계를 지키지 않는 것은 곧 타인의 영역을 범하는 것이다."『朱子語類』 卷三十三, 『朱子全書』 第15冊, 頁1309-1310.
20. 『麗澤論說集錄』 卷八, 『呂祖謙全集』 第2冊, 浙江古籍出版社, 2008, 頁225.

때 격물(格物)을 누락하게 되는 까닭이다. 그것은 『대학』과 멀리 동떨어진 것이다. 몸이 여기에 있으면 자리도 여기에 있다. 생각을 함에 있어서 자리를 벗어나는 사람은 자신의 자리를 지키지 않고 그 외의 것을 바라거나, 스스로를 바르게 하도록 노력하지 않고 남에게 기대한다. 이는 모두 바르지 못한 생각이다. 이러한 방법으로 지(止: 머묾)를 추구하는 것은 이루기 어렵다. 지극하게도 맹자는 이와 관련하여 "무슨 일이든지 해보고서 잘 안 될 경우에 남을 책망하기보다는 나에게서 잘못을 찾는다"고 하였으며, "오래 살든 짧게 살든 마음을 바꾸지 않고 자신을 닦으면서 하늘의 명을 기다린다"고 했다. 이는 모두 생각이 지위를 벗어나지 않는다는 설이다. 그 몸을 얻지 못하고, 그 사람을 보지 못했다면 그에 대해 말하기 어렵다. 정확하게 사고하고 터득한 후의 기상이므로 느슨하게 이해하더라도 자신이 어떻게 머물 데를 알아 안정된 상태에 들어갈 것인지 살펴봐야 한다. 자신에게 돌이켜봄을 통해 수신하고, 자기 자신을 가다듬음으로써 스스로를 잊을 수 있으면 거의 된 것이다.[21]

당백원(唐伯元)은 "위(位)"를 인간이 언제 어디서든 처하는 자리라고 이해하면서, "생각[思]"이 자기 자신의 위치에 주목할 수 없으면서 월계하여 "그 외의 것을 바라고" "타인에게 기대한다면" 이는 모두 "바르지 못한 생각"이라고 여겼다. 이러한 "자아성찰" 의식은 최종적으로 사람이 내적인 정신생활로 돌아오게 하고 자신의 내면세계를 성찰의 대상으로 삼고 자신의 정신 품격을 전면적으로 성찰하게 한다.

청나라의 이광지(李光地)는 사불출위(思不出位)를 절문근사(切問近思: 절실하게 묻고 자신에게 가까운 일부터 생각함)와 연결시켜 사불출위(思不出位)의 수신에서의 절기(切己: 자신과 밀접하게 연결시킴) 측면을 강조하

....
21. 『答錢侍禦』, 唐伯元著 朱鴻林點校, 『醉經樓集』 卷五, 中研院史語所, 2010, 頁179.

였다. "생각이 그 자리를 벗어나지 않는 것은 절실하게 묻고 자신에게 가까운 데서 생각하는 것이니, 생각은 가까운 곳에서 하여야 힘을 얻게 된다'고 했다. "가서(稼書) 선생은 생각하는 바가 밖으로 치달리지 않는데 왜 원만하지 않죠?"라는 질문에 이광지는 다음과 같이 대답한다. "몸을 똑바로 하고 앉으면 가까이 갈 수 없다. 초목은 하늘 아래에 자랄진대 어찌 귀와 눈앞의 일이 아니겠는가? 그는 볼 수 없으면서도 다른 곳으로 생각이 미쳤다. 생각할수록 점점 멀어진 것이다. 즉 누군가 '천자부터 백성까지 모든 사람은 수신을 근본으로 한다'고 하니, 일반 사람들에게 왜 신민(新民: 백성을 새롭게 하다)의 책임이 있는지 묻자, 주자는 다음과 같이 대답했다. '훗날에 사대부가 될 수도 있는데 왜 신민의 책임이 없는가?' 나의 생각은 이와 다르다. 백성은 자신의 집이 있다. '아내에게 모범을 보이고 더 나아가 형제에게 이르게 하며' 합당한 방법으로 자식을 가르쳐 밖에서 이웃과 화목하게 지내는 것, 이것이 다 신민이다. 사람은 가까운 것은 알기 쉽고 명백하다고 생각하지만, 가까운 곳에 있는 것을 버리고 먼 곳에 있는 것을 찾고 있는지 알지 못한다면, 결단코 명백해지는 날은 없을 것이다. 먼 곳이 명백하지 않다면 가까운 데서 생각해보아야 한다. 예를 들어 천지신(天地神)은 고원하고 심원하며 아득하고 은미하니, 보았다고 하기도 어렵거니와 보았더라도 믿기 어렵다. 자기 자신에 나아가 세심하게 잘 살펴보아 딱 맞으면 옳은 것이고, 딱 맞지 않으면 옳지 않은 것이다. 세상의 모든 것은 모두 나에게 갖추어져 있으니, 천지신(天地神)에서 설명이 안 되는 이치는 모두 자기 자신에서 잘 살펴보아야 정확할 수 있다."[22]

"사불출위(思不出位)"가 정신 수련의 방법이 된 것은 정문(程門: 정호와 정이의 문하)에서부터였다. 왕평(王苹)은 "학자들은 항상 생각의 복잡함 때문에 곤혹스러운데 어떻게 하면 좋겠습니까"라는 질문을 직접 받고

....

22. 李光地著, 陳祖武點校, 『榕村語錄』 卷二十三卷, 中華書局, 1995, 頁415.

다음과 같이 제안한다. "사람의 마음은 본디 사려가 없으니, 대부분은 지나간 일을 기억하거나 미래의 일을 생각하는 것이다. 예를 들어 앉아 있는 경우에 그저 의문이 있으면 묻고 싶을 뿐이다. 필경 무엇을 사려하는 것일까? 일이 사람의 마음을 얽어매지 않는데 사람의 마음은 스스로 일에 얽매여 놓아두려 하질 않는다. 강절(康節)은 시에서 '지나간 일은 모두 과거가 되어 사람들이 손가락질하며 평론하고, 아직 오지 않은 일은 모두 사람들의 비판을 기다린다'고 했다. 따라서 '군자는 생각이 제자리를 벗어나지 않는다."[23] 명도(明道) 정호(程顥)의 「정성서(定性書)」에서 성인의 마음을 사물이 다가오면 순응하고 확 트여 크게 공정한 밝은 거울에 비유한 후로부터, "현재의식[當下意識]"은 유학 정신 수련의 기본 내용이 되었다. 유즙산(劉戢山)은 더 나아가 "네 길을 끊어버린다[四路把截]"는 말로 이러한 마음의 상태를 표현한다. "이러한 마음에는 머물 자리가 전혀 없다. 앞으로 가면 과거이고 뒤로 가면 미래이며, 밖으로 추구하면 속세이고 안으로 찾으면 지옥이다. 네 길을 끊어버리고 그 가운데에 아주 작은 공간이 남는다.

....

23. 王蘋撰, 『震澤記善錄』, 『王著作集』 卷八, 『景印四庫全書』 第1136冊, 1986, 頁104. 사량좌(謝良佐)는 이에 대해 더 정확하고 간결한 서술을 했다. "일이 아직 발생하지 않았는데 미리 걱정할 필요는 없다. 일이 막 발생했다고 조급해할 필요가 없다. 일이 지나갔다면 후회할 필요가 없다. 조금이라도 온전치 않게 마무리되었다면 깨달을 뿐이다." 다음을 보라. 『上蔡語錄』 卷下, 『朱子全書外編』 第3冊, 華東師範大學出版社, 2010, 頁36. "왕평과 사량좌의 사상은 모두 심학 색채를 띠고 있다. 동발학파(東發學派) 창립자인 황진(黃震)은 육구연(陸九淵)의 심학이 사량좌 때 이미 시작되었다'고 말했다. 전조망(全祖望)은 왕평도 심학 사상의 색채를 띠고 있으며 (육구연의 사상이 정이의 마음이 곧 이치라는 사상을 받아들였다고 보기에) "정이의 학문에 이미 이러한 부분이 포함되어있다'고 말했다. 왕양명은 제자인 황면지(黃勉之)로부터 왕신백(王信伯=왕평)의 유서를 전해 받고 왕평을 다음과 같이 극찬했다. "그가 이룬 것은 이미 높은 경지에 도달했으며, 유초(游酢), 양시(楊時)보다 못하지 않다", "견해가 아주 독특하여 다른 학자들이 비교할 바가 아니다. 그가 쇠약해 진 것을 오래전부터 안타까워 했다. 후학 중에 그를 이을 사람이 없구나." 王守仁著, 『與黃勉之』, 『王陽明全集』 卷二十一, 上海古籍出版社, 1992, 頁825.

이곳이야말로 이 마음이 머물 곳이다. 이곳을 분명하게 깨달으면 큰 근본[大本]과 두루 통하는 도리[達道]가 모두 이곳에서 나온다."[24] 이렇듯 네 길을 끊어버리고 현재를 편안히 여기는 정신 수련은 종교 영적 생활의 공통된 방법이라 할 수 있다. 성인이 마음을 쓰는 것은 거울과 같아서 나가라 하지도 않고 맞아들이지도 않는다. 그냥 응할 뿐 감추지 않는다. 그러니 사물을 대함에 이길 수 있고 다치지 않는 것이다. 원래 이 말의 출처는 『장자』이다. 『금강경(金剛經)』역시 "응하되 머무는 곳 없이 그 마음을 낳는다"고 했다. 그 어떤 것에도 머물지 않고, 그 어떤 물건에도 집착하지 않아야 청정자성(淸淨自性)이다. 예수도 비슷한 취지의 말을 한 적 있다. "그러니 내일 일을 위하여 염려하지 말라. 내일 일은 내일 염려할 것이다. 한 날 괴로움은 그 날에 족하니라." (『마태복음』6장 34절)[25]

....

24. 『學言』, 吳光主編, 『劉宗周全集』第2冊, 浙江古籍出版社, 2007, 頁370.
25. "현재의식(當下意識)"에 대한 주목은 중국과 서구의 수신 철학의 공통점이다. 블레즈 파스칼은 심지어 인간의 고통의 근원은 인간의 정신생활이 '과거'와 '미래'에 집착하여 '현재의식'을 가려버렸기 때문이라고 봤다. 그는 다음과 같이 말했다. "우리는 결코 현재에 매달리지 않는다. 우리는 마치 오는 것이 너무 더디기라도 한 듯, 그리고 그 걸음을 재촉하려는 듯, 미래로 앞서 나간다. 또 우리는 마치 사라지는 것이 너무 빠르기라도 한 듯 과거를 정지시키기 위해 그것을 되살린다. 우리는 너무나도 경솔하기에 우리의 것이 아닌 시간 속에서 방황하며 우리에게 주어진 유일한 시간에는 아랑곳도 하지 않는다. 또 우리는 너무나도 공허하기에 있지 않은 시간에 사로잡혀 현존하는 유일한 시간을 아무 생각 없이 피한다. 현재는 흔히 우리에게 상처를 주기 때문이다. 현재는 우리를 고통스럽게 하기 때문에 우리는 그것을 눈에 띄지 않는 곳에 숨겨둔다. 그리고 현재가 즐거울 때는 사라져 가는 것을 보고 아쉬워한다. 우리는 이것을 미래에 의해 지탱하려고 노력하고 또 우리가 도달하리라는 아무 보장도 없는 한때를 위해 우리의 능력 범위 안에 있지도 않은 일들을 안배하려고 궁리한다. (중략) 각자 자기의 생각을 살펴보라. 우리 생각이 온통 과거 또는 미래에 사로잡혀 있는 것을 알 것이다. 우리는 거의 현재를 생각하지 않는다. 혹 생각한다면 미래를 사용하기 위한 빛을 그것에서 빌려오기 위해서일 뿐이다. 현재는 결코 우리의 목적이 아니다. 과거와 현재는 우리의 수단이고 단지 미래만이 우리의 목적이다. 따라서 우리는 사는 것이 아니라 살기를 바라고 있다. 그리고 항상 행복하려고 준비하고 있으니 결코 행복할 수 없다는 것은 불가피하다. 파스칼, 『팡세』, 何兆武譯, 商務印書館, 1985, 第82-83頁.

이학의 수신 공부론에서는 마음이 그 자리에 안착하지 못하고 생각이 많아 확고하지 못하는 것을 치유하는 것이 보편적인 과제였다.[26] 또한 유가 경전에 있는 군자의 구사(九思)와 공자가 먹고 자는 것을 잊으며 사색했다는 것과 같이 사람을 곤혹스럽게 하는 글들을 보다 보니, 생각하지만 생각이 없는[思而無思] "사불출기위(思不出其位)"라는 말도 생겨났다.

1. 사람에게서는 여러 가지 감정이 밖으로 드러나지 않은 상태가 "중(中)"이다. 이 "중"이 바로 소위 생각의 자리[位]이다. 그것은 감정이 드러나는 가운데서도 보존되어 감정과 함께 표현되지 않는다. 함께 표현되면 자리를 벗어나는 것이다. 항상 자기 자리에 머물러 있으면서 생각하여 통하게 되니, 생각에 수많은 변화가 있더라도 자리의 경계를 벗어난 적이 없다. 멈춰야 할 상황이면 멈추고 가야 할 상황이면 가니, 항상 알고 있는 것이다. 움직일 때에도 안정되어 있고 고요할 때에도 안정되어 있으니, 항상 안정되어 있는 것이다. 항상 머물러 있으면서 안정되어 있으니, 세상에서 가장 고요한 것[靜]이면서도 아득한 것이 아니고 세상에서 가장 동적인 것[動]이면서도 오묘한 것이 아니다. 그러므로 나는 움직이고 멈추며 말하고 침묵하며 왔다 갔다 하고 나아가고 물러나지 않은 적이 없지만, 소위 움직이고 멈추며 말하고 침묵하며 왔다 갔다 하고

....

서양의 수신 철학 중 '현재의식'의 담론 전통에 관해서 다음 글을 참조할 수 있다. Pierre Hadot: *Philosophy as a Way of Life: Spiritual Exercises from Socrates to Foucault*, PP. 82-85. 孫聖英譯, 『別忘記生活: 歌德與精神修煉的傳統』, 특히 第一章「現在乃吾獨愛之女神」, 華東師範大學出版社, 2015, 頁1-66. 필자는 현재의 시간 의식에 대한 중서 철학의 입장에 관해 비교 연구한 적 있다. 陳立胜, 『「怒觀」,「治怒」與兩種「不動心」─儒學與斯多亞學派修身學的一個比較研究』, 『哲學門』第15卷(2014)第 1冊, 北京大學出版社, 2014, 頁229-230.

26. 필자는 『「獨知」如何成爲一個修身學範疇』(未刊稿)에서 이에 관해 자세히 연구한 적이 있다.

나아가고 물러남이 그 은미함을 어지럽히고 그 정미함을 흔들었던 적이 있지 않다. 이처럼 움직이고 멈추며, 이처럼 말하고 침묵하며, 이처럼 왔다 갔다 하고 나아가고 물러나는 것은 고요함이 그것을 주재하는 것이지, 내가 고요함을 주재하는 것이 아니다.[27]

2. 간괘(艮卦)의 대상(大象)에 대해서 다시 "사불출기위(思不出其位)"로 의미를 분명하게 해보면, 그 의미가 더욱 심오하다. 간괘는 아래 위가 모두 산이어서 산이 겹쳐진 형상을 하고 있다. 육자(六子) 괘는 건곤의 작용으로 생긴 것이며 천둥, 바람, 물, 불과 연못은 모두 서로 왕래하는 의미가 있지만, 간괘만은 두 산이 대치되는 모습으로 서로 왕래가 없으니, 멈춤의 상이다. 간괘는 마음이 없는 것이 아니지만 목석과 같다. 마음의 기능은 생각하는 것을 자기 직책으로 하니 소위 말하는 천직(天職)이다. 위(位)는 자리하는 위(位)인데 자신의 자리를 벗어나지 않는 것은 "자신의 자리에 머무르는 것"이다. 자리를 벗어나지 않고 하는 생각은 무사지사(無思之思: 생각함이 없는 생각)라 한다. 마치 북극성이 자기 위치에서 만물의 변화를 제어하지만 움직이지 않은 것과 같으며, 또 해와 달이 항상 밝게 빛나 만물을 다 비추지만 시종일관 멈춰있는 것과 같다. 생각이 마음에 뿌리를 두지 않으면 쉽게 흔들리고,

....

27. 『主靜堂記』, 羅洪先撰, 鐘彩鈞主編, 朱湘鈺點校, 『羅洪先集補編』卷四, 中研院中國文哲研究所, 2009, 頁48. 필경 "位"라는 글자의 공간적 의미가 매우 짙기에 감정을 드러내지 않은 것을 位라고 이해하는 것은 타당치 않으며 "中"을 方所化하고, 융통성이 없게 되며 여러 폐단이 생길 수 있다. 이런 우려 때문에 湛甘泉은 제자들에게 "未發之中"으로 "位"를 해석하는 것에 많은 비판을 가하였으며 "思不出位"는 "中思"라고 강조했다. "吾所謂中思, 中思則心中正矣.以爲位是心之中正, 則中正有所矣.中正無所, 隨處而在." 그는 『格物通』에서 다음과 같이 말했다. "艮爲山, 重艮上下皆山, 故有兼山之象. 君子觀此, 求艮止之道, 不越于思焉而已爾, 思無邪而後能止, 出位之思, 邪思, 即不止矣. 位者, 所處之時, 之地, 之事也, 所思或非其時, 非其地, 非其事, 是出位也. 或滯于時, 滯于地, 滯于事, 亦出位也. 必無在而無不在, 勿助勿忘, 然後能中思, 是之謂思不出位. 夫思者心之本體也, 思不出位, 則吾心之本體正, 而天理見矣. 夫思者, 聖功之本也, 可不愼乎!"

다른 사물과 관계를 맺음에 거기에 생각이 끌려 천직을 저버리게 된다. 『상서(尙書)』「홍범(洪範)」의 오사(五事)에서 겉모습[貌], 말[言], 봄[視], 들음[聽]은 모두 생각[思]에 기본을 둔다. "생각하는 것은 슬기로워야 한다[睿]. 슬기로움이 성스러움[聖]을 만든다." 따라서 "생각이 성스러운 공업의 근본이다"라고 한다. 생각은 있음과 없음으로 말할 수 없다. 없음에 집착하면 깊은 텅 빔에 빠지게 되며 있음에 집착하면 외물(外物)을 쫓아다니게 된다. 생각하지 않으면서 생각하지 않는 것이 없고, 무엇을 생각하고 무엇을 사려할 것인가 하면서 항상 고요하면서도 감응하니, 유구한 성현의 학문 전통이다.[28]

　3. 질문: "쓸데없는 생각과 잡다한 사려가 너무 많고 끊어버릴 수가 없습니다. 어떻게 하면 좋을까요?" 대답: "생각과 사려는 본래 마음의 타고난 기능인지라 본래 멈추지 않는다. 어떻게 금할 수 있겠는가? 『역』에서 말한 무엇을 생각하고 무엇을 사려할 것인가라는 것은 진짜로 생각하지 않고 사려하지 않는 것이 아니다. 단지 늘 일치하는 곳이 곧 이것이다. 예를 들어 주공(周公)이 하, 상, 주 삼대의 왕들을 배우려 밤낮으로 생각했

....

28.　왕룡계(王龍溪)는 「思不出位」관념에 대해 여러 차례 반복적으로 서술했다. 『書見羅卷 筮瞫思默記』 참조. 思默曰, "康節'思慮未起, 鬼神莫知', 與吾儒'何思何慮'之義, 何所當也?" 予曰, "'思慮未起', 乃邵子先天心法, 即吾儒'何思何慮'之旨, 非對己起而言也. 思是心之職, 不思便是失職. 慮, 思之審也. 未起雲者, 終日思慮而未嘗有所思慮, 非不思不慮也. 『易』大象曰 '君子思不出其位', 不出位之思, 即未起之思慮, 所謂止其所也. 有起有出, 即爲妄, 鬼神便可測識, 非先天之學也. 人心一點靈機, 變動周流, 爲道屢遷而常體不易. 譬之日月之明, 往來無停機, 而未嘗有所動也. 知思慮未起, 則知未發之中矣. 此千古聖人經綸之實學, 了此便是達天德." 又 『凝道堂記』에서 『周易』의 "君子以正位凝命"에 대해서 밝힌 부분 참조. "聖人南面而聽天下, 正其所居之位, 所以凝聚天命也. 凝之一字, 聖學之基. …… 夫萬物皆備于我, 反身而誠, 則樂誠斯盛矣. 凝目晴, 始能善萬物之色; 凝耳韻, 始能善萬物之聲, 天聰明也. 良知者, 離明之體, 天聰明之盡. 致良知則天命在我, 宛然無思無爲, 不出其位, 而萬善皆歸焉. 所謂凝命也. 故君子不重則不威, 厚重威嚴, 正位居體, 凝者學之固也." 又 『水西經舍會語』 참조. "君子思不出其位, 出其位便是閑思妄想. '心之官則思', 出其位便是廢心職. 學者須信得位之所在, 始有用力處."

다. 공자는 종일토록 먹는 것을 잊고 밤새도록 잠을 자지 않아가며 생각했다. 그들도 생각을 멈추고 끊어버리려고 하였겠는가? 그러나 생각하는 것이 다 눈앞에서 감응하는 실질적인 일이니, 단지 이 천리(天理)를 회복하고자 하는 것이다. 이것이 생각하면서 생각한 적이 없는 것이고, 사려하면서 사려한 적이 없는 것이며, 이것이 바로 '군자는 생각이 그 자리를 벗어나지 않는다'는 것이다."[29]

4. 마음의 기능은 생각하는 것이다. 이것이 인간 마음의 끊임없이 활동하는 본모습이다. 인간의 마음은 생각하지 않는 경우가 없지만 묘하게도 생각함이 없으니, 생각이 그 직분을 얻은 것이다. 그러므로 "생각이 그 자리를 벗어나지 않는다"라고 한다. 위(位)는 인간의 마음의 본바탕이며 천리(天理)이다. 군자의 마음에는 계속되는 운행이 있어 일상생활을 해나감에 천리의 본모습이 아닌 경우가 없다. 그렇지만 아주 조금 스며든 흔적을 가리키고자 하여도 그렇게 할 수 없다. 이것이 바로「간괘」상사(象辭)의 의미이다. 성인 문하의 사성(思誠: 진실할 것을 생각함)의 학문에서 본래 평소 말해지는 것이므로, 증자가 간요한 의미를 발명하여 가르침을 알린 것이니, 꼭『역』의 상사(象辭)에서 얻은 것은 아니다. (중략) 생각이 자리를 벗어나지 않아도 우주(宇宙)는 다 나의 본분 안에 있다. 질문: "사람에게 자리를 벗어난 생각이 있습니까?" 답: 맹자가 "생각하면 얻고 생각하지 않으면 얻지 못한다"고 했다. 자리를 벗어나는 것은 생각이 아니고 의념[念]이다. 확실하게 깨달음이 있는 것이 생각의 본모습이고 뿌리가 없이 갑자기 나타나는 것은 의념의 움직임이다. 예에 어긋나는 것은 보지 말고 듣지 말고 말하지 말고 행동하지 말라. 평소 거처할 때는 공손히 머물며, 일을 맡아 처리함에는 공경하게 하고, 다른 사람을 대할 때에는 충실하라. 군자는 생각이 그 자리를 벗어나지 않는다. 정자(程

29. 『會語』, 查鐸撰,『毅齋查先生闡道集』卷四,『四庫未收書輯刊』, 第7輯 第16冊, 頁480.

子)가 "마음은 가슴속에 있어야 한다"고 했다.[30]

첫 번째 문장의 출처는 양명의 제자 나염암(羅念庵)이다. 이 글에서 "위(位)"는 바로 "미발지중(未發之中)"이고 정신생활 속에 있다. "미발지중(未發之中)"은 시종일관 주재하는 것으로 그 자리에 있는 상태를 유지하며 감정이나 생각이 아무리 변해도 그 "중(中)"을 떠나지 않는 것이 바로 "사불출위(思不出位)"이다. 염암자(念庵子)는 또 "최고의 안정된 경지에서 다른 것에 신경 쓰지 않고 집중하는 것이 사(思)의 본위(本位)"라고 주장한다.[31] 이는 "미발의 중"이 "위(位)"라는 또 다른 설법이다. 분명 "사불출위(思不出位)"는 나염암에게서 마음을 다잡아 보전하여 모아두는, 적멸로 돌아가는 공부법으로 바뀌었다. 두 번째 문장의 출처는 왕용계(王龍溪)이다. 왕용계는 "사(思)"를 마음의 "천직(天職)"이라고 불렀고, 사불출위(思不出位)는 이 천직을 떠나지 않는 것이며, "출위(出位)"는 천직을 버리는 것이라고 봤다. 이때 "직(職)"은 그전에 사불출위(思不出位)가 "직위"를 넘어서지 않는 것이라고 했던 직위의 "직(職)"과는 의미가 완전히 다르다. 전자는 마음의 "직"이고, 후자는 정치의 "직"이다. "무사지사(無思之思)"와 "종일 사려(思慮)함에도 사려한 것이 없다"는 주장은 더욱더 그전의 "사불출위(思不出位)"에 대한 해석 중에 보기 드문 해석이다. "사(思)"에서 "무(無)"의 성질을 강조하는 것에는 어느 정도 불교와 도교의 색채가 섞여 있다. 소위 종일 식사하지만 밥알 한 알도 씹지 않고, 종일 옷을 입고 있지만 실오라기 한 가닥 걸치지 않았다는 것이다.

....

30. 『論語學案』, 『劉宗周全集』 第1冊, 浙江古籍出版社, 2007, 頁472-473. 『周易』 "君子以思不出其位"를 해석할 때 蕺山은 다음과 같이 지적했다. "點出思字, 才見止所之地最靈處, 此人心之官也. 心不曠官, 思不出位, 思而未嘗思也..思而未嘗思, 所以止而未嘗止也." 같은 책 頁180.
31. 『垂虹岩說靜』, 徐儒宗編校整理, 『羅洪先集』, 鳳凰出版社, 2007, 頁700.

불교와 도교의 영향을 많이 받은 소동파(蘇東坡)는 다음과 같이 말했다. "공자는 '생각에 사악함이 없다(思無邪)'고 말했다. 일단 생각이 있으면 모두 사념[邪]이다. 생각이 없으면 토목(土木)이다. 그 누가 생각이 있으면서 사념이 없을 수 있고, 생각이 없으면서 토목(土木)이 아닐 수 있는가?"[32] 심학 계통에서 양자호(楊慈湖)가 이런 "무(無)"의 재미를 가장 많이 좋아했다. "학자는 반드시 위(位)가 있는 곳을 믿어야 힘을 쏟아 부을 곳이 있게 된다"고 하였는데, 여기서의 "위(位)"는 사실 바로 "양지(良知)"이다. 이처럼 사불출위(思不出位)는 이미 마음 수련의 공부(工夫)를 가리키는 말이 되었으며, 치양지(致良知)의 대명사가 되었다.

세 번째는 용계(龍溪)의 뛰어난 제자 사의재(查毅齋)가 한 말이다. 불교와 도교는 아무것도 생각하지 않는 것을 너무 쉽게 주장하였는데, 그 가르침의 근본은 바로 공(空)과 무(無)이다. 그러나 유가에서 말하는 "무사(無思)"는 유가 성인들의 경전 속에서 끊임없이 생각하고, 자지 않고 먹는 것을 잊으며 생각했던 성인(聖人)의 이미지를 대면해야 하는 것이다. 의재(毅齋)는 성인(聖人)이 밤낮으로 자지 않고 먹는 것을 잊어가며 생각한 것은 모두 눈앞에서 응하고 느끼는 실제 일이였기에 역시 현재의 생각이며 이것이 "생각하면서 생각한 적이 없는 것"이라고 해석했다. 앞의 "사(思)"는 현재의 사(思)로서 마치 거울이 지금 사물을 비추고 있는 것과 같다. 뒤의 "사(思)"("未嘗"思")는 앞뒤를 따져가는, 자질구레하고 번거로운 의미의 사(思)이며 의도를 둔 사(思)이다. "미상사(未嘗思)"는 마치 맑은 거울이 사물을 비출 때 사물이 지나면 흔적이 남지 않는 것과 같다. 여기에서 "사불출위(思不出位)"는 마찬가지로 마음이 현재에 안착하여 본래 자리를 벗어나지 않는 공부법이 된다. "위(位)"의 뜻은 더 변화하여 "마음의 본체[心之本體]"가 된다.

---

32. 蘇東坡, 『續養生論』, 毛德福等主編, 『蘇東坡全集』卷九十一, 北京燕山出版社, 1999, 頁5115.

네 번째 글에서 유즙산의 주장은 더 명백하다. 위(位)는 바로 마음의 본체이고 "위(位)"는 "마음" 상에서의 "정위(定位)"가 되어, "마음의 기능"은 "생각하는 것"이고, 생각하는 것은 "마음이라는 기관"의 직능(職能)이다. 마음은 빈 관직도 아니고, 마음은 직능을 버리지도 않는다. 말하자면 마음은 마음의 본위(本位)와 본직(本職)을 떠나지 않는다. 이는 전통적으로 말하는 "자리가 그 사람에게 안 맞으면 허울뿐인 관직"이라는 의미에서 "모든 관직을 비워두지 않는 것(無曠庶官)"(『상서』「고요모」)과는 물론 의미가 다르다. 즙산(蕺山)은 또 "사(思)"를 "념(念)"과 엄격하게 구분한다. 사(思)가 본위의 사(思)라면 념(念)은 뿌리가 없는 념(念)이다. "사이미상사(思而未嘗思: 생각하되 생각한 적이 없음)"에서 앞의 사(思)는 본위(本位)의 사(思)이며 뒤의 사(思)는 사실 뿌리가 없는 념(念)이다. "사이미상사(思而未嘗思)"는 마음이 사물에 막히고 사물에 좌우되어 "뿌리가 없는 상태"가 되지 않는 것이다. "지이미상지(止而未嘗止: 멈추되 멈춘 적이 없음)"는 형체가 사물에 구애되지 않는 것이다. 형체가 사물에 구애되면 여기서의 멈춤은 "죽은 멈춤[死止]"이 된다.

간단하게 말해 주변을 끊어버리고 현재에 주목하는 것은 이학자의 마음 수련의 기본 내용 중의 하나이다. 이러한 마음 수련의 선행(先行), 선견(先見)에 이끌려 "사(思)"는 "무사지사(無思之思)"가 되었고, "위(位)"는 "심지본위(心之本位)"가 되었으며, 사불출위(思不出位)는 정신수련의 공부법이 되었다.

5. 과연 "누구"의 생각인가?

"누구"의 생각인가? 이 문제의 제기는 갑작스럽다. 『논어』든 『주역』이든 "사(思)"는 분명 군자의 생각이고 사불출기위(思不出其位)는 군자에게 제기되는 요구이다. 선진과 한당 유학자들의 분석에 따르면 사불출위(思不出位)는 자연히 위(位)가 있는 군자에게 제기한 하나의 정치 구호이며 해석의 초점은 "위(位)"의 이해에 둔다. 사불출위(思不出位)는 부정적인(negative) 면에서 재위 군자가 자신의 직분(職分)을 벗어나 남의 직분이나 권한 따위를 침범해서는 안 됨을 훈계하는 것이고, 긍정적인(positive)면에서 보면 군자가 직분을 지키고 책임을 다해야 한다고 하는 것이다. "사(思)"는 신분 있는 사람의 사(思)이고 그 "사(思)"는 그 사람의 "신분"("위(位)")과 걸맞아야 한다. 맹자는 지위가 낮은데 말을 높게 하는 것은 죄라고 했다. 이를 보면 "사(思)"와 "언(言)"은 모두 생각하는 사람, 말하는 사람의 신분에 따라 제한을 받는다. 이러한 제한은 직업 관리와 수신(修身), 예의(禮儀) 측면에서의 제한이며 오늘날 말하는 언론의 자유, 사상의 자유와는 전혀 연관되지 않는다. 그러나 언어적 환경을 벗어난 "구호"는 늘 폐단을 낳게 된다. 개인 측면에서 "사불출위(思不出位)"는 생각이 진취적이지 않다는 것과 동의어가 되었다.[33] 정치적 측면에서 사불출위(思不出位)는 국사(國事)를 담론하지 말 것[34] 심지어 집권자가 "정치 불온자"를 규제하는 이데올로기로 변질되었다.[35]

---

33. 리저허우 선생도 증삼(曾參)의 말이 너무 보수적이라고 봤다. 다음을 참조. 『論語今讀』, 三聯書店, 2004, 頁398.

34. 명나라 유학자 郝敬은 다음과 같이 역설했다. "世俗好扳援, 鄉里人好議論朝政得失, 此通病也. 冒侵陵之嫌, 踰爲下之分, 非居易行素之道. 君子安常, 思不出位, 時事臧否, 耳可得聞, 口不可得言. 事上行己之道當然耳." 郝敬撰, 『論語詳解』 卷八, 『續修四庫全書 · 一五三 · 經部 · 四書類』, 上海古籍出版社, 1995, 頁213.

35. 清末 端方撰, 『學生不准妄幹國政暨抗改本堂規條』. 孔子曰, "不在其位, 不謀其政." 又曰, "君子思不出其位." 位者, 本分之位也. 恪守學規, 專精學業, 此學生之本分也. 果具愛國之心, 存報國之志, 但當厚自期待, 發憤用功, 俟將來學業有成, 出爲世用, 以圖自強, 孰不敬之重之? 乃近來士習浮囂, 或騰爲謬說, 妄行干預國政, 或糾衆出頭, 抗改本堂規條, 此等躁妄生事之徒, 斷不能有所成就, 現于各學堂管理通則內, 列有學堂禁令一章, 如有犯此者, 各學堂應即照章懲徵, 不可稍涉姑容, 致滋流弊. (『大清光緒新法令』을 보라.) 端方의 말을 지금 들으면 자못 익숙한 느낌이 있다.

누군가가 "사불출위(思不出位)"가 그의 사상적 자유를 제한한다고 느꼈을 때에야 "누구의 생각인가" 하는 것이 문제가 된다. 송나라 유학자 호안정(胡安定)의 문인 서절효(徐節孝)가 이러한 문제를 제기하였다. 그는 다음과 같이 말했다. "간괘(艮卦)는 생각이 그 자리를 벗어나지 않음을 말하니, 바로 재위자에게 주의를 주는 말이다. 어찌 사안으로 드러난 것에만 각각 그칠 바가 있어 벗어나서는 안 되겠는가. 비록 마음의 생각이 들더라도 벗어나서는 안 된다. 만약 학자라면 생각하지 않는 것이 없고 말하지 않는 것이 없을 것이니, 책임을 묻지 않음으로써 그가 자신의 뜻을 실현할 수 있다. 만약 생각이 그 자리를 벗어나지 않는다고 한다면 이것은 스스로를 천박한 학문에 던져버리는 것이다."[36] 이러한 주장은 매우 새롭다. 즉 "무위(無位)"("체제 밖")의 학자는 재위자(사회집권자)처럼 어느 권력 계층의 어느 "자리"에 제한을 받아 기술적인 생각만(만약 "부처 이익"에 대한 구상과 관련된 것이 아니라면) 하여서는 안 되며 학자의 사명은 무소불사(無所不思: 사상이 자유로우며 제한을 받지 않음), 무소불언(無所不言: 언론이 자유롭고 기탄없음)에 있다는 것이다.

이는 듣기에 독립적인 정신, 자유로운 사상을 가진 지식인의 느낌을 주지만 서절효는 결코 의도적으로 체제 밖에서 표류한 것은 아니다. 그는 귀가 멀어 송 신종(宋 神宗)의 부름에 응할 수 없었다. 더욱 중요한 것은 그가 비판적인 측면에서만 사회에 개입한 것이 아니라는 것이다. 그는 박식함(위로는 천문을 알고, 아래로는 지리를 알았다)과 "도(道)에 대한 앎"으로 유명했다.[37] 여기서 "도(道)"는 "유체(有體), 유용(有用), 유문(有文)"

....

36. 徐積撰, 『語錄』, 『節孝集』 卷三十一, 『景印文淵閣四庫全書・集部・別集類』 第1101冊, 臺灣商務印書館, 1986, 頁965.

37. 소동파는 그를 칭송하며 "참으로 도를 얻은 사람이다."라고 하였고, 그를 추천한 지방 관원은 다음과 같이 드높였다. "究知物情, 推見天變, 通政之體, 識兵之機, 練習古今, 而智足以知當世取捨, 慨然有存主庇民之心"『知楚州蹇公奏乞改官』, 절효는 천하의 일을 논하기 좋아했는데 천하의 일에 정통하였다. 平日默處一室, 幾若與世相忘, 至其論天

의 도(道)이며, "명체달용(明體達用)"의 도이다. "옛날 소위 학자는 겉만 번지르르함을 이른 것이 아니다. 학자가 축적하고 길러나간 것은 모두 도(道)에 대해서였다. 이는 자기 자신의 완성을 위한 공부였을 뿐만이 아니라 그것을 군주에게 바쳐 백성에게 조처하도록 했다. 군주가 따르면 과오가 없는 군주이고, 백성이 따르면 죄 없는 백성이다. 이러한 도를 가진 자는 반드시 그러한 마음을 가졌으니, 옛날의 군자는 모두 그러했다. 훗날의 학자 중에 누가 이처럼 할 수 있었는가? 사관(史官)이 세상에 그런 사람이 있다고 기재했다면 그 상세한 내용을 들은 적이 있는가? 만약 동중서(董仲舒)가 군주의 신뢰를 얻고 황헌(黃憲)이 관직을 얻었다면 이 역시 이 사람들의 무리인 것인가? 논자(論者)는 임방(任昉)이 동중서를 초월했고, 심인지(沈麟之)와 황헌을 비교해보면 둘 다 그와 같은 사람들이라고 생각한다. 여러분은 어떻게 생각하는가?"[38]

여기에서의 도(道)는 군주에게 바칠 수 있고, 백성에게 조처할 수 있으며 군주와 백성이 따르면 과실이 없는 "도"이다. 이는 분명 천하를 평정하는 도이다. 평소 묵묵히 집에만 앉아있던 초주(楚州: 오늘의 江蘇 淮安)의 어느 평범한 장애인이 천하를 논하고 강산을 평하는 것은 "지위는 낮아도 나라 걱정은 감히 잊지 않고", "천하를 자신의 책임으로 여기는" 송나라 선비들의 기풍을 잘 보여준다. 범중엄(范仲淹)은 "유학자가 나라에 은혜를 갚는 것은 말로 하는 것이 우선"이라고 했다. "누구의 생각인가"라는 의식 뒷면에는 발언권("言")에 대한 자각이 자리하고 있다.[39]

下事, 則衮衮不倦. 有客自廣東奉使歸見先生, 語邊事. 先生因論二廣山川險易, 堡塞疎密, 番禺槍手利害, 口誦手畫, 若數一二. 使者歎曰, "不出戶而知天下者, 徐公是也." 『名臣言行錄』, 『節孝集』 卷三十二, 頁984.

38. 徐積撰, 『策問』, 『節孝集』 卷二十九, 頁936.

39. 王瑞來, 『宋代士大夫主流精神論 —— 以范仲淹爲中心的考察』, 『宋史硏究論叢』 第六輯, 河北大學出版社, 2005.

물론 이학가(理學家) 중에 지위를 벗어난 말을 하고 지위를 벗어난 행동을 하기 좋아하는 학파로 태주학파(泰州學派)를 꼽을 수 있다.[40] 서절효보다 더 유명하고 지위는 더 미천했던 강소(江蘇) 사람 왕간(王艮)은 29세 때 아주 놀라운 꿈을 꾼다.[41] 그 뒤에 "도(道)는 복희, 신농, 황제, 요, 순, 우, 탕, 주 문왕, 주 무왕, 주공 단, 공자를 일관하니, 나이와 귀천(貴賤), 현우(賢愚)를 불문하고 배울 의향이 있는 사람은 다 전수해준다"고 집 대문에 도를 전수한다는 광고를 붙였다. 왕간은 또 고대 예법대로 심의(深衣)를 입고, 오상관(五常冠)을 쓰고, 홀판(笏板)을 들고 포륜거(蒲輪車)를 타고 다녔다. 그는 "요(堯)의 말을 외우고 요의 행동을 실천하는데 어찌 요의 옷을 입지 않을 수 있는가?"라고 했다. 왕간이 38세 되던 때 예장(豫章)에서 왕양명의 양지(良知) 학문을 듣게 되고 배를 사서 찾아가게 된다. 왕양명을 찾아간 왕간은 시를 선물로 드리고[42] 가운데 넓은 길을 걸어 올라가 자리에 앉았다. 왕간과 왕양명이 만나서 한 대화 내용은 다음과 같다.

왕간: 어제 올 때 꿈에서 선생을 이 정자에서 뵈었습니다.

왕양명: 참된 사람[眞人]은 꿈이 없다네.

. . . .

40. 徐節孝, 楚州(今之淮安)人. 其師胡安定, 泰州人. 安定經義, 治事之學跟後來的泰州學派 有很多相似之處, 可稱爲宋之泰州學派. 王艮在安定書院的講話中特意點出安定泰州鄉 賢的身份. 다음을 참조.『王心齋全集』卷一, 江蘇教育出版社, 2001, 頁28.

41. 一夕, 夢天墜, 萬人奔號, 先生獨奮臂托天起, 又見日月列宿失次, 手自整布如故, 萬人歡舞 拜謝. 醒則汗溢如雨, 頓覺心體洞徹, 而萬物一體, 宇宙在我之念益切, 因題其壁曰, "正德 六年間, 居仁三月半."

42. 王艮拜師之途,『年譜』描述頗爲傳奇, 先是父親(守庵公)不允, 王艮跪在榻前至半夜, 繼母 在旁說情, 方肯. 登舟, 夜夢陽明(後親見陽明, 竟發現陽明模樣宛如夢中一樣), 舟行江中, 又遇江寇, 王艮以禮相待, 悉聽取其所有, 江寇大受感動, 空手而去. 舟至鄱陽湖, 遭風阻, 不得行, 王艮 "禱之", 風遂起. 王艮穿著 "奇裝異服" 進入豫章城, 觀者環繞市道. 他手持 "海濱生" 名片, 被看門者拒之門外. 當場賦詩兩首, 傳入陽明. 詩中有云, "歸仁不憚三千里, 立志惟希一等人." 終獲見陽明, 遂有所引對話.『年譜』를 보라.『王心齋全集』卷三, 頁 69-70.

왕간: 공자님은 어찌하여 주공을 꿈에서 만났을까요?

왕양명: 이것이 그의 참된 부분이다.

이어 둘은 천하의 일에 대해 이야기를 나눴다.

왕양명: 군자는 생각이 그 자리를 벗어나지 않는다.[43]

왕간: 저는 초망필부(草莽匹夫)이지만 요순(堯舜)의 백성을 사랑하는 군주의 마음은 하루도 잊지 않고 있습니다.

왕양명: 순은 깊은 산속에서 살 때 짐승과 초목을 벗으로 하여 종신토록 은거하였으나 그래도 혼연히 즐기며 천하일을 잊었답니다."

왕간: 당시에는 요가 임금의 자리에 있었으니까요.

초망필부는 전형적인 지위가 없는 사람이다.[44] 그런 그가 "천지가 자리하

....

43. 왕양명은 "천지 만물이 하나의 몸이라는 인은 설령 멈추고 싶더라도 멈출 수 없는 것"이라는 생각에서 천하의 비방과 험담에도 노심초사하며 세상을 구제하고 세상을 깨우치는 것을 자신의 소임이라 여기면서 몸과 마음을 세상에 다 바쳐 쓰러질 지경이 된 후에야 멈추었다. 어려서는 세상을 다스리려는 뜻을 품었고, 15세에는 畿內의 도적들이 끊이지 않자 양명은 수차례 조정에 글을 올리고자 하였지만 아버지가 "미친 것[狂]"이라고 하며 가로막아 그만두었다. 그러나 그 자신은 곤장을 맞는 치욕을 겪은 후에 현실 정치의 험악함에 대한 깊은 통찰을 갖게 되었다. 이 때문에 반복해서 제자들에게 가르치길, 치양지는 자신의 상황과 능력에 맞게 하는 것이며 고원한 것을 좋아하고 쫓으면 안 된다고 하면서 그렇지 않으면 "지위를 벗어나게 된다"고 하였다. "君子素其位而行. '思不出其位'. 凡謀其力之所不及, 而強其知之所不能者, 皆不得爲致良知. 而'凡勞其筋骨, 餓其體膚. 空乏其身, 行拂亂其所爲. 動心忍性, 以增益其所不能'者, 皆所以致其良知也."(『王陽明傳習錄詳注集評』170:242-243) 문인 董克剛이 지은 장문의 글 가운데 여덟 개의 책문이 있었다. 황제에게 글을 올리려고 준비하자 양명은 여덟 개의 책문이 모두 자신이 항상 하던 말인데 받아들여지지 않을 뿐만이 아니라 비방을 받으며 유배를 가게 될 수도 있다고 하며, 『역』에서 "君子以不出其位"라고 했는데, 만일 자네가 이 일을 도모한다면 그것이 바로 "思出其位"라고 경계시켰다. 「複董克剛」을 보라. 『王陽明全集』卷二十一, 頁825-827.

44. 왕간은 조적(竈籍)에 올랐으니, 조정(竈丁:명대에는 製鹽業에 종사했던 사람들만을 모아 호적을 만들었는데 그것이 竈籍이다. 이들을 관리하여 조적에 포함된 사람들을 竈丁, 竈夫라고 했다. 조정은 자손들까지 이어져 세습되었는데, 쉽게 바꿀 수 없었고

고 만물이 육성되는 것"을 자신의 지향으로 삼고, 요순의 세상을 실현하는 것을 "일상적인 일"로 여기고, 꿈에서도 천지를 잘 안정시키려 했으니 이는 전형적인 "출위지사(出位之思)"이다. 왕간 역시 이를 자각하고 있었다. 학자라면 현재 지위의 제한을 받지 말아야 한다고 주장하며 "배운다는 것은 스승이 되기 위해 배우는 것이고, 높은 사람이 되기 위해 배우는 것이며, 군주가 되기 위해 배우는 것이다'라고 했다. 이는 서절효의 "배움 [學]"에 대한 이해와 맥락을 같이 한다. "나의 명(命)은 하늘에 달렸지만 운명을 만들어가는 것은 나로부터이다", "대인은 운명을 만들어간다", "현재의 지위에 얽매이지 않는다", "출사(出仕)함에 반드시 임금의 스승이 되고, 출사하지 않음에 반드시 천하 만민(萬民)의 스승이 된다.'[45] 이렇듯 호기로운 말이 제염(製鹽) 종사자의 입에서 나왔다고는 상상하기 어렵다. "출사했지만 임금의 스승이 되지 못한 것은 근본을 잃은 것이다. 출사하지 않았지만 천하 만민의 스승이 되지 못한 것은 말단을 잃은 것이다. 세상에 나아가 근본을 잃지 않고, 세상에서 물러나 말단을 잃지 않는 것이 '지선(至善: 지극한 올바름)에 머무르는' 방법이다."[46]

『주역』「계사(繫辭)」는 "군자의 도(道)란 때론 출사하고 때론 출사하지 않는 것"이라고 했다. 출처와 진퇴는 모두 유학자가 세상에 존재하는 두 가지 기본 방식이다.[47] 『설문해자』는 다음과 같이 해석했다. "출(出)"은

정부에서 엄격하게 통제했다.)이었다. 조정은 중노동자에 속하며 사회적 지위가 낮았다.

45. "大人者, 正己而物正者也, 故立吾身以爲天下國家之本, 則位育, 有**不襲時位者**." "孔子之不遇于春秋之君, 亦命也. 而周流天下, 明道以淑斯人, 不謂命也. 若'天民'則聽命矣. 故曰 '大人造命'." "經世之業, 莫先于講學以興起人才. 古人立天地, 育萬物, **不襲時位者也**." 『王心齋全集』卷一, 江蘇敎育出版社, 2001, 頁4, 頁9.

46. 『王心齋全集』卷一, 頁13.

47. 孔子, "用之則行, 舍之則藏."(「述而」) "天下有道則見, 無道則隱."(「泰伯」) "邦有道, 則仕; 邦無道, 可卷而懷之."(「衛靈公」) "知進退存亡而不失其正者, 其唯聖人乎!"(『易・乾・文言』) 孟子, "古之人得志, 澤加于民; 不得志, 修身見於世. 窮則獨善其身, 達則兼濟

"진(進: 나아감)"이고, "처(處)"는 머무르고 물러난다는 것이다. 출처는 곧 진퇴이다. 진(進)은 "진위(進位)", "유위(有位)"이며 "퇴(退)"는 "퇴위(退位)", "무위(无位)"이다. 왕간에 따르면 군자가 벼슬자리를 갖는다면 제왕의 스승이 되어야 하고 벼슬자리가 없으면 만세의 스승이 되어야 한다.[48] 다시 말해, "진(進)" 혹은 "퇴(退)"를 불문하고 마음이 세상을 구제하는 방법에 있는 것은 사인(士人)의 영원한 포부이다. 『논어』「헌문(憲問)」은 "나라에 도가 없다면 봉록을 받는 것은 수치다'고 했다. 『맹자』「만장(萬章)상」은 "자리가 미천한데 말을 높게 하면 죄이고, 조정에서 벼슬자리에 올랐음에도 도가 행해지지 않으면 수치다'라고 했다. 조정에 선다는 것은 지위가 있는 데 속하는데, 도가 행해지지 않는다면 고기를 먹는 자는 부끄럽게 여겨야 한다는 것이다.

『예기』「잡기(雜記)」에는 "다섯 가지 치욕(五恥)"과 관련한 이야기가 있다. "군자는 다섯 가지를 치욕으로 여긴다. 지위에 있으면서 칭찬하는 말을 듣지 못하는 것을 군자는 치욕으로 여긴다. 말만하고 행동에 옮기지 못하는 것을 군자는 치욕으로 여긴다. 이미 얻었는데 다시 잃는 것을 군자는 치욕으로 여긴다. 땅은 남으나 백성이 부족한 것을 군자는 치욕으로 여긴다. 부역을 하는데 인원이 같으나 다른 사람 쪽이 훨씬 많은 성과를 내는 것을 군자는 치욕으로 여긴다." 간단하게 말하면 "치(恥)"는 실질적으로 "재위자"가 그 "자리"와 걸맞은 정치 덕행이 부족함에 대한 부정적인 느낌이며, 이는 재위자인 군자가 자신의 직분(職分)에 대해 알고 있으면서 실제로는 그 직분을 다하지 못한 데서 발생한다. 다시 말해 이는 일종의 직업적

天下."(「盡心上」) "得志, 與民由之; 不得志, 獨行其道."(「滕文公下」)

48. 만세의 스승이라는 생각은 북송의 다섯 선생 가운데 한 명인 邵雍에게서 나왔다. "人謂仲尼惜乎無土, 吾獨以爲不然. 匹夫以百畝爲土, 大夫以百里爲土, 諸侯以四境爲土, 天子以四海爲土, 仲尼以萬世爲土. 若然, 則孟子言自生民以來未有如夫子, 斯亦未爲之過矣." 그의 『伊川擊壤集』에 실린 「首尾吟」에 다음과 같은 말이 있다. "庖義可作三才主, 孔子當爲萬世師." 다음을 보라. 郭彧整理, 『邵雍集』, 中華書局, 2010, 頁23.

수치심이고 불재기위(不在其位), 불모기정(不謀其政) 사상과 밀접한 연관성을 갖는다. 그 자리에 있지 않은 사람은 당연이 이런 수치감이 없다. 오히려 "고위층은 안목이 짧다[肉食者鄙]"와 같은 도덕 우월감이 생기는데 이것은 사람들이 자주 느끼는 감정이다. 고금을 막론하고 모두 그러하다.

왕간은 명실상부한 천한 직업 출신이다. 그가 소금을 밀매했다는 소문도 있었다. 비록 지위가 아주 미천했고 한번이라도 조정에 서 본 적이 없지만 "선생(왕간)은 세도를 논할 때마다 본인이 가책을 느낀다고 했다."[49] 이는 세상에 있으면서 도가 행해지지 않음에서 오는 수치심으로 위에서 서술한 직업적 수치심과 다르다. 세도가 날로 떨어지면 세상의 군자는 수치심을 느낀다. 이런 수치심은 세상과 떨어질 수 없는 일체로서 갖는 존재의 느낌, 존재론적 감정(ontological feeling)과 섞여 있다. 근본적으로 이것은 존재의 수치심이다. 사인(士人: 군자, 인자)은 세상에 존재하는 것만으로 그 사명이 있다. "인자는 천지 만물을 일체로 보며, 사물이 하나라도 자기 자리를 찾지 못하면, 자신도 자리를 갖지 못한 것처럼 여긴다." 이러한 일체에 대한 멈출 수 없는 사명은 "위(位)"의 은둔이나 물러남 때문에 변하지 않는다.[50] 이러한 존재의 수치심은 군자가 인간으로서 세상에 살아가는 천직에 대한 강렬한 인정(그러므로 일체에 대한 멈출 수 없는 직접적인 느낌이 있다.)에 기반을 두고 생겨난다.

그러나 자리는 낮으나 말이 높은 행동은 늘 세인들의 의아함을 불러일으

---

49. 『王心齋全集』卷一, 頁13.
50. "'隱居以求其志', 求'萬物一體'之志也." 『王心齋全集』, 頁15. 왕간이 말한 유가의 "은둔[隱]"은 숨은 듯 드러난 듯하다에서의 隱이다. 공자가 "너희들은 내가 隱한다고 보는가?"라고 하였는데 여기서의 "隱" 字는 "見(현)" 字와 대비된다. 공자가 당시에 비록 벼슬을 하지는 않았지만 "제자들과 함께하지 않는 것이 없었다." 수신하고 강학하며 세상에 "드러나 있어서" 하루도 "숨은" 적이 없었다. "숨은 것"은 丈人, 長沮, 桀溺의 무리로 인간관계를 끊고 속세를 피해 금수와 함께 무리지어 살았던 자들이다. 『王心齋全集』卷一, 頁7.

킨다.

문하생이 물었다. "선생님은 '출사한다면 임금의 스승이 된다'고 하였습니다. 그렇다면 천하에 신하가 없게 됩니다." 선생(왕간)이 다음과 같이 대답했다. "아니다. 배우는 것은 스승이 되기 위해 배우는 것이고, 높은 사람이 되기 위해 배우는 것이고, 군주가 되기 위해 배우는 것이다. 임금이 나의 도를 존중하여 신뢰하면 나의 도는 임금에게 전해지고 나는 임금의 스승이 되는 것이다. 나의 도가 공경대부에게 전해지면 나는 공경대부의 스승이 되는 것이다. 다른 사람이 존중하여 신뢰하기 전에 재능을 과시하고 재능을 펼칠 기회를 구한다면 남의 부림을 받는 자가 된다. 내가 갖고 있는 것을 내가 주재하지 못하는데 그 도를 무슨 방법으로 실행할 수 있겠는가? 도가 행해지지 않는다면 벼슬을 해도 헛수고다. 만약 봉록을 받는 관원이 되기 위해서라면, 농축업을 관리하는 '승전(乘田)'이나 창고를 관리하는 '위리(委吏)', 소와 양을 잘 키우는 것, 장부를 정확하게 처리하는 것은 직책을 다하는 것에 불과하다. 도가 그 안에 있지만 도를 실행하는 방법은 아니다. 봉록을 받는 관원이 되려는 것이 아니라면, 그런 일을 안 하면 된다. 그러므로 내가 사람들에게 이 학문을 가르쳐야 한다. 실제로 자신에게 있게 되면 '대본(大本)'과 '달도(達道)'를 정확하게 알 수 있다. 이 자루를 손에 쥐면 언제 어디서나 어떠한 상황에서도 도를 펼칠 수 있게 된다. 만약 임금이 분발하여 와서 가르침을 구하고자 한다면 임금의 스승이 되는 것이다. 천하가 이 학문을 알게 되면 천하가 안정될 것이다. 이 때문에 관직에 올라 임금의 스승이 되지 못하는 것은 경솔하게 구차히 나서는 것이고 이는 오히려 스스로를 얽어매는 것이니, 근본을 잃는 것이다. 또 관직에 오르지 않았으나 만민의 스승이 되지 못하는 것은 홀로 자기 한 몸만을 좋게 만들면서 이 학문을 잘 설명하지 않는 것이니, 말단을 빠뜨리는 것이다. 두 가지 모두 소승(小

乘)이다."[51]

또 어떤 이가 말했다. "벼슬자리에 오르면 임금의 스승이 돼야 하고, 벼슬자리에 오르지 않으면 만세의 스승이 돼야 한다고 하는데 너무 타인의 스승이 되려고 하는 것이 아닙니까?" 왕간이 답했다. "배움에도 다른 사람의 스승이 될 만큼 배우지 못한 것은 모두 구차한 도[苟道]이다. 그러므로 반드시 수신을 기본으로 하고 그 다음 사도(師道)가 세워지면 선인(善人)이 많아진다. 한 집안에서 반드시 수신하여 근본을 세워 온 집안의 법도로 삼으니, 이것이 온 집안의 스승이 되는 것이다. 한 나라에서 반드시 수신하여 근본을 세워 온 나라의 법도로 삼으니, 이것이 온 나라의 스승이 되는 것이다. 천하에서 반드시 수신하여 근본을 세워 천하의 법도로 삼으니, 이것이 천하의 스승이 되는 것이다. 따라서 관직에 나가면 반드시 황제의 스승이 되어야 한다는 것은 자신을 존중하고 근본을 세우는 나의 학문을 존신하여 임금이 나를 존경하고 신뢰하도록 하기에 충분하여 임금이 나에게 가르침을 받으러 오게 되면 그러한 후에 "도(道)"는 전파되어 실행될 수 있다는 말이다. 아마도 그럴 것이다! 수신하여 세상을 보려는 것이지, 홀로 자신을 좋게만 하려는 것이 아니다. (벼슬을 하지 않더라도) 이렇게 처해야 말단을 빠트리지 않는다. 공자와 맹자의 학문이 바로 이러하다. 그러므로 이들이 출사할 때는 도가 몸에 따라오게 했지 몸이 도에 따라가게 하지 않았다. 출사하지 않을 때는 배움에 싫증을 느끼지 않고 가르침에 피곤함을 몰랐다. 근본과 말단을 관통시키고 안과 밖을 융합시킨다. 바로 이것이 명덕(明德)이고, 친민(親民)이며, 지선(至善)에 머묾이다."

....

51. 『王心齋全集』 卷一, 頁20-21.

천하에 임금의 신하가 될 사람이 없지 않느냐는 질문에(첫 번째) 대해 왕간은 한편으로 학자의 사명은 배워서 스승이 되고 높은 사람이 되고 군주가 되는 것이라고 밝히는데 이는 유가에서 말하는 "배움"의 취지이기도 하다. 다른 한편으로 왕간은 배우러 올 수는 있지만 가르치러 갈 수는 없다는 유학의 스승을 존중하고 도를 중요시하는 전통을 강조했다. "누가 존경하여 신뢰하기 전에 재능을 과시하여 재능을 펼칠 기회를 구하면 남의 부림을 받는 사람이 된다." 이 말을 보면 왕간은 분명 자신의 위치를 잘 알고 있었다. 어떤 관원이 왕간에게 "해빈(海濱)에 학식이 높은 선비가 있으니, 인품이 이윤(伊尹), 부열(傅說)에 필적할 만하다"라는 시구를 증정하자 왕간은 읽고 문하생에게 웃으며 말했다. "나는 이윤과 부열이 이뤄낸 일을 해낼 수 없고, 나는 이윤과 부열의 학문을 따르지 않을 것이다." 문하생이 이해가 되지 않아 "무슨 말입니까?"라고 묻자 왕간은 다음과 같이 말했다. "이윤과 부열이 임금의 중용을 받은 것은 특별한 만남이다. 만약 만나지 못했다면 그들도 평생 자기 한 몸만 편하고자 했을 것이다. 그러나 공자는 다르다." 임금의 중용을 받지 못해 자신의 주장을 펼치지 못했다고 해서("나는 이윤과 부열이 이뤄낸 일을 해낼 수 없다.") 절대 이것이 산림에 은거하는 것을 의미하지 않는다.("나는 이윤과 부열의 학문을 따르지 않을 것이다.")[52] 스승이 되는 것을 좋아하냐는 질의에(두 번째) 왕간은 다시 한 번 근본을 잃지 않고("관직에 나가면 반드시 황제의 스승이 되어야 한다"), 말단을 빠트리지 않는다("관직에 나가지 않으면 반드시 만세의 스승이 되어야 한다")는 명언을 던진다.

왕간의 친척인 왕동(王棟)은 스승의 현재의 지위[時位]에 얽매이지 않는 학문을 훌륭하게 응용하여, 『대학』의 "천자부터 서민까지 하나같이 모두 자신을 수양하는 것을 근본으로 삼는다"는 말에 대해 다음과 같이 주장했다.

----

52. 「年譜」, 『王心齋全集』 卷三, 頁75, 另參卷一頁5.

"격물(格物)과 지선(至善)에 머무는 학문은 모든 사람이 공통으로 배우고 이루는 것으로 본래 인품에 따른 제한이 없었다. 오늘날 우리는 예전에는 15세면 태학에 들어갔다고 하는데, 사실 천자(天子)의 적자와 서자 그리고 공경대부(公卿大夫)와 원사(元士)의 적자만이 해당됐다. 적자가 아닌 자는 모두 신분의 제한을 받아 참여할 수 없었으며, 백성 가운데는 재능이 뛰어난 자만이 들어갔고 재능이 뛰어나지 않은 자는 모두 자질에 제한되어 얻어들지 못하였는데, 이는 참으로 의심스럽다."[53]

고훈(古訓)에 따르면 태학은 본래 관직에 있는 사람의 자제(이 또한 장자이다)와 극소수의 젊은 인재들만 배우던 곳이다. 다시 말해 엄격한 자격 인증을 거쳐야만 태학에서 공부할 수 있다는 것이다. 왕동은 태학에 문턱이 없으며, 태학은 관직에 있는 사람들에게만 허용하는 것이 아니라 맹자가 말한 "천민(天民)"을 상대로 한 것이라고 분명하게 역설했다. 세인들이 왕간의 지위를 벗어난 생각과 지위를 벗어난 말에 대해 의문을 품고 질책하자 왕동은 다음과 같이 변호했다.

하늘이 백성을 낳고 임금을 만들고 스승을 만들었다. 자고로 제왕들은 천하의 군주였는데 모두 천하의 스승이었다. 후세의 군주가 자신을 수양하고 덕을 중히 여기며 백성들을 위해 표준을 세울 줄 몰라서 군주와 스승의 직분이 괴리되었다. 공자는 천하가 다스려지지 않는 것이 모두 천하에 스승이 없기 때문임을 근심하였으므로 결연히 스승을 자처하였다. 버슬자리는 없었지만 제왕과 스승으로서 가르치는 큰 권력을 가졌는데, 『춘추』를 지었던 것과 마찬가지로 부득이한 뜻이었다. 하물며 당시의 지위를 기다리지 않고 다른 사람들의 초청을 따랐으니, 손에 자루를 쥐고 곳곳에서 이뤄낼 수 있었다. 이것이 요순을 현명하게 여기면서

53. 王棟撰, 『一庵王先生遺集』 卷一, 『四庫存目叢書』 第10冊, 齊魯書社, 1995, 頁58.

집대성하였던 까닭이다. (중략) 그래서 우리의 스승이 자임하지 않을 수 없었던 것이니, 어찌 그만둘 수 있었겠는가!

　"관직에 나가면 반드시 황제의 스승이 되어야 한다"는 것이 사람들에게 알려주는 것은 경솔하게 벼슬자리에 나가서는 안 되며, 반드시 군주와 서로 신뢰하면서 스승으로 존중하고 도를 함께할 의향이 있을 때에야 벼슬자리에 나감을 말해도 된다는 것이다. 그렇지 않을 경우 자신의 신분을 욕되게 하여 후회할 수 있으니, 가장 완벽한 경지에 서있는 방법이라고 할 수 없다. "관직에 나가지 않으면 반드시 만세의 스승이 되어야 한다"는 것이 사람들에게 알려주는 것은 사문(斯文: 유가문화)을 홍기시키는 것을 자신의 임무로 삼고, 학문을 가르치고 도를 깨우치는 것으로 사람들을 구제해야 한다는 것이다. 만약 단지 다른 사람과 교유하지 않는다면 그것은 아무런 성과가 없는 은둔이며 대인은 현재의 지위에 얽매이지 않는다는 학문이 아니다.[54]

　사실 공자가 노심초사하면서 앉을 새 없이 바쁘게 지낼 때 은둔자들의 야유를 받았었다. 한 어부는 공자가 위로는 군주와 제후의 권세가 없고 아래로는 대신의 관직과 일이 없으면서도 예악(禮樂)을 문식(文飾)하고 인륜(人倫)을 정비하고 있자, "쓸데없는 일을 너무 많이 한다!"(『장자』 잡편 「어부」)고 비웃었다. 스승처럼 왕동 역시 "건곤(乾坤) 세계를 다시 새롭게 건설하는 것"을 염두에 두고 잊지 않았다.[55] 왕간에게 왕도정치의 청사진(『왕도론(王道論)』에 보인다)이 있었듯이, 왕동 역시 자신만의 정치 방안이 있었다.

....

54.　같은 책 頁62-63.
55.　같은 책 頁65.

어떤 이가 말했다. "당신이 정사를 맡아도 개혁할 수 있는가?" 왕동은 다음과 같이 대답했다. "나라를 새롭게 바꾸는 것은 반드시 군주와 재상의 덕과 마음이 일치해야 이루어질 수 있다. 이 때문에 공자와 맹자도 그들의 지향을 펼칠 수 없었다. 만약 한 읍을 다스리도록 하여 그 읍을 개혁한다면, 이치대로라면 할 수 있겠지만 감찰 관리가 수족을 묶어버리고 얼른 다른 곳으로 보내버린다면 개혁을 할 수 없을 것이다. 그러나 토지제도가 공평하지 못하고, 부역이 과중하며, 형법에서 돈으로 죄를 사면 받는 사례가 많고, 학교가 문장 가르치는 것을 제대로 못하고 있다. 이러한 것들이 모두 정사와 연관이 있으니, 나라를 개조하는 것이 어찌 쉬운 일이겠습니까? 그러나 대인의 학문은 현재의 지위에 얽매이지 않는다. 나는 사문(斯文: 유가문화)을 흥기시키는 것을 나의 임무로 삼고서, 사도 (師道)를 세우고 선인(善人)이 많아지게 하며, 조정을 바로세우고 나라를 안정시키고자 한다. 이것이 내가 천하의 용광로를 주조하는 까닭이니, 나의 현재 지위가 제한할 수 있는 바가 아니다."[56]

황종희(黃宗羲)는 태주학파의 많은 사람이 "맨손으로 용과 뱀을 때려잡을 수 있다'고 했다. 나근계(羅近溪)의 한 제자가 어릴 때부터 세상을 가지런히 안정시키려는 꿈을 꾸다가 여러 차례 좌절을 겪고 실망하여 스승에게 하소연했다. "오늘 마음이 허망하여 혼란스러웠는데 아니나 다를까 한바탕 꿈을 꾸는 것 같았지만 이를 벗어날 수가 없습니다." 나근계는 "이것이 어찌 꿈이겠는가? 상산(象山)은 '우주 내의 일이 모두 나의 직분 내의 일'이라 했다. 가지런히 안정시키는 것에는 크고 작은 일이 있다. 아마 그대가 생각하는 것은 작은 것만 도모하고 큰 것에는 미치지 않은 것 같네." 제자가 이해가 안 되어 물었다. "필부의 힘으로 세 사람을 제압할

----

56. 같은 책 頁65-66.

수 없습니다. 저는 지금 가난한 유생인지라 조금 안정시키는 것도 몸에 없는데 어찌 더 큰 것을 바라겠습니까?" 나근계는 이에 다음과 같이 대답했다. "크고 작고는 일에 있지 않고 기회에 달렸다. 기회가 나에게 있으면 작은 일도 커질 수 있고 기회가 다른 사람에게 있으면 큰일이라도 작아질 수 있다. 생각해 보게. 세간의 공덕 가운데 학술보다 큰 것이 있는가? 요령을 장악하는 면에서 내가 배움에 몰두하는 것보다 첩경이 있겠는가? (중략) 그대가 세상을 안정시키고자 한다면 오늘날의 학술로부터 시작하고, 학술을 정리하고자 한다면 자신의 정신에서부터 시작하길 바라네."[57] 나근계 본인은 "중년부터 늙을 때까지" 항상 자신이 경연(經筵)의 강사가 되는 꿈을 꾸었다.[58] "관직에 나가면 반드시 황제의 스승이 되어야 한다"는 것은 태주학파의 집단 (무)의식이었던 것 같다. 이를 "태주몽(泰州夢)"이라 불러본다.

서절효가 학자의 사명을 제기한 후 세상을 구제하는 것을 사명으로 하는 학자들은 "생각"하는 자의 신분에 특히 민감했다. "사불출위(思不出位)"는 단지 지위가 있는 자에 대한 것이고 지위가 없는 자는 이러한 제한을 받지 않는다는 것이다. 아니면 "사(思)"의 성격에 특히 유의하였다. "사불출위(思不出位)"의 "사(思)"는 "배움과 생각함[學思]"의 사(思)가 아닌 것이다. 왕선산(王船山)은 다음과 같이 말한다. 사불출위(思不出位)의 "사(思)"는 "하고 싶은 일과 극진히 하고 싶은 이치를 생각하면 행동에 옮기는 것이다. 마치 볼 때는 밝음을 생각하고, 들을 때는 분명함을 생각하며, 제사를 지내면 경건함을 생각하고, 상을 치르면 슬픔을 생각하는 것과 같다. 의념을 나누어 다시 다른 일을 생각하지 않는다는 것은 '자신의 자리를 생각하지 않는 것'이다. '배움과 생각함[學思]'의 사(思)로 이해해서는 안 된다. 만약

57. 羅汝芳著, 方祖猷等編校整理, 『羅汝芳集』, 鳳凰出版社, 2007, 頁67.
58. 羅汝芳著, 方祖猷等編校整理, 『羅汝芳集』, 頁391.

배우면서 생각한다면 과거와 오늘을 모두 잘 알고 천인(天人)을 궁구하며 만민과 만물에 두루 함에 생각하지 못할 것이 없는데, 이러한 것을 말하는 것이 아니다."[59]

　모두가 알다시피 송나라는 사대부와 군주가 함께 천하를 다스린 것으로 유명하다. 한당의 관료들이 천자에게 간언을 할 때 늘 "천하는 고조의 천하이지 폐하의 천하가 아닙니다"라는 말을 황제의 권한을 누르는 최고의 무기로 삼았다. 이는 마치 오늘날 중국에서 붉은 강산은 혁명 선열들이 목숨을 바쳐 싸워 이뤄낸 것이니 우리 후계자의 손에서 색이 바뀌게 해서는 안 된다고 하는 것과 같다. 송나라의 사대부는 후계자 의식이 없었다. 그들은 "천하는 중국의 천하이고 선조의 천하이며 군신, 백성, 삼군의 천하이지 폐하의 천하가 아니다"라는 말을 하기 좋아했다.[60] 여기서 당송 변혁(Tang-Song transformation)의 한 면이 분명하게 보인다. 과거제도가 수, 당에 와서 이미 틀을 갖췄으나 통계에 따르면 당나라에서 과거제도를 통해 관원을 선발하는 비율이 문관은 15%밖에 안 되었다. 그러나 북송

59.　王夫之著,『四書箋解』卷四,『船山全書』第6册, 岳麓書社, 1991, 頁242-243. 船山의 사불출위 장에 대한 이해에 변화가 있다. 초기에 저술한 『讀四書大全』은 주자의 『四書集注』의 해석을 지지하여 思를 직위와만 연결시켰으며 黃勉齋의 "먹어야 하면 먹는 것을 생각하고 자야 하면 자는 것을 생각한다"는 설이 "분명하지 못하다", "의리가 되지 못한다"고 비난하며 다음과 같이 말했다. "사람으로 하여금 하루 종일 말과 행동을 수백 개 수천 개로 나눠 경계를 세우면 아무리 기맥이 끊어지고 규모가 이뤄지지 않을뿐더러 일이 발생한 후에야 생각하면 생각의 힘도 부족하게 된다." 位는 직위로만 이해할 수 있고 지위, 시위(張南軒처럼)로 이해하더라도 地는 분급된 자리가 있는 사람에 대한 것이고 時 역시 그 시기에 맡은 일이 있는 사람에 대한 것이다. 그는 또 다음과 같이 말했다. 「位」는 반드시 「직위로 이야기한 뒤라야 분명해지니」, 그저 매우 신묘하다 여긴다면(위를 마음의 위로 풀이하는 경우), 석씨의 「住行坐臥」의 설에 빠지지 않는 자가 드물 것이다. 다음을 보라. 『讀四書大全』卷六,『船山全書』第6册, 頁807-808.

60.　留正撰,『皇宋中興兩朝聖政』卷24,『續修四庫全書』, 第348册, 上海古籍出版社, 1995, 第500頁.

인종 재위기간에 이 비율이 50%를 넘었다. 그외 30%는 여러 차례 과거에서 낙방한 사람들이 설립한 "특주명(特奏名)" 시험을 통해 선발되었다.[61] 호명제(糊名制)와 등록제(謄錄制)의 발명은 과거 시험제도 자체가 나날이 완벽해지고 독서인들이 더 이상 "쓸쓸히 문장만이 세상에 전해지고, 더 이상 조정안에는 친족 하나 없네"라고 원망을 하지 않게 하였다. 대신 "아침에는 시골 농부였으나 저녁에는 천자의 조정에 올랐네"라는 말이 엄연히 독서인들의 집단의식이 되었다. 왕양명의 "장부가 천지를 번쩍 들어 올려야지, 어찌 몸이 묶인 죄수처럼 하는가"라는 시구는 이러한 사대부의 정신적 기질을 잘 보여준다. 그래서 당나라 귀족 정치의 몰락은 결코 군주가 절대권력의 주체(나이토 코난이 말한 "군주독재체제")가 되는 결과를 가져오지 않았다. 군주의 권력은 송나라에서 결코 절대적인 권위가 아니었다. "절대대신(大臣)과 언사관(言事官: 諫官)을 죽이지 않는다"라는 규칙을 세운 송 태조는 "천하에서 무엇이 가장 큰 일인가"라고 조보(趙普)에게 물었다. 조보는 "도리(道理)를 행하는 것이 가장 큰 일입니다.[道理最大]"라고 대답했다. 유정(留正)은 이를 다음과 같이 비평했다. "천하에서 오직 도리가 가장 큰 일이기 때문에 천자의 신분으로 필부의 말 한마디에 굴복하는 일이 있는 것이고 나라에서 가장 많은 부를 가진 경우도 자신의 친척과 친구의 사정을 봐주지 않았던 것이다."[62] 사인(士人)들은 "도리를 행하는 것이 가장 큰 일"이라는 말을 "다스림을 세우는 근본"("우주가 생긴 이후 줄곧 도리를 행하는 것이 가장 큰 일이라는 것을 다스림을 세우는 근본으로 삼았다")으로 삼았다. 이는 사인(士人)의 정치 참여와 정사에 대한 논의의 적극성을 최대한 불러일으켰다.

정치 환경이 악화되기 시작한 명나라에 와서도 "도리최대(道理最大)"는

----

61. 包弼德, 『歷史上的理學』, 王昌偉譯, 浙江大學出版社, 2010, 第31頁.

62. 『皇宋中興兩朝聖政』卷四十七, 『續修四庫全書』, 第348冊, 上海古籍出版社, 1995, 第571頁.

줄곧 사대부의 일관된 신념이었다. 여곤(呂坤)은 다음과 같이 말했다. "관원들이 조정에서 논쟁할 때 천자의 명이라고 하면 아무도 감히 항변하지 못한다. 유학자들이 학문에 관해 논쟁을 벌일 때 공자의 말이 있다고 하면 조용히 아무도 반박하지 못했다. 그러므로 천지간에 이치[理]와 세(勢)가 가장 존귀하다. 비록 그러하지만 이치가 존귀한 것 가운데 가장 존귀하다. 묘당(廟堂)에서 이치를 따지면 임금은 세(勢)로써 상대방을 굴복시킬 수 없다. 그를 잠시 세(勢)로 굴복시키더라도 이치는 영원히 천하 만세에 펼쳐질 것이다. 따라서 세(勢)는 임금의 권력이고, 이치[理]는 성인의 권력이다. 임금에게 성인의 이치가 없으면 권력이 가끔 굴복할 때 있었다. 그렇다면 이치라는 것은 세(勢)의 존망이 의존하는 것이다. 왜냐하면 권력이 아무리 크더라도 반란을 막을 수는 없기 때문이다. 이로써 왜 유학자들이 도의를 전파하는 책임을 사양하지 않고 선뜻 감당하는지 알 수 있다."[63]

명나라 역사의 대가인 맹삼(孟森)은 홍무제(洪武帝 : 朱元璋)의 잔혹한 정장(廷杖)을 논평할 때 다음과 같이 말했다. "명나라의 정장은 매우 잔혹하지만 정직한 사람이 장형(杖刑)을 받으면 세상 사람들이 이를 더없이 영광스러운 일이라고 여겼으며 평생 부러워했다. 태조(주원장) 때부터 형성된 임금이 신하와 자존심 대결은 하되 시비 싸움은 하지 않는 양호한 관습이다. 청나라에 와서 임금이 신하를 처벌하면 세상 사람들은 임금을 성인이라고 칭송하였고 처벌받은 신하를 치욕스럽게 생각했다. 기풍이 날로 저급해지는 이유가 바로 여기에 있다."[64] 이 말은 정곡을 찌른다. 청나라 유학자 초순(焦循)이 여곤(呂坤)의 이치[理]와 세(勢)에 대한 주장을 비판한 내용을 비교해보면 더 잘 알 수 있다. 초순은 『이설(理說)』이라는 글을 썼는데 글머리에서 자신의 관점을 다음과 같이 밝혔다. "임금의 존재는 세상의

63.　呂坤, 『呻吟語』卷一, 王秀梅　王國軒整理, 『呂坤集』, 中華書局, 2008, 第647頁.

64.　孟森著, 『明史講義』, 中華書局, 2006, 第90頁.

분쟁을 해결하기 위함에 있다. 또 이치[理]가 아닌 예(禮)로 천하를 다스려야 한다는 말이 있는데 여곤은 이치를 가장 존귀한 것으로 보니 정말 사설(邪說)이다. 공자도 임금을 모실 때는 예를 다해야 한다고 했다. 이치로 군주를 협박해야 한다는 말은 금시초문이다. 여곤의 말은 나라를 어지럽히는 불충한 무리의 징조이다."[65]

도리가 제일인지 권세가 제일인지의 문제 배후에는 사도(師道)와 군도(君道)의 논쟁이 숨어있다. 이정(二程)부터 도통(道統)을 자임하는 것이 이학자들의 공통된 사명이 되었다. 정이천(程伊川)은 특별히 황제에게 글을 올려 경연(經筵) 제도를 토론한 적이 있다. 그중에 다음과 같은 내용이 있다. "임금에게는 태사(太師), 태부(太傅), 태보(太保)의 관원이 반드시 있었습니다. 태사는 도로써 교훈을 가르쳤고, 태부는 덕의로 도왔으며, 태보는 신체를 보호하였습니다." 그는 또 다음과 같이 말했다. "임금은 숭고한 지위에 있고 위협하거나 상을 내릴 권한을 갖고 있어 모든 관리가 두려워하고 감히 쳐다보지 못하며 온 천하가 임금의 뜻을 받드니 임금은 원하는 것은 얼마든지 얻을 수 있습니다. 만약 군주가 마땅함을 두려워할 줄 모르고 이렇게 성장한다면 당연히 어리석을 것입니다. (중략) 예로부터 현인을 존중하고 재상을 두려워하지 않고 성자가 되는 사람은 없었습니다." 간단하게 말하자면 "천하의 중한 책임은 재상과 경연에 있으니, 천하의 안정과 혼란은 재상에게 달려 있고 군주의 덕행의 성취는 경연에 달려 있습니다."[66]

이러한 사도(師道)로 군도(君道)를 가르쳐 일깨워줘야 한다는 주장은 자사자(子思子)가 덕(德)으로 위(位)에 저항한 것, 그리고 맹자의 임금의 마음을 바르게 해 나라를 안정시키는 사상을 한 단계 더 발전시켰다고 볼 수 있다. 정이천은 또 경연강관(經筵講官)은 앉아서 강의해야 한다고

65. 焦循著, 『雕菰集』 卷十, 『續修四庫全書・集部・別集類,』 第1489冊, 上海古籍出版社, 1995, 第205-206頁.
66. 『河南程氏文集』 卷六, 『二程集』, 第538, 538, 540頁.

주장했다. 강관이 "앉아서 도를 논하는" 권리는 원나라까지 유지되었으나 원나라 말기에 약간의 변화가 있었다. 명나라에 와서는 강관이 꿇어 앉아 강의하는 것이 습관처럼 되어 전당(錢唐)이 서서 강의하는 권리를 쟁취하는 사건이 일어났다. 전당이 임금의 부름을 받아 입궁하여 『우서(虞書)』를 강의하는데 그는 계속 임금 앞에서 서서 강의했다. 예관(禮官)이 그를 "거칠다", "군신의 예를 모른다"고 질책하며 잘못을 시정하게 하려 하자 전당은 정색하여 다음과 같이 말했다. "옛날 현명한 임금들의 나라를 다스리는 방법을 설명할 때 무릎 꿇지 않는 것은 오만함이 아닙니다." 명 태조가 『맹자』를 읽다가 "임금을 초개(草芥)나 구수(寇讐)처럼 본다"는 말을 보고, "신하가 해도 되는 말이 아니다"라며 문묘의 배향을 철폐시키려 했다. 또 맹자를 위해 간언하는 자는 대불경죄로 물리라고 명령했으나 그때도 전당이 임금에게 상소하여 "신이 맹자를 위해 죽는다면 죽어도 영광이옵니다"라고 직언하였다. 그리하여 맹자는 여전히 공묘에 배향(配享)되는 지위를 누릴 수 있었다.[67]

의심할 여지없이 사도(師道)와 군도(君道)는 명나라 시기에 긴장관계에 처해 서로 충돌하였으나 모두 양명 후학에 속하고 황종희(黃宗羲)에 의해 분류된 태주학파의 "출위(出位)"와 "수위(守位)"에 대한 주장은 서로 다르다. 왕간과 하심은(何心隱)과 같은 학자는 "현룡(見龍)", "항룡(亢龍)"으로 세간의 주목을 받았다. (왕간은 "성인은 육룡을 타고 하늘을 다스리지만 반드시 언제나 현룡이 귀착점이다"라고 했다) 왕간은 평민 출신으로 도를 자임하면서 당시의 지위에 얽매이지 않는 것을 자처했고, 관지도(管志道)는 이에 대립하여 "무리지은 용에는 우두머리가 없다[群龍無首]", "성학(聖學)은 드러내지 않음을 기본으로 한다"는 입장을 분명히 제기하며, 군룡무수(群龍無首)의 의미가 선양되지 않는다면, 사람들이 모두 현룡(見龍)의 풍토가

....

67. 張廷玉等撰, 『明史』 卷一百三十九 列傳第二十七, 中華書局, 1974, 第1038頁.

날로 자라날 것이라고 했다. 그는 또 "사농공상이 저마다 국법을 경시하여", 사람마다 "제멋대로 임금의 스승이 되려고 하니", "세상에 누군들 '도는 나에게 있소'라고 말하지 않겠는가", 그 결과는 "필부가 임금을 경시하게 되는 것" 뿐이라고 주장한다. 오늘날의 말로 하면 사람마다 중앙을 논의하면 중앙의 권위는 어디에 있는가 하는 것이다.

관지도는 왕간의 "필부의 사도(師道)를 들어 임금을 누르는" 행태에 반감을 가졌고 심지어 오래전에 유행했던 공자 소왕(素王)설을 비판했다. 관지도는 소왕(素王)설이 본래 한나라 유학이 『공자가어(孔子家語)』의 설에 견강부회하여 한 말이며 이러한 소왕(素王) 의식이 "허황된 유학자가 도가의 이론을 선양하길 좋아한다"는 비난만 초래하여 "머리가 있는 거짓 용이 세상에 드러남을 다툰다"고 주장했다. 맹자에 관한 그의 주장은 주원장과 아주 일치하다. 그는 다음과 같이 말했다. "예를 들어 맹자는 공자의 학문을 배웠다고 하지만 제후의 공양을 받았기에 순수한 공자의 학생이라고 보기 어렵다. 맹자의 몸에는 오히려 전국을 떠돌아다니던 유사(游士)의 풍기가 남아있다. 공자는 군룡에 우두머리가 없는 것을 천칙(天則)으로 하는 데 맹자는 공자를 군룡의 우두머리로 존대한다. 이는 성인의 마음을 제대로 알지 못한 것이다. 그러니 공자와 맹자를 어찌 나란히 견줄 수 있겠는가?" 도통(道統)을 자임하던 정주(程朱) 역시 비난 받았다. "송나라 유학자들이 추존한 사도(師道)에는 필부가 도통을 이어 받을 수 있다는 설이 있으며, 이들은 도표(道標)를 세우기 좋아하고 제왕의 도를 져버리는 데까지 이르렀다. 이는 공자가 가르침 주실 때의 첫 뜻이 아니다."[68]

관지도는 또 "공자는 단지 도를 지향한다고 말하였을 뿐 자신에게 도가 있다고 하지는 않았다. 맹자는 자신에게 도가 있는 듯하였다. 공자는 문왕의

---

68. 管志道, 『續訂中庸章句說』, 『惕若齋集 中』卷三, 다음에서 인용. 魏月萍, 『君師道合: 晚明儒者的三教合一論述』, 聯經, 2016, 第189頁 .

문물을 계술하였지만 정주(程朱)는 직접 도통을 일반인에게 있다고 여겨 제왕의 문물을 가렸다."[69] "도통이 필부에게 속한다고 여겨 사도(師道)를 군도(君道) 위에 놓는" 상황을 바꾸고 "상고시대 군도와 사도가 합치"되었던 전범을 회복하기 위해 관지도는 한편으로는 "신도(臣道)로 사도(師道)를 대체하지 말고, 사도로 군도에 저항하지 말라"고 호소하였으며, 다른 한편으로는 주원장의 군사(君師) 합일의 이미지를 대대적으로 수립하였다. 심지어 태조가 진정한 공자라는 괴이한 이론을 제기하였다. "상고시대에는 군도와 사도가 합일하였으나 문왕 이후에 쇠락하였고 춘추시기에는 공자만이 이를 알았다. 진한 이후에는 우리 태조만이 실천했다. 유학자들은 공자의 행위가 진정한 태극임을 알지만 태조가 행하는 것이 진정한 공자임은 모른다."[70]

태조의 군도(君道)와 사도(師道)의 합일 이미지는 결코 관지도 한 사람만의 주장이 아니었다. 양복소(楊復所), 주해문(周海門)도 비슷한 주장을 했다. 웨이웨핑(魏月萍) 교수는 이 현상에 대해 다음과 같이 평가했다. 도대체 누가 "사(師)"이고, "사도(師道)"의 가치는 어떻게 체현되고, 누가 "도통"을 장악할 수 있으며, 도통의 권력은 무엇인가, 그리고 도통(道統)과 치통(治統)은 어떻게 경쟁하여 합법성과 정당성을 취득하는지, 이러한 일련의 문제는 "명나라 말기에 사도(師道)와 세속화를 견제하는 보수 세력이 생겼음을 보여준다." 위잉쓰(余英時)가 16세기 사대부가 합리적인 질서를 재건하는 실천 방향이 조정에서 사회로 옮겨졌다는 주장에 대해서도 웨이웨핑은 완전히 동의하지 않는다.[71] 그렇다. 왕양명의 심학 내부에서도 대예의(大禮

69. 管志道, 『述而不作』, 『從先維俗義』 卷四, 『四庫存目叢書·子部·雜家類』 第88冊, 齊魯書社, 1995, 第400頁.

70. 管志道, 『答鄒比部南皋丈書』, 『問辨牘』, 『四庫存目叢書·子部·雜家類』 第87冊, 齊魯書社, 1995, 第717-718頁.

71. 魏月萍, 『君師道合: 晚明儒者的三教合一論述』, 聯經出版公司, 2016, 第328-329頁. 관지

儀)문제, 삼교(三敎) 관계 문제, 군도(君道)와 사도(師道) 관계 문제에서 입장이 일치하지 않았다.

　어찌됐든 "누구"의 "생각"인가에 대한 예민한 의식은, "지위가 없는 자", "지위가 비천한 자"가 자신의 자리에 안주하지 않고 천하에 마음을 두는 포부를 반영한다. 본래 "인자(仁者)만이 높은 자리에 앉을 수 있다"는 것이 유가 정치의 염원이며, "염옹은 임금을 시켜도 된다"고 한 공자의 말은 특히 유학자의 "높은 자리"에 대한 기대를 잘 보여준다.[72] "높은 자리"에 대한 기대의 상실로부터 "높은 자리"에 대한 상상이 금기가 되기까지 "그를 대신할 수 있다"는 것은 단지 "세로 영웅(世路英雄)"이 격동의 시기, 정권이 바뀌는 시기에 한 일시적인 호언일 뿐이었고, 성왕합체(聖王合體)는 유가 정치의 천년의 향수가 되었다. 맹자와 순자 시대에 유학자에게는 그나마 필부가 천하를 얻을 수 있다는 것에 대한 동경이나 "세(勢)를 얻음"이나 "세(勢)를 얻지 못함"에 대한 감개(感慨)가 있었다. "일반 백성이 천하를 가진다면 그의 덕은 필히 순(舜), 우(禹)와 같을 것이고 또 천자의 추천도 필요하다. 이 때문에 공자는 천하를 갖지 못했다."(『맹자』「만장(萬章) 상」) "성인(聖人)이 집권하지 못한 예는 공자와 자궁(子弓)이다. (중략)

....

　　도가 태주학파의 현룡주의에 대한 비판과 관련하여 이 책 167-176페이지에서 자세하게 언급하고 있다.

72. "南面"은 임금과 제후를 뜻한다는 해석과, 경대부를 뜻한다는 해석이 있다.『說苑・修文篇』은 분명하게 남면은 임금이라고 설명했다. "공자가 계실 때 현명한 임금이 없었기 때문에 '염옹은 임금을 시켜도 된다'고 했다. 남면은 임금이다." 주자 역시 "남면은 임금이 정사를 듣는 곳"이라고 했다. 유보남(劉寶楠)의『論語正義』는 더 나아가 다음과 같이 말했다. "어떤 자리에 추천할 때에 덕을 봐야 한다, 덕이 반드시 그 자리에 걸맞아야 그 자리에 오를 수 있다. 이 때문에 임금, 제후, 경대부, 선비의 지위의 차이는 바로 덕의 차이이다. 덕이 임금이 될 만하면 임금이 된다. 요, 순과 같은 이유로 임금의 자리에 오르는 것이다. 덕이 임금, 제후가 될 만하지만 관원이거나 선비일 뿐이면 공자와 맹자처럼 관직은 얻지 못하더라도 공맹의 도를 실천할 수 있다."

성인이 집권하게 된 예는 순과 우이다."(『순자』「비십이자(非十二子)」)

한나라 시기 유학자(예를 들어 동중서의 재전제자 휴홍(眭弘))는 군주(漢昭帝)에게 "현인(賢人)을 찾아 임금의 자리를 선양"할 것을 권유했다. 그 후로 상황은 점점 나빠져 "누구나 군주가 될 수 있다"는 말은 정치적으로 정확하지 않은 맹자 머리에 쓰인 모자가 되었다.[73] "춘추시기에 공자가 황제가 됐어야 하고, 전국시기에 맹자가 황제가 됐어야 하며, 진나라 이후 정주(程朱)가 황제가 됐어야 하며, 명나라 말기에는 여자(呂子)가 황제가 됐어야 한다"[74]는 말은 "광적이고 이성을 잃은 주장"이 되었다. "진나라 이후로 제왕이 된 자는 모두 도둑놈이다."라는 밀실에서 한 사담은[75] "높은 자리"를 바랄 수 없게 된 유학자들의 "원망"과 "실망"을 보여준다. 한발 물러서서 차선책을 구하고 훌륭한 군주를 얻어 도를 실천하는 것은 이미 우연히 이뤄질 수는 있으나 노력한다고 되지는 않는 일이 되었다. 왕안석과 송 신종의 만남에 대해 주자는 "천년에 한번 있을 일"이라고 감탄한다.[76] 한발 물러서서 차선책을 추구하는 것을 할 수 있으면 "백성을 개화해 도를 실천하는 것"이 곧 유학자들이 세상을 안정시킬 때 사용하는 "칼자루"가 되었다.

....

73. 송나라의 다른 학파는 이를 들어 맹자가 정치적으로 정확하지 않다고 비판했다. 예를 들어 이구(李覯)는 『常語』에서 "공자의 도는 군군신신이고 맹자의 도는 사람은 모두 군주가 될 수 있다는 것이라며 맹자가 "명예를 위해 공자를 배웠지만 실은 배신자"라고 비판했다. 李覯撰 王國軒點校, 『李覯集』, 中華書局, 2011(第2版), 頁539.

74. 曾靜, 『知新錄』, 引自『大義覺迷錄』卷二.

75. 唐甄著, 吳澤民編校, 『潛書·室語』, 中華書局, 1963(增訂二版), 頁196. 당견(唐甄)의 이 말은 겨울날 밤에 처첩과 술을 마시면서 한 "실어(室語)"였다.

76. 『朱子語類』卷一百三十, 『朱子全書』第18冊, 上海古籍出版社 安徽敎育出版社, 2002, 頁4034. 주자는 왕형공이 군주를 만난 것에 대해서 수차례 감탄했다. 다음을 참조. 「跋王荊公進鄞侯遺事奏槁」 "아, 신종께 뜻이 있어 공이 군주를 얻었구나!" 『晦庵先生朱文公文集』卷八十三, 『朱子全書』第24冊, 頁3904. 또 다음을 참조. 「再跋王荊公進鄞侯遺事奏槁」 "왕형공이 신조를 얻은 것은 천년에 한번 만날 기회라고 할 수 있다." 『晦庵先生朱文公文集』卷八十三, 『朱子全書』第24冊, 頁3927.

직업 관리의 원칙으로서의 "사불출위(思不出位)"를 "학자"는 당연히 반대하지 않을 것이다. 그러나 이 원칙은 재위자에게만 유효하다. 이 원칙을 이데올로기로 일반화하여 "학자"가 생각하고 도를 행하는 것을 제한하는 군주의 권한으로 이용해서는 안 된다. 과연 "누구"의 생각인가 하는 문제의 식은 바로 여기에 있다. 이 문제의식은 근대부터 오늘까지 이어져 왔다. 강유위는『논어주』(卷十四) "사불출위(思不出位)" 장(章)에서 다음과 같이 서술한다. "위는 직무의 이름이다. 자리마다 허용된 권한이 있어 그 권한을 넘어서서는 안 된다. 이 때문에 정사도 농사처럼 낮과 밤을 이어가며 생각해야 한다. 시작을 생각해야 할 뿐만 아니라 어떻게 좋은 성과를 거둘지도 생각해야 하며 책임을 지고 맡은 일에 최선을 다해야 한다. 그렇다면 자신의 본직 이외의 내용은 생각하지 말아야 한다. 예를 들어 병관(兵官)은 군사에 관한 일만 전념해야 하고, 농관(農官)은 농사만 전념해야 하고 다른 것에 관여하지 말아야 맡은 바 일을 잘 할 수 있다. 만약 사인(士人)이 자리가 없다면, 천지가 아무리 넓어도, 만물이 아무리 많아도 그 도리를 모두 철저히 연구해야 한다. 이 때문에 배움을 좋아하고 깊이 사고하며 모든 것을 다 사고하여 철저하게 사고해야 한다." 정이(程頤)는 "왜 그러한지를 생각할 수 있는 사람이 세상에서 으뜸가는 학자이다. 이러한 학자들은 권세를 가진 사람들과 정반대이기 때문이다. 여러분들은 절대 오해하지 말라"고 했다.

　리저허우(李澤厚)가 증자의 "군자는 생각이 그 자리를 벗어나지 않는다"는 주장이 "너무 보수적"이라고 비판할 때 특별히 강유위의 이 말을 인용했으며 더 나아가 "'사불출위(思不出位)'는 본래『역경』에서 나온 말인데『역경』에서는 다른 의미여서 어떤 규범이나 요구가 아니었다. 강유위의 주석은 재미있고 현대 민주정신에 부합한다. 아마 그래서 그가 공자의 "천하유도, 즉서민불의(天下有道, 則庶民不議: 나라에 정도가 있으면 백성이 나라 일에 관하여 왈가왈부하지 않는다.)"를 "천하유도, 즉서민의(天下有

道, 則庶民議: 나라에 정도가 있으면 백성이 나라 일에 관하여 의논한다.)"로 바꾼 것이 아닐까 한다. 즉 사람마다 정사를 논할 권리가 있다는 것이다. 이는 당연히 증자와 완전히 다르다. 이 때문에 '불모기정(不謀其政)'은 단지 전문가의 전문 지식 영역을 간섭해서는 안 된다는 것이다."[77]

양수달(楊樹達)은『논어』의 "불재기위(不在其位), 불모기정(不謀其政)" 장(章)을 주석할 때 정나라 상인 현고(弦高)가 군사를 물리친 이야기를 예로 들며 다음과 같이 강조한다. "불재기위(不在其位), 불모기정(不謀其政)은 행위 기준이다. 현고가 정나라 관원으로 위장하여 음식으로 진나라 군대를 위문한 것은 일시적인 대책이다. 국가 존망이 달린 위급한 순간에 현고처럼 그 자리에 있지 않다고 도모하지 않는다면 잘못된 것이다. 이는 옛사람들이 변증법에 맞게 일을 처리한 한 예이다."[78] 왕문채(王文采)는 또 조귀(曹劌)가 싸움을 논한 이야기를 들어 다음과 같이 말했다. "옛사람들은 비록 생각이 지위를 벗어나지 않았지만 제사와 전쟁 등 국가의 대사는 필부에게도 책임이 있어서 자리에 얽매이지 않았다."[79] 그렇다. 사실 중국 사상 가운데 "위(位)"라는 글자는 늘 "시(時)", "세(勢)"와 연결되어 있다. 시대의 형국이 영웅을 만들며, 자리를 벗어나야 할 때에는 자리를 벗어나야 한다. 그러나 이학자의 "출위(出位)"는 국가의 대사와 관련 된다기보다는 천하의 대사와 관련된다고 하는 것이 더 정확하다. 그들이 마음속에 두고 있었던 것은 천하를 다스리는 "대도(大道)"였다. 서절효부터 리저허우에 이르기까지, "도대체 '누구'의 생각인가"라는 문제에 반영된 세상을 구제하려는 정서와 양수달, 왕문채가 나열한 사불출위(思不出位)의 "예외"적인 사건에 반영된 가치 지향은 서로 같은 부분이 있지만 정신적 취지는 서로 많이 다르다.

....

77. 李澤厚,『論語今讀』, 前揭, 頁398.

78. 楊樹達,『論語疏證』, 江西人民出版社, 2007, 頁131.

79. 王文采,『周易經象義證』, 九州出版社, 2012, 頁452.

6. 정치인가, 아니면 심성인가 vs. 정치이자 심성인가

"사불출위(思不出位)"는 과연 정치명제인가 아니면 심성명제인가? "위(位)"는 과연 "직위(職位)"인가 "심위(心位)"인가?

의리(義理)의 변화와 발전 측면에서 보면 유가의 사불출위(思不出位)에 대한 이해는 (정치) 직위 상에서 월권(越權)하지 않는 것에서부터 (윤상(倫常)) 직위 상에서 월계(越界)하지 않는 것, 그리고 다시 (심성) 직위 상에서 현재를 넘어서지 않는 것으로 바뀌는 과정을 거친다. 분명한 것은 "사(思)"와 "위(位)"에 대한 이해가 밖에서부터 내부로 점차 내재화되는 과정을 거쳤다는 것이다.

"조열의 위(位)"→"작위(爵位)"→"윤상(倫常)의 위(位)"(인륜의 위/천륜의 위)에 이르는 관념은 유가의 인륜 관계에 대한 중시를 반영한다. 양수명(梁漱溟)은, 중국 사회가 윤리 본위의 사회이며 중국 정치는 윤리 본위의 정치(윤리정치)라고 말했다. 윤상은 윤리의 명분으로 사회를 조직하고 사람은 늘 윤상 관계 속에 존재한다. 사람은 서로 다른 관계 속에 처해 있기에 사람의 "위(位)"도 서로 다르다. 어떤 "위(位)"는 문턱이 있으며 자격의 제한을 받는다. 예를 들어 "조열의 위(位)"는 한 사람이 하나의 지위를 가지며 자격이 부합하는 사람만이 그 자리에 설 수 있으며 자리를 잘못 서면 정치, 도덕적으로 모두 큰 잘못을 저지르는 것이다. 사회에서는 극소수의 사람만이 "작위"를 갖고 있으며 한 사람만이 "군주의 자리", "왕의 자리"를 가진다. 그러나 "윤상의 위"는 보편적이다. 모든 사람이 윤상에서 자신의 자리를 갖고 있으며 이 자리는 문턱이 없다.[80] 사람이

---

80. 만약 문턱이 있다면 그것도 단지 자연적인 문턱이었다. 이 자연적인 문턱은 선천적인 것과 후천적인 것 두 가지로 나눌 수 있다. 후천적인 것은 요절하여 아버지가 될 수 없는 신분을 예로 들 수 있으며 선천적인 것은 아우가 없어 형이 될 수 없는 신분이나, 남자로 태어나 아들, 남편, 아버지만 될 수 있고 딸, 처, 어머니가 될 수

한평생을 살면서 늘 윤상의 자리에 위치하게 되며 이 자리는 "천지간에 도망갈 수 없는" "자리"이며 인간이 인간으로서 존재하게 하는 "자리"이며 구성 요소적(constitutive) "자리"이다. 그 자리가 없으면 인간은 인간이 될 수 없으며 이 "자리"의 부족함이 있으면 인생도 늘 부족함이 있게 된다. 이 윤상의 "자리"는 말하자면 사람이 태어나면서 갖게 되는 인정과 도의의 자리이다. 자신이 어떤 상황("현재의 자리")에 처해있든 인정과 도의에 기반한 윤상의 자리는 "실위(失位)"할 수 없다. 이 "자리"에 대해서는 민감한 의식과 분명한 느낌을 가져야 한다. "자리에 대한 의삭", "위감(位感)"은 추상적인 지식이 아니라 심신에 깊이 새겨진 일종의 "체지(體知)"이자 "마음속에 진실하다면 겉으로 나타난다"는 신체적 예의(禮儀)와 행동이다. 당연히 이것이 바로 『맹자』가 말하는 "정위(正位)"이다. 정위의 관념은 말하자면 윤상의 자리가 내포하고 있는 덕성, 가치의 표현이다. "정위"는 인간 본연의 진정한 신분이고 "천작", "천직", "천성", "천분"이며 본인의 생명 속에서 이러한 천작과 천직을 체현하고 실현하는 것이 바로 나를 완성하는 과정이다.

이학자들은 이러한 천작, 천직, 천성, 천분을 천리, 성리(性理)로 총괄하지만 "성(性)"과 "이(理)"는 모두 기능적 개념(functional concept), 즉 "관계" 속에서 역할 하는 기능적 개념이다. 아버지의 "성(性)"과 아버지의 "이(理)"는 단지 어떤 사람의 어떤 방면에서의 특징을 묘사하려는 것이 아니라 "아버지"가 된 어떤 사람이 어떤 책임들을 져야 하는지, 그가 천도(天道)(自然) 질서와 윤상(倫常)에서 어떤 "위치"에 처해 있는지를 설명하려고 하는 것이다. 이학자들은 종종 이 의리 시스템을 천도성명지학(天道性命之

....
없는 신분을 예로 들 수 있다. 반대로 마찬가지이다. 한 사람의 심신은 적당한 발육과 성장을 거치면 그/그녀는 자신의 인생 여정에서 자신의 온전한 윤상(倫常)을 소유할 수 있다. 그 어떤 상황에서도 그/그녀가 사람으로 태어나기만 하면 곧 부모, 자녀의 신분을 얻을 수 있는데 이것이 바로 천륜이다.

學)이라 부르는데, 성천(性天)에 기반을 하여 서로 통하는 천도(자연)-인도(사회)-심성(정신) 삼위일체가 기본 구조이다. 나라를 다스리는 층위에서 천도성명지학에는 "전체대용(全體大用)"(體-用-文)의 설이 있으며(소위 말하는 "외왕(外王)"학), 마음을 다스리는 측면에서 천도성명지학은 성성(成聖), 희천(希天), 복성(復性)의 공부론(소위 말하는 "내성(內聖)"학)에 집중한다.

전체대용의 외왕학은 삼대의 왕도 정치 이념으로 현실 정치의 품위를 향상시키고 정치 헌강(憲綱)을 재건했으며, 성성(成聖), 희천(希天), 복성(複性)의 내성학은 공안지락(孔顔之樂)을 찾는 위기지학(爲己之學)으로 한당 유학의 고대 문장에 주소(注疏)를 달고 글귀를 해석하는 취향을 전환시켰으며 유학의 초월적인 종교 색채를 드러냈다. 이는 "심성지위(心性之位)"와 "인도(人道)의 위(位)"(倫常之位)가 "이것이 아니면 저것"이라는 둘 중 하나를 선택해야 하는 사항이 아님을 의미한다.

유학은 한편으로는 윤상(倫常)의 위(位)가 포함하고 있는 직책을 "천직(天職)"(天爵)이라고 부르고, 다른 한편으로는 "마음의 기능은 생각하는 것이다"에서의 "생각함(思)"을 "천직"이라 부른다. 인도(人道)의 위(位)(倫常之位)를 실천하는 "천직" 외에 단독으로 있는 심성의 천직, 생각의 천직은 존재하지 않는다. 스스로를 이루는 것이 바로 타인을 완성하고 만물을 완성하는 것이다. 심성과 정치를 서로 대치되고 겸용되지 않는 것으로 보는 것은 한때 송명이학이 불교와 도교를 비판하는 예리한 무기였다. 이는 또 다른 한편으로 한 측면에 해당하는 심성 유학으로 송명 이학을 그리고, 나아가 송명 유학을 비판하는 것의 부당함을 보여준다.

송명 이학에서 심학 계통의 사불출위(思不出位)에 대한 이해는 보통 위(位)를 심위(心位)로 보는 것이다. 이렇듯 본래 사회적 정치적 의미가 다분한 "위"를 마음속의 심위로 수렴하는 것은 표면적으로 사회와 정치 방면의 약화를 야기하는 것처럼 보이지만 사실 그렇지 않다. 심학 계통은 마음 밖에 사물이 없으며 마음 밖에 일이 없으며 마음 밖에 이치가 없다고 본다. 이는 사실 천하의 사물, 일, 이치를 모두 마음의 관심 범위에 들인 것으로 상산(象山)의 말을 빌려 말하자면 "우주의 이치는 모두 나의 성분(性分)의 이치이고, 우주의 일은 모두 나의 직분 내의 일"인 것이다. 이러한 "천하 백성 중 한 명이라도 요순의 혜택을 받지 못하면 마치 자신이 그들을 구덩이에 밀어 넣은 것처럼 느끼는 마음"이야말로 인성 정치가 꼭 필요로 하는 것이다. (1) 그것은 유학자들이 사회에 관심을 갖고, 정치에 참여하는 데 막고 싶어도 막을 수 없는 거대한 정신적 동력을 제공하였다. (2) 그것은 재위자나 위정자가 개인의 이익, 부처의 이익을 넘어설 수 있게 천하위공(天下爲公)의 마음을 갖게 하였다. (3) 그것은 이상적인 정치를 위해 선험적 기준을 제공하였다. 남을 동정하고 연민하는 마음이 있어야 사람을 아끼는 정치가 있을 수 있다. 한 나라의 정치가 인성에 기반한 정치인지를 가늠할 때 최종적인 기준은 인간을 아끼는 마음일 수밖에 없다. 남을 동정하고 연민하는 마음으로부터 나오는 사람을 아끼는 정치의 이념은 당장 현실이 될 수 없더라도 그것은 줄곧 권력투쟁, 이익교환이 난무하는 정치 현실에 처한 사람들이 여전히 인성정치(仁政)에 대한 상상을 잃지 않게 하는 정신적 근원이다. (4) 심성이 건강한 사람만이 분수를 지키고 자기 일에 충실할 수 있고 사불출위(思不出位)할 수 있다. 지위를 넘어 남의 권한을 침범하는 것은 이미 심성이 타락한 상징이다. (5) 현실 정치가 나날이 용속해지고 저급해지며 심지어 위험해질 때 심성이 건강하고 강한 사람만이 시위(時位)의 제약을 받지 않고 큰 짐을 짊어질 수 있다. 반대로 말하면, 정치 참여와 사회 실천은 심성을 단련하고 심성을 실현함에 있어서 반드시 겪어야 하는 길이다. 이익, 권력 앞에서 자리를 지키고 월권하여 망동하지 않는 것이 바로 직업상에서 생각이 지위를 벗어나지 않으면서 자신의 "부동심(不動心)"을 단련하는 것이고, 자원 분배와 사법 심판에서 어느 한편에 치우치지 않고 공정하게 하는 것이 바로 자신의 시비지심(是非之心)을 단련하는 것이며, 세상을 구하는 행동에서 이것이 바로 자신의 측은지심과 만물일체(萬物一體)의 마음을 이루는 것이다. 심학 계통의 정학합일(政學合一)과 사학합일(仕學合一) 사상은 바로 이러한 것들을 설명한다.

왕심재(王心齋)의 말을 빌려 말하자면 "정치 외에 학문은 없고, 학문 외에 정치는 없다"는 것이다.[81] 심성의 품위와 정치의 품위는 본래 같은 위치에 있다. 이로써 심학 계통에서 나라를 다스리고 나라를 구하는 정서가 유난히 분명한 이유를 쉽게 이해할 수 있다. 마찬가지로 진정 최고층 정치 비전을 마련했던 학자들이(예를 들어 黃宗羲와 康有爲) 강한 심학 배경을 갖고 있었던 이유도 쉽게 이해할 수 있다.

심성이 없는 정치는 패정(霸政)이고 뿌리가 없는 정치이며, 정치가 없는 심성은 빈 마음이고 차가운 심성이다. 한마디로 정치가 심성이 없으면 눈이 멀게 되고 심성에 정치가 없으면 공허하게 된다.

....

81. 王心齋, 『與林子仁』, 『王心齋全集』, 第62頁. 왕심재(왕간)는 "눈앞에 일어나는 일이 학문이고 도"라고 말했다. 이런 주장은 모두 스승인 왕양명으로부터 유래한 것이다. 다음 왕양명의 『전습록(傳習錄)』의 두 이야기를 보면 그의 사학합일(仕學合一), 정학합일(政學合一)의 의미를 알 수 있다. 有一屬官, 因久聽講先生之學, 曰, "此學甚好.只是簿書訟獄繁難, 不得爲學." 先生聞之, 曰, "我何嘗教爾離了簿書訟獄, 懸空去講學? 爾旣有官司之事, 便從官司的事上爲學, 才是眞格物. 如問一詞訟, 不可因其應對無狀, 起個怒心. 不可因他言語圓轉, 生個喜心. 不可惡其囑託, 加意治之. 不可因其請求, 屈意從之. 不可因自己事務煩冗, 隨意苟且斷之. 不可因旁之譖毁羅織, 隨人意思處之. 這許多意思皆私. 只爾自知. 須精細省察克治. 惟恐此心有一毫偏倚, 枉人是非, 這便是格物致知. 簿書訟獄之間, 無非實學. 若離了事物爲學, 却是著空."(陳榮捷著: 『王陽明傳習錄詳注集評』 218:297, 臺灣學生書局, 2006, 修訂版, 「:」앞은 조목이고 뒤는 쪽수이다.) 또 다음을 참조. 郡守南大吉以座主稱門生. 然性豪曠, 不拘小節. 先生與論學有悟. 乃告先生曰, "大吉臨政多過. 先生何無一言?" 先生曰: "何過?" 先生歷數其事. 先生, "吾言之矣." 大吉曰, "何?" 曰, "吾不言, 何以知之?" 曰: "良知." 先生曰, "良知非我常言而何?" 大吉笑謝而去. 居數日,復自數過加密. 且曰, "與其過後悔改, 曷若預言不犯爲佳?" 先生曰: "人言不如自悔之眞." 大吉笑謝而去. 居數日, 複自數過益密. 且曰, "身過可勉(免). 心過奈何?" 先生曰, "昔鏡未開, 可得藏垢. 今鏡明矣. 一塵之落, 自難住脚. 此正入聖之機也. 勉之."(『王陽明傳習錄詳注集評』拾遺47:416).

참고 문헌

제1장

게오르크 빌헬름 프리드리히 헤겔, 『정신철학』, 박병기·박구용 옮김, 울산대학교출
　　판부, 2000.
──, 『종교철학』, 최신한 옮김, 지식산업사, 1999.
──, 『철학사 1』, 임석진 옮김, 지식산업사, 1996.
김종록·황태연, 『공자, 잠든 유럽을 깨우다: 유럽 근대의 뿌리가 된 공자와 동양사
　　상』, 김영사, 2015.
나종석, 「유럽중심주의의 귀환」, 『철학연구』 138, 2016.
──, 「칸트의 자율성 도덕론과 동아시아」, 『칸트연구』 37, 2016.
──, "Ambivalente Moderne: Wie Hegels Parteinahme für den Westen seine
　　Fehleinschätzung Ostasiens erklärt", in: *Allgemeine Zeitschrift für Philosophie*,
　　2015(40. 1).
──, 『헤겔 정치철학의 통찰과 맹목: 서구 근대성과 복수의 근대성 사이』, 에코리브
　　르, 2012.
비토리오 회슬레, 『독일철학사: 독일정신은 존재하는가』, 이신철 옮김, 에코리브르,
　　2015.
수전 벅모스, 『헤겔, 아이티, 보편사』, 김성호 옮김, 문학동네, 2012.
안드레 군더 프랑크, 『리오리엔트』, 이희재 옮김, 이산, 2003.
안토니오 네그리·마이클 하트, 『공통체』, 정남영·윤영광 옮김, 사월의 책, 2014.
에드워드 사이드, 『오리엔탈리즘』, 박홍규 옮김, 교보문고, 2015.
엔리케 두셀, 『1492년 타자의 은폐: '근대성의 신화'의 기원을 찾아서』, 박병규
　　옮김, 2011.
주겸지, 『중국이 만든 유럽의 근대: 근대 유럽의 중국문화 열풍』, 전홍석 옮김,
　　청계, 2010.
주디스 버틀러, 『지상에서 함께 산다는 것: 이스라엘 팔레스타인 분쟁, 유대성과
　　시온주의 비판』, 양효실 옮김, 시대의창, 2016.

크릴(H. G. Creel),『공자: 인간과 신화』, 이성규 옮김, 지식산업사, 1998.

테리 이글턴,『낯선 사람들과의 불화: 윤리학 연구』, 김준환 옮김, 길, 2018.

페리 앤더슨,『절대주의 국가의 계보』, 김현일, 옮김, 현실문화, 2014.

폴 리쾨르,『시간과 이야기 3: 이야기된 시간』, 김한식 옮김, 문학과지성사, 2004.

프란츠 파농,『대지의 저주받은 사람들』, 남경태 옮김, 그린비, 2007.

Avineri, S., *Hegel's Theory of the Modern State*, Cambridge: Cambridge University Press, 1972.

Hegel, G. W. F., *Die Vernunft in der Geschichte*, hg. von Johannes Hoffmeister, Hamburg 1994, 6. Auflage.

Hegel, G. W. F., *Vorlesungen über die Philosophie der Religion: Die vollendete Religion*, neu hg. von Walter Jaeschke, Hamburg 1995.

Hegel, G. W. F., *Vorlesungen über die Philosophie der Weltgeschichte: Zweite Hälfte*, Hamburg 1988.

Hegel, G. W. F., *Hegel Werke in zwanzig Bänden*, hg. v. E. Moldenhauer und K. M. Michel, Frankfurt 1969-1971, Band10/Band12.

Israel, J., *Democratic Enlightenment: Philosophy, revolution, and human rights 1750-1790*, New York: Oxford University Press, 2011.

Israel, J., *Enlightenment Contested: Philosophy, Modernity, and the Emancipation of Man 1670-1752*, Oxford: Oxford University Press, 2006.

Mungello, D., *The great encounter of China and the West, 1500-1800*, Lanham, MD: Rowman &Littlefield Publishers, 2009.

제2장

가라타니 고진,『세계사의 구조』, 조영일 옮김, 도서출판 b, 2012.

김상준, 「후기근대 2중운동과 한국사회」,『한국사회학』 51(1), 2017, 1-34.

──, 「'다른 근대'와 주희 주권론의 현재성」,『유교사상문화연구』 66, 2016, 247-283.

──, 「[회장취임 논문] 동아시아 근대의 고유한 위상과 특징: 21세기 동아시아 평화 체제의 가능성을 생각한다」,『사회와 이론』 26, 2015, 7-54.

──, 「후기근대의 위상학: 되감기와 상전이」,『2014 한국사회학회동계학술대회 발표논문』, 2014a.

──, 『진화하는 민주주의: 아시아. 라틴 아메리카. 이슬람 민주주의 현장 읽기』, 문학동네, 2014b.

──, 『유교의 정치적 무의식』, 글항아리, 2014c.

──, 『맹자의 땀 성왕의 피: 중층근대와 동아시아 유교문명』, 아카넷, 2011a.

──, 『미지의 민주주의: 신자유주의 이후의 사회를 구상하다(증보판)』, 아카넷, 2011b.

──, 「중층근대성: 대안적 근대성 이론의 개요」, 『한국사회학』 41(4), 2007, 242-279.

김용구, 『만국공법』, 소화, 2014.

다케우치 요시미, 「방법으로서의 아시아」, 『일본과 아시아』, 서광덕·백지운 옮김, 소명출판, 2004.

로버트 마르크스, 『어떻게 세계는 서양이 주도하게 되었는가』, 윤영호 옮김, 사이, 2014.

박훈, 『메이지 유신은 어떻게 가능했는가』, 민음사, 2014.

요나하 준, 『중국화하는 일본』, 최종길 옮김, 페이퍼로드, 2013.

원톄쥔, 『백년의 급진』, 김진공 옮김, 돌베개, 2013.

유용태·박진우·박태균, 『함께 읽는 동아시아 근현대사 1, 2』, 창비, 2010.

이헌창, 「총론」, 『조선후기 재정과 시장경제체제론의 접근』, 서울대학교 출판문화원, 2010.

제러미 리프킨, 『한계비용 제로사회』, 안진환 옮김, 민음사, 2014.

조지 케넌, 『조지 케넌의 미국외교 50년』, 유강은 옮김, 가람기획, 2012.

칼 슈미트, 『대지의 노모스 — 유럽공법의 국제법』, 최재훈 옮김, 민음사, 1995.

헨드릭 하멜, 『하멜표류기』, 김태진 옮김, 서해문집, 2014.

Arrighi, Giovanni., *Adam Smith in Beijing.* London: Verso, 2007.

Carr, E. H., *The Twenty Years' Crisis. 1919-1939: an Introduction to the Study of International Relations.* (revised edition). London: Macmillan, 1946.

Duara, Prasenjit., *The Crisis of Global Modernity: Asian Traditions and a Sustainable Future.* Cambridge: Cambridge University Press, 2015.

Frank, Andre Gunder., *ReOrient: Global Economy in the Asian Age.* Berkeley: University of California Press, 1998.

Hobsbawm, Eric., *The Age of Extremes A History of the World 1914-1991.* New York: Vintage Books, 1994.

Lieberman, Victor., *Strange Parallels: Southeast Asia in Global Context c. 800-1830.*

Cambridge: Cambridge University Press, 2003.

Mackinder, Harold., *Democratic Ideals and Reality: A Study in Politics of Reconstruction.* Washington D.C.: National Defence University, 1942[1919].

McNeill, William., *The Pursuit of Power: Technology. Armed Force. and Society since A.D. 1000.* Chicago: University of Chicago Press, 1982.

Mearsheimer, John., "China's Unpeaceful Rise." *Current History* 105(690), 2006. 160-162.
———, *The Tragedy of Great Power Politics.* New York: W.W. Norton, 2001.

Parker, Charles., *Global Interaction in the Early Modern Age. 1400-1800.* Cambridge: Cambridge University Press, 2010.

Parker, Geoffrey., *The Military Revolution. 1500−1800: Military Innovation and the Rise of the West.* Cambridge: Cambridge University Press, 1996.

Pomeranz, Kenneth., *The Great Divergence: China. Europe. and the Making of the Modern Political Economy.* Princeton and Oxford: Princeton University Press, 2000.

Roberts, Michael., *The Military Revolution. 1560−1660.* Belfast: The Queen's University of Belfast, 1956.

Schmitt, Carl., *Political Theology: Four Chapters on the Concept of Sovereignty.* Cambridge: The MIT Press, 1985.

Tambiah, Stanley., *World Conqueror and World Renouncer: A Study of Buddhism and Polity in Thailand against a Historical Background.* Cambridge: Cambridge University Press, 1976.

Tilly, Charles., *Coercion, Capital, and European States AD 990-1992.* New York: Blackwell Publishers, 1992.

Weststeijn, Thijs., "Spinoza sinicus: An Asian Paragraph in the History of the Radical Enlightenment." in *Journal of History of Ideas* 64(4), 2007. 537-561.

Wong, Bin., *China Transformed: Historical Change and the Limits of European Experience.* Ithaca: Cornell University Press, 1999.

제3장

나카마사 마사키, 『왜 지금 한나 아렌트를 읽어야 하는가』, 김경원 옮김, 갈라파고스, 2015.

다케우치 요시미, 「일본인의 중국관」, 『내재하는 아시아』, 윤여일 옮김, 휴머니스트,

2011.
「對話: 從民族到國家」 '刘擎의 발언', 『何謂現代, 誰之中國──現代中國的再闡釋』,
　　　許紀霖・刘擎 主編, 『知識分子論叢』 第12輯, 2014年.
모리스 마이스너, 『마오의 중국과 그 이후』 2, 김수영 옮김, 이산, 2004(2쇄, 2006).
孫文, 「民報發刊辭」, 『民報』 第1號.
王奇生, 『革命與反革命: 社會文化視野下的民國政治』, 香港中和出版, 2011.
王曉明・應紅, 「中國における現代化(近代化)想像」, 『思想』 2000年 8月.
조경란, 「현대 중국의 '유학부흥' 현상」, 『시대와철학』 2017년 여름호(6월).
(좌담회)社會經濟史視野下的中國革命, 『開放時代』 2015年 2月.
진춘밍・시위엔, 『문화대혁명사』, 이정남・하도형・주장환 옮김, 나무와 숲, 2000.
川崎修, 『アレント: 公共性の復權』, 講談社, 2005.
한나 아렌트, 「전통과 근대」, 『과거와 미래 사이』, 서유경 옮김, 푸른숲, 2009(2쇄).

제4장

溝口雄三, 『방법으로서의 중국』, 東京大學出版會, 1989.
溝口雄三, 『중국의 충격』, 東京大學出版會, 2004.
溝口雄三・池田知久・小島毅, 『중국사상사』, 東京大學出版會, 2007.
溝口雄三, 『중국사상의 엣센스 Ⅱ 東往西來』, 巖波書店, 2011.
津田左右吉, 『지나사상과 일본』, 巖波新書, 1991.
『律田左右吉 역사논집』, 巖波文庫, 2006.
增淵龍夫, 『역사가의 동시대사적 고찰에 대하여』, 巖波書店, 1983.
陳光興, 『脫 帝國──방법으로서의 아시아』, 丸川哲史 譯, 以文社, 2011.
子安宣邦, 『일본인은 중국을 어떻게 말했는가』, 靑土社, 2012.

제5장

『論語集註』, 성백효 옮김, 전통문화연구회, 1990.
『孟子集註』, 성백효 옮김, 전통문화연구회, 1991.
『禮記』 상, 이상옥 옮김, 명문당, 2003.
『예기』 중, 이상옥 옮김, 명문당, 2003.

강재언, 『선비의 나라 한국유학 2천년』, 하우봉 옮김, 한길사, 2003.

김대중, 「충효사상과 21세기 한국」, 『신동아』 1999년 5월호.

김덕영, 『환원근대』, 길, 2014.

김상준, 『맹자의 땀 성왕의 피』, 아카넷, 2011.

김흥규, 『근대의 특권화를 넘어서: 식민지 근대성론과 내재적 발전론에 대한 이중비판』, 창비, 2013.

나종석, 『대동민주 유학과 21세기 실학: 한국 민주주의론의 재정립』, 도서출판 b, 2017.

────, 「인권에 대한 유교적 정당화의 가능성에 대한 연구」, 나종석·박영도·조경란 엮음, 『유학이 오늘의 문제에 답을 줄 수 있는가』, 혜안, 2014.

────, 「한국 민주주의와 유교문화: 한국민주주의론을 위한 예비적 고찰」, 나종석·박영도·조경란 엮음, 『유학이 오늘의 문제에 답을 줄 수 있는가』, 혜안, 2014.

────, 「자유주의적 공사이원론의 위기와 유교적 대안」, 나종석·박영도·조경란 엮음, 『유학이 오늘의 문제에 답을 줄 수 있는가』, 혜안, 2014.

────, 「성리학적 공공성의 민주적 재구성 가능성」, 나종석·박영도·조경란 엮음, 『유교적 공공성과 타자』, 혜안, 2014.

노관범, 『고전통변』, 김영사, 2014.

박노자, 『우승열패의 신화: 사회진화론과 한국민족주의 담론의 역사』, 한겨레신문사, 2005.

박진우, 「일본 내셔널리즘과 천황제」, 박진우 편저, 『21세기 천황제와 일본: 일본 지식인과의 대담』, 논형, 2006.

박훈, 『메이지 유신은 어떻게 가능했는가』, 민음사, 2014.

마루야마 마사오, 『일본정치사상사연구』, 김석근 옮김, 통나무, 1998.

미야자키 이치사다, 『중국의 시험지옥: 과거(科擧)』, 박근철·이근명 옮김, 청년사, 1993.

미야지마 히로시, 『나의 한국사 공부』, 너머북스, 2013.

────, 『일본의 역사관을 비판한다』, 창비, 2013.

미조구치 유조, 『중국의 충격』, 서광덕 외 옮김, 소명출판, 2009.

────, 『중국의 공과 사』, 정태섭 외 옮김, 신서원, 2004.

미조구치 유조 외 지음, 『중국의 예치시스템』, 동국대동양사연구실 옮김, 청계, 2001.

배항섭, 「서구중심주의와 근대중심주의, 역사인식의 천망(天網)인가」, 『개념과 소통』 14, 2014.

서희경, 『대한민국 헌법의 탄생』, 창비, 2012.

송호근, 『인민의 탄생』, 민음사, 2011.

시마다 겐지, 『주자학과 양명학』, 김석근·이근우 옮김, 까치, 2001.

왕후이, 『아시아는 세계다』, 송인재 옮김, 글항아리, 2011.

우에노 치즈코, 『근대가족의 성립과 종언』, 이미지문화연구소 옮김, 당대, 2009.

윤사순, 『한국유학사』 하, 지식산업사, 2012.

이남희, 『민중 만들기: 한국 민주화 운동과 재현의 정치학』, 유리·이경희 옮김,
    후마니타스, 2015.

장경섭, 『가족 생애 정치경제: 압축적 근대성의 미시적 기초』, 창비, 2009.

장은주, 「메리토크라시와 민주주의: 유교적 근대성의 맥락에서」, 『철학연구』 119,
    철학연구회, 2017.

──, 『유교적 근대성의 미래: 한국 근대성의 정당성 위기와 인간적 이상으로서의
    민주주의』, 한국학술정보, 2014.

──, 『인권의 철학』, 새물결, 2010.

정욱재, 「조선유도연합회의 결성과 '황도유학'」, 『한국독립운동사연구』 33, 2009.

조경달, 『근대조선과 일본』, 최덕수 옮김, 열린책들, 2015.

하라 다케시(原武史), 『직소와 왕권: 한국과 일본의 민본주의 사상사 비교』, 김익한·
    김민철 옮김, 지식산업사, 2000.

한영우, 『다시 찾는 우리 역사』, 경세원, 2009.

황준걸, 『일본 논어 해석학』, 이영호 옮김, 성균관대학교출판부, 2011.

황준걸, 『동아시아 유교경전 해석학』, 최영진·안유경 옮김, 문사철, 2009.

벤자민 슈워츠, 『중국 고대 사상의 세계』, 나성 옮김, 살림, 2004.

한스 로버트 야우스, 『도전으로서의 문학사』, 장영태 옮김, 문학과지성사, 1998.

알렉산더 우드사이드, 『잃어버린 근대성들』, 민병희 옮김, 너머북스, 2012.

이매뉴얼 월러스틴, 『자유주의 이후』, 강문구 옮김, 당대, 2000.

낸시 프레이저, 「진보 신자유주의 대 반동 포퓰리즘: 홉슨의 선택」, 지그문트 바우만
    외 지음, 『거대한 후퇴』, 박지영 외 옮김, 살림, 2017.

제6장

『艮齋先生文集』(田愚, 『艮齋集』, 韓國文集叢刊332-336, 民族文化推進會, 2004).

『老洲集』(吳熙常, 『老洲集』, 韓國文集叢刊280, 民族文化推進會, 2001).

『梅山先生文集』(洪直弼, 『梅山集』, 韓國文集叢刊295-296, 民族文化推進會, 2002).

『明美堂集』(李建昌,『明美堂集』, 韓國文集叢刊349, 民族文化推進會, 2005).

『明儒學案』(黃宗羲, 沈芝盈 點校,『(修訂本)明儒學案』, 北京: 中華書局, 2008).

『碩齋稿』(尹行恁,『碩齋稿』, 韓國文集叢刊287-288, 民族文化推進會, 2002).

『肅齋集』(趙秉悳,『肅齋集』, 韓國文集叢刊311, 民族文化推進會, 2003).

『巖棲先生文集』(曺兢燮,『巖棲集』, 韓國文集叢刊350, 民族文化推進會, 2005).

『陽明學演論』(鄭寅普, 詹園 鄭寅普全集2, 연세대학교 출판부, 1983).

『研經齋全集』(成海應,『研經齋全集』, 韓國文集叢刊273-279, 民族文化推進會, 2001).

『五洲衍文長箋散稿』(李圭景,『五洲衍文長箋散稿』上・下, 古典刊行會, 1958).

『王陽明先生實記』(朴殷植, 최재목・김용구 역주,『한글주해 왕양명선생실기』, 선인, 2011).

『林下筆記』(李裕元. 미국 버클리대학교 동아시아도서관 소장본_청구기호 36.6. 고려대학교 해외한국학자료센터 http://kostma.korea.ac.kr 제공).

『傳習錄』(王陽明, 정인재・한정길 역주,『傳習錄』, 청계, 2007).

『靑莊館全書』(李德懋,『靑莊館全書』, 韓國文集叢刊257-258, 民族文化推進會, 2000).

『退溪先生文集』(李滉,『退溪集』, 韓國文集叢刊29-31, 民族文化推進會, 1989).

한국고전번역원 한국고전종합DB(http://db.itkc.or.kr).

강명관,『조선시대 책과 지식의 역사』, 천년의 상상, 2014.

강화 양명학 연구팀,『강화 양명학 연구총서』1-3, 한국학술정보, 2008.

구스모토 마사쓰구, 김병화・이혜경 옮김,『송명유학사상사』, 예문서원, 2005.

권진옥,「橘山 李裕元의 學問 性向과 類書・筆記 編纂에 관한 硏究」, 고려대학교 박사학위논문, 2015.

김건우,「한말 유학자의 위기의식과 근대문명 담론 비판」,『유교사상문화연구』61, 한국유교학회, 2015.

김도형,『근대 한국의 문명전환과 개혁론』, 지식산업사, 2014.

김세정,「간재 전우의 육왕심학 비판」,『율곡사상연구』27, (사)율곡연구원, 2013.

김윤경,「국내 한국 양명학 연구 경향에 대한 반성적 고찰」,『陽明學』35, 한국양명학회, 2013.

김인규,「橘山 李裕元의『林下筆記』硏究」, 성균관대학교 박사학위논문, 2016.

김진균,「정인보 조선학의 한학적 기반」,『한국실학연구』25, 한국실학학회, 2013.

김현우,「박은식의 양계초 수용에 관한 연구」,『개념과 소통』11, 한림과학원, 2013.

──,「박은식의 기독교 수용과 양지론」,『陽明學』42, 한국양명학회, 2015.

──,「박은식의 동학 인식」,『儒學研究』36, 충남대학교 유학연구소, 2016.

노관범,「韓國陽明學史 研究의 反省的 考察」,『韓國思想과 文化』11, 한국사상문화학

회, 2001.

모종삼, 김기주 옮김, 『심체와 성체』 1, 소명출판, 2012.

박길수, 「명초 정주학파(程朱學派)의 심학화 경향과 사상적 의의」, 『東洋哲學』 39, 韓國東洋哲學會, 2013.

박정심, 「朴殷植의 思想的 轉換에 대한 考察」, 『韓國思想史學』 12, 한국사상사학회, 1999.

박정심, 「근대공간에서 양명학의 역할」, 『한국철학논집』 13, 한국철학사연구회, 2003.

박학래, 「간재학파의 학통과 사상적 특징」, 『유교사상연구』 28, 한국유교학회, 2007.

山井湧, 김석기·배경석 공역, 『明淸思想史의 研究』, 학고방, 1994.

손혜리, 「18세기 후반-19세기 전반 조선 지식인들의 明 遺民에 대한 기록과 편찬의식
──李德懋의 『磊磊落落書』와 成海應의 『皇明遺民傳』을 중심으로」, 『한국실학연구』 28, 한국실학학회, 2014.

송석준, 『조선시대의 양명학』, 보고사, 2015.

신용하, 「朴殷植의 儒敎求新論·陽明學論·大同思想」, 『歷史學報』 73, 歷史學會, 1977.

신현승, 「정인보(鄭寅普)의 눈에 비친 중국(中國) 명말청초기(明末淸初期)의 지식인(知識人)」, 『동서철학연구』 48, 한국동서철학회, 2008.

沈芝盈, 「再版前言」, 『(修訂本)明儒學案』, 北京: 中華書局, 2008.

楊祖漢, 황갑연 번역, 「陽明 心學에 대한 艮齋의 解釋──「陽明心理說辨」을 중심으로」, 『간재학논총』 17, 간재학회, 2014.

오용섭, 「『청장관전서』定稿本의 서지적 연구」, 『서지학연구』 39, 서지학회, 2008.

우경섭, 「조선후기 귀화 한인(漢人)과 황조유민(皇朝遺民) 의식」, 『한국학연구』 27, 인하대학교 한국학연구소, 2012.

우정임, 「조선전기 性理書의 간행과 유통에 관한 연구」, 부산대학교 박사학위논문, 2009.

윤덕영, 「위당 정인보의 조선학 인식과 지향」, 『韓國思想史學』 50, 한국사상사학회, 2015.

윤상수, 「『明儒學案』의 陽明學觀 재고」, 『東洋哲學』 37, 韓國東洋哲學會, 2012.

이상호, 「정인보 實心論의 양명좌파적 특징」, 『陽明學』 15, 한국양명학회, 2005.

임형석, 「淸代 朱子學에 대한 唐鑒의 인식」, 『哲學論叢』 36, 새한철학회, 2004.

錢穆, 『陽明學述要』, 北京: 九州出版社, 2010.

전목, 이윤화 옮김, 『사학명저강의』, 신서원, 2006.

정덕기, 「위당(爲堂) 정인보(鄭寅普)의 실학(實學)인식과 학문주체론──「양명학연

론(陽明學演論)」을 중심으로」, 『동방학지』 167, 연세대학교 국학연구원,
  2014.

정재상, 「조선시대의 순자 이해와 수용」, 『동방학지』 171, 연세대학교 국학연구원,
  2015.

中純夫, 『朝鮮の陽明學: 初期江華學派の硏究』, 東京: 汲古書院, 2013.

陳來, 전병욱 옮김, 『양명철학』, 예문서원, 2003.

陳祖武, 『中國學案史』, 臺北: 文津出版社, 1994.

천병돈, 「강화학파의 형성과 사상적 계보」, 『인천학연구』 7, 인천대학교 인천학연구
  원, 2007.

최재목, 「明代 理學의 心學的 轉換: 陳白沙·湛甘泉의 心學」, 『孔子學』 2, 한국공자학
  회, 1996.

──, 「江華 陽明學派 연구의 방향과 과제」, 『陽明學』 12, 한국양명학회, 2004.

──, 「박은식의 양명학과 근대 일본 양명학과의 관련성」, 『일본문화연구』 16,
  동아시아일본학회, 2005.

──, 「崔南善 『少年』誌에 나타난 陽明學 및 近代日本陽明學」, 『일본어문학』
  33, 일본어문학회, 2006.

──, 「鄭寅普 『陽明學演論』에 나타난 王龍溪 이해」, 『陽明學』 16, 한국양명학회,
  2006.

──, 「鄭寅普의 陽明學 이해: 『陽明學演論』에 나타난 黃宗羲 및 『明儒學案』이해
  를 중심으로」, 『陽明學』 17, 한국양명학회, 2006.

최재목 지음, 이우진 옮김, 『동아시아 양명학의 전개』, 정병규에디션, 2016.

한국철학사연구회, 『한국실학사상사』, 심산출판사, 2008.

한정길, 「정인보(鄭寅普)의 양명학관(陽明學觀)에 대한 연구」, 『동방학지』 141, 연세
  대학교 국학연구원, 2008.

──, 「조선조 관료 지식인의 양명학관 연구(2)」, 『陽明學』 43, 한국양명학회,
  2016.

제7장

『大韓每日申報』 <대한매일신보> 『共立新報』
한국고전종합DB(http://db.itkc.or.kr/)
한국역사통합정보시스템(http://www.koreanhistory.or.kr/)
독립기념관 한국독립운동정보시스템(http://search.i815.or.kr/main.do)

동학농민혁명 종합지식정보시스템(http://www.e-donghak.or.kr/khLink.jsp?id=prd_0110r)

國史編纂委員會 編, 『韓國獨立運動史』 3, 正音社, 1968.
安昌浩, 「演說」, 『西友』 7, 1907.
三均學會 編, 『素昂先生文集』 上, 三均學會, 1979.
「大同團結 宣言」(『韓國學論叢』 9, 1987 수록).

김기승, 「白巖 朴殷植의 思想的 變遷過程: 大同思想을 중심으로」, 『歷史學報』 114.
──, 「한계 이승희의 독립운동과 대동사회 건설 구상── 유교적 반전평화론에
        기초한 독립운동 사례」, 『한국민족운동사연구』 50, 2007.
──, 「조소앙과 대한민국 정부수립」, 『동양정치사상사』 8-1, 2009.
──, 「박은식의 민족과 세계 인식: 경쟁과 공생의 이중주」, 『韓國史學報』 39,
        2010.
박걸순, 「朴殷植의 歷史認識과 大東史觀」, 『국학연구』 11, 2006.
박광용, 「조선의 18세기」, 『歷史學報』 213, 2012.
박찬승, 「한국의 근대국가 건설운동과 공화제」, 『歷史學報』 200, 2008.
──, 「대한제국기 활빈당의 활동과 지도부」, 『근대이행기 민중운동의 사회사』,
        경인문화사, 2008.
박현모, 「일제시대 공화주의와 복벽주의의 대립」, 『정신문화연구』 30-1, 2007.
서희경, 「대한민국 건국헌법의 역사적 기원 (1898-1919)」, 『한국정치학회보』 4-5,
        2006.
서희경·박명림, 「민주공화주의와 대한민국 헌법 이념의 형성」, 『정신문화연구』
        30-1, 2007.
辛珠柏, 「民族運動勢力の共和主義·共存意識の變化に關する試論」, 『世界の日本
        研究』 4, 國際日本文化研究センタ-, 2003.
윤원, 「한말 일제 초기 政體論의 논의과정과 民主共和制의 수용」, 『中國近現代史研
        究』 12, 2001.
안병욱, 「조선 후기 대동론의 수용과 형성」, 『역사와 현실』 47, 2003.
이연도, 「大同과 유토피아: 강유위 사상의 특색」, 『한국철학논집』 18, 2006.
이영록, 「한국에서의 '민주공화국'의 개념사」, 『법사학연구』 42, 2010.
정상호, 「한국에서 공화(共和) 개념의 발전과정 연구」, 『현대정치연구』 6-2, 2013.
조동걸, 「臨時政府樹立을 위한 1917년의 大同團結宣言」, 『韓國學論叢』 9, 1987.
曺秉漢, 「梁啓超의 국민국가론과 民權·民族 관념」, 『서강인문논총』 22, 2007.

김기승, 『조소앙이 꿈꾼 세계』, 지영사, 2003.

김육훈, 『민주공화국 대한민국의 탄생』, 휴머니스트, 2012.

나종석, 『대동민주 유학과 21세기 실학』, 도서출판 b, 2017.

조경달 지음, 박맹수 옮김, 『이단의 민중반란』, 역사비평사, 2008.

조경달 지음, 허영란 옮김, 『민중과 유토피아』, 역사비평사, 2009.

박찬승, 『대한민국은 민주공화국이다』, 돌베개, 2013.

신우철, 『비교헌법사』, 법문사, 2008.

신주백, 『청렴결백한 대한민국 임시정부의 지킴이 이시영』, 독립기념관, 2015.

俞吉濬, 『西遊見聞』, 交詢社, 1895.

제8장

『대한장강회월보』, 『서북학회월보』, 『서우』 (한국역사정보통합시스템-연속간행
　　물 http://www.koreanhistory.or.kr)

백암박은식선생전집편찬위원회, 『白巖朴殷植全集』 Ⅲ/Ⅳ, 동방미디어, 2002.

『時務報』, 『新民叢報』.

『飮氷室專集』, 北京: 中華書局, 1989.

김순석, 「박은식의 대동교 설립운동」, 『국학연구』 제4집, 2004.

김현우, 「『학규신론』에 나타난 박은식의 경학관 연구──『논어』 인용 지문들의
　　해석을 중심으로」, 『民族文化』 제43집, 2014

노관범, 「1875-1904년 朴殷植의 朱子學 이해와 敎育自强論」, 『韓國史論』 43, 2000.

박정심, 「白巖 朴殷植의 哲學思想에 관한 硏究──社會進化論의 受容과 陽明學的
　　對應을 中心으로」, 성균관대학교 대학원 박사학위청구논문, 2000.

愼鏞廈, 『朴殷植의 社會思想硏究』, 서울대학교출판부, 1982.

스테판 다나카 지음, 박영재·함동주 옮김, 『일본 동양학의 구조』, 문학과지성사,
　　2004.

우림걸, 『한국개화기문학과 양계초』, 박이정, 2002.

이혜경, 『천하관과 근대화론──양계초를 중심으로』, 문학과 지성사, 2002; 「청인(淸
　　人)이 만나 두 '보편' 문명──중화와 시빌라이제이션」, 『철학사상』 32호,
　　2009. 5; 「공화주의의 시민적 덕의 관점에서 본양계초(梁啓超)의 '공덕'(公
　　德)」, 『철학사상』 46호, 2012. 11.; 「박은식의 양명학 해석──다카세 다케지
　　로와의 차이를 중심으로」, 『철학사상』 55호, 2015.

조종환, 「박은식의 애국계몽적 국권회복사상 연구」, 경희대학교 박사학위청구논문, 1992.

福沢諭吉, 『文明論之概略』, 岩波書店, 1995.

제9장

陳明, 『習大大尊儒, 儒門應如何應對?』 http://www.21ccom.net/articles/thought/bianyan/ 20141223117948_4.html

『習近平在第十二屆全國人民代表大會第一次會議上的講話, 2013年 3月 5日』 http://www.ccdi.gov.cn/yw/201507/t20150730_59969.html

干春松, 『保教立國: 康有爲的現代方略』, 北京三聯書店, 2015年.

盛洪, 『爲萬世開太平: 一個經濟學家對文明問題的思考』, 北京大學出版社, 1999年.

干春松, 『重回王道: 儒家與世界秩序』, 華東師範大學出版社, 2013年. https://www.douban.com/group/topic/80310444/

葛兆光, 「對"天下"的想像」, 『思想』 29期, 台北聯經出版社事業公司, 2015年.

제10장

리영희 편저, 『8억인과의 대화』, 창작과 비평사, 1977.

문성원, 「로컬리티와 타자」, 『해체와 윤리』, 그린비, 2012.

민두기, 「중공에 있어서의 공자비판과 진시황의 재평가」, 『중국근대사론』, 지식산업 사, 1976.

백승욱, 「보수주의화하는 중국 사상계에 대한 역사적 분석」, 조경란, 『국가, 유학, 지식인: 현대 중국의 보수주의와 민족주의』(책세상, 2016)에 대한 서평, 『중국근현대사연구』 74집, 2017. 6.

유재건, 「서구중심주의와 근대성」, 『한국민족문화』 32, 2003.

전인갑, 『현대중국의 제국몽』, 학고방, 2016.

조경란, 「중국은 '제국의 원리'를 제공할 수 있는가 ── 가라타니 고진의 『제국의 구조』에 대한 비판적 분석」, 『역사비평』, 2016년 8월.

────, 『국가, 유학, 지식인』, 책세상, 2016.

조영남, 『용과 춤을 추자』, 민음사, 2012.

피터 J. 파머, 김찬호 옮김, 『비통한 자들을 위한 정치학: 왜 민주주의에서 마음이 중요한가』, 글항아리, 2014.

王蒙, 遠方, 「雙百方針與文化生態」, 『炎皇春秋』 2106年 4月, 總第二八九期.

朱正, 「要百家爭鳴, 不要兩家兩可爭鳴」, 『炎皇春秋』 2106年 4月, 總第二八九期

李向平·郭珵, 「面目模糊的 '中國人' ── 當代中國的文化信仰與國家認同」, 『文化縱
　　　橫』 2016. 6.

秋風, 「文化强國, 除了復興儒家別無他路」, 2012년 11월 16일 湖南大學 講演.

干春松, 「儒家視野中的"國家"以及"新康有為主義"的思潮」, 연세대학교 국학연구원
　　　발표문, 2016년 5월.

陳明, 「習近平的 '中國夢' 論述與中共意識形態的話語調整」, 『시진핑 지도체제하의
　　　중국의 정치적 도전과 정치변화 전망』, 고려대학교 아세아문제연구소 HK사
　　　업단 2015년 국제회의.

座談, 「儒學與社會主義」, 『開放時代』 2016년 제1기.

刘擎, "学术" 与 "思想" 的分裂」, 『二十一世紀』 2005年 4月號, 總第八十八期.

蔣慶, 『政治儒學』, 生活·讀書·新知 三聯書店, 2003.

刘擎, 「'另類道路' 的誘惑」, 『中國有多特殊』, 中信出版社, 2013.

刘擎, 「自由主义及其不滿」, 『中國有多特殊』, 中信出版社, 2013.

甘陽, 陳來 主編, 『孔子與當代中國』, 生活·讀書·新知 三聯書店, 2008.

甘陽, 「八十年代文化討論的幾個問題」, 『八十年代文化意識』, 世紀出版集團 上海人
　　　民出版社, 2006.

殷之光, 「"大一统" 格局与中国两种延续性背后的普遍主义 ── 评 『儒法国家: 中国历
　　　史的新理论』」, 『開放时代』 2016년 제5기.

酈菁, 「历史比较视野中的国家建构 ── 找回结构, 多元性并兼评 『儒法国家: 中国历史
　　　的新理论』」, 『開放时代』 2016年 第5期.

幹春松, 「知識, 制度和儒家在現代社會中的生命力: 幹春松, 陳壁生對話錄」, 『制度儒
　　　學』, 上海人民出版社, 2006.

中島隆博, 「儒教と民主主義」, 『中國: 社會と文化』(第二十九號, 2014年 7月).

中島隆博, 「儒教, 近代, 市民的スピリチュアリティ」, 『現代思想』(2014년 3월호).

陳少明, 「'問題' としての中國知識分子」, 『中國 ── 社會と文化』 第二十九號, 2014.
　　　7. 31.

張志強, 「傳統と現代中國 ── 最近10年來の中國國內における傳統復興現象の社會
　　　文化的文脈に關する分析(1)」, 『現代思想』 2014년 3월.

子安宣邦, 『帝國か民主か: 中國と東アジア問題』, 社會評論社, 2015.

王柯,「帝國と民族——中國における支配正當性の視線」,『帝國の研究』, 名古屋大學
　　出版會, 2003.

Daniel A. Bell., *China's New Confucianism: Politics and Everyday Life in a Changing
　　Society*, Princeton University Press, Princeton and Oxford, 2008.

Daniel A. Bell., *The China Model: Political Meritocracy and the Limits of Democracy,*
　　Princeton University Press, 2015.

Dingxin Zhao., *The Confucian-Legalist State: A New Theory of Chinese History*, New
　　York: Oxford University Press, 2015.

제11장

陈立柱,「西方中心主义的初步反省」,『史学理论研究』 2005年 第2期.

胡传胜,「李约瑟难题与东方主义」,『学海』, 1999年 第5期.

邓正来,「关于中国社会科学自主性的思考」,『中国社会科学季刊』, 겨울호, 1996.

邓正来,「高等研究与中国社会科学的发展——邓正来教授在复旦大学的讲演」,『文
　　汇报』, 2008年 12月 27日.

甘阳,「第二次思想解放是摆脱对美国模式的迷信」,『21世纪经济报道』. 2008年 12月
　　27日.

秦晖.「谁, 面向哪个东方?:『重新面向东方』兼论所谓'西方中心论'问题」,『开放时
　　代』, 2001年 第8期.

崔之元, 「在第三世界超越西方中心论与文化相对论」,『第二次思想解放与制度创
　　新』, 香港牛津大学出版社, 1997.

汪晖,「中国崛起的经验及其面临的挑战」,『文化纵横』, 2010年. 第2期.

甘阳,「中国道路还是中国模式」,『文化纵横』, 2011年. 第10期.

陈赟,「天下思想与现代性的中国之路」,『思想与文化』第八辑. 上海: 华东师范大学出
　　版社, 2008.

陈赟.「在'文明论'视野中的中国道路尽头, 矗立的只能是儒家文明」,『澎湃』, http://www.
　　thepaper.cn/newsDetail_forward_1371255.

费孝通,『论人类学与文化自觉』, 华夏出版社, 2004.

刘擎,「重建全球想象: 从'天下'理想走向新世界主义」,『学术月刊』, 2015年 第8期.

Arendt, Hannah., *The Human Condition.* Chicago: University of Chicago Press, 1958.

Delanty, Gerard., "Cultural Diversity, Democracy and the Prospects of Cosmopolitanism: A Theory of Cultural Encounters." *The British Journal of Sociology.* Volume 62 Issue 4, 2011.

Jenco, K., *Changing Referents: Learning Across Space and Time in China and the West.* Oxford University Press, 2015.

제12장

마루야마 마사오(丸山眞男), 「일본의 내셔널리즘」, 백낙청 엮음, 『민족주의란 무엇인가』, 창작과비평사, 1981.

마루카와 테츠지(丸川哲史), 「1960년 안보투쟁과 다케우치 요시미: 기시노부스케와의 만남」, 『아세아연구』 52권 2호, 2009. 6.

문성원, 「주변의 의미와 잠재성」, 『해체와 윤리』, 그린비, 2012.

쑨거, 「다문화 공생과 '문화정치'」, 『미디어』, 아시아의 신세기6, 한울, 2007.

스즈키 마사히사, 「다케우치 요시미의 중국관」, 『아세아연구』 제52권 2호, 2009.

야마무로 신이치, 「공간 아시아를 둘러싼 인식의 확장과 변용」, 『공간』, 아시아의 신세기1, 한울, 2007.

윤여일, 「내재하는 중국──다케우치 요시미에게 중국연구란 무엇이었나」, 『역사비평』 통권87호, 2009. 5.

이정훈, 「비판적 지식담론의 자기비판과 동아시아론──쑨거의 다케우치 요시미론에 관한 일고찰」, 『중국현대문학』 41호, 2007. 6.

다케우치 요시미, 『다케우치 요시미 선집』 1, 2, 윤여일 옮김, 휴머니스트, 2011.

──, 『일본과 아시아』, 서광덕·백지운 옮김, 소명출판, 2004.

마루야마 마사오, 「사상사를 생각하는 방법에 대하여」, 『忠誠과 反逆──전환기 일본의 정신사적 위상』, 김석근 옮김, 나남출판, 1998.

쑨거, 『다케우치 요시미라는 물음』, 윤여일 옮김, 그린비, 2007.

에드워드 사이드, 『오리엔탈리즘』, 박홍규 옮김, 교보문고, 1992.

이에나가 사부로(家永三郎), 『近代日本思想史』, 연구공간 '수유+너머' 일본근대사상팀 옮김, 소명출판, 2006.

조경란, 『현대중국 지식인지도』, 글항아리, 2013.

한상일, 『지식인의 오만과 편견──『世界』와 한반도』, 기파랑, 2008.

加加美光行,「文化大革命與現代日本」,『文化大革命: 史實與歷史』, 中文大學出版社, 1996.

鈴木將久,「竹內好的中國觀」,『二十一世紀』 제83기, 2004년 6월호.

賀照田,「拒絕成爲自己 也拒絕成爲他人」,『當代中國的知識感覺與觀念感覺』, 廣西師範大學出版社, 2006.

「野原四郎さんの學問と姿勢: 中研30年の總結に卽して」,『アジア經濟旬報』 제1186, 1981년 5월 1일.

小島晋治・新島淳良・吉田富夫・石田米予,「座談會/いま, 中國研究をふりかえって」,『中國研究月報』 제421호, 1983년 3월 25일.

「特集 1 "地域研究"の最前線 ── 知の創成」, 月刊『學術の動向』 日本學術會議SJC.

「ハーヴァード大學における中國研究」, 日本外政學會『季刊外政』 제4호, 1957년 4월.

「コロンビア大學の中國研究」, 同『季刊外政』 제6호, 1957년 7월.

「現代 "地域研究"論」 アジア經濟研究所, 所內資料調査研究部, 1996년 3월.

「アメリカの中國研究」岩波講座, 現代中國 別권2『現代中國研究案內』, 岩波書店, 1990년 8월.

孫歌,「竹內好における歷史哲學」, 鶴見俊輔/加加美光行 편,『無根のナショナリズムを超えて ── 竹內好を再考する』, 日本評論社, 2007.

菅孝行,「抵抗のアジアは可能か」, 鶴見俊輔/加加美光行 편,『無根のナショナリズムを超えて ── 竹內好を再考する』, 日本評論社, 2007.

加加美光行, 「現代中國學の新たなパラダイム ── コ・ビヘイビオリズムの提唱」, 加加美光行 編,『中國の新たな發見』, 日本評論社, 2008.

丸川哲史・孫歌,「東アジアが歷史を共有するのが可能するか」, 高橋哲哉 編,『歷史認識』論爭, 作品社, 2002.

加藤節,「戰後五十年と知識人 ── 何を繼承し, 何を問うべきか」『政治と知識人』, 岩波書店, 1999.

岩崎稔외 편저,『前後日本スタディーズ①──40・50年代』, 紀伊國屋書店, 2009.

竹內好, 新編『現代中國論』, 筑摩書房, 1969(3쇄).

제13장

『서경(書經)』, 신동준 역주, 인간사랑, 2016.

『시경(詩經)』, 정상홍 옮김, 을유문화사, 2014.

『예기(禮記)』 상, 이상옥 옮김, 명문당, 2003.

가쓰라지마 노부히로(桂島宣弘), 『동아시아 자타인식의 사상사』, 김정근 외 옮김, 논형, 2009.

강진아, 『문명제국에서 국민국가로』, 창비, 2009.

김항, 『제국 일본의 사상: 포스트 제국과 동아시아론의 새로운 지평을 위하여』, 창비, 2015.

나종석, 『대동민주 유학과 21세기 실학: 한국 민주주의론 재정립』, 도서출판 b, 2017.

다카하시 데쓰야, 「해설: 『국체의 본의』란 무엇인가」, 히토쓰바시대학 한국학연구센터 기획, 『일본 신민족주의 전환기에 『국체의 본의』를 읽다』, 형진의 · 임경화 옮김, 어문학사, 2017.

다케우치 요시미, 마루카와 데쓰시 · 스즈키 마사히사 엮음, 『내재하는 아시아: 다케우치 요시미 선집 2』, 윤여일 옮김, 휴머니스트, 2011.

마루야마 마사오, 『『문명론의 개략』을 읽는다』, 김석근 옮김, 문학동네, 2007.

──── , 『충성과 반역: 전환기 일본의 정신사적 위상』, 박충석 · 김석근 옮김, 나남출판, 1998.

──── , 『현대정치의 사상과 행동』, 김석근 옮김, 한길사, 1997.

──── , 『일본정치사상사연구』, 김석근 옮김, 통나무, 1995.

마에다 쓰토무, 『일본사상으로 본 일본의 본질: 병학 · 주자학 · 난학 · 국학』, 이용수 옮김, 논형, 2014.

미야자키 이치사다, 『자유인 사마천과 사기의 세계』, 이경덕 옮김, 다른세상, 2004.

미야지마 히로시, 『일본의 역사관을 비판한다』, 창비, 2013.

미조구치 유조, 『개념과 시대로 읽는 중국사상 명강의』, 최진석 옮김, 소나무, 2004.

박진우 편저, 『21세기 천황제와 일본: 일본 지식인과의 대담』, 논형, 2006.

박홍규, 「'일본주의' 탄생 조건과 과정」, 고희탁 외, 『국학과 일본주의: 일본 보수주의의 원류』, 동북아역사재단, 2011.

박훈, 『메이지 유신은 어떻게 가능했는가』, 민음사, 2014.

서경식, 「추천의 말: 국체, 외면하고 싶어지는 말」, 히토쓰바시대학 한국학연구센터 기획, 『일본 신민족주의 전환기에 『국체의 본의』를 읽다』, 형진의 · 임경화 옮김, 어문학사, 2017.

안병주, 「민본유교의 철학적 지향과 그 현실적 한계」, 『정신문화연구』 13(4), 1990.

야스마루 요시오, 『근대 천황상의 형성』, 박진우 옮김, 논형, 2008.

오규 소라이, 『논어징』 2, 이기동 외 옮김, 소명출판, 2010.

와타나베 히로시, 『일본정치사상사: 17〜19세기』, 김선희 · 박홍규 옮김, 고려대학교 출판문화원, 2017.

와나타베 히로시, 『주자학과 근세일본사회』, 박홍규 옮김, 예문서원, 2004.

윤건차, 『자이니치의 정신사: 남·북·일 세 개의 국가 사이에서』, 박진우 외 옮김, 한겨레출판, 2016.

이규배, 「에도시대 국학의 일본주의에 대한 일고」, 고희탁 외, 『국학과 일본주의: 일본 보수주의의 원류』, 동북아역사재단, 2011.

이원범, 「역자의 말」, 야스마루 요시오, 『천황제 국가의 성립과 종교변혁』, 이원범 옮김, 소화, 2002.

이토 진사이, 『어맹자의(語孟字義)』, 최경열 옮김, 그린비, 2017.

──, 『맹자고의』, 최경열 옮김, 그린비, 2016.

──, 『논어고의』 상, 장원철 옮김, 소명출판, 2013.

정욱재, 「조선유도연합회의 결성과 '황도유학'」, 『한국독립운동사연구』, 제33호, 2009.

조경달, 「국가(도의관)를 둘러싼 근대 한일 사상 비교: 이기와 나카에 조민」, 미야지마 히로시·배항섭 엮음, 『동아시아에서 세계를 보면?: 역사의 길목에 선 동아시아 지식인들』, 너머북스, 2017.

조경란, 「냉전시기(1950-60년대) 일본 지식인의 중국 인식」, 『사회와철학』 28, 2014.

조남호, 「역주자 해설」, 다카하시 도루, 『조선의 유학』, 조남호 옮김, 소나무, 1999.

주희, 『대학혹문』, 『대학』, 최석기 옮김, 한길사, 2014.

──, 『맹자집주(孟子集註)』, 성백효 옮김, 전통문화연구회, 1991.

주희·여조겸, 『근사록집해』 2, 이광호 역주, 아카넷, 2004.

최원식, 『제국 이후의 동아시아』, 창비, 2009.

하라 다케시, 『직소와 왕권: 한국과 일본의 민본주의 사상사 비교』 김익한·김민철 옮김, 지식산업사, 2000.

함동주, 『천황제 근대국가의 탄생』, 창비, 2009.

황준걸, 『이천년 맹자를 읽다: 중국맹자학사』, 함영대 옮김, 성균관대학교출판부, 2016.

황준걸, 『일본 논어 해석학』, 이영호 역주, 성균관대학교출판부, 2011.

히라이시 나오아키, 『한 단어 사전, 천』, 이승률 옮김, 푸른역사, 2013.

히토쓰바시대학 한국학연구센터 기획, 『일본 신민족주의 전환기에 『국체의 본의』를 읽다』, 형진의·임경화 옮김, 어문학사, 2017.

이매뉴얼 월러스틴, 『유럽적 보편주의: 권력의 레토릭』, 김재오 옮김, 창비, 2008.

한나 아렌트, 『전체주의의 기원』 1, 이진우·박미애 옮김, 한길사, 2006.

제14장

강정인, 「유교 민주주의는 모순인가?」, 『전통과 현대』, 1997 가을.
──── , 『서구중심주의를 넘어서』, 아카넷, 2004.
고석규, 「19세기 전반 향촌사회세력 간 대립의 추이」, 『국사관논총』 8, 1989.
고성훈 외, 『민란의 시대』, 가람기획, 2000.
고희탁, 「에도시대 '민'의 정치적 각성과 그 역설」, 『일본사상』 22, 2012.
김경일, 『공자가 죽어야 나라가 산다』, 바다출판사, 1999.
김백철, 『조선후기 영조의 탕평정치』, 태학사, 2010.
김상준, 「유교 윤리성과 비판성: 21세기 문명 재편의 한 축」, 『사회사상과 문화』 28, 2013.
김인걸, 「조선후기 향권(鄕權)의 추이와 지배층 동향」. 『한국문화』 2, 1981.
김준석, 『조선후기 정치사상사 연구』, 지식산업사, 2003.
몽테스키외, 『법의 정신』, 이명성 옮김, 홍신문화사, 2013.
배항섭, 「19세기 지배질서의 변화와 정치문화의 변용」, 『한국사학보』 39, 2010.
백승종, 『정감록 미스터리』, 푸른역사, 2012.
베버, 『유교와 도교』, 이상율 옮김, 문예출판사, 1990.
비트포겔, 『동양적 전제주의』, 구종서 옮김, 법문사, 1991.
스테파니 슈워츠 드라이버, 『세계를 뒤흔든 독립선언서』, 안효상 옮김, 그린비, 2005.
안병주, 「민본유교의 철학적 지향과 그 현실적 한계」, 『정신문화연구』 13-4, 1990.
안종수, 「볼테르와 유교」, 『철학논총』 65, 2009.
이승환, 「아시아적 가치와 유교 담론」, 『유교 담론의 지형학』, 푸른숲, 2004.
이영재, 『민의 나라, 조선』, 태학사, 2015.
이이화, 「19세기 전기 민란 연구」, 『한국학보』 35, 1984.
이태진, 「18세기 한국사에서의 民의 사회적 · 정치적 위상」, 『한국과 일본에 있어서의 시민의식의 형성과정』, (재)한일문화교류기금 주최 제10회 한일 · 일한합동학술회의, 1997.
이태진, 『새 한국사』, 까치, 2012.
이태진 · 김백철 엮음, 『조선후기 탕평정치의 재조명(상)』, 태학사, 2011.
전홍석, 『독일 계몽주의의 유학적 기초』, 살림, 2014.
정창렬, 「조선후기 농민봉기의 정치의식」, 『한국인의 생활의식과 민중예술』, 성균관대학교 대동문화연구원, 1984.
조혜인, 『동에서 서로 퍼진 근대 공민사회』, 집문당, 2012.

크릴, 『공자: 인간과 신화』, 이성규 옮김, 지식산업사, 2012.

토크빌, 『앙시앵 레짐과 프랑스혁명』, 이용재 옮김, 박영률출판사, 2006.

프랑크, 『리오리엔트』, 이희재 옮김, 이산, 2003.

한명기, 「19세기 전반의 반봉건항쟁의 성격과 그 유형」, 『1894년 농민전쟁연구(2)』, 한국역사연구회, 1992.

함재봉, 『탈근대와 유교: 한국정치담론의 모색』, 나남출판, 1998.

헌팅턴, 『제3의 물결: 20세기 후반의 민주화』, 강문구·이재영 옮김, 인간사랑, 2011.

헤겔, 『역사철학강의』, 권기철 옮김, 동서문화사, 2008.

황태연, 『공자와 세계 (1)-(5)』, 청계, 2009.

――, 『대한민국 국호의 유래와 민국의 의미』, 청계, 2016.

――, 『패치워크문명의 이론: 동아시아 관점의 새로운 문명관』, 청계, 2016.

황태연·김종록, 『공자, 잠든 유럽을 깨우다』, 김영사, 2015.

후쿠자와 유키치, 『후쿠자와 유키치의 문명론』, 정명환 옮김, 기파랑, 2012.

猪口孝, 「アジア的價値とアジアの民主主義」, 『第1回靜岡アジア・太平洋學術フォーラム記錄集』, 1997.

野口武彦, 『王道と革命の間: 日本思想と孟子問題』, 筑摩書房, 1986.

Creel, H. G., *Confucius: the Man and the Myth.* New York: John Day Company, 1949.

Jones, David M., *The Image of China in Western Social and Political Thought*, New York: Palgrave, 2001.

Kow, Simon, *China in Early Enlightenment Political Thought*, Oxford: Routledge, 2017.

Reichwein, Adolf., *China and Europe: Intellectual and Artistic Contacts in the Eighteenth Century.* trans. by J. C. Powell. New York: A. A. Knopf, 1925.

Yang, Chi-Ming, *Performing China: Virtue, Commerce and Orientalism in Eighteenth-Century England, 1660-1760*, Baltimore: The Johns Hopkins University Press, 2011.

제15장

段玉裁, 『说文解字注』, 上海: 上海古籍出版社, 1995.

롤스, 『正义论』, 何怀宏, 何包刚, 廖申白 譯, 北京: 中国社会科学出版社, 1988.

메인, 『古代法』, 沈景一 譯, 北京: 商务印书馆, 1984.

바우만, 『后现代伦理学』, 张成岗 譯, 南京: 江苏人民出版社, 2003.

费孝通, 『乡土中国』, 北京: 三联书店, 1985.

슈츠, 『社会理论研究』, 霍桂桓 譯, 浙江大学出版社, 2011.

赵纪彬, 「释人民」, 「人仁古义辩证」等, 『论语新探』, 北京: 人民出版社, 1976.

赵汀阳, 「儒家政治的伦理学转向」, 「身与身外」

陈少明, 「"心外无物": 从存在论到意义建构」, 『中国社会科学』 2014년 1기.

陈少明, 「<论语>外传——孔门弟子的思想史形象」, 『中山大学学报』(社科版), 2009년 2기.

짐멜, 『社会是如何可能的?』, 林荣远 編譯, 广西师大出版社, 2002.

퇴니에스, 『共同体与社会』, 林荣远 譯, 北京: 商务印书馆, 1999.

Lakoff, George., *Moral Politics: How Liberals and Conservatives Think*, The University of Chicago Press, 2002.

제16장

『公孫龍子』

『論語』

『大義覺迷錄』

『孟子』

『禮記』

『莊子』

『河南程氏文集』

『韓非子』

管志道, 『問辨牘』, 『四庫存目叢書·子部·雜家類』 第87册, 齊魯書社, 1995.

管志道, 『從先維俗義』, 『四庫存目叢書·子部·雜家類』 第88册, 齊魯書社, 1995.

唐甄, 『潛書』, 中華書局, 1963.

唐伯元, 『醉經樓集』, 中研院史語所, 2010.

羅家湘, 『逸周書研究』, 上海古籍出版社, 2006.

羅汝芳, 『羅汝芳集』, 鳳凰出版社, 2007.

羅洪先, 『羅洪先集』, 鳳凰出版社, 2007.

羅洪先撰, 『羅洪先集補編』, 中研院中國文哲研究所, 2009.

呂坤, 『呂坤集』, 中華書局, 2008.

留正, 『皇宋中興兩朝聖政』, 『續修四庫全書』 第348册, 上海古籍出版社, 1995.

劉宗周, 『劉宗周全集』, 浙江古籍出版社, 2007.

李光地, 『榕村語錄』, 中華書局, 1995.

李覯, 『李覯集』, 中華書局, 2011.

李零, 『郭店楚簡讀記』, 北京大學出版社, 2002.

李澤厚, 『論語今讀』, 三聯書店, 2004.

帕斯卡尔, 何兆武 譯, 『思想录』, 商務印書館, 1985.

孟森, 『明史講義』, 中華書局, 2006.

毛奇齡, 『論語稽求篇』, 『景印文淵閣四庫全書・經部・四書類』 第210冊, 臺灣商務印書館, 1986.

謝良佐, 『上蔡語錄』, 『朱子全書外編』 第3冊, 華東師範大學出版社, 2010.

徐積, 『節孝集』, 『景印文淵閣四庫全書・集部・別集類』 第1101冊, 臺灣商務印書館, 1986.

蘇東坡, 『蘇東坡全集』, 北京燕山出版社, 1999.

邵雍, 『邵雍集』, 中華書局, 2010.

楊樹達, 『論語疏證』, 江西人民出版社, 2007.

呂東萊, 『呂祖謙全集』, 浙江古籍出版社, 2008.

葉夢得 『石林燕語』, 中華書局, 1984.

王艮, 『王心齋全集』, 江蘇教育出版社, 2001.

王棟, 『一庵王先生遺集』, 『四庫存目叢書・子部・儒家類』 第10冊, 齊魯書社, 1995.

王文采, 『周易經象義證』, 九州出版社, 2012.

王夫之, 『船山全書』, 岳麓書社, 1991.

王藾, 『王著作集』, 『景印文淵閣四庫全書・集部・別集類』 第1136冊, 1986.

王瑞來, 『宋代士大夫主流精神論 —— 以范仲淹爲中心的考察』, 『宋史研究論叢』 第六輯, 河北大學出版社, 2005.

王守仁, 『王陽明全集』, 上海古籍出版社, 1992.

魏月萍, 『君師道合: 晚明儒者的三教合一論述』, 聯經, 2016.

張居正, 『四書集注闡微直解』, 『四庫未收書輯刊・貳輯』 第12冊, 北京出版社, 2007.

張廷玉 等, 『明史』, 中華書局, 1974.

錢穆, 『論語新解』, 三聯書店, 2002.

朱熹, 『論語精義』, 『朱子全書』 第7冊, 上海古籍出版社 安徽教育出版社, 2002.

朱熹, 『論語或問』, 『朱子全書』 第6冊, 上海古籍出版社 安徽教育出版社, 2002.

朱熹, 『朱子語類』, 『朱子全書』 第15冊, 上海古籍出版社 安徽教育出版社, 2002.

陈立胜, 「「怒觀」, 「治怒」與兩種「不動心」 —— 儒學與斯多亞學派修身學的一個比較研究」, 『哲學門』, 北京大學出版社, 2014.

陳榮捷,『王陽明傳習錄詳注集評』, 臺灣學生書局, 2006(修訂版).

焦循,『雕菰集』,『續修四庫全書・集部・別集類』第1489冊, 上海古籍出版社, 1995.

彭國翔,「作爲身心修煉的禮儀實踐 —— 以<論語・鄉黨>篇爲例的考察」,『臺灣東亞
　　　　文明研究學刊』, 2009, 第1期.

包弼德,『歷史上的理學』, 王昌偉譯, 浙江大學出版社, 2010.

郝敬,『論語詳解』,『續修四庫全書・經部・四書類』第153冊, 上海古籍出版社, 1995.

許愼 撰, 段玉裁 注,『說文解字注』, 上海古籍出版社, 1981.

黃俊傑,「東亞儒家思想傳統中的四種「身體」: 類型與議題」,『東亞儒學: 經典與詮釋
　　　　的辯證』, 台大出版中心, 2007.

黃懷信 等,『逸周書匯校集注』, 上海古籍出版社, 1995.

黃懷信,『逸周書源流考辨』, 西北大學出版社, 1992.

Pierre Hadot, *Philosophy as a Way of Life: Spiritual Exercises from Socrates to Foucault*,
　　　　Wiley-Blackwell, 1995.

인명 찾아보기

사항 찾아보기

필자 소개

● 깐춘송(干春松)

북경대학 철학과 교수, 중국공자연구원 태산(泰山) 학자, 북경대학 유학연구원부원장, 박사지도교수, 중화공자학회상무부회장, 국제유학연합회 이사, 중국공자기금회 학술위원, 중공중앙당교 문사부(文史部) 겸직교수, 귀주공학당(貴州孔學堂) 학술위원으로 있다. 저서로는『제도화 유가 및 그 해체』,『제도유학』,『다시 왕도로 돌아가자 ── 유가와 세계질서』,『보교입국 ── 강유위의 현대방략』,『강유위와 유학의 신세(新世)』 등이 있다.

● 강경현

연세대학교에서 철학을 전공하고, 같은 학교 대학원에서 석사학위와 박사학위를 받았다. 현재 연세대학교 국학연구원 HK연구교수로 있다. 주요 논문으로는 "퇴계 이황의 리(理)에 대한 해석의 갈래", "천명(天命)에 대한 조선유학의 주목과 퇴계(退溪) 해석의 철학사적 의의", "『왕학변집(王學辯集)』의 구성과 의의" 등이 있다.

● 김상준

서울대학교 사회과학대학을 졸업하고, 1993년 뉴욕으로 유학하여, 뉴스쿨에서 석사학위(사회학)를, 컬럼비아 대학교에서 박사학위(사회학, PAUL F. LAZARSFELD FELLOW)를 받았다. 2001년부터 경희대학교 공공대학원(전 NGO대학원) 교수로 재직 중이다. 저서로는『미지의 민주주의』,『맹자의 땀 성왕의 피』,『유교의 정치적 무의식』 등이 있다.

● 고희탁

연세대 정치외교학과를 졸업하고 도쿄대학에서 박사학위를 받았다. 연세대 및 서강대 연구교수를 역임하고 현재 숭실대 초빙교수로 있다. 저서로는『일본 근세의 공공적 삶과 윤리』를 비롯하여,「德川17-18世紀における秩序論の樣相: 仁齋学と徂徠学を中心として」,「에도시대 '민'의 정치적 각성과 그 역설」,「마루야마 마사오의 일본정치사상사 연구와 서구중심주의의 굴레」 등이 있다.

● 나종석

연세대학교 철학과를 졸업하고, 독일에서 헤겔과 비코에 대한 논문으로 철학박사 학위를 받았다. 현재 연세대학교 국학연구원 HK교수로 재직 중에 있다. 저서로는『차이와 연대: 현대 세계와 헤겔의 사회·정치철학』,『헤겔 정치철학의 통찰과 맹목: 서구 근대성과 복수의 근대성 사이』,『유교적 공공성과 타자』(공저),『유학이 오늘의 문제에 답을 줄 수 있는가』(공저),『대동민주 유학과 21세기 실학: 한국 민주주의론의 재정립』 등이 있다.

● 류칭(刘擎)

현재 화동사범대학 정치학과 교수로 재직 중에 있다. 저서로는『분쟁의 연대: 현대 서양 사상 탐색』,『중국은 얼마나 특수한가』,『미결의 시각: 근대성 논의 영역 중의 서양사상』,『성동격서(聲東擊西)』 등이 있다.

● 신주백

성균관대학교 산업심리학과를 졸업하고 같은 대학교에서 식민지기 농민운동과 만주지역 민족운동사로 석사와 박사학위를 받았다. 현재 연세대학교 국학연구원 HK연구교수로 재직하고 있다. 저서로는『한국 역사학의 기원』,『만주지역 한인의 민족운동사』,『역사화해와 동아시아형 미래 만들기』,『1930년대 국내 민족운동사』 등과 공저로『처음 읽는 동아시아사 1』,『분단의 두 얼굴』,『한중일이 함께 쓴 동아시아근현대사 1/2』 등이 있다.

● 이혜경

서울대학교 독어독문학과를 졸업하고, 같은 학교 대학원에서 동양철학 전공으로 석·박사과정을 수료한 뒤, 일본 교토 대학에서 중국근대사상사에 관한 논문으로 박사학위를 받았다. 현재 서울대 인문학연구원 교수로 재직하고 있다. 저서로는『천하관과 근대화론: 양계초를 중심으로』,『량치차오: 문명과 유학에 얽힌 애증의 서사』,『맹자, 진정한 보수주의자의 길』,『덕의 귀환 — 동서양 덕의역사 동양편』(공저)등이 있고, 옮긴 책으로는『역사 속에 살아 있는 중국 사상』,『송명유학사상사』(공역),『맹자사설』,『신민설』 등이 있다.

● 조경란

현재 연세대학교 국학연구원 HK연구교수로 재직하고 있다. 서울시 교육청 인사위원, 현대 아산서원 외래 교수, 그리고 아산정책연구원 서평위원으로 활동하고 있다. 저서로는『국가, 유학, 지식인』,『20세기 중국 지식의 탄생』(문광부 우수학술도서 선정),『현대 중국 지식인 지도 — 신유가, 자유주의, 신좌파』 등이 있다.

● 천리성(陈立胜)

현재 중산(中山)대학 철학과 교수이자 중산대학 인문사회과학 학술위원, 북경대학인문 고등연구원겸임 그리고 중화공자학회 양명연구회부회장직을 맡고 있다. 저서로는 『왕양명 만물일체론』 및 『종교현상학에서 유학종교성까지』 등이 있다.

- **천샤오밍**(陈少明)

현재 중산(中山)대학 철학과 교수로 재직 중이고, '장강(長江)학자' 특빙교수 및 중국철학 사학회부회장으로 활동하고 있다. 저서로는 『제물론과 그 영향』, 『경전세계 속의 人, 事, 物』 등이 있다.

- **혼마 쓰기히코**(本間次彦)

중국 전근대사상을 전공했고 현재 메이지대학 정치경제학부 교수로 재직 중에 있다. 저서로는 『Cosmologia―天·化·時』(공저), 『사람이 아닌 것 ― 귀신鬼·금수禽獸·돌石』 등이 있다.

유학과 동아시아

초판 1쇄 발행 | 2018년 5월 18일

엮은이 나종석·조경란·신주백·강경현
펴낸이 조기조
펴낸곳 도서출판 b | 등록 2006년 7월 3일 제2006-000054호
주소 08772 서울특별시 관악구 난곡로 288 남진빌딩 302호 | 전화 02-6293-7070(대)
팩시밀리 02-6293-8080 | 홈페이지 b-book.co.kr | 이메일 bbooks@naver.com

ISBN 979-11-87036-49-4 93150
값 30,000원

* 이 저서는 2008년 정부재원(교육과학기술부 학술연구조성사업비)으로 한국연구재단의 지원을 받아
  연구되었습니다. (NRF-2008-361-A00003)